U0087926

# 文明小史

中國古典名著

李伯元 撰
張素貞 校注
繆天華 校閱

三民書局

國家圖書館出版品預行編目資料

文明小史 / 李伯元撰;張素貞校注;繆天華校閱.——二版二刷.——臺北市：三民，2008
面；　公分.——(中國古典名著)

ISBN 978-957-14-4776-6　(平裝)

857.44　　96010149

© 文明小史

| | |
|---|---|
| 撰者 | 李伯元 |
| 校注者 | 張素貞 |
| 校閱者 | 繆天華 |
| 發行人 | 劉振強 |
| 著作財產權人 | 三民書局股份有限公司 |
| 發行所 | 三民書局股份有限公司 |
| | 地址　臺北市復興北路386號 |
| | 電話　(02)25006600 |
| | 郵撥帳號　0009998-5 |
| 門市部 | (復北店)臺北市復興北路386號 |
| | (重南店)臺北市重慶南路一段61號 |
| 出版日期 | 初版一刷　1988年11月 |
| | 二版二刷　2008年7月 |
| 編號 | S 851910 |
| 定價 | 新臺幣150元 |

行政院新聞局登記證局版臺業字第〇二〇〇號



ISBN　978-957-14-4776-6　(平裝)

http://www.sanmin.com.tw　三民網路書店

# 文明小史 總目

# 引言

張素貞

## 一、出色的小說

在晚清的小說界，李伯元堪稱是個有心人。他的小說多種，除了熟為人知、專意暴露官僚政治的官場現形記以外，還有庚子國變彈詞、海天鴻雪記、李蓮英、繁華夢、活地獄、文明小史、中國現在記等等。其中以文明小史最為重要，這是一部出色的小說，具體映現了一個變革動亂的維新時代，不但呈露當時官場對新學與新政的態度，還相當深入地刻畫了當代人物新舊思想的衝突。全書涵蓋面頗廣，包羅各階層正反忠奸各樣各色人物，所描寫的地帶，也包括湖南、湖北、吳江、蘇州、上海、南京、北京、日本、美國。時代背景則是維新風潮洶湧，戊戌變法之後幾年的光景。它採用諷刺與幽默的筆調，在藝術造詣上，並不比官場現形記遜色，由於它不僅止於單向的譴責，而是兼融各種諷諭詼諧的筆法，論評家甚而認為文明小史更能代表李伯元的小說成就。

文明小史最初與劉鶚的老殘遊記一樣，是發表在李伯元自己主編的繡像小說上，共有六十回，逐日連載，逐回配有插圖，約四十萬字。光緒卅二年（西元一九〇六年），文明小史出單行本，別號南亭亭長，原名寶嘉的李伯元也在這年死於癆病。時間距離光緒廿四年（西元一八九八年）維新變法已有八年。這部反映維新時代種種人物事態的小說一度絕版，因而評論的人也不多，然而事實俱在，它確實填補了維新到革命的一段歷史。文明小史的鋪寫方式，與儒林外史、官場現形記近似，用某一個人物的事蹟為重心，敘到後來，由一個相關人物牽引展開另一段故事，如此蟬聯貫串，構成長篇；若是割裁開來，也可以成為獨立的短篇小說。因為文明小史寫作的焦點集中在描繪維新風潮中各種人物的動態，因此，人物的個性儘管相異，倒也不覺得渙散。值得一提的是，文明小史的寫作技巧已略有突破，或許是受了些西洋小說影響而有別於傳統小說吧！譬如：作者描摹聶慕政的故事，先由行刺事件說起，再倒敘補足，最後交代結果，前後迭經三、四回（第三十五回至第三十八回）。人物登場藉前段故事中心人物的見事眼睛敘出，最後用一般老百姓的評論結尾，這些都有講究之處。有些小說人物登場與前文毫不相干，像吳江的賈氏兄弟，完全是另起一筆，作者寫他們在上海茶樓看到許多「文明人物」的維新形貌，由賈氏兄弟轉到上海富翁花千萬，也是突開生面，然而隨後關涉到的兩個文明世界混混魏榜賢與劉學深，卻是茶樓賈氏兄弟所見人物，於是兩段獨立的情節便有了繫聯的關紐。

## 二、維新與革命

凡事都是積漸緩成的，事態的發展，總有些微小的徵兆可尋。世界的風潮，國家的未來，是作者所關心的，新政與新學或許可以拓展出一個文明世界吧？「這一干人，且不管他是成是敗，是廢是興，是公是私，是真是假，將來總要算是文明世界上一個功臣。」（楔子）懷著寬和而又諧謔，李伯元寫成了文明小史。

小說家對於事物的觀照，往往影響小說情節的安排；從小說人物的描寫，也可以判斷作者對當代政治環境的理解程度。李伯元與劉鶚及撰寫二十年目睹之怪現狀的吳趼人一樣，贊同平和的維新運動，卻不主張激烈的流血革命。他筆下的維新人物，往往是稍微學到一點皮毛，便目空一切，滿口新名詞，信口胡吹，剪髮洋裝，做了假外國人；提及革命的，大致止於時髦詞彙，較嚴肅的便是對官僚實行暗殺。

小說中的維新黨領袖安紹山，廣東南海人，中過舉人，上萬言書，做過欽用主事，成立維新會，後來被參劾革職，逃往日本，又轉往香港，分明是維新變法的知名人物康有為的形象。作者藉安徽撫臺聘請的顧問官勞航芥的造訪，介紹他住處的隱祕性，刻畫他的形貌談吐。他自比「海外孤臣」，見了訪客，有「君門萬里，聞鼓吹而傷心」的感慨，寫來頗令人同情；他成了國事犯之後，有人恭維他膽識俱優，他倒招搖起來，以便斂錢愚人（第四十六回）。作者把人物的優劣短長，誇張譃化，卻是意象鮮活，引人入勝。

安紹山的高足顏軼回，有人說是影射梁啟超的。這種推論不無道理：安紹山與孔子排行都是老二，所以小說中他的暗號是「難末土」；顏軼回與孔子高足顏回的姓名近似，書中提及他故作姿態，寫文章時而轉抄，誇張虛飾，雖說有些嘲諷的味道，但鋪論「無形的瓜分」，倒也頗有睿見。顏軼回認為外國人如今專在經濟上著力，「直要使中國四萬萬百姓，一個個都貧無立錐之地，然後服服貼貼的做他們的牛馬，做他們的奴隸。」（第四十六回）透視當代中國次殖民地的地位，擔憂在經濟侵略之下，中國人要永遠淪為貧弱的奴隸，這是很有見解的。他並且囑咐勞航芥當了顧問官，條約要搞熟，參酌公理公法，總要爭個平等，這也是一般小說中維新人物所沒有的膽識。大抵而言，李伯元在文明小史中對康梁的描繪，能兼顧多層面的性質，比起同時代黃小配的大馬扁、宦海升沉錄相同的題材，在處理上周延客觀得多，可說具備了好小說的基本條件。

在第三十五至三十八回，李伯元描繪了個血性漢子聶慕政，他的姓名令人想起史記刺客列傳中的聶政，大約作者有意點明他暗殺清廷大員的事蹟吧！他行刺雲南總督的行徑，與革命烈士吳樾等人近似，不過小說中的刺客全憑血氣衝動，並且以喜劇收場來增強趣味性罷了。當聶慕政在日本受到新的規程限制，被日警遣送回國，他羞憤投海，這情節與革命烈士陳天華感憤國事，在日本投海自殺，也頗多符合，只是陳烈士謀慮而動，留書致意，更見深刻罷了。由這些描摹，足見李伯元相當關懷時事，也能善用題材。

大體而言，「革命」一詞在文明小史中所蘊含的意義是表象的、模糊的，像劉齊禮回應父母說：「割掉辮子，將來革命容易些。」（第四十二回）其實也是似是而非的話。以他的表現：不向太守下跪，閱讀自由新報，充其量不過學著外國學堂一般學生的作法，何嘗就是革命黨人？

文明小史中的人物，有些標榜文明，僅僅是在外表上剪去辮子，換上西服，滿口新名詞而已，其實對於如何維新以求文明，根本沒有什麼真正的認識，更遑論了解譚嗣同、陳千秋等人崇高的理想。像南京制臺的公子沖天礮，由日本回國，「打算運動老頭子」，「我想叫他做唐高祖，等我去做唐太宗。」（第五十六回）南京武備學堂總辦余日本的兒子余小琴，由東洋歸來，一副日本新派打扮，父親都不認得他了，父親要他養了辮子改了服飾再去拜客，他啐了一口，說：「你近來如何越弄越頑固，越學越野蠻了？這是文明氣象，你都不知道麼？」又說：「論起名分來，我和你是父子，論起權限來，我和你是平等。」

臨被勸走的時候，還跺著腳，咬牙切齒地說：「家庭之間，總要實行革命主義才好。」（第五十六回）這些言詞頗聳人聽聞，但兩個貴公子除了在莫愁湖吟詩邂逅，意氣風發，很富戲劇性，其後的種種倒沒什麼出色之處。他們上館子，逛妓院。沖天礮「維新的是表面，守舊的是內容。」看父親食前方丈，侍妾數百，便羨慕不已，怪自己「為什麼放著福不享，倒去做社會的奴隸，為國家的犧牲呢？」（第五十七回）余小琴則兜攬起買賣官職的工作，真是中了施家奴才的話：「現在的人，無論他維新也罷，守舊也罷，這錢的一個字總逃不過去的。」（第五十八回）

## 三、官怕洋人

晚清小說暴露官場怯弱腐敗的不少，其中在光緒卅三年（西元一九〇七年）小說林社刊行的冷眼觀，作者八寶王郎曾借一封信說出一個循環公例：「洋人怕百姓，百姓怕官，官又怕皇上，若再屈抑民氣，必致將來使洋人一無所怕，那就要實行瓜分手段了。」在這之前，李伯元寫文明小史，已把「洋人怕百姓，百姓怕官，官怕洋人」的概念鋪寫得相當淋漓盡致。小說由守舊的湖南開場，顯然有意要與其後敘寫的維新的湖北上海做個襯比，呈現新舊思想的殊異。湖南的「民風強悍」，具備了衝突的基本因素，拓展開來，熱鬧詼諧，極具戲劇效果。

起首五回裡，以永順知府柳繼賢做主線，寫他有意興革，鼓勵應試童生在詩賦之外再報考策論，預備從優敘用；正欲考武秀才的時候，有地保來報，某店小二摔破洋人的茶碗，柳知府罵說：「你知道，弄壞了外國的東西，是要賠款的嗎？」他吩咐停考，專意去侍候外國人，「一心只想籠絡外國人，好讓上司知道說他講求洋務。」（第一、二回）那些應考武科的童生，多數年少，喜歡鬧事，現今知府巴結洋人，弄得他們考不成，歸不得；又聽說洋人是礦師，開礦會破壞風水，在好事的武舉人鼓動之下，鬨到洋人投宿的客店，掌櫃放了洋人逃命去。洋人改換中國服裝，又被鄉下人當做強盜捆綁了扛進城裡。礦師抱怨民風不好，要求賠償行李，嚴辦滋事的武舉人，而鄉紳又為了替武舉人求情，而聯袂請見。

作者塑造柳繼賢這個角色，堪稱面面俱到，寫得有血有肉。雖然取材於一個洋磁茶杯，暴露他對洋人的怯弱；但也寫他愛護讀書人，不准凌辱沒有詳革功名的舉人；也寫他體恤老百姓，不願責罰無辜的鄉下人。他原想巴結洋人，後來卻被逼得橫著一個丟官的念頭，倒也頗見真性情。

永順府的民風強悍，也表現在繼任知府擅設釐捐的事件上。新任傅知府雷厲風行，不僅濫捕書生，誣栽罪名；而且癡心妄想，營設釐卡，百姓連一疋布、兩斤肉都會沿途被捐走，終於與捐局的人發生衝突，引起暴動，弄得商店罷市，民家關門。亂民還鬧到衙門去，要求撤去捐局，當時的知府真的怕百姓了。

官的威權，在晚清依然很大，但是由於國勢削弱，割地賠款，官怕了洋人，威信早被洋人扯得粉碎。有許多教士常常為了袒護教民，無視於官僚的架勢，大踏步上衙門「保」人。「保」的時候聲色俱厲，動輒以「國際交涉」四字作為威脅，做官的人為了顧全前程，往往息事寧人，屈服了事。當然我們不能否認有不少頑劣百姓託庇教會勢力為非作歹，文明小史中倒有無辜百姓受冤，教士仗義救人的事蹟。

永順的傅知府冤枉幾個文會的秀才「聚眾會盟，謀為不軌」，發票逮捕。僥倖脫逃的劉伯驥寄宿到鄉間一座廟宇裡，結識廟後中華打扮，中國學問淵博的教士，彼此投契。劉秀才感染風寒，和尚勢利，劉秀才投奔教士，和盤托出被冤屈的經過。教士醫好他的病，借給他一套尺寸相近的西裝保暖，兩人設法去營救那些秀才，「一個外國人，扮了一個假中國人，一個中國人，扮了一個假外國人，彼此見了好笑。」（第八回）作者不僅用和尚與教士來象徵親者反疏、疏者反親的冷暖人情，而且編構這樣滑稽的畫面來增強喜劇的效果。教士進了衙門，假說有經手未完事件，立刻逼著放人。他拒收知府的禮物，親自護送那些秀才到上海租界去。李伯元藉著教士的熱忱，一方面烘襯中國官場的黑暗與人情冷淡，一方面把教士寫成冤苦百姓的救星，租界成為避難的桃源。在中國境內要如此這般靠洋人來保護、來伸張正義，豈不是一大諷刺？作者的巧思，確實值得深玩。

另一段教士救人的故事是有關義士行刺昏官的事件。熱血沸騰的聶慕政，恨陸夏夫任雲南總督時「借外國兵來殺中國人」，放槍行刺，失手被捕。多虧朋友奔波，應允入教，請來黎教士搭救。教士憑幾句話就為他洗脫了罪名，用縣太尊的大轎抬出去，直讓路人議論紛紛，說「犯罪也要犯得好，你不看見那姓聶的，一會兒套上鐵索，一會兒坐著大轎。列位如若要犯罪，先把靠山弄好了才好。」（第三十八回）細心品味這些話，喜樂之餘，又會有些酸楚感吧！

文明小史不僅寫教士救人，大快讀者之心，還借教士之口來批判中國的官員。如：「你們中國官的脾氣，不睡到上午，是不會睡醒的。」（第九回）又如黎教士指責錢縣尊說：「我曉得你們中國官場，你推我推，辦不成一樁事，只想敷衍過去，不干自己就完了。……撫臺問起，只說我來把他領去的就是了。他要不答應，我合你們政府裡說話，橫豎沒得你的事情。」（第三十八回）這個蒙恩賞過二品頂戴的黎教士，幾句話把各個關紐都疏通了。像這樣外國人特權干涉內政，嚴格說來是很不通情理，也夠令人氣憤的，但讀者為著他搭救了純樸的血性漢子，難免會有慶幸之感，直覺教士理直氣壯，為百姓舒一口怨氣！我們不能不敬佩作者運用委婉的筆法達成譴責吏治的目的，是如此不露痕跡。

事實上，作者也常利用官僚的自白來顯現官場推諉畏葸的惡習，諸城錢縣令論到中國積弱，不能得罪駐紮境內的外國統兵官，說：「如今中國的地土，名為我們中國的，其實外國要拿去算他的，也很容易。能夠敷衍著，不就做他們的領土，已是萬分之幸了，還好合他們講理嗎？」（第三十八回）老州縣狡猾，打算按月送統兵官一筆錢，名為軍餉，讓富戶分攤，結果外國統兵官不肯收錢，卻答應約束兵丁不隨意滋事。問題解決了，錢最後落入錢縣令的腰包，他還把功勞往上報。作者寓意諷刺，很耐人玩索，尤其外國統兵官的知禮守法、負責認真與中國官僚的好大喜功、貪婪推託恰成反比，細心的讀者不難領會到弦外之音，這是文明小史的成就之一。

## 四、改革的警覺

文明小史中，也鋪寫維新風潮所遭遇的舊思想阻力，這是任何蛻變時代必有的現象，寫來入情入理。有人主張恢復八股，認為教忠教孝，自有好處（第三十四回），有人自認八股場中出來的，豈可忘本？（第三十二回）江寧的康知府竟然查禁新書，以免維新黨藉來講平等自由，教壞少年人，甚至學起秦始皇的故伎，把搜來的新書焚燬。（第四十二回）

但是，小說中所反映的當代人物思想，對於維新自強也有相當的警覺。「朝廷……很有幾個識時務的大員，曉得國家所以貧弱的緣故，由於有利而不能興。」（第二回）魏榜賢鼓勵大家去聽演說，以為至少能讓外國人知道中國人也組織團體，聯絡一心，不敢瓜分中國。（第二十四回）金道臺議論開創銀行，更顯現維新人士確有高見。政府募債籌款只要有信用，發放公債可以從事各種福利事業；而金融問題也宜統一籌畫，由國家統一鑄造銀圓，發行鈔票，以求通用無阻。鑄造技巧也得考究，以防盜鑄假造。（第四十八回）這些觀點既符合經濟利益，又實際可行，毫不託空，一掃某些維新人物大放肆言的弊病。

此外，第二十一回記敘上海富翁遺願興學，寫來誠摯感人。「花千萬」的綽號給人印象深刻，雖然辦學的不一定都是一流人物，也有藉此得名轉入官場逐利的，但開辦學堂終究是維新事業，讀者自然樂觀其成。書中多次提到「不纏足會」，理論關係到「保種強國」（第十九回），是婦女運動的一大進步。鈕逢之也有新式婚姻自主的構想。（第三十九回）書中人物嘴裡讚美天足，看了小腳照樣勾魂攝魄，在轉型的社會中，人性複雜，往往難得心口如一，文明小史的選材正好周遍地反映了當代社會的景象。

儘管作者對於維新風潮中的人物，充滿了戲謔與嘲弄，他本人卻是個溫和的改革派，這可以由小說的起結看出來。第一回姚士廣老先生給柳繼賢的贈言是：「我們有所興造，有所革除，第一須用上些水磨工夫，叫他們潛移默化，斷不可操切從事。」最後一回，他寄望於一位尚稱廉潔，雅好書畫，做事有原則，能「秉公委缺」的滿州大員——平正，能興利除弊。試看李伯元為他取名「平正」，便知道他期盼興革的手段是要平和而正直的了。姑不論李伯元的觀點是否正確，溫和的改革是否能解決當代的問題，改革的欲求無疑是當代風潮的反響。作者用酣暢的文墨，諷刺諧謔地為後人勾勒了維新變革時代的種種景象，無論如何，是令人感佩的。

# 考證

張素貞

李伯元，名寶嘉，別號南亭亭長，文明小史的作者也正是官場現形記的作者。李伯元是江蘇上元人，民國以後上元撤廢，併入江寧縣。他生於清同治六年（西元一八六七年），年少時，擅長制藝與詩賦，以第一名入學，後來由於多次赴秋闈鄉試，沒考中舉人，就斷絕了求取功名的意願。他到上海，創辦指南報；不久，又別創遊戲報，善於寫嬉笑怒罵的文章，一時頗有名氣。接著他又辦繁華報，內容記載詩詞小說之外，並為倡優做起居注，當時頗為風行。最後數年，他主編繡像小說，光緒三十二年（西元一九〇六年）死於癆病。死時四十歲，無子，由伶人孫菊仙替他籌辦喪事，用來報答繁華報對他的讚揚吹捧。

李伯元所寫的小說，除了備受矚目的官場現形記之外，有庚子國變彈詞四十回，海天鴻雪記二十回，李蓮英一本，活地獄三十九回（吳趼人與茂苑惜秋生合力續至四十三回），中國現在記十二回，最重要的還有文明小史六十回。其他因用筆名，不可考的仍然很多，吳趼人曾經替他作傳。他生前曾被推薦應經濟特科，不肯遷就，當時一般論者都認為難得。

文明小史最初與劉鶚的老殘遊記一樣，是發表在李伯元自己主編的繡像小說上，共有六十回。它逐日連載，逐回配有插圖，共約四十萬字。光緒三十二年，文明小史出單行本，他也在這年病死，時間距離光緒二十四年戊戌變法已有八年。這部反映維新變革種種人物事態的小說一度絕版，因而評論的人不多，但事實俱在，它確實填補了維新到革命的一段歷史。那些維新風潮中的人物，階層不同，個性迥異；種種事態，可驚可疑，可笑可恨，可敬可佩。作者都用一個共同的時代環索繫聯了起來，魄力不能不算大，文筆酣暢自然，或幽默詼諧，或諷刺嘲弄，時而又莊嚴敬謹，總隨著小說情節揮灑自如。

文明小史的寫作在官場現形記之後。官場現形記除了尖銳的諷刺，還具有相當成分的譴責意味。文明小史鋪寫的幅度較廣，對於人性採取多方面的呈現，兼顧到永恆性與特殊性，因而藝術成就比官場現形記要來得高。官場現形記裡所揀擇的材料，有些是實有其事，作者耳聞目睹的事實。文明小史中的維新黨領袖安紹山，廣東南海人，中舉中進士，上萬言書，做過欽用主事，成立維新會，後來逃往日本，又轉到香港，分明是戊戌變法的知名人物康有為的形象。小說裡強調他住處的穩祕性，自比「海外孤臣」，見了訪客，有「君門萬里，聞鼓吹而傷心」的感慨，寫來頗令人同情；卻也寫他成了國事犯之後，有人恭維他的膽識俱優，他倒招搖起來，以便斂錢愚人。（第四十六回）把一個人的優劣短長，加以誇張謔化，卻是意象鮮活，引人入勝。

文明小史中安紹山的高足顏軼回，有人說是影射梁啟超的。安紹山與孔子排行都是老二，他的高足與孔子高足顏回的姓名近似，書中所敘經歷也與梁啟超有相同之處，雖說有些嘲諷的味道，說是影射梁啟超，大抵還接近。顏軼回提及「無形的瓜分」，有相當難得的睿見：

從前英國水師提督貝斯弗做過一篇中國將裂，是說得實實在在的。他們現在卻不照這中國將裂的法子做去，專在經濟上著力。直要使中國四萬萬百姓，一個個都貧無立錐之地，然後服服貼貼的

做他們的牛馬，做他們的奴隸，這就是無形瓜分了。（第四十六回）

透視當代中國次殖民地的地位，怕永成經濟上的奴隸，這是有見解的。他並且囑咐勞航芥去安徽當顧問官，條約要搞熟，參酌公理公法，總要爭個平等，這也是一般小說中維新人物所沒有的膽識。

以康梁為題材的，有黃小配的大馬扁十六回，主觀憎惡之情，使作者把許多惡劣事蹟附會到小說角色上去；黃小配的宦海升沉錄第六、七回也寫維新運動的事，態度與大馬扁相近。比較之下，李伯元描摹人物還是較為周延客觀，具備了好小說的基本條件。

文明小史的小說人物，有些部分與官場現形記選材近似，顯見作者對於某些見聞印象特別深刻，對於某些題材格外珍愛。譬如：官場現形記的毛維新，取意是「冒維新」，單是背誦江寧條約，以為在南京做官綽綽有餘（五十三回）；文明小史是維新斷代史，像這樣略知皮毛，似是而非、矇混度日的不在少數。只是毛維新的事蹟寫得露骨，文明小史則在許多角色身上時時呈現假冒維新的狀況。官場現形記裡的梅颺仁，諧音是「媚洋人」。文明小史的柳繼賢投帖去拜謁意大利礦師，還約他衙門裡住（第二回），活脫就是梅颺仁巴結荷蘭提督（第五十五回）的翻版。文明小史的教士救人（第十回、第三十八回），與官場現形記裡教士仗義為張軍門的姨太太爭取權益（第五十回）的取材酷似。文明小史的外國統兵官溫文有禮，不接受錢縣尊的錢財，與官場現形記裡荷蘭兵船提督的造型（第五十五回）也很接近。官場現形記裡有王書辦替人進場應考做鎗手（第五十六回）；文明小史中也有金子香在候補熟人中找槍（同鎗）手（第二十四回）。官場現形記的冒得官（名如其人）犧牲女兒的美色來保全自己的功名（第三十回）；

文明小史的黃世昌也憑靠妻子的美色得以晉升（第五十九回）。

在第三十五至三十八回，李伯元描繪了個血性漢子聶慕政，他的姓名令人想起史記刺客列傳的聶政，大約作者有意點明他暗殺清廷大員的事蹟吧！他行刺雲南總督的行徑，與革命烈士吳樾等人近似，不過小說中的刺客全憑血氣衝動，並且以喜劇收場來增強它的趣味性罷了。當聶慕政在日本受到新的規程限制，被日警遣送回國，他羞憤投海，這情節與革命烈士陳天華感憤國事，投海自殺，也頗多符合，只是陳烈士謀慮而動，留書致意，更見深刻罷了。

文明小史的結構，一般說來，最後幾回較為鬆散，但是外國語彙的參用，梁啟超新詩的吟誦（第五十六回），美國華工禁約的提及（第五十二回），都具備了相當的時代性。紐約華人街一座樓房，門上釘著一塊黑漆金字的小橫額，意思是：「此係華人住宅，外國人不准入內」，竟是妓女陪笑的場所，被引入的新客，直覺著「這不是來尋樂了，是來尋苦了。」（第五十二回）若是比照上海租界公園的牌子：「中國人與狗不准入內」來說，與其說是作者詼諧，無寧說是作者的嘲弄背負了沉重的歷史性的屈辱感呢！

作者對於當代西化有名無實寓意諷刺。西方人講究衣飾整潔，要著西裝，學得地道，該勤於換洗。像官場現形記裡的傅二棒槌，「夏天一天要換兩套，冬天亦是一天一身，換下來的拿去重洗。」（第五十六回）雖說是誇張了些；而文明小史裡著洋裝綽號「元帥」的人，無分冬夏，只此一身，在上海茶樓上，還摸了一隻白蝨，往嘴裡送（第十六回），比起傅二棒槌的矯枉過正，這就分明挖苦得厲害了。讀者如果想想晉代王猛見桓溫，「捫蝨而言」，也許作者辛辣的筆意，可以讓人深省。

李伯元（上海龍華瓜豆園集體照局部）

李伯元繪〈梅花壽帶鳥圖〉

第十五回插圖

第四回插圖

第三十九回插圖

第十六回插圖

# 回目

# 楔子

做書的人記得：有一年坐了火輪船在大海裡行走，那時候天甫黎明，偶至船頂，四下觀望，但見水連天，天連水，白茫茫一望無邊，正不知我走到那裡去了。停了一會子，忽然東方海面上現出一片紅光，隨潮上下，雖是波濤洶湧，卻照耀得遠近通明。大家齊說：「要出太陽了！」一船的人，都鬨到船頂上等著看，不消一刻，潮水一分，太陽果然出來了。記得又一年，正是夏天午飯才罷，隨手拿過一張新聞紙，開了北窗，躺在一張竹椅上看那新聞紙消遣。雖然赤日當空，流金鑠石，全不覺半點歊熱，也忘記是甚麼時候了。停了一會子，忽然西北角上起了一片烏雲，隱隱有雷聲響動，霎時電光閃爍，狂風怒號，再看時，天上烏雲已經布滿。大眾齊說：「要下大雨了！」一家的人，關窗的關窗，掇椅的掇椅，都忙個不了。不消一刻，風聲一定，大雨果然下來了。諸公試想：太陽未出，何以曉得他就要出？大雨未下，何以曉得他就要下？其中卻有一個緣故。這個緣故，就在眼前。只索看那潮水，聽那風聲，便知太陽一定要出，大雨一定要下，這有甚麼難猜的？做書的人，因此兩番閱歷，生出一個比方，請教諸公：我們今日的世界，到了什麼時候了？有個人說：「老大帝國，未必轉老還童。」又一個說：「幼稚時代，不難由少而壯。」據在下看起來，現在的光景，卻非幼稚，大約離著那太陽要出，大雨要下的時候，也就不遠了。何以見得？你看這幾年新政新學，早已鬧得沸反盈天，也有辦得好的，也有辦不好的，也有學得成的，也有學不成的。現在無論他好不好，到底先有人肯辦，無論他成不成，到底先有人肯學。加以人心鼓舞，上下奮興，這個風潮，不同那太陽要出，大雨要下的風潮一樣麼？所以，這一干人，且不管他是成是敗，是廢是興，是公是私，是真是假，將來總要算是文明世界上一個功臣。所以，在下特特做這一部書，將他們表揚一番，庶不負他們這一片苦心孤詣也。正是：

謗書自昔輕司馬，直筆於今笑董狐，

腐朽神奇隨變化，聊將此語祝前途。

欲知書中所言何事，且聽初回分解。

# 第一回　校士館家奴談歷史　高陞店太守謁洋人

卻說湖南永順府地方，毗連四川，苗漢雜處，民俗渾噩，猶存上古樸陋之風。雖說軍興以來，勳臣閥閱，焜耀一時，卻都散布在長沙岳州幾府之間，永順僻處邊陲，卻未沾染得到。所以，他那裡的民風，一直還是樸陋相安。只因這個地方山多於水，四面岡巒迴伏，佳氣蔥蘢，所有百姓都分布在各處山凹之中，倚樹為村，臨流結舍，耕田鑿井，不識不知，正合了大學上「樂其樂而利其利」的一句話。所以，到這裡做官的人，倒也鎮日清閒，逍遙自在，不在話下。

且說這時候做知府的，姓柳名繼賢，本籍江西人氏，原是兩榜進士出身，欽點主事，吏部觀政。熬了二十多年，由主事而陞員外，由員外而陞郎中。這年京察屆期，本部堂官見他精明練達，勇敢有為，心地慈祥，趨公勤慎，就把他保了進去。引見之後，奉旨記名。不上半年，偏偏出了這個缺，題本上去，又蒙聖上洪恩，著他補授。謝恩之後，隨向各處辭行。有一個老友，姓姚名士廣，別號邈翁，本貫徽州，年紀七十多歲，本在保定書院掌教，這番因事進京，恰好遇著柳知府放了外任，從此南北睽違，不能常見，姚老先生便留他多住幾日，一同出京。到了臨動身的頭一天，姚老先生在寓處備了一席酒替他餞行。約莫吃到一半，姚老先生便滿滿的斟了一杯，送到知府面前，說道：「老弟此番一麾出守，上承簡命，下治萬民。不要把這知府看得輕，在漢朝已是二千石的職分。地方雖一千餘里，化民成俗，大可有為。

愚兄所指望於老弟者，只此數言。吾輩既非勢利之交，故一切陞官發財的話頭，概行蠲免。老弟如以為是，即請滿飲此杯。」原來這位姚老先生，學問極有根柢，古文工夫尤深，目下年紀雖已古稀，卻是最能順時達變，所有書院裏的學生，無有一個不佩服他的。柳知府自己亦是八股出身，於這姚老先生卻一向十分傾倒。且說當日聽了他這一番言語，便接杯在手道：「小弟此行，正要叨教吾兄，今蒙慨贈良言，尤非尋常感激。但是目下放了外任，不比在京，到任之後，何事當興，何事當革，還求吾兄指教一番，以當指南之助。」說罷，便乾了那杯酒，將酒杯送還姚老先生，自己歸坐，仍舊對酌，姚老先生道：「要興一利，必須先革一弊，改革之事，甚不易談。就以貴省湖南而論，民風保守，已到極點，不能革舊，焉望生新？但我平生最佩服孔夫子，有一句話，道是『民可使由之，不可使知之。』我說這話，並不是先存了秦始皇愚黔首的念頭，原因我們中國，都是守著那幾千年的風俗，除了幾處通商口岸，稍能因時制宜，其餘十八行省，那一處不是執迷不化，扞格不通呢？總之，我們有所興造，有所革除，第一須用上些水磨工夫，叫他們潛移默化，斷不可操切從事，以致打草驚蛇，反為不美。老弟！你記好我一句話，以愚兄所見，我們中國大局，將來有得反覆哩！」柳知府聽了此言，甚為驚訝，除了讚歎感激之外，更無別話可說。當夜席散之後，自行回寓。次日分手，各奔前途。姚老先生自回保定，按下不表。

※　　※　　※

且說柳知府帶了家眷，星夜趲行，其時輪船已通，便由天津上海漢口一路行來。他自從通籍到今，在北京足足住了二十多年，不料外邊風景，卻改變了不少，因此一路上反見識了許多什面❶。到了湖南，上司因他久歷京曹，立刻掛牌，飭赴新任。到任之後，他果然聽了姚老先生之言，諸事率由舊章，不敢驟行更動。過了半載，倒也上下相安，除睡覺吃飯之外，其餘一無事事。只因他這人生性好動，自想我這官，一府之內，以我為表率，總要有些作為，方得趁此表現。想來想去，卻想不出從那裡下手。齊巧這年春天，正逢歲試，行文下去，各學教官傳齊廩生，攜帶門斗❷，知會了文武童生，齊向府中進發。這永順府一共管轄四縣，首縣❸便是永順縣，此外還有龍山保靖桑植三縣。通扯起來，習武的多，習文的少，四縣合算，習文的不上一千人，武童卻在三千以外。當下各屬教官稟見了知府，掛牌出去，定於三月初一考闔屬文童經古，初三考試正場。

原來這柳知府雖是時文出身，因他做廩生時考過優拔，於經史詩賦一切學問，也曾講究過來。他在京時候，常常聽見有人上摺子請改試策論，也知這八股不久當廢。又兼他老友姚老先生以古文名家，受他薰陶涵育，自然把氣質漸漸的改化過來。所以，此時便想於此中搜羅幾個人才。當下先出一張告示，叫應試童生，於詩賦之外，准報各項名目，如算學，史論之類。無奈那些童生，見了不懂，到了臨期點名，只有龍山縣一個童生報了史論，永順縣一個童生報了筆算，其餘全是孝經論，性理論，連做詩賦的也寥寥無幾。

柳知府點名進來，甚為失望，無奈將題目寫了，掛牌出去。報筆算的居然敷衍完卷。考史論的那個童生，因見題目是韓信論，他雖帶了幾部綱鑑易知錄廿一史約編之類，卻不知韓信是那一朝的人物，查

---

❶ 什面：即「世面」，世間各種社會情狀。

❷ 門斗：舊時學堂供差遣的僕役。

❸ 首縣：舊稱省治或府治所在的縣及縣令為首縣。如永順縣知縣即稱首縣。

來查去，總查不到。就求老師替他轉稟大人，說這個題目不知出處，請換一個容易些的。老師被他纏不過，先同監場的二爺商量。只見一個二爺，接過題目一瞧，說韓信這個名字很熟，好像那裡會過似的，歪著頭想了半天，說：「是了，你這位相公書沒有讀過，難道戲亦沒有瞧過嗎！二進宮楊大人唱的末了一句，甚麼漢韓信命喪未央，可不是他嗎？他是漢朝人，如果不是，為什麼說是漢韓信呢？」那二爺說到這裡，旁邊有他一個夥計，插嘴道：「老大！你別誇口，既然韓信是漢朝人，為甚麼前頭還說他是登臺拜將的三齊韓王呢？據我說，這韓信一定是齊國人。」回頭同那童生說：「相公！你別上他的當，你照我的話去做，一定不會錯的。」那曉得這個童生，自小生長外縣，沒有瞧過京戲，連他們說的甚麼二進宮也不知道，仍舊摸不著頭腦。到底託了老師回了知府，重新出了一個管仲論，是四書上有的，不消再查綱鑑了。齊巧刻本文章上又有一篇成文，是管仲兩個字的題目，被那童生查著，把他喜歡的了不得。連忙改頭換面，將八股改做八段，高高興興謄了出來，把卷子交了進去。師爺打開一看，只是皺眉頭。柳知府問他做的怎麼樣？師爺說：「如果改做八股，倒還有些警句，現今改做史論，卻有許多話裝不上。」說著便把這本卷子送了過來說：「請太尊過目，再定去取罷。」柳知府看了一遍，覺得實在太難，心下躊躇道：這樣卷子怎麼好取？然而通場只有他一本，他雖做得不好，到底肚皮裡還有這史論兩個字，比著那些空疏無據的自覺好些。無論如何，此人不肯隨俗，尚有要好的心腸，總要算得一個有志之士。不如胡亂將他取了出來，叫別的童生看看，也可激勵他們的志氣，向史鑑上討論討論，也是好的。主意一定，便把那個考筆算的取了算學正取，這個做管仲論的取了史論次取，另外又取了幾本詩賦。發出案來，接著便是正場，初覆，二覆，三覆，不到半月，都已考完。發出正案，跟手考試武童。第一場馬箭，是在演武廳考的。第二場步箭，就在本府大堂校閱。因為人多，便立了三個靶子，一排三人同射，免得耽誤日期。

※　※　※

是日，柳知府會同本城參府❹，剛剛升堂坐下，尚未開點，忽見把大門的帶進一個人來，喘吁吁跑的滿頭是汗，當堂跪下。那人自稱：「小的紀長春，是西門外頭的地保。今天早上，西門外高陞店裡的店小二哥，跑到小的家裡來說，他店裡昨兒晚上來了三個外國人，還跟幾個有辮子的。」知府道：「那一定是中國人了。」地保道：「不是中原人。如果是我們中原人，為甚麼戴著外國帽子呢？」知府又問：「你瞧見了沒有！」地保道：「店小二來報，小的就去瞧了一瞧。外國人是有幾個，小的也不敢走進去，怕是驚了他們的駕，就趕到大人這裡來報信的。」知府問道：「他們來做什麼的呢？」地保道：「小的也問過店小二，店小二說，昨天晚上有一個有辮子的外國人，為了店小二父親不當心，打破他一個茶碗，那個有辮子的外國人就動了氣，立時把店小二的父親打了一頓，還揪住不放，說要拿他往衙門裡送。店小二是嚇的早躲了出來，不敢回去。」知府道：「混帳東西！我就知道你們不等到鬧出亂子來，也就躲著不來報了。打碎一個甚麼碗？你知道，弄壞了外國人的東西，是要賠款的嗎？」地保就從懷裡掏出兩塊打碎的破磁片子送了上去，說：「那碗是個白磁的，只怕磁器舖裡去找還找的出。」知府取過來仔細端詳過一回，罵了一聲：「胡說！」說「這是洋磁的，莫說磁器舖裡沒有，就是專人到江西，也燒不到

---

❹ 參府：知府屬下佐貳人員。

這樣。這事鬧大了!先把這混帳東西鎖了起來,回來再辦他!」地保聽了這話,連忙自己摘掉帽子,爬在地下磕響頭,嘴裡說:「大人恩典!大人超生!」知府也不理他,又問:「店小二呢?」地保回道:「躲在小的家裡。」知府說:「原來你們是通同一氣的!」順手抓了一根火籤❺,派了一名差,叫立刻把店小二提到。差人奉命自去不題。

知府便說:「今日有交涉大事,只好暫時停考,等外國人這一關過去,再行掛牌曉諭。」說著就要退堂。那些童生雖然不願意,無奈都有父兄師保管束,也只好退了出去。這裡知府便讓參府到簽押房裡共商大事。參府說:「既然外國人到此,我們營裡應得派幾個兵前去彈壓閒人,以盡保護之責。」知府道:「老兄所見極是。」參府也不及吃茶,立刻辭了出來,坐轎而去。知府忙叫傳首縣,原來首縣正從府裡伺候武考,參堂❻以後,沒有他的事情,便即打道回衙。剛剛走到半路上,齊巧地保夥計趕來送信,他便不回縣衙,立刻折回本府衙門,坐在官廳上等候。知府又叫請刑名韓師爺。跟師爺的小廝說:「不敲十二點鐘,是向例叫不醒的。」知府無奈,只得罷手。

不消一刻,首縣進見,手本上來,知府趕忙叫請。首縣進來,請了安,歸了坐,知府便說:「西門外來了幾個外國人,老兄知道麼?」首縣說:「卑職也是剛剛得信,所以來回大人,請大人的示,該怎麼辦?還是理他的好,還是不理他的好?橫豎他們到這裡也沒有到大人這裡來拜過。」知府道:「現在亂子都鬧了出來了,你不理他,他也要找你了。」首縣忙問甚麼亂子。知府說:「難道你還不知道?」

❺ 火籤:過去官署捕犯傳人,命令犯人火速到案的用具。

❻ 參堂:上堂參見。

便把地保所稟，店小二的父親打碎了他們一個碗，被他揪住不放，還要往衙門裡送的話說了一遍。首縣聽了，呆了半天不能言語。知府道：「你們是在外面做官做久了的，不知道裡頭的情形。兄弟在京的時候，那些大老先生們，一個個見了外國人還了得！他來是便衣短打，我們這邊一個個都是補褂朝珠。無論他們那邊是個做手藝的，我們這些大人們，總是同他並起並坐。論理呢，照那中庸上說的，柔遠人原該如此。況且他們來的是客，你我有地主之誼，書上還說送往迎來，這是一點不錯的。現在裡頭很講究這個工夫，以後外國人來的多了，才顯得我們中國柔遠的效驗咧。依兄弟愚見，我們此刻先去拜他，跟手送兩桌燕菜酒席過去，再派幾個人替他們招呼招呼，一來盡了我們的東道之情，二來店家弄壞了他的東西，他見我們地方官以禮相待，就是有點需索，便也不好十分需索，能夠大事化小，小事化無。等到出了界，卸了我們干係，那怕他半路上被強盜宰了呢！」首縣道：「大人明見，卑職就跟了大人一塊兒去。」知府說：「很好。但是一件，我們沒有一個會說洋話的怎麼好？」首縣說：「卑職衙門裡的西席老夫子，有個姓張的，從前在省城裡甚麼學堂裡讀過三個月英文的，現在請他教卑職的兩個兒子讀洋書。」知府說：「原來世兄學習洋文，這是現在這一件經世有用之學，將來未可限量，可喜可敬。」立刻叫跟班拿名片去請縣裡張師爺。停了一會子，張師爺穿了袍褂，坐轎來了。知府接著，十分器重，說了些仰慕的話。張師爺也高興的了不得。三人會齊，立刻鳴鑼開道，齊奔西門外高陞店而來。

有分教：太尊媚外，永順縣察看礦苗，童子成軍，明倫堂大抒公憤。要知後事如何，且聽下回分解。

# 第二回　識大體刺史講外交　惑流言童生肇事端

卻說柳知府同了首縣，翻譯，一直出城，奔到高陞店，當下就有號房❶，搶先一步進店投帖。少停，轎子到門，只見參府裡派來的老將，帶了四個營兵，已經站在那裡了。且說這店裡住的外國人，原來是意大利國一個礦師。只因朝廷近年以來，府庫空虛，度支日絀，京裡京外，很有幾個識時務的大員，曉得國家所以貧弱的緣故，由於有利而不能興。甚麼輪船，電報，織布，紡紗，機器廠，槍砲廠，大大小小，雖已做過不少，無奈立法未善，侵蝕尤多，也有辦得好的，也有辦不好的。更有兩件天地自然之利，不可以不考求的，一件是農功，一件是礦利。倘把這二事辦成，百姓即不患貧窮，國家亦自然強盛。所以那些實心為國的督撫，懂得這個道理，一個個都派了委員到東洋考察農務，又從外洋聘到幾位有名礦師，分赴各府州縣察看礦苗，以便招人開採。

這番來的這個意大利人，便是湖北總督派下來的。同來的還有一個委員，因在上縣有事耽擱，所以那礦師先帶了兩個外國人，一個通事，兩個西崽❷，一共六個人，早來一步。到永順城外找到高陞店住下，原想等委員來到，一同進城拜客，不料店小二因他父親被打，奔到地保家中哭訴，地保恐怕擔錯，

❶ 號房：舊時官署的傳達處或傳達人員。

❷ 西崽：舊時為外國僑民服役的人。

立刻進城稟報，偏偏碰著柳知府又是個極其講求外交的，便同了首縣先自來拜。名帖投進，虧得那礦師自到中國，大小官員見過不少，很懂得些中國官場規矩。況且自己也還會說幾句中國話，看過名帖，忙說了聲：「請！」柳知府當先下轎走在頭裡，翻譯張師爺夾在中間，首縣打尾。進得店門便有店裡夥計領著上樓，那礦師已經接到扶梯邊了。見面之後，礦師一隻手探掉帽子；柳知府是懂外國禮信的，連忙伸出一隻右手，同他拉手。下來便是讀過三個月洋書的張師爺，更不消說這個禮信也是會的，還說了一句外國話，礦師也答還他一句。末了方是首縣，上來伸錯了一隻手，伸的是隻左手，那礦師便不肯同他去拉，幸虧張師爺看了出來，趕緊把他的右手拉了出來，方算把禮行過。那礦師同來的夥計，連著通事，都過來相見。那通事鼻子上架著一付金絲小眼鏡，戴著一頂外國睏帽，腳上穿著一雙皮鞋，走起路來格吱格吱的響，渾身小衫褲子，一律雪白，若不是屁股後頭掛著一根墨測黑的辮子，大家也疑心他是外國人了；見了人並不除去眼鏡，朝著府縣只作一個揖，虧他中國禮信還不曾忘記。

一時分賓主坐下，西崽送上茶來，便是張師爺一心想賣弄自己的才學，打著外國話，甚麼溫 (one) 吐 (two) 脫利 (three)，克姆 (come)，也斯 (yes)，鬧了個不清爽。起先那礦師還拉長了耳朵聽，有時也回答他兩句，到得後來，只見礦師一回皺皺眉頭，一回抿著嘴笑，一句也不答腔。府縣心裡還當他們話到投機，得意忘言。停了一歇，忽見礦師笑迷迷的打著中國話向張師爺說道：「張先生，你還是說你們的貴國話給我聽罷。你說的外國話不要說我的通事不能懂，就是連我也不懂得一句。」大家到這裡，方才明白是張師爺工夫不到家，說的不好，所以外國人也不要他說了。張師爺聽了這話，把他羞的了不得，連耳朵都緋緋紅了，登時啞口無言，連中國話也不敢再說一句，坐在那裡默默無聲。首縣瞅著，很難為情。虧得柳知府能言慣道，不用翻譯，老老實實的用中國話攀談了幾句。礦師卻還都明白，就說：「兄弟在武昌見過制臺。這位制臺大人，是貴國裡的一個大忠臣，知道這開礦的利比各種的利益都大，所以才委了我同著金老爺來在貴府。一路察看情形，到了長沙，我還去拜望你們貴省的撫臺。這撫臺請我吃晚飯，他這人也是一個很明白的。今天到了貴府，因為金老爺還沒有到，所以我沒有到貴府衙門裡拜見。現在勞駕得很，我心上很歡喜。」當下又說了些客氣話，柳知府也著實拿他恭維，方才起身告別。柳知府還要約他到衙門裡住，他說等金老爺到了再說。彼此讓到扶梯邊，又一個個拉了拉手，礦師便自回去。

府，縣同了張師爺下樓上轎，一直回到府衙門，知府下轎，依舊邀了首縣同張師爺進去談天。張師爺便不及上次高興。知府還留他吃飯，他不肯吃，先回去了。這裡首縣說：「今兒卑職保舉匪人，幾乎弄得坍臺，實在抱愧得很。」知府道：「你不用怪他，他學洋文學問雖淺，這永順一府，只怕除了他還找不出第二個，留他在這裡開開風氣也好。老兄你回去，總要拿他照常看待，將來兄弟還有用著他的地方呢！」當下又講到店小二父親打了他們的碗，剛才居然沒有提起此事，大約是不追究的了。說到這裡，門上來回：「店小二已經鎖了來，現在就叫原差押著他去找他父親去了，把他爺兒倆一齊拿到，連著地保三個，還是發縣呢，還是老爺親自審？」知府道：「一時也還用不著審，但是放亦放不得的，倘若放跑了，將來外國人要起人來，到那裡去找呢？他們外國人最是反面無情的，究竟打掉一個碗，不是甚麼要緊東西，也值得拖累多少人，叫人家敗家蕩產嗎？不過現在他們外國人正在興旺頭上，不能不讓他三分。可憐這些人那一個不是皇上家的百姓，我們做官的不能庇護他們，已經說不過去，如今反幫著別人折磨他們，真正枉吃朝廷俸祿，說起來真叫人慚愧得很！然而也叫做沒法罷了。現在且等金委員到了再講，看來不至於有甚麼大事情的。」那門上便自退出。首縣又說了兩句，亦即辭了出來。

知府送客回去，連忙更衣吃飯。等到中飯吃過，便有學老師託了門上拿著手本上來，請示幾時補考武童。他們人多，而且多是沒有錢的，帶的盤纏有限，都是扣準日子的，在這裡多住一天，吃用也著實不少，有了日子幾時補考，就好安頓他們了。知府道：「我拿得定嗎？我巴不得今天就考完，早考完一天，他們早回去一天，我也樂得早舒服一天。無奈外國人在這裡，不定甚麼時候有事情，叫我怎麼能夠定心坐在那裡，一天到晚的看他們射箭，弄這個不急之務呢？而且還有一句話問問他們，射箭射好了，可是能夠打得外國人的嗎？」原來柳知府因為剛才捉拿店小二父親一事，同首縣談了半天，著實有點牢騷，心想我為一府之尊，反不能庇護一個百姓，還算得人嗎？因此睡中覺也睡不著，躺在床上翻來覆去，越想越氣。齊巧門上來回這事，算他倒運，碰了個釘子。門上出去之後，便一五一十對著老師說了。老師無奈，各自回寓，接著一班廩保來見，老師又同他說了，還說太尊正在不高興頭上，只好屈諸君暫留兩天，少不得總要考的。眾廩保道：「考是自然要考，本城的童生還好，但是那些外縣的，還有鄉下上來的，大家都是扣準了日子來考，那裡能夠耽誤這許多天？一個個吃盡用光，那裡來呢？」老師道：「太尊吩咐下來，我亦沒有法想。」眾廩保無奈，也只好退了出來，傳知各童生，大眾俱有憤憤之意，齊說：「知府巴結外國人，全不思體恤士子！」這個風聲一出，於是一傳十，十傳百，霎時間滿城都已傳遍了。後文補敘。

※　※　※

且說那湖北制臺派來的金委員，是個候補知州，一向在武昌洋務局裡當差。從前出過洋，會說英法兩國的話，到省之後，上司均另眼相看。此番委他同了礦師沿途察勘，正是上憲極力講求為國興利的意思。那日柳知府去拜礦師，礦師原說他不日可到，果然未及上燈時分，已見他拿著手本前來稟見。柳知府立刻請見，行禮歸座。寒暄了幾句，金委員當將來意稟明，還說洋礦師因見大人先去拜他，心上高興的了不得。柳知府便說：「我已叫縣裡備了兩席酒替他送去，我要邀他們到衙門裡來住，他說等著老兄到了再定。」金委員道：「大人已經先去拜他，又送他酒席，這也儘夠的了。同外國人打交道，亦只好適可而止。他們這些人，是得步進步，越扶越醉，不必過於遷就他。卑職是到過外洋，很曉得他們的脾氣。依卑職的意思，大人可以不必再去理他，亦不必約他們到衙門裡來住。」

原來柳知府一心只想籠絡外國人，好叫上司知道說他講求洋務，今聽金委員如此一說，心想我今日的一番舉動，豈不成了蛇足麼？好在禮多人不怪，現在裡頭尚且十分遷就他們，何況我呢？心上如此想，面子上不好駁他，滿口的說：「老兄所見極是，兄弟領教。但是老兄同了他們來到此地，還是大略看看情形，還是就要動手開採？說明了，兄弟這裡也好預備。」金委員道：「這一回不過奉了督憲的公事，先到各府察勘一遍，凡有山的地方都要試過，等到察勘明白，然後回省稟明督憲，或者招集股份，置辦外洋機器開採，或者本地紳富有願包辦的，用土法開採亦好。到那時候，自然另有章程，現在還說不到這裡。目下只求大人多發幾張告示，預先曉諭地方上的百姓，告訴他們此番洋人前來試驗礦苗，原是為將來地方上興利起見，並無歹意，叫他們不必驚疑。等到洋人下鄉的時候，再由縣裡同營裡多派幾個衙役兵勇，幫著彈壓，免得滋事。府屬四縣看過之後，就要回省銷差。這一路的山，雖比別府多些，頂多也不過半月二十天的工夫，就可了事。」柳知府連忙答應明天寫好告示，儘後天一早貼出。金委員又謝過方才告辭出來。跟手去拜縣裡營裡，不必細題。第二天，又到縣裡開了本地紳富的名單，挨家去拜，卻無一個出來會他。到了第三天，府裡的告示已經貼了出來，縣裡派的衙役，營裡派的兵丁，亦都齊集店中，聽候差遣。

話分兩頭。且說那班應考的武童，大都游手好閒，少年喜事之人居多，加以苗漢雜處，民風強悍，倘遇地方官拊循得法，倒也相安無事，如若有樁事情，不論大小，不如他們的心願，從此以後，吹毛求疵，便就瞧官不起。即如此番柳知府提倡新學，講究外交，也算得一員好官。只因他過於巴結洋人，擅停武考，以致他們欲歸不得，要考不能，不免心生怨望。加以這些武童，常常都聚在一處，不是茶坊，便是酒店，三五成眾，造言生事，就是無事，也要生點事情出來，以為鬧得有趣。

卻說這日正有十來個人在茶館裡吃茶，忽然有他們一個同伴的童生進來嚷道：「了不得！」大家見他來得奇怪，一齊站起身來，齊問甚麼事情。那人道：「我剛才到府前閒耍，忽見照牆上貼出一張告示，有多少人鬨著去看。有一個認得字的老先生在那裡講給人聽，原來這柳知府要把我們這一府裡的山通統賣給外國人，叫他們來到這裡開礦，你們想想看，咱們這些人，那一個不住在山上，現在賣給外國人，叫咱們沒有了存身之處，這還了得！」這人不曾說完，接著又有一個童生跑了來，也是如此述了一遍。不消一刻，來了三四起人，都是如此說法。頓時就鬨了二百多人，有的說：「我的家在山上，這一定要拆我的房子了！」一個說：「我的田在山上，這一定要沒我的田地的了！」又一個說：「我幾百年的祖墳都在山上，這一來豈不要刨墳見棺，翻屍掏骨嗎？」還有個說：「我雖不住山上，卻是住在山腳底下，大門緊對著山。就是他們在那裡動土，倘有一長半短，豈不於我的風水也有關礙？大家須想個抵擋他的法子才好！」當下便有人說：「甚麼抵擋不抵擋，先到西門外打死了外國人，除了後患，看他還開得成礦開不成礦？」又有人說：「先去拆掉本府衙門，打死瘟官，看他還能把我們的地方賣給外國人不能？橫豎考也沒有考，大家拚著去幹，豈不結了嗎？」於是你一句，我一句，人多口雜，早鬧得沸反盈天。看熱鬧的人，街上愈聚愈多，起初還都是考先生，後來連不是考先生也和在裡頭。

眾人正在吵的時候，忽有本地最壞不堪的一個舉人，分開眾人跑進茶店，忙問何事。於是眾人都搶向他訴說，如此如此，這般這般，說了一遍。這個舉人，一生專喜包攬詞訟，挾制官長，無所不為，聲名甚臭。當時聽得此事，便想借題做文，連說：「這還了得！這瘟官眼睛裡也太覺沒有人了。好端端要把我們永順地方賣給外國人，要滅我們永順一府的百姓，這樣大事情，茶店不是議事的地方，還不替我快去開了明倫堂，大家一齊到那裡商量個法子，在這裡做甚麼呢？」一句話提醒了眾人，大家一哄而出，其時已有上千的人了。這茶店裡不但茶錢收不到，而且茶碗還打碎不少，真正有冤沒處伸，只好白瞪著眼睛，看他們走去；未曾把茶店房子擠破，已是萬幸，還敢哼一聲嗎？

且說一干人跑到學裡，開了明倫堂，爽性把大成殿上的鼓搬了下來，就在明倫堂院子裡擂將起來。學裡老師，正在家裡教兒子念書，忽見門斗來報，不覺嚇了一跳，不敢到前頭來，隔著牆聽了一聽，來往的人聲實在不少。他便悄悄的回到自己衙門，關上大門，叫門斗拿了衣包帽盒，從後門一溜煙而去，到府裡請示去了。

有分教：童子聚眾，礦師改扮以逃生；太守請兵，佳士無辜而被累。畢竟這些童生鬧到那一步田地，且聽下回分解。

## 第三回　礦師踰牆逃性命　舉人繫獄議罪名

卻說儒學老師，因見考生聚眾，大開明倫堂議事，他便叫門斗把此事根由探聽明白，急急從後門溜了出來，直奔府衙門，稟見柳知府。柳知府一聞此信，不禁心上嚇了一跳，立刻請他相見。老師便把他們滋鬧情形陳說一遍。柳知府聽了，默默無語。老師道：「他們既會聚眾鬧事，難保不與洋人為難。這事是因停考而起，停考是為了洋人，這個禍根都種在洋人身上。再鬧下去，怕事情越弄越大。所以，卑職急急來此稟知大人。」柳知府道：「據你說起來，難道他們敢打死外國人不成？他們有幾個腦袋，敢替朝廷開此外釁呢？」老師道：「這裡頭不但全是考童，很有些青皮光棍，附和在內。」柳知府詫異道：「與他們甚麼相干？怎麼也和在裡頭？」老師道：「起初不過幾個童生，為的沒得考，又不得回去，難保不生怨望。在安分守己的人，自然沒有話說。有些歡喜多事的，不免在茶坊酒店裡散布謠言，說大人把永順一府的山，通統賣給了外國人，眾人聽見了，自然心上有點不願意。因此，一傳十，十傳百，人多口雜，愈聚愈眾，才會鬧出事來。」柳知府道：「真正冤枉！我雖為一府之尊，也是本朝的臣子，怎麼好拿朝廷的地方私自賣給外國人？這不成了賣國的奸臣嗎？他們這些人好不明白。你老哥既知道，就該替我分辯分辯，免得他們鬧出事來，大家不好看。」老師道：「大人明鑑！他們已動了眾，卑職一人怎麼說得過他？況且卑職人微言輕，把嘴說乾了他們也沒有聽見。」柳知府道：「我的告示上說的明明白白，說外國人今番來到此間，不過踏勘多處山上有無礦苗，將來果然有礦可採，亦無非為地方上興利。況且此時看過之後，並不立時動工，叫他們不必驚慌。這有甚麼難明白的？」老師道：「識字人少，說空話人多，卑職來到大人這裡，已經有半點多鐘，只怕人又聚的不少了。大人該早打主意：洋人那裡怎麼保護？學宮面前怎麼彈壓？免得弄到後來不好收拾。」柳知府道：「你話很是。」便叫人去通知營裡參府，請他派人到西門外高陞店保護洋人，一面去傳首縣同來商量。正說著，首縣亦正為此事，拿著手本，上來稟見，柳知府立刻把他請進，如同商議軍國大事一般，著實縝密。首縣又回：「卑職來的時候，才出衙門，滿街的強盜，把卑職的紅傘、執事都搶了去，大街上兩邊鋪戶，一概關門罷市。卑職一看苗頭不對，就叫轎夫由小路上走，才能夠到大人這裡來的。」柳知府道：「很好。西門外頭，我已招呼營裡派了人去保護，你就同著老師到學前去曉諭他們，說我本府並沒有把這永順一府的山賣給外國人，叫他們各保身家，不要鬧事。」首縣無奈，只好諾諾連聲，同了老師下來。

這裡柳知府滿肚皮心事，自己又要做告示曉諭他們，因為他們都是來考的人，嫌自己筆墨荒疏，又特特為為叫書啟老夫子做了一篇四六文的告示。正要叫書辦寫了發出去貼，偏偏被刑名師爺看見，說他們都是考武的，有限幾個懂得文墨。一句話把柳知府提醒，就請刑名師爺代擬一個六言告示，然後寫了，用過印、標過硃，派了人一處處去貼。柳知府又怕營裡保護不力，倘或洋人被他們殺害，朝廷辦起罪魁來，我就是頭一個，丟了前程事小，還怕腦袋保不住。思到此間，急得搔耳抓腮，走頭無路，如鍋上的螞蟻一般。

話分兩頭。且說一班考童聽了那舉人的話，大家齊鬨奔到學宮，開了明倫堂，擂鼓聚眾，霎時間就聚了四五千人。這舉人姓黃，名宗祥，天生就一肚皮的惡心思，壞主意，府城裡的人沒有一個不怕他的。現在見他出頭，大眾無不聽命。當下到得明倫堂上，人頭擠擠，議論紛紛。他便分開眾人，在地當中擺下一張桌子，自己站在桌子上，說與大眾聽道：「我想這永順一府地方，是皇上家的地方產業，是我們自己的產業。現在柳知府膽敢私自賣與外國人，絕滅我們的產業，便是盜賣皇上家的地方，我今與他一個一不做二不休。頭一件，城裡城外大小店面，一律關門罷市。第二件，先到西門外找到外國人通統打死，給他一個斬草除根。第三件，齊集府衙門，捉住柳知府，不要傷他性命，只要叫他寫張伏辯❶與我們，打死洋人之事不可上詳，那時侯萬事罷休。他要性命，自然依我。」眾人聽了，齊說有理。當下便有幾百人分頭四出，吩咐大小鋪戶關門，各鋪戶見他們來勢凶猛，誰敢不遵？黃宗祥自己帶領著一幫人步出西門，找到高陞店，其時已有上燈時分。且說是日午後，住在高陞店裡的那個礦師，已經得了外面消息，怕有考童鬧事，所有他的夥伴與同來的翻譯，西崽人等，通統不敢出門。金委員為了此事，也著實擔憂。自己悄悄穿了便服，步行到府衙門，請柳知府設法保護。一路上看見人頭擁擠，心下甚是驚慌，到得府衙門。齊巧柳知府送過首縣，老師出去，獨自一個在那裡愁眉不展。一聽他來，立刻請見。見面之後，金委員未曾開口，柳知府先問他外頭信息如何？金委員便將外頭聽來的話，與街上看見的情形，說了一遍。柳知府道：「兄弟已經照會營裡到店保護。頂好是早點搬到兄弟衙門裡來住，省得擔心。」金委員道：「地方上動了眾，無論那裡都靠不住。」金委員又要柳知府親自出城彈壓保護。柳知府正在

❶ 伏辯：獄囚認罪的文詞。

為難的時候，只見門上幾個人慌慌張張的來報，說有好幾百個人都鬨進府衙門來，現在已把二門關起，請金大老爺就在這裡避避風頭。金委員連連跺腳，也不顧柳知府在座，便說倘若他們殺死外國人，叫我回省怎麼交代？柳知府也是長吁短歎，一籌莫展。眾家丁更是面面相覷，默不作聲。裡面太太小姐，家人僕婦，更鬧得哭聲震地，沸反盈天。外頭一眾師爺們，有的想跳牆逃命，有的想從狗洞裡溜出去。柳知府勸又不好勸，攔又不好攔，只得由他們去。聽了聽二門外頭那人聲越發嘈雜，甚至拿磚頭撞的二門鼕鼕的響，其勢岌岌可危。暫且按下。

※ ※ ※

再說高陞店的洋人，看見金委員自己去找柳本府前來保護，以為就可無事的了。誰知金委員去不多時，那學裡的一幫人恰恰趕來。幸虧店裡一個掌櫃的人極機警，自從下午風聲不好，他便常在店前防備。還有那營裡縣裡預先派來的兵役，也叫他們格外當心，不可大意。當下約有上燈時分，遠遠的聽見人聲一片，蜂湧而來。掌櫃的便叫眾人進店，把大門關上，又從後園取過幾塊石頭頂住。又喜此店房屋極多，前面臨街後面齊靠城腳，開開後門，適臨城河，無路可走，唯右邊牆外有個荒園，是隔壁人家養馬的所在，有個小門可以出去。那洋人自從得了風聲，早已踏勘明白，預備逃生。說時遲，那時快，只聽得外面人聲愈加嘈雜，店門兩扇幾乎被他們撞了下來。掌櫃的從門縫裡張了一張，只見火把燈籠，照如白晝，知道此事不妙，連忙通知洋人，叫他逃走。洋人是已經預備好了的，便即擯去輜重，各人帶一個小小的包裹，爬上梯子，跳在空園，四顧無人，便把這家的馬牽過幾匹，開開後門，跨上馬背，不顧東西，捨命如飛而去。這裡掌櫃見洋人已走，仍舊趕到前面。心下思量，若不與他們說明，他們怎肯干休？將來我的屋還要被他們踏平。倘若說是我放走的，愈加不妙，不如說是還在城裡，把他們哄進了城，以為緩兵之計。主意打定，便隔著門，把洋人早到城裡的話，說給眾人。眾人不信，齊說要進來看過。掌櫃的便同他們好說歹說，說我們大家是鄉鄰，你們也犯不著來害我。黃舉人隔著大門說：「有我在這裡，決不動你一草一木！」立逼著要開門進去。掌櫃的那裡敢開？後來始終被這些人撞破大門，一擁而進，搜了一回沒有，順手搶了多少東西。店裡的人，逃走不及，很有幾個受傷的。眾人見洋人果然不在店內，然後蜂擁入城，直奔府衙門。剛剛走進城門，碰著營裡參府，帶領了標下弁兵，打著大旗，掌著號，呼么喝六而來。這綠營的兵固然沒用，然而出來彈壓這般童生，與一班烏合之眾，尚覺綽綽有餘。眾人見此情形，不免就有點七零八落，參差不齊。及至參府到了高陞店，一問洋人說是在府裡，曉得這般人一定是要鬧到府裡去的，倘若鬧出殺官劫獄的事情，那時干係更重，立刻撥轉馬頭，打著旗，掌著號，亦往本府衙門而去。到得府前，才過照牆❷，參府便命營兵站定。照裡一望，但見人頭十分擁擠，聽說府大堂的暖閣已經拆掉，虧得二門堅牢，未曾撞破。一干人還在裡邊吵鬧。參府估量自己手下這幾個老弱殘兵，如何抵擋他們得過？心生一計，暫且擺齊隊伍，把守在外，只是嗚嗚的掌號，恐嚇他們。裡頭有人走了出來，也不去追趕，由他自去。等到這班人散走了些，再作道理。當下眾弁兵聽令，果然在照牆外面嗚嗚的掌號掌個不住。

且說裡頭這班人，一無紀律，二無軍器，趁得人多手眾，拆掉一個暖閣，無奈一個二門，敲死敲不

❷ 照牆：屏門之牆，又叫「照壁」。

開。看看天色已晚，大家肚裡有點餓了，有些溜了回來吃飯。等到回來，只見府前鳴鑼掌號，站著無數營兵，便也不敢前進。裡頭的人，聽見外頭掌號，不知道發了多少兵前來捉拿他們，人人聽了心驚。不知不覺，便三五成群，四五作隊的走了出來。及至走出大門，見營兵並不上來捕拿，樂得安心回家。這時候只有去的，沒有來的，不到三更天裡頭，只賸得二三百人了。這二三百人因為一心只顧攻打二門，沒有曉得外面的情形，所以還在那裡廝鬧。外面參府一見裡面人少，即忙傳令拔隊，進了府衙門，在大堂底下紮住。此時首縣典史，打聽得府衙門人已散去，他們也就帶領著三班衙役，簇擁而來。裡頭這二三百人，才曉得不好，丟下二門也不打了，齊想一哄而散。恰好參府堵著大門，喊了一聲拿人，眾兵丁衙役一齊動手，立時就拿到二三十個，其餘的都逃走了。然後首縣親自去敲二門，說明原故，裡頭還不相信，問了又問，外面參府典史一齊答話，裡面方才放心開了二門，讓眾官進去，才得曉柳知府已經嚇得死去活來。

金委員見面先問洋人的消息，參府說不在店裡，問過店裡的人，說是在府裡。金委員道：「他何曾同來？不好了！一定被他殺死了！」立刻要自己去尋。柳知府便叫首縣陪他一塊兒去。參府又派了二十名兵，一個千總，一同前去。及至到了店裡，只見店門大開，人都跑散，東西亦被搶完，有幾個受傷的人在那裡哼哼。後來在茅廁裡找著掌櫃的兒子，才知道洋人是已逃走的了。金委員的心才略略的放下。又盤問：「你可知道他們是往那裡去的？」掌櫃的兒子說：「我的爺！我又沒有跟他們去，我怎麼會知道？」金委員急的要自己去找。首縣說：「這半夜三更，你往那裡去找他們？既已逃出，諒無性命之憂。我這裡派人替你去找，少不得明天定有下落。」金委員無奈，只得又回到府衙門，見了柳知府，嚷著要拿滋事的人重辦，否則不能回省銷差。柳知府諾諾連聲，便留他先在府衙門裡安身。首縣立刻叫人從自己衙門裡取到一副被褥床帳，如缺少甚麼立刻開條子去要。柳知府又吩咐首縣，把捉住的人，就在花廳上連夜審問，務將為首的姓名查問明白，不要連累好人。金委員嫌柳知府忠厚，背後說這些亂民拿住了，就該一齊正法，還分什麼首從？柳知府曉得了也不計較。

是日，自從下午起，鬧到三更，大家通統沒有吃飯。柳知府便叫另外開了一桌飯，讓金委員首座，參府二座，首縣三座，典史四座，自己在下作陪。吃完了飯，參府帶著兵，親自去查點城門，怕有歹人混了進來。又留下十六名營兵，預備拿人。首縣會同金委員，就要審問拿住的一干人。當下開了點單，同到花廳，就在炕上，一邊一個坐下。外面八九十個兵壯，兩三個看牢一個，如審強盜的一般，一個個帶上去審問。也有問過口供不對，捱著幾下耳刮子的，也有問過幾句就吩咐帶下去的。總共拿住了三四十個人，內中有三個秀才，十八個武童，其餘十三個，有做生意的，也有來看熱鬧的。金委員吩咐一概釘鐐收禁，首縣也不好違他。當時在堂上問出是黃舉人的首謀，問明住處，金委員便回柳知府，要連夜前去拿人，遲了怕他逃走。柳知府立時應允，又委首縣一同前去，帶了通班衙役，還有營兵十六名，又帶了一個拿住的人做眼線，燈籠火把，洶湧而去。

且說黃舉人自從明倫堂出來，先到高陞店，及至打開店門，不見洋人的面，趕忙奔到府衙門，正想率領眾人幫著打進二門，捉住柳知府，大鬧一頓，誰料正在高興頭上，忽聽大門外嗚嗚的掌號，心下驚慌，以為有兵前來捕拿，後來看見眾人漸漸散去，自己勢孤，也只好溜了出來。幸喜走出大門，沒人查問，一直轉回家中，心想此事沒有弄倒他們，將來訪問，是我主謀，一定要前來拿我。愈想此事，愈覺不妙，忙與家人計議，關了前門，取了些盤纏，自己想從後門逃走，往別處躲避一回。正在收拾行李的時候，忽聞牆外四面人聲，前後大門都有人把守。他的門既比不得高陞店的門，又比不得本府的宅門，被差人三拳兩腳，便已打開。捉住一個小廝，問他黃舉人在那裡。小廝告訴了他，眾人便一直奔到他屋裡，從床底下拖了出來。一根練子往脖子裡一套，牽了就走。回到衙門，已有五更時分了。金委員又逼著首縣，一同問他口供。提了上來，黃舉人先不肯認，金委員就要打他。首縣說：「他是有功名的人，革去功名，方好用刑。」金委員翻轉臉皮說道：「難道捉到了謀反叛逆的人，亦要等到革掉他的功名方好辦他嗎？」首縣無奈，只好先打他幾百嘴巴，又打了幾百板子。還沒有口供，只好暫時釘鐐寄監，明日再問，問明白了，再定罪名。柳知府因為沒有革去黃舉人的功名就打他的板子，心上老大不願意，說：「如果打死了外國人，我拚著腦袋去陪他，金委員不該拿讀書人如此蹧蹋，到底不是斯文一脈！」第二天，便說要自己審問這樁案件。

有分教：太守愛民，郡縣漸知感化；礦師回省，閭閻重被株連。欲知後事如何，且聽下回分解。

# 第四回　倉猝逃生災星未退　中西交謫賢守為難

卻說那洋礦師一幫人，自從在高陞店爬牆出來，奪得隔壁人家馬匹，加鞭逃走，正是高低不辨，南北不分，一口氣走了十五、六里，方才喘定。幸喜落荒而走，無人追趕。及至定睛看時，樹林隱約之中，恰遠遠有兩三點燈光射出。其時已五月初旬，一鉤新月，高掛林梢，所以樹裡人家，尚覺隱隱可辨。逃走之時，不過初更時分，在路上走了只有一刻多鐘。當下幾個人見有了人家，心上一定，一齊下馬，手拉轡繩，緩步行來。礦師道：「此地百姓，恨的是我們外國人，我們此番前去借宿，恐怕不肯，便待如何？」西崽道：「此處離城較遠，城裡的事他們未必得知，有我們中國人同著，或者不至拒絕。」通事道：「縱不至於拒絕，然而荒郊野地，這些鄉下人，一向沒有見過外國人，見了豈不害怕，還敢留我們住嗎？」礦師躊躇了半晌，說道：「這便怎樣呢？」虧得那礦師同來的夥計，雖也是外國人，這人卻很有心思，便同那礦師打了半天外國話，礦師點頭醒悟，忙問通事：「帶出來的包袱裡，還有中國衣裳沒有？」通事道：「有，有，有。」礦師道：「有了就好說了。」便把他夥計商量，通統改作中國人打扮的意思說了出來，大家齊說很好。西崽道：「如果不夠，我的包裡，還有長褂子坎肩哩。」一面說，一面與通事兩個趕忙各將衣包打開。那通事本來是愛洋裝的，到了此時，先自己換了中國裝，又取出接衫一件，單馬褂一件。西崽取出竹布長衫一件，坎肩一件。兩個洋人喜的了不得，就在道旁把身上的洋衣脫了下來，用包袱包好，把長衫馬褂坎肩穿了。但是上下鞋帽不對，沒有法想。西崽又在包袱裡取出一雙舊鞋，給礦師穿了。然而還少一雙，西崽只得又把自己腳上穿的一雙脫了下來，給那個洋人穿著，自己卻是赤著腳走，腳下已齊全了，獨獨賸下了頭上沒有商量。如果不戴帽子，卻是缺少一根辮子，叫人一看，就要破相；如若戴了外國草帽，鄉下人沒有見過這樣草帽，也是要詫異的。大家議論了一番，一無妙法，兩個洋人也是急得搔耳抓腮，走頭無路。歇了一會，那個西崽忽然笑嘻嘻的說道：「我倒有個法子。」眾人忙問什麼法子？西崽道：「荒郊野外，又沒有剃頭店，要裝條假辮子，一時也來不及。現在依我意思，只好請二位各拿手巾包了頭，裝著病人模樣，由我們兩個扶了，再前去借宿。只說趕路迷失路途，夏天天時不正，兩人都中了暑，怕的風吹，所以拿布包了頭。今天權宿一宵，明天再趕進城去。」礦師聽了，連稱妙計，急忙忙，兩個人依言改扮。如若鄉下人問時，只說辮子盤在裡頭，便可搪塞過去。又改扮停當，仍舊牽了馬，走到一家門口，把馬拴在樹上，聽了聲息俱無，想是已經睡了，不去驚動。到第二家門口，聽見內中有兩個人說話，西崽便伸手敲了幾下門。內中問是誰，西崽並不答應，仍舊敲個不住。究竟鄉下人心直，也不問到底是誰，見打門聲急，便有一個男子，前來拔了門，開了門。四個人，一個扶一個，一齊走進；那兩個洋人，更把頭低下，裝出有病模樣。進門之後，見了床，隨即和衣倒睡。這家人家，本是母子兩人，那男的是兒子，此外只有一個老太婆。一見這個樣子，心下老大驚慌，忙問怎的。西崽告訴他道：「我跟了他三個出來做買賣，原想今日趕進城的，不料多走了路，迷失路途，不知城還有多遠？現在天時不正，他兩個又在路上中了暑，發了痧，不能趕路。所以要借你這裡權住一夜，明天一早，打總的謝你。」鄉下人母子聽了，將信將疑，忙問：「還有行李鋪蓋呢？」西崽道：「早上出城，原說當晚便回，沒有帶得鋪蓋，各人只有小包袱一個。」母子二人聽了，信以為真。又問吃飯沒有？西崽回說：「沒吃。」老太婆道：「只有你兩吃飯，他兩個病了，讓他靜養一夜，餓餓也好。」那懂得中國話的礦師，聽了歡喜，心裡說：我這可把他瞞住了。但是在店裡動身之前，並沒有吃得飯。此刻他不讓我吃，叫我睡在這裏，卻是餓的難過。救了性命，救不得肚皮，這亦說不得了。

且說那鄉下男子，便叫他母親重新打火做飯，自己出外淘米，不提防走至樹下，一排拴著好幾匹馬，心下一驚。想這四人來路古怪，不要是什麼歹人闖到我家，那卻如何是好？急急淘完了米，奔到母親面前，趁空低聲告訴了一遍。他母親趁空走到門外，看了一看，見是真的，便對他兒子說道：「你聽這幾個人說話，都是外路口音，現在又有這幾匹馬，不要是碰著了騎馬賊呢？我在家料理他們吃飯，你快到地保家送個信去。如果不對，先把他們綑起來，省得受他的害。」他兒子一聽不錯，仍舊到屋裡招呼了半天，託說解手出門去了。這裡只有兩個人吃飯，老太婆著實殷勤，要茶要水，極其週到，一霎時吃完了飯。到底人家的馬，漠不關心，並不當心餵草餵料，還是老太婆問了聲：「四位爺們的馬，也該餵餵了。我們這裡卻少麩料，如何是好？」西崽道：「餵上把草，也就中了。」老婆子聽說，自出餵馬。這裡四個人，兩人一床，暫時歇息。因日間受了驚慌，晚上逃難又趕了十幾里路，兩個外國人先已裝病睡倒；西崽究竟是個粗人，還可支持得住；獨是苦了這個通事，生平沒有騎過馬，一路上被他顛的屁股生痛，吃過飯，丟過飯碗，連忙躺下。西崽樂得一同歇息。四個人睡在床上，趁屋裡無人，各訴苦況，還感念老太婆母子的好處。說：「如果不是碰著了他，今夜尚不知在那裡過夜？」兩個外國人只是鬧肚裡餓。西崽包袱裡還帶著幾塊麵包，兩個外國人看見，如同得了至寶一般，只得權時取來充飢。

說時遲，那時快，這裡幾個人方才合眼，那個老太婆的兒子已經去找到地保。說是莊上來了騎馬賊，現在他家裡住宿。地保一聽，事關重大，立刻齊集了二三十人，各執鋤頭釘耙，從屋後兜到前面。老太婆兒子當先，地保在後，一幫人跟在後面，靜悄悄捱至門前，一擁而進。這幾個人究竟勞苦之餘，容易睡著，屋裡進來的人，並未覺得。老太婆一見他兒子領了許多人來到屋裡，曉得是來拿人的，就把嘴照著床上努了一努。地保會意，便吩咐眾人，快拿繩子將他四人綑起。老太婆的兒子，也幫著動手。可憐四個人竟如死人一般，一任眾人擺布。等到綑好，地保道：「先把他四個的行李打開看看，可有搶來的東西沒有？」誰知倒有一大半外國人衣服在內，還有兩個草帽，兩雙皮鞋，其餘中國人衣服不多兩件，另外一個手巾包，裡頭包著些麵包食物之類。地保看了，也不認得。又叫搜他身上，看有傢伙沒有？眾人又一齊動手，才把那個礦師驚醒。睜眼一看，見了許多人，心想一定是城裡那班人趕下來捉他們的，急欲起身。誰知手腳被綑，掙扎不得。欲待分辯，又不敢分辯。心裡橫著總是一死，看他怎的？地保搜了一會，只有外國人出門時用的兩根棍子，其餘一無所有。又拿火在門外照了一會，四匹馬只有兩匹有鞍轡，兩匹是光馬。內中有一個人說道：「這一定是騎馬的強盜無疑。除掉強盜，誰有這麼大的本事，能夠騎這光馬？不要管他，把他扛到城裡，請老爺發落便了。」地保一想不錯，便叫鄉人取過兩扇門板，兩個筐籮，把他四個，兩個放在門上，兩個放在籮裡，叫幾個鄉人抬了就走。地保自己押著，又拉了老太婆的兒子同去做見證。

誰知他們在門外商議這些話時，都被礦師聽見，心上一喜，知道他們不是城裡的一班人。既而又聽見眾人說，要把他們四個往城裡送，心上又是一驚，又是一喜。驚的是到得城裡，不要又落在考童之手，那是性命全休；喜的是此番逃難，不識路途，況且行李全失，盤川亦無，見了地方官，不怕他不保護資送，而且都是見過的。既而一想，不要說破，且等他們抬到城中，再作道理。主意打定，索性裝睡，任憑眾人搬弄。當下眾人，便把兩個放在板上，兩個放在籮裡。四人之中，一個礦師是裝睡，一個礦師帶來的夥計，是不會中國話的，見此情形，早已嚇得做聲不得。一個通事，被馬顛破了屁股，正在那裡發熱昏暈。一個西崽，畢竟粗人，由人撥弄，只是不知。又選了十多個有力氣的鄉下人，沿路換肩倒替，其餘的牽了馬，拿了包裹，逕奔西門而來。

※　※　※

且說城裡的官，金委員自從拿到了黃舉人，打了一頓，收在監裡，他便進來歇息。首縣亦回衙理事，柳知府亦因一夜未曾安頓，送完了客，便獨自一個，要想到簽押房裡煙鋪上，打一個盹。誰知睡不到一點鐘，太陽已經下地，再想睡亦睡不著了。爬了起來，坐著吃水煙，心想：這件事如何辦法？現在滋事為首的人雖已拿到，究竟洋人逃落在何處，至今一無下落。金委員住在這裡，老等洋人，一天沒有下落，他一定是一天不走，將來被上頭知道，這便如何是好？而且案關交涉，倘若外國人要起人來，叫我拿什麼還他？就是殺了黃舉人，我這個罪名也耽不起。想來想去，正是啞子夢見媽，說不出的苦。正思想間，忽見門上拿了一大把名帖，說是合城紳士來拜。柳知府忙問何事？大清早上，他們會齊來做什麼？門上道：「也不知為的那一項？恍惚聽說是為了黃舉人沒有詳革功名，金大老爺就打他板子，所以大家不服，先來請示老爺，問問這個道理。倘若不還他們道理，他們就要上控。」柳知府急的頓腳道：「怎麼樣？這話我早說過的了。這位金老爺，辦洋務原是精明的，若講起例案來，總得還學習幾年，這個官是容易做的嗎？你想，我如今不見了外國人，金老爺不肯走，一定吃住了我替他找，打了黃舉人，眾紳士又不服氣，也來找到我。我如今真正做了眾人的灰孫子，若有地洞，我早已鑽進去了。實在，這個官我一天也不願意做。」門上拿著帖子，站在一旁，不敢答應。別的跟班，早伺候他把衣帽穿戴齊全，出來見客。這永順府城裡，十二分大的紳士也沒有，文的為首的是個進士主事，武的為首是個游擊連著佐雜千把之類，合攏了不過二三十人，當下也只來了十幾個人。柳知府接著行過禮，分賓坐下，柳知府先開口說：「今日倒一早驚動了諸位！」大夥兒說：「昨天晚上，大公祖受驚了。」柳知府道：「兄弟德薄望淺，不能鎮撫黎民，雖在這裡為官，實在抱愧得很。」眾紳士道：「考童不敢鬧事，不過大公祖停考之後，他們絕了希冀，不免心中怨望，也是有的。至於鬧事的人，還是地方上的痞棍，那些求名應考之人，斷斷沒有此事。」柳知府道：「這個兄弟也曉得。」眾紳士道：「大公祖曉得這個，就是我們地方上的運氣了。但是一件，何以昨夜又去捉拿黃舉人，打了不算，還收在監裡？黃舉人平日人品如何，且不必講。但他也是一個一榜出身，照著律例上，雖說是王子犯法，與庶民同罪，然而也得詳革功名，方好用刑。他究竟身犯何事，未經審問，如何可以打得板子？」柳知府道：「這是他們同夥供出來的。」眾紳士道：「設如被反叛咬了一口，說他亦是反叛，難道大公祖不問皂白，就拿他凌遲碎剮，全門抄斬嗎？大公祖是兩榜出身，極應愛惜士類，方不愧斯文一脈。要說舉人可以打得，我們這裡頭還有個把進士，同大公祖一樣出身，也就慄慄可懼了。」柳知府聽了這話，急得臉上一陣紅、一陣白，一句話也回答不出來。歇了半天，才說得一句：「這事兄弟還要親自審問，總有一個是非曲直，斷乎不能委屈姓黃的。」眾紳士道：「既然大公祖肯替我們作主，我們暫時告辭，明天再來聽信。至於昨日被痞棍打毀的大堂暖閣，事定之後，我們情願賠修。」說罷一齊站起。柳知府還要說別的話，見眾人已經走出，不好再說了。

當下把眾人送了出去，才進二門。只見門上又拿著手本來回，說首縣稟見，外國人也有了。柳知府聽了不禁大喜過望，如同拾了寶貝一般。忙問在那裡找著的？現在人在那裡，來了幾時，為了什麼不早說？門上道：「不是派人找著的，是鄉下人綑了上來的。」柳知府聽說，又吃了一驚，說：「好端端的，怎麼會被鄉下人綑了上來？倒沒有被鄉下人打傷？」門上道：「這是首縣大老爺，才同家人說的，其中底細，家人不知道。」柳知府便把首縣請進，又叫人去告訴金委員，說：「洋人找著了，少停首縣進來。」剛說得兩句，金委員也趕來了。柳知府道：「恭喜！恭喜！外國人找著了。」金委員道：「怎麼找著的？」柳知府道：「你聽他講。」

首縣便說道：「卑職今天一早，剛從大人這裡回去，就有這鄉下的地保，來報說拿住四個騎馬強盜。卑職聽了，很吃了一驚，因為地方上一向平安，沒有出過盜案，那有來的強盜呢？先叫人出去查問，回說一共有四匹馬，兩匹鞍轡俱全，那兩匹是光馬，包袱裡很有些外國衣服。卑職聽了，就疑心到這上頭。跟手坐堂，把四個人抬上來。誰知道外國人一見卑職，他還認得，就叫了卑職一聲。卑職一見是他們，立刻親自起身，替他們把繩子解去。只有那個通事，說是昨日騎馬，受了傷，身上發燒，頭裡昏暈，不能行動，現在卑職衙門裡，另外收拾了一間書房，讓他在那裡養病。那兩位洋人，餓了半天一夜，留在卑職那裡吃飯，吃過飯就來。卑職恐怕大人惦記，所以先來報信的。」柳知府道：「他們那裡來的馬？怎麼到了鄉下，會被他們認做強盜呢？」首縣道：「卑職也問過洋人，說昨天傍晚的時候，有好幾千人鬧到店裡，店裡掌櫃的把大門關上，讓他四個由牆逃走。齊巧後牆外是人家的馬棚，他們跨上馬背就走，一氣跑了十幾里，就跑到這鄉裡。恐怕鄉下人見了疑心，所以改了中國裝，兩個洋人又裝作有病樣子，拿布包了頭，才遮住鄉下人的耳目。誰知逃過一關，還有一關，鄉下人因見他們會騎光馬，所以認做強盜，通知了地保，地保亦不細細查問，竟把他們一齊綑起，送進城來。真正笑話！幸虧還沒有打壞他們。現在地保同鄉下人，一齊被卑職暫收在班房裡看管，聽候大人發落。」柳知府道：「綑他們的時候，為什麼不喊呢？」首縣道：「綑的時候，四個人本是通統睡著的，礦師一個驚醒，聽說是往城裡，曉得總會明白的，免得說破，又生別的枝節。那三個，一個洋人不會說中國話，一個通事病昏了，說不出話，一個西崽，睡的像死人一般，由鄉下抬到城裡，他就一覺睡到城裏，直到卑職叫人解開他的繩子，才把他喚醒。」柳知府道：「啊呀呀！謝天謝地！這一頭有了下落，我放了一半心，還有那一頭，將來還不知如何收場呢？」首縣來的時候，已知道眾紳士的來意，現在柳知府所言，正是此事。剛要追問下去，門上來回：「洋大人已到，在二堂上下轎了。」

柳知府，金委員，首縣三個人，一齊迎了出去。只見一排三乘轎子，兩乘四人轎是洋人坐的，一乘二人轎是西崽坐的。西崽到了此時，並不預先下轎，直等府縣出來，他三個人方才一同下轎，讓了進去。柳知府拉手不迭。先說諸位受驚，又說自己抱歉，說完歸坐。西崽是有金委員的管家拉著談天去了。這裡柳知府先問礦師，昨日逃難的情形，洋人便自始至終，詳細說了一遍。金委員又告訴他，現在拿到幾個人，已經打了，收在監裡，等到審問明白，就好定罪。礦師道：「柳大人！你們貴府的民風實在不好！昨日考先生鬧事，我們幾乎沒有性命。逃到鄉下，他們鄉下人又拿我們當作強盜。我們是貴總督聘請來的，貴府就應該竭力保護，方是正理，現在如此，不但對不住我們，並且對不住你們總督大人。我們的行李盤川，現在通統失落。這些鄉下人，還有昨天拿住的那些考先生，都要重重的辦他們一辦，出出我們的氣才好。」柳知府聽了礦師的言語，心上一氣，又是一句話也對答不來。

有分教：委員和事，調停唯賴孔方；紳士責言，控訴不遺餘力。欲知柳知府如何發付洋人，及眾紳士能否免於上控，且聽下回分解。

# 第五回　通賄賂猾吏贈川資　聽擺撥礦師索賠款

卻說柳知府先受了眾紳士的排揎，接著洋人見面又勒逼他定要辦人，真正弄得他左右為難，進退維谷，心上又氣又急，一時楞在那裡，回答不出。其時金委員也正在座，一見有了洋人，卸了他的干係；至於鬧事的人，已經收在監裡，他這一面有了交代；他就樂得做個好人，一來見好於柳知府，二來也好弄他兩個。當下見柳知府回答不出，他便挺身而出，對洋人竭力排解道：「這樁事情，柳大人為我們也算得盡心了。自從我們到得這裡，柳大人是何等看待？只是百姓頑固得很，須怪不得柳大人。自從昨日鬧了事情出來，柳大人為我們足足有四十多點鐘不曾合眼，不曾吃飯。現在鬧事的人，既然已經拿到，有些已經打過收在監裡，將來一定要重辦，決計不會輕輕放過他們的，你但請放心罷了。至於我們幾個人失落的行李鋪蓋以及盤川等等，將來能夠查得到固然極好，設如真個查不到，柳大人亦斷乎不會叫你空手回去的。還有綑你上來的那些鄉下人，論理呢他們還要算得有功之人，不是他們拿你綑送上來，只怕你幾位直到如今，尚不知流落何所。但是他們不應該將你們綑起來，這就是他們不是了。這個都是小事，少不得柳大人替你發落，你亦不必多慮。現在，你二位昨夜受了辛苦，今天一早又綑了上來，苦頭總算吃足了，可到我房子裡先去歇息一回，一切事情回來再講。」礦師道：「各事我不管，但憑你金老爺去辦罷了。」又回頭對柳知府道：「柳大人為我們吃苦，少不得後來總要謝你的。」柳知府聽了，也不知要拿甚麼話回答他才好。

洋人說完，站起身來就走。金委員趕忙走在前頭引路，把他兩個一直引到自己房裡。柳知府知道他們要去休息，怕的一張床不夠，立刻叫人又送過去幾副床帳被褥，不在話下。

這裡首縣見洋人已去，便要請教府大人，這事怎樣辦法？柳知府道：「你聽見他們的口音嗎？一個紅臉，一個白臉，都是串通好了的。賠他們兩個錢倒不要緊，但是要賠多少總得有個數目。我現在別的都不氣，所氣的是我們中國稍些不如從前強盛，無論是貓是狗，一個個都爬上來要欺負我們，真正是豈有此理！」柳知府一面說，一面嘴上幾根鬍子，一根根都氣的翹了起來，停了半天不語。首縣道：「就是賠錢呢，亦賠煞有限。但是昨天捉來的那一干人，同這鄉下人，如何發落？」柳知府道：「鄉下人並沒有錯，他們看見這異言異服的人，怕不是好來路，所以才綑了上來。送來之後，原是聽我們發落的。他們又沒有私自打他一下子。倘若真是騎馬的強盜，他們捉住了，我們還得重重的賞他們，怎麼好算他們的不是呢？」首縣道：「但是不略加責罰，恐怕洋人未必稱心。」柳知府道：「要他們稱心可就難了。拿我們百姓的皮肉，博他們的快活，我寧可這官不做，我決計不能如此辦法。至於賠幾個錢，到了這步田地，朝廷尚且無可如何，你我也只好看破些。如要帶累好人，則是萬萬不能。」首縣道：「外國人只要錢，有了錢就好商量。鄉下來的一班人，且把他擱起來。還有黃舉人那一幫人，打的打了，一齊收在監裡，有的功名還沒有詳革，這事要請大人的示，怎樣辦法？」柳知府道：「沒有別的，拚著我這個官陪他們就是了。」首縣見太尊正在氣惱之下，不好多說，隨便應酬了幾句閒話，告辭出來，回衙理事。

這裡洋人同金委員在府衙門裡，一住住了兩三天，那翻譯在縣裡將息了兩天，病也好了，也就搬到府衙門來一塊兒住。黃舉人一幫人，仍在監裡；鄉下來的一幫人，仍在縣裡；柳知府也不問不聞，就是紳士們來見，也不出見，只說有病，等到病好親來回拜。如是者四五天，倒是金委員等的不耐煩了，曉得柳知府有點別致性情，有時膽小起來，樹葉子掉下來都怕打了頭，等到性子發作，卻是任啥都不怕，這兩天與洋人見面，雖然仍舊竭力敷衍，無奈同金委員講起來，總有點話不投機，所以金委員不願意去驚動他。虧得同首縣還說得來，這天便獨自一個，便衣走到縣衙，會見首縣，同他商量說：「我們來到此間，鬧出這們一個亂子，真是意想不到的事。現在礦也不必看了，就此回省銷差。但是失落掉的東西，兄弟的呢，彼此要好，多些少些，斷無計較之理，但是洋人一邊，太尊總得早些給他一個回頭。在此多住一天，彼此都不安穩。就是拿到的那些人，或者怎麼辦法，也不妨叫我們知道，將來回省銷差，便有了話說。太尊只是悶住不響，究竟不曉得葫蘆裡賣的甚麼藥？」首縣道：「東西呢，是一定要賠的，人也一定要辦的。太尊這兩天心上很不高興，我們做下屬的也不便怎麼十分逼他。好在我們至好，你吃了飯，沒有事，可以常常到我這裡閒談，多盤桓幾天也好。」金委員道：「我的老哥，你說的真定心！我們出來兩個多月，事情做的一場無結果，還不回省銷差，儘著住在這裡做甚？老哥！千萬拜託你今明兩天去問他一個准信，好打發我們走路。只因這位太尊，初見面的時候，看他著實圓轉，到得如今，我實在怕與他見面。老哥好歹成全了兄弟罷。」說罷，又站起來，作了一個揖。首縣只得應允。又問他單賠行李，要個甚麼數目？金委員道：「若依了外國人，是個獅子大開口，五萬六萬都會要，現在有兄弟在裡頭，大約多則二萬，少則一萬，五千，亦就夠了。」首縣無語，彼此別過。

列位看官！須曉得柳知府於這交涉上頭，本是何等通融，何等遷就，何以如今判若兩人？只因當初是戀著為官，所以不得不仰順朝廷，巴結外國，聽見外國人來到，立刻就命停考，聽見店小二打碎茶碗，就叫將他父子押候審辦。如今鬧事的人，百倍於店小二，遺失的東西，百倍於茶碗，他反不問不聞，行所無事，是個什麼緣故呢？實因他此刻內迫於紳士，外迫於洋人，明知兩面難圓，遂亦無心見好。又橫著一個丟官的念頭，所以他的心上反覺舒服了許多。倒是金委員瞧著他行所無事，恐怕這事沒有下場，所以甚是著急，不得已託了首縣替他說項。

閒話休題，言歸正傳。且說首縣上府稟見之下，當將金委員託說的話，婉婉轉轉陳述了一遍。又說洋人住在這裡，終久不是個事體，不如早早打發他們走路，樂得眼前清靜。柳知府起先是滿腹牢騷，諸事都不在他心上，如今停了幾天，也就漸漸的平和下來。聽了首縣的話，便問他們要怎麼樣？首縣當把金委員說的數目告訴了柳知府。柳知府道：「太多！他那點行李，能值到這許多嗎？依我意思，給他兩千銀子，叫他走路。他的行李，也不過值得幾百，現在已經便宜他了。」首縣見所要的數目，同所還的數目，相去懸殊，不好再講。又問拿到的人如何發落？好叫金令回省，也有個交代。柳知府道：「這事我已經打好主意，須得通稟上憲，由著上頭要如何發落，便如何發落，你我犯不著做歹人，也不來做好人。我現在倘若要對得住洋人，便對不住紳士，要對得住紳士，就對不住洋人。況且這些人，一大半是當場拿住，有的是堂上問了口供；由金委員自己去拿了來的，打也是他自己擅作主張打的，百姓固然不好，金老爺也未免性急了些。現在誰是誰非，我均不問，據實通詳上去，看上頭意思如何，再作道理。」

首縣無話可說，下來之後，照實告訴了金委員，金委員也自懊悔，當時不該責打黃舉人，又把他們一幫人統通收在監裡，事情辦的操切，便不容易收場。既而一想，到了上頭，一切事可以推在外國人身上，與我不相干涉；我今樂得趁此機會，弄他們兩個。便與首縣再四商量，說兩千銀子，叫我洋人面前如何交代？凡事總求大力。並且自己跌到一萬，不能再少。首縣無奈，只得重新替他說項。柳知府從二千五百加起，加到三千，一口咬定不能再加。首縣出來，又與金委員說過，金委員只是一味向他婉商，首縣因為太尊面前不好再說，只得自己暗地裡送了金委員一千兩銀子。好在一錢不落虛空地，將來自有作用。便告訴他說：「這是兄弟自己的一點意思，送與吾兄路上做盤川，不在賠款之內。」金委員接受之下，心上倒著實感激他，而恨柳知府刺骨，口說：「吾兄的一千，兄弟一定領情，至於太尊所說的三千，兄弟也犯不著同他爭論，只要外國人沒有話說，樂得大家無事。」首縣見此事他自己安排停當，外國人回省有金委員一力幫襯，以後萬事可以無慮，便也不再多講，一笑辭去。

※　※　※

這裡金委員見柳知府許賠的數目，不能滿其慾望，回至房中，便向礦師攛掇，並說了柳知府許多壞話。礦師道：「我看這裡的府縣二位，都不肯替我們出力，倒是營裡還替我們拿到幾個人。」金委員道：「鬧事的那一天，柳大人是一直關著二門，躲在衙門裡，虧得首縣大老爺先同了捕廳到街上彈壓，後來半夜裡又同了我去捉那個姓黃的，整整一夜沒有睡覺。首縣大老爺，那天倒很替我們出力。如果不是他，那姓黃的首犯怎麼會拿得著呢？」礦師道：「看他不出，倒是一個好官。那位柳大人，我們同他初次見面，看他的人很是明白，怎麼他倒不替我們出力？」金委員道：「不替我們出力也罷了，如今我們的行李通統失掉，住在這裡不得回省，我去同他商量借幾千銀子做盤川，他不但一毛不拔，而且捉來的人，他也不審，也不問，不知道要把我們擱到那一天！」礦師道：「我是他們總督大人請來的，他得罪我，就是得罪他們總督大人。我的行李，是一絲一毫不能少我的，少了一件，叫他拿銀子賠我。我們上下六七個人，總共失落多少東西，定要他賠多少銀子。快算一算，開篇帳給我，我去問他討，少我一個也不成功。」

當下金委員便親自動手，開了一篇虛帳，算了算，足足二萬六千多兩銀子，交給了礦師，便一齊跑到花廳上請見柳知府。柳知府聞報，趕忙出來相會。只見礦師氣憤憤的照著他說道：「柳大人！你可曉得我是誰請了來的？我是你們貴總督大人請來的。到了你這地方，你就該竭力的保護才是。等到鬧出事來，我們好容易逃出性命，你又叫鄉下人把我們綑了上來。承你的美意，總算留我們在衙門裡住。現在，拿到的人既不審辦，我們失落的東西也不查考。我們現在也不要你貴府辦人，也不要你們賠我們的行李，只要問你們借兩個盤川，好讓我們回省銷差。至於鬧事的人，你既不辦，將來我只好託你們總督大人替我們辦。我們失落的東西，現在有篇帳在這裡，一共是二萬六千多兩銀子，我們帶回武昌，不怕你們總督大人不認，少我們一個也不成功。」一席話弄得柳知府摸不著頭腦，連說這是那裡來的話？鬧事的人是你們金老爺拿到的，打也打了，收監的也收在監裡了，還要怎樣？柳知府話未說完，礦師接嘴道：「可又來！全虧了我們金老爺，還拿到幾個人，要你們地方官做甚麼用的？」柳知府道：「那天我還叫首縣先出去彈壓，後來又叫他幫著拿人。」礦師道：「是了！一城裡頭，只有首縣大老爺，還替我們出把力。」柳知府聽了，真是又氣又惱。接著說道：「你們失落的東西，我已經應允了三千，難道不是銀子？況且這銀子，都是我自己捐廉，難道還去剝削百姓不成？」礦師道：「你三千銀子我沒有看見，你交那一個的？我的帳總共是二萬六千多銀子，這三千是賠那一項的？」柳知府道：「說三千就是三千，還有甚麼說話不當話的？」

其時金委員也坐在一旁，見柳知府講到三千的話，這句話原是有的，是他吃了起來，沒有同洋人說，倘若當面對出，未免難以為情，趕緊站起來解勸，好打斷這話頭。因向礦師說道：「我們出來已經不少日子了，現在須得趕緊回省銷差。柳大人這邊能夠再添上兩千，自然是再好沒有？倘若不能，就是三千，我們回去的盤川，也將就夠用了。這裡的事情，好在柳大人也要通稟上頭，且看上頭意思如何，再作道理。」那礦師本來還想同柳知府爭長論短，聽見金委員如此一說，也就罷手。只有柳知府到底是個忠厚人，心上還著實感激金委員替他排難解紛。便同礦師說：「我這裡三千是現成的，倘要再多，實實湊不出來。幾時動身，檢定日子，好叫縣裡預備。」當下金委員便同礦師商量，後天一准起身。金委員又同柳知府說：「要先支幾百兩銀子製備行裝。」柳知府也答應了，立即傳話帳房，先送五百兩銀子過去。次日，柳知府將銀子一併找足，礦師出立收據。

是晚，柳知府又特地備了一席的滿漢酒席，邀了營、縣作陪，賓主六人，說說笑笑，自六點鐘入席，直至二鼓以後，方才散席。席面上所談的，全是閒話，並沒有提到公事。次日，營縣一同到府署會齊，送他幾個起身。府，縣各官，一齊送至城外，方才回來。金委員同了洋人，翻譯，自回武昌不提。

且說柳知府回到衙中，先與刑名師爺商量，這事如何申詳上憲？擬了稿子，改了再改。畢竟柳知府有點學問，自己頗能動筆，便將這事始末，詳詳細細，通稟上憲。並說現在鬧事的人，都已拿到，收在監裡，聽候發落。但未題到停考一節，又把武童鬧事，及拆毀府大堂情形，改輕了些。

稟帖發出，又傳了各學教官到府諭話，告訴他們洋人已去，前頭武考未曾考完，定期後天接考下去，叫各教官去傳知各考童知道。誰知到了這天，來赴考的，甚是寥寥。卻是為何呢？一半是為了川資帶的有限，不能久持，早已回家去的；一半是此番鬧事，武童大半在場，恐怕府大人借考為名，順便捉拿他們，因此畏罪不敢來的，十分中倒有五六分是如此思想。所以赴考的人，比起報名的時候，十分中只來得一二分。柳知府無可如何，只好草草完事。

至於那些紳士們，也曾來催問過好幾次，柳知府推誠布公的對他們說：「這事情已經稟過上頭，只得聽候上頭發落。至於拿到的人，但有一線可以開脫他們的地方，我沒有不竭力的替他們開脫。還有武童聚眾，以及打壞本府大堂這些事情，通統沒有敘上。」眾紳士道：「大公祖體恤我們百姓，誠屬地方之福。但這事實實在在是因停考而起。」柳知府無可說得，只有深自引咎。眾紳士別過，有幾個忠厚的，也不再來纏擾，專聽上頭回批，有幾個狡猾的，早已擬就狀詞，到省城上控去了。

有分教：宵小工讒，太守因而解任；貪橫成性，多士復被株連。欲知後事如何，且聽下回分解。

# 第六回　新太守下馬立威　弱書生會文被捕

話說那個洋礦師，路上聽了金委員的話，回到長沙，見了撫院，先說了柳知府許多壞話。說他性情疲軟，不能彈壓百姓，等到鬧出事來，他又置之不理。幸虧得那裡的知縣還能辦事，當時就拿到幾名滋事首犯，收在監裡。現在我們幾個人雖然逃出命來，帶去的行李全被百姓搶光，至今一無下落。撫院聽了，少不得安慰了洋人幾句，叫支應局每人先送一千銀子，回來再行文下去，著落知府身上，賠還你們東西就是了。洋人無話退出，自回武昌，不在話下。

原來這位撫臺大人，也是極講究洋務的，聽了這般情形，便說這些百姓如此頑固，將來怎麼辦事呢？當下正有許多官員進內稟見，有一個發審局的老總，姓傅名祝登，是個老州縣班子出身，便說道：「卑府從前在那府裡，也做過一任知縣，地方上的百姓，極其頑固不化。卑府到任之後，一面開導他們，碰著有不遵教化的，就拿他來重重的辦了兩個，做了一個榜樣，後來百姓都不敢怎麼樣了。」撫院道：「是呵！我想要辦一樁事情，總得先立一個威，好叫百姓有個怕懼，自然而然跟著我們到這條路上去。不然，現在裡頭交辦的事情又多，而且還要開捐，他們動不動的聚眾挾制官長，開了這個風氣，還了得！我看柳某這個缺，是有點做不來的，不如暫時請他回省，這個缺就請老哥去辛苦一趟。第一，先把那裡的百姓整頓一番，是最要緊的。」傅祝登聽了，滿心歡喜，連忙站起來請安謝委，退了下去。

撫院便傳藩司進見。說起永順百姓鬧事打洋人，現在須得將該府撤委，就委傅某前去署理。藩臺聽了，自然照辦。下得司來，轅門前粉牌早已高高掛出，並一面行文下去。當下便有永順府聽差的人，得了這個風聲，立刻打稟帖寄信到永順通知。這日柳知府正在衙中無事，忽見門上拿進一封信來，拆開看時，便是聽差寫來的，就說的是撤任的一樁事，新委的是傅祝登傅大人，不日就來履新各等語。當時合衙上下眾人聽了，不免都有點驚慌。畢竟柳知府是個讀書人，稍有養氣工夫，得了這信，心上雖不免懊惱，面子上卻絲毫不露。常說：「像我這樣做官，百姓面上總算對得住的了，然而還不落他們一個好，弄到後來，仍舊替我鬧出亂子，使我不安其位，可見這些百姓也有些不知好歹。將來換一個利害點的官，等他們吃點苦，到那時候，才分別出個上下呢。」說罷便自嗟嘆不已。

不多兩日，藩司行文下來，柳知府便料理交卸事宜，又過兩天，傅祝登行抵府城，發出紅諭，定了吉日接印，一切點卯，盤庫，閱城，閱獄，照例的官樣文章，不必細述。向來新任見了舊任，照例有番請教。此番傅知府見了前任柳知府，卻一直是淡淡的。柳知府等到把印交出，當天即將眷口遷出衙門，寄頓在書院之內，自己一人獨自先行回省。動身的那一天，紳士們來送的寥寥無幾，就是萬民傘亦沒有人送。柳知府並不在意，悄悄自回長沙。不在話下。

※　　※　　※

且說傅知府一到永順，心上便想前任做官，忠厚不過，處處想見好於百姓，始終百姓沒有說他一個好字，而且白白把官送掉。我今番須先立他一個威，做他一個榜樣，幫著上頭做一兩樁事情，也顯得我不是庸碌無能之輩。主意打定，接印下來，便吩咐升坐大堂。一班前來賀喜的官員，得了這個信息，只得在官廳等候，不敢退去，齊說府大人今天初上任，不知為了何事要坐大堂。等了一刻，裡頭又傳出話來，要提聚眾鬧事，毆打洋人的黃舉人等一干人聽審。眾人聽了，方曉得是為的此事。少頃，傳點升堂，眾官照例堂參畢，傳知府便叫先帶黃舉人。黃舉人早已是黑索郎當，髮長一寸，走上堂來，居中跪下，口中自稱：「舉人替大公祖叩頭！」傳知府坐在上頭，一副油光鏃顯的面孔，聽了他自稱「舉人」，便把驚堂木一拍，罵道：「你自己犯的罪還不知道麼？你可曉得我本府，須比不得你們前任柳大人，好說話。本府奉了撫臺的札子，此番就是辦你們來的。這件事情，你的為首，是賴不掉的了。此外還有幾個同黨，快快的照實供出，免得受苦。」黃舉人道：「青天大公祖！舉人實在冤枉！舉人坐在家裡，憑空把舉人捉了來，當做滋事的首犯。舉人既未滋事，那裡來的同黨？」傳知府道：「不打不招！他的舉人，好在離著革掉已經不遠了。我比不得你們前任柳大人，碰著這種反叛，還想保全他的功名。不招就打！」兩旁衙役吆喝一聲，黃舉人只是在地下喊冤。傳知府又一疊連聲的喊打，當下便走過幾個衙役，拿黃舉人撳倒在地，一五一十的又打了幾百板子。傳知府道：「你招我拿人，你不招我也要拿人！」遂出了一張票，差了四名幹役，所有黃舉人家族並他的朋友，凡有形跡可疑的，一齊拿來治罪。一面又把先前府衙門提到的二十多個人，不論有無功名，每人五百小板，打了一個滿堂紅，一齊釘鐐收禁。傳知府說這般人聚眾滋事，挾制官長，將來都要照反叛辦的。一面又叫刑名師爺打稟帖，申詳上司，說這些人如此這般，須得重重的懲辦，有功名的，一齊斥革，其餘同黨滋事的人，一律捕拿治罪。稟帖上，又說柳知府許多壞話。說他如何疲軟，等到鬧出事來，還替他們遮掩，無非避重就輕，為自己開脫處分地步。

稟帖出去，首縣回稟公事，便中題起先前打碎外國人飯碗的店小二父子，連著地保，還有捆押外國人上來的一幫人，現在通統押在縣裡，求大人示下，怎樣發落？傅知府道：「你為甚麼不早說？這些人得罪了外國人，都是要重辦的！」立刻又親自坐堂，從縣裡提到一干人。店小二父子，各打八百板，押繳賠碗銀三百兩，限半月繳案，違干血比。地保保護不力，責一千板斥革。一般鄉下人，每人或六百板，或八百板，押候上憲批示。發落已完，又叫刑名師爺將情具稟各憲，又添了許多枝葉，無非說他慎重外交之意。另外又多寫兩套稟帖，一套稟湖廣督憲，一套稟武昌洋務局憲，以便賣弄他辦事勤能，好叫上頭曉得他的名字。不在話下。

且說傅知府當堂簽派的四名幹役，奉了本府大人之命，領了牌票，出外拿人。這四人一名錢文，一名趙武，一名周經，一名吳緯。四人當下出得府衙門，先到下處，私相計議。各人的夥計，聽說頭役奉了重大差使，曉得這裡頭定有生發，一齊前來會齊商量，錢文先開口說道：「我們這個差使，還是拿人的是？還是不拿人的是？」周經道：「你瞧本府大人，今天頭一天接印，就發這們一個虎威。現在差了我們，倘若拿人不到，一定要討沒趣，不要把十幾年的老臉通統丟掉！」趙武聽了，鼻子裡撲嗤的一笑，說道：「據我看來，真正鬧事的人，拿到的也就不少了，省的再去累拖好人。依我說，還是在這個擋裡，弄他兩個，樂得做好人，還有錢財到手，豈不一舉兩得？」吳緯道：「依我說，不是如此，人也要拿，錢財也要。倘若一個人不拿，本府大人前如何交代？一個錢不要，我們出力當差，為的是那項？現在依我的愚見，碰著有錢的，就放鬆些，碰著沒有錢的，就拿他兩個來搪塞搪塞，也卸我們的干係。」大眾聽了，齊說：「吳夥計說的有理，我們就依他的話去辦罷。」主意打定，各自分頭辦事。

可憐這個風聲一出，直嚇得那些人家走的走，逃的逃，雖非十室九空，卻已去其大半。至於已經被拿的幾家家族，男人已被拿去，收到監裡，家中剩得妻兒老小，哭哭啼啼，尚不知這事將來如何了局，怎禁得一般如虎如狼的公差，又來訛詐，這些人家，大半化上幾個錢，買放的居多。其實在拿不出錢的，逃的逃了，逃不脫的，被公差拿住兩個，解到府裡銷差。傅知府不問青紅皂白，提到就打，打了就收監。不日批稟回來，著把滋事首犯，一概革去功名，永遠監禁，下餘的分別保釋。傅知府遵了上頭的話，遂把一干人重新提審，定了八個人的長監，其餘一概取保。不日又奉到批稟，說他所辦的店小二及鄉下人，現在外國人已無話說，足見他能夠弭患無形，辦事切實。批詞內將他著實獎勵。傅知府自是歡喜，連忙坐堂，又把店小二提審，追他的賠款銀子。可憐他一個做小工的人那裡賠得起？後來傅知府又叫地保分賠，少不得賣田典屋，湊了繳上，方才得釋，早已是傾家蕩產了。

傅知府又要討好，說這裡的紳士最不安分，黃舉人拿到之後，他們屢次三番前來理論，看來都是通同一氣的。因開了一張名單，稟明上頭，意欲按名拿辦。後來幸虧上頭明白，說事情已過，不必再去打草驚蛇，叫他留心察訪，果然有不安分的，不妨隨時懲辦一二，此時切切不要多事。傅知府接到批詞，心中老大不悅，說上頭辦事，全是虎頭蛇尾，我卻不能夠便宜他們。便出了一張告示，把他所恨的紳士名字，統通開在上頭，說這些人不安本分，現經本署府查明，不忍不教而誅，勒令他們三個月內閉門改過。倘若不遵，一經本府訪拿到案，定行重辦不貸。告示貼出，眾紳士見了，一個個都氣的說不出話，然又奈何他不得。

※　　※　　※

話分兩頭。且說傅知府出票拿人之時，當中有兩個秀才，一個姓孔名道昌，表字君明，一個姓黃名民震，表字強甫，姓孔的是黃舉人的同門，姓黃的就是他族中兄弟。兩人家下薄有田產，卻一向最安本分，除讀書會文之外，其餘事情一概不問。那天鬧事的時候，他兩人原在茶店裡吃茶，後來因見人多，孔道昌卻拉拉黃民震的袖子說：「強哥，這裡恐怕鬧事，我們去罷！」兩個人便自回家，躲在家中，聽候消息，不敢出頭。次日，曉得府大堂被拆，黃舉人被拿，其餘同學的人為著鬧事，當時被捉的不少。兩人雖與黃舉人均有瓜葛，到了此時，也是愛莫能助，只得任其所之。且亦曉得黃舉人平時為人，屢勸不聽，如今果然鬧出事來，這是他自作自受，旁人莫可如何，相與歎息而罷。

過了幾日，換了新太守，打聽黃舉人一案，已經申詳上去，專候上頭定罪。又因學院來文，中秋節後，就要按臨，他倆都是永順縣裡的飽學秀才，蒙老師一齊保了優行，自然是窗下用功，一天不肯間斷。是時已經七月，黃強甫便約了孔君明到家商量，再齊幾個朋友，大家會文一次，原是場前習練之意，孔君明還有什麼不願意的。於是寫了知單，共請了一十二位，叫人分頭去請。所請的都是熟人，自然一邀就到。當下借的是城隍廟的後園，由孔黃二位備下東道，屆期齊集那裡，儘一日之長，各做兩文一詩，做好之後，再請名宿評定甲乙。是日到者，連孔黃二人，共是一十四位。

且說知單發出之後，便為府差所知，因他二位與黃舉人有點瓜葛，就此想去起他的訛頭。孔黃二人自問無愧，遂亦置之腦後。不料府差借此為名，便說他們結黨會盟，定了某日在城隍廟後花園起事。又把他們的知單，抄了張作個憑證。又指單子上「盍簪會」三個字，硬說他私立會名，回來稟明了知府，意欲齊集大隊人馬，前往捕捉。傅知府聽了，信以為真，立刻就叫知會營裡，預備那日前去拿人。其時幕府裡也有個把懂事的人，就勸傅知府說：「秀才造反，三年不成。無論他們沒有這回事，可以不必理他，就是實有其事，且派個人去查一查，看他們到底為何作此舉動，再作道理。」傅知府道：「私立會名，結黨聚眾，便是大干法紀之事，上頭正有文書嚴拿此等匪類，倘若走漏消息，被他們逃走了，將來這個干係，誰擔得起？」一說罷，便命差人暗地查訪，不要被他們逃走了。

這裡傅知府私心指望要趁這個當口，立一番莫大功勞。正是有分教：網罟空張，明哲保身而遠遁；脂膏竭盡，商賈裹足而不前。欲知後事如何，且聽下回分解。

# 第七回　捕會黨雷厲風行　設捐局癡心妄想

卻說署理永順府知府姓傅的，聽了差役一面之詞，自己立功心切，也不管青紅皂白，便一口咬定這幾個秀才，是聚眾會盟，謀為不軌。一面知照營縣，一面寫成稟帖，加緊六百里排遞，連夜稟告省憲。稟帖未批回，已到他們會文的這一日了。頭天夜裡，傅知府未敢合眼，甫及黎明，他便傳齊通班差役，會同營裡，縣裡前去拿人，自己坐了大轎在後指點。正要起身的時候，忽見刑名師爺的二爺匆忙趕到，口稱：「我們師爺說過，他們就是要去，也定無如此之早，請大人打過九點鐘再去不遲。」傅知府那裡肯聽，立刻督率人馬啟身。去到城隍廟前，尚是靜悄悄的大門未啟。兵役們意欲上前敲門，傅知府傳諭休得大驚小怪，使他們聞風逃走。便叫隨來的兵役，在四面街口牢牢把守，不准容一個人出進。

其時天色雖已大亮，街上尚無行人。等了一刻，太陽已出，呀的一聲響處，城隍廟大門已開。走出一個老者，你道這人是誰？乃是廟中一個廟祝。早晨起來開門，並無別的故事。開門之後，看見門外刀槍林立，人馬紛紛，不覺嚇了一跳。兵役們預受知府大人的吩咐，逢人便拿，當時見了此人，不由分說，立刻走上前來，一把辮子拖了就走。一拖拖到知府轎子跟前，撳倒地下。傅知府膽大心細，唯恐他是歹人，身藏凶器，先叫從人將他身上細搜，並無他物，方才放他跪下。傅知府道：「你這人姓甚名誰？今日有人在這廟裡謀反，你可知道？」那廟祝本是一個鄉愚，見此情形，早已嚇昏，索索的抖作一團，那裡還能說出話來?傅知府三問不響，認定他事實情虛，今見敗露，所以嚇到如此地步，大聲喝道：「本府料你這人，決非善類，不用刑法，諒你不招，少停帶回衙門，細細拷問！」言罷，喝令差役將他看守。一面分一半人進廟，搜查其餘，一半仍在廟外，將四面團團圍住。進去的人，約摸有一刻多鐘，搜查完畢，出來覆命，只拿得幾個道士，戰兢兢的跪在地下，卻並無一個秀才在內。傅知府見了詫異道：「難道他們預先得了風聲，已經逃走不成?再不是應了師爺的話，我來的太早了。」心下好生疑惑。又問兵役道：「廟裡後花園，可曾仔仔細細查過沒有?」兵役們回說：「統通查到。」有一個說：「連毛廁裡，小的也去看過，並沒有一個人影子。」傅知府想了半天，說道：「道士容留匪類，定與這些歹人通氣，這些人一定要在道士身上追尋。」吩咐從人把道士一併鎖起，帶回衙門審問。

原來這廟裡香火不旺，容不得多少道士，只有一個道士，兩個徒弟。當時頸脖子裡，一齊加上練條，老道士在地下哭著哀求道：「小道在這廟裡住持，已經有三十多載，小道今年也是七十多歲的人了，一向恪守清規，不敢亂走一步，請大人明鑑。」傅知府也不答應，但命帶下去看管。當時鷹抓燕雀一般，把他師徒三人帶了就走。傅知府想，倘若我今番拿不到人，不要說上司跟前不好交代，就是衙門裡朋友面上也難誇口。眉頭一皺，計上心來，便把那個出首的衙役開來的名單取了出來一看。卻喜這些人都有住處，把他喜的了不得。立刻請了營，縣二位，同到轎前，一同商議，又添了城守營一位。傅知府便說：「我等四人，各分帶數十兵役，分頭到這十二個人家，連為首的孔黃兩個，一共十四個人家，趁此天色尚早，他們或者未必起身，給他們個疾雷不及掩耳，拿了就走，必不使一名漏網。」眾官聽了，甚以為然，便議定參府東門，首縣南門，城守營北門，傅知府自認西門。因為孔黃兩個都住西門內左近，交代他人不能放心之故。自己多帶了幾個人，一半保護自身，一半捉拿匪類。並留四名兵役看守廟門，遇有形跡可疑的，便拿來交案。

眾官分頭去後，傅知府先掩到黃家，一則知他是黃舉人族中，一則因他是案中首犯。到黃家時，太陽已經落地，黃秀才正因是日文會，是自己起的頭，理應先往廟中照料，所以特地起了一個大早。梳洗完罷，正待出門，卻不料多少兵役一湧而進，有個差役認得他的，不管三七廿一鎖了就走，拉拉扯扯，拖到傅知府轎子跟前，叫他跪，他不跪，他還要強辯。那裡容他說話？早被傅知府吆喝兩聲，衙役們如狼似虎一般，早拿他撳在地下了。當時喝問名字，回稱黃強甫，正與單子上相同。傅知府便叫鎖起，與剛才的道士、廟祝，一齊帶在轎子前頭，逕到孔家。原來這孔君明住的地方，只離黃家一箭之遠，出得巷口，只有一個轉彎便到。這位孔秀才，因為吸得幾口鴉片煙，不及黃秀才起得早，此時剛剛才醒，尚未穿得衣服，這些人已進來了。走進上房，見狗便打，見人便拿。這些兵役，卻無一個認得他的，問了老媽，方才知道。立刻上來三人，一個拉辮子，兩個架胳膊，從床上把他架了出來。只見他赤體露身，只穿得一條褲子，下面還赤著一雙腳。這些兵役們怕他逃走，所以一齊動手，其實他是個文士，手無縛雞之力，又兼上了煙癮，那裡還有氣力與人爭鬪？當時拖出大門，轎前跪下。傅知府問過名字，亦同單上相符，便點點頭說：「皇天有眼，叫你們一朝敗露！」孔君明急得忙訴道：「不知生員所犯何事？」傅知府冷笑兩聲，也不理他，喝令差役們好生看守。連忙又到別處，一連走了三家，居然拿到兩個。

只有一個姓劉的，因欲早起會文，已經出門，及到廟門，看見兵役把守，此時街上已有了行人，三三兩兩，都在那裡交頭接耳的私議，議的是合城官員，不知為了何事，今日來此拿人，道士已被拿去，此時又到別處捉人去了，究不知所為何事？劉秀才聽了，甚是疑心，想前番鬧事的人，早已辦過的了，此番捉的，又是那起？與道士有什麼相干？但是廟裡既不容人進去，我且逕到黃家看看強甫，如何再作道理。一頭走，一頭想，正想之間，只見一群營兵，打著大旗，拿著刀，擎著槍，掌著號，一路蜂湧而來。兵後頭就是本府的大轎，轎子旁邊乃是一群衙役，牽了三個道士，另有四個人，兩個長衫，一個赤膊，一個短打。定睛一看，不是別人，正是今日會文的三個朋友，那個打赤膊的，便是孔君明，但那個短打的不知是誰？劉秀才不看則已，看了之後，大驚失色，曉得事情不妙，只得掩在一家店鋪裡面，看著他們過去，方才出門。幸喜沒有人認得他，未被拿去。他此時也不及打聽，立刻奔回自己家中，幸喜他上無父母，下無兄弟，又因他年紀尚輕，未曾娶得妻室，獨自一人，住的是自己房子，又因為人少，自己只住得一進廳房，其餘的賃與兩家親戚同住。這天早上，他已出門，傅知府前來拿人，這兩家同住的親戚，卻被他連累，受驚不小。傅知府見了委實不在家中，想必已往廟內，細細的查看了一回，無甚實在憑據，料想如到廟中，尚有把門兵役，不至被他逃走。且因首犯已經拿到，急欲回衙審問，便先帶領著一干人匆匆回去。那知劉秀才因見廟門有人把守，先已不敢進去，後來路上又聽人言，急急縮回自己家中。那同住的兩家親戚，便一長二短，把剛才的事，通統告訴了他。他本已略知一二，聽此情形，卻也吃驚不小。當時兩家親戚，便勸他須速逃往別處，躲避幾時，省得官府又來拿你。如果要走，尤宜從速，保不定那般人少停又要回來，劉秀才聽了此言，一想不錯，也不及多帶行李，但隨身帶了些銀錢，拿了兩件衣服，一個小包，房子交代兩家親戚代為看管，他自己一個，便匆匆出門而去。按下慢表。

※　※　※

且說傅知府回到衙門，那三處的人也就來了。三處總共拿到七個，逃走兩個，合算起來，總共拿到十一個，逃走三個。幸得首犯未曾漏網，又拿到同謀道士三名，廟祝一名，一共拿到一十五個。傅知府不勝之喜。回了衙門，原要立時審問，不料省城派了一員委員下來，也是知府班子，前來拜會，說奉省憲公事，須得當面一談。傅知府一看名帖，寫著「愚弟孫名高頓首拜」幾個字，曉得他是現在湖南全省牙釐局提調，也是撫臺的紅人，與撫臺還沾點親戚，便也不敢怠慢，立刻叫請。孫知府下轎進去，見禮之後，分賓坐下。寒暄過後，提到他：「此番前來，係奉撫藩二憲的公事。因為現在部款支絀，不但本省有些大事，如開學堂，設機器局等等需款甚亟，還有大部奏明按年認派的賠款。湖南一省，本是最苦的省分，藩庫裡一時那能籌措得及？所以上頭意思，一定要辦一個城門捐，一個橋樑捐。這個本是兄弟上的條陳，是無論府城縣城，有一個城門，便設立一個捐局，凡出出進進，在這城門走過的人，只要他身邊所帶之貨，值價一百，抽他十文。能照兄弟的辦法，湖南一省，也有好幾十座城池，這個城門倘若是熱鬧地方，出出進進，一天怕不有上萬的人，這個捐款也就大有可觀了。至於橋樑捐，是一道橋設一個捐局，捐款照城門捐一樣。不知貴府府城，以及城鄉遠近，共有多少橋樑，須得責成地保詳細查考，不得被他們隱匿。至於城門，只要一問便知，是用不著查考的。」傅知府忙問這捐局幾時開辦。孫知府道：「兄弟此來，不能有多少時候耽擱，多則兩天，少則一天，把事情弄停當就要動身。此番出來巡查各府，已有二十多天，省城本局裡事情很多，偶然偷空出來，實屬不輕容易。」傅知府道：「這又何必勞動大駕，親自出來，受此一場辛苦？請上頭派了委員下來，照老哥所定章程，定期開辦，豈不省事？」孫知府道：「這事既是兄弟上的條陳，兄弟是首創之人，將來還想上頭的保舉，焉得自己不各處察看一番？回省辦事，便有把握。」傅知府道：「照此看來，馬上就要開辦的了。」孫知府道：「自然早則中秋，晚則九月初一，一定要開辦的。」傅知府道：「要用多少人？」孫知府道：「兄弟條陳上原說明白的，每府每縣，上頭各派委員一人為總辦，府城更加委本府為會辦，縣城更加委本縣為會辦，總辦會辦統通不支薪水，收下來的捐錢，准其二八扣用。設如貴府一年能捐二十萬，本局便可扣用四萬，以二萬作局用開支，那二萬就做老哥及委員的薪水。老哥，你想兄弟上了這個條陳，那些候補班子裡的人，個個稱頌兄弟不置。卻是不錯，一府一個，一縣一個，馬上就添出幾十個差使，他們為何不樂呢？所以他們巴望此事成功，比兄弟還急十倍。」傅知府道：「不要說候補諸君感頌閣下，就是兄弟輩實缺署事人員，於本缺之外，又兼得怎們一個好差使，飲水思源，何非出於老兄所賜？」孫知府道：「不但此也。兄弟條陳上還說明的，請上頭每年彙奏一次，無論何處捐到三萬，總辦，會辦俱得一個尋常勞績保舉，有六萬便得一個異常。設如老哥能捐二十萬，不妨先報銷十八萬，可得三個異常，那二萬則留在下一年，再報銷上去。為何如此辦法？因為兄弟條陳上說明白的，不到三萬不算，譬如做買賣抹掉零頭的一樣，所以犯不著報銷上去。兄弟同老哥是知己，所以知無不言，倘若別人，這裡頭的竅妙，非化贄見，拜在兄弟門下，兄弟決不肯同他講的。」傅知府道：「倘有三個異常，這個怎麼保法呢？」孫知府道：「即以老兄而論，一保自然過班，再加一個二品頂戴❶，或者添一枝花翎❷，再保一個送部引見，合上去也差不多了。」傅知府道：「光送部引見，算不得異常。」孫知府正色道：「引見之後，立刻記名，記名

---

❶ 頂戴：清時官服，帽頂珠形，以珊瑚、藍寶石、青金石、水晶、硨磲、金，為官品之別，謂之頂戴。

❷ 花翎：清時品第官員職位高低的禮帽，用孔雀翎裝飾的叫做花翎。

之後，立刻放缺。老哥你想想看，設如一個試用知府，馬上放一個實缺道臺，這裡頭等級相去多少？」傅知府聽了，心想這事又有財發，又有官升，正是天下第一得意之事。想起剛才雖然拿到幾個會黨，審問明白，辦過之後，雖說一定有個保舉，然而未必有如此之優，而且沒有財發，何如這個名利兼收，一舉兩得？如此一想，他一心一意只在辦捐上頭，便把懲治會黨的念頭，立刻淡了一半。便對孫知府說道：「老哥此來，只有一兩天耽擱，兄弟須陪著老哥，把此事商議停妥，並到各門踏勘一遍。把設局的地方踏勘明白，將來回省也有個交代。此處只候委員一到，便可開辦。老兄放心，兄弟沒有不盡心的，況且還是自己考程所在？」孫知府道：「如此甚好。」

傅知府便叫門上傳諭出去，把拿到的十五個人，除道士廟祝發縣收押外，其餘十一名秀才，全發捕廳看管，等我事完再行審訊。門上應著出去。孫知府便說：「老哥真是能者多勞，所以如此公忙得很。」傅知府嘆一口氣道：「也不過做一天和尚撞一天鐘，盡我的職分罷了。況且兄弟素性好做事情，等到出了事情，要學他人袖手旁觀，那是萬萬沒有這種好耐心。」孫知府道：「現在的人，都把知府看得是個閒曹，像老兄如此肯替國家辦事，真算難得的了。兄弟脾氣就同老兄一樣，每天總要想點事情出來做做才好。」傅知府道：「正是如此。」當下二人話到投機，傅知府便一直的陪著他，兩人還要拜把子換帖。當時開飯出來吃過，兩人又一同出去，到各城門踏勘一周，回來天色已晚。傅知府又備了全席，請他吃飯，又請了營縣前來作陪。過了兩天，孫知府辭行回省，傅知府送過之後，先把他所擬的告示，貼了出去。

只因這一番，有分教：設卡橫徵，商賈慘逢暴吏；投書干預，教士硬作保人。欲知後事如何，且聽下回分解。

# 第八回　改洋裝書生落難　竭民膏暴吏橫徵

卻說傅知府送過孫知府動身之後，他便一心一意在這抽捐上頭，凡孫知府想不到的地方，他又添出許多條款。因為此事既可升官，又可發財，實在比別的都好。故而倒把懲辦會黨，見好上司的心思，十成中減了九成。黃孔一班秀才，一直押在捕廳看管，城隍廟三個道士，一個廟祝，押在首縣班房，他亦不題不問，隨他擱起。因此，幾個秀才，不致受他的責辱。也幸虧得孫知府來了這一回，還要算得他們的大恩人呢！但是此案一日不結，幾個秀才就一日不得出來，那幾個逃走的亦一日不敢轉來。

話分兩頭。且說當日同在文會裡頭捉拿不到被他溜掉的那位劉秀才，他是本城人氏，雙名振鑣，表字伯驥。自那日會文不成，吃了這們一個驚嚇，當將房屋交託同住的兩家親戚代為看管，自己攜了一個包裹，匆忙出城，也不問東西南北，也不管路遠高低，一氣行來，約摸有二三十里，看看離城已遠，追捕的人一時未必能來，方才把心放下，獨自一個緩步而行。又走了一二里的路程，忽然到了一個所在，面前一座高岡，岡上一座古廟，岡下三面是水，臨流一帶，幾戶人家，這些人都以漁為業，雖然竹籬茅舍，掩映著多少樹木，卻也別有清趣。高岡上面，古廟後頭，又有很大的一座洋房。你道這洋房是那裡來的？原來是兩個傳教的教士所居。他們因見這地方峰巒聳秀，水木清華，所以買了這地方，蓋了一座教堂，攜帶家小在此居家傳教。不在話下。

當時劉伯驥到得此處，觀看了一回景緻，倒也心寬意爽。又獨自一人在柳陰之下，溪水之旁，臨流歎賞了一回，不知不覺日已向西。他早上起來的時候，雖已吃過點心，無奈奔波了半日，覺得很有些飢餓。心想這些人家，房屋淺窄，未必能容得我下；且喜那座廟，餘屋尚多，不如且去借他一間半間，暫時安身，再作道理。主意打定，一步步踱上山來。踱到廟門前，連敲了幾下，只見有個小沙彌前來開門，詢明來歷，進去報知老和尚。老和尚出來，問了姓名住處，劉伯驥以實相告，但說因城中煩雜，不如鄉居幽靜，可以溫習經史，朝晚用功，意欲租賃廟中餘屋一間，小住兩月。原來這劉伯驥父母在日，於這廟裡也曾有過布施，所以題起來，和尚也還相信。又知道他父母都已亡過，並未娶得妻室，本是一無牽掛的人，此時嫌城中煩雜，偶然到鄉間略住幾時，也是意中之事，且又樂得賺他幾文租金，亦是好的。當下老和尚便笑嘻嘻的回答道：「空房子是有，既是施主遠臨，儘管住下，還說甚麼租金？但是廟裡吃的東西，只有豆腐青菜，沒有魚肉葷腥，恐怕施主吃不來這苦。」劉伯驥道：「師傅說那裡話來？我們有得青菜豆腐吃，這福氣已經不小。你想此時山東鬧水，山西鬧旱，遍地災民，起初還有草根樹皮，可以充飢延命，後來草根樹皮，都已吃盡，連著草根樹皮且不可得，還說甚麼豆腐青菜呢？我們現在只要有屋住，有飯吃，比起他們來，已經是天堂地獄，還可不知足麼？況且古人說得好：『菜根滋味長』，我正苦在城裡的時候，被肥魚大肉吃膩了肚腸，卻來借此清淡幾時也好。至於租金一層，你卻斷斷不可客氣。只有出家人吃八方，如今我要吃起和尚來，還成甚麼話呢？」老和尚道：「施主既然不嫌怠慢，這就很好的了。」忙問小沙彌：「大相公行李拿進來沒有？」劉伯驥道：「天氣還熱，用不著甚麼行李，只此一個隨身包袱便是。」和尚看了，卻也疑心。想他是有錢之人，何以出門不帶鋪蓋？幸虧他父母在世，屢屢會面，不是那毫無根底之人，或者因料理無人，以致如此，也論不定。所以雖見他不帶行李，也並不十分追問。但料他城中住慣的人，耐不得鄉間清苦，大約住不長久，也就要回去的。當下便開了一間空房，讓他住下，一日三餐，都是和尚供給。到了第二天，劉伯驥便把包裹內洋錢，取出十二塊送給老和尚，以為一月房飯之資。老和尚見了，眉花眼笑，說了多少客氣話，方才收去。

劉伯驥來時，原說借這幽靜地方溫習文史，豈知來的時候匆促，一個包袱內，只帶得幾件隨身衣服，一本書也沒有帶，筆墨紙硯也是一樣沒有。身上雖尚有餘資，無奈這窮鄉僻壤，既無讀書之人，那裡來的書店？他本是手不釋卷的人，到了此時，甚覺無聊得很。每日早晚必到廟前廟後，遊玩一番，以消氣悶。遊罷回廟，不是一人靜坐，便與老和尚閒談。幸虧和尚得了他的銀錢，並不來查問他的功課，有時反向他說道：「大相公，你是一位飽學秀才，可惜這村野地方，沒有一個讀書的人，可以同你考究考究。只有我們這廟後教堂裡頭，有位教士先生，雖是外國人，卻是中華打扮，一樣剃頭，一樣梳辮子，事事都學中國人，不過眼睛摳些，鼻子高些就是，差此一點，人家所以還不能不叫他做外國人。雖是外國人，倒有件本事虧他，我們中華的話他已學得很像，而且中國的學問也很淵博。不說別的，一部康熙字典，他肚子裡滾瓜爛熟。大相公！我想你也算得我們府城裡一位文章魁首，想這讀熟全部康熙字典的，倒也少見聞呢！不過這位教士先生，同別人都講得來，而且極其和氣，只同敝廟裡一班僧眾不大合式，往往避道而行。所以他來了多年，彼此卻不通聞問。」劉伯驥聽了和尚之言，心上半信半疑，也不同他頂真，低頭暗想，別的且不管他，明天得空且去訪訪他看。現在的教士，朝廷見了都怕，到底是怎麼一個人？現在我也被這班瘟官逼的苦了，幾個同會的朋友，還被他們捉去，不知是死是活。我不如借此結識結識他們，或者能借他們的勢力，救這班朋友出來。則我此番未曾被拿，得以漏網，或者暗中神差鬼使，好叫我設法搭救他們，也未可定。主意想定，便同老和尚敷衍一番。老和尚別去，他便借出遊為由，繞至廟後，竟到教堂前面，敲門進去。

原來這教士自從來到中國，已經二十六年，不但中國話會說，中國書會讀，而且住得久了，又很歡喜同中國人來往。只因鄉下都是一般粗人，雖有幾個入了他的教，卻沒有一個可以談得來的，至於學問二字更不用題。今聽得有人敲門，急急走出一看。只見這來人丰神秀逸，氣宇軒昂，知是儒雅一流，必非村氓之輩。便即讓到裡面請坐，動問尊姓大名，貴鄉何處。劉伯驥一一告訴了他，也只說是為嫌城煩雜，不及鄉居幽靜，所以來此小住幾時，現在就住在前面廟內。教士道：「劉先生！我要說句不中聽的話，你不要生氣。這個佛教是萬萬信不得的。你但看康熙字典上這個佛字的小注，是從人從弗，就是罵那些念佛的人，都弗是人。還有僧字的小注，是從人從曾，說他們曾經也做過人，而今剃光了頭，進了空門，便不成其為人了。劉先生！這康熙字典一部書，是你們貴國康熙皇上做的，聖人的話，是一點不錯的。我們一心只有天父，無論到甚麼危難的時候，只要閉著眼睛，一心對著天父，禱告天父，那天父沒有不來救你的。所以，你們中國大皇帝，曉得我們做教士的都是好人，並沒有歹人在內。所以才許我們到中國來傳教。劉先生！你想想！我這話可錯不錯？」劉伯驥起初聽了他背字典，未免覺得好笑，但是不好意思笑出來；等到講到後面一半，見他說得正經，很有道理，也只得肅然起敬，聽他講完，著實謙恭了幾句，又說住在廟裡無可消遣，貴教士有甚麼書可借我幾部。教士一聽向他借書，知道是斯文一派，立刻從書櫥內大大小小搬出來十幾種，甚麼四書，五經，東周列國，三國演義，古文觀止，唐詩三百首，地理圖之類，足足擺了一桌子，還有他親手註過的大學，親手點過的康熙字典，雖然不至於通部滾瓜爛熟，大約一部之中，至少亦有一半看熟在肚裡，不然怎麼能夠脫口而出呢？當下劉伯驥檢來檢去，都是已經讀厭看厭的書，實在都不中意，然而已經開出了口，又不好都不拿他的，只得勉強檢了唐詩古文及地理圖三種，其餘一概不要，請他收起。然後又坐了一回，方才起身告別。教士道：「我們外國規矩，是向來不作興送客的。拉拉手，說一句『姑特背！』算是我們再見的意思，這就完了。今天劉先生是第一次來，又是住在廟裡有菩薩的地方，我們是不到的，我不能來回拜你，所以我今天一定要送你到門外。」劉伯驥推之再三，他執定不肯，只得由他送出。

等到出得大門，恰巧對著廟的後門，老和尚正在園地上監督著幾個粗工，在那裡澆菜。教士見了，頭也不回，指著這廟說道：「幾時把這廟平掉就好了。」劉伯驥道：「沒有這廟，教堂面前可以格外寬展。」教士道：「劉先生！你解錯了，我說的不是這個意思。古文觀止上有個韓愈，做了一篇古文，說甚麼火其人，廬其居，就是這個意思。」劉伯驥聽了才曉得他還是罵的和尚，乃與一笑，拱手而別。教士亦叮囑再三，無事常來談談。劉伯驥答應著，教士方才進去。自此以後，劉伯驥同他逐日往來，十分投契。已是無話不談，但是還未敢把心事說出。

只因劉伯驥逃出來的時候，天氣還熱，止帶得幾件單夾衣服，未曾帶得棉衣，在廟裡一住兩月，和尚只要有了租金，餘事便不在意。山居天氣不比城中，八月底一場大雨，幾陣涼風，已如交了十一月的節令一般。這日，劉伯驥因怕外面風冷，自己衣裳單薄，不敢出外，竟在房中擁被睡了一日。那知竟為寒氣所感，次日頭痛發熱，生起病來。至此，老和尚方才懊悔不迭，生恐他有一長半短，不應該留他住下。雖不常時也走過來問他要湯要水，無奈詞色之間，總擺出一副討厭他的意思。劉伯驥雖然看出，他素性一向是豁達慣的，不願與這班人計較，所以也不在意。但因凍的實在難過，意欲向老和尚商借一條棉被，兩件棉衣，以禦寒氣。老和尚道：「我們出家人，是沒有多餘衣服的。各人一兩件棉衣，都著在身上。就是棉被，也每人只有一條，如何可以出借？劉相公！你要借，你為甚麼不去問那外國教士先生去借呢？我聽說他常穿的，都是什麼外國絨法蘭布，又輕又暖，不比我們和尚的高強十倍嗎？」原來這個老和尚，近來見劉伯驥同教士十分要好，曾託劉伯驥在教士面前替他拿話疏通，以便日後來往，好想他的布施。劉伯驥是曉得教士脾氣的，又因自己素性爽直，不去同教士說，先把實情回絕了和尚，免他再生妄想。誰知老和尚聽了不以為然，只說：「劉相公不肯方便。」今日此言，正是奚落他的，誰知一句話倒激動了劉伯驥的真氣，從床上一骨碌爬起，也不顧天寒風冷，拿條氈毯往身上一裹，包著頭，拖著鞋，奪門就走。老和尚看楞了，還白瞪著兩隻眼睛在那裡望他，誰知已被他撥開後門投赴教堂去了。

這裡教士正因他一日不來，心上甚是記掛，想要去找他，又因這廟門是罰咒不肯進來的，正在疑慮之際，忽見他這個樣子走了進來，忙問：「劉先生！你怎麼樣了？」劉伯驥也不答言，見面之後，雙膝跪下，教士扶他起也不肯起。問其所以，他至此，方才把當日城中之事，朋友怎樣被拿，自己怎樣逃走的詳細情形，自始至終說了一遍；末後，又把感冒生病，以及和尚奚落的話，也說了出來。誰知這教士是個急性子的，而且又最有熱心，聽了此言，連說：「有此大事，何不早說？倘若你一來時就把這話說給了我，這時候早把他們救出來了。現在一耽誤兩個月，這般瘟官，只怕已經害了他們，那能等到如今？」說著，又歎了幾口氣。劉伯驥卻還是跪在地下，索索的發抖。教士只是踱來踱去，背著手走圈子，想計策，也忘記扶他起來。還虧他來的熟了，教士的女人，孩子都見慣的了，女人說過，才把教士提醒，連忙拉他起來，叫他睏在榻上養病，又拿一條絨毯給他蓋了。教士夫婦，本來全懂醫道的，問他甚麼病，無非是風寒感冒，自己有外國帶來的藥，取出些給他服過，叫他安睡片時，自然病退。教士又道：「我本說過，出家和尚，沒有好人，你為甚麼要去相信他？」劉伯驥聞言，也無可分辯。教士又說：「我想這事，總得明天，我親自去到城裡，去走一趟才好。他們都是好人，我總要救他們才是。只要地方官沒有殺害他們，就是押在監牢裡，我也得叫他們把這幾個人交給與我。」劉伯驥道：「我好去不好去？」教士道：「你跟了我去，他們誰敢拿你？」劉伯驥聽了，心中頓時寬了許多，朦朧睡去。教士自去吃飯。

等到劉伯驥一覺睡醒，居然病體全癒，已能掙扎著起來。但是身上沒有衣服，總擋不住寒冷。教士道：「我雖有中國衣服，但是尺寸同劉先生身材不對，而且你穿了中國衣服要被人訛詐的，倒不如改個打扮的好。齊巧樓上昨日來了一個到中國遊歷的朋友，要在這裡住兩天，他有多餘的衣服，我去替你借一身。至於鞋帽棍子，我這裡都有，拿去用就是了。」說著，果然到樓上借到一身衣服下來。又說：「這身衣服，我已經替你買了下來了，快快穿罷，免得凍著。你們中國人底子弱，是禁不起的。」劉伯驥見了，非常之喜，便一齊穿戴起來。但是多了一條辮子，無處安放。教士勸他盤在裡面，帶好帽子，果然成了一個假外國人。自己照照鏡子，也自覺得好笑。教士便催他趕緊把廟裡的行李收拾收拾，拿到堂裡來，預備明天大早可以一同進城。劉伯驥此時改了洋裝，身上不冷了，走回廟中，一眾和尚見了，俱各詫異，齊說：「劉相公想是入了教，所以變成外國人打扮了。」他本來沒有甚麼行李，拿包袱一包就好，提了就走。才出房門，齊巧老和尚趕來看他，連說：「劉相公，你真會玩。你的病好嗎？」劉伯驥道：

「我是落難罷了！那有心思去玩呢？像你和尚才樂呢？」說罷，提了包裹，掉頭不顧的去了。老和尚本知道他是住不久的，算了算，還多收了他幾天房飯錢，也就無話而罷。

※　　※　　※

且說劉伯驥仍回教堂，過了一夜，次日跟著教士一同出門。一個外國人，扮了一個假中國人，一個中國人，扮了一個假外國人，彼此見了好笑。此地進城，另有小路，只有十五六里，教士是熟悉地理圖的，而且腳力又健，所以都是步行。但是劉伯驥新病之後，兩腿無力，虧得沿途可以休歇，走一段，歇一段，一頭走，一面說，商量到城之後如何辦事，因此倒也不覺其苦。

他二人天明動身，走到辰牌時分，離城只有二三里路了，只見前面一群一群的人退了下來，猶如看會散了一般。但是這些人也有說的，也有罵的，也有咒的，情形甚為奇怪，他二人初見之下，因為嘴裡正在那裡談天，沒有把這些人在意。等到看見了種種情形，也甚覺得詫異，方才駐足探聽。正見路旁一個婦人，坐在地下哭泣。問他何事，一旁有人替他說道：「只因今天是九月初一，本府大人又想出一個新鮮法子弄錢。四鄉八鎮，開了無數的捐局，一個城門捐一層，一道橋也捐一層。這女人因為他娘生病，自己特特為為，幾天織了一疋布，趕進城去賣，指望賣幾百錢好請醫生吃藥。誰知布倒沒有賣掉，已被捐局裡扣下了。」正說著，又一人攘臂說道：「真正這些瘟官，想錢想昏了！我買了二斤肉出城，要我捐錢，我捐了。誰知城門捐了不算，到了弔橋，又要捐。二斤肉能值幾文？所以我也不要了。照他這樣的捐，還怕連子孫的飯碗都要捐完了呢！」教士聽了，詫異道：「朝廷有過上諭，原說不久就要裁撤釐局的，怎麼又添了這許多捐局呢？真正是黑暗世界了！等我見了官，倒要問問他這捐局是甚麼人叫設的！」說罷，拉了劉伯驥，一直奔往城中去了。

欲知端的，且聽下回分解。

# 第九回　毀捐局商民罷市　救會黨教士索人

卻說劉伯驥自從改換洋裝，同了洋教士，正擬進城面謁傅知府，搭救幾個同志，不料是日正值本府設局開捐，弄得民不聊生，怨聲載道。教士聽了詫異，急急同著劉伯驥奔進城門，意思想見知府問個究竟。豈料走到將近城門的時候，只見從城裡退出來的人越發如潮水一般。他二人立腳不穩只好站在路旁，等候這班人退過，再圖前進。豈料這些人後面，跟了許多穿號褂子的兵勇，一人手裡拿著一根竹板子，一路吆喝，在那裡亂打人。嚇得這些人一個個抱頭鼠竄而逃，還有些婦女夾雜在內。此番進城的這些婦女，也有探望親戚的，也有提著籃兒買菜的，有的因為手中提的禮包分量過重，有的因為籃中所買的菜過多了些，按照釐捐局頒下來的新章，都要捐過，方許過去。這些百姓都是窮人，那裡還禁得起這般剝削？人人不願，不免口出怨言。有幾個膽子大些的，就同捐局裡人衝突起來。傅知府這日坐了大轎，環遊四城，親自督捐。依他的意思，恨不得把抗捐的人，立刻捉拿下來，枷打示眾，做個榜樣。幸虧局裡有個老司事，頗能識竅，力勸不可。所以只吩咐局勇，將不報捐的，一律驅逐出城，不准逗留。在捐局門口，一時人多擁擠，所以這些婦女，都被擠下來。當時男人猶可，一眾女人，早已披頭散髮，哭哭啼啼，倒的倒，跌的跌，有的跌破了頭顱，有的踏壞了手足，更是血肉淋漓，啊唷皇天的亂叫。教士及劉伯驥見了，好不傷慘。

正在觀看的時候，不提防一個兵勇，手裡拿的竹板子，碰在一個人身上，這人不服，上去一把領頭，把兵勇號褂子拉住。兵勇急了手足，就拿竹板子，向這人頭上亂打下來，不覺用力過猛，竟打破了一塊皮，血流滿面。這人狠命的喊了一聲道：「這不反了嗎？」一喊之後，驚動了眾兵勇，一齊上來，幫同毆打。這人雖有力氣，究竟寡不敵眾，當時就被四五個兵勇，把他按倒在地，手足交加，直把這人打得力竭聲嘶，動彈不得。那知這人正在被毆的時候，眾人看了不服，一聲鼓譟，四處攢來，只聽得一齊喊道：「真正是反了！反了！」霎時沸反盈天，喧成一片。兵勇見勢頭不敵，大半逃去，其不及脫身的，俱被眾百姓將他號褂子撕破，人亦打傷，內有兩個受傷重些的，都躺在地下，存亡未卜。當下教士同著劉伯驥，看了這情形，又見城門底下擁擠不開，只好站定了老等。其時百姓為貪官所逼，怨氣沖天，早已大眾齊心，一呼百應。本來是被兵勇們驅逐出城的，此時竟一擁而進，毫無阻攔。捐局裡的委員司事，同那彈壓的兵丁，一見鬧事，不禁魂膽俱消，都不知逃往何處。

此時傅知府坐著轎子，正在別局梭巡，一聽探事人來報，便提著嗓子嚷道：「抽釐助餉，乃是奉旨開辦的事情，他們如此，不都成了反叛了嗎？我不信，我倒要看看這些百姓，是他利害，是我利害！」一頭說，一頭便催著轎夫快走。本府雖然糊塗，手下人是明白的，知道事已動眾，不要說你是個小小知府，就是督撫大人，他亦不得不怕。無奈傅知府不懂這個道理，一定要去。又虧局裡的兩個巡丁，都是本府的老家人，再三勸著，不讓主人前去。一個巡丁又說道：「別處既已鬧事，打了局子，保不定立刻就要鬧到我們局裡來。老爺還是早回衙門，躲避躲避為是。」傅知府做腔作勢說道：「我怕他怎的？他們能夠吃了我嗎？如果是好百姓，就得依我的章程。如其不肯依，就是亂民，我就可以辦他們的！」不料正在說得高興，忽聽一片喧嚷，眾百姓一路毀打捐局，已到了此處了。傳知府一聽聲息不好，也自心慌，連忙脫去衣服，穿了一件家人們的長褂子，一雙雙梁的鞋，不坐轎子，由兩個巡丁，一個引路，一個攙扶，開了後門，急急逃走了。

說時遲，那時快，這邊剛跨出門檻，前門的人已經擠滿了。當下不由分說，見物便毀，逢人便打。其時幸虧人都逃盡，只可憐幾個委員司事，好容易謀著這個機會，頭一天剛到局，簇新的被褥床帳，撕的撕，裂的裂，俱被搗毀一空，有的並把箱子裡的衣服，甚麼紗的，羅的，綾的，綢的，還有大毛，中毛，小毛，一齊扯個粉碎，丟在街上。其餘門，窗，戶，扇，一物無存，總算還好，未曾拆得房子。其時眾百姓雖然毀了物件，究未打著一個人，後見無物可毀，仍復一擁而出，沿路呼喊：「我們今天遇見了贓官，你們眾人，還想做買賣，過太平日子嗎？還不上起排門來？誰家不上排門，便同贓官一氣，咱們就打進去，叫他做不成生意！」此話傳出去，果然滿城鋪戶，處處罷市，家家關門，事情越鬧越大了。

眾百姓到了此時，一不做，二不休，見街面上無可尋衅，又一齊哄到府衙門來。不料本城營官，早經得信，曉得這裡百姓不是好惹的，生恐又鬧出前番的事來，立刻點齊人馬，奔赴府署保護。一面學老師，得著風聲，同了典史，找到幾個大紳士，託他們出來調停。有幾個紳士說道：「這件事情，本來府大人做的也忒鹵莽些，要捐地方上的錢。也沒有通知我們一聲，自從他老人家到任以來，我們又沒有擾過他一杯酒，我們管他怎的？」幸虧這典史在這裡久了，平日與紳士們還稱接洽，禁不住一再軟商，眾紳士只得答應，跟了典史，學老師到府前安慰百姓，開導他們。其時營裡的人馬也都來了，眾百姓見紳士出來打圓場，果然一齊住手，不過店面還不開門，要等把大局議好，能夠撤去這捐局，方能照常貿易。

眾紳士無奈，也只好答應他們。

好容易把些滋事的百姓遣去，方才一齊進府拜見，商議這椿事情。傅知府見了眾人，依舊擺出他的臭架子，說道：「兄弟做了這許多年的官，也署了好幾任，沒有見過像你們永順的百姓刁惡！」他這話本是一時氣頭上的話，見了紳士，不知不覺說了出來。其中有個紳士，嘴最尖刻，不肯饒人，一聽本府這話，他便冷笑了兩聲，說道：「我們永順的百姓固然不好，然而這許多年，換了好幾任，本府想辦一椿事，總得同紳士們商量好了再做，所以不會鬧事。像大公祖這樣的卻也沒有。」傅知府聽了不禁臉上一紅，不由惱羞變怒道：「紳士有好有壞，像你這種——！」這個紳士不等他說完，亦挺身而前道：「像我怎樣？」當下別的紳士及典史，老師，見他與本府翻臉，恐怕又鬧出事來，一齊起身相勸。那紳士便憤憤的立起，不別而行。傅知府也不送他，任其揚長而去。

於是典史，老師，方才細細稟陳剛才一切情形。又說：「若不是眾位紳士出來，恐怕鬧的比上次柳大人手裡還凶。」傅知府至此，無法可施，只得敷衍了眾人幾句。眾人說：「捐局不撤，百姓不肯開市，現在之事，總求大公祖作主，撤去捐局方好。」傅知府道：「這個兄弟卻做不得主。捐局是奉旨設立的，他們不開市倒有限，他們不起捐，就是違背朝廷的旨意，這個兄弟可是耽不起。」當下眾紳士見本府如此執拗，就想置之不理，聽其自然。還虧典史明白，恐怕一朝決裂，以後更難轉圜。於是又將一切情形，反覆開導，足足同本府辯了兩點鐘的時候，方才議明捐局暫時緩設，俟將情形稟明上憲再作道理。一面由紳士勸導百姓，叫他們開門，照常貿易。傅知府又趁勢向紳士賣情說道：「今日之事，若不是看眾位的面子，兄弟一定不答應，定要辦人，辦他們個違旨抗捐，看他們擔得起，擔不起？」眾紳士知道這是他自己光臉的話，也不同他計較，隨即辭了出來，各去辦事。果然眾百姓聽了紳士的話，一齊開門，照常貿易。不在話下。

單說傅知府一見百姓照常交易，沒有了事，便又膽壯起來。次日一早，傳見典史，老師，提起昨日之事，便說：「為政之道，須在寬猛相濟。這裡百姓的脾氣，生生的被前任慣壞了。你們不懂得做官的道理，只曉得一味隨和，由著百姓們抗官違旨，自己得好名聲，弄得如今連本府都不放在眼裡。所以兄弟昨天不睡覺，尋思了一夜，越想越氣。現在捐局暫時擱起，總算趁了他們的心願。我們做官人的面子，卻是一點兒都沒了。所以兄弟今天仍舊同你二位商量，昨天打局子鬧事的人，也要叫他們紳士交還我兩個，等我辦兩個，好出出這口氣，替我們做官的光光臉。此時就請二位前去要人，兄弟吃過早飯就要坐堂的。」說罷端茶送客。典史，老師只好退了下來，心上曉得本府糊塗，昨日的事，費了九牛二虎之力，好容易調停下來，他非但不見情，而且還出這個難題目叫我們去做，真正懊惱。兩人在官廳上商議了半天，想出一條主意，一同到得縣裡，同首縣商量一條計策，再定行止。按下不表。

※　　※　　※

且說教士同了劉伯驥，見百姓毀局罷市，細細訪出根由，不勝憤懣。曉得今天本府有事，斷無暇理會到前頭那件事情，便同劉伯驥找到一爿客棧，先行住下。劉伯驥因為自己改了洋裝，恐怕眾人見了疑訝，所以不敢歸家。當下洋教士又出去打聽消息，曉得前頭捉去的一幫秀才，傅知府因為辦捐，一直沒有工夫審問，至今尚寄在監裡。教士聽了，心上歡喜。到得傍晚，又見各鋪戶一律開門，又打聽得是眾紳士出來調停的緣故。是夜教士回棧，同劉伯驥說知一切，預備明日向本府要人。商議停當，一同安睡。

次日，兩人一早起來，劉伯驥恨不得馬上就去。教士道：「你們中國官的脾氣，不睡到上午，是不會醒的，這時候還早著哩。」劉伯驥道：「昨天鬧了捐，罷了市，今天有事情，大約總得起得早些。」教士道：「昨天的事，昨天已經鬧過了，今天是沒有事的了。而且昨天辛苦了一天，今天樂得多睡些。做一天和尚撞一天鐘，到開心處且開心，你們中國人的脾氣，還要來瞞我嗎？」劉伯驥聽他講得有理，只好隨他。

一等等到敲過十點鐘，兩個人方才一同起身，出棧奔向府前而來。誰知一到府前，人頭擠擠，本府正在坐堂。底下的衙役，卻在那裡撳倒一個人，橫在地下，一五一十的在那裡打屁股哩。劉伯驥說：「可惜我們來晚了，他已經坐了堂了。」教士也覺得奇怪，怎麼中國官會起得這般早？這會已經出來坐堂。心上如此想，口裡便對劉伯驥道：「要他坐在堂上更好，你跟我去問他要人！」說罷，便拉了劉伯驥的袖子，一路飛奔，直至本府案桌跟前。眾人不提防，一見來了兩個外國人，一個雖然改了華裝，也還辨認得出，不覺嚇了一跳。雖是滿堂的人，卻沒有一個敢上來攔阻他二人的，還有人疑心是來告狀的。傅知府正在打人，一見也自心驚，卻把兩隻眼睛，直瞪瞪的望著他。只聽得教士首先發言，對本府說道：「你可是這裡的知府？」傅知府也不知回答他甚麼話好，只答應得一聲「是。」教士道：「好，好，好！我如今問你要幾個人，你可給我？」傅知府摸不著頭腦，不敢答應。教士道：「我們傳教的人，於你們地方上的公事本無干涉，但是這幾個人都是我們教會裡的朋友，同我們很有些交涉事情沒有清爽，倘或在你這裡，被他逃走，將來叫我問誰要人？所以我今天特地來找你知府大人，立時立刻就要把這幾個人交我帶去。」傅知府楞了半天，依然摸不著頭腦，不知道他要的是誰。幸虧一個值堂的二爺明白，便問你這兩位洋先生，到底是要的那一個，說明白了，我們大人才好交給你帶去。教士聞言，也自好笑，說了半天，還沒有說出名姓，叫他拿誰給我們呢？馬上就向劉伯驥身邊取了一張單子出來，由教士交給傅知府道：「所有人的名字都在這單子上。」

傅知府接了過來一看，才知所要的，就是上回捉拿的那班會黨。這事已經稟過上憲，上頭也有公事下來，叫我嚴辦，但恨我一心只忙辦捐，就把這事擱在腦後。如今我這裡尚未問有確實口供，倘若被他帶了去不來還我，將來上頭問我要人，叫我如何回覆。想了一回，便對教士道：「洋先生！你須怪我不得，別人猶可，但是這十幾個人，是上頭指名拿的會黨，上頭是要重辦的。現在還沒有審明口供，倘若交代與你，上頭要起人來，叫我拿甚麼交代上頭呢？你有什麼事情，我來替你問他們就是了。」教士道：「這幾個人，同我們很有交涉，你問不了，須得交代於我，上頭問你要人，你來問我就是了。好在我住家總在你們永順府裡頭，不會逃走到別處去的。」傅知府道：「不是這樣說。我不奉上頭的公事是不放人的。」教士道：「這幾個人替我們經手的事情很不少，放在這裡，我不放心，倘有不測，如何是好？所以我要帶去。」傅知府道：「人都好好的在我這裡，一點沒有難為他，你不放心，我把他們提出來給你看看，你有甚麼話不妨當面問他。」教士道：「好，好，好。你就去提來給我看。」傅知府立刻吩咐二爺，帶領衙役，到監裡，把一班秀才，一齊鐵索琅璫提了上來，當堂跪下。教士看了一看，遂指著一個瘦子說道：「不對！不對！這位先生，從前是個大胖子，到了你們這裡兩個月，頭髮也長了，臉也黑了，身上的肉也沒有了，再過兩天，只怕生命也難保了。在這裡我不放心，須得交我帶去。」傅知府不答應。教士便發話道：「這些人同我們會裡有交涉的，你不給我，也由你便，將來有你們總理衙門壓住你，叫你交給我們就是了。」說罷便拉了劉伯驥要走。傅知府道：「慢著！我們總得從長計議。」教士道：「交我帶去，不交我帶去，只有兩句話，並沒有三句可以說得。」傅知府道：「人是交你帶去，想你們教士也是與人為善，斷不肯叫我為難的。將來上頭要起人來，你須得交回來。」教士道：「上頭要人，你來問我要就是了。」說罷，立逼著傅知府將眾人刑具一齊鬆去，說了聲驚動，率領眾人，揚長而去。傅知府坐在堂上，氣的開口不得。堂底下雖有一百多人，都亦奈何他不得。

欲知後事如何，且聽下回分解。

# 第十回　縱虎歸山旁觀灼見　為魚設餌當道苦心

卻說劉伯驥同了洋教士，跑到永順府，親自把幾個同志要了出來，傅知府無可如何，也顧不得上司責問，只得將一干人鬆去刑具，眼巴巴看著領去。當下一干人走出了府衙，兩旁看審的人不知就裡，見了奇怪，三三兩兩，交頭接耳的私議，又有些人跟在後頭，鬨的滿街都是。教士恐人多不便，便把劉伯驥手裡的棍子取了過來，朝著這些人假做要打，才把眾人嚇跑。教士見他們如此膽小，也自好笑。一路言來語去，不知不覺，已到昨日所住的那爿小客棧內。棧裡掌櫃的見他們一個個都是蓬首垢面，心上甚是詫異，只因懼怕洋人，不敢說甚。這一干人恐怕離開洋人，又生風浪，只得相隨同住，再作道理。按下慢表。

且說是日傅知府坐堂，所打的人，不是別個，卻是四城門的地保。因為這四城門的地保，不能彈壓閒人，以致匪徒肇事，打毀捐局。知府之意，本想典史，老師向紳士們要出幾個為首的人，以便重辦。無奈紳士們置之不理，所以他迫不及待，就把地保按名鎖拿到衙，升坐大堂，每人重打幾百屁股，以光自己的臉面。其中有個狡猾的地保，爬在地下捱打，一頭哭，一頭訴道：「大人恩典！小的實在冤枉！昨天鬧事的時候，從大人起，以及師爺，二爺，親兵，巡勇，多多少少的人，都在那裡，他們要鬧，還只是鬧，叫小的一個人怎麼能夠彈壓住這許多人呢？」傅知府聽了這話，愈加生氣，說：「這混帳王八蛋，有心奚落本府，這還了得！」別人都打八百，獨他加一倍，打了一千六百板，直打得屁股上兩個窟窿，鮮血直流，動彈不得，由兩個人架著，一拐一瘸的攙上堂來，重新跪下。傅知府又耀武揚威的一面孔得意之色，把一眾地保吆喝了一大頓，才算糊過面子。

正在發落停當，尚未退堂，不提防教士同了劉伯驥到來，立逼如火，要把十幾個人一齊帶去，說是有經手未完事件。傅知府想待給他，恐怕上司責問，欲待不給，又怕教士翻臉。不要說是寫封信託公使到總理衙門裡去評理，叫他吃不住，就是找出領事在督撫面前栽培上兩句，也就夠受的了。因此左難右難，不得主意。後來把一干人提上堂來，替教士追問經手事件，無非兩面轉圜的意思，卻不料教士一見了人，不容審問，立逼著鬆了刑具，帶了就走。堂上雖有百十多人，竟也奈何他不得。傅知府兩隻眼睛，直巴巴的看著他們出了頭門，連影子都不見了，他猶坐在公案之上，氣得一句話也說不出。歇了兩刻鐘頭，方才回醒過來，起身退堂。踱進簽押房，寬衣坐下，忙叫管家把刑名老夫子請了過來，商量此事。

這老夫子姓周名祖申，表字師韓，乃紹興人氏，是傅知府從省裡同了來的。當下一請便到，見了東翁，拱手坐下。傅知府先開口說道：「老夫子！我這官是不能做了！」周師韓忙問何事。傅知府把教士前來要人的情形，自始至終說了一遍。周師韓道：「請教太尊，為什麼就答應他呢？」傅知府道：「我不答應他，他要到總理衙門去的，到了總理衙門，也總得答應他。我想與其將來拿好人給別人去做，何如我自己來做，樂得叫外國人見個好，將來或者還有仰仗他們的地方，也論不定。」周師韓道：「送掉幾個人是不要緊，但是這件事情，太尊已經稟過上頭，上頭回批，叫太尊嚴辦。這個把多月，太尊因為忙著辦捐，就把這事擱起。前日，上頭又有文書，來催我們趕緊審結。現在一審未審，怎麼好叫教士帶了去呢？」傅知府一聽師爺之言有理，心上好不躊躇，連說：「怎麼樣呢？」又想了一回，說道：「如此，讓我就坐了轎子去要他回來。」周師韓聽了，鼻子裡撲嗤一笑道：「說的，談何容易！他肯由你要回，方才不帶他們去了。」傅知府道：「他原說這些人同他有經手未完之事，所以帶了他們去的。如今他們的事情想已弄停當了，我這裡案子未結，他自然要還我的。」周師韓道：「什麼經手事情，也不過叫名頭說說罷了，那裡有甚麼緊要事情，少他們不得。如今人還了他，一個個在那裡逍遙自在，一點點事情也沒有。」傅知府道：「據此說來，是我受了他們的騙了。」周師韓道：「豈敢！」傅知府道：「你沒見剛才在堂的樣子，真是刻不容緩，無論什麼人都拗他不過。」周師韓道：「他若要人，只要翻出條約來同他去講，通天底下總講不過一個『理』字，試問他還能干預，不能干預？」傅知府道：「誰記得這許多呢？做官的人，都要記好了條約再做，也難極了。」周師韓道：「現在做官，不比從前，這裡頭總得留點心才好。」傅知府道：「這個只怕連制臺，撫臺，肚子裡都沒有，不要說我們做知府的了。」周師韓道：「肚子裡不記得就要吃虧。」傅知府道：「目前不管吃虧不吃虧，總得想個法子把人弄回來才好。」周師韓道：「據我看起來，這件事有點難辦。這些窮酸，豈是甚麼好惹的？而今入了他們外國人的教，猶如老虎生了翅膀一般，將來還不知要鬧出些甚麼事情來呢！」傅知府道：「無論有事沒有事，辦得成辦不成，苦了我這老臉，總得去走一趟再說。」周師韓一見話不投機，只好退出。

傅知府傳門上❶上去，問他這裡有幾處教堂，剛才來的洋人，是那裡教堂的教士。門上道：「這個

❶ 門上：就是「門房」，守門的人。

小的不知道，回來叫人到縣裡去查查看。」傅知府道：「幾個教堂都不記得，還當甚麼稿案❷？門上快去查來！」稿案，門上不敢回嘴，出來回到門房裡，嘴裡嘰哩咕嚕的說道：「做了大人也記不清，還有嘴說我們哩！」吩咐三小子❸：「去找縣裡門口魯大爺，託他替我們查一查。」三小子去不多時，回稱魯大爺也不曉得，回了他們大老爺，又叫了書辦來，才查清楚的。一共兩個教堂，一個在城裡，一個在鄉下，這裡有個條子，寫的明明白白。至於剛才來的那個教士，不在城裡住，一定在鄉下住，只要在那裡一問就知道了。稿案道：「連著縣太爺也是糊裡糊塗的。要到得那裡再問，我又何必問他呢？」說完了這兩句，立刻上去，回過傅知府，又說：「至於方才來的那個教士，橫豎不在城裡，就在鄉下。先到城裡的教堂去問一聲兒，如果不在那裡，再往鄉下未遲。倘若是在那裡，就免得往鄉下走一遭。」傅知府聽了有理，便傳伺候，先到城裡的教堂拜望教士。

一霎時三聲大砲，出了衙門，投帖的趕在前頭，先去下帖。及至走到那裡一問，回稱教士不在這裡，三日裡頭就往別處傳教去了。傅知府聽說，心中悶悶。正想回轎一直下鄉，不料事有湊巧，那個硬來討人的教士，正同了幾個秀才前來探望這堂裡的教士。轎裡轎外，不期同傅知府打了個照面。傅知府一見，認得是他，便拿手敲著扶手板，叫轎夫停轎，嘴裡不住的叫：「洋先生！我是特地來拜你的！你不要走，我們進去談談。」教士道：「這裡不是我的家，我的家在鄉下，這裡是我的朋友住的地方，你不要弄錯了。」傅知府道：「借他這裡談談也好。」一面說，一面已經下了轎，一隻手拉住了教士的袖子。又看

---

❷ 稿案：即「文案」，舊日官署管理文書的幕僚。

❸ 三小子：舊稱奴僕等所使用的奴僕為三小子。

教士後面跟的幾個人，就是前頭捉去的幾個秀才，傅知府統通認得，就拿那隻手招呼他們，一塊兒到這教堂裡去。教士被他鬧不過，只好上去敲門。有個女洋婆，也是中國打扮的，出來開門，同這教士嘰哩咕嚕的說了幾句洋話，自己關門進去。教士便同傅知府說道：「我這朋友不在家裡，我們不便進去。」傅知府道：「街上不能談天，我們同到衙門裡談一會罷。」眾人心上明白，誰肯上他的當，一齊拿眼瞅著教士。只聽教士對傅知府說道：「傅大人，你的意思我已懂得。我有這些人同著不便，改日再到貴府衙門裡領教罷。」說罷領了眾人，揚長而去。

傅知府一個人站在街上，幾乎不得下臺，把他氣的了不得，站了半天。轎夫把轎子打過，他便坐上，也不說到那裡去。走了兩步，號房上來請示，他老人家方才正言厲色的，說了聲回去。眾人不敢違拗，立刻打道回衙。他一直下轎走進簽押房，怒氣未消。正在脫換衣裳的時候，忽見跟去的一個二爺上來回道：「剛才碰見的那個教士，並不住在鄉下，就住在府西一爿小客棧裡，出了衙門朝西直走，並無多路。」傅知府聽說，連忙又傳伺候，說即刻要到他棧房裡拜他。

官場規矩，是離了轎子，一步不可行的，當下由這個跟班在前引路，知府大轎在後，走到棧房門口，不等通報，先自下轎，一路問了進去。問洋先生住的是那號房間，櫃上回稱小店裡這兩天並沒有姓楊的客人。傅知府只得同他細說，並不是姓楊的客人，是個傳教的洋人，櫃上方才明白。回說十一號十二號十三號房間通統是的，但不知這位洋先生住在那一間裡。傅知府只得自己尋去，一問到十二號房間，果然在內。其實這教士同這一幫秀才，聽了鳴鑼喝道之聲，早已曉得知府來到，等他自己進來，不去睬他，等到他身走進房間，眾秀才只得起身迴避，讓教士一個同他攀談。當下傅知府進來之後，連連作揖，口稱：「一向少來親近。兄弟奉了上憲的札子，到這裡署事，接印之後，公事一直忙到如今，所以諸位跟前少來請安。」教士道：「傅大人客氣得很，要你大人自己親來，實在不敢當。」傅知府道：「眾位先生既在這裡，可以一齊請來見見。」教士道：「他們是怕見官府的，不要他們見你的好。」傅知府道：「他們的學問品行，兄弟是久已仰慕，既然來了，自然見見。」教士道：「他們同我一樣，都是不懂道理的人，還是不見的好。」傅知府聽了無話。又想了一想，說道：「兄弟此來，並沒有什麼大事，不過有一點小事情，要同你商量商量，千萬你看我的薄臉，賞我一個面子，叫我上頭有個交代。」教士道：「我是外國人，到了貴府，處處全靠你貴府保護，貴府還有什麼事情要同我商量？」傅知府道：「不為別的，就是早上貴教士要來的那幾個秀才。」教士道：「不錯，幾個秀才，你把他們交給我的，現在又有什麼事情？」傅知府道：「這幾個人，是上頭叫我捉的，現在捉了來還沒有審口供，就被貴教士要了來，將來上頭問兄弟要人，無以交代。」教士道：「貴府這句話說差了。不要說這些人本來冤枉的，就是不冤枉，上頭叫你拿了來，你就該立刻審問，該辦的辦，該放的放，也沒有不問皂白，通統收在監裡的道理。現在是我因為他們有替我們教堂經手未完事件，並且有欠我們的錢未曾清楚，若長久放在你那裡，倘或被他們逃走，將來這錢問那個去要，所以我把他們要了來，叫他們在我這裡，我好放心。」傅知府道：「這件事情，我總得同你商量叫他們同我回去，我情願收拾房子給他們住，供給他們，決不難為於他，你可放心的了。」教士道：「你那裡有房子給他們住？不過收在監裡，等到上頭電報一到，就好拿他們出來正法，此番倘若跟你回去，只怕死的更快。」傅知府道：「他們犯的事未必一定是死罪，不過叫他們回去等兄弟光光面子，那裡就會要了他們的命呢？」教士道：「我不信貴府的話，貴府請回去罷！我這棧房裡齷齪得很，而且是個小地方，不是你大人可以常來的。」傅知府聽了，不覺臉上紅了一陣，又坐了一會，兩人相對無言，只好搭赸④著告辭回去。

進得衙門，千愁萬緒，悶悶不樂。他有個妻舅，名喚賴大全，從前到過漢口，在一爿什麼洋行裡當過煞拉夫的，自從姊夫得了缺，寫信把他叫了來，在衙門裡幫閒。遇見沒事的時候，陪著姊夫姊姊打打牌，說說閑話；等到有了事，卻是一句嘴也插不上去的。這兩天見姊夫頭一天為了開捐被人打了局子，第二天又來個洋人把監裡的重犯硬討了去，姊夫氣的氣上加氣，眾人一無主意，他便有心討好。硬著膽子先在姊夫跟前遞茶遞煙，獻了半天殷勤，他見姊夫不說話，他也一聲不響。後來想出一條計策，熬不住要獻上來，先歎了一口氣。姊夫問他：「因為什麼歎氣？」賴大全道：「我見姊夫這兩天遭的事情，實在把我氣的肚子疼！」傅知府道：「辦捐一事，我是理直氣壯的，小小百姓，膽敢違旨抗官，目前雖然我受他們的挾制，暫時停辦，將來稟過上頭，辦掉幾個人，一定不能便宜他們。但是受這教士的氣，我心上卻是有點不情願，總得想個法子方好。」賴大全道：「教士是外國人，現在外國人勢頭凶，我們只可讓著他點。硬功不來，只好用軟功。我從前在洋行裡吃過幾年飯，很曉得他們的脾氣。為今之計，我倒有個計策在此。」傅知府忙問何計，怎麼用軟功？賴大全道：「明天一早，姊夫吩咐大廚房裡買下十二隻又肥又大的雞——他們外國人以十二個為一打，所以一定要十二隻——，再買了一百個雞子，一塊羊肉，或者再配上一樣水果，合成功四樣禮。教士是認得中國字的，姊夫再寫上一封信，信上就把這

④ 搭赸：即「搭訕」。兜搭；臉上帶著害羞的樣子。

事情委婉曲折說給他聽，哀求他請他把這十幾個人放了回來。信隨禮物一同送去。只要那教士受了我們這一份禮，這事情十成中就有九成可靠了。」傅知府道：「外國人吃心重，這一點點東西怕不在他眼裡，他不收怎麼好呢？」賴大全道：「外國人的脾氣我通統知道，多也要，少也要，一定不會退回來的。只要他肯收，這事就好辦了。」傅知府聽了他言，心上得了主意，立刻吩咐大廚房裡，明天一早照樣辦好，以備送禮。自己又回到簽押房，親自寫了一封信，次日一併遣人送去。

但不知此計是否有用，且聽下回分解。

# 第十一回　卻禮物教士見機　毀生祠太尊受窘

卻說傅知府聽了舅老爺的話，一想此計甚妙，便把禮物辦好，將信寫好，次日一早，叫人送到教士住的客棧裡。

且說那教士自從送傅知府去後回來，便向眾秀才說道：「諸位先生，我看此處斷非安身之地，今日他雖回去，諒來未必甘心。我們一日不行，他的纏繞便一日不了。我鄉下教堂裡也容不得諸位這許多人，而且諸位年輕力壯，將來正好轟轟烈烈做一番事業，如此廢棄光陰，終非了局！」眾人聽了他話，都說不錯，但是面面相覷，想不出一個主意來。怕的是離開洋人，官府就要來捉，躊躇了半天，終究委決不下。教士知道他們害怕，便說道：「諸位但肯出門，我都有法保護。只要把你們送到上海租界地面，你們就可自由。」當下眾人俱各點頭應允。有的說與其在家提心弔膽，自然是出門快樂了。有的說老死窗下，終究做不出大事業，何如出去閱歷閱歷，增長點學問也好。教士道：「諸君既以鄙見為然，就請收拾收拾，明日我就送你們動身，何如？」眾人俱各應允。

方談論間，忽聽窗外有人高嚷，問茶房道：「洋大人洋先生在那號房間裡住？」茶房一見那人頭戴紅纓大帽，腳踏抓地虎❶，手裡拿著帖子，曉得便是大來頭，立刻諾諾連聲，走在前頭引路，一直把這人領到第十二號房間裡，見了教士。這人先搶前一步，請了一個安，口稱：「家人奉了敝上之命，叫家人替洋大人請安，敝上特地備了幾樣水禮，求洋大人賞收。這裡還有一封信，求洋大人過目。」一面說，一面把信雙手捧上。教士在中國久了，康熙字典尚且讀熟，自然這信札等件也看得通了。剛才接信在手，正待拆閱，那來人又登登登的跑出去，叫跟來的人，快把送的禮抬進來。教士將信看了一遍，曉得來意，送的東西，信上一一註明，便連連揮手，吩咐來人。「不必拿進，我是萬萬不收的！」來人一聽不收，呆在那裡，一言不發。教士道：「你回去拜上你們主人，他的情我已經心領了，我是不受人家禮物的。至於這幾個人，我明天就要送他們到上海去，我把他們送到，我是仍舊要回來的。等我回來，再來拜望你們主人罷！」來人道：「家人來的時候，敝上有過話，說是送來的禮物，倘若洋大人不賞收，不准小的回去。洋大人！你老人家總算可憐小的，賞收了罷！」教士笑道：「這又奇了！送不送由他，收不收由我，那有勉強人家收的道理？你快快回去，我的話已經說完，你再在這裡，就無人理了。」說罷，踱了進去，來人無法，只好叫人將禮物仍舊抬回，自己又進來向教士討回信。教士道：「你回去同你主人說，我的話昨天同他當面都說過了，用不著回信。」來人道：「既無回信，賞張回片也好銷差。」教士道：「我來的匆促，沒有帶得片子。」這人無奈，只好搭訕著出去，同來抬盒子的人，暗地裡拉這人一把，說道：「大爺回信沒有？回片沒有？東西雖然不收，我們府衙門裏出來送禮，腳錢是一向有的。」這人道：「滾你娘的蛋罷！你也睜開眼睛看看，這是什麼地方，你好問他要腳錢？真正不知死活！」說完，率領著眾人，抬了東西而去。

❶ 抓地虎：一種薄底的靴子。

且說傅知府自從交代了門上，叫他到棧房裡送禮，以為我今番送禮給他，他不能不顧我的面子，或者因此將人交回，也好叫我上頭有個交代。想罷甚是開心。不料等了一回，家人戴著帽子，拿著帖子回來了。傅知府一見，便趕著問道：「看見外國人沒有？東西可收下？怎麼說？那幾個人帶回來沒有？」家人道：「外國人見是看見的，東西沒有收，人也沒有帶回。」傅知府一聽，不覺頭上打了一個悶雷。心上想道：怎麼外國人送他禮也會不收的，不要是嫌少？忙又問道：「我給他的信，他看了說什麼？回信在那裡？」家人道：「他看過，但是笑了一笑，說：『我知道了』回信沒有。」傅知府聽了，生氣道：「他是什麼東西，好大的架子！他竟同皇上一樣，『知道了！』真正可惡！回信既然沒有，回片呢？怎麼寫法？不收我的東西，總要有個說法。」家人道：「回片也沒有。」傅知府發恨道：「我好好的事情，都壞在你們這些王八蛋手裡了！特特為為派你去送禮，回信也沒有，回片也沒有，不曉得你真去假去，你是個死人，我要你做什麼！替我滾出去！」家人不敢做聲。傅知府正罵著，送禮抬盒子的人，已把禮物抬到廳上。傅知府道：「外國人沒有收，還抬來做什麼？水果還給鋪子裡，說我沒有用。雞同雞子亦送還人家。羊肉給廚子做飯。菜該多少錢，叫帳房裡照算一份重禮。」外國人雖然沒收，他老人家卻是分文未曾化費。分派已定，方才進來，同師爺商量，打稟帖給上頭，好把這事情敷衍過去。

等到這個稟帖上去，前頭鬧捐的事，紳士已經上控到省，撫臺亦早有風聞，便叫藩臺掛牌，把他撤任，另換一個姓魯的接他的手。接印交印，自有一番忙碌，照例公事，毋庸瑣述。

※　※　※

等到傅知府交卸的頭兩天，自己訪聞外頭的口碑很不好，意思想要地方上送他幾把萬民傘，再於動身的那一天，找兩個紳士替他脫靴，還要請一個會做古文的孝廉公，進士公，替他做一篇德政碑的碑文，還想地方上替他立座生祠，如此交卸回省，也可以掩飾上頭的耳目。因為這事自己不便出口，只好託師爺把首縣請來，同他商量。首縣道：「不瞞老夫子說，我們這位太尊，做官是風厲的，但是百姓們不大懂得好歹，而且來的日子也太少，雖有許多德政，還不能深入人心。這件事情，兄弟也有點不便，不如去找王捕廳，周老師他二人地方上人頭還熟些，或能說得動他們，也未可定。」師爺道：「敝東有過話，只要他們肯頂名，就是做萬民傘的錢，還有那蓋造生祠的款子，通統是敝東自己拿出來，決不要他們破費分文，這總辦得到了。」首縣道：「既然太尊自己拿錢，隨便開幾個名字寫了上去，何必又去驚動他們？肯與不肯，反添出許多議論。」師爺道：「蓋生祠的事，敝東早說過了，也不必大興木土。記得書院後面，有個空院，裡頭有三間空屋，外面幸喜另外一扇門，將來只要做一個長生祿位，門口懸一塊匾，豈不是現現成成的一座生祠麼？但是到送傘的那一天，總得有幾個人穿著衣帽送了來，這卻找誰呢？」首縣道：「這個容易，別人不來，本衙門裡的書辦，就可以當得此差。」師爺聽了不解。首縣道：「老夫子！枉負你十年讀律，書辦可以戴得頂戴的，叫他們一齊穿了天青褂子，戴了頂子，還怕他們不來嗎？至於脫靴一事，就叫他們衙役們來做。這樣遮人耳目的事，也還容易。倒是要找一位孝廉公，或者進士公，做這一篇德政碑的碑文，卻不易得。兄弟在這裡幾年，此地的文風也著實領教過。時文尚且有限，如何能做古文？兄弟雖不才，也是個兩榜出身，然而如今功夫也荒疏了，提起筆來，意思是有，無奈做來做去，總不合意。否則，這個差使，兄弟一定毛遂自薦，省得太尊另外尋人。至於本地的兩位舉人進士，我看也算了罷！大約做起時文來，還能套篇把汪柳門的調頭八韻詩，不至於失粘，再靠著祖宗功德，被他中個舉人進士，已算難得，還好責備求全嗎？倒是秀才當中，很有幾個好的，可惜太尊把他們當作壞人，如今入了洋教，吃了外國飯，跟了外國人一齊，不曉得到那裡去了。早知如此，當初很應該照應照應他們。到了今日找他們做篇把碑文，他們還有不出力的嗎？」師爺道：「這些話都不必題了。我看你衙門裡的書啟老夫子，他的筆墨倒還講究，太尊題起，常常誇獎他的。說他做的四六信，沒有人做得過。干支對干支，卦名對卦名，難為他寫得出。我想請教他去做一篇，再由閣下替他斟酌斟酌，這樁事情不就交了卷麼？」首縣道：「太尊說的是古文，古文一定是散體，人人都說散體容易整體難，我說則不然。太尊如要整體，倒好叫他費上兩天工夫做一篇看；再不然，舊尺牘上現成句子，抄上幾十聯，也可以敷衍搪塞。倘要散體，他卻無此本領。」師爺道：「何以散體倒難？」首縣道：「你看一科闈墨刻了出來，譬如一百篇文章，倒有九十九篇是整的，只有一兩篇是散的。散體文章中舉人如此之難，所以兄弟曉得這散體東西是不大好做的，這是讀書數十年悟出來的。所以兄弟一聽你老夫子題到古文兩字，兄弟就不敢接嘴。」師爺道：「這個，太尊也不過說說罷了。據我看來，還是做四六的出色。太尊只要做成功一篇德政碑的碑文就是了，還管他整體，散體嗎？」首縣道：「既然如此，我就回去叫我們那位書啟老夫子，做一篇來試試看。」師爺道：「如此，費心了！」說罷，彼此別去。

師爺果然聽了首縣的話，交出錢來，找了裁縫，把傘做好，同門上商量，找到兩個從前受過大人恩惠的書辦，叫他二人出頭，約會齊了眾書辦，到這一天一齊頂帽袍套，進來送傘。是日，傅知府同他們敷衍了一番，並未識破，就是識破，要顧自己的面子，也就不肯說了。首縣回去，果然找書啟老夫子擬了一篇德政碑文，全體四六，十成中倒有九成是尺牘上的話頭，幸喜聲調鏗鏘，平仄不錯，念起來也還順口，對仗亦尚工穩。傅知府見了，異常稱讚，連說：「費心得很！」還說將來貴書啟老夫子文集當中，有了這篇文字，流傳不朽，彼此都有光輝的。看罷，便叫書稟門上照謄五份，一份交給首縣，叫他選雇石工，立碑刻字，餘四份，預備帶回省城，好呈給藩，臬，道諸位大人過目。分派已定，便擇定動身日期。等到臨走的那一天，預叫自己舊門稿把那受過恩惠的差役派了兩名，囑咐他們在城門底下，預備替大人脫靴。向來清官去任，百姓留靴，應得百姓拿出錢來先買一副新靴，預備替換。這兩個差役雖然受過大人的恩惠，肯替他留靴，然而要他們拿出錢來，再買一雙新靴，卻是做不到。所以這買靴的錢，還是大人自己的錢，由師爺發下來的。

這日傅知府有意賣弄，從衙門裡擺了全副執事，轎子前頭，什麼萬民傘，德政碑，擺了半條街，全是自己心痛的錢買得來的。事到其間，要顧面子，也就說不得了。其時兩旁觀看的人，卻也不少，有的指指點點，有的說說笑笑，還有幾個挺胸凸肚，咬牙切齒罵的，傅知府寬洪大量，裝做不知，概不計較。一霎時走到書院跟前，只見山長率領著幾個老考頭等的生童，在那裡候送。傅知府下轎進去，寒暄了幾句，山長定要把盞。傅知府不肯，眾生童磕頭下去。傅知府還過禮後，叫管家每人奉送白摺扇一把，上頭寫著一首七言八句的留別詩。眾人接過，一齊用兩隻手捧著，這都是他老人家預先叫西席老夫子替他做好，寫好，如今竟裝作自己門面了。

正在謙讓的時候，忽聽門外一片聲喧，剛要叫人出去查問，已經有人來報，說是大人生祠上的一塊匾，同著長生祿位，被一班流氓打了個粉碎，還說要把大人的牌位丟在茅廁坑裡。傅知府聽了，面孔失色，做聲不得。山長道：「那有此事？問流氓在那裡，書院重地，膽敢結黨橫行，真正沒有王法了！」

一面說，一面走出來，一看只見一大班人正在那裡捋臂揮拳，指手畫腳的大罵昏官，贓官不了。內中有兩個認得的，是屢屢月課考在三等，見了山長眼睛裡出火，想要上來打他。幸虧山長見機，一聲不響，縮了進去，對傅知府道：「大公祖！你請在這裡頭略坐一坐，外頭去不得，怕碰在亂頭上，吃他們眼前虧，是犯不著的。」傅知府道：「諒他幾個生童，有多大的本領，敢毀本府的祠宇！」說著硬要親自出去，呵叱他們。幸虧被山長一把拉住，沒有放他出去。你道這班打生祠的是什麼人？就是傅知府上次捉拿的一班秀才的好友。然其中也有真來報仇的，也有來打抱不平的，因此愈聚愈眾，一霎時竟聚了好幾百人。後來幸虧首縣到來，好容易把個太尊保護了出去，從小路抄到城門。

正待舉行留靴大典，不提防旁邊走出多少人，不問皂白，一擁而上，不但靴子留不成，而且傅知府的帽子，亦被眾擠掉。靴子剛脫掉一隻，尚未穿上，被人沖散，只得穿了襪子，一高一低的，在人叢中擠來擠去。幸而頂帽不戴，人家瞧不出他是知府，所以未曾被人毆打。然而頃刻之間，轎子也打毀了，執事也沖散了，萬民傘亦拆掉了，德政牌亦摔劈了。傅太守好容易找到一個二爺，由這二爺攙著他尋到一個小戶人家躲了半天，要等外面風聲漸定，方敢出頭。你道這班人又是誰？就是那班鬧捐局的人，上次未曾打得爽快，所以今番打聽得傅知府動身，要在城門經過，還要在此留靴，所以湊在這個檔口，打他一個不亦樂乎。畢竟來的鹵莽，傅知府仍未打到，被他漏網脫逃而去。後來又幸虧營裡，縣裡一齊趕到，一面將眾人彈壓，一面又替太尊預備轎子。但是，找了半天，不知太尊被眾人弄到那裡去了！首縣心上甚是著急，設或被眾人戕害了性命，那卻不得了。立刻傳地保率領衙役，挨戶去尋，後來好容易從一個小戶人家找到。地保跪在地下磕頭說道：「我的大人！真把小的找苦了！快請大人出去，首縣大老爺候著呢！」傅知府還當是一班鬧事的人，要哄他出去打，他抵死不敢出去，只是索索的抖。幸虧地保一找到的時候，早已打發人送信給縣大老爺，縣大老爺相離不遠，得信之後，趕了前來。傅知府一見，方才把心放下，大著膽子出來。首縣說了一聲：「大人受驚！」傅知府不及回言，先罵辦差的欺負我，已經交卸，沒有勢力的人，隨我被百姓打死了，他們也不上來拉一把，真正混帳王八蛋！首縣聽他罵人，也不便說什麼。叫人打過轎子，讓他坐好。營裡又派了十六名營兵，一個哨官，圍著轎子，保護他出境而去。

要知後事如何，且聽下回分解。

## 第十二回　助資斧努力前途　質嫁衣傷心廉吏

卻說上回書講到傅知府撤任，省憲又委了新官，前來管理這永順一府之事。這位新官，或是慈祥愷惻，叫人感恩，或是暴厲恣睢，叫人畏懼，做書的人，都不暇細表。

單說教士自從聽了劉伯驥之言，把他同學孔君明等十一人，從府監裡要了出來，就在府衙前面小客棧裡住了些時。傅知府兩次三番前來索討，甚至餽送禮物，哀詞懇求，無奈教士執定不允。然而這些人久住城廂，若是離了洋人，保不定何時就要禍生不測。所以教士力勸他們出門遊學，暫且躲避幾時，等他年此案瓦解冰消，再行回里。劉伯驥孔君明等一干人，都是有志之士，也想趁此出門閱歷一番，以為增長學識地步。而且故鄉不可久居，舍此更無自由快樂之一日。因此，俱以教士之言為是。教士見了，也甚歡喜，立刻催促他們整頓行裝，預備就道。其時各家的親戚，有幾個膽子大的，曉得有洋人保護，決無妨礙，也都前來探視，有的幫襯些銀兩，有的資助些衣服，有的餽送些書籍，十二個人當中，倒有八九個有人幫忙，其餘三四個，雖是少親無靠，卻由教士資助些銀兩，以作旅費，也可衣食無憂。因此，他們多人，俱各安心出門，並無他意。

又過了幾日，教士遂同了他們起身，一路曉行夜宿，遇水登舟，遇陸起旱，在路非止一日，已到長沙地面。教士將他們安頓在客棧中，自己去到城裡打聽，又會見省裡的教士，說起現在省憲，已有文書下去，將傳某人撤任，另換新官。教士聞言大喜，立刻回棧通知了眾人，眾人自然也是高興。有兩個初次出門，思家念切，便想住在長沙候信，口稱倘能就此無事，再過兩日，便可回家，省得路遠山遙，受此一番辛苦。教士聽了，尚未開言，幸虧孔君明生有強性，乃是個磊磊落落想做事業的人，聽了此言，不以為然，便發話道：「諸君此言差矣！教士某君，救我等於虎口之中，又不憚跋涉長途，送我們至萬國通商文明之地，好叫我等增長智識，以為他日建立功業之基礎。他這一片苦心，實堪欽敬，今諸君不勉圖進步，忽然半途而廢起來，不但對不住某君，而且亦自暴自棄太甚！還有一說，諸君以為舊官撤任，更換新官，新官決以舊任為不然，必處處與舊任為反對，凡舊任所做的事，一概推倒，因此諸君敢大著膽子回去。然而中國事情，我早一眼看破，新官即使不來追究我們的事，然而案未注銷，名字猶在裡面，所有地方上的青皮無賴，以及衙門前的蠹役刁書，皆可以前來訛詐。我們若要平安，除非化錢買放。我們的銀錢有限，他們的慾壑難填，必至天荊地棘，一步難行。諸君到了此時，再想到小弟的話，只怕已經嫌遲了！」眾人聽了他言，一齊默默無語。教士連連拍手道：「孔先生的話一點兒不錯，我就是這個意思。」劉伯驥也幫著，著實附和，勸大眾不可三心兩意。眾人無可說得，只得點首允從。又過了兩天，仍舊一同起身，不多幾日，到得武昌。

※ ※ ※

武昌乃是湖廣總督駐節之地，總督統轄兩省，上馬治軍，下馬治民，正合著古節度使的體制。隔江便是漢口，近數十年來萬國通商，漢口地方亦就開作各國租界，凡在長江一帶行走的火輪船，下水以上海為盡頭，上水即以漢口為盡頭，從此漢口地方，遂成為南北各省大道。其時雖未開築鐵路，論起水碼頭來，除掉上海，也就數一數二了。因之，中外商人到這裡做買賣的，卻很不少。各國又派有領事，來此駐紮，以便專辦交涉事件，並管理本國商民。至於武昌地面，因這位總督大人很講求新法，頗思為民興利，從他到任，七八年，紡紗局也有了，槍砲廠也有了，講洋務的講洋務，講農功的講農功，文有文學堂，武有武學堂，水師有水師學堂，陸軍有陸軍學堂，以至編書的，做報的，大大小小事情，他老人家真是幹得不少。少說，他這人要有一百個心竅，方能當得此任；下餘的人，就是天天拿人參湯來當茶喝，一天也難辦得。但是這位總督大人，人是極開通，而且又極喜歡辦事，實心為國，做了幾十年的官，只知拿大捧銀子給人家去用，自從總督衙門起，以至各學堂，各局所，凡稍有名望，稍有學問的人，他都搜羅到他手下，出了錢養活。他自己做了幾十年的官，依然是兩袖清風，一塵不染。

有年十二月初，他的養廉銀子，連著俸銀，早經用盡，等到過年，他還有許多正用，未曾開銷。生來手筆又大，從不會錙銖較量的，又念自己的位分大了，無處可以借貸，盤算數日，一籌莫展。虧得太太富有妝奩，便親自跑到上房，同太太商量，要問他借八隻衣箱，前去質當。太太道：「人家做官是拿進兩個，像你做官，竟是越做越窮，衣箱進了當，那裡還有出來的日子？再過兩年，勢必至寸草俱無。我勸你不如早早告病還家，或者還有碗飯吃，我也不想享你做官的榮華富貴了。」太太說罷，止不住撲簌簌淚下。總督大人見了，只得悶坐一旁，做聲不得。後見太太住了哭，他又上來軟語哀求，太太歎一口氣道：「你偌大一個官，職居一品，地轄兩湖，怎麼除了我這一點點破嫁妝，此外竟其一無法想？我曉得這兩隻衣箱，今天不送進當鋪，你今天的飯一定吃不下去。來，來，來！快拿鑰匙去開門，要多少儘你去搬，早晚把我這點折登[1]盡了，你也絕了念頭了。」當時眾丫環得了吩咐，只得取了鑰匙，前去開門，檢出衣箱，交付老爺當當。這位總督大人，一聽太太應允，立刻堆下笑來，喊了一聲「人來！」便有七八個戈什❷，如飛而進。總督大人又吩咐一句：「抬衣箱！」立刻七手八腳，脫衣撩袖，從上房裡抬的抬，扛的扛，頃刻間，把八隻大皮箱拿了出去。當下委派出門當當的一個差官，忙搶一步上來請示，問大人要當多少？總督道：「此刻有十萬我也不夠，但是八隻衣箱，多恐不能，你去同人家軟商量，當他一萬銀子，至少也得八千，再少便無濟於事了。」差官回道：「大人明鑑！當鋪裏規例，一向是當半當半。譬如十個錢的東西，只當五個，當了六個，已經是用情。倘或這櫃上的朝奉❸，一時看花了眼睛，七個八個，也還當得。如今這八箱子衣服，要當人家八千。果然衣服值錢，莫說八千，就是一萬，人家也要；怕的是人家估著不值，求大人先把箱子開開，看是些甚麼衣服再拿去當。」總督道：「我這個也不過半當半借，拿衣箱放在人家做個押頭，橫豎開了年總得贖的，所以我叫你去同人家軟商量。倘若要看了東西，預先估一估值幾個錢，我隨便叫甚麼人也就去當了來了，還來勞動你嗎？」差官聽了這話，竟不是當當頭，明是叫他去做押款。心想就是做押款，也得看貨估價，十個錢押六個錢，也與當典不相上下，不過利錢少些罷了。這個檔口，總督已經叫人取過封條十六張，自己蘸飽墨，一一寫過，又標了硃，叫手下人幫著，一概用十字貼好，然後立逼著這個差官替他去當。差官無奈，只好叫人抬了出去，自己跟在後頭，一路走，一路想。

❶ 折登：消磨。
❷ 戈什：清朝文武大員身邊的衛隊。即「戈什哈」，滿州話，意思是「護衛」。
❸ 朝奉：徽州人稱當鋪管事為「朝奉」。後變為通稱。

出得轅門，便是當鋪。差官叫人把箱子抬進，一隻隻貼著封條，又不准人開動。差官同朝奉商量，說明是奉了制臺之命，前來當銀八千。朝奉道：「莫說八千，就是一萬我也當給你，但是總得看過東西價錢值不值，才能定局。」差官道：「箱子是大人親自看著封的，誰敢揭他的封？橫豎裡頭是值錢的衣裳，今年當了，明年一定來贖就是了。」朝奉道：「呀呀呼！當典裡的規矩，就是一根針也得估估看，那有不看東西，不估價錢，可以當得來的？真正呀呀呼！我勸你快走罷！」差官賭氣出來，又走一家，也是如此說。不得已又接連跑了三四家，都是如此說。差官跑得腿酸，便坐著不動，一定要當，朝奉一定不肯當，兩個人就拌起嘴來。差官仗著帶來的人多，抬箱子的都是親兵，雖然沒有穿號褂子，力氣是大的，一聲呼喝，蜂湧而前，就把這朝奉拖出櫃檯，拳足交下。霎時人聲鼎沸，合典的人，都喊著說是強盜來了！差官一聽這話，更加生氣，說道：「你們這些瞎眼的烏龜，還不替我睜開眼睛看看箱子上的封條，可是我們制臺大人的不是？你們罵他是強盜，這還了得！不要多講，我們拉他到制臺衙門裡去，有甚麼說的，當面去回大人！」這差官正那裡指手畫腳的說得高興，旁邊驚動了一位老朝奉，聽說有甚麼制臺大人的封條，便帶上老花眼鏡，走出櫃檯，踱到箱子跟前仔細一看，果然不錯，連忙擺手叫大家不要吵鬧，有話好講。無奈這差官同朝奉已經扭作一團，朝奉頭上被差官打了一個大窟窿，血流如注，差官臉上，亦被朝奉抓了幾條血痕，因此二人愈加不肯放手。於是典裡的夥計，飛奔告訴了大擋手的，大擋手的道：「制臺是皇上家的官，焉有不知王法，可以任性壓制小民的道理？為今之計，無論他是真是假，事情已經鬧得如此，只好拉了去見官。我們開當典的，這兩年也捐苦了，橫一捐，豎一捐，不曉得拿我們當作如何發財，現在還來硬啃我們。我們同了他去見官，講得明白便罷手，講不明白索性關照東家，大家關起門來不做生意。」眾人俱道：「言之有理。」他這番話，來當當的差官，亦已聽在耳朵裡，他自己以為是總督大人派出來的，腰把子是硬的，武昌城裡任你是誰，總得讓他三分，現在聽見當鋪裡管事的要同他去見官，他便一站就起，一手撣撣衣服，一手拉著那個朝奉的辮子，連說：「很好！很好！我們就一同去回大人！」當下他一個拉了朝奉，眾人圍隨在後，幾個親兵，仍舊抬著衣箱，跟在後面；一出出了當鋪，轉彎抹角，走了好幾條街，惹得滿街的人，都停了腳，在兩旁瞧熱鬧；還有些人跟在後頭一路走的。

這座當鋪，離制臺衙門較遠，離武昌府知府衙門卻很近。霎時走到武昌府照壁前面，不提防這當鋪裡的人搶前一步，趕進頭門，一路喊冤枉喊了進去。後面的這些人，也就一擁而進。此時差官身不由己，竟被大眾推了進來。差官心上明白，曉得這位府大人是制臺大人的門生，斷無幫著外人的道理，因此膽子益壯，挺身而進，毫無顧忌。霎時間驚動了合衙書役，就有人慌忙進去報知二爺，二爺又上去回過知府。知府聽說是督轅差官，因為當當與人鬭毆，還當是差官自己的事，並不曉得是總督大人之事，隨即傳諭二爺道：「這種小事情你們就去了了開，那用著這樣的大驚小怪嗎？」二爺道：「這差官是制臺派去當當的，還有制臺的八隻衣箱，現在一齊抬在大堂上。」知府一聽大驚，連連說道：「胡說！制臺大人一年有上萬銀子的養廉俸銀，還怕不夠用？就是不夠用，無論那個局子裡提幾萬來，隨便報銷一筆，還要他還嗎？如今說他老人家當當，只怕是他手底下的人，借他名字，在外招搖，壓制人家，這倒不可不去查問查問。至於說他老人家要當當，他做制臺的沒有錢用，我們的官比他差著好幾級，只好天天喝西北風哩！總是你們沒有弄清，快去查明了來。」一頓話把二爺說的無可回答，只得出來轉了一轉，又略為問了一問，的的確確是制臺當的，而且還有新貼的封條為憑，無奈仍舊上去稟覆知府。

知府道：「制臺竟窮的當當，這也奇了！」一面說，一面踱了出來。一踱踱到二堂上，叫衙役把差官同當鋪裡的人替我一塊兒叫上來，等我親自問他們，看看到底是誰當當？衙役們奉命，去不多時，把一干人帶了進來。差官走在前頭，見了知府，是認得的，連忙上去請了一個安，起來站在一旁。當鋪裡幾個朝奉，畢竟膽子小，早已跪在地下了。知府正要問話，當鋪裡的人，只是跪在地下哭訴冤枉。知府大喝一聲道：「慢著！我要問話，不准在這裡瞎鬧，等我問到你再講！」一聲呼喝，當典裡的人不敢作聲。差官便搶上一步，把這事情原原本本詳陳一遍，又說：「這當鋪裡的人，眼睛裡沒有我們制臺大人，還罵我們制臺大人是強盜，標下因此呼喝他們兩句是有的。他不服差官呼喝，上來就是一把辮子，因此就扭了起了。」知府道：「別的閒話慢講，怎麼大人要當當？」差官道：「這八個箱子，大人也不知在太太跟前陪了多少小心，說了多少話，太太才答應的。標下來的時候，大人坐在廳上，候標下的回信。現在標下已經出來了三四個鐘頭，又被他們這夥人打了一頓，臉亦抓破，求大人替標下作主。」知府聽了點點頭，丟開差官，就向當鋪的人說道：「當不當由你，怎麼平空的亂打人？這就是你們的不是了。」當鋪裡朝奉說道：「我的青天大人！他是制臺大人派來的老爺，手底下又帶了這許多的人，小的當鋪裡雖人多，誰是他的對手？小的們這個當鋪，有好幾個東家，當典裡的錢，都是東家的血本。如今他來當這八隻衣箱，果然東西是值錢的，莫說幾千，就是幾萬，也得當給他，小典是將本求利，上門的那個不是主顧？無奈他一味逞蠻，箱子裡的東西又不准看，開口一定要當八千，大人明鑑，小的怎麼好當給他呢？倘或當了去他不來贖，或者箱子裡的東西不值這個數目，將來這個錢，東家要著落在小的們身上賠的。小的一個當夥計的人，如何賠得起呢？不當給他，就拿拳頭打人，現在頭上的貹膌都打出來了，大人請驗。」知府聽了這話，也似有理。心上盤算了一回，想道：「這事情的的確確是真的鬧出來不體面，總得想個法顧全制臺的面子方好。」眉頭一皺，計上心來。

欲知這武昌府知府想的是甚麼兩全之法，且聽下回分解。

# 第十三回　不亢不卑難求中禮　近朱近墨洞識先幾

卻說武昌府知府當時聽了兩造的話，心下思量，萬想不到果真總督大人還要當當，真算得潔己奉公第一等好官了。現在想要仰承總督的意旨，卻苦了百姓，想幫著百姓，上司面前又難交代，事處兩難，如何是好？想了一回，說道：「也罷！你們幾個暫且在我衙門裡等一會兒，我此刻去見兩司，大家商議一個妙法。制臺大人跟前，一定有個交代就是。你們做生意的人，也不好叫你們吃苦。」差官及當典裡人聽了這話，一齊謝過。武昌府便去先見藩臺，稟明情形。他雖是個首府，乃是制臺第一紅人，藩臺亦很佩服他，所以拿他另眼看待，而且為的又是制臺之事，更沒有不盡心的，便道：「這位制軍實在清廉得很，有的是公款，無論那裡撥萬把銀子送進去，不就結了嗎？何必一定要當當呢！」武昌府道：「制軍為的不肯挪用公款，所以才去當當。如今再拿公款給他用，恐怕未必肯收，而且還要找沒味兒。」藩臺一聽他話不錯，便道：「現在沒有別法，只好由我們公攤八千銀子送給他老人家去用，要他老人家當當，總難以為情的。」武昌府道：「大人說送他，他一定還不要，不得已只好說是大家借給他的。卑府曉得他老人家的脾氣，一定還要寫張借票，這借票一定要收他的，如此他才高興。」藩臺道：「銀子先在我這裡墊出來，你拿了去，你就去通知臬臺一聲，等明天院上會著，由我領個頭，約齊了大眾，然後湊了歸還。」武昌府答應稱是。藩臺立即叫人劃了一張八千銀子的銀票，交給了武昌府，然後武昌府又去見臬臺，見過臬臺，然後回衙，傳諭一干人，叫當鋪裡的朝奉自己回去養傷，各安生理。再吩咐打轎，帶領著差官親兵，抬著衣箱上院交代。武昌府到得院上，先落官廳，差官督率親兵，抬著箱子，交還上房。

這時候制臺大人正在廳上等信，等了半天，不見回來，以為當不成功，今年這個年如何過得過去？不時搓手的盤算。猛一抬頭，忽見差官親兵，抬了箱子回來，不覺氣的眼睛裡出火，連罵：「沒中用的東西，我叫你辦的甚麼事，怎麼不替我辦就回來了。」差官道：「回大人的話，通城的當鋪，標下都走遍了，人家都不肯當。後來首府叫標下不要當了。首府現從藩臺那裡借了八千銀子送來孝敬大人用，所以標下才敢把箱子抬回來的。」制臺道：「胡說！豈有此理！我要他們的孝敬！我那一注錢不好挪用，我為著不用這些錢，所以才去當當！總怪你不會辦事，怎麼又弄得首府知道！」差官聽了，不敢說出毆打朝奉的事，只得一聲不響。制臺又道：「吩咐外頭，今兒如果首府來稟見，告訴他說我不見。如果是送銀子來的，叫他帶回去，說我不等著他這錢買米下鍋。」正說著，巡捕拿了首府手本上來回話。制臺一見手本，也不問青紅皂白，連連揮手，說：「不見！不見！」巡捕一見如此，只得退了下來，一一告訴了首府。

幸虧首府是制臺的門生，平時內簽押房是闖慣的，見是如此，只得自己走了進來。從下午等到半夜，制臺到簽押房裡看公事，碰見了他。他們是見慣了的，也用不著客氣。制臺問他來做甚麼？武昌府把來意婉婉轉轉說了一遍。制臺道：「要你們貼錢，是斷斷乎使不得的。」武昌府道：「老師不要屬員貼錢，等老師有錢的時候再還給屬員們就是了。這也不過是救一時之急罷了。」制臺想了一會，說道：「既然如此，我得寫張憑據給你，將來你們也好拿著向我討。」武昌府是曉得老師脾氣的，他既如此說，只得依著他做。一時交割清楚，武昌府自行退去。不在話下。

※　※　※

且說那湖南永順府的教士，同了孔君明等十幾個人到了武昌，打聽得這位制軍禮賢好士，且能優待遠人，教士等把一干人安頓妥當，自己便先去拜望洋務局裡幾位老總，託他們先向制臺處代為先容，說有某國教士某人，訂於某日前來拜謁。這洋務局裡的幾位老總，早就受過制臺的囑咐。原來這位制臺大人，最長的是因時制宜，隨機應變，看了這幾年中國情形，一年一年衰敗下來，漸漸的不及外國強盛，還有些仰仗外國人的地方，因此他就把年輕時的氣燄全行收起，另外換了一副通融辦理的手段。常常同司道們講：「凡百事情禮讓為主，恭維人家斷乎不會恭維出亂子來的，我們今日的時勢，既然打不過人家，折回來同人家講和，也是勉強的。到了這個地位，還可以自己拿大嗎？你要拿大，請問誰還肯來理你呢？我如今要定一個章程，只要是外國人來求見，無論他是那國人，亦不要問他是做什麼事情的，他要見就請他來見，統同由洋務局先行接待。只要問明白是官是商，倘若是官，統通預備綠呢大轎，一把紅傘，四個親兵。倘若是商人呢，只要藍呢四人轎，再有四個親兵把扶轎槓，也就夠了。如果是個大官，或者親王總督之類，應該如何接待，如何應酬，到那時候再行斟酌。孔聖人說的『能以禮讓為國』，便是指明我們現在時勢，對證發藥，諸公以後須得照此行事。」洋務局裡的幾個道臺，一見總督尚且如此，誰亦犯不著來做難人，便把外國人一個個都抬上天，亦與他們無涉。

單說這番來的教士，既不是官，又不是商，洋務局裡幾位大人，一概會齊了商量，應該拿甚麼轎子給他坐。一位道：「孟子上『士一位』，士即是官，既是官，就應得用綠呢大轎。」一個道：「教士不過同我們中國教書先生一樣，那裡見教書先生統是官的？況且教士在我們中國，也有開醫院的，也有編了書刻了賣的，只好拿他當作生意人看待，還是給他藍呢轎子坐的為是。」又有個說道：「我們也不管他是官是商，如果是官，我們既不可簡慢他，倘若是商人，亦不必過於遷就他，不如寫封信給領事，請請領事的示，到底應該拿甚麼轎子給他坐。」眾人齊說有理。洋務局裡的翻譯是現成的，立刻拿鉛筆畫了封外國字的信差人送去，並說立候回信。齊巧領事出門赴宴去了，須得晚上方回；這邊教士明天一早就要上院，若等第二天回信，萬來不及。幾位總辦會辦，急得無法，一齊說道：「領事信候不到，不如連夜先上院請個示，最為妥當。就是接待錯了，是制臺自己吩咐過的話，也埋怨不到別人。」幾個人商議已定，便留一位在局守候領事回信，一位上院請示。

手本上去，說有要事面稟。齊巧制臺晚飯過後，丟掉飯碗，正在那裡打瞌銃。巡捕官拿了手本，站立一旁，既不敢回，亦不敢退。原來這位制臺，是天生一種異相，精神好的時候，竟其可以十天十夜不合眼，等到沒事的時候，要是一睡，亦可以三日三夜不醒。一頭看著公事，或者一面吃著飯，以及會著客，他都會睡著了的，只要有事，一驚就醒，倘若沒有事把他驚醒，一定要大動氣的。此刻巡捕拿了手本進來，論不定他老人家幾時才醒，喊又不敢喊，只得站立門內，等他睡醒再回。誰知他老人家這一睡，雖沒有三天三夜，然而已足足有八個鐘頭。他老睡了八點鐘的時候，巡捕就站了八點鐘的時候，外面那個洋務局的總辦，也就坐了八點鐘的時候。晚飯沒有吃就上院，一直等到夜半一點鐘，肚子餓了，只得叫當差的買了兩個饅頭來充飢。至於那個站睡班的巡捕，吃又沒得吃，坐又沒得坐，實在可憐。好容易熬到制臺睡醒，又不敢公然上去就回。又等制臺吃了一袋煙，呷了一口茶，等到回過臉的時候，他把手本捏在手中，不用說話，制臺早已瞧見了，便問是誰來見，為的甚麼事情？巡捕忙回，是洋務局總辦某道來請示的。制臺到此，方命傳見。及至坐下，照例敘了幾句話。洋務局老總簽著身子，把日間的事情，面陳了一遍。制臺一面聽他講話，一面搖頭，等他說完，制臺道：「老兄們也過於小心了。為著這一點點事情，都要來問我。我這個兩湖總督，就是生了三頭六臂，也忙不來。教士並無官職，怎麼算得是官？又不集股份開公司，也算不得商人。既然介乎不官不商之間，你們就酌量一個適中的體制接待他。只要比官差點，比商又貴重點，不就結了嗎？」洋務局老總聽了這話，賽如翠屏山裡的潘老丈：「你不說我還有點明白，你說了我更糊塗！」他此時卻有此等光景。但是怕制臺生氣，又不敢再問，只得辭了出來。

回到局中，拿這話告訴了幾個同事，大家也沒了主意。後來還虧了一位文案老爺，廣有才學，通達時宜，居然能領略制臺的意思，分開眾人，挺身而出道：「制臺這句話，卑職倒猜著了八九分。」眾人忙問是何意思？文案老爺道：「我們現在只要替他預備藍呢四轎就是了。」眾人道：「藍呢四轎，不是拿他當了商人看待嗎？」文案老爺道：「你別性急，我的話還沒有說完，等我說完了再批駁。」眾人於是只得瞪著眼睛，聽他往下講。文案老爺道：「轎是藍呢轎，轎子跟前加上一把傘，可是商人沒有的。」眾人一齊拍手稱妙，老總更拿他著實誇獎。一時議定，總辦會辦方各自回私宅而去。

話分兩頭。再說要見制臺的教士，曉得制臺優待遠人，一切俱飭洋務局預備，較之在湖南時官民隔閡，華洋齟齬，竟另是一番景象，心中甚是高興。到了次日，尚未起身，辦差的大轎人馬，俱已到齊。教士雖穿的中國衣裝，然而只穿便衣，不著靴帽，坐在四人大轎中甚不壯觀。洋務局的轎夫親兵，是伺候洋人慣了的，倒也並不在意。就是湖北的百姓，也看熟了，路上碰著，亦不以為奇。一霎到了制臺衙門，大吹大擂，開了中門相接。教士進去，同制臺拉了拉手，又探了探帽子，分賓敘坐，彼此寒暄了一回，又彼此稱頌了一回。教士便將來意向制臺一一陳明，又道：「目下在此盤桓數日，就要起身，等把同來的幾個人一齊送到上海，等他們有了生路，我還要回到湖南，將來路過武昌的時候，一定還要來拜見貴總督大人的。」制臺聽了教士的話，想起上月接到湖南巡撫的信，早已曉得永順有此一宗案件。當下心上著實盤算，想這幾個生員明明不是安分之徒，倘是安分之徒，一定不會信從洋教；現在把這幾個人送往上海，上海洋人更多，倘若被他們再沾染些習氣，將來愈加為害。我外面雖然優禮洋人，乃為時事所迫，不得不然，並非有意敬重他們。這班小子後生，正是血氣未定，近朱者赤，近墨者黑，他們此時受了地方官的苦，早將中國官恨如切骨，心中那裡還有中國？與其將來走入邪路，一發而不可收，何如我此時順水推船，借了洋人勢力，籠絡他們，預弭將來之患，豈不是好？主意打定，便裝做不知，定要教士把永順鬧事情形詳說一遍。教士自然把眾秀才的話，一半有一半無的和盤托出，通統告訴了制臺。制臺登時跺腳捶胸，大罵傅知府不置。又說他如此可惡，我此刻就做摺子參他。教士聽了制臺的話，看他甚為高興，制臺故意又連連跌足道：「國家平時患無人才，等到有了人才，又被這些不肖官吏任意淩虐，以致為淵驅魚，為叢驅爵，想起來真正可恨！我這裡用人的地方卻很不少，我想把這幾個人留在湖北，量材器使用，每一個人替他們安置一席，倒也不難。然而我不敢，怕的是謠言太多，內而政府，外而同寅，不曉得要排揎我到那步田地？知道的說我是棄瑕錄用，鼓舞人材，不知道的，還說我是逋逃藪呢！貴教士請想，你說我敢不敢？」

教士起先聽了制臺的話，說要把這幾個人留在湖北予以執事，還疑心制臺是騙人的，從來他們做官的人，一直是官官相護，難保不是借此為一網打盡之計，後來見他又有畏讒避譏的意思，不免信以為真，便道：「我要送他們到上海，也並非得已，實在可憐他們受了地方官的壓力，不但不能自由，而且性命難保，上帝以好生為心，我受了上帝的囑咐，怎麼可以見死不救呢？既然貴總督大人能夠免去他們的罪，不來壓制他們，他們都是很有學問的人，很可以立得事業，等他們出來幫著貴總督辦事，那是再好沒有的了。而且貴總督的名聲格外好，將來傳到我們敝國，也都是欽敬的。」制臺道：「貴教士的中國話說得很好，到我們中國有多少年了？」教士道：「來是來的年數不少了。我初到你們湖南的時候，一句中國話不會講，那時候通湖南，敝國人只有我夫妻兩個，還有一個小孩子。我不會說中國話，我偏要學，我就離開我的家小，另外住到一個中國人家，天天跟著他說，不到半年，就會了一半。」制臺道：「通湖南止有你一個外國人，倒不怕中國人打你？誰還肯來教你說中國話呢？」教士道：「那時候，我身上的銀子帶的很多，貴國的人，只要銀子，有了銀子，他不但肯教我說話，各式事情，都肯告訴我曉得。只要有銀子，連他祖傳的墳地，都肯賣給我蓋房子了。到如今，我樣樣明白，我的銀子也就化的少了。」制臺聽了他的話，半天沒有做聲。又歇了一會，說道：「你且在我武昌盤桓幾天，等我斟酌一個安置他們之法，再來關照。」教士聽說，又稱謝了幾句，方始告辭而去。

但不知制臺如何安置這一幫人，且聽下回分解。

# 第十四回　解牙牌數難祛迷信　讀新聞紙漸悟文明

卻說湖廣總督送出教士之後，回轉內衙，獨自思量，這些人倘若叫他們到了上海，將來認得的鬼子多了，無論甚麼無法無天的事都做得出，那時貽患正復無窮，如何是好？不如趁早想個法子，預把他們收伏，一來可以弭患無形，二來也可以量才器使用。主意打定，次日傳見譯書局官報局兩處總辦，交下名條若干張，吩咐暫將這些人權為安插，薪水從豐，隨後另有調動。兩局總辦遵辦去後，制臺又傳諭洋務局立刻寫信通知教士。到了第二天，教士率領了眾人前來，叩見制臺，異常優待，即命分赴兩局當差。教士又在武昌住了些時，辭別回湘，不在話下。從此這班人有了安身之所，做書的人，不能不把別處事情，略為敘述一番，以醒閱者之目。

卻說江南吳江縣地方，離城二十里，有個人家。這家人姓賈，雖是世居鄉下，卻是累代書香，祖上也有幾個發達過的。到如今，老一輩子的人，都漸漸凋零，只賸得小兄弟三個，長名賈子猷，次名賈平泉，幼名賈葛民，年紀都在二十上下。只因父親早故，堂上尚有老母，而且家計很可過得，一應瑣屑事務，自有人為之掌管。所以兄弟三人，得以專心攻書，為博取功名之計。這時候，兄弟三個，都還是童生，沒有進學，特地訪請了本城廩生著名小題聖手孟傳義孟老夫子，設帳家中，跟他學習些弔渡鉤挽之法，以為小試張本。

一日，孟傳義教讀之暇，在茶館裡消遣，碰著一位同學朋友，談起說現在朝廷銳意維新，破除陳套，以後生童考試，均須改變章程。今日本學老師，接到學院行文，道是朝中有人奏了一本，是叫各省學臣曉諭士子，以後歲科兩試，兼考時務策論，以及掌故天算輿地之類，不許專重時文。孟傳義是八股名家，除卻時文之外，其他各項學問，不特從未學過，且有些名字亦不曉得。一聽這話，呆了半天，方說道：「這不是要絕我的飯碗嗎？」那個朋友聽見這話，趕緊寬他的心，說道：「現在又不是拿八股全然廢去，不過經古一場，詩賦之外，准人家帶著報考時務掌故之類，你不去投卷，他並不來勉強你。」孟傳義道：「那還好，那還好！然而朝廷既然著重這個，自然懂得雜學的人沾光些，我們究竟要退後一步。」那個朋友道：「這也未見得！即以宗師大人而論，他亦未必全能懂得。」孟傳義道：「他懂也罷，不懂也罷，不過你這話千萬不可傳到我那幾個小徒耳朵裡去。怕的是他們小孩子們，見異思遷，我這個館地就坐不成了。」那個朋友只得唯唯答應，孟傳義辭別回館。好在三個徒弟，年紀尚輕，老太太家教極嚴，平時從不許出大門一步，這個消息，先生不說，他們決不會曉得的。

好容易又敷衍了幾個月，學院行文下來，按臨蘇州。兄弟三個，跟著先生上省赴考。搬好下處，這日上街玩耍。在考棚外頭，看見學臺告示，心中詫異，回家後，請教先生，什麼叫做「時務掌故天算輿地」？孟傳義至此，只得支吾其詞，說道：「這些都是雜學，不去學他亦好；正經修身立命，求取功名，還在這八股上頭。」徒弟聽了，信以為真，不去理會。過了一日，學院又掛出牌來，上面寫明某日考試吳江縣文童。孟傳義一身充兩役，又是業師，又是廩保，頭一天忙和著替三個徒弟裝考籃，藏夾帶，又教導徒弟進場，點名，接卷，歸號一應規矩。不到天黑，先打發徒弟睡覺，自己卻在外頭聽砲，好容易熬到半夜，放過頭砲，忙催徒弟起身，吃飯，換衣裳。趕到考棚，學院大人已要升堂開點了。他忙著上去打躬，唱保，眼巴巴瞧著三個徒弟一齊進去，方才放心。等到回寓，天已大亮。他也不想打盹，趁著衣帽未脫，先取過一本牙牌神數，點了一炷香，恭恭敬敬作了一個揖，口中喃喃禱祝了半天，拿桌上的骨牌洗了又洗，然後擺成一長條，又一張張的翻出，看有幾多開。如此者三次，原來是中下，中平，上上，趕忙翻出書來一看，只見上頭句子寫的是：

行遠必自邇　登高必自卑　盈科無不進　累卵復何危

孟傳義當下看了這首詩，心上甚是歡喜，以為這遭三個徒弟，一定要恭喜的了。倘若一齊進了學，將來回鄉之後，稟保贄敬，先生謝儀，至少也要得幾百塊錢。坐在那裡，怡然自得，倒也不覺疲倦。

這位學院放牌最早，剛交午刻，已聽得轅門前拍通通三聲大砲，曉得是放頭牌了，忙叫小廝去接考，乃是老大，老二兄弟兩個一同先出來。孟傳義趕著問是甚麼題目？只見賈子猷氣吁吁的說道：「題目是『滕文公為世子四章』我自有生以來，就沒有做過這樣長的題目。恍惚記得有一篇夾帶被我帶著，不料又被搜檢的搜了去了。因此我氣不過，胡亂寫了一篇就出來了。」又問老二賈平泉，賈平泉道：「出題之後，學院有扇牌出來，是叫人從時務上立論，不必拘定制藝成格。甚麼叫做時務，我不懂得，碰著這種倒霉學臺，有意難人，我料想也不會進學的，因此也隨便寫寫完的卷。」孟傳義聽了無話。一等等到天黑，已經上燈，才見老三賈葛民垂頭喪氣而回。孟傳義問他做的可得意，賈葛民道：「今天筆性非凡之好，可惜沒有功夫去寫，卷子搶了。」孟傳義一聽，大驚失色，忙問是怎麼做的？賈葛民道：「我想長題目總得有篇長議論，我一句句做去，剛才做到弔者大悅一句，數了數已經有了二千多字，正要再往下寫，倒說天已黑了，我只得把蠟燭點好，倒說卷子被人搶了去，不許我做，趕我出來了。」孟傳義聽罷說道：「制藝以七百字為限，原不許過長的。你今雖然違例，然而我今天占了一課，或者尚有幾希之望。」三個徒弟忙問甚麼課？孟傳義便把籤詩句子念了一遍，又解說道：「這第三句『盈科無不進』，明明指的你們三個沒有一個不進學的。老三的文章雖然做的太長了些，好在學臺先有牌示，叫人不拘成格，或者見你才氣很旺，因此進你也未可知。」三兄弟將信將疑，各自歇息，靜候出案。

且說這位宗師閱卷最速，到了次日，已經發出案來，兄弟三個通統沒有名字，一齊跑回寓中，大罵瞎眼學臺不置。孟傳義道：「別的且不管他，但是我這本牙牌神數，一向是靈驗無比，何以此番大相反背？真正不解！」賈子猷道：「怎麼不解？這課上原說明是不進，你自己瞧不出罷了。」孟傳義道：「課上說的明明是無不進，無不進要當沒一個不進學的解，你何以定要認做不進？」賈子猷道：「盈科是說這科的額子已滿，無者，沒有餘額也，沒有餘額，怎麼會得進學呢？」孟傳義道：「我過矣！我過矣！是我誤解！今年又不是科考，等到明年科考，一定無不進的了。」兄弟三個因為不進學，正在沒精打彩的時候，也不同他計較。消停一日，仍舊坐著原船回去。

孟傳義等到送過宗師，依然回到賈家上館。無奈兄弟三個，因為所用非所學，就有點瞧先生不起。後來人家進學的一齊回來了，會著談起，才曉得時文一門，已非朝廷所重，以後須得於時務掌故天算輿地上用些功夫。他兄弟三人，到此方想起學臺所出的告示，所勉勵人的話，都是不錯的。今為姓孟的所誤，今年不進學尚不打緊，尚或照此下去，姓孟的依舊執而不化，豈不大受厥害。兄弟三個商議一番，頗有鄙薄這孟傳義的意思，乘空稟告老太太，想要另換一個先生。老太太畢竟是個女流，不知就裡，只說好端端一個先生，我看他坐功尚好，並沒有甚麼錯處，為甚麼要換？就是要換，亦得等到年底再換。三人無奈，只得私自託人介紹，慕名從了一位拔貢❶老夫子問業。

這位拔貢老夫子姓姚名文通，乃是長洲縣人氏。長洲乃是省會首縣，較之吳江已占風氣之先，而且賈家住的乃是鄉間，更覺望塵不及。這姚文通未曾考取拔貢的前頭，已經很有文名，後來瞧見上海出的報紙，曉得上海有個求志書院，寧波有個辨志文會，膏火獎賞，著實豐富，倘能一年考上了幾個超等，拿來津貼津貼，倒也不無小補。因此託人一處替他買了一本卷子，頂名應課，這兩處考的全是雜學，甚麼時務掌故天算輿地之類，無所不有。他的記性又高，眼光又快，看過的書，無論多少時候，再亦不會忘記。他既有此才情，所以每逢一個題目到手，東邊抄襲些，西邊剽竊些，往往長篇大論，一本卷子不夠謄清，總得寫上幾頁雙行。看卷子的人，拜佩他的才情，都不敢把他放在後頭，每逢出案，十回之中，定有九回考列超等。如此一二年下來，他的文名愈傳愈遠，跟他受業的人，也就愈聚愈多了。事有湊巧，凡從他門下批的文章，或改過策論的人，每逢科歲兩考，總得有幾位進學，上科鄉試，還中得兩名舉人，所以那些大戶人家，互相推薦，都要叫子弟拜在他的門下。這賈家兄弟三個，也是因此慕名來的。但是這位姚拔貢一向只在省城自己家裡開門受徒，不肯到人家設帳，所以這賈家三兄弟，同他只有書札往來，比起當面親炙的，畢竟要隔得一層。

---

❶ 拔貢：清代每十二年選拔在學生員文行俱優者，貢於京師，叫做「拔貢」，由禮部奏請廷試。

賈家三兄弟自從拜在姚拔貢名下，便把這孟老夫子置之腦後，出了題目，從不交卷，有了疑義，亦不請教於他。這位孟老夫子自覺赧顏，不到年底，先自辭館。對三個徒弟說道：「三位老弟才氣很大，我有點羈束不下，不如府上另請高明罷！」又說：「三位老弟才情雖大，但是還要斂才就範些才好，將來不要弄得一發難收，到那時候再想到我的話，就嫌晚了。」兄弟三個聽了，並不在意，照例把他送過，不在話下。

※　※　※

單說這年冬天，兄弟三個時常有信給這姚拔貢，問他幾時得暇，意思想要請他到鄉下略住幾時，以便面聆教誨。姚拔貢回信，說是：「年裡無暇，來年正月擬送大小兒到上海學堂裡攻習西文，彼時三位賢弟倘或有興，不妨買舟來省，同作春申之遊，何如？」賈家三兄弟接到回信，披閱之後，不免怦怦心動。姚拔貢從前來信，常說開發民智，全在看報，又把上海出的甚麼日報，旬報，月報，附了幾種下來。兄弟三個見所未見，既可曉得外面的事故，又可藉此消遣，一天到夜，足足有兩三個時辰用在報上，真比閒書看得還有滋味。至於正經書史，更不消說了。

這賈家世代，一直是關著大門過日子的，自從他三人父親去世，老太太管教尤嚴，除卻親友慶弔往來，甚麼街上鎮上，從未到過。他家雖有銀錢，無奈一直住在鄉間，穿的吃的，再要比他樸素沒有。兄弟三個平時都是藍布袍，黑呢馬褂，有了事情，逢年過節，穿件把羽毛的，就算得出客衣服了，綾羅緞疋從未上身，大廳上點的還是油燈，卻不料自從看報之後，曉得了外面事故，反瀏覽些上海新出的些書籍，見識從此開通，思想格外發達。私自拿出錢來，託人上省在洋貨店裡買回來洋燈一盞，洋燈是點火油的，那光頭比油燈要亮得數倍，兄弟三個點了看書，覺得與白晝無異，直把他三個喜的了不得。賈子猷更拍手拍腳的說道：「我一向看見書上總說外國人如何文明，總想不出所以然的道理，如今看來，就這洋燈而論，晶光爍亮，已是外國人文明的證據。然而我還看見報上說，上海地方還有甚麼自來火，電氣燈，他的光頭要抵得幾十支洋燭，又不知比這洋燈還要如何光亮？可歎我們生在這偏僻地方，好比坐井觀天，百事不曉，幾時才能夠到上海去逛一趟，見見什面，才不負此一生呢？」兄弟三個自此以後，更比從前留心看報，凡見報上有外洋新到的器具，無論合用不合用，一概拿出錢來，託人替他買回，堆在屋裡。他兄弟自稱自讚，以為自己是極開通，極文明的了，然而有些東西，不知用處，亦是枉然。

一天，接到姚老夫子回信，約他們去逛上海，這一喜更非同小可，連忙奔入上房，稟知老太太，說是姚先生有信前來，特地邀他兄弟三人明年正月去逛上海，無非為增長學問起見，因此來請老太太的示，求老太太答應下來，一面寫信回覆先生，約定先生明年正月，務必在省相候同行，一面料理行裝，一過新年，便當就道。老太太聽了，半天無話，禁不住兄弟三個，你一句，我一句，要逛上海的心，甚是牢固。老太太歎了一口氣，說道：「上海不是甚麼好地方，我雖沒有到過，老一輩子的人常題起，少年子弟一到上海，沒有不學壞的。而且那裡的渾帳女人極多，化了錢不算，還要上當。你們要用功，在家裡一樣可以讀書，為甚麼一定要到上海呢？」賈子猷道：「有姚先生同去，是不妨的。」老太太道：「姚先生一個人，那裡能夠管得許多？而且他自己還有兒子，你們畢竟同他客氣，他也不便怎麼管你們。由著你們的性子去幹，倘或鬧點亂子出來，那可不是玩的！我勸你們收了這條心罷！如果一定要到上海，好歹等我閉了眼，斷了氣，你們再去不遲。有我一日，斷乎不能由著你們去胡鬧的！」兄弟三個，見老太太說的斬釘截鐵，不准去逛上海，一時違拗不過，無可如何，只得悶悶走回書房，彼此再作計較。

要知端的，且聽下回分解。

# 第十五回　違慈訓背井離鄉　誇壯遊乘風破浪

卻說賈子猷兄弟三人，因為接到姚老夫子的信，約他三人新年正月同逛上海，直把他三個人喜的了不得。誰知等到向老太太跟前請示，老太太執定不許，當時兄弟三個，也就無可如何，只得悶悶走回書房，靜候過了年再作計較。

正是光陰似水，日月如梭，轉眼間早過了新年初五。兄弟三人，又接到姚老夫子的信，問他們幾時動身。兄弟三人遂在書房中私相計議。當下賈子猷先開言道：「我們天天住在鄉間，猶如坐井觀天一樣，外邊的事情，一些兒不能知道。幸虧從了這位姚老夫子，教導我們看看新書，看看新聞紙，已經增長不少的見識。但是一件，耳聞不如目見，耳聞是假，目見始真。如今好容易有了這個機會，有姚老夫子帶著同到上海，可以大大的見個什面，偏偏又碰著這位老太太，不准我們前去，真正要悶死我了。」賈平泉道：「老太太不准我們去，我們偷著去，造封假信，說是明年正月學臺按臨蘇州，我們借考為名，瞞了他老人家，到上海去玩上一二十天。而且考有考費，可以開支公中的錢。如此辦法，連著盤川都有了，豈不一舉兩得？」賈葛民道：「法子好雖好，去年院考有姓孟的一塊兒同去，所以老太太放心，如今姓孟的辭了館了，只有我們三個人，老太太一定不放心，一定還要派別人押送我們到蘇州。同去同來，一天到晚有人監守，仍舊不能隨我的便。而且學院按臨，別人家也要動身去趕考，如今只有我們三個動身，別的親戚裡頭，並沒有一個去的，這個謊終究要穿的。我看此計萬萬不妥。」賈子猷想來想去，一無他法，忽然發狠道：「兩隻腳生在我的腿上，我要走就走，我要住就住，我又不是三歲的小孩子，誰能來管我？老太太既然不准，我想再去請示也屬無益，我們偷偷的，明天叫了船，就此起身。橫豎我們這趟出門，乃是為著增長見識，於學問有益的事，又不是荒唐。等到回來見了老太太，拚著被他老人家罵一場，還有什麼大不了的事情。不過出這一趟門，三個人買買東西，連著盤川，至少也得幾百塊錢，少了不夠使的，這筆錢倒要籌算籌算。我們自己那裡來的這注錢呢？」賈平泉道：「這個銀錢之事，依我之見，倒可不必愁他。我想老人家死了下來，留下這許多家私，原是培植我們兄弟三個的。到如今我們有這樣的正用，料想管帳的也不好意思將錢扣住，不給我們使用。只要權時把老太太瞞住，省得說話，等到我們動身之後，再給他老人家曉得。將來回來報得出帳，不是賭掉嫖掉的，儘可以攤出來給大家看的。」賈葛民道：「你們的話，說來說去，據我看來，直截沒有一句話中肯的。現在的時勢，非大大的改變改變不可。就以考試而論，譬如朝廷，本來是考詩賦的，何以如今忽然改了時務策論？可見現在的事，大而一國，小而一家，只要有好法子，都可以改的。不是我說句不中聽的話，倘若我做了大哥，立刻就領個頭，同著兩個兄弟，也不必再請老太太的示，自己硬行作主，跳上船，且到上海走一趟，誰能來管得我們？」一句話說完，賈子猷跳起來道：「我何嘗不是如此想？只要我們三個人一齊打定了主意，還有甚麼事做不到？現在只要湊好了盤川，罵那個不起身的。」賈平泉道：「錢財原是供我用的，我用我們姓賈的錢，只要不是搶人家的，我都好用，誰能來禁住我用？」賈葛民道：「二哥的話雖然不錯，但是據我之見，譬如要做一事，自己的錢不夠使用，人家有錢，亦不妨借來用用，只要於我們的事有濟，將來有得還人家就是了。」賈大賈二齊說有理。當下一鼓作氣，立時就叫伺候書房的一個小廝，前去替他們喚船，又去同管帳的商量，要在公帳裡移挪幾百塊錢使用。管帳的不敢擅作主張，又不敢得罪小東家，忙問是何正用？鄉下用度小，就是有錢，也沒有家裡橫著幾百塊，可以拿著就走的。意思要去替他們稟告老太太。兄弟三個，又一定不准，管帳的格外疑心。兄弟三人見沒有錢，也無法想，只得另作計較。

那個叫船的小廝，畢竟年輕，聽說小主人要逛上海，並且帶著他去，便把他興頭的了不得。鄉下財主，船隻是家家有的，只要把撐船的招呼齊了，立時立刻就好動身。後來兄弟三人，見帳房裡沒錢，終究有點怕老太太，不敢聲張，於是私下把各人的積蓄拿了出來，湊了湊，權且動身，到了蘇州，會見了姚老夫子，再託他想法。霎時間諸事齊備，等到晚上老太太安寢之後，神不知，鬼不覺，三個人帶了小廝，輕輕的開了後門，跳上了船。齊巧這夜正是順風，撐船的抽去跳板，撐了幾篙子，便扯起篷來。兄弟三個在艙裡談了一回，各自安睡，耳旁邊只聽得呼呼的風響，汩汩的水響，不知不覺，盡入黑甜。等到天明，已歸入大河，走了好幾十里。聽船上人說，約摸午飯邊，就可以到蘇州了。兄弟三人，一聽這話，非常之喜，頓時披衣起身，一個個趕到船頭上玩耍。帶來的那個小廝，見主人俱已站在船頭，也只得一骨碌爬起，鋪床疊被，打洗臉水，然後三人回艙盥洗。

等到諸事停當，齊巧到了一個鎮市。船家攏船上岸買菜，兄弟三人也就跟著上岸玩耍。走到一條街上柵欄門口，只見一個外國人頭上戴著外國帽子，身上穿著外國衣服，背後跟著一個人，手裡拿著一大捆書，這個外國人卻一本一本的取了過來，送給走路的看，嘴裡還打著中國話說道：「先生！我這個書是好的。你們把這書帶了回去念念，大家都要發財的。」正說話間，賈家兄弟三人走過，那個外國人，因見他三人文文雅雅，像是讀書一流，便改了話說道：「三位先生！把我這書帶回去念了，將來一定中狀元的。」三人初出茅廬，於世路上一切事情，都是見所未見，聽了這個，甚是希奇。但是聽了他的口彩，心上也就高興，一齊伸手接了過來。等到街上玩耍回船，取出書來一看，原來是幾本勸人為善的書。看過之後，也有懂的，也有不懂的，遂亦擱在一旁。一霎船戶買完了菜，依舊拉起布蓬，一帆風順，果然甫交午刻，便已到了蘇州。三人匆匆吃完了飯，棄舟登陸。

※　※　※

連年小考，蘇州是來過的，於一切路徑，尚不十二分生疏。曉得這位姚老夫子住在宋仙洲巷，三人貪看街上的景緻，從城外走到城裡，卻也不覺其苦。一問問到姚老夫子的門前，便是小廝拿了三副受業帖子，交代看門的老頭兒投了進去，兄弟三個也就跟了進來。其時姚老夫子正是新年解館，同了兒子在那裡吃年下祭祖先剩下來的菜，一見名帖，知是去年新收吳江縣的三個高徒，連忙三口飯併兩口吃完，尚未放下筷子，三個人已走進客堂裡。初次見面，照例行禮，姚老夫子一旁還禮不迭。師生見禮之後，姚老夫子又叫兒子過來，拜見了三位世兄，當下一一見過。姚老夫子便讓三位坐下談天，看門的老頭兒把吃剩的菜飯收了進去。停了一刻，又取出三個茶盅，倒了三碗茶送了上來。姚老夫子一面讓三位吃著茶，一面寒暄了幾句，慢慢的講到學問。三位高徒頗能領悟，姚老夫子非常之喜。當下要留他三個搬到城裡盤桓幾天，然後一同起身再往上海。三個人恐怕守著先生，諸多不便，極力相辭，情願在船上守候。

他三人到蘇州的這一天，是正月初九，姚老夫子因他們住在船上等候，不便過於耽擱，遂與家裡人商量，初十叫兒子出城，約了三位世兄進城玩耍一天，在元妙觀吃了一碗茶，又在附近小館子裡要了幾樣菜，吃了一塊三角洋錢，在他三個已經覺得吃的很舒服了。是日玩了一天，傍晚出城。姚老夫子是擇定十一日，坐小火輪上上海，頭一天便同三位高徒說知，約他們在城外會齊。到了這日飯後，父子兩個出城，看門老頭子，挑著鋪蓋網籃跟在後面，一走走到大東公司碼頭，在茶館裡會見了賈家三個。吃了一開茶，當由姚老夫子到局裡寫了五張客艙票，一張煙篷票，又到岸上買了一角錢的醬鴨，一角的醬肉，並些茶食，洋燭之類，一拿拿到茶館裡，等把行李上了公司船，然後打發看門老頭兒回去。賈家三兄弟，亦吩咐自己的來船在蘇州等候。諸事安排停當，計時已有四點多鐘了。小火輪上嗚都都放了三回氣，掌船的把公司船撐到輪船邊，把繩索一切紮縛停當，然後又放一聲氣，小火輪動鼓機器，便見一溜煙乘風破浪的去了。兄弟三人身到此時，不禁手舞足蹈，樂得不可收拾。

不多時船到洋關碼頭，便見一個洋人，一隻手拿著一本外國簿子，一隻手夾著一枝鉛筆，帶領了幾個扦子手❶走上船來，點驗客人的行李。看見有形跡可疑的，以及箱籠斤兩重大的，都要叫本人打開給他查驗，倘或本人慢了些，洋人就替他動手，有繩子捆好的，都拿刀子替他割斷。看了半天，並無甚麼違禁之物，洋人遂帶了扦子手，爬過船頭，又到後面船上查驗去了。這邊船上的人齊說：「洋關上查驗的實在頂真！」那個被洋人拿刀子割斷箱子上繩子的主兒，卻不住的在那裡說外國人不好，姚老夫子看了歎道：「國家不裁釐捐，這些弊病總不能除的！」旁邊一個人說道：「從前說中國釐捐局留難客商，

❶ 扦子手：舊時海關巡丁上船檢查時，每人手拿鐵扦一根，見有可疑的行李包裹，便把鐵扦插入，試探有無私貨，所以俗稱海關巡丁為「扦子手」。

客商見了都要頭疼，然而碰著人家家眷船，拿張片子上去討情，亦就立刻放行，沒有什麼囉嗻。如今改用了外國人，不管你官家眷屬，女人孩子，他一定一個個要查，一處處要看，真正是鐵面無私。更有一般跟隨他的，仍舊是中國人，狐假虎威，造言生事，等到把話說明，行李物件已被他翻的不成樣兒了。即如剛才那個朋友，聽說到了上海，要搭大輪船到天津，到了天津，還要起早坐車到山西去，所以把個箱子用繩子結結實實的捆好。豈知才離碼頭，已被洋人打開，你說叫那人恨不恨呢？」賈氏三兄弟聽了此言，方曉得出門人之苦，原來如此。賈子猷近來看新聞紙，格外留心曉得國家因庫款空虛，賠款難以籌付，有人建議想問外國人再借上幾千萬兩銀子的洋債，即以中國釐金作抵。倘若因此一齊改歸洋人之手，彼時查驗起中國人來，料想也不會放鬆一步。從此棘地荊天，無路可走！想那古人李太白做的詩，有甚麼行路難一首，現在卻適逢其會了。

正想著，船上已開出飯來，每人跟前只有一碗素菜。姚老夫子便取出在蘇州臨走時買的醬鴨醬肉，請三位高徒吃飯。此時賈家帶來的小廝，聽見開飯，也從煙篷上爬下來，伺候三個小主人。一霎時開過了飯，眾人打鋪，各自歸寢。客艙之中，黑壓壓雖有上百的人，除卻幾個吃鴉片煙的，尚是對燈呼吸，或與旁鋪的人高談闊論，其餘的卻早已一夢蘧蘧，鼾聲雷動。姚氏父子，賈家兄弟，到了此時，亦只有各自安寢。不上一刻，姚家父子二人，都已睡著。賈家兄弟三個，雖然生長鄉間，卻一直是嬌生慣養，生平何嘗吃過這種苦？如今的罪孽，乃是自己所找，也怪不得別人，但是睡在架子床上，翻來覆去，總睡不穩，側耳一聽，但聽風聲，水聲，船上客人說話聲，船頭水手吆喝聲，鬧個不了。過了一會，又遠遠的聽見嗚嗚放氣的聲，便有人說上海的小輪船下來了。賈平泉賈葛民畢竟年輕，都搶著起來，開出門去探望。豈知外面北風甚大，冷不可言，依舊縮了進來。正說話間，那船已擦肩而過。此處河面雖寬，早激得波濤洶湧，幸虧本船走得甚快，尚不覺得顛播。

新春夜長，好容易熬到天亮，合船的人，已有大半起身，洗臉的洗臉，打鋪蓋的打鋪蓋。賈子猷看了看，只有昨夜幾個吃鴉片煙的，兀自蒙被而臥。此時姚家父子，亦都睡醒起來漱洗，又從網籃裡取出昨天買的茶食，請大眾用過，然後收拾行李，預備到碼頭上岸。賈葛民年紀最小，搶著問人，到上海還有多少里路？一個人同他說道：「前面大王廟，已到了新閘，再過一道橋便是垃圾橋，離著碼頭就不遠了。」畢竟小輪行走甚速，轉眼間過了兩三頂橋，就有許多小划子傍攏了大船，走上二三十個人，手裡拿著紅紙刻的招紙，有的喊長春棧，有的喊全安棧，前來兜攬生意。姚老夫子是出過門的人，囑咐大家不要理他。末後有一個老接客的，手裡拿著一張春申福的招紙，姚老夫子認得他，就把行李點給了他，一准搬到他客棧裡去住。此時公司船已頂碼頭，那個接客的便去喊了幾部小車子，叫小車子上的人上船來搬行李。賈家兄弟還要叫人跟好了他，那個老接客的道：「幾位老闆儘管坐了車上岸，把東西交代與我，那是一絲一毫不會少的。」姚老夫子也囑咐他們不要過問，主僕六人，隨即一同上岸，叫了六部東洋車，一路往三馬路春申福棧房而來。

要知端的，且聽下回分解。

# 第十六回　妖姬纖豎婚姻自由　草帽皮靴裝束殊異

卻說賈氏兄弟三人，跟了姚老夫子，從小火輪碼頭上岸，叫了六部東洋車，一直坐到三馬路西鼎新衖口下車，付了車錢，進得春申福棧房。當由櫃上管帳先生，招呼先在客堂裡坐了一回，隨見那個接客的，押著行李趕到。就有茶房開了三，四兩號房間，等他主僕六人安頓行李。諸事停當，姚老夫子因見天色還早，便帶了兒子徒弟一共五人，走出三馬路，一直向西，隨著石路轉彎，朝南走到大觀樓底下，認得是爿茶館，遂即邁步登樓。其時吃早茶的人畢竟有限，他師徒五眾，就檢了靠窗口一張茶桌坐下。堂倌泡上三碗茶，姚老夫子只肯兩碗，堂倌說他有五個人，一定要三碗，後來姚老夫子說堂倌不過，只得叫他放下。其時離開中飯還遠，姚老夫子叫兒子向樓下買了五塊麻爿餅，拿上來叫大家充飢。賈家兄弟身上都帶有零錢，進來的時候，早已瞧見樓下有饅頭燒賣出賣，當由賈葛民下樓，又買了些上來，彼此飽餐一頓。點心吃過，彼此一面吃茶，一面閒講。姚老夫子便對他四個人說道：「你們四個人，都是初到上海夷場❶上的，風景也不可不領略一二。我有一個章程，白天裡看朋友，買書，有什麼學堂，書院，印書局，每天走上一二處，也好長長見識。等到晚上，聽回把書，看回把戲，吃頓把宵夜館，等到

❶ 夷場：舊時上海稱租界為夷場。

禮拜，坐趟把馬車，遊遊張園。什麼大菜館，聚豐園，不過名目好聽，其實吃的菜還不是一樣。至於另外還有什麼玩的地方，不是你們年輕人可以去得的，我也不能帶你們走動。」賈家三兄弟同他兒子聽了，都覺得津津有味。

正說話間，只見一個賣報的人，手裡拿著一疊的報，嘴裡喊著申報新聞報滬報，一路喊了過來。姚老夫子便向賣報的化了十二個錢，買了一張新聞報，指著報向徒弟說道：「這就是上海當天出的新聞紙，我們在家裡看的都是隔夜的，甚至過了三四天的還有。要看當天的，只有上海本地一處有。」賣報的人，見他說得在行，便把手裡的報一檢，檢了十幾張出來，說道：「如要看全，也不過一百多錢；倘若租看，亦使得。」姚老夫子便問怎麼租法？賣報的人說道：「我把這些報通統借給你看，隨便你給我十幾個錢，等到看過之後，仍舊把報還我就是了。」姚老夫子聽他說得便宜，便叫他留下一份。賈家兄弟近來知識大開，很曉得看報的益處，聽了賣報的話，竟是非常之喜。立時五個人鴉雀無聲，都各拿著報看起來。不曉得看到那一張報，忽然賈子猷大喊一聲，說了一句：「你們來看呀！」姚老夫子不曉得報上出了什麼新鮮新聞，忙問什麼事情？同桌幾個人，也都把身子湊近來看。誰知不是別事，乃是看見報後頭刻的戲目，今夜天仙戲園准演新編文武新戲鐵公雞。賈子猷在鄉下時，他有個表叔從上海回家，曾讚過天仙戲園唱的鐵公雞如何好，如何好，所以他一直記在心上。如今看見，自然歡喜，連他兄弟老二老三看了，亦都高興，一定今天晚上吃了飯去看戲。姚老夫子說道：「原來如此，世界上最能開通民智的事，唱戲本在其內，外洋各國，所以並不把唱戲的當作下等人看待，只可惜我們中國的人，一唱了戲，就有了戲子的習氣。這齣鐵公雞，聽說所編的都是長毛時候的事情，看過一遍，也可以曉得當日的情形。但我聽說此戲並不止一本，總要唱上十幾天才會唱完。」賈子猷道：「如此難得湊巧，我們到這裡，剛剛他們就唱這個戲。總之，有一天看一天，有一本看一本，等到看完了才走。」

師徒幾人，正在談得高興，忽見隔壁桌上有一個女人，三個男人，同桌吃茶，還一同在那裡指手劃腳，高談闊論。看那婦人年紀不過二十歲上下，頭也不梳，臉也不洗，身上穿了一件藍湖縐皮緊身，外罩一件天青緞黑緞子鑲滾的皮背心，下穿元色褲子，腳下趿著一雙繡花拖鞋，拿手拍著桌子說話；指頭上紅紅綠綠，帶著好幾隻嵌寶戒指，手腕上叮呤噹啷，還有兩付金鐲。賈家兄弟瞧了，以為這女人一定是人家的內眷，所以才有如此打扮，及至看到腳下拖著一雙拖鞋，又連連說道：「不像不像！人家女眷，斷無趿著鞋皮就走出來上茶館的！」既而一想，聽說上海這兩年有人興了一個什麼不纏足會，或者這女人就是這會裡的人，也未可知。賈氏兄弟一面胡思亂想，一面又看那三個男人，一個是瘦長條子，身上也穿著湖縐袍子，把個腰紮的瘦挺繃硬，腰下垂了兩副白綢子的紮腰，上身穿一件三寸不到小袖管的長袖馬褂，頭上小帽，有一排短頭髮露在帽子外面，腳下挖花棉鞋，嘴裡含著一根香煙，點著了火在那裡吃。這男人同那女人坐的對面，但是只有女人說的話，那男人卻拿兩隻眼睛看著鼻子，一聲也不言語。再看那兩個男人，卻是一邊一個，在上首坐的，穿一身黑，是黑袍子，黑馬褂，黑紮腰，黑鞋，黑帽子，連個帽結子都是黑的。這個人一臉橫生肉，沒有鬍鬚，眼望著女人說話，並不答腔。坐在下首的，是個短搭，雖是正月天氣，卻不戴帽子，梳的淨光的一條大辮子，四轉短頭髮，足足有三寸多長，覆在頭上，離著眉毛反不到一寸；身上也穿著藍湖縐大皮棉襖，腿上黑絨褲子，黑襪，皮鞋，臉上卻帶了一付外國黑眼鏡；這個人有時也替那女人幫腔兩句。但是，一個個都朝著帶黑帽結子的人說話，並不理那個瘦長條子。賈氏兄弟見此四人，不倫不類，各自心中納悶，看了一回，便回過頭去請教姚老夫子，問這三個人是做什麼的？姚老夫子未及答言，旁邊桌上有個人對他說道：「有甚麼好事情？不過拆了姘，姘了拆，還有甚麼大不了的事。」姚老夫子看上海新報新書看的多了，曉得上海有一種軋姘頭的名目，頗合外國婚姻自由的道理，等到事情鬧大了，連著公堂都會上的。姚老夫子此時只因三個高徒，一個兒子，都是未曾授室之人，只好裝作不聽見，不理他們。賈子猷連問兩聲不答，便曉其中必有原故，也不便過於追問，只好拉長著耳朵，聽他們說些甚麼。豈知正要往下聽，忽見女人同那個瘦長條子一言不合，早已扭作一團，帶黑帽結子的人，立刻站起來吆喝，不准他二人動手。他二人不聽，戴黑帽結子的人，便把二人竭力的拖到扶梯邊，朝著樓下一招呼，早有一個中國巡捕，一個紅頭黑臉的外國巡捕守在門口。等到上頭一對男女剛剛下樓，跨出了門，早被兩個巡捕拖著朝北而去，後邊還跟了一大群看熱鬧的。

於是樓上吃茶的人，紛紛議論，就有人說：「剛才這個女人，名字叫做廣東阿二，十三四歲上曾在學堂裡讀過一年的外國書，不曉得怎麼到了十七八歲上，竟而改變了脾氣，專門軋姘頭，弔膀子。那個瘦長條子，是在洋行裡跑樓的，不曉得怎麼就被他弔上了。如今又弄得這麼一個散場，真正令人難解。現在一同拖到大馬路行裡去，論不定明天還要解公堂哩！」又有人說：「那個戴黑帽結子的人，就是包打聽的夥計。他們拆姘頭拆不好，所以請了包打聽的夥計來，替他們判斷這件公案。後來連著包打聽的夥計都斷不下來，所以才拖到行裡去的。」說到這裡，便有人問剛才那個穿短打的是個甚麼人。那人道：「那個是馬夫阿四，一向不做好事情，是專門替人家拉皮條的，這一男一女，就是他拉的皮條。如今到了拆姘頭的時候，仍舊找著原經手。原經手勸不好，只怕明天還要陪著吃官司呢！」姚老夫子見他們所說的都是一派汙穢之言，不堪入耳，恐怕兒子學生聽了要學壞，正想喊堂倌付清茶錢，下樓回棧。

※　※　※

剛正付錢的時候，忽又聽得樓梯上咯咯咯一陣鞋響，賽如穿著木頭鞋一樣。定睛看時，只見上來一個人高大身材，瘦黑面孔，穿了一身外國衣裳，遠看像是黑呢的，近看變成染黑了麻線織的，頭上還戴了一頂草編的外國帽子，腳上穿了一雙紅不紅黃不黃的皮鞋，手裡拿著一根棍子。這人剛剛走到半樓梯，就聽得旁邊桌上有個人起身招呼他道：「元帥，這裡坐！元帥，這裡坐！」那來的人，一見樓上有人招呼他，便舉手把帽子一摘，擎在手裡，朝那招呼他的人點了點頭。誰知探掉帽子，露出頭頂，卻把頭髮挽了一個髻，同外國人的短頭髮到底兩樣。他們師徒父子見了，才恍然這位洋裝朋友，原是中國人改變的。再看那個招呼他的人，卻戴著一頂稀舊的小帽，頭髮足足有三寸多長，也不剃，一臉的黑油，太陽照著發亮；身上一件打補釘的竹布長衫，腳上穿著黑襪，趿了一雙破鞋。當下師徒五個人，因見這兩人蹤跡奇怪，或者是甚麼新學朋友，不可當面錯過，於是仍舊坐下，查看他們的行動。

只見來的這個洋裝朋友，朝著這人拱手道：「黃國民兄，多天不見，來了幾時了？」黃國民道：「來了一點多鐘了。」洋裝朋友道：「國民兄，我記得你還是去年十月裡，我們同在城裏鬥蟋蟀的時候我同你在邑廟湖心亭上吃茶，你剃的頭。如今一轉眼又三個月，你的頭髮已經長的這般長，也可以再剃一回了。」黃國民道：「外國人說頭髮不宜常剃，新剃頭之後，頭髮孔都是空的，容易進風，要傷腦氣筋的，所以我總四五個月剃一回頭。」一面閒談，一面又問洋裝朋友道：「元帥，你吃點心沒有？」洋裝朋友道：「我自從改了洋裝，一切飲食起居，通統仿照外國人的法子，一天到晚，只吃兩頓飯，每日正午一頓飯，黑天七點鐘一頓飯，平時是不吃東西的。但是一件，外國人的事情樣樣可學，只有一件，是天天洗澡換新衣裳，我是學不來的。」黃國民道：「外國人天天洗澡，不但可以去身上的齷齪，而且可以舒筋活血，怎麼你不學？」洋裝朋友道：「我不洗澡，同你不剃頭一樣，怕的是容易傷風，傷了風就要咳嗽，咳嗽起來就要吐痰，你幾時見外國人吐過痰來？我們談談不要緊，倘是真正遇見了外國人，有了痰只好往肚裡嚥。記得去年十二月裡，我初改洋裝的時候，一心要學他們外國人，拿冷水洗澡，誰知洗了一次，實在凍的受不得，第二天就重傷風一天，咳嗽到夜。偏偏有個外國人來拜會我，同他講了半天的話，我半天一口痰不敢吐，直截把我癟得要死。所以我從今以後，再不敢洗澡了。」黃國民道：「還是你們洋裝好，我明天也要學你改裝了。」洋裝朋友道：「改了裝沒有別樣好處，一年裁縫錢可以省得不少，二來無冬無夏只此一身，也免到了時候愁著沒有衣服穿。」黃國民道：「夷場上朋友，海虎絨馬褂可以穿三季，怎麼你這件外國衣裳倒可以穿四季呢？」洋裝朋友道：「不瞞你說，你說我為什麼改的洋裝？只因中國衣裳實在穿不起，就是一身繭綢的，也得十幾塊錢。一年到頭，皮的，棉的，單的，夾的，要換上好幾套，就得百十塊錢。如今只此一身，自頂至踵，通算也不過十幾塊，非但可以一年穿到頭，而且剝下來送到當鋪裡去，當鋪裡也不要。這一年工夫，你想替我省下多少利錢？」黃國民聽了，不覺點頭稱是，連說：「兄弟回去，一定要學你改良的了。」正說話間，只見洋裝朋友，忽然把身子一扭，像是脖子上有東西咬他癢癢似的，舉起手來一摸，誰知是一個白蝨。洋裝朋友難以為情，立刻往嘴裡一送，幸虧未被黃國民看見。不料隔壁檯上賈葛民眼睛尖，早已看得明明白白了，私底下告訴了大眾。姚老夫子也聽出這兩人說的話不過如此，隨即立起身來，領了徒弟兒子，一同下樓，仍由原路回棧。

等到走至棧中，正值開飯，師徒四個商量，吃完了飯，同去買書。霎時間把飯吃完，姚老夫子便囑咐兒子道：「你過幾天就要到學堂去的，你還是在棧房裡靜坐坐，養養神，不要跟我們上街亂跑，把心弄野了，就不好進學堂了。」兒子無奈，只好在棧裡看守行李。

他們師徒四個，一同出門，賈家兄弟三人，更把個小廝帶了出去，說是買了東西，好叫他拿著回來。當時五個人出得三馬路，一直朝東，過望平街再朝東，到了一個地方，有一個大城門洞子似的。賈家三兄弟不曉得是個甚麼地方，要姚老夫子他們進去逛逛。姚老夫子連連搖手道：「這是巡捕房，是管犯人的所在，好好的人是不好去的。」三兄弟只得罷手。跟著姚老夫子朝南，到了棋盤街，一看兩旁洋貨店，丸藥店，都是簇新的鋪面，玻璃窗門，甚是好看。再朝南走去，一帶便是書坊，甚麼江左書林，鴻寶齋，文萃樓，點石齋各家招牌，一時記不清楚。姚老夫子因歷年大考，小考，趕考棚的書坊，大半認識，因同文萃樓的老闆格外相熟，因此就踱到他店裡去看書。誰知才進了店門櫃臺外邊，齊巧也有一個人在那裡買書。那人見了姚老夫子，端詳了一回，忽地裡把眼鏡一探，深深一揖道：「啊呀！文通兄，你是幾時來的？」姚老夫子聽了，不禁嚇了一跳。定睛一看，原來是一個極熟的熟人。你道是誰？且聽下回分解。

# 第十七回　老副貢❶論世發雄談　洋學生著書誇祕本

卻說姚文通姚老夫子率領賈家三兄弟，從春申福棧房裡出來，一走走到棋盤街文萃書坊，剛剛跨進店門，正碰著一個人也在那裡買書，見了姚文通，深深一揖，問他幾時到得上海，住在那裡。姚老夫子本是一個近視眼，見人朝他作揖，連忙探去眼鏡，還禮不迭。誰知除了眼鏡，兩眼模糊，反辨不出那人的面目，仔細端詳，不敢答話。那個朝他作揖的人，曉得他是近視眼，連忙喚道：「文通兄，連我的口音都聽不出了？請戴上眼鏡談天。」姚文通無奈，只得仍把眼鏡戴上，然後看見對面朝他作揖的不是別人，正是同年胡中立。這胡中立乃是江西人氏，近年在上海製造局充當文案，因總辦極為倚重，新近又兼了收支一席，館況極佳，出門鮮衣怒馬，甚是體面。從前未曾得意之時，曾在蘇州處過館，他的東家也住在宋仙洲巷，因此就與這姚文通結識起來。後來又同年中了舉人，故而格外親熱。近已兩三年不見了，所以姚文通探了眼鏡，一時辨不出他的聲音。等到戴上眼鏡，看清是他，便喜歡的了不得。兩個人拉著手問長問短，站著說了半天話。姚文通告訴他，此番來滬，乃是送小兒到學堂讀書，順便同了三個小徒，來此盤桓幾日。今早到此，住的乃是春申福棧。等小兒進了學堂，把他安頓下來，就要走的。說

❶ 副貢：清制，各省鄉試於正榜之外，取副榜若干名，升入太學，准作貢生，與拔貢同，謂之副貢。

著，又叫賈家三兄弟上來見禮。彼此作過揖，問過尊姓台甫，書坊裡老闆看見他到，早已趕出來招呼，讓到店堂裡請坐奉茶，少不得又寒暄了幾句。

當下姚文通便問胡中立道：「聽說老同年近年設硯製造局內，這製造局乃是當年李合肥相國奏明創辦的，李合肥的為人，兄弟是向來不佩服的，講了幾回和，把中國的土地銀錢，白白都送到外國人手裡，弄到今日國窮民困，貽害無窮，思想起來，實實令人可恨！」胡中立道：「合肥相國，雖然也有不滿人意之處，但是國家積弱，已非一日，朝廷一回一回派他議和，都是捱到無可如何，方才請他出去。到了這時候，他若要替朝廷省錢，外國人不答應，若要外國人答應，又是非錢不行。老同年！倘若彼時朝廷派你做了全權大臣，叫你去同外國人打交道，你設身處地，只怕除掉銀錢之外，也沒有第二個退兵的妙策。」姚文通道：「朝廷化了千萬金錢，設立海軍，甲午一役，未及交綏，遽爾一敗塗地，推原禍始，不能不追咎合肥之負國太甚！」胡中立聽他此言，無可批駁，便說道：「自古至今，有幾個完人？我們如今，也只好略跡原心，倘若求全責備起來，天底下那裡還有甚麼好人呢？」姚文通曉得他一向是守中立主義的，從前在蘇州時候，彼此為了一事，時常齗齗辯論，如今久別相逢，難為情見面就抬槓，只得趁勢打住話頭，另談別事。當下言來語去，又說了半天別的閒話，胡中立有事告辭先走。臨上馬車的時候，問老同年今晚有無應酬？姚文通回稱沒有，胡中立遂上馬車而去。

姚文通眼看胡中立馬車去了一段路，方才進來，同店主人扳談，問他新近出了些什麼新書？店主人道：「近來通行翻譯書籍，所以小店裡特地聘請了許多名宿，另立一個譯書所，專門替小店裡譯書，譯出來的書，小店裡都到上海道新衙門存過案，這部書的版權一直就歸我們，別家是不准翻印的。」姚文通便問他譯書所請的是些什麼人？店主人道：「你們的同鄉居多，一位是長洲董和文董先生，一位是吳縣辛名池辛先生，這兩位是總管潤色翻譯的。其餘還有好幾位，不是你們貴同鄉，料想是不認得的。」姚文通道：「董和文卻是兄弟的同案，他一向八股是好手，他在家鄉的時候，從沒聽見他讀過外國書，怎麼到了上海，就有了這門大的本事，連外國書都會改呢？至於姓辛的，我連他的名字還不知道，也不曉得是那一案進的學。」店主人道：「這兩位都是才從東洋回來的，貴處地方文風好，所以出來的人材個個不同。就以辛先生而論，他改翻譯的本事，是第一等明公。單是那些外國書上的字眼，他肚子裡就很不少。他都分門別類的抄起來，等到用著的時候拿出來對付著用。但是他這本書，我們雖然知道，他卻從來不肯給人看。這也難怪他，都是他一番辛苦集成的，怎麼能夠輕易叫人家看了學乖呢？所以往往一本書被翻譯翻了出來，白話不像白話，文理不成文理，只要經他的手，勾來勾去，不通的地方改的改，刪的刪，然後取出他那本祕本來，一個一個字的推敲。他常說，翻譯翻出來的東西，譬如一塊未曾煮熟的生肉一般，等到經他手刪改之後，賽如生肉已經煮熟了。然而不下油鹽醬醋各式作料，仍舊是淡而無味。他說他那本書，就是做書的作料，其中油鹽醬醋，色色俱有。」

賈氏三兄弟當中，算賈葛民頂聰明，悟性極好，聽了他話，便對姚老夫子道：「先生，他那本書，我知道了，大約就同我們做文章用的文料觸機，不相上下。」店主人道：「對了！從前八股盛行的時候，就以文料觸機而論，小店裡一年總要賣到五萬本，後來人家見小店裡生意好了，家家翻刻。彼時之間，幸虧有一位時量軒時老先生，同舍間沾點親，時常替小店裡選部把闈墨刻刻，小店裡一年到頭倒也沾他的光不少。當時我們就把這情形告訴了時老先生，時老先生替我們出主意，請了三位幫手，化了半年工夫，又編了一部廣文料觸機，倒也銷掉了七八萬部。後來人家又翻刻了，時老先生氣不過，又替我們編了一部文料大成，可惜才銷掉二萬部，朝廷便已改章添試時務策論，不准專重八股，有些報上還要瞎造謠言，說什麼朝廷指日就要把八股全然廢掉，又說什麼專考策論。你想倘若應了報上的話，這部文料大成那裡還有人買呢？鬧了這兩年，時文的銷路，到底被他們鬧掉不少。後來幸虧碰著了你兩位貴同鄉，才在東洋遊歷回來，亦是天假之緣，有日到我們小店裡買書，同兄弟扳談起來，力勸小店改良，他說八股不久一定要廢，翻譯之學一定要昌明。彼時也是兄弟一時高興，聽了他二人的話，便說這翻譯上海好找，那一爿洋行裡沒有幾個會說外國話的，只要化上十幾塊錢，就好請一位專門來替我們翻譯。後來他們又說不要西文要東文，這可難住我了，我只得又請教他們，這東文翻譯，要到那裡去請。他兩位就保薦也是他們從東洋同來的，有一位本事很大，可以翻譯東文，不過不大會說東洋話罷了，東洋書是看得下的，而且價錢亦很便宜，一塊洋錢翻一千字，有一個算一個。譬如翻了一千零三十字，零頭還好抹掉不算。彼時有了翻譯，我就問他們應得翻些什麼書籍，可以供大小試場所用。他二人說翻譯之事，將來雖然一定可以盛行，但是目下還在萌芽時代，有學問的書翻了出來，恐怕人家不懂，反礙銷路。現在所譯的，乃是男女交合大改良，傳種新問題兩種，每種印三千部，出版之後，又買了兩家新聞紙的告白，居然一月之間，便已銷去大半。現在手裡譯著的，乃是種子大成。這三部書都是教人家養兒子的法子。文通先生，你有幾位世兄，不妨帶兩部回去試驗試驗。」說著順手在架子上取了一本男女交合大改良，一本傳種新問題，送給了姚文通。姚文通接在手中一看，全用外國裝釘，甚是精美，於是再三相謝。

賈子猷聽說辛名池有抄本外國書上的字眼，心想若是得了他這本書，將來做起文章來，倒可以借此熏人，實有無窮妙處。便問店主人道：「辛先生既然集成功了這本書，你們為什麼不問他要來刻出來賣呢？」店主人道：「我何嘗不是這種打算？無奈辛先生不肯，一定要我一千塊錢，才肯把底子賣給我。」賈平泉把舌頭一伸道：「一本書能值這們大的價錢麼？」店主人道：「辛先生說他費了好幾年的心血才集了這們一本書，倘若刻了出來，人人都學了他的乖去，他的本事就不值錢了。」賈子猷道：「他這書叫個什麼名字？」店主人道：「有名字，有名字，是他自己起的，先叫做什麼翻譯津梁，後來自己嫌不好，又改了個名字，叫做無師自通新語錄。」賈子猷道：「名字是後頭一個雅。」店主人道：「然而不及頭一個顯豁。我們賣書的人專考究這個書名，要是名字起得響亮，將來這書一定風行，倘若名字起的不好，印了出來，擺在架子上，就沒有人問信。」賈家兄弟聽了，才曉得印書賣書，還有這許多講究。當時因見店主人稱揚董辛二位，心想這二人不知有多大能耐，將來倒要當面領教才好。隨把這意思告訴了店主人，店主人滿口答應道：「等三位空的時候到小店裡，由兄弟陪著到小店譯書所看看，他二位是一天到夜在那裡的。」一面說話，一面姚老夫子已選定了幾部書，賈家兄弟三個，也買了許多書，都交代小廝拿著。姚老夫子因為來的時候不少了，心上惦記著兒子一個人在棧房裡，急於回去看看，遂即起身告辭。店主人加二殷勤，送至門外，自回店中不表。

※　　※　　※

且說姚文通師徒四個一路出來，東張張，西望望，由棋盤街一直向北，走到四馬路，忘記轉彎，一直朝北走去，走了一截，一看不是來路，師徒四人慌了。後來看見街當中有個戴紅纓帽子的人，姚老夫子曉得他是巡捕，往常看報，凡有迷失路途等事，都是巡捕該管，又聽得人說，隨常人見了巡捕，須得尊他為巡捕先生，他才高興。當下姚老夫子便和顏悅色的走到巡捕跟前，尊了一聲巡捕先生，問他到三馬路春申福棧應得走那一條路。巡捕隨手指給他道：「向西，一直去就是，不要轉彎。」原來他四人走到了拋毬場，因之迷失路途，不曉得上海馬路，條條都走得通的。當下師徒四人，聽了巡捕的話，一直向西走去。果然不錯，走到西鼎新街口，看見春申福三個大字橫匾，於是方才各各把心放下。

回得棧來，不料房門鎖起，姚老夫子的兒子不見了。姚老夫子這一驚，非同小可，忙問茶房，茶房回稱不曉得，又問櫃上，櫃上說鑰匙在這裡。姚老夫子問他見我們少爺那裡去了？櫃上人道：「鑰匙是個年輕人，穿一件藍呢袍子，黑湖縐馬褂，是他交給我的，不曉得他就是你們少爺不是？」姚老夫子道：「正是他，正是他！他往那裡去的？」櫃上人道：「恍惚有個朋友，一塊兒同去的，沒有問他往那裡去。」姚老夫子道：「這小孩子忒嫌荒唐，倘或被馬車擠壞了怎麼好？再不然，出門鬧點亂子，被巡捕捉了去，明天刻在報上，信到蘇州，真正要丟死人了。」說著便要自己上街去找。賈子猷忙勸道：「世兄也有毛二十歲的人了，看來不至於亂走，鬧出什麼亂子來。既然櫃上人說有人同了出去，或者是朋友同著出去吃碗茶也未可知，先生要自己上街去找，上海偌大一個地方，一時也未必找著，我看到不如等他一會，少不得總要回來的。」姚老夫子聽他說得有理，也只得作罷，一個人背著手在房裡踱來踱去，好像熱鍋上的螞蟻一般，坐立不定。看看等到天黑，還不見回來。姚老夫子更急得要死。這日師徒幾個，原商量就的回棧吃飯之後，同到天仙看鐵公雞新戲，如今姚世兄不見了，不但姚老夫子發急，連著賈家兄弟三個，也覺著無趣。霎時茶房開上飯來，姚老夫子躺在床上不肯吃，賈家兄弟也不好動筷。後來被姚老夫子催了兩遍，說：「你們儘管吃，不要等我。」三人無奈，只得胡亂吃了一口。

總算湊巧，三個人剛剛才吃得一半，姚世兄回來了。姚老夫子一見，止不住眼睛裡冒火，趕著他罵道：「大膽的畜生！叫你不出去，你不聽我的話，要背著我出去胡走，害得我幾乎為你急死。你這半天到那裡去了？」罵了不算，又要叫兒子罰跪，又要找板子打兒子。賈家兄弟三個，忙上前來分勸，又問：「世兄究竟到那裡去的，以後出門總得在櫃上留個字，省得要先生操心。」姚世兄道：「我的腳長在我的身上，我要到那裡去，就得到那裡去。天地生人，既然生了兩隻腳給我，原是叫我自由的。各人有各人的權限，他的壓力雖大，怎麼能夠壓得住我呢？」賈子猷聽見他說出這些話來，怕姚老夫子聽了添氣，便握住他的嘴，叫他不要再講了。幸虧姚老夫子只顧在那裡叉著手亂罵，究竟他們說的什麼，也未曾聽見。賈子猷便請他父子吃飯。姚老夫子還要頂住兒子，問他到底往那裡去的，兒子被他逼的無法，才說有同棧房住的一位東洋回來的先生，他來同我扳談，他說如今有片學堂裡，已經請了他做教習，將來彼此要常在一起的，他來約我出去，我怎好回他說不去？姚老夫子又問到了些什麼地方？兒子說道：「在一個三層洋樓上喝了一碗茶，後來又在街上兜了幾個圈子，有個弄堂口站著多少女人，那個東洋回來的先生要我同進去玩玩，我不敢去，他才送我回來的，如今他想是一個人去了。」姚老夫子見兒子沒有同那人去打野雞，方才把氣平下。起來吃了一口飯，洗過臉，正打算帶領他四人一同到天仙看戲，忽見茶房遞上一張請客票來。姚老夫子接過來一看，乃是胡中立請他到萬年春番菜館小酌的，遂吩咐他四個先到天仙等，我到萬年春轉一轉再來。於是師徒五眾，一同出門，出了弄堂門，各自分頭而去。

要知端的，且聽下回分解。

# 第十八回　一燈呼吸競說維新　半價招徠謬稱克己

卻說姚文通在春申福棧房裡吃完了夜飯，正想同兒子學生前往石路天仙戲園，看鐵公雞新戲，忽然接到胡中立在萬年春發來請客票頭，請他前去吃大菜，他便囑咐兒子學生，先往天仙等候，自己到萬年春轉一轉就來。當下出得棧房，踅至三馬路各自東西。

話分兩頭。單說姚文通走出三馬路，一直朝東，既不認得路徑，又不肯出車錢，一路問了好幾個人，才到得萬年春。問櫃上製造局胡老爺在那號房間請客，櫃上人見他土頭土腦，把他打諒❶了兩眼，便叫他自己上樓去找。姚文通幾年前頭，也曾到過上海一次，什麼吃大菜，吃花酒，都有人請過他，不過是人家作東，他是個讀書人，並不在這上頭考究，所以有些規矩，大半忘記，只恍惚記得一點影子。如今見櫃上人叫他自己上樓找胡中立，他便邁步登樓。幸虧樓梯口有個西崽，人尚和氣，問他那一號，他才說得製造局三個字，那個西崽便說四號，把他一領領到四號房間門口，隨喊了一聲四號客茶一盅。姚文通進得門來，劈面就見胡中立坐在下面做主人，見了他來，起身相讓。其時席面上早已有了三個人，還有兩個躺在炕上抽鴉片煙。姚文通向主人作過揖，又朝著同席的招呼，坐了下來，又一個個問貴姓台甫。

❶打諒：注意觀察。同「打量」。

當下同他一排坐的一位，姓康號伯圖，胡中立便說：「這位康伯圖兄，是這裡發財洋行的華總辦，酒量極雅。」姚文通又問對面的兩位，一位姓談號子英，一位姓周號四海。胡中立又指給他說：「這位子英兄洋文極高，是美國律師公館裡的翻譯，這位四海兄，是浦東絲廠裡的總帳房，最愛朋友，為人極其四海。」姚文通又特地離位請教炕上吃煙的兩位，只見一位渾身穿著黑呢袍，黑呢馬褂，初春天氣，十分嚴寒，他身上卻是一點皮都沒有，問了問，姓鍾號養吾。那一位卻是外國打扮，穿了一身毡衣，毡褲，草帽，皮鞋，此時帽子沒戴，擱在一邊，露出一頭的短頭髮，毵毵可愛。姚文通問他貴姓，他正含著一枝煙槍，湊在燈上，抽個不了。好容易等他把這袋煙抽完，又拿茶呷了一口，然後坐起來，朝著姚文通拱拱手，連說：「對不住！放肆！」然後自己通報姓名，姓郭號之問。姚文通拿他仔細一瞧，只見臉色發青，滿嘴煙氣，看他這副尊容，每日至少總得吃上二兩大土清膏，方能過癮。姚文通一一請教過，別人亦一一的問過他，然後重新歸坐。

西崽呈上菜單，主人請他點菜，他肚子裡一樣菜都沒有，仍舊託主人替他點了一湯四菜，又要了一樣蛋炒飯，一霎西崽端上菜來，姚文通吃了，並不覺得奇怪，後來吃到樣拿刀子割開來紅利利的，姚文通不認得，胡中立便告訴他說：「這是牛排，我們讀書人吃了頂補心的。」姚文通道：「兄弟自高高祖一直傳到如今，已經好幾代不吃牛肉了，這個免了罷！」胡中立哈哈大笑道：「老同年！虧你是個講新學的，連個牛肉都不吃，豈不惹維新朋友笑話你麼？」姚文通還是不肯吃。康伯圖道：「上海的牛肉，不比內地，內地的牛，都是耕牛，為他替人出過力，再殺他吃他，自然有點不忍。至於上海外國人，專門把他養肥了，宰了吃，所以又叫做菜牛，吃了是不作孽的。」周四海亦說道：「伯翁所說的不錯，文翁！這牛肉吃了，最能補益身體的。你是沒有吃慣，你姑且嘗嘗。等到吃慣之後，你自然也要吃了。」

幾個人講話的時候，煙炕上一對朋友，把這些話都聽在肚裡。後來聽見胡中立又稱姚文通為講新學的，他二人便抬高眼睛，把姚文通打量了半天，趁勢同他勾搭著說話。姚文通外面雖是鄉氣，肚裡的文才卻是很深，凡他二人所問的話，竟沒有對答不上的，因此他二人甚為佩服，便把他引為自己一路人。等他把咖啡吃過，那個打扮外國裝的郭之問，便讓姚文通上炕吃煙，姚文通回稱不抽；郭之問又讓他到炕上坐，自己躺在一邊相陪，一面燒煙，一面說話；那個穿呢袍子的鍾養吾，順手拉過一張骨牌杌子，緊靠煙榻坐下，聽他二人談天。當下郭之問打好了一袋煙，一定要敬姚文通吃一口，讓了半天，姚文通始終不肯吃，只得罷手。郭之問自己對准了火呼呼的抽了進去，一口不夠，又是一口，約摸抽了四五口，方才抽完起來，兩手捧著水煙袋，慢慢的對姚文通道：「論理呢，我們這新學家就抽不得這種煙，因為這煙原是害人的。起先兄弟也想戒掉，後來想到為人在世，總得有點自由之樂，我的吃煙就是我的自由權，雖父母亦不能干預的。文翁！剛才康周二公叫你吃牛肉，他那話很有道理，凡人一飲一食，只要自己有利益，那裡管得許多顧忌？你祖先不吃，怎麼能夠禁住你也不吃？你倘若不吃，便是你自己放棄你的自由權，新學家所最不取的。」他們三個人圍著煙燈談天，席面上主賓四位，也在那裡高談闊論起來。

鍾養吾聽了厭煩，便說道：「我最犯惡這班說洋話，吃洋飯的人。不曉得是些什麼出身，也和在大人先生裡頭擺他的臭架子。中立好好一個人，怎麼要同這些人來往？」郭之問道：「養吾！這話你說錯了。中立肯同這些人來往，正是他的好處。人家都說中立守舊，其實他維新地方多著哩！就以這班人而論，無論他是什麼出身，總在我們四萬萬同胞之內，我們今天中國最要緊的一件事，是要合群，結團體，所以無論他是什麼人，我等皆當平等相看，把他引而進之，豈宜疏而遠之？文翁！你想我這話可錯不錯？」姚文通只好說：「是極！」郭之問還要說下去，只見席面上三個客都穿了馬褂要走，他們三個也知不能久留，郭之問又急急的躺下，抽了三口煙，鍾養吾等他起來，也急忙忙躺下抽了兩口，方才起身穿馬褂，謝過主人，一同興辭。走到門口，郭之問又拉著姚文通的手，問明住址，說：「明天下午七點鐘兄弟一定同了養吾來拜訪。」姚文通道：「還是等兄弟過來領教罷！」郭之問道：「你要來也得上火之後，早來了我不起，怕得罪了你。」姚文通道：「既然如此，我明天就在棧裡恭候罷！」說完彼此一拱手而別。

胡中立坐了馬車自回製造局，不在話下。

姚文通急急奔到天仙，案目帶著走進正廳，尋著了他世兄弟四個，戲檯上鐵公雞新戲已經出場。姚文通四下一瞧，池子裡看戲的人，一層一層的都塞的實實足足。其時檯上正是名角小連生扮了張家祥，打著湖南白，在那裡罵人。檯底下看客，都一迭連聲的喝彩，其中還夾著拍手的聲音。姚氏師徒聽了，都甚以為奇，急忙舉頭四望，原來後邊桌上，有三個外國人，兩個中國人，因為看到得意之處，故而在那裡拍手。賈子猷再定睛看時，齊巧今日早上在大觀樓隔桌吃茶的那個洋裝元帥，並那個不剃頭的朋友，都在其內。賈子猷回過頭去望望他，他也抬起頭來望望賈子猷，四目相射，不期而遇，打了一個照面，彼此都像認得似的。一霎檯上戲完，看客四散，出去的人，猶如水湧一般。姚氏師徒等到眾人快散完了，然後跟了出去。他們在家鄉的時候，一向睡得極早，再加以賈氏兄弟，昨日在小火輪上一夜未眠，便覺得甚是困乏。當下幾個人並無心留戀街上的夜景，匆匆回到棧房，彼此閒談兩句，便乃寬衣而睡。一宵易過，又是天明。姚老夫子頭一個先起來，寫了一封家信，然後他兒子起來，賈氏三兄弟直睡到十二點鐘，棧房裡要開飯了，小廝才把他三個喚起，漱洗之後，已是午飯。等到吃過，姚老夫子想帶了兒子先到說定的那爿學堂裡看看章程，賈家三兄弟也要同去見識見識。姚老夫子應允，當下便留賈家小廝看門，師徒五眾一塊兒走了出去。剛剛走出大門，只見一個人戴了一頂外國草帽，著了一雙皮靴，身上卻穿著一件黑布棉袍，連腰帶都沒有紮，背後仍舊梳了一條辮子，一搖一擺的搖了過來。眾人看見，都不在意，倒是姚世兄見了他，甚為恭敬，連忙走上兩步，同時招呼。那人本想要同姚世兄談兩句話，一見這邊人多，面上忽露出一副羞慚之色，把頭一別，急忙忙的走進棧中去了。姚老夫子便問兒子：「他是什麼人？你怎麼認識他的？」姚世兄便把昨天的話說了一遍，大眾方知昨天引誘姚世兄出門，後來又獨自去打野雞的，就是他了。姚老夫子學問雖深，無奈連日所遇，都是這些奇奇怪怪，出於意表之人，畢竟他外面閱歷不深，雖然有意維新，尚分不出人頭好歹，所以見了洋裝的人，能說幾句新話，他便將他當天人看待，這是他所見不廣，難以怪他。在他尚且如此，至於幾位高徒，一個兒子，又不消說得了。

※　　※　　※

閒話休題。且說姚世兄所說定要進的那爿學堂，在虹口靶子路，離著四馬路很遠，當下五個人出了三馬路，又走一截路，喊了五部東洋車，約摸走了頭兩刻工夫，沿途姚老夫子親自下車，又問了好幾個人，方才問到。及至到了學堂門前，舉頭一望，只見門上掛了一扇紅漆底子黑字的牌，上寫「奉憲設立培賢學堂」八個扁字，一邊又是一塊虎頭牌❷，虎頭牌上寫的是：「學堂重地，閒人免進」八個大字。

---

❷ 虎頭牌：舊時官廳所懸掛禁止閒人的布告牌。

另外還有兩扇告示，氣概好不威武！師徒五人，都在門外下車，付過車錢。姚老夫子在前，世兄弟四個在後，進得學堂。姚老夫子恭恭敬敬的從懷裡掏出一張片子，交代了茶房，叫他進去通報。這學堂裡有位監督，姓孔，自己說是孔聖人一百二十四代裔孫。片子投進，等了一會，孔監督出來，茶房說了一聲：「請！」他們五個進去，見面之後，一一行禮。姚老夫子要叫兒子磕頭。孔監督道：「我們這敝學堂裡不開館，是不要磕頭的。等到開館的那一天，我們要請上海道委了委員，到我們這學堂裡監察開館，到那時候是要磕頭的。」姚世兄聽了，於是始作了一個揖。當時通統坐定。姚老夫子先開口道：「敝處是蘇州，兄弟一向在家鄉，去年聽了我們內兄說起，曉得貴學堂裡章程規矩，一切都好，所以去年臘月裡就託舍親替我們小兒報了名字，今年特地送小兒到貴學堂裡讀書。」孔監督聽了，便問道：「你們世兄今年多大了？」姚老夫子回稱：「新年十九歲。」孔監督又問叫什麼名字？姚老夫子回稱：「姓姚，叫達泉，號小通。」孔監督順手在案桌抽屜裡翻了兩翻，翻出一本洋式的簿子來，又拿簿子在手裡儘著翻來覆去的查，查了半天，才查到姚小通的名字，是去年十二月裡報的名，名字底下注明已收過洋五元。孔監督看完，把簿子撩在一旁，又在架子上取了一張章程，送給姚老夫子道：「我們敝學堂裡的住膳章程，每半年是四十八塊洋錢，如果是先付，只要四十五塊，去年收過五塊洋錢，你如今再找四十塊來就夠了。」

姚老夫子未來的時候，常常聽見人說，上海學堂束脩最廉，教法最好，所以慕了名，託他內兄找到這爿學堂。他內兄又模模糊糊的替他付了五塊洋錢，究竟要付多少，連他內兄還不曉得。姚老夫子來時只帶了二十塊錢，連做盤川，買東西，通統在內。以為學堂裡的束脩，已經付足，可以不消再付的了。

及至聽了孔監督的話，不覺吃了一驚。又詳細查對章程，果然不錯。想要退回，一時又難於出口。幸虧孔監督有先付只要四十五塊的一句話，便以為等到開學的那一天，先叫兒子進來，等自己回轉蘇州，然後按月寄款上來。遂將此意問過孔監督是否如此？孔監督道：「凡是開學前頭付的，都算是先付，等到開學之後，無論第二天第三天，通統要付足四十八塊，倘若三天之內不把束脩膳費繳清，就要除名的，章程上載的明明白白。你們讀書人看了，自然會曉得的。」姚老夫子至此，不禁大為失望，一個人自言自語道：「原來要這許多！」孔監督道：「我們這個學堂並不為多，現在是學堂開的多了，所以敝學堂格外克己，以廣招徠。如果是三年前頭，統上海只有敝學堂一所，半年工夫，敝學堂一定要人家一百二十塊洋錢。如今一半都不到了，怎麼可以還好說多？」姚老夫子道：「這樣看起來，上海學堂倒很可以開得。」孔監督聽了此言，把眉頭一皺道：「現在上海地方，題到趁錢二字，總覺煩難。就以敝學堂而論，官利之外，三年前頭每年總可餘兩三千塊錢。這學堂是我們同鄉三個人合開的，一年工夫，一個人總可分到千把洋錢。這兩年買賣不好了，我那兩個夥計，他們都不幹了，歸併給我一個人。照這個樣子，只好弄得一個開銷罷哉。若要趁錢，不在裡頭。總是我們的中國人心不齊，一個做的好點，大家都要學樣，總得稟請上頭准我們一家專利，不准別人再開才好。」姚老夫子道：「學堂開的多，乃是最好之事，怎麼好禁住人家不開呢？」孔監督道：「人家再要多開，我們就沒有飯吃了。」說到這裡，姚老夫子見來的時候已久，便帶了兒子徒弟，起身告辭。孔監督道：「二十開館，早一天世兄的行李就可以搬了進來，樂得省下棧房錢。我們這裡多吃一兩天，都是白送的，再要公道沒有。我們敝學堂裡的章程，一向是極好的。教習當中，不要說是不吃花酒，就是打野雞的也沒有。」姚老夫子憎嫌這裡價錢貴，意思想要另外訪訪有便宜的所在，只要有比這裡便宜的，情願把這裡的五塊錢丟掉。一頭走，一頭心裡盤算，所以孔監督後來說的一番話，他未曾聽見。一時辭了出來，仍舊回到棧房。剛剛下車，跨進了西鼎新衖口，忽見賈家小廝，站在棧房外面，見了他們，沖口說道：「啊喲！回來了！可把我找死了！」眾人一聽此言，不禁齊吃一驚。

要知端的，且聽下回分解。

# 第十九回　婚姻進化桑濮成風　女界改良鬚眉失色

卻說姚文通姚老夫子，帶了兒子徒弟，從學堂裡回來，剛才跨進了西鼎新的衖口，忽見賈家的小廝，在那裡探頭探腦，露出一副驚疑不定的樣子，及至瞥見他五人從外面回來，連忙湊前一步，說道：「快請回棧，蘇州來了信了，信面上寫的很急，畫了若干的圈兒。」師徒父子五人聽了此言，這一嚇非同小可。姚文通登時三步併做兩步，急急回棧，開了房門。只見蘇州來的信，恰好擺在桌子上，伸手拿起，拆開一看，原來是他夫人生產，已經臨盆，但是發動了三日，尚未生得下來，因此家裡發急，特地寫信追他回去。現在不知吉凶如何？急得他走投無路，恨不能立時插翅回去。等不及次日小火輪開行，連夜託了棧裡朋友，化了六塊大洋，雇了一隻腳划船去的。臨走的時候，又特地到書坊裡買了幾部新出的什麼傳種改良新法育兒與衛生等書籍，帶了回去，以作指南之助，免為庸醫舊法所誤。收拾行李，隨即上船。又吩咐兒子幾句話，說我此去，少則十天，多則半月，一定可以回來的，你好好的跟了世兄在上海，不可胡行亂走，惹人家笑話。至於前回說定的那個培賢學堂，也不必去了，等我回來，再作道理。兒子答應著。等送過他父親去後，因見時候還早，在棧房裡有點坐立不定，隨向賈家三兄弟商量，意思想到外邊去遊玩一番。賈家三兄弟都是少年，性情喜動不喜靜的，聽了自然高興。於是一同換了衣服，走到街上。

此時因無師長管束，便爾東張張，西望望，比前似乎鬆動了許多。四個人順著腳走去，不知不覺，到了第一樓底下，此時四馬路上，正是笙歌匝地，鑼鼓喧天，妓女出局的轎子，往來如織。他們初到上海，不曉得什麼叫做出局，還當轎子裡坐的，一個個是大家眷屬，不免心上詫異，齊說：「這些太太奶奶們，儘管坐著轎子在街上逛的什麼？」後來看見轎子裡面，一邊靠著一支琵琶，方才有點明白。一向聽說上海的婊子極多，大約這些就是出來陪酒的。但是這些女人，坐了敞轎，見了男人，毫不羞澀，倒像書上所說，受過文明教化的一樣，正不知是個什麼道理。站著呆看了一回，聽得樓上人聲嘈雜，熱鬧得很，於是四人邁步登樓。此時第一樓正是野雞上市，有些沒主兒的，便一個個做出千奇百怪的樣子，勾搭客人。他四人穿的都是古式衣服，一件馬褂，足有二尺八寸長，一個袖管，也有七八寸闊，人家看出他們是外路打扮，便有心去勾搭他。頭一個賈子猷，走在前面，一上扶梯，就被一個塗脂抹粉，臉上起皺的中年野雞，伸手一把拿他拉住。賈子猷正在掙扎不脫，跟手他兄弟賈平泉賈葛民，連著姚小通，都被這班女人拉住不放。此時他四個眼花撩亂，也分不出老的少的，但覺心頭畢拍畢拍跳個不止，畢竟他四人膽子還小，而且初到上海，臉皮還嫩，掙扎了半天，見這班女人只是不放。賈葛民忍耐不住，把臉一沉，罵了聲：「不要臉的東西！你們再不放手，我就要喊了！」那班野雞，見他壽頭壽腦，曉得生意難成，就是成功，也不是什麼用錢的主兒，於是把手一鬆，隨嘴輕薄了兩句，聽他四人自便。他四人到此，賽如得了赦旨一般，往前橫衝直撞而去。誰知一路走來，一連碰著了許多女人，都是一個樣兒，四人方才深悔不該上樓。意思想要退下樓去，卻又怕再被那班不要臉的女人拉住不放。

※　※　※

正在為難的時候，忽見前面沿窗一張桌子，有人舉手招呼他們。舉眼看時，吃茶的共有三位，那個招手的不是別人，原來就是頭一天同著姚世兄出去玩耍的那位東洋回來的先生。四人只得上前，同他拱手為禮。那東洋回來的先生，見了賈家兄弟三個，因在棧房裡都打過照面，似乎有點面善，便曉得是同姚世兄一起的，忙讓他三人同坐。賈子猷舉目看時，只見頭一天在大觀樓吃茶的那個洋裝元帥，同著黃國民兩個，卻好同在這張桌上吃茶。當下七個人坐定之後，彼此通過名姓，洋裝元帥自稱姓魏號榜賢，東洋回來的先生自是姓劉號學深，黃國民是大家曉得的，用不著再說了。當下賈姚四人，亦一一酬應一番。起先彼此言來語去，還說了幾句開學堂，翻譯書的門面話。正談得高興，齊巧有個野雞兜圈子過來，順手把劉學深拍了一下，這一下直把他拍的骨軟筋酥，神搖目眩，坐在那裡不能自主。魏榜賢朝著他笑道：「學深兄，你這豔福真不知是幾生修到的？」說完這句，便指著他同別人說道：「你們可曉得這位學深兄，他今年已經二十七歲了，一直沒有娶過夫人。他的意思，一定要學外國的法子，總要婚姻自由才好。今年從東洋回來，非但學界上大有進步，就是所做的事，無不改良。他有一個議論，我今告訴你們諸公，料想諸公無不崇拜的。」眾人都道：「倒要請教。」魏榜賢道：「學深兄說，一切變法，都要先從家庭變起，天下斷無家不變而能變國者。」賈子猷聽了，連連點頭道：「確論，確論！」魏榜賢道：「學深兄又說，治病者急則治標，乃是一定不易之法，治國同治病一樣，到了危難的時候，應得如何，便當如何，斷不可存一點拘泥；不存拘泥，方好講到自由；等到一切自由之後，那時不言變法，而變法自在其中；天下斷沒有受人束縛，受人壓制，而可以談變法的。所以這學深兄的尊翁老伯大人，同他尊堂老伯母大人，屢次三番寫信前來，叫他回去娶親，他執定主意不去，一定要在上海自己挑選。他說中國四萬萬同胞，內中二萬萬女同胞，只有上海的女人，可以算得極文明，極有教化，為他深合乎平等自由的道理，見了人大大方方，並無一點羞澀的樣子。所以學深兄一定要在這裡挑選人材。」賈葛民道：「好雖好，但是這些女人都是些妓女。」劉學深不等他說完，插嘴辯道：「良家是人，妓女亦是人，託業雖卑，當初天地生人，卻是一樣。我們若小看他，便大背了平等的宗旨。所以他們雖是妓女，小弟總拿他當良家一般看待。只要被我挑選上了，兩情相悅，我就同他做親，有何不可？」賈平泉道：「尊論極是，小弟佩服得很！但小弟還有一事請教，這幾年社會上很把女人纏腳一事，當作大題目去做。我想天下應辦的事情很多，何以單單要在女人這雙腳上著想呢？」魏榜賢搶著說道：「這件事須得問我們賤內，目前就要進這不纏足會了。不瞞諸公說，兄弟自從十七歲到上海，彼時老人家還在世，生意亦還過得去，兄弟在這裡無所事事，別的學問沒有長進，於這嫖界上倒著實研究。總而言之一句話，嫖先生不如嫖大姐。」賈葛民聽了先生二字詫異，忙問先生怎麼好嫖？魏榜賢忙同他說：「上海妓女，都是稱先生的。」方才明白。魏榜賢又說：「上海這些當老鴇的，凡是買來的人，一定要叫他纏腳，吃苦頭，接客人，樣樣不能自由。如果是親生女兒，就叫他做大姐，不要纏腳，不要吃苦頭，中意的客人，要嫁就嫁，要貼就貼，隨隨便便，老鴇決不來管他的。我見做大姐的有如此便宜，所以我當初玩的時候，就一直玩大姐。好漢不論出身低，實不相瞞，我這賤內，就是這裡頭出身。不要說別的，嫁我的時候，單單黃貨，就值上三四千哩！現在又承他們諸公抬舉，說賤內是天然大腳，目下創辦了一個不纏足會，明日恰巧是第三期演說，他們諸公一定要賤內前去演說，卻不過諸公的雅愛，兄弟今天回去，還得把演說的話句，通統交代了他，等他明天好去獻醜。」賈子猷說：「不錯，我常常聽人談起上海有甚麼演說會，想來就是這個，但不知我們明天可否同去看看？」劉學深道：「榜賢兄就是會裡的頭腦，叫他帶你同去，有何不可？」黃國民道：「諸公切莫看輕了這個不纏足會，保種強國，關係很大。即以榜賢兄而論，自從他娶了這位尊嫂，一連生了三個兒子，都是胖胖壯壯，一無毛病，這便是強種的證據。」一席話正說得高興，不提防又走過來一隻野雞，大家看出了神，不知不覺打斷話頭。劉學深更忘其所以，拍著手說道：「妙啊！臉蛋兒生得標緻還在其次，單是他那一雙腳，只有一點點，怎麼叫人瞧了不勾魂攝魄？榜賢兄！這人，你可認得曉得他住在那裡？」魏榜賢忽然想起剛才正說到不纏足會，如今忽然又誇獎那野雞腳小，未免宗旨不符，生怕賈姚聽了見笑，連忙朝著劉學深做眉眼，叫他不要再說了。偏偏碰著劉學深沒有瞧見，還在那裡滿嘴的說甚麼只有一點點大，甚麼不到三寸長，也不曉得當初是怎樣裹的。他一個人咂嘴弄舌，眾人只得又談論別的。賈家兄弟便問不纏足會是個甚麼規矩？魏榜賢又同他說：「這個會是我們幾位同志的內眷私立的。凡是入會的人，通統都得放腳。倘或入會之後，家裡查出再有纏腳的人，罰一百兩銀子，驅逐出會。因為要革掉這個風俗，所以立的章程不得不嚴。」賈葛民道：「現在不問他章程嚴不嚴，我只問叫女人不纏足有甚麼好處？」魏榜賢道：「剛才所說的強種，不是頭一樣好處嗎？而且女人不纏腳，腳下不受苦，便可騰出工夫讀書寫字，幫助丈夫成家立業。外國的女人，都同男人一樣有用，就是這個原故。目下教導這般女人，先從不纏足入手，能夠不纏足，然後可以講到自由。人生在世，能夠自由自在，無拘無束，還有再比這個快活嗎？」賈葛民聽了，怦怦心動。心想我們弟兄三人，雖然都已定親，幸虧都還沒有過門，不曉得長得面貌如何。不如趁此寫封信回去，叫家裡知會女家，勒令她們一齊改腳，若是不放，我們不娶。料想內地風氣不開，一定不肯聽我們的說話，那時我們便借此為由，一定不娶。趁這兩年在上海物色一個絕色佳人。好在放腳之後，婚姻可以自由，乃是世界上的公理，料想沒有人派我們不是的。他一個人正在那裡默默的呆想，不提防堂倌一聲呼喊，說是打烊，只見吃茶的人，男男女女，一哄而散。他們七人也不能再坐，只得招呼堂倌前來算帳，堂倌屈指一算，須得一百五十二文。誰知劉學深及魏榜賢兩個人，身上摸了半天，只摸出二十多個銅錢，彼此面面相覷，甚是為難。幸被賈家兄弟看見，立刻從袋裡摸出十五個銅圓，代惠了東，方才一同下樓。他們吃茶原是七個人，此時查點，人數止賸得六人，少了黃國民一個。原來他一見打烊，曉得要惠茶帳，早已溜之大吉，預先跑在樓下等候了。當時六個人下樓之後，彼此會著，賈家兄弟又問他們住處，以便明日拜訪。魏榜賢說在虹口吳淞路，黃國民說住新馬路，劉學深是同他們同一棧房，不消問得。魏榜賢說明日不纏足會女會員演說，諸君如欲往聽，打過十二點以後，可在棧房等候，兄弟來同諸公一同前去，眾人俱道好極。說話間，不知不覺已到馬路，彼此一拱手而別。魏黃兩個，一個向東，一個向西，卻連東洋車都不雇，都是走回去的。賈姚四人，自從今日會著了劉學深，憑空又添了一個同伴，五個人說說笑笑，回到棧房。劉學深極力拉攏，親到賈姚房中閒談，至三點鐘方自歸寢。一宵易過，又是天明。上海地方早晨，是無所事事的，劉學深又跑了過來，指天說地，他四人聽了，都是些聞所未聞的話，倒也借此很開些知識。一會又領他四人上街吃了一回茶，又吃了幾碗麵，都是賈子猷惠的東。又在馬路上兜了一回圈子，看看十二點已過，恐怕魏榜賢要來，急急趕回棧房吃飯等候。吃過飯又等了一點多鐘，看看不錯，已將近兩點了，方見魏榜賢跑的滿頭是汗，一路喊了進來。會面之後，魏榜賢也不及坐下吃茶，便催諸位即刻同去。眾人是等久的了，隨即鎖了房門，六個人一同踱出馬路，雇了東洋車。當下魏榜賢當先，在路上轉了十幾個彎，方走到一個衖堂。下車進去，見一家大門上掛著一塊黑底金字的招牌，上寫著「保國強種不纏足會」八個大字。魏榜賢讓諸位進門之後，特地趕上一步，附耳對賈子猷說道：「此時女會員都已到齊，還沒演說，你我只可在這旁邊廂房裡聽講，堂屋裡都是女人，照例是不能進去的。」眾人只得唯唯，原來這廂房乃是會中幹事員書記員的臥室，會中都是女人，只有這幹事書記二員是男子，當見魏榜賢同了五個人進來，立刻起身讓坐。可憐屋裡只有兩張杌子，於是眾人只得一齊坐在床上。六人之中，只有魏劉兩個最不安分，時時刻刻要站起來從玻璃窗內偷看女人。一會兒劉學深又拉住魏榜賢，問一個穿湖色的是誰？一時又問那個穿寶藍的是誰？魏榜賢一一告訴他。後來又問到一個渾身穿黑的，魏榜賢笑而不答。劉學深向眾人招手說道：「你們快來瞧榜賢兄的夫人。」眾人正起立時，只見外面又走進一群女學生，大家齊說，這是虹口女學堂的學生，是專程請來演說的。眾人舉目看時，只見一個個都是大腳皮鞋，上面前劉海，下面散腿袴，臉上都架著一副墨晶眼鏡，二十多人，都是一色打扮，再要整齊沒有。眾人看了，俱各嘖嘖稱羨不置。

要知後事如何，且聽下回分解。

# 第二十回　演說壇忽生爭競　熱鬧場且賦歸來

話說賈子猷兄弟三人，同姚小通，跟了魏榜賢劉學深到不纏足會聽了一會女會員演說，說來說去，所說的無非是報紙上常有的話，並沒有什麼稀罕，然而堂上下拍掌之聲，業已不絕於耳。當由會中書記員，把他們的議論，另外用一張紙恭楷膳了出來，說是要送到一家報館裡去上報，特請劉學深看過。劉學深舉起筆來，又再三的斟酌，替他們改了幾個新名詞在上頭，說道：「不如此，文章便無光采。」魏榜賢看了，又只是一個人儘著拍手，以表揚他佩服的意思。賈姚諸人看見，心上雖然羨慕，又不免詫異道：「像這樣的議論，何以他倆要佩服到如此地步？真正令人不解。要像這樣議論，只怕我們說出來，還有比他高些。」一面心上想，便有躍躍欲試之心。魏榜賢從旁說道：「今天演說，全是女人。新近我們同志，從遠處來的，算了算，足足有六七十位。兄弟的意思，打算過天借徐家花園地方，開一個同志大會。定了日子，就發傳單，有願演說的，一齊請去演說演說。過後我們也一齊送到報館裡去刻。別的不管，且教外國人看見，也曉得中國地方，尚有我們結成團體，聯絡一心，就是要瓜分我們中國，一時也就不敢動手了。」大眾聽了，甚以為然。當下劉學深同了賈姚四位，先回棧房，魏榜賢便去刻傳單上新聞紙，自去幹他的不題。

光陰如箭，轉眼又是兩天。這天賈子猷剛才起身，只見茶房送進四張傳單來。子猷接過來看時，只見上面寫的是：「即日禮拜日下午兩點鐘至五點鐘，借老閘徐園，特開同志演說大會，務希早降是荷。」另外又一行，刻的是：「凡入會者，每位各攜帶份資五角，交魏榜賢先生收。」賈子猷看過，便曉得是前天所說的那一局了，於是遞與他兩兄弟及姚小通看過，又叫小廝去招呼劉老爺。小廝回說：「劉老爺屋裡鎖著門，問過茶房，說是自從前兒晚上出去，到如今還沒有回來，大約又在那一班野雞堂子裡過夜哩！」賈子猷聽了，只得嘿然。於是催著兄弟及姚小通起來梳洗。正想吃過飯前赴徐園，恰巧劉學深從外頭回來，問他那裡去的，笑而不言。讓他吃飯，他就坐下來吃。賈家弟兄，因為棧房裡的菜不堪下咽，都是自己添的菜，卻被劉學深風捲殘雲吃了一個淨光，吃完了不住舐嘴咂舌，賈家弟兄也只可無言而止。一霎諸事停當，看看錶上，已有一點鐘了。劉學深便催著賈姚四位，立刻換衣同去。賈子猷把四個人的份資一共是兩塊錢，通統交代了劉學深，預備到徐園託他代付。劉學深因為自己沒有錢，特地問賈子猷借了一塊錢，一共三塊錢，攢在手裡，出門上車，一直到老閘徐園而來。行不多時，已經走到，一下車就見魏榜賢站在門口攔住進路，伸出了兩隻手，在那裡問人家討錢。一見賈姚四位，後頭有劉學深跟著，進門的時候，彼此打過招呼，於是魏榜賢把手一攤，讓他們五位進去。進園之後，轉了兩個彎，已經到了鴻印軒。只見人頭簇簇，約摸上去，連逛園帶著看熱鬧的，好像已經有了一百多位。此時賈姚四人，無心觀看園內的景緻，一心只想聽他們演說，走到人叢中，好容易找著一個坐位，大家一齊坐了聽講。其時已有二三個人上來演說，過不多一刻，魏榜賢亦已事完進來了。賈子猷靜心聽去，所講的話，也沒有什麼深奧議論，同昨天女學生演說的差仿不多，於是心中大為失望。

正躊躇間，只見上頭一個人剛剛說完，沒有人接著上去，魏榜賢急了，便走來走去喊叫了一回，說那位先生上來演說。喊叫了一回，仍舊沒人答應，魏榜賢只好自己走上去，把帽子一掀，打了個招呼，底下一陣拍手響。大家齊說，沒人演說，元帥只好自己出馬了。只見魏榜賢打過招呼之後，便走至居中，拿兩隻手據著桌子，居中而立，拉長了鋸木頭的喉嚨，說道：「諸公，諸公！大禍就在眼前，諸公還不曉得嗎？」大家聽了，似乎一驚！魏榜賢又說道：「現在中國，譬如我這一個人，天下十八省，就譬如我的腦袋及兩手兩腳，現在日本人據了我的頭，德國人據了我的左膀子，法國人據了我的右膀子，俄羅斯據了我的背，英國人據了我的肚皮，還有什麼意大利騎了我的左腿，美利堅跨了我的右腿，哇呀呀，你看我一個人身上，現在被這些人分占了去還了得！你想我這個日子怎麼過呢？」於是眾人又一齊拍手。魏榜賢閉著眼睛，定了一回神，喘了兩口氣，又說道：「諸公，諸公！到了這個時候，還不想結團體嗎？團體一結，然後日本人也不敢據我的頭了，德國人法國人，也不能奪我的膀子，美國人意大利人，也不能占我的腿了，俄國人也不敢挖我的背，英國人也不敢摳我的肚皮了。能結團體，就不瓜分，不結團體，立刻就要瓜分。諸公想想看，還是結團體的好，還是不結團體的好？」於是大眾又一齊拍手，意思以為魏榜賢的話還沒有說完，以後必定還有高議論。誰知魏榜賢忽然從身摸索了半天，又在地下找了半天，像是失落一件什麼東西似的，找了半天，找尋不到，把他急得了不得，連頭上的汗珠子都淌了出來，那件東西還是找不著。他只是渾身亂抓，一言不發。眾人等的不耐煩，不好明催他，只得一齊拍手。他見眾人拍手，以為是笑他了，更急得面紅筋脹，東西也不找了，兩手扶著桌子，又咳嗽了兩口，然後又迸出一句道：「諸公，諸公！」說完這句，下頭又沒有了。於是又接著咳嗽一聲，正愁著無話可說，忽一抬頭，只見劉學深從外頭走了進來。他於是頓生一計，說一聲今天劉學深先生本來要演說的，現在已到，請劉先生上來演說。說完這句，把帽子一掀，把頭一點，倒說就下來了。眾人摸不著頭腦，只得又一齊拍手。此時劉學深被他這一抬舉，出於不意，無奈，只得邁步上去。幸虧他從東洋回來，見過什面，幾句面子上的話，還可敷衍，沒有出岔。一霎說完，接連又有兩個後來的人跟著上去演說了。眾人聽了，除掉拍掌之外，亦無別話可以說得。魏榜賢見時候已有五點半鐘，便吩咐停止演說，眾人一齊散去。只留了賈姚四位，跟著劉學深魏榜賢未走。魏榜賢便檢點所收份貲，一共是日到了一百三十六位，應收小洋六百八十角，便私下問劉學深他們四位的份貲帶來沒有？劉學深於是懷裡摸出十六個角子給魏榜賢，魏榜賢道：「他們四位，依理應該二十角，為何只有十六角？」劉學深道：「這四位是我替你接來的，一個二八扣，我還不應該賺嗎？」魏榜賢道：「你一個人已經白叨光在裡頭，不問你要錢，怎麼還好在這裡頭拿扣頭呢？今日之事，乃是國民的公事，你也是國民一分子，還不應該幫個忙嗎？」劉學深一聽這話，生了氣，撅著嘴說道：「這個錢又不是歸公的，橫豎是你自己上腰，有福同享，有難同當，不要說只有這幾個，就是再多些，我用了也不傷天理。」魏榜賢還要同他爭論，倒是賈子猷瞧著，恐怕被人家聽見不雅，勸他們不要鬧了，他二人方才住嘴。一同出門，賈姚劉三個走回棧房。恰巧天色不好，有點下小雨，賈子猷便叫開飯。劉學深匆匆把飯吃完，仍舊自去尋歡不題。

賈姚四個便在棧房裡議論今天演說之事，無非議論今天誰演說的好，誰演說的不好。賈平泉道：「魏元帥起初演說的兩段，很有道理，不曉得怎樣，後來就沒有了。」賈葛民道：「他初上去的時候，我見他從衣裳袋裡抽出一張紙出來，同打的稿子一樣。他翻來覆去看了好幾遍，才說出來的。你們沒見他說了一半，人家拍手的時候，他有半天不說。這個空檔，他在那裡偷看第二段。看過之後，又裝著閉眼睛養神，鬧了半天鬼，才說下去的。等到第三段，想是稿子找不著了，你看他好找，找來找去找不著，急的臉色都變了，我是看的明明白白的。」大家聽了，方才恍然。賈子猷又說：「我交給姓劉的兩塊大洋錢，他又借我一塊，共是三塊大洋錢，怎麼到後來，見他拿出角子來給人家呢？」賈葛民道：「他不換了角子，怎麼能扣四角扣頭呢？我們一進去的時候，我就見他抽了個空出去了一回，後來不是魏元帥演說到一半他才回來的？」大家前後一想，情景正對。賈家兄弟，至此方悟劉學深魏榜賢幾個人的學問，原來不過如此，看來也不是什麼有道理的人，以後倒要留心。看他們兩天，如果不對，還是遠避他們為是，看來沒有什麼好收場的。四人之中，只有姚小通還看不出他們的破綻，覺著他們所做的事，甚是有趣。當晚說笑了一回，各自歸寢。

次日亦未出門，不料中飯之後，賈子猷忽然接到姚老夫子來信，內附著自己家信一封。他弟兄三個自從出門，也有半個多月了，一直沒有接過家信。拆出看時，無非是老太太教訓他兄弟的話，說他們不別而行，叫我老人家急得要死，後來好容易才打聽著是到蘇州姚老夫子家裡去的。訪師問道，本是正事，有什麼瞞我的？接信之後，即速買棹回家，以慰倚閭之望各等語。三人看過，於是又看姚老夫子的來信上說：「自從回家，當於次日又舉一子，不料拙荊竟因體虛，產後險症百出，舍間人手又少，現在延醫量藥，事事躬親，接信之後，望囑小兒星夜回蘇，學堂肄業之事，隨後再議。又附去令堂大人府報一封，三位賢弟此番出門，竟未稟告堂上，殊屬非是，接信之後，亦望偕小兒一同回蘇，然後買棹回府，以慰太夫人倚閭之望。至囑，至要。」賈家兄弟看了，無可說得，只好吩咐小廝，把應買的東西趕緊買好，以便即日動身。

正忙亂間，忽見劉學深同了魏榜賢從外面一路說笑而來。兩個人面上都很高興，像有什麼得意之事似的。他二人走進了門，一見賈姚四人在那裡打鋪蓋，收拾考籃，忙問怎的？賈子猷便把接到家信，催他們回去的話說了。魏榜賢還好，劉學深不覺大為失望，連連跺腳，說道：「偏偏你們要走了，我的事又無指望了。」眾人忙問何事。又道：「我們去了，可以再來的，你何用急的這個樣子呢？」劉學深歎一口氣道：「我自從東洋回來，所遇見的人，不是我當面說句奉承話，除了君家三位，餘外的人，沒有一個可以辦事的。我正要借重三位，組織一樁事情，如今三位既要回府，這是大局應該如此，我們中國之不幸。事既無成，亦就不必題他了。」說罷，連連嗟嘆不已。眾人聽了不解。賈葛民畢竟小孩子脾氣，便朝著他二人望了一望，說道：「昨天我們見你二人為了四角錢翻臉，我心上甚是難過，心想大家都是好朋友，為了四角錢弄得彼此不理，叫朋友瞧著算那一回事呢？如今好了，我也替你倆放心了。」魏榜賢道：「我們自從今日起，還要天天在一塊兒辦事呢！四角錢我今天也不問他要了，橫豎他有了錢，總得還我的。」賈子猷忙問二位有了什麼高就？魏榜賢說：「是這裡一個有名的財東，獨自開了一爿學堂，請了一位翰林做總教，現在要請幾個人先去編起教課書來，就有人把我們兩個都薦舉在內，目下再過兩三天，就要去動手。」劉學深聽到這裡，忽然又皺著眉頭說道：「可惜我的事情沒有組織成功，倘若弄成，我自己便是總教，那裡還有功夫去替人家編教課書呢？」魏榜賢道：「你不要得福不知，有了這個館地，我勸你忍耐些時，騎馬尋馬，你自己想想，無論如何，一個月總得幾塊錢的束脩，也好貼補貼補零用，而且房飯都是東家的，總比你現在東飄飄西蕩蕩的好。」劉學深見話被他說破，不覺面上一紅。賈子猷亦勸他：「權時忍耐，我們兄弟此番回家，不久亦就要出來的。學深兄如有別的組織，等將來兄弟們再到上海，一定竭力幫忙的。」於是，二人見他們行色匆匆，不便久坐，隨各掀了掀帽子，說了聲後會，一同辭去。這裡賈姚四人，亦各叫了挑夫，逕往天后宮小輪船碼頭，搭船回家去了。

要知後事如何，且聽下回分解。

# 第二十一回　還遺財商業起家　辦學堂仕途借徑

話說上海有個財東，叫做花千萬，這人原姓花名德懷，表字清抱，為他家資富有，其實不過幾十萬銀子。因中國經商的人，沒有大富翁，這花清抱做了洋商，連年發財，積累到五六百萬的光景，大家妒他不得，學他不能，約摸著叫他花千萬，是羨慕他的意思。不在話下。

你道這花千萬怎樣發財的呢？原來他也是窮出身，祖居浙江寧波府定海廳六豪邨，務農為業。他十八歲的那年，覺得種田沒有出息，要想出門逛逛。可巧有一班舊友，約他到上海去開開眼界。這些舊友是誰？一個驊飛馬車行裡的馬夫，叫做王阿四，一個漢興紡紗廠的小工，叫做葉小山，一個鬬智書局裡的棧師，叫做李占五，四人聚在一個小酒店裡，商量同伴的事。花清抱卻一文的川資都沒有，自己不肯說坍臺的話，約定後日上寧波輪船，只消一夜，就到上海。那三人是來往慣的，這點路不在心上，花清抱卻因川費難籌，耽著心事。當下酒散回家，走到邨頭，聽得牛鳴一聲，登時觸動機關，自忖道：「何不如此如此？」想定主意，就不回家了。先到鄰家找著陸老鈍，說道：「老鈍！我前天聽說你要買牛，有這句話沒有？」老鈍道：「有的！東村裡余老五一匹黃牛，他要我三十吊錢，我嫌他太貴，還沒有講定哩！」清抱道：「我有一匹耕牛，是二十吊錢買來的。老鈍，咱倆的交情合弟兄一樣，少賣你幾文，算十八吊罷，你要也不要？」老鈍道：「看看貨色，再還價便了。」清抱就同了陸老鈍走到自己的牛圈裡，指著一匹水牛道：「你看這牛該值得三十吊罷！」老鈍連聲讚好道：「不瞞你說：我昨日糶麥子，恰好只存十五吊錢，你要肯賣，我便牽牛去，你去馱錢來！好不好？」清抱沉吟一會道：「也罷，你我的交情，也不在三兩吊錢上頭，就賣給你罷！」當夜兩人做了交割，清抱馱錢馱了兩次才完。

次日一早，王阿四合李占五來了，叫他收拾行李同去。清抱那有什麼行李？將幾件舊布衣服，打了一個包，十五吊錢扣成兩捆，找根扁擔挑上肩頭，出來要走。阿四看了，好笑道：「你這樣出門，被上海人見了，要叫你做曲辮子的。那沉沉的一大捆錢，合著一條粗竹扁擔，不是好跟你到上海去的！滿了十吊錢，關上就要問你的。我勸你破費幾文，到城裡換了洋錢罷！」說得清抱面紅過耳，沒話講得，只得同到城裡，去了些扣頭兌洋十六元有零，帶在身邊，再要輕便沒有。他自己也快活道：「果然外國人的東西好。」正說著，恰好葉小山趕到，四人同行上了輪船，果然一夜路程，已到上海。王李二人各自去了。清抱沒有住處，葉小山同他到楊樹浦，就叫他在自己的姘頭小阿四家裡搭張乾鋪住下，每天花銷兩角洋錢。過了幾日，清抱覺得坐吃山空，將來總有吃完的時候，到那時候，如何是好？於是合葉小山商量，拿十塊洋錢，買些時新果子，肥皂，香煙之類，搭個划子船，等輪船進口的時候，做些小經紀，倒也有些贏餘，日用嫌多。

那天上十六舖販果子去，走了一半路，天已向黑，不留心地下有件東西，絆了一交，順手抓著看時，原來是個皮包。提起來覺得很重，清抱想著，這一定是別人掉下的，內中必有值錢之物，被人拾去不妥。莫如在此等候些時，有人來找，交還與他，也是一件功德之事。想罷，就將皮包藏在身後，坐下靜等。不到一刻工夫，有一個西洋人，跑得滿頭是汗，一路找尋。原來清抱質地聰明，此時洋涇濱外國話已會說得幾句，問其所以，知道是失物之人，便將皮包雙手奉上。那西洋人喜的眉開眼笑，打開皮包，取出一大把鈔票送他。清抱不受，起身要走。那西洋人如何肯放？約他一塊兒去。但見把手一招，來了兩部東洋車，西洋人在前領路，到了大馬路一爿大洋行門口歇下。這洋行並沒中國字的招牌，裡面金碧輝煌，都是不曾見過的寶貝。西洋人留他住下，請了個中國人來合他商量，要用他做一名買辦，每月二百兩的薪水。清抱有什麼不願意的？自此就在洋行裡做買辦，交遊廣了，薪水又用不完，只有積聚下來。積聚多了，就做些私貨買賣，常常得利，手中也有十來萬銀子的光景。那知不上十年，西洋人要回國去，就將現銀提出帶回，所有貨物，一併交與清抱，算是酬謝他的。

清抱襲了這份財產，又認得了些外國人，買賣做得圓通，大家都願照顧他，三五年間，分開了幾爿洋行，已經有三四百萬家業。在上海娶親，生了三個兒子。又過了二十幾年，清抱年已六十多歲，操心過重，時常有病；幸虧他用的夥計，都是鄉裡選來極樸實的人，信託得過，便將店務交給他們去辦；自己捐了個二品銜的候選道臺，結識幾個文墨人，逍遙觴詠，倒也自樂其樂。這班文墨人當中，有一位秀才，姓錢單名一個麒字，表字木仙，合他最談得來。清抱自恨不曾讀過書，想要做些學務上的事業，以博士林讚誦他的功德，就合錢木仙商議。木仙道：「現在世界維新，要想取些名譽，只有學堂可以開得。」清抱拍掌道：「不錯，不錯！我們寧波人流寓上海，正苦沒有個好先生教導子弟，據你所說甚是，莫如開個蒙學堂罷！我獨捐十萬銀子，如何？但是學堂的事，只有你是內行，就請你做個總辦罷！」木仙連連謙讓道：「這晚生卻不敢當。觀察有為難的事，儘能效勞，學務的事，實不敢應命。」原來木仙當過幾年闊幕友，很認得幾省的督撫，清抱合官場來往，盡是他從中做引線的。他於這文字上面，也只是一個充場好看，其實並不甚在行，所以不敢冒昧答應。當下清抱要他薦賢，他想了半天道：「晚生認得的翰林進士卻也不少，但是他們都在京裡當差，想熬資格升官放缺，誰肯來做這個事情？」清抱聽了沒法，只索罷論。

豈知事有湊巧，是年北方拳民鬧事，燒了幾處教堂，鬧得各國起兵進京，這番騷擾不打緊，卻嚇得些京官立足不穩，紛紛的挈眷南回。內中有個編修公，姓楊名之翔，表字子羽，世居蘇州元和縣，少有學問，粗知新理，木仙卻聽慣了他的議論，佩服到極地。這楊子羽不但學問好，而且應酬工夫又是絕頂，從前在京城讀書，就合些大老們交好，大家看重他是個名士。後來中了進士，殿試名在第二甲，朝考的時候，可巧碰在一位老師是旗人手裡，說他寫的是顏字，取在一等五名前頭，就蒙聖恩點了翰林。但是翰林雖然點了，依舊窮的了不得，考了五回差，只放了一回雲南副主考，沒得銀子結交，掄不到學臺。人家幸喜他知時識務，常合些開通的朋友來往，創議開辦了幾處學堂，從中出了些力，名望倒也有了。人家只道他深通西學，其實只有二三十年的墨卷工夫，高發之後，那裡還有閒暇日子去研求西學呢？又虧得結交了一位學堂出身的張秀才，拾得些粗淺的格致舊說，曉得了幾個新名詞，才能不露馬腳。交遊廣了，他有幾個親戚，一個個都替他薦了好館，每年貼補他些銀兩，方度了日子。那年正想得個京察，簡放道府出來，偏偏遇著匪亂，就此偃旗息鼓的攜眷出京。這時海道還通，搭上輪船，直至上海，住了泰安客棧。當下就去拜訪錢木仙，敘了寒暄，談起京中的事。這楊編修竟是怒髮沖冠，痛罵那班大老們沒見識，鬧出這樣亂子，如今死的死了，活的雖然還在，將來外國人要起罪魁來，恐怕一個也跑不掉。說到忘情的時候，這錢木仙雖然平時佩服他的，此時卻不以為然，鼻子裡嗤的笑了一聲，連忙用別話掩飾過去。

楊編修有些覺著，便也不談時事了。木仙道：「據我看來，大局是不妨的。但是北方亂到這步田地，老哥也不必再去當這窮京官了。譬如在上海找個館地處起來，一般可以想法子捐個道臺到省，老哥願意不願意？」楊編修正因冒失回南，有些後悔，聽見這話大喜，就湊近木仙耳朵邊說道：「兄弟不瞞你，我此番出京，弄得分文沒有，你肯薦我館地，真正你是我的鮑叔，說不盡的感激了。」兩人談到親密時候，木仙道：「我有個認識的倌人❶，住在六馬路，房間潔淨，門無雜賓，我們同去吃頓便飯，總算替老哥接風。」楊編修稱謝道：「千萬不可過費。」木仙道：「不妨。」說罷進去更衣，停了好一會才走出來，卻換了一身時髦的裝束。楊編修嘖嘖稱讚，說他輕了十年年紀。木仙也覺得意。

兩人同到六馬路一家門口，一看牌子題著「王翠娥」三個字，一直上樓，果然房間寬敞，清無纖塵。翠娥不在家裡，大姐阿金過來招呼，坐下擰手巾，裝水煙，忙個不了。木仙叫拿筆硯來，開了幾樣精緻的菜，叫他到九華樓去叫。一面木仙又提館地的事，忽然問楊編修道：「花千萬的名老哥諒來是曉得的，他春天合我談起，要開一個學堂，只因沒得在行人做總辦，後來就不提起了。可巧老哥來到上海，這事有幾分靠得住。一則你是個翰林，二則你又在京裡辦過學堂，說來也響。不過經費無多，館況是不見得很佳的。你願意謀事，我就替你去運動起來。」楊編修沉吟之間，卻好王翠娥回寓了，不免一番堂子裡的應酬。須臾擺上酒肴，兩人入席，翠娥勸了他們幾杯酒，自到後面歇息去了。楊編修方對木仙道：「開學堂一事，卻不是容易辦的。花清翁要是信託我，卻須各事聽我做主，便好措手。至於束脩多寡，並不

❶ 倌人：舊時妓女的別稱。

計較。」木仙道：「那個自然，聽你做主。你既答應，我明日便去說合起來，看是如何，再作道理。」當晚飯後各散。

次日，木仙去拜花道臺，偏偏花道臺病重，所有他自己幾爿洋行裡的總管，都在那裡請安。木仙本來一一熟識的，先問了花公病症，知道不起。木仙託他們問安，要想告辭，便有一位洋行總管姓金表字之齋的對他說道：「你走不得。觀察昨晚吩咐，正要請你來，有椿未完的心事託你呢！我進去探探看，倘還能說話，請你到上房會會罷！」木仙只得坐下。之齋去了不多一會，出來請木仙同進去。見花清抱仰面躺著，喘的只有出的氣，睜眼望著木仙半天，才說得一句話道：「學堂的事要拜託你了。」說完兩眼一翻，暈了過去。木仙也覺傷心落淚。裡面女眷們也顧不得有客，搶了出來哭叫。木仙見機退到外廳，聽得內裡一片舉哀之聲，曉得花清抱已死。各洋行總管也都退出，問起木仙什麼學堂的事，木仙一一說了，又說替他請了一位翰林公，在此等候開辦。金總管聽了道：「觀察的遺命，不可違拗，須由我們籌款，趕把房子造好，其他一切事務，都請木兄費心便了。」各總管答應著，這事方算定局。木仙辭回找著楊編修，說明原委，又說等到房子造好，就請來開學。楊編修道：「這卻不妥。雖然房子一時起不好，也須破費幾文，請些人來訂訂章程，編編教科書，不然，到得開時，拿什麼來教人呢？」木仙點頭稱是。楊編修便與木仙約定，將家眷送回蘇州，耽擱半月，就來替他請人辦事。當下作別不表。

且說浙江嘉興府裡，有個秀才姓何名祖黃，表字自立，小時聰穎非常，十六歲便考取了第一名算學入泮。原來他的算學，只有加減乘除演得極熟，略略懂得些開平方的法子，因他是廢八股後第一次的秀才，大家看得起他。他自己仗著本領非凡，又學了一年東文，粗淺的書可以翻譯翻譯。在府城裡考書院總考不高，賭氣往上海謀幹，幸而認得開通書店裡一個掌櫃的，留他住下譯書，每月十元薪水。其時何自立已二十多歲了，尚未娶妻，不免客居無聊，動了尋春之念。卻好這書店靠近四馬路，每到晚間，便獨自一個上青蓮閣四海昇平樓走走，看中了一隻野雞，便不時去打打茶圍❷。店裡掌櫃的勸過他幾次，不聽，倒被他搶白道：「我們是有國民資格的，是從來不受人壓制的。你要不請我便罷，卻不得干涉我做的事。」那掌櫃的被他說得頓口無言，兩下因此不合式，自立屢欲辭館，無奈又因沒處安身，只得忍氣住下。

一日，走進胡家宅野雞堂子裡，迎面碰著一位啟秀學堂裡的舊同學張秀才，就是楊編修的知己，表字庶生，自立大喜，拉他進去，敘談些別後的事情。庶生就問自立何處就館，自立歎口氣道：「我們最高的人格，學堂裡尚沒人敢壓制，如今倒要受書賈的氣了。」就把在開通書店裡的情節一一說了。庶生道：「老弟，你也不必動氣，從前是做學生可以自由的，如今是就館，說不得將就些。現在楊編修承辦了個儲英學堂，到處找我們這班人找不到，弄了一班什麼劉學深魏榜賢一幫人在那裡編書。我想他們這種人都有了事情做，像你這樣大才，倒會沒有人請教，真正奇怪。明日我叫他來請你，束脩卻不豐，每月也只有十幾塊洋錢的光景。」自立歡喜應允。次日，果然庶生有信來約他去，自立就辭了書店，直到庶生那裡。原來學堂尚未造好，就在大馬路洋行裡三間樓房上編書。當日見了楊編修，談些編書的法子，楊編修著實佩服，開了二十元一月的束脩，又引見了劉學深魏榜賢一幫人。自此這何自立便在儲英學堂

❷ 打茶圍：到娼家品茗取樂，又叫「打茶會」。

編起書來。

好容易學堂之事各種妥貼，報名的倒有二三百人，酌量取了一半。真是光陰似箭，又入新年，學堂大致居然楚楚有條，取的盡是十三四歲的學生，開學之後，恂恂然服他規矩，楊編修名譽倒也很好。那曉得他時來運來，偶然買買發財票，居然著了一張二彩，得到一萬洋錢，他便官興發作；其時捐官容易，價錢又便宜，立刻捐了一個道臺，指省浙江，學堂事情不幹了。花清抱的兒子及金之齋再三出來挽留，他決計不肯，人家見他功名大事，也只得隨他。學堂之中，另請總辦，不在話下。

且說他指省浙江，照例引見到省，可巧撫臺是他中舉座師，又曉得他辦學堂得法，自然是另眼看待，便把本省一應學務，通統委託了他。過了半年，齊巧寧紹道臺出缺，因這寧紹道臺一年有好幾萬銀子的進項，他就進去面求了撫臺，又許了撫臺些利益，撫臺果然就委他去署理這缺。

欲知後事如何，且聽下回分解。

# 第二十二回　巧夤緣果離學界　齊著力丕振新圖

卻說楊道臺係初到省的人員，驟然署了美缺，同寅中就有許多人不服。有說他是京裡走了門路，拿某大軍機的八行來的；有說他花了一萬銀子買的；只有銀圓局的老總胡道臺，是撫院的紅人，曉得細底，聽了這些謠言，叫他們休得混猜。楊觀察是當今名士，他京裡頭交好的親王大員卻也很多，這番署缺，其實是撫憲因他學堂章程定的好，拿這缺酬勞他的，於是大家才息了那番議論。胡道臺卻把外面浮言覷個便兒告知撫院，那撫院是膽小的人，誠恐風聲大了，弄成一個無私有弊，便密查資格，恰好胡道應補缺，就奏請補他寧紹道臺，等到部覆回來，也只有三五個月的光景，生生把楊道臺一塊肥肉割去了一半。

不言胡楊交替的事。且說胡道臺補缺的風聲出去，就有幾位候補道想頂他銀圓局的差使，內中有位大學堂的總辦周道臺，他本是接楊道臺的手，只因他辦學堂辦得不大順手，尤注意這個差使。你道這周道臺是什麼出身？原來也是個名翰林截取出來的，名頤號葴生，因他生得是個瘦長條子，學生背後都稱他賽曹交。他接了這個差使，曉得難辦，就有一種圓通辦法，不但不肯得罪學生，還要揀幾個恭維幾句；學生要上天，只少替他搬梯子。大家見是這樣，倒也不與他為難。只是有幾個不習上的學生，正好借此到花街柳巷去走走，上了幾次報，被他知道了，有些下不去，所以急欲脫身。這時正值撫院生日，傳諭出來，一概禮物不收。周道臺打聽著了明的不收，暗中有貴重之物卻是要的，送禮也要有訣竅，須經他門上鄧升的手。周道臺想出一個法子，叫銀匠打了一尊金壽星，一尊金王母，約值一千銀子的光景，真是玲瓏剔透，光彩射人。自己不便合那鄧門上交涉，叫家人王福去結交了他，說明是送院上壽禮，託他從中吹噓，是必要賞收的。那鄧門上聽了王福的話，笑嘻嘻的道：「怎麼你們大人也送起壽禮來？莫非是送的書罷？再不然是他老人家自己做的壽文。」王福道：「都不是。我聽得說是個一個金壽星，一個金王母娘娘。」鄧門上道：「難為他想得到，敢是一兩金子一個，也要費到一百塊錢的譜兒。」王福道：「你休要這般看輕他，只怕還不止哩！」鄧門上道：「你且把東西給我看看，好送的便替他送上去，不然，大人不收，不是兩下沒體面嗎？」王福真個回到公館，合主人說了，取出那兩件禮物，送給鄧門上看。鄧門上一見雕鏤精工，愛不釋手，登一登分兩，有二十來兩重，便道：「這份禮很下得去，再配上兩樣，很可送得。但是我們照例的門包也要談談。王大哥！你是行家，不銷多，——」把五個指頭伸了一伸道：「——就是這樣便了。」王福笑著道：「真真你老算是克己的，我回去稟明主人再講罷！」果然周道臺又去配了幾色值錢的禮物，送到院上，好容易把門包講妥，方蒙撫臺賞收。撫臺既然收了他這份厚禮，鄧門上又幫著說些好話，事過之後，自然另有下文，後文再敘。

※ ※ ※

且說這位撫臺姓萬名岐，號爾稷，自個極講究維新的，又是極顧惜外頭的名聲，到了過生日的那一天，預先傳諭巡捕官，不准合屬官員來轅叩祝，衙門裡亦只備了兩桌素酒，款待幾位官親幕友。在花廳上吃酒，酒過三巡，他老人家便衣踱了出來，大家起立。撫臺把身子呵了一呵，讓他們坐下。叫人搬張藤椅靠窗歪著，拿了一隻長旱煙袋銜著，叫一聲：「來！」就有兩三個家人過來，點火裝煙。撫臺吸了幾口煙，歎道：「論理，兄弟的生日，吃幾條麵都是不應該的。你想皇上家內憂外患，正臣子臥薪嘗膽之秋，還好少圖安逸嗎？」席中有一位摺奏老夫子，是吳大軍機薦的，為人最爽直不過，聽了這話，覺得他口是心非，便接口道：「大帥太謙了。大帥是一省表率，就是做生日鋪張點，倒也不什要緊。世界上獨有些人，面子上做得很道學的了不得，然而暮夜苞苴，在所不免，倒不如彰明較著，受人家面子上的恭維，反冠冕得許多哩！」幾句話說得撫臺臉上青一塊，紅一塊，霎時間五色齊全，原來正說他的毛病。又為這老夫子是大來歷，不好得罪他，勉強陪笑道：「老夫子教訓得極是，兄弟偏見了。」

說罷，覺得身子有些坐不住，搭訕著想要站起來。可巧門上送來一封電報，是北京打來的，拆開一看，都是密碼，連忙辭別眾人，請他們多喝幾杯，獨自一個走到簽押房，叫翻電報的親信家人字字翻出。卻是小軍機陳主事打給他的，內言東事棘手，鄂撫調蘇，閣下調鄂，梗電。撫臺看了這個電報，把眉頭縐了一縐，連忙插在袋裡，吩咐家人，不准走漏消息，依舊踱到花廳。大家問起電報何事，他說沒什要緊，不過說些京裡瑣事，大家也不便深問了。那知鄂撫缺苦，又係督撫同城，事事掣肘，所以萬帥不什願意。料想內裡主意已定，不能挽回的了。當下藩臺來見，同他商量委周道代理溫處道，離了學堂，總算趁了他的心。次日，又打一個電報給胡道臺，借銀一萬兩，接回電答應五千，某莊劃送，只得罷了。停了數日，果然奉到上諭，並著毋庸來京，藩臺護院。交代清楚，帶了全眷赴鄂，雇了五號大船，用兩隻小火輪拖到上海。各官員備酒接風，自不必說，又看了兩處學堂，認得了幾國領事，談起中國的前途，銳然以革弊自任。在上海住了三四日，就定了招商局江裕輪船的大餐間，前赴湖北。

到的那日，恰好是五月中旬。向例官員五月裡是不接印的，萬帥卻不講究禁忌，當日便去拜見前任撫臺，定了次日接印。又去拜兩湖總督，轎子回到行轅，尚未進門，忽然有一個人外國打扮，把袖子一揚，轄的一槍，把綠呢大轎上的玻璃打穿了兩層，彈子嵌在大門上。四個親兵登時捉人，已不知去向了。四面搜尋，杳無蹤跡。幸而撫臺不曾受傷，卻也嚇得面皮焦黃。當下轎子，進了行轅。萬帥到簽押房換了便衣坐定，一聲兒不言語。四個親兵急得了不得，跪求鄧門上說情。正是亂擸擸的時候，聽見裡面一疊連聲叫鄧升，鄧升屁滾尿流的跑了進去。萬帥著實動氣說：「我遇著這樣險事，幾乎性命不保，你們倒沒事人一般，來也不來。」鄧升將帽子探下，跪在地上碰了二十四個響頭，連稱：「小的不敢，實因外面亂得慌，一時不敢進來。」萬帥聽得外頭實尚在那裡亂，不覺驚皇失措，抖著身子問道：「什麼亂？」鄧升緩緩的回道：「不是亂，是閒人多。」萬帥拍案罵道：「該死的東西！不叫親兵彈壓麼？」鄧升回道：「兩個警察兵告假出去了。跟大人出去的四個親兵，都跪在院子裡。」萬帥更是動氣，喝道：「誰要他們跪，快叫他們去彈壓，以後留心，再有疏失，要他們的腦袋！」鄧升捱了一頓罵，退了出去，把四個親兵吆喝了一頓，叫他們在門口彈壓，等到那些閒人散盡了，大家才得放心。接著就是道，府，首縣稟見，停會兩司也到了。萬帥吩咐兩司，飭警察局密查放槍的人。跟手制臺也來回拜，萬帥把方才遇險一節，亦說了個大概。制臺道：「富有餘黨，雖經懲治，尚未痛斷根株，這事只消警察局嚴查，不出三日，便有分曉，必須重辦幾個才好。」萬帥道：「到底湖北民情強悍，要是江浙人，就有這番議論，也不敢有這番舉動。從前李子梁在江蘇任上，也遇著這種稀奇案件，是一個剃髮匠出首的。據說有一班人偷著商議，結什麼祕密社會，用什麼暗殺主義，要學那小說上行刺的法子，將幾位大員謀害了好舉事的說話。亦曾約過這剃髮匠入夥，又說我們大事辦成是要改裝的，你也沒有生意。那剃髮匠只當是真了，著實害怕，所以告發的。後來查得嚴緊，一個個不知逃到那裡去了。有人傳說他們有的出洋，有的躲在上海，仗著洋人保護，還在那裡開什麼報館罵人哩！」制臺道：「可不是嗎？這都是報館的妖言惑眾，有些不安分的愚民，只道當真可以做得，想出那種歪念頭來，弄到後來身命不保。兄弟曉得這個緣故，所以不准人掛洋人的招牌開報館，現在漢口雖有報館，卻是要經我們過目才能出報的。」萬帥著實佩服道：「老前輩這個辦法果然極好，要是上海也能如此，那有意外之變呢？」制臺道：「那卻不能。上海雖說是租界，我們主權一些沒有，竟算一個逋逃藪罷了，說他則甚？」萬帥聽了這話，也只長歎了一聲，沒甚說得。

當下送客回來，到上房歇息了一會子，誰知這個檔口，外面鄧門上，正在那裡把首縣辦差家人竭力的發揮，又是門房裡的鋪墊不齊了，又是上房的洋燈不夠了，保險燈少了幾盞了，茶葉是霉氣的了，立刻逼住辦差的一項項換的換，添的添。他又做好人說：「這些事是我替你們捺住，沒教大人知道生氣，叫你們老爺下回小心些。」首縣裡辦差的家人，碰了這個釘子，一肚皮的悶氣，走出去，嘴裡嘰哩咕嚕，對他同夥道：「稀罕他娘！總不過也是奴才罷哩！擺他的那種臭架子！只不過一兩天的工夫，要怎樣講究？門房裡分明兩堂鋪墊，只臢了一堂大呢的，那堂好些的早塞在他箱子裡去了。茶葉是我們帳房師爺親到漢口黃陂街大鋪子裡買的上好毛尖，倒說有霉氣。洋燈四十盞，保險燈十三盞還不夠，除非毛廁裡也要掛盞保險燈才稱他的心！你道這差是好辦的嗎？」他同夥道：「你仔細些，被人家聽見，我們的飯就吃不成了！常言道：大蟲吃小蟲，我道是大官吃小官。論理，我們老爺也是個翰林出身，同這撫臺大人原是一樣的，怎奈各人的命運不同，一邊是頂頭上司，現任的撫臺。他那昧良心的刮削百姓的錢，不叫他趁這時多花幾文則甚？」二人一路閒談，回到首縣，便合主人說知。那首縣本是個能員，那有不遵辦的？連忙照樣添了些，又送了鄧門上重重的一份禮，才沒有別的話說。

次日，萬撫臺接印，各官稟見，問了些地方上應辦的事宜。第一樁是拿刺客，警察局吃緊，分頭各處盤查，都說這刺客是外國的刺客，因為萬撫臺名望太高了，所以要刺死他，顯自己的本領，現在人已回國去了，沒法追究，只得罷手。從此督撫出來，添了十來個親兵擁護。閒話休提。

過了三日，萬帥便吩咐伺候，說是去看學堂。這番卻不坐綠呢大轎了，坐的是馬車，前後有警察局勇護著。到了學堂，學生擺隊迎接，萬帥非常得意。及至走入體操場，學生中有幾個精壯有氣力的，忽然將他抬了起來，萬帥大驚失色，暗道：「此番性命休矣！」誰知倒也沒事，仍舊把他放了下來。然後接見總辦，那總辦是個極開通的人，姓魏名調梅，表字嶺先，本是郎中放的知府，因為辦軍裝的事罣誤了，制臺為他學問好，請他做個書院的山長，後來改了學堂，便充總辦之職。萬帥是久聞大名的，當下見面，魏總辦行了鞠躬禮，萬帥說了些仰慕的話頭。魏總辦道：「大帥受驚了！方才他們是照外國禮敬愛大帥的意思。」萬帥卻不肯認做外行，連說：「那個自然，兄弟是知道的，也沒什可怪。」隨即同著看了幾種科學，萬帥點點頭道：「造詣果然精深，這都是國家的人材，全虧制軍的培植，吾兄的教育，才有這般濟楚。」魏總辦謙言：「不敢！還要大帥隨時指教。」萬帥看見學生一色的窄袖對襟馬褂，如兵船上兵士樣式一般，甚為整齊，大加歎賞道：「衣服定要這般，才叫人曉得是學堂中人，將來要替國家出力的。上海學堂體操用的是外國口號，我們這裡不學他，究竟實在的多了，莫非都是制軍之意？」魏總辦道：「這都是晚生合制軍酌定的。」兩下談得投機，萬帥就要在學堂吃飯。魏總辦正待招呼備菜，萬帥止住，說合學生一起吃。雖然這般說，魏總辦到底叫廚房另外添了幾樣菜。萬帥走到飯廳，見一桌一桌的坐齊，都是三盤兩碗，自己合魏總辦坐了一桌，雖多了幾樣，仍沒有一樣可口的。勉強吃了半碗飯，卻噎了幾次。魏總辦實在看不過，無奈深曉得這位撫臺的意思，正顯得他能吃苦，並非自己不願供給，他今要迎合他的意思，只得如此。飯罷，有一位教員，又呈上一部新譯外國歷史，是恭楷膳好的，上面貼了一張紅紙簽條，寫的是：「五品銜候選州判上海格致書院畢業學生擔任教員某恭呈鈞誨。」萬帥打開看時，可巧有梭倫為雅典立法時的一句，萬帥縐一縐眉道：「我記得這梭倫是講民約的，這樣書不刻也罷，免得傷風敗俗壞了人的心術。」那教員啞口無言，掃興而去。始終這位教員，被魏總辦辭退，這是後話，不表。

且說撫院回轅，依舊是魏總辦率領學生站班恭送，萬帥對魏總辦謙謝一番，然後登車而去。次日，到各廠觀看，卻是坐的綠呢轎子。看過各廠之後，順便去會制臺，著實恭維一泡。說：「湖北的開通，竟是我們中國第一處了。這都是老前輩的苦心經營。只是目今所重的是實業，晚生愚見，以為工藝也是要緊的，不知老前輩還肯提倡否？」制軍道：「兄弟何嘗不想開辦工藝學堂，只因這省經費支絀，從前創幾個學堂，幾個機廠，弄得筋疲力盡，甚至一萬現款都籌不出來。全虧前任藩司設法，用了一種臺票通行民間，倒也抵了許多正項用度，現在這法又不興了。庫款支絀，朝不謀夕，如何周轉得來呢？兄弟意中，要辦的事很多，吾兄可有什麼妙策，籌些款項？左右是替皇上家出力，同舟之誼，不分彼此的。」萬帥道：「那是應當盡力，但目下也只有釐金還好整頓，待合藩司計議，總有以報命便了。」正在談得熱鬧，門上來回：「鐵路上的洋員有事要見大人。」制軍躊躇道：「鐵路上沒有什麼交涉事件，他來找我則甚？」萬帥起身要辭，制軍留住道：「恐有會商的事件，請吾兄一同會他談談何如？」便吩咐請那洋人進來。

不知端的如何，且聽下回分解。

# 第二十三回　為遊學枉道干時　阻翻檯正言勸友

卻說制軍請洋人到了一間西式屋裡，同撫臺去會他。原來那洋人是比國人，因中國要開鐵路，湊不起錢，與比國人訂了合同，由他承辦的。向例鐵路上有什事合官場交接，都是中國總辦出頭，這回是因制臺歡喜接見洋人，所以特地來的。當下由通事代達洋人之意，無非一路開工，要制軍通飭州縣照料供給的意思。制軍一一答應。洋人去後，萬帥回轅，見制軍待洋人那般鄭重，自己也就收拾一間西式屋子出來，又吩咐門上：「遇見洋人來見，立時通報請會，不得遲延。」門上聽了這般吩咐，那敢怠慢？說也奇怪，偏偏等了三五個月，不見一個洋人影兒。

一日，有個湖南效法學堂的卒業生，想謀出洋遊學，聽說這位撫臺是新學界的泰斗，特特的挾了張卒業文憑，前來拜謁。這學生卻是剪過頭髮，一身外國衣褲，頭上一頂草邊帽子；恰巧他這人鼻子又是高隆隆的，眼眶兒又是凹的，體段又魁梧，分明一個洋人。走到撫院的大堂上，可巧遇著那位聽過吩咐的門上，那學生就對他說：「要見你們大人！」這門上見他是外國人，自覺歡喜，只疑心他口音又像中國。一想這洋人定是在中國住的年代住久了，會說中國話也是有的，就也不疑。又見那學生把手在褲子袋裡掏了一張小長方的白紙片兒出來，上面畫了幾個狹長條的圈兒，門上見是這樣，也不管他是不是，冒冒失失進去回過。偏偏遇著這位大人在簽押房的套間裡過癮，向例此時沒人敢回事的，他進來找不著大人，急得滿頭是汗，連忙去找鄧門上。原來這套間裡，只有鄧門上走得進，鄧門上見他急得這樣，問其所以，才知道原故，罵道：「你這糊塗蟲，不好先請他到洋廳上去坐嗎？那曾見過外國人叫他好在大堂上站著的？」那門上聽了這話，忙將片子交給鄧門上，自己出去招呼。鄧門上又偷偷的走到洋廳邊瞧過，果是洋人，然後敢上去回。

這時大人的癮已過足了，鄧門上將洋人來拜的話回過，呈上那張名片。萬帥也當是真外國人，便趕緊踱到簽押房裡。臉水漱盂，早經齊備，萬帥擦過臉，漱過口，急急忙忙，披了件馬褂，又戴上頂帽子，便走到西式花廳上來。誰知那學生卻行的是中國禮，萬帥見此光景，方知是中人西裝，上了他的當了，不覺勃然大怒。正待發作，一想不好，現在制軍尚且愛重學生，我這門樣一鬧，學堂中人一定要批評我，把我從前的名聲，一齊付之東流了，豈不可惜？且看他對我說些什麼，再作道理。想罷，便讓他坐下。

那學生跼蹐不安，斜簽著身子坐著。萬帥問他來意，他站起來打了一躬，說：「要求大帥合湖北學堂裡的卒業學生，一同資派出洋遊學。」萬帥又問：「你是那個學堂裡出來的？」那學生連忙將效法學堂的卒業文憑從懷中取出呈上。萬帥看了一看，果然是卒業文憑，原來姓黎名定輝，後面還簽了許多洋字。萬帥問他學過那國文字，他道是學過英文。又問要到那一國去遊學，他道想到美國去。萬帥道：「這裡學堂開辦不到三年，離著卒業尚早，一時沒得學生派出洋去。聽說京城裡大學堂，卻時常派學生出洋。除非保送你去考取了，三年五載學成，倒有出洋的指望。只是你這般打扮，京裡是去不得的。」黎定輝道：「大帥若肯栽培，情願改了打扮，拜在門下，聽憑保送入都。」萬帥見他說想要拜門，便正色道：「這拜門原是官場的陋習，怎麼你也說這話？」定輝道：「學生是仰慕大帥的賢聲，如同泰斗，出於心悅誠服的，不同世俗一般。」萬帥受了他這種恭維，不覺轉嗔為喜道：「也罷！添此一重情誼，我們格外親熱些。其實我只愛才的意思。但你所說要改回中國打扮，豈是容易的？我有些不相信。別的自然容易，那頭髮是一時養不來的，如之奈何？」定輝道：「剃頭鋪裡現在出了一種假辮子，只要拿短頭髮編上一些兒，就看不出是假的了。帶維新帽子的人，專靠他才敢剪辮子。」說得萬帥大笑道：「原來辮子也做得假，將來五官四體都可以做假的了。」定輝道：「聽說上海鑲的假鼻子，假眼睛，假牙齒多著哩！」豈知萬帥就是鑲的一口假牙齒，聽他這話，倒也沒得駁回，只說：「你急急的改裝，總不應該！」定輝道：「論理原不該的。只是志在求學，一意出洋，顧不得許多了。如今一時不出洋，自當改轉來的。」他口裡這般說，心裡卻尋思道：「要是我不扮西裝，你也未必見我！」萬帥聽他言語從容，議論平實，頗賞識他，就叫他改轉了中國打扮，搬到衙門裡住兩天，同他第二個兒子一起進京。定輝站起，打了一躬謝了，跟手端茶送客。定輝回寓，果然改還中國服色，備了受業帖子，拜萬帥為老師，把行李搬了進去住著。

起先萬帥公餘之暇，還時常邀他來問些學業，談得甚為融洽，後因公事忙，也不常接見了。至他那位令郎，說要一同進京的，卻又不見面。弄得黎定輝舉目無親，沉沉官署，沒一個人可以談得的，只得自己發篋陳書，溫理他的西文。可巧那天萬帥走過他住的書房，聽他在裡面咿唔，只道他讀文章；一時高興，進去看看，誰知他桌上擺了一厚本西文書。問他：「是讀西文麼？」他說：「是讀的外國詩。」萬帥見他這樣講究，便向他道：「我第二個小兒，本來就想到京裡去考仕學館的，只因他從沒有讀過西文，要費你心指點指點，只須有點影兒，將來進去之後，念起來順利些便好了。」定輝趁勢道：「這是極便當的事。但是門生來了這許多日，世兄還沒有拜見過。」萬帥便叫聲：「來！去請二少爺來！」家人去了半天，不見到來，萬帥等得心焦又叫人去催，方才搖搖擺擺的，拖了一掛紅鬚頭的辮線來了，背後跟了兩個俊俏小管家。看來這位世兄，年紀只有十七八歲上下，生得面如敷粉，脣若塗朱，一種驕貴的模樣，卻畫也畫不出。然而見了人的禮信甚大，先替他父親請了一個安，回轉身來才替定輝請安，定輝還禮不迭。但是他自己的腿是僵的，請安下去，只有半個，那世兄雖不在意，只外面站著的兩位管家，早已笑的眼睛沒有縫了。定輝也覺著，羞的臉上紅一陣，白一陣，忽聽得萬帥吩咐他的兒子說道：「你在此終日閒蕩，終究不是回事兒。我去年已替你捐了個郎中的前程，如今跟著這位黎先生同到京裡去，要能考上了仕學館，將來那郎中是大有用處的，不是內用，就是外放，就是派出洋做欽差的分兒，都掄得到。但是我聽說要進仕學館，也總要懂得西文，方進得去。這位黎先生是精通西文的，你趕緊跟他操練操練，免得將來摸不著頭腦。每天限你三個鐘頭的功課，早半天一點半鐘，下半天一點半鐘，讀到下月初十邊就要動身了。」萬帥說一句，這世兄應一個：「是！」萬帥叫他明日為始，又著實囑託定輝一番，才起身走出，世兄也跟了出去。

次日十點多鐘，居然到書房裡來，仍舊是兩個小管家伺候。見面之後，才問起定輝的雅篆。定輝道：「我名便是號。」定輝也問他，他說：「單名一個樸字，號華甫。」又說：「沒有西文書怎好？」定輝道：「不妨，我這裡有的是。」於是拿出書來，先教了他字母；幾次三番的教他寫，總寫不上來，教他讀，聲音是學得上的；拆開了用石筆抽寫一兩個字問他，又不認得了。弄得定輝沒法，一會兒就是吃飯去了。飯後到三點半鐘再來，整整鬧了三天，字母尚未讀熟。定輝想出法子，叫他分作幾次讀，每次讀四個字，讀熟寫熟，再加上去，自以為這樣總可以成功的了。誰知明天又叫了個家人來告假，說：「有病不來了。」幸而他父親也不查究功課，只索罷手。

※　※　※

真是光陰似箭，日月如梭，轉眼間行期已到。萬華甫迫於嚴命，只得剋期動身。萬帥派了一個有鬍子的老管家，叫柳升的送去。那跟少爺的兩個小管家，一叫董貴，一叫韓福，仍舊伺候了去。又派了兩個親兵，帶了洋槍護送。只為要彎山東省城去看他母舅，那山東的路是著名難走的，所以特派兩個親兵護送。當下檢點行李，只有少爺的行李頂多，什麼鋪蓋，衣箱，書箱，吃食籃等類，足足堆了半間屋子；定輝行李卻只有三件，一個鋪蓋，一個大皮包，一個外國皮箱，他無所有。當下萬帥備了幾樣菜，算是替定輝餞行，再三把兒子囑託，要他一路招呼。到上海不可多耽擱日子，招商局是已經有信去託他們照應的了；從青島彎濟南舍親那裡，多住幾日不妨，招考日子還遠哩；川費一切，交給柳升，賢弟不須另付。又叫人到帳房取二百銀子，送到黎少爺書房裡去，說這是送給賢弟的學費。定輝感激不盡，再三稱謝。

次日，用紅船渡江，上了招商局的船。一路無話，到得上海，住了泰安客棧。定輝是到過一次的，很有幾個同學熟人在學堂裡，只有那位華甫世兄，雖說由上海到漢口走過兩趟，卻是跟著老人家，一步不敢離開，這繁華世界何曾夢見？起先不過同了定輝到江南春吃了一頓番菜，聽了一次天仙的戲；後來定輝的同學三四個人來，要請他們吃花酒，定輝固辭不獲，他們會見了萬華甫，也就順便請請，華甫一口應允。原來這時華甫雖不全是官場樣子，然而見了人只曉得請安，於是定輝指教他些做學生的規矩，見同學的應酬，又同他講了些新理，開口閉口的幾個新名詞，華甫一一領略。他本甚聰明，場面上工夫，一學便會，所以定輝的那班同學，也看不出他是個貴介，只當他是定輝的同志。到得晚上，有字條來催請，定輝約他同去，他便叫董貴伺候著跟去，董貴只好跟了就走。馬車套好，二人上車，董貴合車夫並坐在前頭，到了西薈芳停下了，進衖第一家便是。定輝的幾位同學已經到齊了，齊聲鬧著要他們叫局；兩人沒有相好，那些同學就薦了幾個。定輝倒也罷了，不過逢場作戲，華甫到了這金迷粉醉的世界，不覺神魂飄蕩，聽了那倌人的話，便要翻檯❶。定輝皺眉頭，那些同學卻都眉飛色舞，竭力攛掇他去。

當下已有十二點鐘光景，定輝便要辭別眾人，回到棧中睡覺，那些同學如何答應，說他道學的很，太不文明了。定輝道：「若是偶然戲耍，原不要緊，至於沉迷不返，豈是我們學生所當做的？人家尊重學生，原為他是曉得自治，將來有些事業全靠我輩，何等價值。像這樣混鬧起來，乃腐敗到極點了，將來還擔任得起那件義務呢？我勸諸君快快回頭罷！」內中有幾位悚然敬聽，面帶媿容；有兩位吃到半醉，心裡不服。一個道：「我們又不是真正嫖婊子，不過叫幾個局，擺檯把酒聚聚幾個同志，這些小節，原可以不拘的。再者英雄兒女，本是化分不開的情腸，文明國何嘗沒有這樣的事？不然那茶花女小說為什麼做呢？老同學太古板了！」定輝道：「不然，你上半節的話倒還不錯，至於說是文明國也有頑耍的事，雖然不錯，只是我們那一樣學問及得到人家？單單學他這樣，想想合人家爭什麼強弱呢？」大家聽了這話，不免一起掃興，又沒得駁他，也就不肯去吃華甫翻檯的酒了。華甫氣得面皮失色，停了半晌道：「小

❶ 翻檯：舊時嫖客在妓院中宴客，吃完後再到別家妓院中宴飲，叫做「翻檯」，亦稱「翻檯面」。

弟無端叨擾，應該覆東，世兄說出這些敗興話來，弄得大眾離心，這不成了諸同志的公敵麼？」定輝笑了一笑，也不則聲。座上的倌人，一齊聽的呆了，也不曉得他們說些什麼，只知道萬少大人的酒擺不成。那倌人背後站著一個大姐，便插嘴道：「雙檯酒已經有人回去交代過哉，各位大少勿去末，萬少大人阿要攤臺？」華甫弄得跼蹐不安，只得拉了定輝去咬耳朵，務必代他邀三五個人去一坐以全場面。定輝始而不肯，繼而看他的臉上實在難過，幾乎要哭出來的光景，卻不過情，只得答應，重復入座，把「代請幾位同學陪他去做個收梢」的話合眾人說知，內中本有幾個人是極喜熱鬧的，礙於定輝那幾句話不好意思同去，今聽他如此說，便樂得順水推船的答應了，於是叫拿稀飯吃了，大家分頭，有回去的，有跟萬華甫同走的。定輝一人回到客棧，寫了幾封給湖南同學的信，等等華甫尚未回來，便先就寢，一時睡不著，添了無數的想頭，暗道：「看這萬華甫合倌人那種親熱的樣兒，恐怕貪戀著要下水哩！為他牽掣，恐一時動不起身，錯了考期，如何是好？」又想道：「我所以投奔他老人家，也是為的出洋權宜之計，其實這番舉動，還是倚賴人的劣性，要算畢生之玷了。如今擺脫不開，倘所事無成，更覺乏味。」想到這裡，不覺懊喪起來。聽得隔壁鐘鳴三點，方才睡著，次日直睡到九點鐘起來。梳洗已畢，只見柳升進來問道：「昨晚我們少爺同少爺出去，直到天明才回棧的。聽得董貴說，是吃了兩檯花酒。少爺是有主意的人不要緊，我們少爺從來沒有經過，恐怕他迷了婊子動不起身，怎好呢？倘有一差兩誤，將來回去，柳升當不起這個重擔。」定輝聽了他話，一臉的沒光采，勉強對他道：「昨日之局，本是有人請我，順便請你們少爺的。我是沒法兒應酬朋友，你們少爺偏偏又要翻檯，我勸他不聽，只得先回來了。如今怕他迷戀，只有趁早上船。明天晚上恰好有船開，莫如檢點行李，上了船就好了。」柳升連答應了幾個「是」，自行退出。又停了好半天，十一點鐘敲過，萬華甫才起來，走到定輝房裡，邀他去吃館子。定輝道：「我吃過早飯了。」華甫定要拉他同去坐坐，定輝正想勸他早行，便也不辭。走到雅敘園，點了幾樣北菜，華甫一邊飲酒，定輝一邊勸說早走的話。華甫昨日聽了他一番議論，把那住夜的念頭早打退了許多，到底少年氣盛，也想做個維新的人傑，就一口應允了。次日附輪北上。

要知後事如何，且聽下回分解。

# 第二十四回　太史維新喜膺總教　中丞課吏妙選真才

卻說定輝與華甫上了輪船，此番坐的卻是大菜間，果然寬暢舒服。次日出口，風平浪靜，兩人憑欄看看海中景緻，只見水連天，天連水，水天一色，四顧無邊，幾隻沙鷗，迴翔上下。定輝把些測量的方法，機器的作用，合華甫說了解悶，華甫全然不懂，便夾七夾八的問起來，弄得定輝沒法兒回答。正在不耐煩的時候，卻好裡面請吃飯，然後打斷話頭。上的菜，第一樣是牛肉，定輝吃著，甚覺香美；華甫不知，咬了一口，哇的一聲，嘔出許多穢物，伺候的人，大家掩鼻，連忙替他揩抹乾淨。定輝見此光景，心中暗笑，就吩咐：「下餐開中國菜罷！」到了晚上，風略大些，華甫弄得躺在床上，嘔吐不止。定輝忖道：「貴家子弟，原來同廢人一樣，四萬萬人中又去了一小份了。」捱到青島上岸，華甫已是面黃肌瘦的了。好容易到得濟南，說不盡一路風沙，舉目有山河之異。一行人找到了華甫母舅的公館裡來，暫時住下不題。

※　※　※

且說他母舅也是長沙人氏，己丑科的翰林，姓王名文藻，表字宋卿，為人倜儻不羈。那年行新政的時候，他覷便上了個改服色的條陳，被禮部壓下，未見施行。他鬱鬱不樂，正想別的法子，偏偏各樣復舊的上諭下來，只索罷手。他的名望也就漸漸低下去，只好穿兩件窄袖的衣裳，戴上副金絲邊的眼鏡，風流自賞，聊以解嘲而已。那知事不湊巧，過了兩年，又有義和團的亂子出來，連他那金絲邊眼鏡都不敢戴了。其時義和團尚未到京，宋卿逢人便說這是亂黨，該早些發兵勦滅，那日到他同年蔡襄生的寓裡閒談，又罵起義和團來。襄生道：「老同年快休這樣，都中耳目很近，現在上頭意思，正想招接他們，抵當外國哩！」宋卿得了這個消息，嚇了一大跳，心上著實懷著鬼胎。到家裡盤算了半天，心上想著，現在要得意，除非如此如此。主意打定，半夜裡起身，磨好了墨，立刻做了一個招撫義和團的摺子，把義和團說得有聲有色。這個條陳上去，比前番畢竟不同，等到召見時候，宋卿又趁便講了些招安方法，果然把那些義和團招到京中，做出一番驚天動地的事業。他後來看看風色不好，就攜眷出都，靠著那條陳的虛名，倒也一路並無阻礙。及至外國人指索罪魁，他幸而聲名不大，外國人不拿他放在心上，得以安然無事。只是事雖平靜，京裡卻去不得，恐怕露了面，叫人家說出前事，有些未便。但是閒居鄉里，又不甘心；家下縱還有點積蓄，是用得盡的。那時他姊丈萬撫臺正做著河南藩司，他就發一個狠去找他。姊丈見面後，著實怪他道：「老弟！你也忒沒耐性！你當翰林是第一等清貴之品，只消循資按格，內而侍郎尚書，外而司道督撫，怕沒有你的分嗎？為什麼動不動上摺子，弄到翰林都當不成，這豈不可惜嗎？」說得宋卿滿面通紅，半晌才說出話來道：「小弟也是功名心太熱些，論理揣摩風氣，小弟也算是竭力的了，上頭要行新政，就說新政的話，要招義和團，就說招義和團的話，還有什麼想不到的去處嗎？時運不濟，那就沒法了。如今千句話併一句說，只要姊夫替我出力，找個維新上的事業辦辦，過了幾年，冷一冷場，仍舊去當我的翰林便了。」萬藩臺聽他這般說，究竟至親，他又是翰林，將來仍舊得法，也未可知，那有不看重他的道理？便道：「維新上的機關，一時還未必就動，我且寫封切實信，問問山東撫臺姬筱山同年，看有什麼好些機會，替你圖圖。」當下就留他署內住下，見了姊姊，自有一番話舊的情景，不須細表。

過了一月，山東回信來了，內言：「令親王太史，弟久聞其名，是個維新領袖，現在敝省創辦學堂，正少一位通知時務的總教習，若惠然肯來，當虛左以待，每月束脩，願奉秦關雙數」云云。萬藩臺看了此信，喜形於色，忙請宋卿來給他看，就催他動身。宋卿也是歡喜，便收拾行李上路。在路上晨餐晚宿，好不辛苦。但北道風沙，宋卿是領略過的，逢牆寫句，遇店題詩，頗足解悶，也不覺得日子多了。到了濟南，找到人和書屋熟店裡住下，就雇了一輛轎車上院。姬撫臺立時開中門請進，王翰林認他老前輩，自己分外謙恭。姬撫臺道：「宋翁新政條陳，都中早已傳播，可惜沒見舉行。現在時勢是不能守舊的了，兄弟正想辦個學堂，開開風氣，可巧上諭下來，今得我公整頓一切，真是萬分之幸。」宋卿謙讓一番，說道：「老前輩提倡學務，自然各色當行，不知辦些什麼儀器書籍，請了幾位教員？」姬撫臺道：「卻還未辦，只等你宋翁來調度，教員有了十來人，只西文教員尚缺。」宋卿道：「有個舍姪，是在上海學堂裡卒業的學生，現時尚在上海，要想出洋，若請他做個算學教習，那是專門之學，必不辱命的。」姬撫臺道：「既然令姪在上海，便請他辦些儀器書籍便了，不知需用若干款項，好叫藩司撥匯。」宋卿道：「書倒還好，只儀器要向外洋購運，是不容易辦的，粗備大概，也要二三萬銀子光景。」姬撫臺就請他開個單子，好去照辦，宋卿道：「這些器具名目，晚生雖開得出，只是辦得齊全辦不齊全，卻拿不定。舍姪在上海多年，又那化學，格致裡的器具是看慣用慣的，那件有，那件沒有，還是他在行些。要辦，莫如但寄款去，聽他作主，妥便些。」原來山東省雖辦學堂，卻是人人外教，正在無從著力，卻好王太史說出這些方法，怎敢不依？當下姬撫臺一一如命，因為請教這王太史的事多，足足談了兩個鐘頭，才端茶送客。宋卿又拜兩司，未見。次早，藩臺親到下關書❶，送到二萬銀子的匯票，又託他寫信，請他令姪辦好書器，便來學堂，延為算學教習。宋卿大喜，送了藩臺出去，連忙到銀號裡，將票子劃為三張，寄一萬五千銀子到上海，叫他姪兒購辦書器，餘二千寄到長沙，接他妻子出來，三千留下作為租公館等用。布置已畢，擇日搬進學堂。

原來那學堂裡人尚寥寥，學生亦未招足，教員到了三位，倒有兩個是學堂裡造就出來的；只有一位收支，是江蘇人，姓吳；一位學監，是紹興人，姓周，上海洋行裡夥計出身，略識幾個西文的拼音，大約經書也讀過兩三本，曾在洋行裡發財，捐個通判到省，因為大家都說他懂洋務，所以就得了這個差使。當下總教習到堂，周學監趕忙衣冠謁見，宋卿吩咐他道：「學監是頂要緊的差使，學生飲食起居，一概都要老兄照料，萬一學生荒功鬧事，那就是老兄之責。」他站著答應了幾個「是」，方才退出。吳收支又來見，宋卿看他樣兒，也合自己從前一般窄袖皮靴，露出一種伶俐樣子，進來就是一個安，問大人的床鋪安放那間房裡，一切應用物事恐有想不到的，請開條照辦。王總教道：「屋子不拘。兄弟除了隨帶應用之物，一概不消公中開支。老兄不見兄弟的親筆條兒，不要瞻化錢嗎？」吳收支也答應幾個「是」，出去了。只那三位教員，卻大模大樣的，停了半日，才有個名片來見。宋卿請他進來，每人作了一個揖，就一屁股坐在椅子上。宋卿見他們這樣，只得敷衍他幾句，心上卻著實厭惡他們。這月裡正還沒事，大

❶ 關書：延聘賓師的契約。

家吃飯睡覺。過了十餘日，撫臺打發人來，請王總教衙門裡去有事相商，宋卿忙打轎上院。撫臺請在簽押房裡見面，談起來是為課吏的事，請他擬幾個時務題目。那知這位王太史的時務，是要本子上謄寫下來的，憑空要他出題目，就著實為難。不好露出不濟的馬腳，拈了一枝筆，坐在撫臺的公事桌上凝思，頭上的汗有黃豆大一顆一顆從頸脖子上掛到那硬胎海虎絨領裡去了。好容易做成兩個題目，恭楷謄真，雙手呈與撫臺。姬公看了，莫測高深，只籠統讚了聲「好」。又說日後考畢，還要請費心評定甲乙，這是新章課吏，關係他們前程，務要祕密才好。當下送客不提。

※　※　※

且說課吏的日期定得忒匆促了些，有幾位新到省的州縣，直急得佛腳也無從抱起。單表內中有一位儘先補用直隸州金子香，是浙江紹興府人，家裡有十來萬家私，只是胸中沒得一點兒墨汁。此番聽得姬撫臺課吏極為認真，要有不通的人，前程大為可危，便整日抬著轎子，在各候補熟人中託找槍手，那裡找得到，足足瞎撞了一天，回到公館裡，大罵：「娘東賊殺，捐班道府，為舍勿要考，單駝得挨拉開心，夾脫子官，倒也幾千銀子嘸！」正在那裡發牢騷，可巧學堂裏的周學監是他同鄉熟人，前來探望他。金子香滿面愁容，周學監問其所以，原來為此，因獻策道：「聽得我們總教習昨日上院，撫臺請他出題目的，我今晚回去，替你作個說客，但你須出個二三百銀子，只說是仰慕他學問，情願拜在門下，有了銀子，我去說法，那怕他不收？只要明日見面求他，包管曉得些出處，便好下筆了。就使題目不是他出的，請他多擬幾款條對，也可應應急。考官究竟比考童生寬，將就得過也沒事了。」子香聽他說得有理，又係同鄉，知他不給自己當上的，便進去取了三張銀票，每張壹百兩，雙手奉上，又拜託了一番。周學監拿了他三張銀票，回去見了王總教，先探口氣，說他同鄉某人，怎樣仰慕，怎樣孝敬，要拜投門下的意思。王總教那有不願，自然一說便成。他便呈上兩張銀票，卻乾沒了一張。次日金持刺來拜，王總教著實抬舉他，叫收支招呼廚房另外備了幾樣菜請他吃飯。說起課吏要請教的事，王總教道：「這個容易，題目是我出的，外面卻不好說出去，撫臺大人極祕密的，待我把出處翻給你看便了。」立起來開了自己的那個書箱，左翻右翻，把兩個題目找出，原來是格致書院課藝裡的現成文章，倒有五六篇，只題目上有兩三字不對。金子香字是認得的，看看題目不符，就要請教。王總教道：「這幾個字也差不多，是他刻錯的，你照我的題目鈔便了。好在卷子仍是我看，把你取在前頭就是了。」子香大喜過望，連忙又請了個安道謝，方才別過。次日便是考期，所有的候補同通州縣齊集在院上，靜候考試，撫臺親自監場，題目出來，問的是礦務，偏偏那個「礦」字照著周禮古寫，大家不認得，只面面相覷，又不敢問。內中有幾個人肚子裡略略有些邱壑，儘其所有寫上，都是牛頭不對馬面。只金子香官星透露，坐的位子也好，靠著牆壁，離著撫臺很遠，可以做得手腳，便把那課藝取出，對準題目，揀一篇極短的一字一句學寫，捺定性子不叫他錯。從九點鐘寫起，直寫到下午五點鐘，才把這本卷子寫完。出得場來，那學堂裡的周學監，已在他公館裡久候了。這時見面，一番感激，是不消說。當晚就請周學監到北渚樓，又邀了幾個同鄉朋友，預請一頓喜酒。再說撫臺收齊卷子，大略一翻，通共七十一本，倒有三十多本白卷，其餘的或幾十字一篇，或百餘字一篇，大約沒得到二百字的，也不知他說些什麼。又打開一本，卻整整的六百字，就只書法不佳，一字偏東，一字偏西，像那「七巧圖」的塊兒，大小邪正不一。勉強看他文義，著實有意思，翻轉卷面，寫的是「儘先補用直隸州金穎」，心裡暗忖：捐班裡面，要算他是巨擘了，為何那幾個字寫得這般難看呢？隨即差人請了王總教來，把卷子交給他，請他評定，這番王總教看卷子，不比那出題目的為難了，提起筆來，先把金子香的卷子連圈到底，說也奇怪，那歪邪不正的字兒，被他一圈，就個個精光飽湛起來。以下幾本，隨意批點，送呈撫帥。姬公見金穎取了第一，看他批語，是「應有盡有，應無盡無」八個字，便笑道：「我公的眼力實在不錯，兄弟就擬這本頭一，八字批得真正確當。」又看底下有的批：「兩個黃鸝鳴翠柳，文境似之。」姬公看了，卻不懂得，說：「這本據兄弟看來，頗有些不通的去處，為什麼倒批他好呢？」王總教道：「晚生這個批語，原是說他不通。那兩個黃鸝在柳樹陰中對談，咱們正聽不出他說的是些什麼？」姬公也大笑道：「我公真是個儻詼諧。」王總教又道：「看這金穎的文字是極通達時務的人，倒好辦兩椿維新事件。」姬公點頭稱是。次日，掛出名次牌來，那交白卷的停委三年，餘下俱沒有什麼出進。金子香因自己果然取了個第一，忙去謝老師的栽培。王總教歎了口氣道：「我們中國的事總是這般，你看上頭出來的條教雷厲風行，說得何等厲害，及至辦到要緊地方，原來也是稀鬆的。我想這回撫院課吏，要算得你們候補場中一重關了，撫憲自己監場，槍替也找不得，夾帶要翻也礙著耳目，他親口對我說，要有不通的關係前程。我只道那些不通的應該功名不保，誰知弄到臨了，交白卷的也不過停委三年。七十一個人，除了三十多個交白卷，又除了老弟一位，其餘幾十本卷子，那本是通的？一般安安穩穩靜等著委差署缺，不見什麼高低。既然如此，何必考這一番呢？老弟文章好醜不打緊，你卻全虧我在撫憲面前替你著實保舉了幾句，說你懂得時務，大約將來差使有得委哩。只是時務書，以後倒要買些看看，方能措施有本。」金子香聽了王總教的這些名言，一句句打在心坎上，說不出的感激，隨請教應該看些什麼時務書。王總教見他請教，就開了幾部半新不舊的時務書目錄給他去了。

要知後事如何，且聽下回分解。

# 第二十五回　學華文師生沆瀣　聽演說中外糾纏

卻說王總辦送出金子香，回到臥室，檢點來往信札，內有上海寄來他姪兒的信，說匯款已經收到，但儀器購辦不易，總須再歇兩三個月，方能帶了前來，自己放寬了這條心。只長沙的匯款，不知何時可到，家眷如到濟南，總要半年以後，正是客居無聊，悶悶不樂。按下不表。

且說他姪兒名公溥，表字濟川，父親名文澄，表字淹卿，合宋卿是嫡堂兄弟。長沙宗族的法則，向來講究，雖然堂弟，猶如胞弟一般，所以他同宋卿往來，極其親近。這淹卿從小飄流上海，做了大亨洋行買辦，幾年間頗有幾文積蓄，因娶了一房妻室，生下濟川，到他十三歲上，送入外國學堂讀洋文。濟川天分極高，不上三年，學得純熟。誰想他父親一病死了，濟川就想照外國辦法不守孝，不設靈，早早擇地埋葬；他母親不肯，定要過了百日才准出材，因此耽擱許多洋文功課。及至出材的時候，他母親又叫他請了許多和尚道士。在家諷誦經懺，濟川雖不敢不依，然而滿肚皮不願意，躲在孝堂裡，不肯出來合那和尚道士見面。好容易把他父親骸骨安葬罷，又要謝孝，一切浮文，足足鬧了四五個月，才得無事。其時已離學堂放年假不遠，濟川趕到學堂，原只打算降班，豈知學堂裡的教習，本有些不願意他，借此為名斥革了出去。濟川這時弄得半途而廢，對他母親哭過幾次，要想個法兒讀洋文，他母親勸道：「我兒！你也不須那樣悲戚！你老子雖死了，他卻薄薄的有些家產，橫豎不在乎你賺錢吃飯，那勞什子的洋文讀他做甚！據為娘的意見，不如請個先生家裡來，教你讀中國文，你叔叔也是翰林，你將來考中，合叔叔一樣，何等體面！為什麼要學洋文？學好了也不過合你老子一般，見了外國人連坐位都沒有的，豈不可恥？」這濟川原來孝順的，又聽他母親說得痛切，再兼覺得自己中文實在有限，暗思我且把中文念通了，然後去讀洋文不遲，有了三年底子，也比別人容易些。想定主意，連連稱是。他母親見他允了，就託了幾處親戚，訪請一位名師，每年束脩一百二十兩，自此濟川就在家裡讀書。那先生姓繆，是在江陰書院裡肄業的人才，頗有幾分本事。起先教他經書，不上一年，溫故知新，五經均已讀熟。先生就拿東萊博議講給他聽，傳授他做文章的法兒，又叫他左傳要讀熟。他向來未遇名師指教，今得了許多聞所未聞的新理，那有不服的道理？自然奉命唯謹了。叫他讀左傳，他就把一部左傳翻來覆去的讀起來。讀到第六本宣公那一冊，有什麼「宣子驟諫，公患之，使鉏麑賊之」一節，為他事蹟離奇，留心細看，看出破綻來了，大啟疑心。要想問問先生，可巧先生有事出去。等到天黑回來，他把這本書攤開，對著先生問道：「書上的話，諒來決非謠言。」先生道：「書乃聖經賢傳，豈有造謠言的道理？」他道：「既然如此，這節書學生有些不懂。那鉏麑說的一番話誰聽見的？如何會傳到左氏耳朵裡把他寫上？」先生道：「這作興趙宣子的家人們聽見的。」他道：「趙家既有人聽見，知道他要殺主人，為什麼不把他捉住，倒隨他從容自在的觸槐而死呢？譬如我們家裡有了刺客，是決不能不捉的，一人捉不住，喊了眾人，也把他捉住了。先生常說左傳文章好，據學生看來，也不過如此，這分明是個漏洞。」先生被他駁得沒話說，發怒道：「讀書要觀其通，誰見你這般死煞句下，處處要恁般考到實處，那就沒一部書沒扳駁的了。」他見先生發怒，也只得罷手。過了些時，抽了一部歐羅巴通史，找出幾段問問先生。這先生雖係通人，沒有那般八股習氣，卻閣不住他如此考問，可巧有別的事，就便辭卻這館，薦了一位浙江學堂裡出來的教習，是他朋友瞿先生。到次年正月裡，瞿先生來開館，一般也是拜孔夫子，請開學酒。這瞿先生卻比繆先生開通了許多，打開書箱來，裡面盡是新書，有些什麼盧梭民約論，孟德斯鳩萬法精理，飲冰室自由書等類。他所講的，盡是一派如何叫做自由，如何叫做平等，說得天花亂墜。濟川聽了，猶如幾年住在空山裡面，不見人的蹤跡，忽然來了一位舊友密切談心，那一種歡喜的心，直從肚底裡發出來。暗忖道：「這才好做我的先生了！」誰知這位先生議論雖高，卻不教他做什麼功課，只借些新書給他看，平空演說演說。他忍不住要請教些實在的功課，先生沒法，只得出去買了幾張暗射地圖，又是地理問答，打算教他初級地理。他道：「這些麼從前學堂裡通都學過。」先生不信，揀幾個島名試試他，果然記得，那真沒法難他了。以此類推，可見淺近的物理學，生理學等類，他都曉得。歸到根來，只來仍舊教他中文。於是又買了幾部選本古文，想要傳授心法。打開一看，乃是什麼戰國策，默誦一篇，連句子自己也有作不出的地方，就只有歐陽公的幾篇記，三蘇的幾篇論，好拿來講給他聽。又叫他每逢禮拜六作文。幸而這先生是濟川拜服的，有些錯處，可以將就過去，也不來挑剔先生了。

但事不湊巧，有這位極開通的兒子，就有那位極不開通的娘親。且說濟川的母親，因為丈夫死了，覺得自己是個未亡人，沒得什麼意興，拿定了個修行念頭，簡直長齋繡佛，終日的念「阿彌陀佛！南無觀世音菩薩」倒還罷了，偏偏信奉鬼神，又是要燒雷祖香，又是要拜斗姆，七月半定要結鬼緣，三十日定要點地藏燈，濟川勸了幾次，說天下那裡有鬼神？就是有鬼神，他的性質總不同人一樣，人去恭維他，他那裡得知？至於雷能打人，並非有什麼神道主使，只因人不曉得避電的法兒，觸了那電氣，自然送命，燒燒雷祖香，也避不了電氣。北斗是個星，天空有行星恆星兩種，恆星就是日，行星就同我們地球一般，外國人看出來的，那有什麼神道在裡面？拜他何益！他母親道：「你這孩子，越說越不像樣了，連神道都要誣衊起來。據你說來，祖宗也是假的，供他則甚？那不把香煙血食都絕了麼？昨夜我做夢你父親問我要錢使用，我正要念些經，焚化些冥錢與他呢！你讀你的書，休來管我閒事。」

濟川被他母親搶白一頓，肚裡還有許多道理，也不敢說了。出來走到書房尋思，母親那般執迷不悟，總是沒學問的原故。女學不開，中國人沒得進化的指望了。因此，動了個開女學堂的念頭。一日，合瞿先生說起，瞿先生大喜道：「看你不出，年紀雖輕，卻有這般見識，怪不得人家要看重青年。這女學堂前兩年有人辦過，但是沒有辦好，如今我有幾位同志，正商量這件事大家湊錢，每人出洋五十元，現已湊成十份，有五百塊的光景。想開個小小女學堂，但只也要三千塊左右，那二千多竟沒處設法。你可能籌畫籌畫，贊成此番義舉？將來歷史上也要算你一位英雄。」濟川聽了這話，尤其踴躍。只是家裡有些積蓄，都放在莊上，那裡幾千，那裡一萬，自己雖然曉得，卻掄不到作主。倘若同母親說明，包管駁回，要先生替他想個妙計出來。

瞿先生眉頭一縐，想了半天，道：「這事容易。我聽說令堂歡喜吃齋念佛，料來功德是肯做的。待我假造一本緣簿，只說龍華寺裡的和尚募化添造一座大殿，只少二千五百塊洋錢，要是肯捐，功德無量。你拿進去給他看，就說是我的來頭，包管有點邊兒。」濟川聽了，拍手大笑道：「先生妙策入神！中國人只曉得諸葛亮，先生就是個小諸葛了。」瞿先生被學生這樣恭維，把金絲邊眼鏡裡的眼睛一抬，也自揚揚得意。就在書架上找著寫輓聯用賸的舊黃紙，取來裁訂了一本緣簿，寫了無數功德話頭，作為募啟，後面寫某道臺捐幾千，某總辦捐幾千，某太太捐幾千，總之，沒得幾百的一款。變了幾種字體，做得一毫看不出是假的。次日，墨跡陳了，又摹仿了寺裡一顆印印上，然後交給濟川，捧了進去。

他母親見了，果然信以為真，念聲「阿彌陀佛」，原來先生也相信這個，你是個謗毀神佛的，為何也肯拿進來？濟川發急道：「兒子只說神道沒有，佛是有的，這個原應該信他的。」他母親道：「我在上海多年，早聽說龍華是個大寺，燒香的人也很多，卻沒有去燒過香，幾時也要去走一趟才是。」濟川揑了一把汗，暗道：他這一去，那話兒就穿崩了，如何使得？便道：「那龍華寺路遠哩！平時山門都關起來的，只三月裡才開呢！這緣簿，先生說，只要我們捐上二千五百塊洋錢，就好買料修造大殿了。這功德有一無二，佛在西方，也要記下我們名字，算是第一件功勞。母親定是壽高八百，兒孫們也後福無窮。」他母親道：「我兒這話一些不錯，如來佛一粒米能普救天下的荒年，我們就靠著他吃飯哩！替他修修大殿，還不應該麼！你快去把緣簿上了，答應先生，我叫人去請錢店裡的李先生來，叫他兌洋錢便了。」濟川含笑捧了簿子出來，一一與先生說了，瞿先生笑道：「果不出我之所料！」當下不禁大喜，就叫濟川寫在簿子上。濟川道：「學生的字不好，請先生代寫罷！」瞿先生把臉呆了一呆道：「那卻使不得！不論好壞，總是你的親筆。」濟川只得自己寫好。次日，果然二千五百塊的洋票寫來了。瞿先生道：「此款且交與我收藏，此時房子還未看定哩！待一一布置妥貼，開學時再同你去看。」原來這瞿先生在上海混得久了，頗沾染些猾頭習氣，他那裡開什麼女學堂？因為同幾個書鋪裡夥計約定了翻刻一部書，原不過借濟川這筆款子活動活動，賺出錢來，將來或是歸本，或是捐入女學校裏，由他怎樣造言搪塞。濟川不知，還當是真的。過了兩月，才催問他道：「先生！為什麼還不開學？」瞿先生道：「那有這般容易？

房子還看不成。你想上海寸金地，稍為寬敞些的房子，人家不叫他空著，早賃去開店了。開學堂是貼本的事，萬不可出重價租房子的，所以為難。」

※　※　※

濟川聽得，十分焦灼，可巧有從前兩位同學放假，同來看望他，約他到民權學堂裡去走走，濟川欣然應允。這日先生有事出去，要耽擱幾日才來，濟川樂得偷閒，當下就合他同學到得民權學堂。這學社不比別處，濟川進去，只見那些學生一色的西裝，沒一個有辮子的，見了他三人的打扮，都抿著嘴笑。濟川看看他們，再看看自己，覺著背後拖了一條辮子，像豬尾巴似的，身上穿的那不伶不俐的長衫，正合著古人一句話，叫做「自慚形穢」！那兩個舊同學領他到了一處樓上，找著熟人，談起來都是說的中國那般那般的腐敗。

正在談的高興，外面闖進一個人來，一頭是汗，把草邊帽子掀起，拿來手中當扇子扇。大家立起道：「宋學長請坐。」那人把頭略點了點，揀張小方杌坐了。說道：「諸君還在此閒談得快活？外邊的事不好了！」且說濟川的舊同學，一姓方叫方立夫，一姓袁叫袁以智，他那熟人便是胡兆雄，來的那人就是宋公民。當下公民忽說出那句突兀的話來，大家驚問所以。他喘了口氣道：「說也令人可氣！雲南邊界上的百姓，因為受了官府逼迫，結成一個黨，想要抗拒官府；官府沒法，想借外兵來勦滅他們。諸君試想，外國人是惹得的麼？他們借此為名，殺了我們同胞，還要奪了我們土地，豈不是反了？為此我們幾位義務教員，印了傳單，約些同志在外國花園演說，這時預先運動去了。諸君見過傳單，務必要到的。」大家諾諾連聲，義形於色，又痛罵一回雲南官府，方才各散。

濟川是不用說熱血發作起來，恨不能立時把雲南的官府殺了才好。到得書房，何曾肯好好睡覺？靠定椅子，咬牙切齒，恨恨不休。家童見了，不知他為了何事，滿面的怒氣，暗道：「我們少爺今天出去，一定吃了人家兩個耳光沒有回手，所以那般動怒，倒不好走開，吃他發起脾氣來，少不了一頓拳腳。」只得站在書房門口趔趄著，欲進不進。濟川連問外面何人？他才大大方方的走了進來。濟川看他那樣兒，竟同百姓怕官府的樣子一樣，因歎一口氣道：「你也不犯著這般怕我。論理你也是個人，我也是個人，不過你生在小戶人家，比我窮些，所以才做我的家童。我不過比你多兩個錢，你同為一樣的人，又不是父母生下來應該做奴才的，既做了奴才，那卻說不得幹些伺候主人家的勾當，永遠知識不得開，要想超升從那裡超升得起。我新近讀了漢書衛青傳，衛青說：人奴之生，得免笞辱足矣！中國古來的大將軍，也有奴隸出身，當他做奴隸的時候，所有的想頭，不過求免笞辱，簡直沒有做大事業的志向，豈不可歎？我如今看你一般是個七尺之軀，未必就做一世的奴才，如來說諸佛眾生一切平等，我要與你講那平等的道理，怕你不懂，只不要見了我拘定主人奴才的分兒就是了。」那家童聽了他這番大議論，絲毫摸不著頭腦，一會又說什麼漢書，想來就是兩漢演義了，忖道：「怪不得人家說我少爺才情好，原來兩漢演義那部書都記得這般熟。」一會兒又說什麼如來佛，更是駭怪道：「好好的怎麼念起經來了？什麼奴隸平等，一概不懂。」豈知濟川是練就這一套兒，碰著題目對手總要發揮發揮，吐吐胸中鬱勃之氣。閒言少敘。

到了次日，濟川一早起來，梳洗已畢，便合他母親稟過，說要回看朋友。他母親叫他吃了早飯去，他那裡等得及。回說「不餓」，走到書房，把舊時的操衣換了，拿辮子藏在帽子裡，大踏步的出門而去。

走到外國花園，卻靜悄悄地不見一人，尋思這些有義氣的人兒，怎麼也會失信？日已三竿，還不到來。回轉一想道：「吠！我卻忘記問問他們約的是幾點鐘？真正上當哩！今兒只好在此候一天罷！」等到午牌時分，肚裡餓的耐不得，才看見有人把些演說桌椅向正廳裡搬了進來。

要知後事何如，且聽下回分解。

# 第二十六回　入會黨慈母心驚　議避禍書生膽怯

卻說濟川見人把桌椅搬入正廳，便跟上去，問他那班朋友為什麼還不見到？搬椅子的道：「早哩！說的三點鐘來。」濟川無奈，只得在就近小麵館裡買碗麵吃了。呆呆的等到三點鐘，果然見兩個西裝的人來到牆邊，貼了兩張紙頭，上面夾大夾小的寫了許多字。近前看時，就是宋公民說的那幾句話兒，添上些約同胞大眾商議個辦法的話。又歇了多時，才見三五成群的一起一起的來了。都是二十來歲的人，中間夾著一兩個有鬍子的，又有幾個中國裝的。濟川等他同學，總不見到，看看大眾已揀定座兒坐下，只得也去夾在裡面坐了。

第一次上臺的人，就是那一個有鬍子的，說的話兒不甚著勁，吱吱咯咯的半吞半吐，末了又是什麼呼萬歲的祝詞。大眾聽了，卻也拍過一回掌。第二次是個廣東人，說的是要想起義軍的話，那拍掌之聲，也就厲害了些。恨的是到了後來，他卻變了調兒，說些廣東話，多半人不懂的，也有湊著熱鬧拍掌的。旁邊有些女學生，不知那個學堂裡出來的，年紀都是十八九歲上下，只聽見克擦一聲，呀呀一聲，大眾注目觀看，並無別事，原來是一位女學生身體太胖了，椅子不結實，腿兒折了，幾乎仰翻過去，就有人連忙替他換了一把椅子。這個當兒，可巧有兩個流氓，帶了姘頭來看熱鬧，卻好緊靠著濟川的座兒。聽他那姘頭問道：「這班人在這裡做些什麼事情？」那流氓答道：「這都是教堂裡吃教的，在這裡講經呢！」

濟川聽了，不禁好笑，跟手就是一個黑大漢上臺，腳才跨到臺上，那拍掌之聲，暴雷也似的響，只濟川不知他是誰，無從附和。果然這人說法與眾不同，他道：「自己到過雲南，那裡的官府如何殘酷，如何殺百姓是不眨眼的，那百姓吃了這種壓制，自然反動力要大起來了。」又說他自己也是不得意的人，有什麼事不肯做。說到此處，拍掌之聲，更震的耳朵都要聾了。臺下有幾個人，臉都泛紅，額上的筋根根暴了起來，濟川也是鼻中出火。誰知他那話是一開一合，轉過來說，還是和平辦法，電告政府，阻住那雲南官兒借外國兵的事，問大家願意不願意，要是願意，就請簽下字。殊不知這場熱鬧，來聽新聞的人居其大半，除去民權學堂的學生，真正他們同志也就有限了。當下有許多拍掌的人，聽見要簽字，都偷偷的躲了出去。只濟川是個老實人，不知利害，見大眾簽字，他也簽上個字。當時簽字已畢，不免彼此聚談一番，鬨然而散。

過了幾日，濟川只當他們真有些兒舉動，便踱到民權學堂打聽消息。誰知進去，只見幾個粗人在那裡看房子。問起眾人，說又到那外國花園去了。問其緣故，無人得知。仗著自己能走，便奔到外國花園。到得那裡，偏偏錯了時刻，大眾已散。濟川只得折回。走過一爿茶館，進去歇歇腳，見有賣報的，濟川買了個全份，慢慢的看著消遣。忽然見一張報上，前日那外國花園的演說，高高登在上頭，自己的名字也在上面。這一喜非同小可，覺得他們也算我為同志，非常榮幸。正想再到民權學堂裡去，合他們談談，不料天色漸漸的黑下來了，算計回家路遠，怕有耽遲；原來濟川家裡母教極嚴，回去過晚了是不依的；只得付了茶錢下樓，一徑回家。

可巧瞿先生來了，問他到那裡去這半天，濟川正自己覺著得意，要想借此傲傲先生，就一五一十的說了出來。先生道：「噯喲！你上了當了！他們這班人是任了自己的性亂鬧的，又不是真正做什麼事業，只借點名目，議論一回，上上報，做幾回書，貪圖生意好些，多銷幾份兒。明仗著在上海，一時沒人奈何他，故敢如此。那雲南好好的，有什麼官府借外國兵殺百姓的事？都是捕風捉影之談，虧你肯去信他。將來鬧得風聲大了，真個上頭捉起人來，那時連你帶上一筆，跟著他們去坐監，才不得了哩！」濟川向來是佩服先生的，這時聽他說話太覺不對，自己一團高興，被他這麼一說，猶如一盆冷水，兜頭澆下，不覺氣憤憤說道：「先生這話錯了！做了一個人，總要做些事業，看著大家受苦，一人在家裡快活，那樣的人，生他何用？他們要上報做書，話也多著哩，為什麼揀這些犯忌諱的話放上去？我所以信他是真，就算打聽不甚詳細，總也有點因頭。難得這番熱心，想要運動起來，真不愧為志士！況且內中有人到過雲南，曉得那裡官府待百姓的暴虐，說得何等痛切！難道也是假的？這些話說說，也教官府聽見，怕人家不服，不至依然草菅人命。先生倒叫他不要說，恐怕招禍，又叫學生不要去聽，恐怕跟他們坐監。學生要做個英雄，死也不怕，不要說是坐監！我們熱血的人，說話是莽撞的，先生休要動氣。」瞿先生大怒，把手在桌子上一拍，那金絲邊眼鏡掉了下來，幾乎跌破，罵道：「你這孩子，越發不知進退了。我合你說的是好話，原是要保護你，恐怕你受累的意思。他們那裡頭的人，我雖不認得，也有幾個曉得他們來歷。那有什麼熱心，不過哄嚇騙詐。即如那位廣東人，是著名的大猾頭，他配講到那些話嗎？只你沒閱歷去信他們，將來吃了苦頭，才知後悔哩！你說官府怕人家議論，不至草菅人命，你那裡見官府草菅過人命來？況且他那幾個人的議論，也不會就驚動到官府。你說你是熱血，難道我就是涼血不成？不要我把你的血也帶涼了，你不守學規，我教不得你，另請高明罷！」說完，就叫家人捆鋪蓋要走。

濟川見他這樣，倒著急了，只怕母親不答應，只得回轉臉來賠罪，再三挽留先生。這瞿先生得此美館，也非容易，如何便肯捨之而去？那般做作，原因太下不去了，料想學生總要服罪的，今見他如此，便也樂得收篷，道：「既然你自己曉得錯處，我就不同你計較。自此以後，只許埋頭用功，再不要出去招這些邪魔外道來便了。」濟川諾諾的答應了，心裡暗忖道：「我這先生向來是極維新的，講的都是平權自由，怎麼這外國花園一班人他會叫他不是，又勸我不必去附和他？這樣看來，什麼維新守舊，都是假的。又且聽先生一番議論，倒像衛護官場，莫非他近來得了什麼保舉，也要做官了，所以這般說法。以後合他說話，倒要留心，不要再被他發作起來，又要辭館，弄得我再賠不是，那才沒有意思呢！只是那女學堂究竟如何？待我來問問他看。」想定主意，便問道：「先生這幾日在外面運動，總是為女學堂的事，不知有些邊兒沒有？房子可曾租定？」瞿先生嘆口氣道：「房子倒已租定了，只是我們中國到底不開通，沒得人來應考，新近有了兩個人來報名，卻又收不得。」濟川驚異道：「一般是來學的人，那有不好錄取的呢？」瞿先生道：「所以說你不曾閱歷過，要好收我們還不收麼？你道這報名的是何等樣人？原來一個是兆貴里書寓裡的女兒，一個是長裕里住家野雞的女兒。」濟川雖生長上海，那書寓是跟他父親到過，不消說曉得的了，什麼叫做住家野雞卻不知道。往常也聽見人家說「野雞」二字，只道是可以做得菜吃的野雞，此番聽見先生說了這種新名詞，倒要請教請教。幸虧那瞿先生誨人不倦，當下就把那住家野雞的始末根原，詳詳細細的演說了半天，濟川方才恍然大悟，忖道：「這樣看來，我又不但要開女學堂，先要逐娼妓了。」就問先生道：「這種下流社會的種子，官府倒不驅逐麼？」瞿先生道：「你這孩子又來說夢話了。你想你們外國花園演說，說的都是合官場為難的事，尚且沒人來驅逐，那住家野雞既然住在租界，他又不礙官場，為什麼要驅逐他呢？」濟川聽了這話，也由不得要笑了。自此常在家裡用功，不去管外面的事。

※　※　※

過了半月，先生又有事出去了，可巧那舊同學又來看他。濟川責他道：「那天外國花園的會事，二位約明來的，為什麼不到？這般沒信？」方袁二人道：「我們何尚不想來？只因外國學堂裡的法律嚴，比不得中國學堂，可以隨便的，要是我們那天來了，一定開除我們。想那些空議論，聽他無益，倘若因此開除了，倒不值得，所以未來。」濟川暗道：「恁般說來，我們先生的話，也真不錯了。」方立夫道：「老同學！你只知道怪我們不來，不知這班演說的人，如今都是不了！」濟川大驚，亟問其所以。立夫道：「那演說直鬧了三次，每演說一次，就上報一次，所說的又是有類於造反一般，既然如此，索性祕密些我倒也佩服，他那有青天白日宣言於眾，說我們要造反的？老同學！你想這不是個瘋子嗎？好笑那些官府，當作一樁正經事務，不知道他們是鬧著頑的，也不知那個傳到那官府耳朵裡去，雖說是上海報，然而這種報官府輕易不看的，一定是有人傳到他們耳朵裡去。你想他們把雲南那些官府蹧蹋到這步田地。常言道：官官相護，一般做官的人，那有肯容人罵官的？所以這裡的官動了氣，要捉他們這一班人，又捉不成，說來說去，總是中國不能自強，處處受外國人的壓制。事到如今，連專制的本事都拿不出來，要想捉幾個人，都被外國人要了去。」濟川聽到這裡，大喜拍掌。立夫道：「老同學！且慢高興；你說官府捉不得人，是我們中國人的造化嗎？他們那些演說的人，依賴了外國人，就敢那般舉動，似此性質，將來能不做外國人的奴隸嗎？做中國人的奴隸固是可恥，做外國人的奴隸可恥更甚；不但可恥，要是大家如此，竟沒得這個國度了，豈不可傷。」濟川聽了這番驚動的話，由不得淚下交頤，這是少年人天真未鑿，所以還有良心。當下方袁二人安慰他一番，他又急問端的。立夫道：「官府捉人的事太魯莽了，不會合外國人商通，外國人不答應，所以將人要去，也只三五個人，其餘均聞風遠避，有的到外國去了。這幾個人既被外國人要去，也不至放掉，不過審問起來，不能聽官府作主，要他們會審，不消說那種嚇人的刑具是不能用了。官府豈不氣憤，想了法兒合外國公使說話，也是無益，仍舊沒得個收梢，但餘黨恐要株連，弄成一個瓜蔓抄，這才不得了哩！我們幸而沒到場，置身事外。老同學！你去可曾簽名字沒有？」濟川道：「不瞞你二位說，我去聽說，能不簽名嗎？原為這事被我們先生發揮了一頓，此時倒要服他老成先見，怎樣設法避脫這場禍才好？索性轟轟烈烈的做一番倒也罷了，像這樣沒來由，暗暗的上了圈套，我也覺著不值得。老同學！有什麼法兒想，替我想想看。只是那些官府，也真不知是何意見，似此同類相殘，如何會得自強呢？」立夫道：「你這問極有道理。譬如我們這班人，知道自治，自然不受人壓制，官府雖暴，也無如之何。官府以法治人，自家也要守定法律，人家自然不議論他，這才是維新的要訣，文明國度也不過如此，如今還早哩！你簽名一事，雖沒什要緊，然而也要想個法兒避避才好。要是一時大意，被人家帶上一筆，那卻不是頑的。」濟川被他們說得心中忐忑不定，當下二人辭去了。事有湊巧，偏偏他們說話的時節，濟川家裡的丫鬟細細聽了去，就到裡面和太太述了個大概。濟川母親聽得，又是官府捉人，又是濟川也有名字在內，後來又商量避禍的話，登時急得身子亂抖，忙叫濟川進去。濟川聽見母親呼喚，知道方才的話被他老人家曉得了，倒著實為難，只得走了進去。他母親罵道：「你越讀書越沒出息，索性弄到滅門之禍了；那些造反的人可是好共的？」濟川辯道：「沒那事兒，方才方立夫袁以智二人，是外國學堂裡的同學，他們來看我，講論些人家的閒事，不干我的事。」他母親道：「你還要瞞我？我都聽見了。」濟川道：「母親定是聽見丫鬟說的，他鬧不清楚，知道我們說的什麼，傳話不實，倒叫母親耽驚動氣！」他母親道：「你要沒事便好，要有事總須叫我知道，好早早商量。」濟川答應了幾個「是」，退了出去，心中著實憂慮。偏偏先生又不在家，沒有知己的人討個主意。

正在躊躇，忽見書童報道：「外邊有人送了一封信來，說要請少爺出去當面交的。」濟川一驚，忖道：「莫非有人來拿我嗎？」慌忙躲入上房。停了好一會，不見動靜，出來探望，迎面遇著書童道：「少爺！為什麼不出去，那人說是山東寄來的銀信，要面交，等得不耐煩了。」濟川罵道：「你這個混帳東西，為什麼不早說明？」書童呆了一呆，不知他少爺是何意見，朝外便走。濟川隨後走出，果然是匯兌莊上的夥計。當下問明了濟川名號，與信面合符，然後交出。濟川看了，知是他叔父的，信上面又寫匯銀一萬五千兩，倒覺有些納罕。票莊夥計請他去兌銀子，他把信看完，才知是辦書籍儀器的，又有請他當教員的話，便忙忙的穿好衣服，跟著那夥計到得莊上，議定要用隨時去取，打了一張銀票回來。可巧路上遇著瞿先生，一同來到書房。瞿先生問他到那裡去的？他把山東的事說了。正想問先生避禍之法，那知瞿先生一聽他言，早已有心，道：「你前次鬧的亂子，如今要發作了，果不出我所料。前天我看見你的名字高高在那報上，現在官府捉拿餘黨，你須想個法兒躲避才是。」濟川正為此事耽心，忙問瞿先生躲避的法子。瞿先生道：「我已替你想出一條路道，莫如逃到東洋，那裡有我幾個熟人，你去投奔他，自然妥當的。你要代你叔父辦什麼書籍儀器，我替你代辦了罷！事不宜遲，須早早動身。」濟川道：「先生的話那有不是？只是學生這事不曾告知家母，且待商議定了再處。」瞿先生道：「你要不從速設法，禍到臨頭，那時就來不及了。」

要知後事如何，且聽下回分解。

# 第二十七回　湖上風光足娛片晌　官場交際略見一斑

卻說王濟川聽了先生的話分外著急，無奈把自己入會黨的事，進內告訴母親，又把想要東洋去避禍的話亦說了。他母親罵了他一頓，說道：「我只你這個兒子，如今不知死活，鬧了事，又要到東洋去，忍心掉下我嗎？」說到這裡，嗚咽起來，弄得濟川沒了主意。半晌，又聽他母親說道：「東洋是去不得的，你姨母住在嵊縣，來去不算過遠，你到那裡去住幾個月，等事情冷一冷，沒人提起，我再帶信給你回來便了。」濟川不好違拗，答應了。又說起山東信來。他母親道：「你叔父信來叫你去，雖然是好，只我聽見人家說，山東路不好走，你沒出過門的人，我不放心你去，還是轉薦你先生去罷！」濟川聽了，就去告訴了先生。瞿先生自然大喜過望，就替濟川起了稿子，叫他謄好了，挾在身邊，把銀票也取了銀子，自去置辦書器，帶往山東不提。

且說濟川第一次出門，本有些怯生生的，幸他母親請了自己錢鋪裡的夥計張先生送他前去，覺著不怕了。臨行，他母親又是垂淚，濟川也覺難過。他母親又交代他許多話，無非是掛念他姨母的套文，不須細表。濟川同了張先生，帶了書童，當晚上了小火輪，次日船頂萬安橋歇下。張先生道：「這杭州是出名的好山水，世兄何不在此頑兩天呢？」濟川道：「好。」兩人上岸，叫挑夫挑行李進城，講明了一百二十錢一擔。這張先生非常嗇刻，卻有一般好處，替人家省錢，就同替自己省錢一樣。當下不但挑錢講的便宜，還要把些零碎物件自己提了，向那輕的擔子上加。挑夫急了，弄得直跳，口口聲聲的苦惱子。濟川看此情形，又動了惻隱念頭，添了一個擔子才罷。張先生恨恨的叫聲：「世兄！你沒有出過門，到處吃虧，又上了他們的當了！那挑夫脾氣是犯賤的，不加上他點斤兩，他也不覺得你的好處，倒要敲起竹槓來。」濟川笑道：「這些苦人兒，寬他們些有限的，大處節省，聽你罷！」進了城，找著客店，每人一百二十文一天，飯吃他的，好菜自備。當日匆匆將物件行李安放停當，天光已黑，胡亂吃了些晚飯，打開鋪來睡覺。濟川才躺下去，頸脖子上就起了幾個大疙瘩，癢得難熬，一夜到亮，沒有好生睡。那張先生卻是呼呼大睡，叫也叫不醒。次日飯開上來，一碗鹽菜湯，就是白開水沖的，一碟韭菜，鹹得不能入口，濟川只得停箸不食。那張先生儘讓他吃，他說：「我不餓，你先請罷！」張先生就不客氣提起筷來，呼拉呼拉幾口就吃了一碗，直添到三碗才肯放手。濟川看他如此，自己無奈，只得叫書童找店裡夥計，端了兩碗麵來，主僕才飽餐一頓。飯後無事，合張先生商量了，加了廚房四角洋錢一天，另備幾樣精緻的小菜，又把床鋪換了，然後議到出遊。

次日，張先生同他到藩司前看池子裡的癩頭黿，濟川莫名其妙。那張先生大破慳囊，身邊摸出六文錢，買了一個山東饅頭，分了兩半個投入池裡。果然綠萍開處，一個癩頭黿浮出水面上來，那黿身足有小圓桌面一般大小，將兩半個饅頭吞了去。濟川看了，也沒甚意思。張先生又領他到城隍山上，去看那錢塘江的江景。找到一爿茶館坐下。茶博士問吃什麼茶？張先生叫了一碗本山，又叫他做兩個酥油餅起馬。卻好這時正是八月裡，那錢塘江的潮水是有名的，濟川正與張先生閒談，忽見大眾憑欄觀望，張先生道：「潮來了！」濟川也起身，來靠著欄干。看時，果然遠遠的銀絲一線飛漾而來，看看近了，便如雪山湧起，比江水高了幾倍，猶如砌成的一層白玉堦沿，底下有多少小船，捺槳直往上駛。濟川叫聲：「噯喲！」張先生問什麼事？濟川道：「眼見那船就要翻了！」話未說完，那些船一隻一隻的浮在潮水面上，濟川著實詫異。張先生道：「這是他們弄慣的，世兄讀書人，難道還不知？」濟川想道：「記得小時聽見先生講過，什麼嫁與弄潮兒，莫非就是這些人了。」正在觀望，不提防茶博士走來，將酥油餅在桌上一擱道：「餅來了。」濟川嚇了一跳。張先生讓他吃餅，道：「這也是杭州的名件，世兄須得嘗嘗。」濟川分了小半個吃著，覺得有些生油味兒，不甚合意，放下不吃。兩人坐了多時，看看天晚，想要回寓，就叫堂倌算帳。一算起來，整整三百文制錢。張先生拿幾個銅錢在桌上一擺道：「兩人一百六，三十二加十錢小帳，二百零兩個錢。」堂倌道：「那酥油餅是一百二十錢一個。」張先生合他爭道：「我吃酥油餅也吃過千千萬萬，沒有吃過一百二十錢的起馬酥油餅。」堂倌道：「客人不知，現在乾麵長價了。」二人爭了半天，始終付了他一百錢一個餅，才得出去。那堂倌咕囔道：「千千萬萬的酥油餅，夠他一世吃哩，沒有見過這樣嗇刻人，也來吃酥油餅。」張先生只作沒聽見，走出店門，覓路下山回去。

次日，張先生又領濟川去遊西湖。早起飽餐一頓，踱出湧金門，望西湖一面走來。那時天氣尚早，遊客寥寥。二人走到湖邊，雇了一隻瓜皮艇，隨意盪槳，遇著好景緻。便登岸流連，或遠遠瞻眺。果然天下第一名勝，況是八月天氣，有些柳樹搖風，桂香飄月的意思。到得靠晚，只見天上一片晴霞，映得湖水青一塊、紫一塊，天然畫景，就是描寫亦描寫不出。而且孤山迤平，雷峰突兀，一時亦瀏覽不盡。但可惜那上，中，下三天竺，被和尚占去了。兩人正在看得有趣，濟川想道：「那和尚不耕不織，坐食人間，偏享恁般清福，真是世上第一件不平之事。」一邊遊，一邊想，看見天色已漸漸的黑下來，方才回船攏岸。依著張先生的意思，要想回寓吃飯，濟川道：「肚子餓久了，前面藕香居擺著好些中碗，我們去嘗嘗看。」張先生道：「那藕香居是吃得的嗎？」濟川道：「除非他菜裡頭有毒藥，便吃不得。」張先生道：「世兄！不是這般說，他那菜又不好吃，價錢又貴。」濟川道：「嘗嘗看，要好貴也無妨。」張先生被他纏得沒法，只得同他到了藕香居。這是西湖上有名的菜館，兼賣酒菜。張先生替濟川要了一樣醋溜魚，一樣攤黃菜，一樣炒蝦仁，半斤花雕，兩人吃酒賞玩。濟川見欄干外面環著池塘，密密的全是的荷葉，只可惜荷花沒有了，那五六月間不知怎樣好看哩！雖然秋天，還有些餘下的清香，一陣陣被風吹來，著實有點意思。須臾酒飯已罷，仍回寓處。

次日，商量起身，搭船過江，一路走去，那紹興的山水，更是雄奇。到紹興住下。次日，又去探過禹穴，見了岣嶁碑，一字不識。那山陰道上，應接不暇的說法，雖然不錯，卻總沒有西湖那般清幽可喜。兩人訪明了到嵊縣的路，一直進發。

※　※　※

到得嵊縣，原來小小一個城池，依著在上海打聽的路兒走去，只見幾家紳戶，也有掛著「進士第」匾額的，也有掛著「大夫第」匾額的，末了一家更是不同，大門外貼了一張硃箋紙，寫的是「奉憲委辦秦晉賑捐一切虛銜封典貢監翎枝分局」，又掛了兩面虎頭牌，上寫著「賑捐重地，閒人莫入」，四扇大門裡面，又掛著四頂紅黑帽，兩條軍棍，兩根皮鞭。濟川見這裡氣概不凡，倒要看他是何官職，卻見門外還掛著一塊紅漆黑字牌兒，上寫著「欽加四品銜候選清軍府佘公館」字樣。濟川喜道：「這正是我姨母家裡了。」此時行李未到，他便同張先生上去敲門。

那知門是開的，門房裡抹牌的聲音響亮，見有人進來，就有一個管家，穿著黑洋縐的單衫，油鬆大辮，滿面煙氣觸鼻，問是那位，找誰的？幸而濟川記得他母親的話，曉得這姨母家是講究排場的，所以帶了一張名片放在身邊，當下正用得著，就在懷裡掏了出來，叫他上去替回。那管家走進大廳，打了一個轉身出來，擋駕道：「老爺不在家，捕廳衙門裡赴席去了，二位老爺有什麼話說，待家人替回罷！」濟川道：「老太太總是在家的，你上去，回說我是上海來的外甥便了。」那管家見是老太太面上親戚，才不敢怠慢，說了聲：「請花廳上坐，待家人進去回明白了再說。」濟川叫他派一個人在門口招呼行李，自己合張先生隨他走進廳上。

原來小小三間廳中間，放了一張天然几，底下兩張花梨木桌子，兩旁八張太師椅，四張茶几，都是紫檀木彫花的。上首擺了一張炕床，下首的屏門是開著，通上房的。中間掛的對子，上款是「西卿仁弟之屬」，下款是「郎亭汪鳴鑾」。兩旁壁上，雜七雜八掛著些翰苑分書的單條。濟川合張先生在那中間椅子上坐定，等了好一會，那管家出來說：「請！」濟川囑咐張先生在花廳上少待，就跟了那管家走進去。原來花廳背面，一式也是三間，一間走穿，兩間有四扇屏窗隔開，高挑軟簾，料想裡面是間書房。濟川再走進去，原來一排五間房子，一邊有兩間廂房，一邊走廊。由那走廊繞進，便是上房，卻一色的大玻璃窗，紅紗遮陽。中間屋裡，上首擺了個觀音香案，黃紗幔兒，檀欒之香，繚繞幔外，他姨母正跪在蒲團上念高王經哩！濟川在家侍奉母親慣了，曉得經不念完，是不好合人說話的，便也不敢上去叩見，呆呆的站在當地。只見他姨母一面念經，一面卻把頭朝著濟川點了兩點，是招呼他坐的意思。少停，房門裡簾子一掀，一個老媽領了一個五六歲的孩子出來，向濟川磕頭，叫表叔。那老媽又問姨老太太好。此時濟川的姨母經已念完，濟川上去拜見他姨母，問了他母親一番，非常親熱。叫人把他安置在外書房，就要自己出去料理。濟川道：「外甥會去招呼的，花廳上還有送外甥來的一位張先生哩。」他姨母叫丫鬟出去，傳諭家人倒茶，打臉水，安置床鋪，又罵他們說老爺不在家，就那般偷懶，客來了也不招呼，仔細老爺罵你們。濟川要見表嫂，內裡傳說有病，不能出來相見。然後濟川退到外面，有人領了他同張先生到外書房裡去。

原來這外書房就在花廳旁邊，另外一重門，南北相對兩間，裡面還幽靜。窗前兩棵芭蕉，一棵桂樹，可惜開的不盛，也有些香氣撲來。書桌旁有一個書架，上面擺的紅紙簿面的是舊縉紳，黃紙簿面的是舊硃卷。家人正在添設床鋪，恰好行李小廝已到，就拿來一一安放妥當。書童住了對面一間。濟川歇息一回，正想到上房去合姨母說話，只聽得外邊一片聲喧，家人報道：「老爺回來了！」又聽呀的一聲，大門開了，有轎子放下的聲音，有老爺叫「來」的聲音，有家人答應「是，是」的聲音。濟川暗道：「我這表兄又不是現任做什麼；為什麼鬧成這個派兒？我住在他家，看他這種惡毒樣子，如何看得慣呢？既到此間，也叫無法，只索耐幾天罷！他既到家，我應先去拜他。」就約張先生同去。張先生一向在買賣場中混慣，沒有見過官府排場的，有些拘束，不願意去見。濟川道：「我們住在這裡，能不合他見面嗎？你雖然就要回去，也得住一半天兒。」張先生沒法，只得同了濟川，叫小廝先把片子去回。他家人進去了半晌出來道：「老爺說，請在簽押房裡見。」於是領濟川二人進去。原來這簽押房就是那花廳背後兩間，掀簾進去，表兄迎了出來，滿面笑容的招呼。濟川正想作揖，看他表兄的腿勢卻想請安，濟川無奈，只得也向他請安，那腿卻是僵的，遠不如表兄那個安請得圓熟。張先生更是不妥，一個安請下去，身子歪得太過了，全體撲下，把他表兄頸上掛的蜜蠟朝珠抓斷了，散了滿地。原來他表兄赴席回來，知有遠親來到，尚未卸去冠服，不料遇著張先生，給他個當面下不去。就罵家人道：「狗才！還不快揀起來！」那張先生的臉兒紅的同關公一般，覺得自己身子沒處安放。他表兄又分外謙恭，請他們炕上坐。濟川還想推辭，張先生卻早已坐下了。他表兄又送茶，張先生忙著推辭，又險些兒把茶碗碰落。濟川謙道：「我們作客的人，衣帽不便，實在不恭之至，表兄也好寬衣了。」他道：「表弟太客氣了。愚兄在官場應酬，那衣帽是穿慣的。也罷，今兒天晚了，料想沒得什麼客來拜我了，換了便衣，我們好細談。至親在一處，不可客氣。」濟川正要回答，只聽他叫了一聲：「來！」猶如青天裡起了一個霹靂。張先生正端茶在手要想吃，不防這一嚇，把手一震，茶碗一側，把茶翻了一身，弄得一件銀灰繭綢夾衫面前溼了一大塊，忙把袖子去擦，那裡擦得乾。那位司馬公卻正看著家人們理花翎，不曾瞧見，回轉頭來，方見張先生衣服溼了一大塊，就道：「老兄衣服溼了，穿不得。來！拿我的湖縐接衫給張老爺穿！」家人領命去拿了接衫來，張先生只得換上，殊嫌短小，弄成出把戲的猴子一般。司馬公又道：「官場應酬，總要從容些。記得那年有一位新到省的知縣，去見撫臺，只因天熱，這知縣把扇子儘搧。撫憲想出一個主意，請他升冠寬衣，他果然探了帽子，脫了衣服，仍然搧扇子。撫憲請他赤膊，他不肯。撫憲道：這有什麼，天熱作興的。他倒也聽話，果然脫光了。撫憲端茶，底下一片聲喊『送客』。他慌了，一手拿著帽子，一手挾了衣服就走。不到三天，撫憲把他奏參革職。你道可怕不可怕？所以愚兄於這些禮節上頭，著實留心。」濟川司馬公說這幾句話不打緊，只把一個生意本色的張先生，羞得無地能容，什麼作客，直頭是受罪。濟川臉上也很覺得不好看。他表兄更是妙人，衣服換過，靴子仍套在腿上，一個呵欠，煙癮發作。那些管家知道他應該過癮的時候，早把煙盤捧出，搬去炕桌，兩人只得讓他躺下吸煙。他表兄道：「我們一家人不客氣，愚兄因病吸上了幾口煙，時常想戒，恐其病發不當頑的，只得因循下來，表弟可喜歡頑兩口嗎？」濟川生平最恨吸鴉片，他道：「中國人中了這個毒可以亡種的。」往時見人家吸煙，便要正言厲色的勸，今見他表兄也是如此，益發動氣。又聽他問到自己，就扳著臉答道：「不吸。小弟是好好的不病，為什麼吸煙呢？」他表兄覺著口氣不對，有些難受，便亦嘿嘿無語。

要知後事如何，且聽下回分解。

# 第二十八回　戕教士大令急辭官　懼洋兵鄉紳偷進府

卻說濟川的表兄，聽他說話，有些譏諷，覺得難受，然而臉上卻不肯露出來，歇了一歇答道：「表弟高興，偶然吸兩口煙，也不妨的。愚兄聽見現在那些維新人常說起要衛生，這是衛生極好的東西。而且現在，凡做大官的人，沒有一個不吃的。愚兄別的不肯趨時，只這吸煙，雖說因病，也要算是趨時的了。」濟川聽了這些言語，更不耐煩，只得告退，道：「小弟還要去拴點拴點行李，等會兒再談罷！」他表兄也不十分留他，便說：「表弟在此，只管多住些時，不要客氣。」濟川道：「說那裡話，只是打攪不安。」是晚，他表兄備了幾樣菜，替他倆接風。次早，張先生回上海去了。自此濟川就住在他表兄處。

你道濟川的表兄是什麼出身？原來他父親也是洋行買辦。他小時跟著父親在上海，也曾進過學堂，讀過一年西文，只因腦力不足，記不清那些拼音生字，只得半途而廢。倒是中文還下得去，掉幾個之乎者也，十成中只有一成欠通。因此想應應考，弄個秀才到手，榮耀祖先。可巧他本家叔父，是揚州鹽商，他就頂了個商籍的名字，果然中了秀才。應過一次鄉試，知道自己有限，難得望中，他父親就替他捐了個雙月候選同知。未幾，他父親去世了，回到嵊縣三年服滿，他以為自己是司馬前程，專喜合官場來往。無奈人家都知道他的底細，雖然他手中頗有幾文，尚還看他不起。

他想道：「我要撐這個場面，除非有個大闊人的靠山，人家方不能鄙薄我。」忽然想起府城裡有位大鄉紳佘東卿先生，是做過戶部侍郎的，雖然告老在家，他那門生故舊，到處都有，官府都不敢違拗他，去投奔他試試看。想定主意，便趁佘東卿先生生日，託人轉彎送了重重的一份禮，又親去拜壽，見面敘起來，雖然是同姓不宗，推上去卻總是一個祖宗傳下來的。東卿先生因紹興同族的人不多，也想查查譜系，要是有輩分的，來往來往，也顯得熱鬧些。當下查了仔細，果然同譜，只因亂後家譜失修，又他們遷居外縣，所以中斷的，排出輩分，卻是平輩。從此便與他認定本家，自然把他闊得了不得了。這濟川的表兄，本名榮，因東卿先生名直坡，他就託人到部裡將照上改了名字，叫直廬，合那東卿排行表字西卿，自此就印了好些佘直廬的名片拜客。人家見他名字合東卿先生排行，只道是他的胞弟，無不請見。西卿稱起東卿來，總是「家兄」，自此就有人合他來往起來，認得的闊人也就多了。西卿到處託人替他弄保舉，又加上個四品銜賞戴花翎，不但頂戴榮身，便也充起紳士來了。一個小小的嵊縣，沒有什麼大紳士，他有這個場面，誰敢不來趨奉他？事有湊巧，偏偏這一年山陝兩省鬧荒，赤地千里，朝廷目下停捐，因此賑荒的款子沒有著落。當時就有幾位大老，提起開捐的話，朝廷有主意不肯叫人捐實官，只允了虛銜封典貢監翎枝幾項。各省督撫奉到這個上諭，就紛紛委人辦理捐務。西卿打聽著這個消息，連忙出去拜客，逢路設法，果然弄到了一張委辦捐務的札子。從此更闊綽起來，開口就有了那些排場。

※　※　※

再說新到任的這位縣大老爺，是個科甲出身，山西人氏，據他自家說，還是路閏先生的三傳高弟，八股極講究的，又是京裡錫大軍機的得意門生，只因散館時鬧了個笑話，把八韻詩單單寫了七韻，錫大軍機不好徇情，散了個老虎班知縣，就得了這個缺。這位縣大老爺姓龍名沛霖，表字在田，當下選了這嵊縣缺出來，忙忙的張羅到省，又帶了錫老師的八行書，藩司不能怠慢，按照舊例，隨即飭赴新任。方才下車，次日就是佘鄉紳來拜。龍大老爺是個寒士出身，曉得地方紳戶把持官府，最是害百姓的，就叫家人擋駕不見。西卿因縣裡不見，大是沒趣，回到家裡，唉聲歎氣，就同那落第的秀才一般。後來打聽得這位大老爺脾氣不好，只得罷手。為著在家氣悶，便想到府裡去散散。有天他本家哥哥東卿先生請他陪客，可巧那客就是本縣大老爺，原來龍在田有事到府，打聽得這佘東卿是錫老師的舊友，特去拜望，因此東卿先生請他吃飯，西卿作陪。當時見面，西卿說起有天拜謁的事，龍縣令早已忘懷。西卿道：「就是老父臺下車的第二日。」龍縣令深抱不安，再三謝過。西卿自然謙讓一番。是日盡歡而散。西卿在府耽擱數日，回到嵊縣，那龍大老爺亦已回衙多日了。西卿就備了一份厚禮送去，居然蒙龍大老爺賞收幾樣，而且次日就來登門拜望。起先西卿的左鄰右舍，見西卿拜縣裡大老爺不見，就造了多少謠言，說他吃了訪案，縣裡正要拿他，因為功名未曾詳革，不便下手，這時縣大老爺親自來拜，那些人又換了一番議論，說西卿到省城用了銀錢，上司交代下來，沒事兒的了，縣大老爺見他腳力硬，所以來趨奉他的。閒言少敘。

且說西卿請了縣大老爺來家，著實攀談，說了本城許多利弊，龍縣令聞所未聞，悔不與他早早相見。自此西卿又合縣裡結成了個莫逆交。地方公事不免就要參預一二。

有一回，他鄉裡的本家叔父，要買人家一注田，賣主要價太大了，以致口舌，他來求了西卿，講明事成送西卿洋錢一百圓，西卿就從中替他設法，說那人欠他叔父一筆款子，說明以田作抵的，如今抵賴不還了。那人聽得這風聲不妥，趕緊賤價售與他叔父，才算沒事。又一回，西門外一個圖董包庇了幾個佃戶，不還人家租糧，那田主到縣裡告了，出票提人。圖董發急，來求西卿，說定二百圓的謝儀，西卿向縣裡說了，誣那田主虐待佃戶，收人家一倍半的租糧。縣裡聽了一面之詞，將田主著實訓飭一頓，斥退不理，倒把那些佃戶放了。西卿又發一注小財。自此西卿在本城管些閒事，倒也很過得去。不但把從前送人家禮物的本錢撈回來，還贏餘了許多。

這時他表弟來了，還要擺他闊架子，就備了一桌上好的翅席，請了縣裡的幾位老夫子，糧廳，捕廳，叫他表弟作陪客。誰知他這位表弟志氣高傲，就不喜同官場人應酬，雖然不好不到，只是坐在席間，沒精打彩，連菜都不大吃。西卿合他們是高談闊論。正在高興的時候，忽然縣裡一個家人來到，跑得滿頭是汗，慌慌張張的找著他們師爺，說：「不好了！老爺說出了大亂子，快請師爺們回去商量！」大家一聽，都嚇呆了。還是西卿穩定些，就問那家人是什麼亂子？那家人卻說不出所以然的緣故，只說老爺急的要想告病哩！那幾位老夫子自不用說，趕緊回去，糧捕廳也告辭，當時散個精光，賸下了半席菜沒吃完。西卿吩咐留下，預備次日再請客，就同濟川拿鴨湯泡飯，各人吃了一碗，自去過癮。躺在鋪上尋思，縣裡不知出了甚事？但這位老父臺是京裡有人照應，腳路是好的，大約不至丟官，我倒不要勢利，先去問候問候看。想定了主意，立刻傳伺候坐轎進縣。家人遞上名帖，等了好半天，裡面傳出話來，叫擋駕，老爺有公事不得空，過一天再會罷！西卿沒法，只得回來。一路上聽人傳說道：「一個教士被強盜宰了，又搶去東西不少，我們大老爺這場禍事不小，只怕參了官不算，捉不著人還要去坐外國天牢哩！」西卿才明白為的是教案。暗想這回隨你皇上的聖眷好也沒法了，不要說一個軍機大臣照應不中用，就是皇上也顧不得你，只怕龍在田要變做個鰍在泥了。他不見我也好，我也沒得工夫去應酬他。當下西卿回家睡覺不提。

過了一日，西卿的家人驚皇失措的進來，回道：「不好了！前日所說的強盜殺了個教士，如今外國有一隻兵船靠在海口，限龍大老爺十天之內要捉還兇手，要是捉不到，便要開砲洗城了，老爺快想法子避避罷！」西卿聽了，急得什麼似的，立刻請了濟川來商量。濟川道：「殺了外國教士，照別處辦法，也不過賠款。兇手捉不到，那有什麼法兒？外國人最講道理的，決不至於洗城。這話是訛傳的，不要去理他。表兄不信，何不到衙門裡去打聽打聽？」一語提醒了西卿，連轎子也等不及坐，忙跑到捕廳衙門。到得那裡，只見大堂上擺了幾隻捆好的箱子，捕廳卻在縣裡沒有回來。原來捕廳也因為風聲不好，先打發家眷進府，外面卻瞞著不說起。西卿見此情形，連忙跑回家裡，大聲嚷道：「快快收拾行李，趕雇長轎進府！」一口氣跑到上房，告知他母親。他母親倒有點見識的，便道：「什麼事急到這般田地？那天主教是同那如來佛一樣的。我天天唸佛，又念救苦救難的高王觀世音經，我有佛菩薩保佑，他們決不至加害於我的，你們儘管放心罷了！」西卿道：「母親鬧差了！來的不是教士，是洋兵，他那大砲，一放起來，沒有眼睛的，不曉得那家念佛，那家吃素，是分不清楚的。」他母親聽說是洋兵，又有大砲，這才急了。連忙同他媳婦收拾起來。西卿自去招呼僕從，捲字畫，藏骨董，只那笨重的木器不能帶了走，其餘的一件不留。又幸虧府裡有他開的幾個鋪子，可以安身，嵊縣雖有些田產，卻沒有銀錢放在市面上，倒也無什罣戀。

濟川在書房裡聽得外面鬧烘烘的，知道他表兄去打聽了回來，要想逃難，心中只是暗笑，說不得出來探望探望。只見西卿那雙靴子也不穿了，換了雙薄底鑲鞋，盤起辮子，合一個家人在那裡裝畫箱呢！見他來了，說了聲道：「表弟，還不快去收拾嗎？洋兵就要來了。」濟川道：「究竟如何？」西卿對他咬著耳朵，低低說道：「捕廳裡的箱子都捆好了，立時送家眷進府，我們還不快走，更待何時？」濟川道：「其實不會有什麼事情，進府去住些時再回來也好。」西卿聽他說得自在，便有些動氣，說道：「表弟，你是在上海見慣洋人的，那些都是做買賣的洋人，還講情理，這洋兵是不講情理的。那天聽見東卿家兄說起，前年洋兵到了天津，把些人捉去當苦工，搬甎運木，修路造橋，要怠慢一時，就拿藤棍子亂打，打得那些人頭破血淋，噯唷，都不敢叫一聲兒，甚至大家婦女，都被他牽了去作活。還有那北京城上放的幾個大砲，把城外的村子轟掉了不少。表弟！這是當頑的嗎？莫如早早避開為是，合他強不來的。」濟川聽了他一派胡言，也不同他分辨，自去收拾不提。

※　　※　　※

再說西卿整頓行裝，足足忙了一日，次日挑夫轎夫都已到齊，就便動身。他夫人還帶著病，一個三歲的女孩子，一路哭哭啼啼，這番辛苦，也儘夠受的了。然而他老人家，那一天兩頓癮，還是定要過的。因此，又耽擱了許多路程。濟川性喜遨遊，這點路不在他心上，叫佘家家人坐了自己的轎子，他卻把他的馬來騎，一路馳去，偏覺甚樂。得到紹興城裡，西卿吩咐在自己的當鋪裡歇下，騰挪出幾間房子，來安頓家小。當日安排一切，自然沒得閒工夫。

次日過了早癮，便去拜望本家東卿先生。東卿正在書房裡臨帖哩！原來東卿隸書出名的，人家求箋求扇的甚多，只是不大肯寫，遇著高興，偶然應酬一兩副，人家得了去，便如拱璧一般，骨董鋪裡得著他寫的對子，要賣人家十兩銀子一副，人家還搶著買呢！西卿合他認了本家，也得過他一副對子，這回便衣來拜，家人見是本家老爺，並不阻當，一直領到書房，所以會看見他老人家寫字。東卿見有人來，忙放下筆，立起身來招呼。西卿搶步上前，請了一個安，問大哥好，又問大嫂康健。東卿謝了聲，也問問嬸母的安，西卿指著桌上的字道：「大哥倒有工夫寫字？」東卿道：「可不是，我因有人要我臨一份孔廟碑去刻，日內無事，在此借他消閒。」因問西卿為什麼事情到府？西卿道：「大哥不要說起，那縣裡不會辦事，弄了些強盜，把外國的教士殺了，如今外國人不答應，有一隻兵船駛進海口，聽說要洗城哩！家母聽見這般謠言，不得不防，所以全家搬到府裡，靠大哥洪福，能沒事才好。」東卿殊為詫異道：「怕沒有這回事罷？果若這樣，還了得！嵊縣離府也不十分過遠，那能不知道？況且府衙門裡總有信的，昨兒太尊請我吃飯，也沒提起。那太尊是極佩服我的，遇著要緊公事，沒有不合我商量，那有這樣大事，倒不提起的呢？我在部裡多年，那鬧教的事也不知遇著千千萬萬。起先國家強盛，洋人尚不十分為難，後來一次一次的打敗仗，被他們看穿了，漸漸的爭論起來，有幾位督撫又見機，就隨便拿幾個人去搪塞，如今捉到了兇手不算，還要賠款，現在據你說來，這樁事並不是龍令的錯處，殺是強盜殺的，不過為著鬧教而起，說他保護不力，他已經擔不起，怎麼還好說他串通了強盜去殺教士？那有這種痴人，既然如此，他又何必要做官呢？我看龍令為人雖然科甲出身，心地到還明白，決不至此。」西卿聽了這一番曉暢的議論，拜服到地，忖道：「怪說那種見識做那種事業，你看我這大哥，說的話何等漂亮，所以才能夠做到侍郎。且慢！他處處替龍老父臺開釋，一定是為的我那句話說錯了。」因即改口道：「大哥的話一些不錯，做兄弟的原也疑心，那有本官串通強盜殺教士的道理，但是百姓紛紛傳說，不由人不信。」

東卿聽了，點點頭，就曉得西卿此來，也是被謠言所惑的了。

不知後事如何，且聽下回分解。

# 第二十九回　修法律欽使回京　裁書吏縣官升座

卻說佘東卿聽了西卿的話，就知他是被謠言所惑，因道：「嵊縣的事要是真的，龍在田總有信來合我商議辦法，你既然全眷進府，不妨多住些時，聽那邊的信便了。」當日就留西卿在花園裡吃中飯。西卿雖同他認了本家，還不曾到過花園。這番大開眼界，見裡面假山假水，布置得十分幽雅。正廳前面兩個金魚缸，是軍窰燒的，油粉裡透出些紅紫的顏色來，猶如江上晚霞一般，當時他就愛玩不置。東卿說是某方伯送的。擺出菜來，雖不十分豐富，倒也樣樣適口，把個西卿吃得鼻塌嘴歪，稱羨不已。

將晚癮發，辭別回去，心上後悔不該來的，糜費了許多盤川。且又家內乏人照應，那些值錢的東西倘是遺失了，倒也可惜。起先替家裡的人說得太矜張了，不好改口，又恐被那王家表弟所笑，卻頗佩服這表弟的先見。當下就請了他表弟來，強他在煙鋪上躺著談天解悶，不知不覺又提到嵊縣的事。濟川道：「據我看來，殺教士是真的，兵船停在海口也是有的，外國兵船到處停泊，那有什麼稀罕？只這洗城的話有些兒靠不住，表兄後來總要明白的。」西卿這番倒著實服他料得不錯，只自己面子上不肯認錯，就說：「愚兄當時也曉得這個緣故，只是捕廳家眷既走，恐怕膽大住下，有些風吹草動，家裡人怪起我來沒有回答。況且老母在堂，尤應格外仔細才是。」濟川道：「那個自然。此來也不為無益，山會好山水，小弟倒可借此遊遊。」西卿聽他說話奚落，也就不響。

過了兩日，東卿叫人請他去看信，西卿自然連忙整衣前去。見面之後，東卿呵呵大笑道：「老弟，嵊縣的事，果然不出愚兄所料。」一說罷，把一封拆口的信在桌上一擲道：「你看這信便知道了。」西卿抽信看時，原來裡面說的，大略是某月某日，有某國教士從寧波走到敝縣界上，不幸為海盜劫財傷命，現在教堂裡的主教不答應，勒令某緝獲兇手，但這海盜出沒無定，何從緝起？要是緝不著，那外國人一定不肯干休，自然省裡京裡的鬧起來，某功名始終不保。要想乘此時補請病假三兩個月，得離此處，不知上憲恩典如何。至於兵船來到的話，乃是謠言，還祈從中替府憲說明，免致驚疑云云。西卿看了，恍然大悟。東卿又道：「我原猜著兵船的話不確，只是這龍在田也太膽小些，這樣的事只要辦的得法，上司還說他為交涉好手，要是告病，前後任大家推諉起來，就能了事嗎？況且這事是在他的任上出的，躲到那裡去？這卻是太老實了。外國人要兇手倒也不難，雖然緝不著正兇，總還有別的法兒想想。他是沒有見過什麼大仗，呆做起來，所以不得訣竅。我想寫封信去招呼他，開條路給他，你道好不好？」西卿道：「這龍某人原是書生本色，官場訣竅是不會懂的，大哥如此栽培他，那有不感激的理？」東卿甚喜，便寫覆信寄去。那龍縣令接著佘侍郎的回信，照樣辦事。誰知送了個頂兇去，又被洋人考問出來，仍是不答應。主教知道龍令沒本事捉強盜，就進府去同知府說。龍知縣見事情不妥，只得也同他進府。於是在府裡議起這樁事來。到底人已殺了，強盜是捉不著的，府太尊也無可如何。那主教就要打電報到政府裡去說話，幸虧太尊求他暫緩打電，一面答應設法緝兇。這個擋口，可巧紹興一位大鄉紳回來了。這位大鄉紳非同小可，乃是曾做過出使英國欽差大臣，姓陸名朝棻，表字熙甫，本是英國學堂裡的卒業學生，回到本國，歷經大員奏保簡派駐英欽使。這時適逢瓜代回國，到京覆命，請假修墓來的，一路地方官奉承他，自不必說。船到碼頭，山會兩縣慌忙出城迎接，少停太尊也來了，陸欽差只略略應酬了幾句。當日上岸，先拜了東卿先生，問問家鄉的情形。東卿就把嵊縣殺教士的事情，詳詳細細說了一遍。陸欽差道：「這事沒有什麼難辦，只消合他說得得法，就可了的。只是海疆盜賊橫行，地方不得安靜，倒是一樁可慮的事。」東卿也太息了一番。當下陸欽差因為初到家裡事忙，也就沒有久坐，辭別回去了。

次日，太尊同龍知縣前去見他，便把這回事情求他，陸欽差一口應允。當下三人就一同坐轎前去。主教久聞陸欽差的大名，那有不請見之理？一切脫帽拉手的虛文，不用細述。只見陸欽差合那主教咕嚕的說了半天，不知說些什麼。只見主教時而笑，時而怒，時而搖頭，時而點首。末後主教立起來，又合陸欽差拉了拉手，滿面歡喜的樣子。陸欽差也就起身，率領著府縣二人出門同回公館。太尊忍不住急問所以。陸欽差道：「話已說妥，只消賠他十萬銀子，替他鑄個銅像，也可將就了結了。」太尊聽了還不打緊，不料龍知縣登時面皮失色，不敢說什麼，只得二人同退，自去辦款不提。

※　※　※

且說陸欽差在家鄉住了不到一月，即便進京面聖。朝廷曉得他是能辦事的，又在外國多年，很曉得些外國法律。這時正因合外國交涉，處處吃虧，外國人犯了中國的法辦不得，中國人犯了外國的法那是沒有一線生機的，甚至波及無辜。為此有人上了條陳，要改法律合外國法律一般，事情就好辦了。朝廷准奏，只是中國法律倒還有人曉得，那外國法律無人得知。幸而陸欽差還朝，只有他是深知外情，朝廷就下一道旨意，命他專當這個差事。陸欽差得了這個旨意，就要把法律修改起來。

那時刑部堂官，是個部曹出身，律例盤得極熟，大約部辦也拿他不住，不能上下其手。偏偏惹怒了一位主事，是個守舊不變的，你道這主事是什麼出身？原來是十五年前中的進士，河南籍貫，只因他八股做得好，不但聲調鏗鏘，而且草木鳥獸字面又對得極其工穩，所以主考賞識他，鄉會試都取中了。無奈他書法不甚佳妙，未曾點得翰林，只點了個主事，籤分刑部。這主事姓盧名守經，表字抱先，在刑部年分久了，已得了主稿。這回聽說要改法律，很不自在，對人私議道：「這法律是太祖太宗傳下來的，列聖相承，有添無改。如今全個兒廢掉，弄些什麼不管君臣不知父子的法律來攙和著，像這般的鬧起來，只怕安如磐石的中國，就有些兒不穩當了。」當時幾位守舊的京官，聽了極讚他的話為然。只那學堂裡一派人聽見了，卻是沒一個不笑他的。他就想運動堂官出來說話，豈知凡事總有反對，盧主事這般拘執，便有他同寅一個韓主事異常開通，卻已在堂官面前先入為主，極力贊說這改法律之舉是好的。堂官信了他的話，又且聖旨已下，何敢抗違？隨他盧主事說得天花亂墜，也沒法想了。

然而改法律不要緊，做官的生成是個官，不能無故把來革職，單單有一種人吃了大大的苦頭。這種人是誰？就是各行省的書辦。這書辦的弊病，本來不消說得，在裡頭最好不過是吏部，戶部，當了一輩子，至少也有幾十萬銀子的出息，刑部雖差些，也還過得去。所以這改法律的命下，部裡那些檔手的書辦倒還罷了，為什麼呢？就是朝廷把他世襲的產業剗掉了，他已經發過財，此後做做生意，捐個官兒，都有飯吃。只苦了外省府縣裡的書辦，如今改法律的風聲傳遍天下，又且聽說要把書吏裁掉，此輩自然老大吃驚。內中單表河南杞縣是第一個肥缺，當地有個謠言，叫做「金杞縣，銀太康」，原來杞縣知縣，每年出息有十來萬銀子，那書辦靠山吃山，靠水吃水，自然也是弄得一手好錢了。但是糧房雖好，刑房卻不如他，弄得好的年分，每年只有兩三百吊，也總算苦樂不均了。

且說其時有一個人家，姓申從堂兄弟二人，都當的是刑房書吏，一叫申大頭，一叫申二虎，兩人素常和睦，趕辦公事，從來沒有什麼推諉，只分起錢來，大頭在內年代多了自然多分些，二虎新進來情願少分，也不過三五十吊上下。有一次，西鄉裡一個寡婦撫孤守節，他手裡略有幾文，他族中有幾個無賴，要想他法子，誣他偷漢，硬把個佃戶當做姦夫，捉到縣裡來請辦。幸而這寡婦的兄弟出來鳴冤，才把這事息掉。這場官司偏偏二虎經手，弄到幾十吊錢，可巧山東沂水縣來了幾個檔子班，縣裡師爺們頑夠了，掄到底下這班人，糧房的闊手筆，自然撒開來儘使。申二虎也想闊綽闊綽，來合大頭商議，也想拚個分兒，唱天戲頑頑。大頭道：「你也真正自不量力，癩蝦蟆想吃天鵝肉了。這是有錢的人闊老官做的事，怎麼你也想學要起這個來呢？」二虎道：「老大！你也過於小心了。他們糧房裡天天唱戲吃酒，邀也不邀俺們一聲，難道俺們不是一般的人，為什麼不去闊他一闊？」大頭道：「老二！你在那裡做夢哩！他們糧房裡到得兩季的時節，至少總有幾千進項，那雪白細絲偌大的元寶，一隻一隻的搬進家裡去，也不見有拿出來的時候，隨他在女人面上多花幾文，也好消消災。我們賺的正經錢，靠著他穿衣吃飯，怎麼好浪費呢？老二！我曉得了，莫非西村裡那樁官司，你瞞了我得些油水，銀子多了，所以要闊起來，也想頑頑了。」幾句話說得二虎大是沒趣，臉都漲得通紅，勉強答道：「大哥！咱們哥兒倆素來親親熱熱的，沒有一事相欺，那敢瞞了大哥弄錢？」大頭道：「衙門裡的事如何瞞得過我？不提起也罷，今天提起了，我也不能不說。西村裡的事，你足足賺了五十吊，王鐵匠的過手，你當我不知道嗎？好好的拿出來四六均分，你費心多得個六分罷！」

二虎被他揭出弊病，這才著了急，料想抵賴不過，只是聽見他說要分肥，不由得氣往上沖，登時突出了眼睛，說道：「老大！你只知自己要錢，不管人家死活，衙門裡那樁事不是我一個人吃苦的，到見了錢的時候，你眼珠兒都紅了，恨不得獨吞了去，承你的情，一百吊錢，也分給俺二三十吊，這是明的，暗的呢，俺也不好說了。俺沒有耳報神，合你那般信息靈，你是在亮裡頭看俺，俺是兩眼烏黑。幸虧善有善報，西村裡的事，也偏偏合俺商議，略略沾光幾文茶水錢，你還要三七哩，四六哩的鬧起來，良心倒還不狠，虧你說得出這話兒。」大頭道：「老二！不要著急！俺也不過說說罷，真個要分你的錢嗎？俺真是要分你的錢也容易，不怕你不拿出來。」二虎道：「怎樣呢？」大頭道：「這有什麼難懂？俺只消當真的託李大爺做主，三下均分，你若不肯，他就告訴了大老爺，找你點錯處，革掉了你，你能為小失大嗎？」二虎道：「呋！原來如此。這樣辦法，俺也學著個乖了。俺也會把你那幾樁昧良心的事合大老爺講講，周家買田三十吊，盧家告忤逆五十吊，張家叔姪分家四十吊。還不止此，就這幾樁，也很夠了。俺把那得著的十吊八吊拿出來送給大老爺，看你擱得住擱不住。」大頭起先不過同他頑頑，沒一定要合他拌嘴，此時見他囉囉嗦嗦，說了一大堆的話，句句說著自己毛病，無明火發，忍耐不住搶上去撻的一掌。二虎見他動手，輕輕用手把他一推。大頭體胖無力，又且吃了幾口煙，如何當得起二虎的一推？早一頭撞翻，後腦殼子撞在一張小方杌子的角上，皮破血流，連叫地方救命！二虎見此情形，掉轉身子跑了出去。

次日，申大頭約了幾個人要去打申二虎，走到半路，遇著一個同夥，問起情由，勸他回去道：「快別再動干戈，咱們的飯碗兒都沒有了！」大頭驚問所以，那人說：「上頭行下文書來，道所有的書辦一概要裁，咱們的事要委些候補太爺們來當哩！這話是李大爺說出來的，不過三兩天內，官兒就要出告示，還要咱們把案卷齊出來交進去，這真是意想不到呢！」大頭聽見這話，猶同青天裡打下了一個頂心雷，也無心去找二虎打架了。把些跟人遣散了，忙同他跑到衙門，要想找李大爺問問端的。可巧李大爺被官兒叫了進去，商議什麼公事。等到回到自己的那個刑房，誰知門已鎖了，貼上一張正堂的封條，進去不得。弄得個申大頭走頭無路，只得踱到北班房坐著，等候那位李大爺。足有兩點鐘工夫，李大爺才出來。申大頭慌忙上去趨奉了一番，問起情由。李大爺道：「不錯，有這回事。明日大老爺下委，後天各位太爺親自到各房栓查案卷，從此沒有你們的事了。你後兒一早進來，聽候上頭吩咐罷！」把一個申大頭弄得目瞪口呆，合他同夥回到自己家裡，歎口氣道：「俺只道上頭的事不過說說罷了，那知道真是要做，弄得咱們一輩子的好飯碗沒得了，怎麼樣呢？咱們要改行也嫌遲了，這不是活活的要餓死嗎？從此一個愁帽子戴在頭上，恐怕脫不下來哩！」他同夥道：「不妨，咱們也不要自己折了志氣，實在沒處投奔，跑到汴梁城相國寺裡去拆字也有飯吃。」一句話倒提醒了申大頭，次日到衙門裡去看看，只見一班佐貳太爺揚揚得意，有的坐轎，有的步行踱了進去。申大頭恨不能咬下他一塊肉來。又想道：「才是這般沒廉恥的小老爺鑽營出來的？」

又過了一天，輪到申大頭上去陪著太爺們檢查案卷，他一早就在衙門前伺候，等到十一點鐘，本官坐堂，傳齊了六房，向他們說道：「告示諒你們是已經看見的了。這是上司發下來的公事，怨不得本縣，回去好好安分做個良民，有田的種田，有生意做的做生意，要是犯到案下，本縣一定照例辦，決不為你們伺候過本縣寬容的。聽見沒有？」大家磕頭答應了個「是！」官又吩咐道：「今天各位太爺到房裡盤查公事，你們好好伺候去，要一齊栓出來，休得從中作弊隱瞞，一經查出，是要重辦的！」大家喏喏連聲而退。

要知後事如何，且聽下回分解。

# 第三十回　辦刑錢師門可靠　論新舊翰苑稱雄

卻說申大頭跟了一位太爺，走到刑房，把鎖開了進去，查點案卷，一宗一宗給這位太爺過目收藏。點完了，舊的少卻十來宗，新的也不齊全。那太爺翻轉面皮，逼著他補去。申大頭觳觫惶恐，只是跪在地下磕頭。那太爺見他來得可憐，心倒輭了，說道：「只要你補了出來，也就沒事。」申大頭戰兢兢的說：「是新的呢，稿案李大爺那裡有底子，待書辦去抄來；舊的，是有一次夥計們煮飯，火星爆上來燒掉的。書辦該死，不曾稟過大老爺，還求太爺積些功德，代書辦隱瞞了過去罷！這幾宗案卷，沒甚麼要緊的，又且年代久了，用不著的。」太爺道：「胡說！用不著的，留他則甚？你好好去想法，不然，我就要同你們下不去了。」說罷，鎖門出去。原來這班書吏巧猾不過，看見這位太爺神氣，已猜透八九分，知道為的是那話兒，出來齊集了夥計商議，說道：「三年頭裡那樁事兒發作了。現在太爺動了氣，要回大老爺重辦我們，卻被俺猜著了，為的咱們老例沒送的緣故。硬挺呢也不要緊，只是叨登出來，大家弄個沒趣，將來難得做人了。俺的意思，不如大家湊個分子送他罷，免得淘氣。」他夥計正愁著窠兒拆了，沒得生活，如何還肯出錢？擱不住申大頭說得利害，有些害怕只得湊齊了二三十吊錢，交與申大頭，申大頭卻一錢未出，只替他們兌了銀子，合那太爺的家人說通了送上去，果蒙太爺笑納。那舊卷一事，算是消彌了，只把新案補抄幾宗給他，就算了結。

申大頭見沒得事做，暗自籌思說道：「俺同夥說到相國寺拆字的話，那是斡不出什麼事業的，幸而咱的兒子跟了撫臺裡的刑錢師爺，前天來信，還說師爺極寵用他，我何不去找他一找，求求那位師爺，薦個把錢糧稿案的門上當當，不強似在此地當書辦嗎？事不宜遲，趁這時有盤纏，就要動身才是。」想定主意，合他老婆說了，次早就趕往汴梁。申大頭是沒進過省的，見了那南土街北土街那般熱鬧買賣，也大納罕的了不得。好容易找到撫臺衙門，去問這個申二爺，那裡問得出？原來他兒子叫申福，是跟著刑錢師爺住在裡頭的，申大頭如何找得到呢？事有湊巧，申大頭因找不著兒子，便天天跑到撫臺衙門前走兩遍，恰巧這天申福奉了主人的命出去送禮，申大頭亦剛剛走到儀門口，只見迎面來了兩個人，抬著一具抬箱，吆呼著很覺吃力，後面跟的正是申福。當下父子相見，申大頭一路跟著走，訴說自己苦處，要申福替他在主人面前設法。申福道：「我們師爺薦個家人絲毫不費力的，就是他薦在外府州縣當師爺的也不少，不過現在聽他說要想辭館進京，正是為裁書吏的事，有些先見之明，大約恐怕這個刑錢師爺也離著裁掉不遠了。求差使的事，說是可以說得，肯不肯也只好由他。」申大頭道：「你不要管，且求求他看是如何？」申福答應著，約明有了回音，到客寓裡來送信，各自分手不提。

※ ※ ※

且說這位刑錢師爺姓余名豪，表字伯集，是紹興府會稽縣人。原來那紹興府人有一種世襲的產業，叫做作幕。什麼叫做作幕？就是各省的那些衙門，無論大小，總有一位刑名老夫子，一位錢穀老夫子；只河南省的刑錢是一人合辦的居多，所以只稱為刑錢師爺。說也奇怪，那刑錢老夫子，沒有一個不是紹興人，因此他們結成個幫，要不是紹興人就站不住。這余伯集怎麼會在河南撫臺裡當刑錢呢？說來又有原故。伯集本是個宦家子弟，讀書聰俊，只因十五歲上父母雙亡，家道漸漸中落。幸他有個姑母，嫁在汴梁，他姑丈就在開封府裡當刑錢一席。伯集年紀到了弱冠之時，只愁不能自立，讀書又沒進境，知道取不得科名，成不了事業，只得去投奔他姑丈，找點子事體做做。主意打定，便水陸趲程的趕到汴梁。姑丈姑母的相待，倒也罷了，就帶他在開封府裡學幕。可巧撫臺衙門裡一位刑錢老夫子，要添個學生幫忙，姑丈便把他薦了進去。余伯集得了這條門路，就把那先生恭維起來，叫他心上著實受用，只道這學生是真心向著自己的，就當他子姪一般看待，把那幾種要緊的款式，辦公事的訣竅，一齊傳授與他。也是余伯集的時運到了，偏偏他先生一病不起，東家是最敬重這位老夫子的，為他不但公事熟悉，而且文才出眾。臨終之前，東家去看他，要他薦賢，他就指著余伯集，話卻說不出來了。伯集見先生已死，哭個盡哀，東家見他有良心，又因他先生臨終所薦，必係本事高強，就下了關書，請他抵先生一缺，卻教他分一半兒束脩，撫恤先生的家眷。

原來那撫署刑錢一席，束脩倒也有限，每年不過千餘金，全仗外府州縣送節敬年敬，併來攏總有三四千銀子的光景。伯集自此成家立業起來。誰知這席甚不易當，總要筆墨明白暢達才好。伯集讀書未成，那裡弄得來，只好抄襲些舊稿。虧他自己肯用心，四處考求，要是不甚懂的，便不敢寫上，弄了幾年，倒也未出亂子。東家後來調到別省，就把他薦與後任。這後任的東家是個旗人，有些顢頇，伯集既是老手，有幾樁事辦得不免霸道些，人家恨了他，都說他壞話。後來又換了一位撫臺，便說他是劣幕，要想辭他，好容易走了門路，辨明了冤枉，館地才得蟬聯下去的。又當了兩年，偏偏看見這改法律的上諭，接著就有裁書吏的明文。暗想這事不妥，將來法律改了，還用著我們刑錢老夫子嗎？一定沒得路走，合他們書吏一般。不如趁此時早些設法，捐個官兒做做，也就罷了。可巧朝廷為著南海的防務吃緊，準了督撫的奏，開了個花樣捐，伯集前年因公得過保舉，是個候選知府，因此籌了一筆正款上兌，約摸著一兩年間，就可以選出來的，於是放寬了心。

他共有兩個兒子，大的八歲，小的六歲，特特為為請了一位老夫子教讀。這老夫子姓吳名賓，表字南美，是個極通達時務的。伯集公暇時，常合他談談，因此曉得了些行新政的訣竅，有什麼開學堂，設議院，興工藝，講農學種種的辦法。至於輪船，電報，鐵路，採礦那些花色，公事上都見過，是本來曉得的。伯集肚皮裡有了這些見解，自然與眾不同，便侈然以維新自命了。明年正逢選缺之期，伯集輕車簡從，只帶了兩個家人，北上進京，渡了黃河，搭上火車，不消幾日，已到京城。果然皇家住的地方，比起河南又不同了。城圍三套，山環兩面，那壯麗是不用說的。伯集揀了個客店住下。

且說他帶來的兩個家人，一個就是申福，他老子已經薦到許州當稿案去了。還有一個是帶做廚子的，弄得一手好菜，伯集一路上全靠這人烹調。伯集甫卸塵裝，就趕著去拜望幾位同鄉京官，叫申福出去找到長班。遞上住址單，才知道陸尚書住在東交民巷，黃詹事住在南橫街，趙翰林住在棉花上六條胡同，馮中書住在繩匠胡同，還有幾位外縣同鄉，一時也記不清楚。當下雇了一輛單套騾車，先進內城，到東交民巷。那陸尚書正在那裡調查外國法律，再也沒閒應酬同鄉，故而未見。出城便到南橫街，原來黃詹事合伯集雖彼此聞名，卻從沒有見面，敘起來還是表親，一番親密，自不必說，就留伯集吃便飯，伯集便不客氣。誰知這黃詹事卻向來是儉樸慣的，端出來四碗菜，一樣是霉乾菜燉豆腐，紹興人頂歡喜吃的一魚一肉一白菜，伯集嘗著倒也件件適口，不免飽餐一頓。飯後，又到那兩處拜訪，都見著的。

次日，就是同鄉公請，伯集自然又要還請。他們席間提起陸尚書來，黃詹事第一個皺眉道：「好好的個中國，被那班維新人鬧得來不可收拾的了。你想八股取士，原是明太祖想出來的極好個法子。八股做得到家，這人總是純謹之士。我們聖祖要想改變，尚且覺得改不來，依舊用了他，才能不出亂子。如今是廢掉的了。幸而還有一場經義，那經義就合八股不差什麼，今年有幾位敝同年放差出去，取出來的卷子，倒還有點八股氣息，這也是一線之延，然亦不可久恃的了。我只怪廢掉了八股，果然出些什麼大人材，就算是明效大驗，誰知換了一班，依舊不見出個好來，只怕比八股還要壞些，這也何苦來呢？況且八股是代聖賢立言，離不了忠君愛國，事親敬長一切話頭，天天把這些人陶鎔，所以不肯做背逆的事，說背逆的話，他們一定要廢，真不知是何居心！」說罷，恨恨之聲不絕於口。黃詹事的話尚未說完，忽然趙翰林駁起他來，原來二人一舊一新，時常水火的。當下趙翰林插口道：「老前輩說的自然不錯，只是晚生想起鄧鄚，項煜那班人，也是八股好手，為什麼就不忠不孝起來？」黃詹事發狠道：「這話我不以為然，你只看本朝的陸清獻，湯文正八股何等好，人品何等好，便曉得了。」趙翰林還要與他辯論，他卻一口氣說下道：「我不是為廢八股說話，我為的是改法律那樁事。現在你們試想，中國的法律，不但幾千年傳到如今，並且經過本朝幾位聖人考究過的，細密到極處，還有什麼遺漏要改嗎？朝廷聽了陸尚書的話，偏偏要學外國，那外國是學不得的，動不動把皇帝刺殺了，你想好不好？大學堂裡的提調對我說的，什麼美國的總統看看戲，被人家放了一槍打死了，也沒有辦過兇手。俄國的皇帝怕人刺他，甚至傳位別人，不願意做皇帝。至於帶兵官被人刺死的，更常常聽見有人說。那般荒亂，都是法律不講究的原故。我們學了他，還想過太平日子嗎？包管造反的人格外多些。皇上住在宮裡還好，官府不識竅，出門走走，恐怕難免意外之虞。所以我說別樣改得，這法律是斷乎改不得。你們不信我的話，試試看。」余伯集是個刑名老手，此道尚能談談，正想迎合上去，偏被那趙翰林搶著說道：「老前輩這話固然甚是，但則我們中國已被外洋看到一錢不值，所以他們犯了我們的法不能辦罪，我們百姓要傷了他個貓兒狗兒，休想活命。所以朝廷想出這個法子，改了法律，合他一般，那時外國人也堵住嘴沒得說了。至於大綱節目，只怕原要參用舊法，不至盡廢了的。你那大學堂裡那位朋友的話，原也靠不住，多半從外國野史上譯下的。人家都極文明，何至如我們公羊家言弒君三十六呢？」黃詹事聽了，由不得氣往上撞，恨道：「你們這般年輕人，總是拜服外國，動不動讚他好。既然如此，為什麼不去做他的官，做他的百姓，還要食中國的毛，踐中國的土，幹什麼呢？」趙翰林道：「這算什麼？前年的時候，不是有人門上插了外國的順民旗子嗎？」黃詹事聽罷，氣得渾身發抖，也只得唉了一聲道：「罷罷！你們這些人太不曉得君親了！」伯集本是請同鄉，要想大家暢飲幾杯，尋個歡樂的，那知趙翰林同黃詹事有此一番牴牾，弄得大家沒趣，勉強席終而散。

次日，黃詹事來邀他去談談，伯集趕忙套車前去。黃詹事提起昨日席間話來，極口的說趙翰林不好。又道：「他本來學問也有限，抄了先生的書院文章中進士的，只幾個楷書還下得去。徼倖點了個翰林，就這樣目無前輩。我曉得他現在常去恭維管學大臣，拾了些維新話頭，有一沒一的亂說，真是不顧廉恥的。自己也是八股出身，就不該說那些話。」伯集自然順了他的口風幫上幾句，又著實恭維黃詹事的話是天經地義，顛撲不破的。黃詹事心中甚喜，便說：「究竟老表弟在官場閱歷多年，說來的話總還好聽。」當晚就留伯集在寓小飲，兩下談得甚是莫逆。黃詹事忘了情，把自己在京當窮翰林怎樣為難，一五一十告知伯集，伯集也是個老猾頭，聽他說總不肯迎上去。忽聽見黃詹事帶醉大聲說道：「老表弟！你在官場混了多年，雖說處館，也要算見光識景。你曉得京官合外官的分別麼？」伯集答道：「不曉得！請表兄指教！」黃詹事道：「我同你說著頑頑，你休要動氣。外官是闊得不耐煩，卻沒有把鏡子照照自己見了上司那種卑躬屈節的樣子。有人說，如今做外官的人，連妓女都不如。妓女雖然奉承客人，然而有些相貌好的，無論客人多叫局多吃酒，總還要拿點身分出來，見了生客冷冰冰的，合他動動手還要生氣。只做外官的人，隨你紅到極處，見了上司，總是一般的低頭服小。雖然上司請他升炕，也只敢坐半個屁股；要是上司說太陽是西頭出，他再也不敢說是東頭出的，也只好答應幾個是。至於上司的太太姨太太或是生日，或是養兒子，他們還要巴結送禮。自己不能親到，那四六信總是一派的臭恭維。有的上司看也不看，丟在一旁。這些人只要等到署了個缺，得了個差使，就狐假虎威的發作起來了，動不動嚇唬人，打一千哩，打八百哩，銀子拿不夠，休想他發慈悲饒了一個。所以人家又把他比做強盜。我這些話，原也說七品的翰林到了外省，督撫都須開中門迎接。只我那年有事告假出京，路過蘇州，其時藩臺正護院，王副憲託我帶封信給他，是我太至誠了，親自送去，誰知他沒有見識，只道我是尋常翰林打抽豐❶的，中門也不開，等了半天，才見家人拿了帖子來擋駕。我也不同他計較，把信交給家人就動身了。以後不知怎樣？他後來被人家參了革職，永不敘用，也有我這種忠厚人偏偏碰他這個釘子。我也常見那外省的督撫，到得京城，像是身子縮矮了一段，要在他本省，你想他那種的架子還了得嗎？定是看得別人如草

❶ 打抽豐：向別人講交情，希圖人家贈送錢物。

芥一般。我們中國這樣的習氣，總要改改才好，改法律是沒用的。」余伯集聽了這一番話，又是好氣，又是好笑，又有些驚疑；看他面色，又不是醉後失言的樣子，不解所以然的緣故。

要知端的，且聽下回分解。

# 第三十一回　名士清談西城挾妓　幕僚籌策北海留賓

卻說余伯集聽了黃僉事的話，自忖道：「他這番議論頗有意思，大約想我送他些別敬的緣故。」當下應了個「是」，也沒別話。席散回去，卻好次日合黃僉事抬槓的趙翰林來訪，伯集連忙叫「請」。趙翰林跨進門來，伯集一眼瞧見他左腳上烏黑的，認得是穿了一隻靴子。原來前人有兩句即事詩，是專詠京城裡的風景的。叫做：「無風三寸土，有雨一街泥。」那伯集住的客店，又在楊梅竹斜街，正是個溝多泥爛之所。這時下過大雨剛才晴了，那街上一層浮土，是被風刮上去的，底下盡是爛泥，就合那北方人所吃的芝麻醬一般。趙翰林誰說不是坐車來的？偏偏車到街口擠住了，動也動不得。他性子躁，一跳跳了下來，想要找伯集住的那個店。不防腳尖兒一滑，可巧插在那浮土蓋著的泥裡，拔出來，三腳兩步進了店，跨到伯集住的外間，口裡直嚷道：「今兒糟糕，穿了一隻靴子！」伯集哈哈笑道：「老哥為什麼不坐車？」趙翰林道：「可不是坐車來的？只是到口兒上擠住了，跳下來走幾步兒，不想踹了一腳泥。」伯集忙叫家人取鞋襪來給趙大人換上。家人取到，趙翰林試穿起來，倒也合自己的腳，不差大小。兩人入座閒談，伯集想著趙翰林說的話，比黃僉事新得多了。今番見面，又說做外官的人應該如何開學堂，如何辦交涉，如何興實業，如何探礦苗。伯集也就把肚子裡採辦來的貨色盡情搬出。趙翰林非常傾倒，連說：「原來大哥有這樣能耐，將來督撫也可以做得，不要說是知府了。那外省的督撫，要像大哥這般說法辦去，還有不妥的事嗎？」伯集把眉頭一軒，似笑非笑的，又說道：「昨兒黃老先生把我們外官說得那樣不值錢！」趙翰林不待他說完，急問道：「他說什麼？」伯集一一述了。趙翰林歎道：「我們中國人有一種本事，說到人家的錯處，就同鏡子一般，那眼皮上怎樣一個疤，臉上怎樣一個瘢，絲毫不得差，休想逃得過去；說到自己，便不肯把鏡子回過來照照。殊不知道瘢兒疤兒多著哩！那黃老前輩，不是我說他，碰著幾個闊人，或是中堂，尚書有權勢的，一般低顏下膝的恭維；碰著外官有錢的來京，趕著去認同年，認世誼，好哄嚇的哄嚇幾文，不好哄嚇的就合著那論語上『欲罷不能，既竭吾才』的兩句，他還要拿嘴來說別人嗎？」伯集道：「說呢，也不相干，他是一概論的。我只覺得外官裡面，也有品氣高的，才情大的，不是一定要正途才能辦事。不是兄弟誇口，那一省的事有什麼難辦？就同外國人打交道，也只要摸著他的脾氣，好將就的將就些，不好將就的少不得駁回一兩樁，但看看風頭不對，快些掉轉來就是了。總要從上頭硬起，單靠地方官是沒用的。」趙翰林笑了一笑道：「大哥辦交涉的法子不錯我聽見廈門的交涉，是辦得太硬了，地方官登時革職。寧波的教案，辦得太軟了，官倒沒事，只百姓吃了虧，要是能夠頂上幾句也好些。現在講求新政的，有一位商務部裡的馮主事，單名一個廉，字號叫直齋，今天我約他在西城口袋底兒，特來約大哥同去談談，可使得？」伯集生性好色，曉得這口袋底是個南班子住家所在，有什麼不願意去的？忙答應了聲：「使得。好好！咱們名士風流，正該灑脫些才是。」當下便叫套車。趙翰林道：「且慢！你看時候才有正午，咱們就近先到萬福居吃了飯去。」伯集道：「不必。不嫌簡慢，我去叫菜，就在我這裡吃罷！」趙翰林也不推辭，當即叫了幾樣菜，兩人吃畢，套車前去。

原來這口袋底在海岱門裡，倒很有一節子路。那南班子的下處，是極清淨的，可以竟日盤桓，不比什麼石頭胡同王廣福斜街鬧烘烘的，一進門，喝了幾杯水酒，便喊點燈籠送客的。閒話休提。且說兩人坐了一輛車到得那裡，等了多時，馮主事還不見來。班子裡有一個叫桂枝的，伯集尤其同他要好，他兩個人見了面，也不顧別人，就鬼串了一回。一直等到天將近黑，馮主事才來了。伯集聽了趙翰林的話，知道他是個有才學的，不覺肅然起敬，連桂枝也發起楞來。那知馮主事倒不在意，已是灌飽了黃湯，滿面緋紅，少不得應酬一番，合趙翰林拱手為禮，又同伯集見面；彼此通了姓名；伯集說了許多仰慕的話。馮主事略略謙遜兩句，當即入席閒談。一席之間，又只有馮主事合趙翰林說的話，伯集偶然插幾句嘴，馮主事並不回答。伯集受了一肚子悶氣，索性連口也不開，拉長了耳朵，恭聽他們的議論。

只聽得趙翰林說道：「現在辦洋務的，認定了一個模稜主義。不管便宜吃虧，只要沒事便罷，從不肯講求一點實在的。外國人碰著這般嫩手，只當他小孩子頑。明明一塊糖裡頭藏著砒霜，他也不知道。那辦學堂的更是可笑，他也不曉得有什麼叫做教育，只道中國沒得人才，要想從這裡頭培植幾個人才出來，這是上等的辦學堂的宗旨了；其次，則為了上司重這個，他便認真些，有的將書院改個名目，略略置辦些儀器書籍，把膏火改充學費，一舉兩得，上司也不能說他不是；還有一種，自己功名不得意，一樣是進士翰林，放不到差，得不著缺，借這辦學堂博取點名譽，弄幾文薪水混過，也是有的。看得學生就同村裡的蒙童一般，全仗他們指教，自己舉動散漫無稽，倒要頂真人家的禮貌，所以往往鬧事退學。我看照這樣做下去，是決計不討好的，總要大大的改良才是。」馮主事道：「你話何嘗不是？但說是借著辦學堂博取些名譽，弄幾文薪水混過這句話不打緊，恐怕要加上多少辦學堂的阻力。從來說三代以下唯恐不好名，能夠好名這人總算還有出息，我們只好善善從長，不要說出那般誅心的話，來叫人聽著寒心。即如我，也想回去設個商務學堂，被你這一說，倒灰了心了。」趙翰林道：「直齋，你又多心了。你我至好朋友，說話那有許多避忌？我說的不過是那種一物不知也以維新自命的，你要辦商務學堂，這是當務之急，誰說你不是呢？」兩人刺刺不休。伯集聽得不耐煩，早合那桂枝燒鴉片去了。最後，趙翰林那句話耳朵邊刮過，倒像有點刺著自己的心。暗道：「他們瞧我不起，將來偏要做幾樁事給他們看看！」

當晚談談講講，不知不覺，已是一更天氣。馮主事要想出城，趙翰林道：「如今是出去不來的了。海岱門雖然關得遲，此時也總關了，不如倒趕城罷！」原來京城裡面有「倒趕城」一宗巧法，只因城門關得早，開得也早，三更多天便開了，就好出進，叫做「倒趕城」。馮主事是曉得的，因道：「我初意只打算到一到，告個罪，就要出城，那知談起來，忘記了明早商部裡還有許多公事。我昨兒已一夜未睡，加上這半夜，也有些支持不住了。」趙翰林勸他吸幾口煙提提精神。馮主事道：「那是我生平最恨的，寧可躺躺，再不吸他。」又停一會，馮主事更撐持不住，身邊摸出幾個藥丸子把茶送下，就在伯集躺的煙鋪上躺下，只聽得他打呼聲響，已自睡著了。趙翰林也有些倦意。伯集精神獨好，自合桂枝到裡間屋內談心，讓趙翰林炕上歇息。聽聽三更已轉，三人各自回去不提。

再說余伯集原是候選來的，那知部費未曾花足，已是錯過一個輪子，只好再待下次。北京久居不易，便商量動身。為著赴選未經得缺，同鄉官面子上的應酬，也就減少了一半，該送一百的只送五十，大家倒也無甚說得。只是臨動身的幾天，要帳的擠滿了屋子，參店，皮貨鋪，靴店，荷包鋪，館子，窰子，鬧得發昏。伯集雖然算盤打得熟，但是每帳總要打些折扣，磋磨磋磨，如何一天半日開銷得了？自己詫異道：「我出京只有這個打算，還沒定日子，如何他們都會曉得？」便對那些夥計說道：「我是還不出京哩，只好慢慢開發，馬上問我要可不能。」那些夥計，本來收帳是懷著鬼胎來的，聽他這一說，越覺心虛，有的支吾答應，像是要走又不肯出門似的，有的竟還要逼著現銀子去。伯集憤極道：「買的東西都在這裡，你們要不肯賣給我，只管拿回去，要立逼著銀子是沒有的。你去外面打聽打聽，難道我哄騙著你們逃走不成？」那些夥計才不敢則聲。問明日期，伯集叫他們分兩天來算帳，只館子，窰子是當天開銷的。

可巧對面客店裡有一位河南顧舉人，本來約著同伴出京的，忽然走來，伯集把方才要帳的情形合他說了。他道：「原來太尊不知京裡風俗如此。但凡是候選的，會試的到來，他們便起了鬨，有一沒一的把些東西亂塞，嘴裡也會說又是怎樣好，怎樣便宜，怎樣有用處，還有不肯說價錢的，倒像奉送一般，硬把他的貨物存在客人處。初進京的人看他這樣殷勤，多少總要買他一件兩件。及至客人想要出京，三五天前頭，他們是已經打聽著了，便蠭擁而至，探探候候，又是可氣，又是可憐。你道他們是怎樣打聽著的？原來他們先花了本錢來的。店門口，會館門口，都有使費，人家早替他們當心，所以一有打算出京的樣子，他們早已得知，跑不了的。那使費有一種名目，叫做『門錢』，太尊帶來的管家，都好向他討的；其實，仍舊合在賣的價上，稍須多要一點，就有在裡頭了。但是一般也有漂帳❶，我曉得的敝同鄉黃知縣，久困都中，後來得缺出京，沒錢開發，就把行李衣物私運別處，存下幾只空箱子，有天晚上出

❶ 漂帳：空帳；做假樣子賴帳。

店，一去不回。次日那些債主都知道了，趕出城去討，因他走得路遠，只得罷手。他們這種主顧，每年也要遇到幾個，只消遇著幾個冤大頭，也就彌補過去了。」伯集道：「原來如此。這樣風氣，外省倒少些，有貨換錢，犯不著那般覓主兒。」

※ ※ ※

次日，伯集把帳一一的七折八扣算了，不管那些人叫苦連天，怨聲載道，就同了顧舉人出京。說也可氣，那些同鄉京官，只有趙翰林還來送送，別的都差片送行，推說有病，或是上衙門去了。伯集很覺動氣，暗想缺又選不到，河南又去不得，賓東本有意見，恐怕去了，館地靠不住，豈不是白白的跑一趟？聽說北洋大臣孔公釗竭意講求新政，沒得人去附和他，我何不上個條陳試試看？主意想定，就同顧舉人一路斟酌，許他得意時請他做文案，顧舉人本思覓館，那有不願意的？便爾一力贊成。伯集就連夜在客店裡打開行篋，取出些時務書，依樣葫蘆，寫下幾條，託顧舉人筆削，以為進身之具。原來當初伯集在豫撫幕中，其時正值孔制臺做河陝汝道，彼此倒也有點交情。等到條陳上了上去，立時請見，敘了一番舊，又痛讚他籌畫周詳，到底是個公事老手，竭力留他在署中辦事。伯集正中下懷，假說豫撫賓東已久，恐不便辭他。孔制臺道：「那不妨事。河南事簡，北洋事繁，老兄有用之才，不當埋沒在他那裡，待兄弟寫信給他便了。」伯集聽了，忙說了些極承栽培的話，告辭出署。

當晚制臺請吃晚飯。席間可巧，又有馮主事。原來馮主事久有開辦商務學堂的念頭，他是山東濰縣人，合孔制臺是師生，這回告假出京，特特的迂道天津，前來叩見，要想老師捐助幾文。當下見余伯集在座，倒覺突兀，就合他非常親熱，不比在口袋底那天的情形了。孔制臺見他兩人很說得來，越發看重伯集。馮主事說起辦學堂的事，制臺縐眉道：「我們山東辦得來學堂嗎？去年胡道臺在兗州府辦了一個學堂，招考三個月，尚且不滿十人。他們也說得好，說是洋學堂進去了，好便好，不好就跟著外國人學上連父母都不管，父母也管他不來的。直齋要辦學堂必有高見，不知是怎樣辦法？」馮主事道：「論理，我們山東要算是開化極早的了。自從義和拳亂後，便也大家知道害怕，不敢得罪洋人，不然，德國人那樣強橫，竟也相安無事，這就是進化的憑據。晚生想辦的學堂，並不是尋常讀外國書的。只因門生現在商部裡，見我們中國商人處處吃虧，貨物銷售出口，都被外國人抑勒，無可如何。人家商戰勝我們，在他手裡過日子，要是不想個法兒抵制抵制，將來民窮財盡，還有興旺的時候嗎？所以門生要辦這個學堂開開風氣。明曉得鄉裡人是不懂得什麼的，也只好隨時勸導，看來東府裡民情比兗州也還開通些，敝處商家也多，料他們必是情願的。只是經費不夠，還求老師提倡提倡，替門生想個法兒。」孔制臺聽他說東府比兗州開通些已不自在，又且要他籌款更覺得冒失，只為礙著師生情面，不好發作。躊躇了一會道：「開學堂呢，不過這會事罷了，並不是真有用處的。如今上上下下鬧新政，實在鬧不出個道理來，還只有開幾個學堂做得像些，但是籌款也不是容易的事。我做官是你曉得的，那有餘錢做這樣有名無實的事業？你說貴處商家多，還是就近想點法兒罷！」原來馮主事知他這位老師本來不喜人家談新的，現在因為有人傳說他做幾件事還新，所以特來試探試探，或者為名譽上起見，又是桑梓的情誼，多少幫助些，也未可知。誰想一說上去，就碰了釘子，深悔此番不該來的。當下一言不發，靜待席終而散。幸而余伯集本是個官場應酬好手，便想些閒話出來談談，夾著恭維制臺幾句，然後把這一局敷衍過去。制臺送客時候，獨約伯集明日搬進衙門裡來，同馮主事但只一拱而別。

伯集回寓，便託顧舉人帶信河南，把眷屬搬到天津，就近薦了他一個書啟兼閱卷的館地，顧舉人自然歡喜。次早送了顧舉人，正要搬進衙門，恰好馮主事來拜，只得請見。馮主事大發牢騷，說：「我們這位老師，做官做得忒精明了，聽他那幾句話兒，分明說新政不是，又道學堂無益，總而言之，怕出錢是真的。我們濰縣還有他兩爿當鋪，倒說做官清正，封疆大員尚且如此，還有什麼指望呢？」伯集諾諾答應，不敢合他多說話。馮主事覺得無味，也就去了。

要知後事如何，且聽下回分解。

# 第三十二回　請客捐貲刁商後到　趁風縱火惡棍逞凶

卻說馮主事別了余伯集，便到督署辭行，制臺送他程儀五十兩。馮主事意欲退還，覺得師生面上過不去，只得受下。登程之後，一路思量道：「這學堂雖有楊道臺捐助三千金，其餘零碎湊集的不及二千，就是節省辦法，也要一萬多銀子，還不能照東洋的規模，買齊那些考驗的材料，應用的器具。只好暫請幾位中國好手，編些商業教科書，譯幾部東洋書籍，敷衍著辦起來便了，其他只得從緩改良。但是目下總得再籌二三千金，才能開辦這個局面。」左思右想，忽然想出一個主意來，自言自語道：「呀，有了！那孔老師雖然不肯出錢，他那句話倒是開我一條道路，就是商捐一節，卻還有些道理。我想我們濰縣，富商也還不少，他們歷年往城隍廟裡捐錢賽會，一年何止千金？那廟裡如何用得到這許多，定是幾個董侵吞了去的。我去找這幾人，並且請齊了眾商家，把這事理論個明白。以前的縱然清不出來，只要把以後的歸併學堂裡，作為長年經費，不是一舉兩得麼？」主意定了，自己倒甚歡喜，因此不到省裡去了。那創辦學堂的稟帖，是上頭已經批准的，沒什麼顧慮，就一直回到濰縣，找著幾位紳士商量。

濰縣的大紳士只一位姓劉的，是甲戌科進士，做過監察御史，告老回家的，年紀又尊，品望也好，人家都看重他。只是這位劉公有些怕事，輕易不肯替人家擔肩。其餘的幾位紳士，不過是舉人，廩生，都在馮主事之下，只因他們家裡田多有錢，人人看得起，故而能夠干預些地方上的公事。馮主事這回辦學堂，都已捐過他們，就是打在那雜湊項下算的。當下馮主事先到劉家去，不一定想捐他，原要合他商量那廟捐一節，不料劉御史劈面就給他個沒趣，道：「我們雖則知己，這樁事我卻很不佩服你。我生平最恨人家辦學堂。好好的子弟，把來送入學堂裡去，書也讀不成了，字也寫不來了，身上著件外國衣，頭上戴頂外國帽子，腳下蹬一雙皮靴，滿嘴裡說的鬼話，欺負人家不懂。我前月進省，才看見那種新鮮模樣兒，回來氣得要死。好笑我們省裡這位中丞，拿辦學堂當做正經，口口聲聲的勸人家開辦。彷彿聽見即墨縣進省見他，因為辦學堂不認真，大受申飭，如今即墨縣的學堂，一個月內已經辦好，請了一位監督，每月四十銀子薪水。幸而我們這位老父臺，為人很好，不肯效尤，只作不知，也不進省去見他，合了我的脾胃。老弟，你想想，我們是八股場中出來的人，豈可一朝忘本？飲水尚要思源，依我愚見，還指望你將來上個摺子，恢復八股，以補愚兄未竟之志。你如何倒附和起新黨來，索性要開學堂了。你前次給我的信，我也沒覆，我原曉得你就要回來，可以面談的。你要我捐錢，做些別的善舉，都可以使得，只這學堂，誤人家的子弟，是大大的罪過，不敢奉命。若是真要辦學堂，須依了我的主意，請幾位好好的舉人秀才，教他們讀四書五經，多買幾部朱子小學近思錄等類的書，合學生講講，將來長大了，也好曉得些崇正黜邪的道理。老弟你休要執迷不悟。」

一席話說完，把個馮主事就如澆了一背的冷水，肚皮也幾乎氣破，登時臉上發青，要待翻腔，卻因平日合他交情尚好，又因他是個老輩先生，這回辦事雖不要借重他，也怕他從中為難，只得忍住了。停了一會，歎道：「老先生，你只知其一，不知其二。如今時勢，是守舊不來的了。外國人在我們中國那樣橫行，要拿些四書，五經，宋儒的理學合他打交道，如何使得？小弟所以要辦學堂者，原是要造就幾個人才，抵當外國人的意思，並不是要他們順從外國人。並且辦的是商務學堂，有實在的事業好做，不是單讀幾部外國書，教他們學兩句外國話就完的，你老不要鬧錯了。」劉御史道：「老弟，你這話更是不合。外國人到我們山東來橫行，那是朝廷不肯合他打仗的原故，他們強橫到極處，朝廷也不能守著那柔遠人的老話，自然要趕他們出去的。至於我們讀書人，好好讀書，自有發達的日子，為什麼要教他商務呢？既說是商務，那有開學堂教的道理？你那裡見過學堂裡走出來的學生會做買賣的？那做買賣的人，各有各的地方，錢鋪裡，當鋪裡，南貨鋪裡，布店裡，綢緞店裡，皮貨店裡，還有些小本經紀，那個掌櫃的不是學出來的？只不在學堂裡學罷了。我說句放肆話，他們這幾位外行人，如何會教給學生做生意？勸你早些打退了這個主意罷，濰縣人不是好惹的。」馮主事暗想道：「這人全然不懂，真個頑固到極處，只好隨他去罷！」當下沒得說話，辭別了出去。走到別的幾位紳士家裡，探探口氣還好，還有些合自己一路捐的款子，也有當時面交的，也有答應著隨後補交的，馮主事略略放心，約定他們後日議事。當日回家，發了幾副請帖，請幾位大商家合那廟董，在商務公所會議。

到了這日，各商家，各紳士都到，只劉御史合廟董未來。馮主事預先備了幾桌酒，請他們依次坐定，好談這事。且說那廟董裡面，有個頭腦，本是個販賣黃豆的，這人刁鑽古怪，年紀約摸有四十多歲，吃上幾口大煙，瘦長條子，滿臉的麻點兒，削臉尖腮，姓陶名起，同夥送他個外號，叫做淘氣，原是音同字不同的。只因他在商務裡面極有本領，賺得錢多，雖說是昧了良心弄得來的，然而手裡有了銀錢，人家自然也拿他推尊起來了。湊巧其時正值秦晉開捐，他湊了幾個錢去上兌，捐了個候選同知花翎四品銜，居然以鄉紳自命了。無奈他有個脾氣不好，一生吃虧只在這鄙吝二字上頭，無冬無夏，身上只著件搭連布的袍子，口裡啣支粗竹煙袋，家常吃的總不過是高粱窩窩，小米尖餅之類。當下因馮主事請他，他知道必有事情，初意想不來的，後來一想不好，才慢慢的踱到商務公所，合眾人見了面。馮主事把廟捐一層提起，先說道：「兄弟只因要開這個商務學堂，須得大眾幫忙，能捐呢多捐些，要是不能，那廟裡一筆捐款，每年有一千多兩銀子，我曉得春秋兩次賽會，至多不過用掉一二百銀子，可好把這注款子撥到學堂，充為常年經費，諸公以為何如？」不料幾句話說得淘氣真個動起氣來了，說道：「馮大人，你這個主意錯了。那廟捐一款麼，為的菩薩面上，保佑地方太平的。你老只知道兩季賽會，不曉得廟屋要修，還有琉璃燈的油，燒的盤香，四時祭品，唱戲，添置旗鑼傘扇袍服等類，都出在這裡頭的，衙門口還有些使費。只不夠用是真的，如何會有盈餘呢？馮大人再想別的法子罷，這是動也動不得的。」馮主事聽他說得決絕，又用旁敲的法子說道：「如此說來，廟捐既不好動，你替我合眾位商家說法說法，照這廟捐的樣子再捐一份便了。」這原是慪氣的話，那知淘氣將機就計，拉了幾位體面商人，背後去咕噥一回，無非說馮主事多事，要拿我們心疼的錢去辦那不要緊的事體，眾商都是愚夫，聽了他的話，咬定牙根不肯答應。及至入席，馮主事還想再申前議，無奈大眾口氣不放鬆一些兒，馮主事孤掌難鳴。看看天色已晚，只得送客各散，捐事毫無眉目。

馮主事尋思沒法，要是不辦罷，這事已聲張開了，坍不下這個臺，要是辦呢，實在辦不出什麼。就只有楊道臺三千銀子，是已經收到的，餘下三十五十，一百八十湊起來，不到七千銀子。房子要租的，器具要買的，教習要請的，編書，譯書，印書都要資本的。那些半舊不新的學生，如果請他來是來的，要他出脩繕費是不來的，這事恐怕要散場哩。回家合他哥子商議。原來馮主事的哥子，為人高尚，雖然也是一榜出身，從不預聞外事。這回聽了兄弟的話，便道：「這事有什麼難辦？那些商家所怕的是官，但是我們這位老父臺頑固到極處，替他說開學堂萬萬不興。我有個法子，你到省裡去見撫臺，他是極喜歡辦學堂的。你將此情形細細的告訴他，請他下個札子到縣裡，等縣裡出頭派他們捐多少，誰敢不依？不依就同他蠻來！」馮主事聽了，歡喜非常，佩服乃兄高見。當即收拾行李，次日進省。

誰知這話被家人聽見，露了個風聲出去，陶起這一干人曉得了，更是氣憤憤的，想了個一不做二不休的惡主意。誰說那些商人是膽小沒用的，他們卻又約了些小鋪子裡的掌櫃夥計，在東關外馬家店聚會，等得眾人到齊了，陶起就說馮主事家怎樣的平時刻薄我們，這回怎樣要受他的害，先激怒了眾人。又道：「不是俺造謠言，他此次到省裡去，定是算計咱們，叫上頭壓派下來，我們大小鋪子多則幾千，少則幾十，總是要出的。列位有什麼法子想沒有？」眾人聽了，面面相覷，沒得話說。陶起又道：「咱們地方上有了這個人，大家休想安穩過日子，不如收歇了鋪子罷！」大眾聽了，仍是不語。內裡有個雜貨鋪裡夥計，本是不安本分的，單他接口道：「陶掌櫃的話實是不錯，咱們辛辛苦苦弄幾個錢，官府來剝削些倒也罷了，那裡經得起紳士幫著來剝削，俺就不服氣，將來官府要派咱們出錢，俺第一個罷市。」眾人聽了，都以為然。內中有幾個不安分的，更是一鼓作氣，相約同去打那馮主事的家，鬧他個落花流水，出出悶氣。眾人聽了，更為高興。當下一鬨而去，直到得馮主事家，從頭門打進。馮主事的哥哥正在那裡看書，聽得外面一片人聲喧嚷，知道事情不妥，忙叫僕婦丫鬟擁護了內眷從後門逃走，他把幾件要緊的地契聯單揣在懷中，也從後門逃生，一直出城到鄉裡躲難去了。

※　※　※

且說眾人一直打到上房，見沒得一人方才罷手。正想回去，忽然又見擁了好些人進來。你道這些人是誰？原來是地方上一班光棍，倪二麻子領頭。那天倪二麻子真有興頭，在縣衙門前合人賭博，贏了一大堆錢，大家詐他的東道吃。這倪二麻子本來手頭極其開闊的，就到一個回回館裡，一問沒甚吃得，只有牆上掛了一腔新宰的鮮羊，大家不由分說，你要炒羊絲，我要爆羊肚，又有人要烤羊肉，一隻羊被他們鬧得賸了半個。又打了幾斤燒刀，開懷暢飲。酒罷，每人要了一觔多麵。店小二背後咕噥著，說道：「今天白送了咱的一個羊！」倪二麻子有點醉意，聽了喝道：「你嘴裡胡說些什麼？」店小二顫著聲道：「沒什麼，俺說昨兒天陰，今天看見了太陽。」倪二麻子道：「瞎說！昨兒明明是有太陽的，怎麼說是天陰？」店小二道：「呀，該死，俺記錯了，俺記的是前月十六。」倪二麻子笑道：「你今兒吃了飯，還要記錯了是昨兒吃的呢！」店小二順口道：「吃飯記錯了好不——」，說到此處，咽住了，他意思是要說「好不會帳呢！」倪二麻子聽他說了半句，倒發起楞來道：「好不什麼？」店小二道：「好不自在。又好吃第二頓哩！」倪二麻子拿不著他錯處，也只索罷了。會起帳來，三吊五百二十五文，小帳在外。倪二麻子道：「記在我的帳上。」掌櫃的道：「不必客氣了，算是俺請倪二官人的罷！」倪二麻子眼皮一翻道：「你那見俺倪二官人吃飯不會帳來？俺也犯不著要你請！」掌櫃的嚇得把頭一縮，不敢則聲。那班跟他的朋友道：「這樣背時的掌櫃的，理他則甚？二哥，咱們到王桂鳳家抽兩口去！」於是，倪二麻子拎了一口袋錢，領眾人慢慢踱出店門。那店小二又在背後咕噥道：「真是俺前世裡的祖宗！」倪二麻子回轉手來，劈拍一個巴掌，喝道：「你說誰是你的祖宗？」店小二陪著笑臉道：「二官人聽錯了，俺說真是俺鹽罐子裡有蛆蟲，出空的好，也是想起昨兒的事。」倪二麻子怒道：「你這個刁蛋，倒會說，不打你也不認得你爺爺！」搶前一步，就要動手。那店小二已是躺在地下，叫地方救命。倪二麻子被眾人拖著走了，總算開交。只那小二還是不住口的亂罵。幸虧倪二麻子走的遠了，沒聽見。街坊見是這幾位太歲鬧事，那敢出來探望，緊閉著門不管。

再說倪二麻子正同著他朋友去抽煙，走過馮家門口，只見宅門大開，裡面好些人在那裡折桌子的腿，撞窗子上的玻璃哩，又聽得嘩啷一聲，是一盞保險燈打下來了。倪二麻子說聲：「咦，有趣！這些人倒也會頑把戲！」內中有個尹歪頭道：「俺曉得了，這是馮舉人的親家搶親，搶不到手，弄成一個不打不成相識。」倪二麻子道：「歪頭休得胡說！咱們濰縣城裡沒有搶親的事。正經話，咱去湊個熱鬧，添些賭本，倒是天賜的財項。」大家拍手稱妙道：「到底是倪二哥有算計，怪不得人家比你做智多星吳用呢。」當下七八個人，把辮子打了個鬆兒，一擁而進，遇著值錢的東西就搶，拿不了的，脫下衣服來兜。陶起見他們來勢兇猛，只當是馮府的救兵，對面認清，才知是倪二麻子一黨。便叫道：「老二！怎麼你也來了！」倪二麻子歡喜道：「吠！原來是陶掌櫃的，俺說沒得第二個人敢做這樣的事的，俺來替你當後隊。」陶起道：「承情多謝，只是但許毀他的物件，不准拿了走，回來俺另有酬勞。」倪二麻子那班人聽了這話，如何肯依？只不理他，一直闖進房裡，打開箱籠，任意揀取，除卻衣服不要，金銀首飾，取了精光。陶起一班人早已興盡而散。倪二麻子跨出房門，不見他們，知是已去，便合眾人商議道：「咱們發財是發財，吃官司是不免的，依俺主意，還是放一把火燒他娘的精光，也就沒處查究了。」大家又拍手稱好，這班惡煞，就擦根自來火，在柴堆上點著了。

不知後事如何，且聽下回分解。

# 第三十三回 查閑市委員訛索 助罰款新令通融

卻說馮主事家裡柴堆上，被倪二麻子點著了火，嗶剝嗶剝的著起來，登時煙焰沖天，火光四射。鄰居見馮家火起，鳴鑼告警，水龍齊集，官府也慢慢的趕來。大家竭力救護，無奈火勢已大，一時撲滅不了，延燒了好幾家，方才火熄。倪二麻子這班人，躲得沒有影兒，早已滿載而歸。

且說縣裡的大老爺，這日收了一張呈子，就是眾商家控告馮主事壓捐肥己的話，正待查究，接著馮主事家火起，便傳齊了地保鄰居，問這火起的原由。都說是他自不小心起的火，縣大老爺也不深究，並且把各商家的呈子也擱過一邊不理。陶起這干人見縣裡不理他們的呈子，又因馮家房子被火燒的精光，曉得這事不妥，一不做，二不休，趁大眾齊心之時，商量定了罷市，那家開門做買賣，便去搶他的貨物，硬派著關門。那些做生意的，那個敢拗他？只得把招牌拆了下來，排門上得緊緊的。這一日，城裡街上走的人，都少了一大半。停了一日，那既導書院，又被人拆毀了好些房屋，器具，亦不知是那個去拆毀的。

縣大老爺正躺在炕上吃鴉片，門口簽稿大爺，在外邊聽得人說，曉得事情鬧得太大了，只得上去回明。縣大老爺不問別的，只問自己有處分沒有？簽稿道：「怎麼沒有？只怕就要撤任的。」縣大老爺聽說要撤任，急得把煙槍摔下，嘩啷一聲打破了個膠州燈的罩子，一骨碌跳下炕來，發話罵人道：「這樣大事，你為什麼不早些來報信？我的前程生生的被你們這班混帳王八蛋送掉了！我是要同你們拚命的！」簽稿由他發脾氣，一聲兒不言語。停了一會，等老爺的虎威發作完了，然後才慢慢的回道：「這樁事原來鬧得不大不小，那天眾商家的呈子進來，小的連忙送上來，沒有敢稍停片刻，原曉得這事是很緊要的，那裡知道老爺並不追問，師爺也只當沒這會事，跟手就是馮家起火，還聽說是有人放的火呢！那天又問不出個來由，只索罷了。他們商家，還道大老爺不管這事。將來一筆糊塗帳，上司查問下來，怕不把馮家放火的罪名也坐在他們身上？因此罷市，做出一種壓捐激變的樣子來，倒像老爺也合馮家一氣來壓派他們了。這事其實沒什麼難辦，只消把姓馮的申飭一頓，出出大眾的氣，所有姓馮的要捐錢開辦學堂的話，一概不准，眾商家也就沒得話說，照常開市了。怎奈馮家又大大的有點勢力，況且馮主事已進省去了，怕不到撫院大人那裡去說些什麼。這事須得兩面顧全才好。看來老爺還得合師爺商量商量，上個通稟才是。」一席話倒提醒了縣大老爺，望了他一眼道：「看你不出，有這許多見識，講得倒也不錯，是我錯怪你了。下次有什麼事，總要早些來合我講，不要等到出了亂子再來獻計。」簽稿諾諾連聲，退了下去。

縣大老爺方叫人換過煙燈，仍復躺下。細思此事，總要和老夫子商量，起個稟稿上達層臺，若是顢頇過去，只怕真個要撤任的。一面想，一面抽煙，十口癮已過足，這才抬起身來，叫一聲「來！」伺候簽押房的人，知道要手巾，早已預備好了，一大盆熱水，五六條手巾，擰成一大把，送到簽押房，一塊一塊的送上。老爺擦過臉，又有一個家人遞上一杯濃茶，一口一口的喝完了，不覺精神陡長，說話的聲音也宏亮了。叫人去看看師爺睡覺沒有？其時已是夜裡一下鐘，家人去了半天，來回道：「師爺還沒睡覺，方才吃過稀飯，正要過癮哩！」縣大老爺便慢慢的踱到刑名老夫子書房裡來。這位刑名老夫子，年紀五十多歲，一嘴蟹箝黃的鬍子，戴一副老光眼鏡。從炕上站了起來，恭恭敬敬讓坐，兩下談起商家罷市的事來。老夫子道：「這事晚生昨天就知道了。據晚生的愚見，不如把罪名一起卸在馮某人身上，樂得大家沒事，東翁以為何如？」縣大老爺道：「可不是？兄弟也是這個主意。就請老夫子起個稟稿便了。事不宜遲，明天就把這樁公事發出去罷！」老夫子點點頭道：「後天發出去也好。」縣大老爺覺得放心，也不久坐，自回上房而去。次日，老夫子的稟稿起好，送到簽押房，縣大老爺看了一遍甚是妥當，蓋過公事圖章，發給書稟謄清，由申封遞到省城。

這時姬撫臺正在整頓學務，行文催促各屬考試出洋遊學學生，忽然接到濰縣的稟帖，大大的吃了一驚。躊躇半天，踱到文案上商量道：「胡令也實在荒唐！這樣大事，怎不早來稟我？況且這稟帖上又說得糊塗得很，所說拆毀了堂裡的房屋器具，是什麼堂呢？莫非是教堂。果然如此，這還了得！兄弟曉得濰縣南關是有個教堂的。」原來濰縣知縣所請的那位刑名老夫子，本來筆下欠通，把事情敘說不能明白，曉得姬撫臺喜辦學堂，因此把既導書院改為既導學堂，又只說個「堂裡」，難怪姬撫臺疑心到教堂上去。當下文案上有一位候補大老爺，有意攻訐這濰縣縣官，趁勢回道：「該令有了年紀，雖然是個老手，可惜不大管事，這樣的小事情，若是早早解散，何至商民聚眾罷市呢？據卑職等看來，他所說的『堂裡』，諒來是什麼學堂，上面還有『既導』二字，卑職到過濰縣，知道那裡有個既導書院，莫非如今改為學堂，也未可知。」姬撫臺道：「話雖如此，也須委員去查查，再做道理。吾兄到過濰縣甚好，等兄弟下個札子，就煩吾兄去走一趟罷！」

這位文案大老爺，卻是通班領袖，姓刁號愚生的便是。聽見撫臺要委他去查，心中甚喜，就請了一個安謝委。次日束裝起行，真是輕車簡從，只帶了兩個家人。車子是歷城縣代雇的，到得濰縣，先在城外騾車店裡住下。洗了臉，吃過茶，連忙先到南關去查看教堂。列位看官，須知這位刁大老爺，濰縣是熟遊之地，不用人領道的。到得南關，只見教堂好好的，有些教民在那裡聽講耶穌聖道，於是放下了一條心。順便找幾個左近的人，問他們罷市的原故，可巧遇著一個老者，便道：「這罷市的原故，原不干我們大老爺的事，總因馮主事硬派著人家捐錢，還要提那廟裡的錢，得罪了城隍老爺，受了天火燒的報應，也就不必怪他了。如今我們大老爺要肯出來作主，許人家各事免究，把捐錢的話概不提起，自然照常開市。聽說大老爺怕的是馮主事，不敢出頭，所以城裡的鋪子，一直還是關著門沒開，城外鋪子，是不在一起的。況且罷市已久，要真個一家不開門，不是反了嗎？因此，他們一黨的人，也就不來吵鬧了。」刁大老爺聽他說明白，很奬勵了他幾句，別了老者。回到店中。

縣官已差人拿帖子來拜過，說請刁大老爺搬到衙門裡去住。刁委員一想，他這是穩住我的意思，雖然如此，我也樂得借此合他親近些，好有個商量。主意定了，整備衣冠，坐了轎子進去。縣官盛筵相待，說了無數的恭維話，一心要來籠絡。他那知這刁委員，是個官場中第一把能手，只淡淡的回敬了兩句，而且語帶譏誚，只說得那縣官喜又不是，怒又不是，一張方方的臉皮，一陣陣的紅上來，登時覺得侷促不安，話也說不響亮了。刁委員不叫他下不來臺，隨又想些閒話敷衍他道：「貴治有個既導書院，如今改做了學堂，甚好甚好。撫憲還合兄弟談起，說貴治的學務，整頓得甚好。」豈知這句話，更把個縣官說得呆了，以為他是有意來挖苦我了。原來既導書院並未曾改作學堂，連掛名的匾也不曾換一塊，不過公事上面，貪圖說得好看，被這刁委員一問，只當他已經查訪著了，裝做不知來試探的，想到其間，不禁毛骨悚然。然而他到底還是個老州縣，決不坍臺的，想了一想，順口應道：「可不是呢？兄弟自己捐廉，催他們紳士改辦學堂，那知他們頑固得很，起初決計不肯辦，後來經兄弟苦口勸導，把撫憲的意思再三開導，紳士這才答應了，又允許那些肄業生仍舊在裡面做教習，大家覺得兄弟辦事公道，所以才一齊沒得話說。前月底剛剛議定，偏偏出了馮家的事，只得擱下緩議，兄弟是體貼撫憲整頓學務的盛意，故把學堂名目先上了稟帖，也叫上頭好瞧著放心。至於書院的規模，卻還未及改換。其實這也是表面的事，只要內裡好便了。」在他的意思，以為這一個謊，總要算得八面圓到了，不料卻被刁委員早已窺破，暗暗笑道：「你何必在我面前撒謊？我是不說破你便罷了。做官的人，那個不是這樣瞞上不瞞下的。你要我在撫憲面前替你說好話，等到有了那個交情再說，如今光說些空話是沒用的。這叫做『班門弄斧』。」但他既說到這步田地，不好不應酬他，因隨便恭維了幾句，席罷各散。自此，刁委員便住在濰縣衙內。

過了五日，撫憲有電報來，催他回省，這才亟亟整理行裝，對縣官略露口風，要借錢捐花樣，縣官聽得他說捐花樣，知道他願望不小，暗暗吃了一驚，說道：「這濰縣本是上中的缺分，無奈被前任做壞了，兄弟到任兩年，年年虧空，不夠開銷，但是我們交情不比尋常，老哥有這等緊要用款，兄弟怎能不量力資助呢？」說罷，便吩咐管家，向帳房師爺說，請帳房師爺把本月送刑錢兩位的束脩暫時挪用，各五十兩，合成一百銀子，送給刁大老爺。家人答應聲「是」，飛奔去了，弄得刁委員倒難開口。歇了半晌，說道：「貴署既然這般窘急，兄弟此時還有法想，不勞費心了。」縣官又合他婉轉商量，求他在撫憲前吹噓，情願託人外面借款，另送二百兩，連前共是三百兩。刁委員卻情不過，只得收了，匆匆趕回省去。

誰知濰縣商人打聽著省裡有委員來查辦這事，越發著急，就硬派城外各鋪子，也不准開門，要做買賣時，便把他的貨物堆在街心，一齊燒燬。這風聲傳了出去，嚇得那些鋪子，家家閉歇，處處關門，弄得城裡各街上，三三五五都是議論這樁事。衙門裡的廚子，要想買些魚肉菜蔬，都沒買處，只得上來回明，把些年下醃的魚肉來做菜吃。幸喜柴米還夠，一面派人鄰縣去置辦，以免日後缺乏。縣大老爺急的搓手頓足，叫了簽稿，請了刑名師爺，大家斟酌，想不出個法子，自己又不敢出去，恐怕被百姓毆辱。正在焦急的時候，撫憲又有電報來了。縣大老爺抽出看時，盡是碼子，趕緊尋出電報新編，一一翻過。縣大老爺看那電報，寫的是：「濰縣商民罷市，足見該令不善辦理，著速行勸諭商民開市，若再畏葸巧避，定即嚴參！撫院印筱。」縣大老爺看完，只嚇得面如土色。此時功名要緊，說不得傳齊伺候，帶了二十名練勇，一直奔到商務公所，請了若干商人來，善言撫慰一番。果然大眾都還聽話，當天就一律開市。縣官見把這事辦妥了，又請師爺做了稟帖，上覆撫憲，以為自此前程可保的了。那知過了半月，省裡委人下來署事，依然免不了撤任，不得已只得交卸回省。

※　※　※

且說這後任姓錢，是一位精明強幹之員，到任後就查究這為首滋事的人，想要重辦一兩個。陶起這班人早已聞風逃走一空，只捉了幾個不相干的人，解到省裡了事。撫憲又行文下來，派各商家替馮主事蓋造房子，賠修書院，買還毀壞器具，才把這事敷衍過去。錢大老爺迎合撫憲的意思，至此方把既導書院當真改做學堂。這馮主事辦的商務學堂，也幸虧錢大老爺替他出力，撥給幾注地方罰款，才能開辦。馮主事不好出頭，另外託了一位姚舉人出來經理，請了幾位教習，索性用西文教授。開考那天，眾商人紛紛的送兒子來考，姚舉人心中暗笑道：「要他們捐錢是要翻臉的，送兒子來考就和顏悅色了。」內中有一位糧食店裡掌櫃的，姚舉人親眼見他在既導書院裡打破了幾盞洋燈，此次也因送兒子來考，向姚舉人作了一個揖。姚舉人問他姓名，才知道他姓董名趨時，因姚舉人合他攀談，非常榮耀，本就有心結交學堂裡管事的人，因想我此番不可錯過，便一屁股在椅子上坐下，誇說這學堂怎樣的好，辦事怎樣公道，雜七雜八，亂恭維了一泡。姚舉人聽了，覺得肉麻難過。想了一想，便說道：「這學堂辦是辦得總算不錯，只可惜多了幾盞保險燈，將來倘被人家打毀了，又要地方出款賠補。」幾句話把一個董趨時說得滿面羞慚，沒趣去了。姚舉人略點點頭，也不送他，卻見他兒子還好，就取在裡面讀書，因此董趨時也沒得話說了。

不知後事如何，且聽下回分解。

# 第三十四回　下鄉場腐儒矜祕本　開學堂志士表同心

卻說濰縣因一番罷市，倒開成了兩個學堂。這信息傳到省中，姬撫臺大喜，同幕府諸公閒談，核算通山東省已有了四十八個學堂。姬撫臺立志要開滿了一百個學堂才罷。這話傳揚出去，就有好幾家做書鋪買賣的人，想因此發財，不惜重價購買教科書稿本，印行銷售，於中取利。無奈山東一隅，雖近海岸，開化較遲，那些讀書人還不甚知道編教科書的法子。恰好有十幾個從南方來當教習的，都是江浙一帶的人，見過世面，懂得編書的法子，就有些蒙小學的課本編出，每編成一種，至少也要賣他們幾十兩銀子，刻出板來，總是銷售個罄盡，因此編書的人聲價更高了，如沒得重價給他，他斷斷不肯輕易把稿出售的。濟南府裡有些從前大書院出來的人，覺得自家學問甚深，通知時務，見了這些課本淺俗非凡，卻大家倒要花大價錢買去讀，心中氣憤不過。就有幾位濼源書院的高等生，幾位尚志堂的高等生，因為書院改掉了，沒有膏火錢應用，想步他們維新的後塵，覓些蠅頭微利度日，說不得花了本錢，也把那新出的教科書購辦幾種，拿出做八股時套襲成文的法子，改頭換面，做成若干種，也想去賣錢。只是字句做得太文雅了，各書鋪裡收稿的總校看不懂，不敢買他這種稿子，這班人氣極，白費工夫不算，又倒貼了本錢，萬分懊惱，更合那些維新人結了不解之仇。

卻好那年山東鄉試，還有廢不盡的幾成科舉要考，這個當兒，四遠的書賈都來趕考。內中有一家開通書店，向來出賣的都是文明器具圖書。開翁姓王，是一位大維新的豪傑，單名一個嵩字，表字毓生。他雖是八股出身，做過幾年名秀才，只因常常出外遊學，見多識廣，知識也漸漸開通。後來學問成功，居然是位維新的領袖了。他生長的地方，正在濟寧州運河岸上，南北衝衢，進省也便。再說毓生在濟寧州開了這個書鋪，總覺生意清淡，幸逢大比之年，心中想做這注買賣，也好順便進場。合他幾位夥計商議，大家倒都贊成的，說：「我們聽說撫院大人維新得極，開了無數的學堂，我們要生意好，總要進省去做。如今可先運些書籍去賣，將來連器具圖畫等件一總運去，就在那裡開張起來，定然勝在這裡十倍。」毓生聽了這話，甚合己意，點頭稱是。當下忙著收拾，跟手雇了一隻大船，從運河裡開去。離省城四十里水路不通，又換騾車，載書上去。早有店夥在貢院❶前賃定房子，毓生到那裡看時，三間房子，極其寬敞，又且裱糊精緻，心上大喜。趕著叫夥計把書籍擺設起來，招牌是白竹布寫的一筆北碑鄭文恭字，筆力瘦硬的了不得，只微微有些兒禿。毓生看看這鋪子很覺整齊，由不得自己讚道：「文明得極！文明得極！」他夥計笑道：「不管他文明不文明，只問他賺錢不賺錢。」說得毓生也不覺失笑。毓生又叫把帶來的幾種東洋圖畫掛了出來，配上兩盞保險燈，晚上照得爍亮，更覺五彩鮮明，料來這等氣象，是不會沒錢賺的。

此時離場期還遠，毓生在店裡靜坐三天，抱抱佛腳，那知沒一個人上門買書，心中納悶。到第四日上，有一個秀才，穿件天青粗布的馬褂，二藍粗布的大衫，滿面皺紋，躬身曲背的踱進店來。問道：「有

❶ 貢院：科舉時舉行會試鄉試之所。

些什麼時務書，揀幾種給我看看？」夥計取出些時務通考，政藝叢書等類，他都說不好。又道：「總趕不上廣治平略，十三經策案，廿四史策要，來得簡括好查。」夥計知他外行，又拿幾部世界通史，泰西通鑑等類，哄他道：「這是外國來的好書。如今場裡問到外國的事，都有在上面。」那秀才搖搖頭道：「那不能，不能！場裡也不至於問到外國的事。我只要現在的時務書，分門別類的便好。」夥計道：「那個，小店卻是沒有，只有一種史論三萬選，你要不要？」秀才聽了「三萬選」三字，卻合了從前大題三萬選的名目，心中甚喜，就叫他拿來。細看目錄，都是歷代史鑑上的事，大半不曾見過，只有左傳上的鄭莊公論等類，是曉得的。問問價錢，那夥計見他沉吟，不敢多討，只要三兩銀子一部。秀才把書一數，共計三十本，還是石印小板，合來一錢銀子一本，覺得太貴，只肯出一兩五錢。夥計取書包起，收在架上，說道：「沒得這般大的虛價，我們再談罷。」那秀才去了，又轉來道：「再加五分，如何？」夥計笑道：「咱們大來大往，也不在這三分五分上頭計較。先生要買這書時，至少二兩八錢銀子。」秀才道：「你再給我看看。」夥計沒法，只得把書又取給他。看了半天，只看目錄，還沒看到裡面選些什麼，覺他那神氣很愛這部書，卻捨不得出銀子。添來添去，添到一兩八錢銀子。毓生坐在旁邊，看得他可憐，又且第一注買賣，合算起來，已賺了一半不止，叫夥計賣給他罷，就對他道：「這是我們初次交易，格外便宜些，拉個長主顧罷了。」秀才欣然身邊摸出一小塊銀子，是皮紙包著的，夥計取來一秤，只一兩七錢五分，還短五分銀子，合五十五個大錢。秀才那裡肯找，說我這銀子，是東家秤好的一注束脩，沒差一分，你的秤一準是老廣廣，不然，沒得這般大的。夥計道：「我這秤實是漕平，是你們本地買來的，沒得欺騙，你不信，上面還有字兒，請進來看便了。」秀才果然走到櫃臺裡，一看卻是濟南府某鋪裡製就的漕平，那銀子果然只一兩七錢五分。沒得話說，儘摸袋裡，摸出來三十五個大錢，道：「我實在沒得錢了，耽一耽，下次帶來還你罷！」夥計笑道：「也罷，我們將來的交易日子長哩，你取書去便了。」毓生看他去後，罵道：「這樣的人也要來下場，真是造孽！」誰知以後來買書的，通是合這秀才一般。見了西史上的路德，就說他是山西路閏生先生，說道：「原來他也在上面。」見了畢士馬克，又問這是什麼馬？諸如此類的笑話，不一而足。毓生忍俊不禁，把來一一記下，著了一部濟南賣書記，誹笑這班買書人的。這是後話慢表。

再說進場那天，王毓生把幾部有用的書籍帶進場去，那知一部也用不著，倒是那秀才賞識的史論三萬選有些用處，這才佩服他們守舊的人，到底揣摩純熟。頭場出來，很不得意。二場照例進去，卻有一個策題，出在波蘭衰亡戰史上面，這回毓生帶著這書，頗為得意，淋漓痛快的寫了一大篇，以為舉人是揑穩在荷包裡了。場事已過，別的趕考書鋪，一齊收攤回去，毓生算算帳，自從到省城，到如今才只做了幾十兩銀子的買賣，盤纏，水腳，房飯，開銷合起來，要折一百多銀子，覺得有些不服氣。暗道：「目今濟南府的學堂林立，我不得志於考場，必得志於學堂，再住兩個月再說。」就合房東講定，減了房租一半，各種開銷也酌減了好些，預備長住，果然漸漸的有人問津，後來聲名一天大似一天，買新書的都要到開通書店，不上一月，賺足了一千銀子。其時榜已發出，毓生仍落孫山，妙在財氣甚好，也不在乎中舉。後來領出落卷，大主考批的是：「局緊機圓，功深養到，惟第二道策，語多傷時，不錄。」原來他的第二道策，正是論的波蘭衰亡，自己最得意的，那前後頭末兩場，自己覺得不好處，偏偏主考圈了許多，方才知道下場的祕訣。正在懊惱，恰好前次買三萬選的秀才又來了，問有近科狀元策沒有？毓生猜他定是中了舉順道來省的，試問問他，果然不錯，中的第十五名，這番是填親供來的。毓生回他道：「我們不賣狀元策，這是要南紙鋪裡去買的。」那人去了，毓生查出新科闈墨十五名來看，原來是齊河縣人，姓黃名安瀾，那十三藝裡的笑話，更比買書記上多了。只他第二場的第二道策，是一段「波」，一段「蘭」分按的。毓生看到此處，失聲一笑，把個下顎笑得脫了，骨節要掉下來了，弄到攢眉蹙鼻的，只說不出話來。幸虧他一個夥計，曉得法子，替他慢慢的托了上去。毓生這才能言，叫聲：「啊唷！這個痛苦，竟是被那新貴害的！果然他的福命非凡，我笑他一笑，便受這般的罪。」那夥計笑道：「王先生，你把手托住了下頦，不要又掉下來。我再說個笑話你聽聽。」毓生果然把下頦托住。那夥計道：「我道我怎麼會醫這個下頦，也是自己嘗過滋味的。我們沂水鄉下有一位秀才先生，姓時，大家都說他方正。他自己也說，什麼席不正不坐，又說，什麼士的走路要踽踽，不好急走，那怕遇著雨，沒得傘，也要徐徐而行，要走直路，不好貪圖近便，走那小路。因此，人家舉他做了孝廉方正。一天正逢下雨，我撐了把傘，打從鎮上回家。可巧前面就是時先生，手裡沒撐傘，雨點在他頸頚子上直淋下去。他急了，要繞一條溝，多走半里路，他左右一看沒人，提起長衫，奮身一躍而過。後面有兩個孩子不懂竅，大聲叫道：「時先生跳溝哩！」他不防後面有人看見，心裡一驚，腳下一跳，就跌在泥坑裡，弄得渾身臭泥。我因此一笑，把個下頦笑掉了，儘力拿手一托，才托上去。因此知道這個法子。」毓生聽他說得有趣，不由的又要笑，卻不敢大笑。因道：「我們且不管人家中舉不中舉，這濟南城裡的買賣倒還好做，我想回去把所有的書籍一起裝來，我們那副印書機器也還用得著，一並運它來在這裡做交易罷！濟寧州的地方小，也沒有多餘利息，你們看是如何？」眾夥計齊聲道：「是。」次日，毓生一早起身回濟寧州去，不多幾日，全店搬來，果然買賣一天好似一天。

※　※　※

毓生又會想法，把人家譯就的西文書籍，東抄西襲，作為自己譯的東文稿子，印出來，人家看得佩服，就有幾位維新朋友，慕名來訪他。那天毓生起得稍遲，正在櫃臺裡洗臉擦牙，猛然見來了三位客，一位是西裝，穿一件外國呢袍子，腳蹬皮靴，帽子捏在手裡，滿頭是汗的走來。兩位是中國裝束，一色竹布長衫，夾呢馬褂，開口問道：「毓生君在家麼？」毓生放下牙刷，趕忙披上夾呢袍子，走出櫃臺招呼，便問尊姓大號，在下便是王毓生。原來那三人口音微有不同，都是上海來的，懷裡取出小白紙的名片，上面盡是洋文。毓生一字也不認得，紅了臉不好問。那西裝的，彷彿知道他不懂，便說：「我姓李名湟，號悔生。」指著那兩人道：「他們是兄弟二位，姓鄭，這位號研新，是兄，那位號究新，是弟。我是從日本回來，煙臺上岸的。因貴省風氣大開，要來看看學堂，上幾條學務條陳給姬中丞，要他把學堂改良。」毓生不由的肅然起敬道：「悔兄真是有志的豪傑，這樣實心教育。」那悔生道：「可不是呢？我們生在這一群人的中間，總要盼望同胞發達才好。我到了貴省，同志寥寥，幸而找著研新兄弟，是浙江大學堂裡的舊同學，在貴省當過三年教員的。蒙他二位留住，才知道還是我們幾個同志有點兒熱血。只可惜他二位得了保送出洋的奏派，不日就要動身。我想住在這裡沒意思，也就要回南邊去運動運動，或者有機會去美洲遊學幾年，再作道理。」毓生聽了，都是大來歷，不由得滿口恭維道：「既承悔兄看得起我，好容易光降，何不就在小店寬住幾日，也好看看學堂，做兩件有益學界的事，小弟又好叨教些外國書籍。就是飲食起居，欠文明些，不嫌褻瀆方好。」悔生道：「說那裡話？我合毓兄一見，就覺得是至親兄弟一般。四萬萬同胞，都像毓兄這樣，我們中國那裡還怕人家瓜分？既如此，我倒不忍棄毓兄而去。也是貴省的學界應該大放光明了。」回頭向二鄭說道：「我說，見毓兄的譯稿，就知道是北方豪傑，眼力如何？」二鄭齊聲道：「是。」又附和著恭維毓生幾句，把一個書賈王毓生抬到天上去了。不由得心癢難搔，櫃臺裡取出十兩銀票，請他們到北渚樓吃飯。李悔生道：「怎好叨擾？還是我請毓兄吃番菜去。」毓生道：「不錯，新開的江南邨番菜館，兄弟還沒有去過哩，今天正要試試他的手段如何？」悔生大喜，四人踅到江南邨，揀了第二號的房間坐下。可惜時候還早，各樣的菜不齊備，四人只吃了蛤蜊湯，牛排，五香鴿子，板魚，西米補丁，咖喱雞飯。悔生格外要了一份牛腿，呷了兩杯香檳酒。算下帳來，只須三兩多銀子。悔生搶著惠帳，誰知毓生銀子已交在櫃上，只得道謝。毓生又約悔生把行李搬來，悔生答應著分手而去。

隔了兩日，果然一輛東洋車，悔生帶著行李來了。原來甚是簡便，一個外國皮包很大，一具鋪蓋很小。毓生替他安放在印書機器房的隔壁裡，說道：「小店房子很窄，不嫌簡慢，請將就住下罷！」悔生道：「說那裡話，我是起得甚早，不怕吵鬧的。」自此，李悔生就在開通書店住下，也合毓生出去看過幾處學堂，他都說是辦得不合法。毓生請教他辦學堂的法子，他便在皮包裡取出一大箚章程來，都是南邊學堂裡的。他道：「這些章程有好有不好，我想揀擇一遍，匯攏起來，做個簡明章程。」毓生稱是。一天，毓生在朋友處得著一部必達緩的商業歷史，恰好是英文，要請他翻譯，他看了半天道：「這部書沒有什麼道理，上海已有人譯過了，不久就要出書的，勸你不必做這買賣。」毓生道：「這是部什麼書，我還不曉得名目，請悔兄指教。」悔生又把那書簿面看了半天，說了幾句洋話道，就是這書名的字，照這文譯出來。毓生道：「可是商業歷史？」悔生道：「不錯，不錯，這是英國人著的。」毓生只道他曉得是英人必達緩所著，也就不往下追究了。既然上海已譯，也自不肯徒費資本。過了些時，悔生合毓生商量，想要開個小學堂，請幾位西文教習在內教課，預備收人家十兩銀子一月，供給飯食。兩人私下算計，只須收到一百二十位學生，已有很大一筆出息。毓生覺得有利可沾，滿口應允。

不知後事如何，且聽下回分解。

# 第三十五回　謁撫院書生受氣　遇貴人會黨行兇

卻說李悔生要開學堂，毓生也覺得這注生意好做，悔生請他付六百銀子寄到東洋去置辦儀器，毓生不肯，道：「我們且收齊了學生，這個可以慢慢置備的。」悔生見他銀錢上看得重，未免語含譏諷，自此兩人就意見不合起來。可巧那天店中夥計約會了出去吃館子，只賸了王李二人在店中。毓生急急的要去出恭，託悔生暫時照應店面。忽然文會堂送到一注書帳，是三百兩頭一張票子，悔生連忙收下，代寫收條，付與來人去了。他見毓生尚未出完恭，袖了這張票子便走。毓生出來不見了悔生，只道他近處走走，那知左等也不來，右等也不來。天色將晚，店夥全回，還不見悔生到來，很覺有些疑心。查點各物，不曾少了一件。開櫃把銀錢點點，也沒少了一分。心中詫異，開出他的皮包，卻沒有多餘的衣物，只幾件單洋布衣衫，被褥雖然華麗，也不過是洋緞的。總覺放心不下，又想不出個緣故。及至節下算帳，才曉得文會堂一注書帳，被他拐騙了去。後悔不迭。

自此毓生也不大敢合維新人來往了，見了面都是淡淡的敷衍。自己卻還有志想創辦那個學堂，關上門做了一天稟帖，好容易做完了，說得很為懇切，逕自投入撫院，頗蒙姬撫臺賞識，請他去見。毓生本是個歲貢，有候選訓導之職，當下頂冠束帶著扮起來，雇了一乘小轎，抬到儀門口下轎，沒得一人招接。毓生拿了個手本，一直闖進去，卻被把門人擋住道：「你是什麼人，敢望裡面直闖！」毓生道：「我叫王材，是你們大人請我來的。」把門人大模大樣的說道：「你為什麼不在官廳上候傳？這時大人會著藩臺大人哩，那有工夫見你？」毓生不答應，硬要望裡走，把門人那裡敢放他進去。二人正在爭論，被裡面的執帖大爺聽見了，出來吆喝，毓生說明來的原故，把手本交他去回。執帖大爺眼睛望著天說道：「大人今日有公事，不見客，你請明早來罷！」毓生受了這種悶氣，不免有些動怒，只得回到店中。路上聽得那來往的人議論道：「他不過是個書店掌櫃的，有多大身分，就想去見撫臺大人，果然見不到回來了。」毓生更加氣憤。到了店裡，開發轎錢，那轎夫定要雙倍。毓生罵了他們幾句，他們就回嘴道：「你老爺是合撫臺大人有來往的，用不著在俺們小人頭上算計這一點點。」說得毓生滿面羞慚，只得如數給他。卻回到屋裡，拍桌大罵道：「中國的官這般沒信實，還不如外國的道理哩！」一個夥計嘴快，搶著說道：「掌櫃的，這話錯了。難道你認得外國的道理麼？」毓生也覺好笑，不由的心頭火發，長篇闊論，寫上一封信，託人刻在報上，方才平了氣。

隔了幾日，稟帖批下來，准其借的房子開辦學堂。原來這崇福寺是從前先皇爺南巡駐蹕的所在，統共有整百間房子，那裡面的大和尚手面極闊，很認得些京裡的王爺貝子爺，就是在濟南城裡，也就橫行得極，沒有人敢在太歲頭上動土的。王毓生不知就裡，找到了這個好主兒，捏了姬撫臺批的這張憑據，就去與崇福寺的大和尚商量。在客堂裡坐了半天，大和尚才慢慢的踱出來，在下面太史椅上坐下。侍者送上手巾，接連擦了幾把，然後開言，問施主貴姓，來到敝剎，莫非有什麼懺事要做麼？王毓生通過姓名，回稱並非為懺事而來，只因我們同志要開一個學堂，撫臺大人批准了，叫借寶寺後面一席空房子，作為學舍，萬望大和尚允了，便好開學。那大和尚嘻開大嘴，就如彌勒佛一般，挺著肚皮說道：「這卻萬萬不能的。敝剎經過從前老佛爺巡幸，一向不准閒人借住。況且清淨地方，如何容得俗人前來蹧蹋？斷難從命。就是撫臺大人親自來說，也不能答應他的。你不看見大殿上有萬歲爺的龍牌嗎？」毓生道：「大和尚放通融些，如今世界維新，貴教用不著，你不如把房子趁早借給我們，有個學堂名目，還好擋一擋。要不然，一道旨意下來，叫把寺院廢掉，改為學堂，那時你這寺如何保得住？豈不是悔之已遲？」幾句話倒把大和尚說動了氣，咬定牙根不允。毓生沒法，只得回店。

次早有個和尚來謝，他一問就是崇福寺來的，袖子裡拿出一張二百兩銀子的銀票，說道：「俺寺裡圓通師父多多致意施主，說寺後房子是決計不能借的，這注銀子算本寺捐送貴學堂作為賃屋使費，還求施主另想別法罷！倘然撫臺定要我們寺裡的房子，他只好進京去見各位王爺想法的了。」這時毓生已經打聽著寺裡的腳力很硬，只索罷手，樂得把銀票收下。打發來人去後，就在濟南城裡到處找房子，那裡找得著？只得把這事暫且擱下。

※　　※　　※

有天毓生同了幾位朋友，踱到江南邨想吃番菜，才到門口，只見一位做官的人從裡面走出來，街上突然來了一個西裝的少年，舉起手槍，對準他便放，卻被這做官的搶上一步，一手擋住，那少年正待轉身，不防做官的後面隨從人，早過來把這少年捉住。不言街上看的人覺得突兀，且說這位少年的來歷。原來這少年也是山東人，姓聶名慕政，向在武備學堂做學生，學到三年上就鬧了亂子出來。因他家道殷富，父母鍾愛，把他縱容得志氣極高，向父母要了些銀子，到上海遊學，不三不四合上了好些朋友，發了些海闊天空的議論，什麼民權，公德，鬧的煙霧騰天，人家都不敢親近他。上海地面是中國官府做不得主的，由他們亂鬧，不去理他，他們因此格外有興頭。這聶慕政年紀，望上去不過十八九歲，練習得一身好武藝，合了他的朋友彭仲翔施效全等幾位豪傑，專心求武事，結了個祕密社會。內中要算彭仲翔足智多謀，大家商議要想做幾樁驚天動地的事業，好待後人鑄個銅像，崇拜他們。正在密談的時節，卻好外面送來一封信，彭仲翔接了看時，原來是雲南同學張志同寄來的。上面只說雲南土人造反，官兵屢征不服，要想借外國的兵來平這難。仲翔看完了信，心中大怒道：「我們漢種的人為何要異種人來蹂躪？」因此大家商議著，發了一張傳單，驚動了各處學生，鬧得個落花流水，方才散局。這彭仲翔卻在背後袖手旁觀，置身事外，幸而官府也沒十分追究，總算沒事。彭施二人在上海混得膩煩了，雖然翻譯些東文書，生意不好，也不夠使用。仲翔合效全私下定計道：「我們三人中要算慕政同學很有幾文，他為人倒也豪爽，我們何不叫他籌畫些資本，再招羅幾位青年同志到東洋去遊學呢？」效全大喜道：「此計甚妙。」仲翔道：「雖然如此，也要很費一番脣舌，說得他動心才好。」二人約會定了，只待慕政回來，故意談些東洋的好處，來運動他。慕政畢竟年紀輕，血氣未定，聽了他們的話，不覺怦怦心動。

一日飯後，有些困倦，因想操練操練身體，從新馬路走出，打從黃浦江邊上走了五六轉，回去昌壽里寓中，只三點鐘時候。剛跨上樓梯，只聽得彭施二人房裡拍手的聲音很覺熱鬧，不由的踱了進去。二人見他進來，連忙起身讓坐道：「慕兄來得很好，我們正要找你哩！方才我們有個同學打東洋回來，說起那裡文明得極，人人有自由的權利，我們商量著要去走走，你意下如何？況且那裡留學生也多，有公會處，我們多結識些同志，做點大事業出來，像俄羅斯的大彼得，不是全靠遊學學成本事勃興的麼？你意下如何？」慕政聽了，連連的拍手道：「好極，好極！小弟也正有這個意思，只愁沒有同伴。二兄既有這般豪舉，小弟是一准奉陪。」仲翔皺了皺眉道：「去是一准要去的，只是我們兩手空空，那裡來的學費呢？」慕政道：「不妨，這事全在小弟身上。昨天我家裡匯來二千銀子，原預備出洋用的，我置備了幾件衣服，只用去五十幾兩，二兄要用多少，儘管借用便了。」仲翔道：「我打聽明白東京用度，比西洋是省得許多。雖然如此，每人一年學費，至少也得五百金。我們二人預備三年學費，也要三千銀子。聶兄是闊慣的，比我們加倍，一年至少一千。要是尊府每年能寄二千銀子，我們一准動身便了。」慕政道：「待我寄信去再寄千金來，目前已經可以暫且敷衍起來。」二人大喜，又拿他臭恭維了一泡，盡歡而散。當晚慕政便寄信到山東，不上一月，銀子匯到，彭仲翔又運動了幾位學生，都是有錢的，大家自備資斧，搭了公司船出口。

一路山水極好，又值風平浪靜，大家在船沿上看看海景，不覺動了豪情。有上海帶來的白蘭地酒，慕政取出兩瓶開了，大家席地而坐，一氣飲盡。那同來的三位學生，一叫鄒宜保，一叫侯子鰲，一叫陳公是，都不上二十歲年紀。陳公是尤其激烈，喝了幾杯酒，先說道：「我們從今脫了羈束，都是彭兄所賜，只不知能長遠有這幸福不能？」仲翔道：「陳兄要說是小弟所賜，這卻不敢掠美，還是聶兄作成的，要沒有他肯資助我的盤費，也不能至此。我只可憐好些同學，在我國學堂裡面，受那總辦教習的氣也夠了，做起文課來，一句公理話也不敢說。什麼叫做官辦學堂？須要知道，觸犯了忌諱，小則沒分數，大則開除，這是言論不得自由。學習西文，算學，更是為難，一天頂一天，總要不脫空才好，譬如告了一天假，就趕不上別人，不足五十分，又要開除，這是學業不得自由。還有學生或是要演說，或是要結個會，又有人來禁阻他，這是一切舉動不得自由。種種不得自由之處，一時也說不盡，虧他們能忍耐得住。

我們到了外洋，這些野蠻的禁令，諒該少些。」公是道：「彭兄說的話何嘗不是？只據小弟愚見，那野蠻的自由，小弟倒也不肯沾染，法律自治是要的，但那言論如何禁阻得？我只不肯公理便了。結會等事，乃是合群的基礎，東西國度裡面，動不動就是會，動不動就是演說，也沒得人去禁阻他，為什麼我們中國這般怕人家結會演說？」仲翔道：「這是專制國的不二法門，現在俄國何嘗不是如此，只要弄得百姓四分五裂，各不相顧，便好發出苛刻的號令來，沒一個敢反對他。殊不知人心散了，國家有點兒兵事也沒人替他出力，偌大的俄國，打不過一個日本國，前天我見報上，不是日本國又在遼東打了勝仗嗎？」公是道：「正是。我想我們既做了中國人，人家為爭我們地方上的利益打仗，我們只當沒事，倒去遊學，也覺沒臉對人，不如當兵去罷！」仲翔道：「陳兄，你這話卻迂了。現在俄日打仗的事，我們守定中立，那裡容得插手？只好學成了，有軍國民的資格，再圖事業罷！」公是道：「我只覺一腔熱血沒處灑哩！」慕政道：「陳兄的話一些不錯，我可以表同情的。只待一朝有了機會，轟轟烈烈的做他一番，替中國人吐氣，至於大局也不能顧得。總之，我們拚著一死，做後來人的榜樣罷了。」

這話說罷，五人一齊拍手跳舞，吆喝了一聲，不料聲音太響，動驚了船主，跑來看了一看，沒得話說。隨後一個中國人走來，對他們道：「你們吵的什麼？這是文明國的船上，不好這般撒野的！」慕政聽他說得可惡，不由的動怒道：「你見我們怎樣撒野？我們不過在此演說拍手。」那人道：「演說拍手，自有地方，這是船上，不是列位的演說場。」六人沒得回答。那人又道：「列位還要到東京哩，那地方更文明，還要小心呢！」仲翔唯唯道：「我們如今知道了，方才吃多了酒，說得高興，倒驚動了諸君，以後留心便了。」那人方才無言而去。仲翔才同他們回到房艙裡，慕政只是不服道：「好好的中國人，為什麼幫著外國人說話，倒來派我們的不是？」仲翔道：「聶兄莫怪他，他話並沒說錯，這船上本不是演說地方，這人還算懂得些道理的，你沒有看見那次洋關上的籤子手❶嗎？戴著奴隸帽子，穿著奴隸衣服，對著自己同類，氣昂昂的打開他行李，看了不夠，還要把他綑好的箱子打開，搜出一段川綢，當是私貨，吆喝著問這是什麼？那人道：「這是我朋友託帶的。」他那裡管他朋友不朋友，拿了就走，那神氣才難看哩！說起這關，原是中國的關，不過請外國人經手管管，他們仗著外國人的勢力，就這樣欺壓自己人，比這人厲害得多著哩！」慕政聽了，也不言語。

六人在船上過了一天半，已到長崎，有日本醫生上船驗看各人有無疾病，六人被他驗過，均稱無恙。那天船卻泊下不開。六人上岸閒遊，山水佳麗，街道潔淨，覺得勝中國十倍，大家歎賞不絕。幸未遠行，到船後已將近開輪了。及至到了橫濱，仲翔猛然想起一事道：「哎喲！我幾乎忘了！東京是不用墨西哥洋錢的。」效全道：「這便如何是好？」仲翔道：「不妨。我們在這裡兌了日本洋錢去。」當下六人起坡，覓個旅館住了。慕政開出箱子裡的洋錢來，每人拿些，同上街去兌換。鄒侯陳三人也取出些來，託他們代為兌換。仲翔踱出門時，卻值一個人合他撞了個滿懷，那人惶恐謝過。仲翔看他裝束雖然是西人衣服，那神氣卻像中國人，當下就用中國話問他何來？那人果然也答中國話，說是天津人，因到美洲遊學，路過此間，上岸閒耍，到得岸邊，輪船開了，只得望洋而歎。現在資斧告乏，正想找個本國人借些川費，諸君既是同志，諒能資助些。如今美洲是去不成的了，只要助我五十金，便可以回中國去。仲翔

❶ 籤子手：即「扦子手」，詳見第十五回注釋❶。

楞了一楞，一句話也答應不出，還是慕政來得爽快，說道：「既然如此，我就幫助你，五十金不能，五十圓罷，只是足下尊姓大名？」那人道：「我姓邱名瓊。難得吾兄慷慨解囊，亦要請教請教。我們找個館子一敘罷！」三人就同他到得一個番菜館裡，彼此細敘來蹤去跡，慕政才把洋錢交給他。那人感謝了幾句，會鈔分手而去。仲翔埋怨慕政道：「我們盤川還怕不夠，你如何合人一見面就送他這許多洋錢？」慕政道：「他也是我們同胞，流落可憐，應該資助的。」仲翔道：「這樣騙子多著哩，慕兄休得上當。」慕政也不理他，次日便搭東京火車望東京進駛。

不知後事如何，且聽下回分解。

# 第三十六回　適異國有心嚮學　謁公使無故遭殃

卻說彭仲翔等到了東京，住不多日，就去訪著了中國留學生的公會處，商量進學校的話。內中遇著一位廣東人，姓張名安中，表字定甫，這人極肯替同志出死力的，當下合仲翔籌畫了半天，說道：「諸君要入學校，莫如入陸軍學校，學成了倒還有個出身，只是咨送的文書辦來沒有？」仲翔愕然道：「怎麼定要咨送的？這咨文卻未辦來。」定甫道：「這便如何是好？進日本學校要咨送，原係新章，現在的監督很不好說話，動不動挑剔我們，總說是無父無君的，要是咨送來的學生，不能不收，自費的是定准不收，這便如何是好？」說得六人沒了主意。仲翔呆了半天，又懇求他道：「定兄可好替我們想個法子。」定甫道：「實在沒法子想，我們只去軟求他的了。」仲翔道：「全仗定兄一力扶持，須看同胞分上，我們如今是進退兩難的。」定甫道：「我有一言奉告諸君，去見監督時，千萬和顏下氣，磕頭請安的禮節是廢不得的。只要合中國求館的秀才一樣，保管就可以成功了。」這句話才說完，只把個一腔俠烈的聶慕政氣得暴跳如雷道：「像定兄這般說法，不是來求學問，竟是來當奴隸了。我不能！我不能！我還要問問，難道定兄你們在此，也是要合監督請安磕頭的麼？」定甫道：「慕兄休要動氣。我們是大學堂咨送，合他一同來的，他倒以禮相待，不敢怎樣；其餘學生，卻不免受他的氣，都是我親眼目睹的。慕兄要肯為學問上折這口氣，便同去求求他，要不肯時也無別法，算作來東洋遊歷一趟，也是長些見識，我們又結了同志，好不好呢？」慕政歎口氣道：「定兄莫怪。小弟是生來這個脾氣，做奴隸的奴隸，實在耐不得。奈同伴這般嚮學，定兄又如此熱心，小弟只得忍辱一遭。就煩定兄領去走走，我只跟著大眾，磕頭就磕，只請安改做了作揖罷！別的我都不開口，裝做啞子如何？」定甫聽得好笑。當下六人說定。定甫又把他們姓名拿小字寫在紅單帖上，大家同到監督那裡。

再說這監督原是個進士出身，由部曹捐了個山東候補道，上司很器重他，署過一任濟東泰武臨道，手裡很有幾文。新近又得了這個差使，期滿回去，可望補缺。他到了東洋，同日本人倒很談得來，只學生不免吃些苦頭，總說他們不好，當面極客氣，暗地裡卻事事掣肘。閒言少敘。此時定甫合彭施諸人，走到他公館門口，自有家人出來招呼，把帖子遞進去。歇了好一會，才出來回覆道：「大人今天身上有些不大爽快，不能會客，請老爺們寬住幾天，得空再談罷！」定甫沒法，只得同他們回去。仲翔滿面愁容道：「如此看來，這事定然不得成功。我想他們既有這種新章，便是監督也無如之何。」定甫道：「正是。我原想他代為函懇我們山東官場，補寄個咨文來，這事便好說法了。他不見面，如何是好？」說著，低頭想了半天，道：「有了。我們國裡新派了一位胡郎中來考察學生，我們莫如去求求他罷！」仲翔這干人只得依他。

當下定甫恐怕人多驚動胡郎中，只約仲翔兩個人去。走了二三里路，才到得胡郎中的寓處。原來這位胡郎中，名惟誠，表字緯卿，年紀六十多歲，在中國是很有文名的。只因他雖然是個老先生，倒也通達事理，曉得世界維新，不免常找幾個譯界中的豪傑做朋友，因此有些大老官都看得起他，就得了這個維新差使。他卻有種好處，頗喜接待少年，聽說有學生拜他，隨即請見。仲翔見胡緯卿生的一表非俗，瘦長條子，一口黑鬍鬚掛在胸前，濃眉秀目，戴一付玳瑁邊的小眼鏡，兩人合他作揖。他滿面笑容，回了個揖，問了姓名來歷，仲翔從實說出拜求他的意思。緯卿道：「難得幾位這般有志，老夫著實敬重。只是這裡的學堂，必須由官咨送，否則一定有人保送，才得進去。」定甫道：「可不是？學生也因為他們沒有咨送的文書，去求監督，監督不見，只得來求先生，還仗先生大力作成他們則個。」緯卿道：「我是就要回國的，保送不來，還是去求欽差為是。只是諸位既然遠來遊學，為什麼不備好咨文再來？豈不省了許多周折。」仲翔本是忘記了的，此時樂得說嚮話道：「我們中國官場實在不容易請教，差不多的就不見。還有他的門口的人勒索門包。學生們免得受辱，所以一徑到這裡的。先生是來文明國度辦事的大員，一定也是文明的，所以才敢前來叩見。」緯卿聽他說的話很覺刺耳，心中有些不樂，便搭訕著說道：「那也未必。既是如此，等我替諸位在欽差那裡說起來看。只是欽差的為人，我素來鄙薄他，為了諸位，只得去碰個釘子再說。」定甫仲翔聽這口氣，還不甚靠得住，然而沒法，只得謝了一聲，起身告辭。緯卿非常謙恭，一直送到門外。兩人雇了人力車，各回寓所。過了兩日，緯卿有信來，說是欽差已經答應了，靜待幾天，便有回信。又過了數日，緯卿又有信來，附了一封日本參謀部覆欽差的信，內裡寫道：「向例進學都要貴大臣保送的，仍舊請貴大臣保送，以符向例。」仲翔看了，半天想不出所以然的原故。猜道：「欽差既然咨送，為什麼那參謀部又叫他保送呢？吠！我曉得了！這分明是推死人過界的意思。其實他們並不誠心送我們進學堂，借這參謀部一駁的原由回覆我們，好叫我們不罵他。」慕政聽了，不勝其憤道：「來到外國做欽差，連幾個學生都不肯保送，這樣不顧同類的人，我們也不用理他了。」仲翔笑道：「慕兄！你這話說得太糊塗了。我們既到這裡，總想進學，但要進學，不求他們還求那個呢？據小弟的愚見，只好大家忍耐，受些屈辱，也顧不得，所說大丈夫能屈能伸，依我主意，還是拿言語來求他，抵抗他發怒卻使不得的。」大家點頭稱是。仲翔沒法，只得去找定甫，又找不著，又去找幾位留學公會裡的熟人，把參謀部的信給他們看，也猜不出所以然的原故，按下不表。

※　　※　　※

且說這位欽差，原是中國最早的維新人，少年科第，做過一任道臺，姓臧名鳳藻，表字仲文。只因官階既然高了，說不得也要守起舊來，要合那政府各大臣的宗旨一般才是。沒到東洋的時節，心中就犯惡那班學生，罵他們都是叛逆，及至做了欽差，拿定主意，不大肯見留學生的面，並且怪各省督撫時常咨送學生前來，助他們的羽翼。此次接著胡緯卿的信，託他咨送學生，心裡很不自在。爭奈胡緯卿的名望太高，不好得罪他，只得允了下來。合他的文案商量個妙法，寫一封信到參謀部去，曉得定然要駁回的，等到駁回，便好回絕胡緯卿，又不得罪學生，正自得計。殊不知仲翔這班人是招惹不得的，既然有了參謀部那封覆信叫欽差保送，他們還肯干休嗎？當下仲翔找著熟人，都解不出信中的道理來，只得仍回寓處，合施聶諸人商量道：「我們進學的事，看來已成畫餅，只是參謀部既有這封覆信，可以做得憑據，不免運動一番，我想去見胡緯卿，問個端的再說。」眾人都說願意同去，仲翔沒法止住他們，只得同到胡緯卿那裡。緯卿見他們又來了，很覺為難，只得說道：「你們的事，我總算盡力的了，欽差不肯保送，我也沒法。」

仲翔聽他回得決絕，暗道：「此時說不得，只有去求欽差的了。」打聽著欽差那裡管學生事的，卻是一位文案，這文案姓鄭表字云周。打聽明白，就領了五人走到欽差衙門。仲翔知道驟然要見欽差，定准不見，只好先找文案，託他介紹。當下問明文案處，闖了進去。文案不知所以，見他們打扮，就猜著是新來的學生，勉強起身讓坐，通過姓名，問明來意。仲翔一一說過，就求他去回欽差，說要面見的意思。云周躊躇了半天道：「欽差事忙，只怕沒得工夫見諸位呢！」仲翔再三要求云周，這才允了，親自去說。等了許久，云周出來道：「諸位要進學的事，欽差為了你們到處設法，總不成功，後來又碰了參謀部的釘子，難道諸位沒見覆信麼？如今要想欽差再去求他，萬萬不能，慢慢的設法便了。」仲翔覺得這話很靠不住，定准要面見欽差，就站起來，合鄭云周作了三個揖，求他再去回一聲。云周被他纏得沒法，又因同是中國人，到底讀了幾句書，不肯忘本，只得又進去回。那知這番進去，猶如風箏斷了線的一般，左等不來，右等不來，慕政火性旺，就要喝問他的管家，仲翔趕緊止住道：「我們這時正是緊要關頭，要一鬧，定然決裂的。」慕政忍氣吞聲，只一件事忍耐不住，是從早晨起到現在已是下午，還沒有吃一口飯，飢火中焚，更無法想。那文案房原來就是書房，只聽得欽差的兒子在那裡念中庸小註，什麼「命猶令也，性即理也」，讀兩句歇半天，那聲音也低得很像是沒有睡醒的光景，眾人不禁暗笑。又停一會，外面一個洋式號衣的人走來，是個黑大胖子，突出兩眼，就同上海馬路上站的印捕一般，一口東洋話，在那裡走來走去，自言自語的。六人看這光景，覺得有些蹊蹺，也不理他。那人走了一回，只得去了。又停了好一會，無奈鄭云周兀是不來。

原來臧欽差因為這些學生已經到了他隨員的宅中，定准要見，倒弄得沒有法子驅遣他們。曉得學生的脾氣是各樣離奇的事都做得出來的，不見他不好，見他又怕受辱，始而合鄭文案商量，沒得法子。欽差恨道：「這都是胡緯卿不好！」叫家丁拿片子去請胡大人來。不多一會，緯卿來到，欽差把學生硬要見他不肯走的話說了。緯卿道：「這不要緊，就見他們一見亦何妨？我見過他們兩次了，很文氣的。他們再不敢得罪欽差大人的。」欽差見他話不投機，沒得說了，呆了半天不則聲。緯卿辭別要走。欽差道：「緯卿先生走不得的。今天這樁事恐怕鬧得大哩！須等他們去後再走。」緯卿冷笑一聲，只得坐下。欽差仍同鄭文案商議。鄭文案道：「晚生有個法子。我們中國人在上海住久的，別的都不怕，只怕外國巡捕。一個欽差衙門，他們既然敢來闖事，總有些心虛膽怯。我見大人這裡有一個看門的，姓羊，這人長得很威武，不如叫他穿件號衣，說兩句東洋話，嚇唬嚇唬他們，或者他們肯走，也未可知。」欽差聽了，大喜道：「老夫子的主意甚好，來，來！」叫羊升，不一會，羊升來了。欽差見他模樣，果然像個外國人。問道：「你會說東洋話嗎？」羊升回道：「小的在東洋年代久了，勉強會說幾句。」欽差就如此如此的吩咐他一番，羊升領命而去。不多一會，羊升回來回道：「小的照著老爺吩咐的法子，走到鄭老爺書房門口，對了那班人說：『你們要再不走，我們大人交代的，要送你們到警察衙門裡去了。』說了幾遍，他們端然坐著，只是不睬。小的因為大人沒有吩咐過趕他們出去，不敢動手。」欽差聽了不自在，說道：「你這個不中用的東西！」羊升諾諾連聲，回道：「小的再去趕他！小的再去趕他！」欽差怒喝道：「滾出去！不准去惹事！」羊升摸不著頭腦，只得趔趄著出去。

正在沒法時候，可巧一個東洋人同一個西洋人來訪，欽差當下接見。那東洋人據說亦是一個官，名字叫做稻田雅六郎，西洋人叫做喀勒木。欽差同他們寒暄一番，就提起學生的事來，懇他們二位設法。六郎道：「這有什麼要緊的，他們要不肯去，公使就見見他們也無妨。要警察部派人來也不難。」欽差道：「很好很好，就請先生費心招呼一聲警部。」六郎答應著，簽了一封洋文信，叫人送去。三人談了多時，警察部的人已來了，六郎叫他去撥十來個人來，卻不要亂動手，須聽公使的號令。說罷辭別欲去，喀勒木也要同行。欽差留他幫助自己，喀勒木素性是歡喜替人家做事的，便一口應允。六郎自去不提。欽差又請胡緯卿鄭云周合喀勒木見面，彼此寒暄一番。喀勒木道：「這時候天已不早，欽差要見他們，就請見罷！待我去看看他們，要能說動他們走了更妙，省得多事。」欽差道：「全仗全仗！」喀勒木問明路徑自去。

這時彭仲翔那班人，正等得沒耐煩，忽然見個西洋人走來，知道又有奇文。那知他倒很有禮節，又且一口北京話，六人喜出望外。仲翔暗想鄭文案既然不來，還是託這人倒靠得住些。就把各人要進學的話，從頭至尾，一一說給他聽。又把參謀部的覆信給他看過。喀勒木道：「不得你國欽差保送，這事不會成功的。我還有你們湖南監督交給我一張名單在這裡。」言下把張名單從身邊掏出給眾人過目，果然是湖南派來的五位學生。喀勒木又道：「參謀部作不得主，須待福澤少將回來，我到那時再約了你們吳先生一起保送進學便了。」仲翔等很覺感激，轉念一想，這事不甚妥貼，放著現在的欽差不吃住他做，倒聽這西洋人的說話，他回來不睬，我們還有什麼法子想呢？因此一定要見欽差，再三懇告喀勒木轉求。喀勒木沒法，叫他們拿名單出來。仲翔早已預備好了，隨即取出。喀勒木捏了他這個名單，去了半天，又來說道：「要去見時，只好一二人去。」眾人不肯，定要同去。喀勒木往返幾次，尚未答應。眾人跟著他走，到得欽差住宅旁邊一棵大樹底下站著。喀勒木見他們這般情景，老大不喜歡，道：「你們恁樣固執，我也沒法，只得告辭了。」匆匆坐了人力車就走。六人白瞪著眼，無可如何。還是仲翔膽子大，領著眾人走到客堂門外。又等得許久，天色將晚，才見胡緯卿踱了出來道：「你們等了一天，也不吃飯，這是何意？欽差不肯見，能夠逼著他見麼？不要發獃，跟著我去吃飯罷！」仲翔又是好氣，又是好笑，也不答應。慕政睜著兩眼，很想發作，因受了仲翔的囑咐，只得權時忍耐。胡緯卿見他們不理，正沒法想，一會喀勒木又轉來說道：「你們怎麼還不回去？在此何益？聽了我的話，早有眉目，橫豎你們這六位，欽差是一定送的，不在乎見不見，就是要見，有一二個人去也夠了。」眾人只是不肯。

不知後事如何，且聽下回分解。

# 第三十七回　出警署滿腔熱血　入洋教一線生機

卻說喀勒木叫彭仲翔諸人不必一齊進見，原是怕他們囉嗦的意思，卻被仲翔猜著，忙說道：「我們再不敢得罪欽差的，要有無禮處，請辦罪就是了。」正說到此，那警部的人忽然走來，把他們人數點了一點，身邊取出鉛筆記上帳簿去了。仲翔這班人覺得自己沒有錯處，倒也不懼。緯卿情知他們不見也不得干休，只得領他們到客廳上坐了。緯卿又拿出那騙小孩子的本事來，進去走了一轉，出來說道：「欽差找不到，不知那裡去了。」還是喀勒木老實些，說道：「欽差是在屋裡，就只不肯見你們，為的是怕你們囉唣。」仲翔立下重誓。喀勒木又進去半天，只見玻璃窗外，有許多人簇擁著。看那警部的人在門外站著。一會兒欽差出來，還沒跨進門，就大聲說道：「你們要見我，有什麼話說趕快說！你們又不是山東咨送來的，我替你們再三設法，也算對得起你們了。無奈參謀部不答應，怪得我嗎？」仲翔尚未開言，聶慕政搶著說道：「不論官送自費，都是一般的學生，都要來學成本事，替國家出力的，欽差就該一體看待。」仲翔接著說道：「參謀部的意思，只要欽差肯保送，沒有不收的。」欽差道：「這是什麼話？我何曾保送過學生？只咨送是有過的。」仲翔道：「據學生的愚見，欽差既然要爭那保送咨送的體制，就該合參謀部說明才是。參謀部不允學生進學的事，欽差也當力爭。如果沒得法想，就當告退才是個道理。」欽差道：「好，好！你倒派出我的不是來！我原也不是戀棧的，只因天恩高厚，沒得法子罷了！」仲翔道：「這話學生不以為然。」欽差大發雷霆，板了臉厲聲罵道：「你們這班小孩子懂得什麼？跑來胡鬧？我曉得現在我們中國不幸，出了這些少年，開口就要講革命，什麼自由，什麼民權，拿個盧梭當做祖師看待，我有什麼不知道的？那法國我也到過，合他們士大夫談論起這話來，都派盧梭的不是。你們以為外國就沒有君父的麼？少年人不曉得天有多高，地有多厚，說出來的話，都是謀反叛逆一般。像這樣學生，學成了本事，那裡能夠指望他替朝廷出力？不過替國家多鬧點亂子出來罷了！前年湖北不是殺了多少學生麼？你們正在青年，須要曉得安身立命的道理。一般是父母養下來的，吃皇上家的飯長到一二十歲，受了皇上家的培植，好容易讀得幾部書，連個五倫都不懂得，任著性子胡鬧。你可曉得你家裡的父母，還在那裡等你們顯親揚名哩！為什只顧走到死路上去？我們做官的雖然沒什本事，然而君父大義，是很知道的，如今你們倒要編排我的不是來，這個理倒要請教請教。」言罷怒氣直噴，嘴上的鬍子根根都豎了起來。

仲翔聽他的說話，見他的模樣，不由得好笑。慕政更是雙睛怒突，卻都聽了仲翔吩咐，不敢造次。仲翔陪笑說道：「欽差的話那有不是的道理？但學生等也不是那樣人，欽差看差了，所以不敢保送。至於君父，大家都是一樣的，就算欽差格外受些恩典，就當格外出點力才是。可曉得我們這般學生，都是皇上家的百姓，譬如家裡有子弟，要好，肯讀書，父母沒有個不喜歡的，不指望的。我們肯到外國來讀書，料想皇上聽著也喜歡，也指望。皇上都那般喜歡，那般指望，欽差倒不肯格外出力，這也算得盡忠麼？學生們也曉得中國官場的脾氣，說起話來都是高品，自己並不戀棧，恨不得馬上掛冠，享那林泉的清福。只是一聲交卸，銀錢也沒得來了，威勢也不能發了，恭維的人也少了，只好合鄉裡的幾位老前輩來往來往，還有些窮親友牽纏牽纏，總只有花費幾文，沒得多餘好處。所以做到官，就當這個官是自己的產業，除死方休，這叫做忠則盡命。要肯揀幾句不關緊要的事情，上個摺子，說兩句直話，碰著於國家有益，於自己無損的事，做他一兩樁，百姓已是伸著脖子望他，眾口讚道好官了。學生小時候倒還聽見人說，那個官好，那個官不好，如今是許久不聽見的了。」一番議論，把一個臧欽差的肚子幾乎氣破，登時❶面皮鐵青，嘴唇雪白，想要發作，又發作不出。仲翔見他不理，只得又說道：「欽差要怕學生不安分，還是多送幾個到學堂裡去，等他們學問高了，自然不至於胡鬧。我們中國人的性質，只要自己有好處，那裡有工夫管世界上的事呢？學生裡學西文的學好了，好做翻譯，做參贊；學武備的學好了，好當常備軍，預備軍。一般各有職業，那有工夫造反？要不然，弄得萬眾咨嗟，個人歎息，古時所說的，輟耕隴上，倚嘯東門，從前還從下流社會做起，科舉一廢，學堂沒路，那聰明才智的人，如何會得安分呢？這些事用得著學嗎？所說盧梭民約等書，都是他們的陰符祕策，欽差既有約束學生之責，就當揀那荒功好頑的學生，留意些，犯不著對幾個明白道理的學生，生出疑忌的意思才是。」一席話說得欽差更是動氣，只當沒有聽見。緯卿走來道：「好了，你們的話也說夠了，一句不到本題。我請問你，還是要同欽差辯論來的呢？還是要求欽差送你們進學校來的？」仲翔道：「胡先生的話是極，我們是求欽差送進陸軍學校來的。現在要求欽差三事：第一件，求欽差送我們到陸軍學校。」緯卿道：「第二件呢？」仲翔道：「第二件，是參謀部不肯收，要求欽差力爭。第三件，是力爭不來，要請欽差辭官。」這時欽

❶ 登時：立刻（吳語）。

差的臉上，紅一塊，白一塊。喀勒木聽了，也不服氣道：「諸君不過是來遊學的，如何要逼著欽差辭官呢？」仲翔道：「辭官須出自欽差的本意，這樣替學生出力，才算是真，不比那貪戀爵位，不識羞恥的人。」欽差大怒道：「我怎麼貪戀爵位，不識羞恥，你倒罵得刻毒！」說罷恨恨而去。緯卿喀勒木也跟著出去了。

※ ※ ※

仲翔諸人只得靜坐等候，鄒宜保竟矇矓睡去。歇了一會，忽然聽得外面吆喝了一聲，燈籠火把，照耀如同白日，好些軍裝打扮的人，手裡拿著軍器，蜂擁而入。大家見此情形，知道不妥，要想站起來，仲翔吩咐他們不要動，因而端坐沒動。那警察軍隊裡有一位官員，對著仲翔打話，仲翔一句也聽不出來。他叫兩個警軍，把仲翔扶起，挾著便走。施效全諸人見仲翔被拿，一齊同走。到得警察衙門口，卻只帶了仲翔進去，五人被他們關在門外。不多一會，大門開處，忽又走出幾個警軍，把他們五人也拉了進去。警察官問起來，說他有害治安，須要押送回國。仲翔到了此時，也就沒法，只得聽其自然。次早動身，搭神戶火車到得海邊上。只聶慕政一肚子的悶氣，沒有能發洩得出。他自來不曾受過這般大辱的，一時拙見，奮身望海裡便跳。那知力量小些，只到得一半，離開海面還有半丈多，身子陷在爛泥中間。仲翔見他這樣，甚覺可慘，忙招呼一隻小船，拚命將他救起，換了衣服，拉他上了輪船，再三勸道：「受辱是我們六人在一起的，你千萬不可自尋短見，留得身子在，總有個雪恨的日子！」慕政道：「我自出娘胎從沒有受過這般羞辱，大丈夫寧可玉碎，不做瓦全。」仲翔道：「各事只問情理的曲直，假如我們做錯了事，受了這般屈辱，自然可恥，如今我們做事一些不錯，無故的受這番挫折，回國後對人說起來，也是光明的，怕什麼？那中國的官情願做外國人的奴隸，不顧什麼辱國體，我們還有什麼法子想呢？雖然如此，那留學生公會上豈肯干休？自然有人出來說話。我們回去聽信息罷！再者，此番的事，回去也好上上報，叫大家知道只有他倒可恥，我們那有什麼可恥？一般想個法子，糾成一個學堂，用上幾年西文工夫，遊學西洋便了。」慕政聽得有這許多道路，也就打斷了投海的念頭。

船到上海，六人仍復落了客棧，就把這段事體，做了一大篇文章，找著個自由報館，登了幾天方才登完，六個人才算出了口氣，但是東洋遊學不成，總覺心上沒有意思。有天仲翔對大眾說道：「我們六個人，現在團聚在一處，總要學些學問，做兩樁驚人的事業，才能洗刷那回的羞辱！」五人稱是。就在寓裡立起課程表來，買了幾部西文書合那華英字典，找著個英文夜課館，大家去上學用起功來。學上三年，英國話居然也能夠說幾句將就的，文法也懂得些，正想謀幹出洋，可巧慕政接到家信，說他父親病重，叫他連夜趕回去。

那慕政雖說是維新黨，倒也天性獨厚，當下接著這封信，急得兩眼垂淚。原也久客思舊，就合彭施二人商議，暫緩出洋，且回山東，等他父親病好再講。本來彭施二人，家道貧寒，原想到上海謀個館地混日子的，東洋回來，倒弄得出了名，沒人敢請教了。衣食用度，幸虧靠著慕政有些幫襯，今見他要回去，覺得絕了出洋的指望，便就發願合他一同到山東去，慕政大喜。那鄒宜保等三人有家可歸，不消說得，各自去了。三人同日上了青島輪船，不到三日，已到濟南，各轉家門。慕政到了自己家裡，他父親病已垂危，眼睛一睜，叫了一聲「我兒」，一口氣接不上，就嗚呼了。慕政大哭一場，他母親也自哭得死去活來。慕政料理喪事，自不消說。從此就在家裡守孝，三年服滿，正想約了仲翔效全仍到上海，設法出洋。

三人在百花洲飯館聚談，正是酒酣耳熱的時候，仲翔又在窨鄉，便發出無限牢騷，無非是罵官場的話。三人談了多時，可巧上來一位朋友，姓粱號弢甫，也是個維新朋友，打聽仲翔在這裡，特地找他說話。慕政也合他認識，拉來同坐。弢甫閒談，說起雲南總督陸夏夫，現已罷官在家，政府為他從前同那一國很要好，又因他近來上條陳，說什麼借外兵以平內亂，頗有起用的意思，叫他進京，就要在此經過。慕政聽了，謹記在心。酒散無話。次早，慕政去找仲翔，說要用暗殺主意的話，仲翔聽說，嚇了一跳，知道此番是勸他不來，只得順著他的口氣，答應合他同去。兩人就天天在外面打聽陸制軍那天好到。也是合當有事，偏偏陸制軍坐著轎子去拜姬撫臺被他看見了，從此就在他住的行臺左右伺候。無奈護衛的人多，急切不得下手。那天將晚的時候，有人請陸制軍吃番菜，仍舊坐轎而來，這回被慕政候著了，跟著就走，到得江南邨門口，手起一槍，以為總可打著的了，那知槍的機關不靈，還未放出，已經被他拿住。當時送到歷城縣裡暫行收監。陸制軍便合姬撫臺說明，次日親到歷城縣，提出慕政審問。慕政直言不諱，責備他：「為什麼要借外兵來殺中國人，氣憤不過，所以要放槍打死了你。」陸制軍道：「我何嘗借過外國兵，那幾個土匪，若要平他，不費吹灰之力，原是不忍殘殺他們，要想招安他們，所以至今尚未平靜，你們這些人，誤聽謠言，就要做出這類背逆的事來，該當何罪？待我回京奏明請旨，從重治罪便了。」一吩咐知縣，拿他釘鐐收監。此時慕政弄得沒法，求生不得，求死不能。

彭仲翔是他一起的人，見慕政捉了去，趕到他家報信。慕政的母親聽了，就如青天裡起了個霹靂，顧不得嫌疑，就同仲翔商議，情願多出銀錢，只要保全兒子的性命。仲翔滿口答應，取了三千銀子，先到歷城縣裡安排好了，叫慕政不至吃苦。仲翔又認得一個什麼國的教士，名叫黎巫來的，當下便去找他，把原委說明，求他保出人來，情願進他的教，教士大喜，隨即去見陸制軍。這時陸制軍的行李已經捆紮好了，預備次早動身。忽聽報稱有教士黎大人拜會，制軍不好不見，只得請客廳，寒暄一番。教士道：「聽說前天大帥受驚了！這人是我們堂裡的學生，只因他有些瘋病，在外混鬧，那手槍是空的，沒有子彈，並不是真要干犯大帥。如今人在那裡？還望大帥交還，待我領他回去，替他醫治好了再講。」陸制臺道：「這人設心不良，竟要拿槍打中兄弟，幸虧兄弟還有點本事，一手拿住了他的槍，沒有吃虧。照貴國的法律，也應該禁幾年，如今在歷城縣監裡。我們國家自有處置他的法子，這不干兄弟的事。貴教士還是合歷城縣去說便了。」黎教士道：「吠！既然如此，我就奉了大帥的命去見縣尊便了。」陸制軍呆了一呆，只得送他出去，趕即寫一封信，叫人飛奔的送與歷城縣，叮囑他千萬不可把聶犯放走。

此時做歷城縣的，本是個一榜出身，姓錢名大勳，表字小篔，為人最是圓通，不肯擔當一點事情的。這回被陸制軍送了一個刺客來，正不知如何辦法，耽了一腔心事。那天上院回來，略略吃些早點，正要打轎到陸制軍那裡送行，可巧教士已到。錢縣尊聽說教士來拜，就猜到為著聶犯而來，叫先請他花廳坐了，自己躊躇應付他的法子。想了半晌，沒得主意，家人又來回道：「那洋大人等得不耐煩了，要一直進來，被小的們攔住。老爺要是會他，就請去罷！」縣尊沒法，只得戴上大帽子，踱了過去。兩人見面，倒也很親熱的。原來這黎教士不時的到縣署裡來，錢縣尊也請他吃過幾次土做番菜，總算結識個外國知己，所以此番不能不見，倘若不見，他竟可以一直闖進簽押房裡來的。

不知後事如何，且聽下回分解。

# 第三十八回　脫罪名只憑片語　辦交涉還仗多財

卻說錢縣尊見了黎教士，問他來意。黎教士把對陸制軍說的話述了一遍。又說：「陸制軍的意思，已允免究，就煩貴縣把人放出，交我帶去罷！」錢縣尊呆了一呆道：「這人雖說是陸制軍送來的，究竟他是犯罪的人，陸制軍作不得主，放與不放，須得稟明撫憲，再作道理，卑職不敢擅專，還望黎大人原諒。」你道錢縣尊為什麼對他也稱起大人卑職來？原來黎教士曾經蒙恩賞過二品頂戴的。當下黎教士聽他這般說得奸猾，心中很覺動氣，說：「這樣些須小事，貴縣很可以作得主，就不是陸制臺吩咐，貴縣看我面上，也應該就放的。我曉得你們中國官場，你推我推，辦不成一樁事，只想敷衍過去，不干自己就完了。但此次碰著了我，可不能如此便宜。今天要在貴縣身上放出這個人來。撫臺問起，只說我來把他領去的就是了。他要不答應，我合你們政府裡說話，橫豎沒得你的事情。我為的合你平日交情還好，所以來同你商量，要是別人，我不好就去對你們撫臺講嗎？」錢縣尊聽了他話，直嚇得戰戰兢兢的，立起來打了一恭道：「大人息怒！這是卑職不會說話，冒犯了大人。但則這件事要馬上放人，卑職實是不敢，等卑職立刻上院，把大人的話回明了撫憲，等撫憲答應了，隨即請大人把人領去就是了。」黎教士道：「這還像句話，料想你們撫臺也不敢不依我的，你這時就去，我在這裡等你。」錢縣尊被他逼得沒法，只得請了帳房出來陪他，吩咐備下一席番菜。自己正待起身，恰好陸制臺的信已送到。錢縣尊看了，只是皺眉，當下打轎上院。此時姬撫臺已到行臺替陸制臺送行去了，錢縣尊也就趕到行臺，倉皇失措的把教士的話稟了上去。

姬帥大驚，對陸制臺道：「這人不好得罪他的。如今外國人在山東橫行的還了得，動不動排齊隊伍就要開仗。兄弟辦交涉辦久了，看得多了，總是心平靜氣敷衍他們的。實在因為我們國家的勢力弱到這步田地，還能夠同人家挑釁嗎？這樁事老同年還是看開些的好，好在於老同年分毫無損。」陸制臺怒氣勃勃的哼了一聲，半晌方說道：「那不是便宜了這逆犯，我們還想做官管人嗎？」姬帥嘻的一笑道：「老同年將來出京，最好多預備些護衛，兄弟這裡親兵也不少，很可以多撥幾名過來。至如這個逆犯要是不放，那黎教士自會通知外務部，始終要放他的，不如我們做個人情罷！況且黎教士明說是老同年當面允許他放的，如今不放，顯見是兄弟的主意。他們外國人合兄弟為起難來，就是兄弟罷官不做，後任也辦不來這宗交涉，地方上定然吃虧。兄弟是為百姓請命的意思，還望老同年大發慈悲，就是兄弟也感之不盡了。」陸制臺見姬帥說得這般懇切，再加他的話也不錯，就是目前不放，將來一定要放的，只可恨隔了省分，自己一些作不來主，想了半天，毫無法想，只得應道：「這聶犯雖然合兄弟為難，究竟自有國法，聽憑老同年做主便了。」姬帥道：「如此，我就把他交給黎教士了，這是出於無奈的。」當下便吩咐歷城縣道：「老兄趕快回去款待黎教士，他若要將聶犯帶去時，你便隨他帶去，不必違拗。」錢縣令巴不得有這一句話，省得他為難，有什麼不遵諭的，卻故意說道：「只是對不住陸大人。」陸制臺歎口氣道：「中國失了主權，辦一個小小犯人，都要聽外國人做主，兄弟是沒得話說，老同年還要提防刺客才是。」姬帥默然。

錢縣尊告退回衙，黎教士兀是未去，番菜已吃過了。他見縣尊回來，就問聶君的事究竟何如？錢縣尊道：「撫臺原不肯放的，是卑職再四求情，說看黎大人分上，這才允的。」黎教士道：「倒難為貴縣了。我說貴省撫臺是個極有見識的，區區小事，沒有個商量不通。貴縣快把聶君請來罷！」錢縣尊應了幾個「是」，忙忙的走到外面，吩咐家人把聶犯去了鐐銬，請到簽押房裡，梳洗乾淨，再同他到客廳上來。安排適當，自己仍舊進了客廳，伺候黎教士。家人領命，叫禁卒從死囚牢裡，提出那個聶慕政來。誰知慕政早已受過彭仲翔的教導，曉得黎教士在那裡替他設法，這回提他定然是個好消息。所有鐐銬，因他進牢後用的使費很多，是以免掉不帶，這時出去，倒要做做場面，只得把來帶上，一路踉蹌，到了二堂上面。但見一個家人走來問道：「這就是姓聶的麼？」差役齊應道：「是！」那家人道：「大老爺吩咐，把他鐐銬去了，跟我到客廳上去問話。」差役齊聲答應，就來動手。誰知聶慕政倒動起氣來道：「我本沒犯罪，你們把我提來這般屈辱，如今要除下我手腳上的這個勞什子，除非你們大老爺親自來除，那能由你們這班奴才一句話，就輕輕的除下來嗎？這麼著，不是我連你們這些奴才都不如，由著你們擺弄嗎？」那家人聽他「奴才，奴才」的罵，不由的氣往上撞道：「你是個死囚，大老爺要開脫你，也全虧我在旁邊說幾句好話，我便是你的重生爺娘一般。不承望你報答，倒開口奴才，閉口奴才的蹧蹋我。隨你去，我也不管了！」說罷揚長去了。差役們住了手，不敢替他除去。慕政蹲在地下吁氣。

家人回到客廳，冒冒失失的上去稟道：「那犯人不肯除去鐐銬，要等大老爺親手去替他除哩！」錢縣尊大怒，罵道：「狗才！叫你好好合他說話，誰叫你去得罪他？」黎教士已知就裡，忙道：「你們中國衙門裡的事情我都曉得的，不必遮遮掩掩，我合貴縣同去看來。」錢縣尊滿面羞慚，連聲應了幾個「是」，就同教士走到二堂上。只見那聶慕政鐐索郎當的蹲做一團，兩個差役看好了。黎教士說聲：「可憐好好的人，把他捉來當禽獸看待，這還對得住上帝嗎？」錢縣尊發急，搶上幾步，到聶慕政身邊說道：「你不要動氣，請除了下來罷，這須不干我事，是陸制臺交代的。」慕政道：「老父臺，你也算得一方之主？為什麼要聽那陸賊的指揮？不是甘心做他的奴隸嗎？」錢縣尊不肯合他多說話，叫差役趕緊替他除去了鐐銬，拉著他的手，同黎教士到客廳上來。黎教士假裝著是認識他的，說道：「你前回要回家，我就說你瘋病總要發作的，如今果然鬧了事。幸虧我得了信來救你，不然，還要多吃些苦呢！不必多講了，我們同回去罷！」回頭又對錢縣尊道：「你去打一頂小轎來，我合他一起回堂。」錢縣尊有意恭維黎教士，忙傳命把自己的大轎抬來，送黎教士合慕政上了轎。路上的人紛紛議論道：「犯罪也要犯得好，你不看見那姓聶的，一會兒套上鐵索，一會兒坐著大轎。列位如若要犯罪，先把靠山弄好了才好。」

不言眾人議論，且說錢縣尊送出教士，頓覺得卸下千斤重擔，身上輕鬆了許多，立即上院，把放聶犯的情形稟知撫臺，撫臺亦很是喜歡，極讚他辦事能幹。正在互相慶幸的時節，忽然外面傳報進來道：「諸城縣知縣武強稟見，有緊要公事特地進省面稟。」撫臺登時把他傳進。錢令告辭要行，撫臺止住，叫他且待會過武令再走。一會兒，武令進來，請了安，姬撫臺讓他坐下，問他什麼事情上省。武令道：「卑職為了一件交涉的事，特地上來稟見大帥的。卑職自從接了印，就到外國總督處稟見，未蒙賞見，只得罷了。誰知不上三個月，就有他們的統兵官，帶了五百個步兵，在北門外紮下，擔土築營，不多幾日，把兵房造得齊齊整整。卑職好容易挽了通事，問他來意，他說是暫時駐紮，就要走的。卑職也以為他是路過，暫歇幾天，不是什麼要緊的事，所以沒有稟報上來。」說至此，撫臺道：「且住！外國兵已紮在你的城外，老兄還說不要緊，除非失掉城池，那時候才要緊嗎？」只一句話，把個諸城縣武大令嚇得做聲不得，當時就露出跼天蹐地的樣子來。撫臺道：「老兄快說罷，兄弟耐不得了。」

武令只得又稟道：「卑職實在該死，只求大帥栽培。那外國的兵，既然駐紮在北門外，倒也罷了，偏偏他又不能約束他的兵丁，天天在左近吃醉了酒亂鬧，弄得人家日夜不安，所以百姓鼎沸起來。前番有許多父老，跪香拜求卑職替他們想法子，卑職沒法，只得挽了通事，合那統兵官說情，求他把營頭移紮縣城西北角高家集去。不承望他應允，倒被他大說一頓道：『我們本國的兵，紮到那裡，算到那裡，橫豎你們中國的地方是大家公共的，現在山東地方就是我們本國勢力圈所到的去處，那個敢阻擋我們？不要說你這個小小知縣，就是你們山東的撫臺，哼，哼！』他說的，就是大帥也不敢不依他。還有悖逆的話，卑職也不敢回了。」撫臺道：「你也不必遮遮掩掩了，快說下去罷！」武令只得又接下去說道：「他說不但你們山東撫臺不敢不依，就是你們中國皇帝，他的話更是背逆了，他連皇上的御諱也直呼起來，說是也不敢不依。卑職聽了他這一片狂妄的話，也犯不著合他鬥氣，只得含糊著答應了幾個『是』。日夜籌思，沒有別的法子，只好自己約束百姓。誰知百姓被他蹧蹋得太厲害了，聚會了幾千人，要合他為難。卑職得了這個風聲，曉得自己彈壓不來，只得拜求他們地方上紳士，務必設法解散，千萬不可滋事，反叫他們有所藉口。現在幸虧還沒鬧事，所以卑職抽個空到省裡來，求求大帥預先想個法子，或是發些兵去彈壓彈壓才好。」

撫臺聽了這一番話，十分疑懼，臉上卻不露出張皇的神氣，半晌方說道：「老兄既管了一縣的事，自己也應該有點主意。外國人呢，固然得罪不得，實在下不去的地方，也該據理力爭。百姓一面總要剴切曉諭，等到他們聚了眾，設或大小鬧點事情出來，那還了得嗎？兵是不好就發的，那外國統兵官見有兵去，就要疑心合他開仗的。倘或冒冒失失動起手來，你我還要命嗎？這缺老兄是做不下去的了，兄弟等另委人罷！」回頭對首縣錢令道：「如今要借重吾兄了。到底你辦的交涉多些，情形也熟。」小箕此時一喜一驚，喜的是諸城好缺，每年至少好剩二萬多吊錢，驚的是這樣難辦的交涉，生恐鬧出事來前程不保。然而銀錢是真公事，說不得辛苦一遭。想定主意，回道：「卑職雖然於交涉上頭略知一二，只怕這件事原底子上鬧得太大了，一時難以平服。蒙大帥栽培，也不敢辭，凡事總還求大帥教訓幾句話。」說得撫臺甚是歡喜，忙道：「到底錢兄明白，兄弟就知會藩司掛牌，你趕緊動身前去。」小箕連忙謝委。只苦了一個武縣令，沒精打彩的跟著一同退了下來。

錢縣令雖然一團高興，卻也慮到交涉為難。回衙後，吩咐家人檢點行裝，把家眷另外賃民房居住。當日已有委員前來代理篆務，交卸之後，他就合帳房商議，要找一位懂得六國洋文的人做個幫手。當下帳房獻計，叫他到學堂裡去找，一語提醒了他，趕忙去拜王總教。這王總教就是前回所說的王宋卿了。二人見面寒暄一番，小箕提起要請翻譯的話，王總教薦了一位學生，姓鈕名不齊，號逢之的，同了他去。每月五十兩薪水。小箕見了鈕逢之生得一表非俗，而且聲音洪亮，談吐大方，心中甚喜。二人同到諸城，一路上商量些辦交涉的法子。逢之道：「倘然依著公法駁起他來，不但不該擾害我們的地方，就是駐兵也應該商量在先，沒有全不管我們主權，隨他到處亂駐的道理。這是不成了他們的領土了麼？只要東翁口氣不放鬆，我可以合他爭得過來的。」小箕連連搖頭道：「這個使不得，這個使不得！我們中國的積弱，你是知道的。況且咱們撫臺，唯恐得罪了外國人，致開兵釁。你說的固然不錯，萬一他不答應，登時翻過臉來，那個管你公法不公法？如今中國的地土，名為我們中國的，其實外國要拿去算他的，也很容易。能夠敷衍著，不就做他們的領土，已是萬分之幸了，還好合他們講理嗎？我的主意，是不必叫他移營，情願每月貼他些軍餉，求他約束兵丁不要騷擾就是了。全仗你代我分憂。」

鈕逢之聽他這一派畏葸話頭，肚裡很覺好笑。幸虧逢之為人很有閱歷。不像那初出學堂的學生一味蠻纏的，曉得意見不合，連忙轉過話風道：「東翁的話誠然不錯，要合外國人爭辯起來，好便好，不好就動干戈。東翁肯替他出軍餉，他那有不依的道理？自然這交涉容易辦了。只是外國的軍餉，不比中國，一個兵丁，至少也得十來吊一月交給他，東翁出得起嗎？」小篔道：「這就全仗你會說了。名為軍餉，原只好每月送他統兵官百來吊錢，使費多是不能夠的。」逢之道：「作算百來吊錢講得下來，東翁也犯不著貼這一注出款。」小篔道：「論理呢，我們做官的，錢弄得多，也不在此小算盤上打算，譬如孝敬了上司，可是能少的嗎？只是你知道的，我做了半年首縣，辦上司的差辦夠了，賠到三萬開外銀子，不承望調個好缺調劑調劑，又遇著這個疙瘩地方，叫我也無從想法。或者同他們紳士商量商量，他們要地方上平安無事，過太平日子，叫他們富戶攤派攤派，也不為過。你道何如？」逢之尋思道：「怪道人家說老州縣猾，果然厲害。」只得答道：「東翁的主意不錯，就是這麼辦便了。」

兩人定計後，不消幾日，已到諸城，新舊交替，自有一番忙碌。那諸城的百姓，雖然聚眾，原也不敢得罪到外國人，只是虛張聲勢罷了。聽見新官到任，而且為著這件事來的，內中就推出幾個耆老來見。新官錢大老爺一一接見，好言撫慰一番，約他們次日議事。次日，眾人到齊，錢大老爺親自出來相陪。寒暄過幾句，就題到外國兵騷擾的事來，問他們有什麼法子沒有？大家面面相覷，半晌有個耆老插口道：

「還仗老父臺設法，請他們移營到高家集去，實為上算。」錢大老爺道：「這事本縣辦不到，現在外國人在山東的勢力，眾位是曉得的，那個敢合他爭執？本縣倒有個暫顧目前的算計，不知道眾位肯幫忙不肯？」大家應道：「老父臺有什麼算計，但請說出來。我們做得到的，那敢不依？」錢大老爺道：「本縣指望眾位的，也沒有什麼難辦，只難為眾位破費幾文便是。」眾人聽得又呆起來了。

不知後事如何，且聽下回分解。

# 第三十九回　捐紳富聊充貪吏囊　論婚姻竟拂慈闈意

卻說錢縣尊要想捐眾紳富的錢，去助外國兵丁軍餉，大家呆了一會。錢大老爺道：「現在的外國人，總沒有合我們不講理，要不給他些好處，以後的事本縣是辦不來的。眾位要想過太平日子，除非聽了本縣的話，每人一月出幾百吊錢，本縣拿去替你們竭力說法，或者沒事，也未可知。」眾紳富躊躇了多時，也知道沒得別法，只得應道：「但憑老父臺做主就是了。」錢大老爺甚是得意，叫人把筆硯取過來，每人認捐多少，寫成一張單子，交給內中一位季仲心收了，照單出錢。又想出個按畝攤捐法子，叫眾紳士去試辦。霎時席散無話。

錢大老爺這才請了鈕翻譯來，兩乘轎子，同去拜外國統兵官。到他營前，卻是紀律嚴明，兩旁的兵丁一齊舉槍致敬，倒把個錢大老爺嚇了一跳，連忙倒退幾步。鈕翻譯道：「東翁不要緊，這是他們的禮信，應該如此的。」錢大老爺這才敢走上前去。只聽得鈕翻譯合他們咕嚕了幾句話，就有人進去通報。不多一刻，把他二人請進，見面之後，彼此寒暄一番，都是鈕翻譯通話。錢大老爺心中詫異道：「如何外國兵官這般講禮，倒合我們中國讀書人一樣，沒有那武營裡的習氣。」想到此，也就膽子大了幾分，便把他兵丁醉後鬧事的話提起。豈知這句話說翻了那兵官，圓睜二目，儘著合鈕翻譯說，一句話也聽不出，只覺得他神氣不好，十分疑懼，不免露出觳觫的樣子來。那兵官把話說完，鈕翻譯約略述了一遍，原來他說的是他們外國兵的規矩，決沒有騷擾百姓的。只禮拜這日，照例准他們吃酒，若要禁止他們，是萬萬不能的。錢大老爺把格外送他的餉款，求他勸諭兵丁，不要醉後橫行的話，說了上去，他倒十分客氣，不肯領情，止許為勸誡兵丁。錢鈕二人沒得話說，只好告辭回衙。次日，錢大老爺又預備了土做的番菜，請那兵官吃飯。蒙他賞臉，居然到的。錢大老爺打起精神，恭維得他十分愜意。自此，那些兵丁果然聽了兵官的話，也不出來騷擾了。錢大老爺好財，把紳富的一筆捐款，平空吞吃，謝了鈕翻譯三百兩銀子，把按畝攤捐的事停辦，也因為恐怕百姓不服，免得滋事的意思。從此諸城百姓照常過日子，倒也安穩得許多。錢大老爺把自己辦交涉的好處通禀上去，撫臺大喜，就把他補了諸城縣實缺。這是後話。

※　　※　　※

再說鈕逢之在諸城縣裡充當翻譯，原也終年沒事的，他別的都好，只生來有兩件事，那兩件呢？一件是財，一件是色。說到財，他得了東家的三百銀子，又是每月五十兩的薪水，算得寬餘了。只是他愛穿華麗的衣服，諸城一個小小縣城，那裡有得講究衣料？不免專差到濟南府去置辦些來。他的頭髮，雖然已剪去十分中八分，卻有一條假辮子可以罩上，叫人家看不出來的。在這內地，說不得要用華裝，添做了些摹本寧綢四季衣服，看看三百兩銀子已經用完了。幸虧他合外國營裡的幾個兵官結交的很親密，借此在外面很有些聲勢，嚇詐幾文，拿來當作嫖貲。可惜諸城土娼，模樣兒沒有一個長得好的。一天，走過一家門口，見裡面一個女人，卻還看得過，鵝蛋臉兒，一汪秋水的眼睛，雖然底下是一雙大腳，維新人卻不講究這個，因此不覺把個鈕逢之看呆了。常言道：「色膽包天」，這回鈕逢之竟要把天來包一包，禁不住上去問道：「我是衙門裡的師爺，今天出城到外國營裡去的，實在走乏了，可好借大嫂的府上歇歇腳兒再走？」那女人聽了，不但不怒，而且笑臉相迎道：「原來是位師爺，怪道氣派不同。師爺就請進來坐坐罷！」逢之居然跨進她的大門，裡面小小的三間房子，兩明一暗。原來這女人的男人，就是衙門裡的書辦姓潘的。當下那女人也問了逢之的姓氏，知道是翻譯師爺，合外國兵官都認得的，分外敬重，特地後面去泡了一壺茶來與他解渴。逢之坐了一回，亦就搭訕著走了。自此常去走動，有無他事，不得而知。但是鬧得左鄰右舍都說了話了。

潘書辦也些微有點風聞，只因礙著自己的飯碗，不好發作。卻好有個富戶告狀，逢之趁此機會又訛了人家一千銀子，答應替他想法包打贏官司。那知這富戶上堂，很受了錢大老爺一番訓斥，不多幾日，潘書辦因誤了公事，又被革退還家。逢之不知就裡，自投羅網，有天揚揚得意的又踱到他家裡去，被潘書辦騙到後房裡捆打了一頓，寫下伏辯，然後放他走的。後來這潘書辦又和那受屈的富戶到府上控，府裡曉得鈕翻譯是替錢縣令辦過交涉的有功之人，不好得罪他，寫封信給錢縣令，叫他趕緊辭了這個劣幕，另換妥人。錢大老爺看了自然生氣，請了鈕師爺來給他信看。逢之啞口無言，半晌方說道：「諸城的百姓也實在刁的很，這樣事都會平空捏造誣告得人麼？我也沒工夫去合他質證真假。我本來就要出洋的，只請東翁借給我一千銀子的學費，我明天就動身。」錢大老爺氣得面皮失色道：「我才到任不上一年，那有這些多銀子借給你呢？我這個缺分是苦缺，你是知道的，怎麼又訛起我來？」逢之道：「東翁缺分好壞我也不知，只在那注捐款裡提出一兩成來，也夠我出洋的費用了。這是大家講交情的話，不說越禮的話。」錢大老爺聽得他說到這個地位，倒吃了一驚，曉得這人不是好纏的，只得說道：「逢翁且自寬心，住幾天再講，兄弟自然有個商量。」逢之是拿穩他不敢不答應的，忙道：「既然如此，我靜候東翁吩咐便了。」當晚就有帳房合逢之再四磋商，允許送銀五百兩，才把他敷衍過去。次日，逢之收拾行李，一早起身，向縣裡要了兩個練勇護送。

原來他本是江寧府上元縣人氏，只因探親來到山東，就近在學堂裡肄業的。此番鬧了這個笑話，只得仍回江寧。好在從諸城到清江浦，一直是旱路，不消幾日，已經走到，搭上小火輪，到了鎮江，又搭大火輪直到家裡。他的家裡只有一位母親，靠著祖上有些田產過活。自從逢之出門，三年不見回家，盼望得眼都穿了。這日早起，那喜鵲兒儘在屋簷上叫個不住，他母親叫吳媽到門口去望望看，只怕大少爺回來了。說也奇怪，可巧逢之正在那裡敲門。那吳媽開門看見，不禁大喜道：「果然大少爺回來了，不知道太太怎樣預先曉得的？」後面三個挑夫把行李挑了進來，甚是沉重，咿啞的聲音不絕。逢之進內，拜見了母親。他母親道：「哎喲！你一去這多年，連信也不給我一封，叫我好生記掛！有時做夢，你淹在江裡死了。又有一晚做夢，你帶了許多物事，遇著強盜，把你劈了一刀，物事搶去，我哭醒了，好叫我心中難過。昨天我房裡的燈花結了又結，今天一早起來喜鵲儘叫，我猜著是你要回來。果然回來了，謝天謝地。」逢之聽他母親說得這般懇切，倒也感動流淚道：「兒子何嘗不要早回？只因進了學堂，急急想學成本事。」話未說完，外面挑夫吵起來道：「快快付挑錢，我們還要去趕生意哩！」逢之只得出去，開發了挑錢，車夫只是爭多論少，說：「你的箱子這般沉沉的，內中銀子不少，我們的氣力都使盡了，要多賞幾個才是。」逢之無奈，每人給他三角洋錢，方才去了。

然後回到上房，他母親問道：「你學了些什麼本事？」逢之應道：「兒子出去之後，文章上面倒也學得有限，只外國文倒學成功了，合西洋人講得來話。」他母親道：「這樣說來，便是你一生的飯碗有著落了。我見隔壁的魏六官學成了什麼西文，現在得了大學堂的館地，一年有五百來兩銀子的出息，人家都奉承他呼他老爺，你既有了這樣本事，能合外國人說話，怕不比他好嗎？將來處起館來，只怕還不止一百兩一月哩！也是我朝朝念佛，夜夜燒香，求菩薩求來的好處。」逢之道：「母親休得愁窮，我在山東就了大半年的館，還有些銀子帶回來。」他母親道：「你就的什麼館？」逢之道：「我就的是諸城縣大老爺的館，每月五十兩銀子的薪水，替他做翻譯，就是合外國人說話。」他母親聽說有許多錢一月，大是可惜道：「你既然有這許多錢一月，就不應該回來，還好再去嗎？」逢之道：「不再去了。我因罣記著娘，所以辭了他特誠回來的。我除薪水之外，還有錢大老爺送我的盤川，合起來有一千幾百兩銀子哩！」他母親道：「阿彌陀佛，我多時不見銀子的面了，還是你老子定我的時候，一支金如意，一個十兩頭的銀元寶，我那時就覺著銀子可愛。如今你既有這許多銀子，快些給我瞧瞧。」逢之聽得他母親這般看重銀子，心中十分暢快，趕忙找鑰匙，把箱子裡的銀子拿出來。只見一封封的元絲大錠，他母親不禁眉開眼笑，拿了兩只元寶放在枕頭邊摩弄一會兒。

逢之想要吃飯，他母親道：「哎喲！今天一些菜都沒有，只一碗菠菜豆腐。吳媽，去買三十錢的鴨子來，給大少爺下飯罷！」逢之道：「不必，待我自己去買。」原來逢之從小在街上跑慣的，那些買熟菜的地方是知道的，當下便去買了一角洋錢的板鴨，一角洋錢的火腿，又叫吳媽去打了半斤陳紹回來吃飯。他母親是一口淨素，葷腥不嘗。吃飯中間，逢之問起田產如何進項？夠用不夠用？他母親道：「不要說起。你出門後，不到半年，鍾山前的佃戶一個也不來交租。家裡所靠那兩處市房，十吊大錢一月的，那錢糧倒去了一大半。王家大叔又忙，沒得工夫去合我們收租。如今柴荒米貴，我這日子度得苦極的了。」逢之道：「阿呀！這幾個佃戶如此可惡，待我明天去問他討就是了。」消停幾日，逢之果然親自下鄉，找著他的佃戶要他還租。那佃戶見大少爺回來了，自然不敢放刁，只是求情，說以後總依時送到，不叫大少爺動氣，逢之只得罷了。

其時已是冬初，他母親身上還是著件川綢薄棉襖，逢之拿出錢來替他母親做了好些棉皮衣服。這時逢之的親戚，舅母，姑母，曉得逢之回來，發了大財，大家都來探望他母親。他姑母道：「大嫂子，你好福氣呀！我從前就很疼這姪兒的，因為他天分也好，相貌也好，曉得他將來一定要發達的，如今果然。」他舅母道：「不錯，常言道，皇天不負苦心人，大姑娘這般吃苦，應該有這樣的好兒子，享點老福，我們再也不如他的。」逢之母親謙遜一番，說道：「姑娘合嫂嫂休得這般說客話，將來姪兒外甥長大了，怕不入學中舉？不比我們逢兒，學些外國話，只能賺人家幾個錢罷了，也沒甚出息的。」他姑母道：「哎喲！大嫂！休得恁樣看輕他，如今的時世，是外國人當權了，只要討得外國人的好，那怕沒有官做，比入學中舉強得多哩！但則逢兒年紀也不小了，應該早早替他定下一房親事，大嫂也有個媳婦侍奉。他們幹事業的人，總不免出門出路，大嫂有了媳婦，也不怕寂寞了。」這幾句話倒打入逢之母親心坎裡去，不由得殷勤問道：「不錯，我也正有此意。但不知姑娘意中，有沒有好閨女，替他做個媒人。」他姑娘道：「怎麼沒有？只要大嫂中意，我有個堂房姪女，今年十八歲，做得一手好針線，還會做菜，那模樣兒是不必說，大約合姪兒是一對的玉人兒。大嫂可記得，前年我們在毗盧寺念普佛那天，不是他也在那裡的麼？大嫂還讚他鞋繡得好，這就是他自己繡的。」逢之母親想了一想，恍然大悟，暗道：不錯，果然有這樣一個閨女，皮色呢倒也很白淨，只是招牙露齒的，相貌其實平常，配不上我這逢兒。然而不可掃他的興，只得答應道：「呋！我想起來了，果然極好。難為姑娘替我請個八字來占占？要是合呢，就定下便了。」他姑娘滿面笑容道：「大嫂放心，一定占合，這是天緣湊上的。」正說到此，逢之自外回來，他母親叫他拜見了兩位尊長，他姑母不免絮絮叨叨，說了好些老話。逢之聽得不耐煩，避到書房裡去了。當日逢之的母親，不免破費幾文，留他們吃點心，至晚方散。

逢之等得客去了，方到他母親房裡閒談。他母親把他姑母的話述給他聽，又道：「我兒婚姻大事，我也要揀個門當戶對。你姑母雖然這般說，依我的意思，還要訪訪看哩！」逢之道：「母親所見極是。孩兒想，外國人的法子總要自由結婚，因為這夫妻是天天要在一塊兒的，總要性情合適，才德一般，方才可以婚娶。不瞞母親說，那守舊的女子，朝梳頭，夜裹足，單做男人的玩意兒，我可不要娶這種女人。這兩年我們南京倒也很開化的了，外面的女學堂也不少，孩兒想在學堂裡挑選個稱心的，將來好侍奉母親，幫著成家立業。不要說姑母做媒，孩兒不願娶，就有天仙般的相貌，但是沒得一些學問，也覺徒然。」他母親聽他說話有些古怪，便道：「我兒，這番說話倒奇了。人家娶媳婦，總不過指望他能幹，模樣兒長得好，你另有一番見識。話雖如此，但是那學堂裡的女孩子，放大了腳，天天在街上亂跑，心是野的，那能幫你成家立業，侍奉得我來？我倒不明白這個理。」逢之道：「不然，學堂裡的女學生，他雖然天天在外，然而規矩是有的。他既然讀書，曉得了道理，自己可以自立，那個敢欺負他？再者，世故熟悉，做得成事業，講得來平權，再沒有悍妒等類的性情。孩兒所以情願娶這種女人，並不爭在相貌上面。至於腳小，更沒有好處，嫋嫋婷婷的一步路也走不來。譬如世界不好，有點變亂的事，說句不吉利的話，連逃難都逃不來的。」他母親本來也是個小腳，聽他這般菲薄，不免有些動氣。

不知後事如何，且聽下回分解。

# 第四十回　河畔尋芳盈盈一水　塘邊邂美脈脈兩情

卻說逢之的母親聽他誹謗中國的女子，很有些動氣，便說道：「我是不要那樣放蕩的媳婦！婚姻大事，人家都由父母作主，你父親不在了，就該聽我的話才是，怎麼自己做起主來？真正豈有此理！」逢之見他母親動怒，只得婉告道：「母親天天在家裡，沒有曉得外面的時事，如今外國人在那裏要中國的地方，想出各種的法子來欺負中國，怕的是百姓不服，一時不敢動手，不好不從種族上自強起來。他們說的好，我們中國雖然有四萬萬人，倒有二萬萬不中用，就是指那裹腳的女人說了。母親可聽見說，現在各處開了天足會，有幾位外國人承頭，入會的人各處都有。孩兒想起來，人家尚且替我們那般發急，我們自己倒明知故犯，也覺對不起人家了，所以孩兒立志，要娶個天足媳婦，萬望母親這樁事依了兒子罷！」他母親聽他這般軟求，氣也平了，只得歎道：「咳！我已是這麼大年紀的人，你們終身的事，我也管不得許多，隨你攪去便了。」

次日，他姑母叫人把他姪女的八字開好送來，逢之的母親央一位合婚的先生占了一占，批的是女八字極好，也沒有桃花星，掃帚星諸般惡煞，而且還有二十年的幫夫好運；男八字是更不用說，一身衣食有餘，功名雖是異途，卻有四品黃堂之分；但是兩下合起來，沖犯了白虎星，父母不利，有點兒刑剋。逢之母親聽了那先生一番話，原也不想占合的，當下付他二百銅錢，那先生去了。隨叫吳媽把批單送與他姑母去看，又交代一番話說：「你見姑太太，只說我們太太極願意結這頭親事的，為的是親上加親，如今算命先生說有什麼沖犯，大少爺不肯，也是他一點孝心，太太只得依他，請姑太太費心，諸多拜上謝謝。」吳媽依言去述了一番，他姑母也只得罷了。

※　※　※

逢之打聽著這頭親事不成功，倒放寬了一條心。飯後無事，去找他的朋友蔣子由談心。走進門時，只聽得裡面喧笑的聲音，大約聚了熟人不少，三腳二步，跨進書房門，只見余大魁許筱年陸天民牛葆宗翟心如都在一處，還有一位西裝的朋友，不曾會過面的。眾人見他進來，都起身招呼他，卻不見子由。逢之同旁人招呼過了，因合那西裝朋友拉了拉手，問及尊姓大名，大魁代答道：「這位是徐筱山兄，新近從日本回來的。他是東京成城學校裡的卒業生。」又對那徐筱山道：「這位是鈕逢之兄，他是山東學堂裡的卒業生，懂得德文，辦過外國兵官的交涉，也回來得不久，二位所以還沒有見面。」兩人彼此各道了許多仰慕話。逢之又問他些日本風景，談得熱剌剌的。一會兒，子由自內出來，大家嚷道：「子由兄，怎麼進去了這半天，莫非嫂夫人嫌我們在這裏吵鬧責罰你罷？」子由似笑非笑的答道：「說那裡話？未免太把內人輕看了。內人雖沒文明的程度，然而也受過開化女學校三年的教育，素聞諸君大名，佩服的很。只愁諸君不肯光降，豈有多嫌之理？」逢之趁勢道：「正是，我還沒有拜見老嫂，望代致意。那開化女學校裡面，現今有多少學生，內容怎樣，老同胞必然深知其詳，還望指示一二。」子由道：「那裡面一共是四十位女學生，兩位教習，一是田道臺的太太，一是王布衣的夫人，課程倒很文明。用的課本，都從上海辦來的，儀器也有好些，什麼算學，生理，博物，都是有的。至縫工各科，更不必說得了。」

逢之歎道：「女子果然能夠學成這樣，也是我們中國前途的幸福，將來強種還有些希望。」子由道：「可不是呢？只他們走出來，身子都是挺直，沒有羞羞縮縮的樣子，我就覺著他們比守舊的女子大方得多。」天民道：「逢兄還沒有嫂夫人呢？為什麼不替他選一位夫人？就請老嫂做媒，豈不甚好？」子由道：「天民，你又來說野蠻話了，結婚是要兩下願意的，這才叫自由。他自己不去合那文明的女學生結交，我如何替他選呢？」說得陸天民很覺慚愧，臉都紅了。子由又道：「明天兩下鐘，開化學堂演說，今早有傳單到這裡來，內人是一定要去的，諸位同胞要高興去聽時，小弟一定奉陪。」眾人都說願去。天民道：「有這般幸福，那個不願？我只羨子由娶了這位老嫂，女界裡面已經占得許多光彩。我們為禮俗所拘，就有教育熱心，也苦於無從發現。」說罷連連歎息。逢之更是適中下懷，大家約定一句鐘在子由家裡聚會同去。談了一會，各人告辭。

逢之合陸天民徐筱山同路而還，走過秦淮河的下岸，正是夕陽欲下，和風扇人，一帶垂楊，陰陰水次，襯著紅闌碧浪，頓豁心胸。那河裡更是畫舫笙歌，悠揚入耳。對面河房，盡是人家的眷屬，綺窗半開，珠簾盡捲，有的妝臺倚鏡，有的翠袖憑欄，說不盡燕瘦環肥，一一都收在眼睛裡去。三人遇此良辰，睹茲佳麗，那有不流連的道理？一路閒眺，已覺忘情，不免評騭妍媸起來。天民說那個梳頭的好，筱山說那個身材俏俐，只逢之瞥見西角上一座小小水閣，四扇長窗齊啟，內中一位女子，髫髮垂髫，臉邊粉痕淺淡，只嘴脣上一點腥紅，煞是可愛，手裡搦一本書，也不知是小唱呢還是曲本，在那裡凝眸細瞧，瞧了一會忽然瓜子臉上含著微笑，一種憨癡的神情，連畫工也畫他不出。轉眼間，見他把書在桌子上一捺，站起身來，走幾步路，像是風擺荷葉一般，叫人捉摸不定，可見那雙腳兒小得可憐的了。鈕逢之雖是個維新人講究天足的，到此也不禁看呆了，釘著腳兒不動。陸徐二人，一邊閒談，一邊走路，眼兒又注在河房裡，到沒留心把個逢之掉在後面。其中只有筱山開過眼界，看得淡些，走了半條街時，忽然回頭，不見了逢之，叫聲：「哎喲！逢兄那裡去了？」天民也回頭看時，果然不見。他二人本來不曾盡興，好在還家尚早，就約筱山轉步去尋逢之。走不多時，只見逢之在前面橋旁，朝著對面水閣出神。天民拉了筱山一把，叫他不要則聲，自己偷偷的到逢之背後。望對面看時，原來是個人家水閣，定睛望去，裡面並沒有什麼，就只一張床，兩頂衣櫥，一張方桌，一張梳妝半桌。天民已猜著他是看人家內眷，所以看癡獃了，就在他背後拿手向他肩上一拍。逢之嚇了一跳，醒了過來，叫聲「哎喲」，回頭一看，見是天民，自覺羞慚滿面。說道：「我怎麼在這裡，你為什麼拍我一下？」天民道：「逢兄，你莫非遇見了什麼邪魔？不然為什麼一個人在這裡發獃？我們已經走了一里多路，回頭看不見你，所以回來找你的，那知道你還站著在這裡。」逢之道：「我因貪看這水面上的景緻，不知不覺落在後面。我想這水也實在奇怪得很，他那幾道光兒，說遠就遠，說近就近，對著他只覺得水面上一道似的，走幾步那光便跟著人移動，這是什麼緣故？二位倒合我講講。」筱山天民雖然懂得些普通西學，這光學的道理，還不曾實驗，如何對得出？只得謅道：「弟等學問淺陋，實在不曉得這個道理。逢兄，天已不早了，我們回去罷！」逢之也自無言，大家說說笑笑，一路同歸。

一宿無話，次日逢之注意要到開化學堂結個百年佳偶，早早的催飯吃了，急急忙忙趕到子由家裡。他那看門的，是個駝背又且耳聾，逢之問他道：「大少爺在家麼？」看門的笑道：「我們少爺真是癩蝦蟆想吃天鵝肉，好好一鞍一馬也就罷了，雖然腳大些，依我看來，一個臉雪白粉嫩很下得去，他偏偏又要想討什麼小老婆。今兒早上有個媒婆送來一個姑娘，名字叫做什麼大保，我們少爺看見了這個大保，魂靈兒就飛上了天了。鬼鬼祟祟的把他弄到書房裡，不知說了些什麼？鈕少爺，你是出門在外的人，又沒有娶過少奶奶，不曉得這裡頭的訣竅。我告訴你說，我們這位少奶奶，原是學堂裡出身，本來是大方的，穿雙外國皮靴，套件外國呢的對襟褂子，一條油鬆辮子拖在背上，男不男，女不女的，滿街上跑了去，還怕什麼書房不書房。我想起來，大約是少爺合那大保說話的聲音太高了，被他聽見，所以他趕了出來，想拿大少爺的岔兒。偏偏不爭氣，少奶奶走進書房，我們少爺正在那裡合大保親嘴，被我們少奶看見了，一個巴掌打上去，我們少爺左臉上登時就紅了起來。當時少奶奶馬上吩咐人，把大保趕了出去，一把拖著少爺望裡就走。少爺嘴裡還說：『我又沒有同他怎樣，就是親親嘴，也是外國人通行的禮信，亦算不得我的錯呀！』少奶奶聽了這話，又是一下嘴巴子，三腳兩步，拖了進去，如今還沒出來哩！」逢之聽他一片混纏的話，曉得他是個聾子，也不與他多言，一直走到書房，果然子由不在書房裡面，卻不聽見裡面有甚吵嚷的聲音。便大膽到他內宅門口，叫了一聲子由。裡面一個白髮老媽出來接應道：「少爺有事，一會兒就出來，請在書房裡等一等罷！」逢之無奈，只得坐在書房裡靜等，直到一點多鐘，余大魁諸人都陸續的來了，又一會，聽得外面皮靴聲響，大約是蔣少奶奶出門，這才子由出來。逢之不便問他，忙忙的同到開化學校。

這學校裡面辦事的，有兩個男子，一是何仁說，一是胡竹邨，當下見眾人進來，便讓到帳房裡坐。原來那帳房正對著講堂，一帶玻璃窗，正好在那裡看個飽。一會兒學生畢集，也有胖的，也有瘦的，兩個中年婦人在前面領著，料想是田道臺的太太，與那王布衣的娘子了。逢之留心細看，沒有一個出色的女子，很為掃興。他們上了講堂，就請子由諸人去聽演說，只不請二位帳房。逢之沒法，只得跟了眾人上去。他合班女朋友沒一個認得的，徐許諸人卻都有熟人在內。彼此招呼之後，田道臺的夫人第一個登臺演說的是伸女權不受丈夫壓制的一番話，大家拍手。王布衣的夫人，說的是破三從四德的謬論，女子也同男子一般，生在地球上就該創立事業，不好放棄義務，總要想法子生利，自己養活自己，不好存倚賴人念頭，自然沒人來壓制你了。這番議論，比田太太說得尤為懇切，大家拍手的聲音震天價響。兩位女教習說完，就有四個班長，挨次上去無非是自由平等的套話，那照例拍掌，也不須細表。說完之後，眾學生方請子由等諸人一般也演說一次，子由等聽得他們那般高論，已經拜服到地，如何還敢班門弄斧？只徐筱山是東洋回來的，有些習熟的科學，樂得借此顯顯本領，便也毫不推辭，居然上臺演說起來。躬一躬腰，開口先說生理學，說到了身體上的那話兒，連忙縮住了嘴。一位極大的學生，彷彿有二十一二歲光景，站起來說道：「先生儘管說下去，為什麼頓住了？這什麼要緊？佛家說的，無我相，無人相，像先生這般，就是有我相，人相了。」眾人拍手大笑，弄得徐筱山下不來臺，要再說下去，知道沒有人理他的了，幸虧他見亮，彎一彎腰，走下臺去。他吃了這個悶虧，男子隊裡那個還敢上臺？只得告辭而去。逢之吐吐舌頭道：「果然利害！筱山兄這樣深的學問都頑不過一個女孩子，我想中國女子的腦筋，只怕比男子還靈！可惜幾千年壓制下來，又失於教育，以致無用到極處，可惜可惜！」筱山道：「逢兄這話固然不錯，但那個女學生，他雖駁我，他並不懂得生理學，可見這些人還不虛心，自己不曾涉獵過的學問，就不願意聽。」子由合陸翟二人，只顧品評那學生的優劣，沒工夫聽徐鈕的話，大家說說笑笑，一路回到子由家裡。

天色將晚，各人回去吃晚飯，是來不及了。子由又沒有預備菜蔬，供給他們，逢之要請眾人去吃館子，子由不好意思道：「我們還是撇蘭罷！」於是子由找了一張紙，把蘭花畫起。葆宗讚道：「好法繪，我要請你畫把扇子。」子由道：「我從前在北洋學堂裡，合一位朋友學過鉛畫，因此略懂得些畫中的道理，但是還不能出場。」當下計算，共八個人，多的四角，少的兩角，大家攢湊起來，也有三塊錢的光景，然後同到問柳的館子裡，要菜吃酒。堂倌見他們雜七雜八，穿的衣服不中不西，就認定是學堂裡出來的書獃子。八人吃了六樣菜，三斤酒，十六碗飯，開上帳來，足足四塊錢，不折不扣。子由拿著片帳要他細算，說我們吃這點兒東西也不至於這樣貴。堂倌道：「小店開在這裡二三十年了，從不會欺人的，先生們不信，儘可打聽。那蝦子，豆腐是五錢，那青魚是八錢——。」子由道：「胡說！豆腐要賣人家五錢，魚賣人家八錢，那裡有這個價錢？你叫開店的來算！」堂倌道：「我們開店的沒得工夫，況且他也不在這裡。先生看著不對，自己到櫃上去算便了。」子由無奈，只得同眾人出去，付他三塊錢，他那裡肯依？幾乎說翻了，要揮拳。逢之見這光景，恐怕鬧出事來，大家不好看，只得在身邊摸出一塊洋錢，向櫃上一摜。大家走出，還聽得那管帳的咕叨呢，說什麼沒得錢也要吃館子。逢之只作沒聽見，催著眾人走了。

不料逢之經此一番閱歷，還沒有把娶維新老婆的念頭打斷。恰巧一天，逢之獨自一個出外閒逛，沿著鴨子塘走去，只見前面一帶垂楊，幾間小屋裡面，有讀書的聲音，異常清脆，像是女子讀的。走近前去一看，門上掛著一塊紅漆木牌，上面五個黑字，是興華女學塾，逢之在這塾門口徘徊多時，看看日已銜山，裡面的書聲也住了。一個十七八歲的女學生，從內裡走了出來，彼此打了一個照面。逢之不覺陡吃一驚，連連倒退了幾步。一人自想道：「不料此地學塾裡面，卻有這等整齊的人，但不知他是誰家的小姐？若得此人為妻，也總算償得夙願了。」那女學生見逢之在門前探頭探腦，便也停住腳步，望了他幾眼，更把他弄得魄散魂飛。回家之後，第二天便託人四處打聽，才曉得這小姐乃是一機戶的女兒，但是過於自由，自己選過幾個女婿，招了回來，多是半途而廢的。逢之的母親執定不要，逢之也就無可如何了。

不知後事如何，且聽下回分解。

# 第四十一回　北闕承恩一官還我　西河抱痛多士從公

卻說鈕逢之自從山東回來，一轉眼也有好幾個月了，終日同了一班朋友閒逛度日。他自己到了山東一盪，看錢來得容易，把眼眶子放大了，儘性的浪費。幾個月下來，便也所餘無幾了。他母親看了這個樣子，心上著急，空的時候，便同他說：「我兒回來也空了好幾個月了，總要弄點事情做做。一來有了事做，身體便有了管束，二則也可賺些銀錢貼補家用。否則，你山東帶回來的銀子越用越少，將來設或用完了，那卻怎樣好呢？」逢之道：「你老人家說的話，我知道原也不錯，兒子此番回來，也決無坐吃山空的道理。不過相當的事，一時不容易到手，目下正在這裡想法子，總要就在家鄉不出門的才好，就是銀錢賺得少些，也是情願的。」他母親道：「我兒知道著急就好。你不曉得我的心上比你還著急十倍，一天總得轉好幾回念頭哩！」自是逢之果然到處託人，或是官場上當翻譯，或是學堂裡做教習，總想在南京本鄉本土弄個事情做做。有幾個要好朋友，都答應他替他留心，又當面恭維他說：「你說得外國話，懂得外國文，這是真才實學，苦於官場上不曉得，倘若曉得了，一定就要來請你的。」逢之聽了，自己卻也自負。豈知一等等了一個多月，仍然杳無消息。薦的人雖不少，但是總不見有人來請。他心上急了，便出去向朋友打聽。

後來好容易才打聽著，原來此時做兩江總督的，乃是一位湖南人姓白名笏縉，本是軍功出身，因為江南地方，自從太平軍之後，武營當中，大半是湖南人，倘若做總督的鎮壓得住他們，都聽差遣，設或威望差點，他們這夥人就串通了哥老會到處打劫，所以這兩江總督賽如賣給他們湖南人的一樣。因為湖南人做了總督，彼此同鄉，照應同鄉，就是要鬧亂子，也就不鬧了。白笏紹白制軍既做了兩江總督，他除掉吃大煙，玩姨太太之外，其他百事不管。說也稀奇，自從他到任之後，手下的那些湖南老，果然甚是平靜，因此朝廷到也拿他倚重得很，一做做了五六年，亦沒有拿他調動。這兩年朝廷銳意求新，百廢俱舉，尤其注重在於開辦學堂一事，白笏紹既是一向百事不管，又加以抽大煙，日頭向西方才起身，就是要管也沒有這閒工夫了。然而又不能不開辦幾處學堂，以為搪塞朝廷之計。自己管不來，就把這事全盤委託了江寧府知府，他自己一問不問，樂得逍遙自在。

你道這江寧府知府是誰？說來來歷卻也不小。此人姓康名彝芳，表字志廬，廣西臨桂縣人氏。十七歲上就中了進士，欽點主事，二十歲上留部，第二年考御史，就得了御史。那時節正是少年氣盛，不曉得什麼世路高低。有位軍機大臣，本是多年的老人，上頭正在嚮用的時候，他偏偏同他作對，今天一個摺子說他不好，明天一個摺子說他不好。起先上頭因為要廣開言路，不肯將他如何，雖然所奏不實，只將原摺留中，付之不問。豈知他油蒙了心，一而再，再而三，直把上頭弄得惱了，就說他「謗毀大臣，語多不實」，輕輕的一道上諭，將他革職。當初他上摺子的時候，還自以為倘若拿某人扳倒，一旦直聲震天下，從此被朝廷重用起來，海裡海外那些想望丰采的，誰不恭維我是一代名臣。如今好處沒有想到，反而連根拔掉，雖說無官一身輕，究竟年紀還小，罷官之後，反覺無事可為。北京地面，又是個最勢利不過的地方，壞了官的人，誰還高興來睬你？又是窮，又是氣，莫怪人家嫌他語言無味，就是他自己也覺著面目可憎了。少不得借著佯狂避世，放浪形骸，以為遮飾地步。第二年，年方二十四歲，居然把上下鬍子都留了起來。此後南北奔走，曾經到過幾省，有些督撫見了他這個樣子，一齊不敢請教。

後來走到四川，湊巧他中舉人的座師做了四川總督，其時已是十一月底天氣，康志廬還穿著一件又破又舊的薄棉袍子。他座師看他可憐，又問問他的近況，便留他在幕中襄辦書啟。一連過了幾年，被他參的那位軍機大臣也過世了，朝內沒了他的對頭，他座師便替他想了法子，走了門路，謀幹了賞了一個原銜。恰巧朝廷叫各直省督撫保薦人材，他座師又把他保了上去。朝廷准奏，傳旨將他咨送來京，交吏部帶領引見。他罷官已久，北京一點線路都沒有，座師又替他寫了好幾封信，無非是託朝內大老照應他的意思。等到引見下來，第二天又蒙召見，等到上去之後，碰頭起來，上頭看他一臉的連鬢大鬍子，龍心大為不悅，說他樣子很像個漢奸似的，幸虧奏對尚還稱旨，才賞了個知府，記名簡放。又虧座師替他託了裡頭，不到半年，居然放了江蘇揚州府知府。他未曾做知府的前頭，雖然是革職，都老爺見了督撫，一向是只作一個揖的，如今做了知府，少不得要委屈他也要請安了。也該他官星透露，等到朝廷拿他重新起用，他的人也就圓和起來，見了人一樣你兄我弟，見了上司一樣是大人卑職，不像從前的恃才傲物了。

在揚州只做了一年多，上頭又拿他調了江寧府首府。其時已在白笏繒白制軍手裡，白制軍因他是科甲出身，一向又有文名，所以特把這開辦學堂之事，一齊交託於他。起初遇事，這康太守還上去請示，後來制臺煩了，便道：「這辦學堂一事，兄弟已全盤交付吾兄，吾兄看著怎麼好就怎麼辦，兄弟是決不掣你肘的。」康太守見制憲如此將他倚重，自然是感激涕零，下來之後，卻也著實費了一番心，擬了多少章程，一切蓋造房子，聘請教習之事，無不竭盡心力，也忙了一年有餘，方漸漸有點頭緒。每逢開辦一個學堂，他必有一個章程，隨著稟帖一同上來，制臺看了，總是批飭照辦，從來沒有駁過。就是外府州縣有什麼學堂章程，或是請撥款項，制臺亦是一定批給首府詳核，首府說准就准，說駁就駁，制臺亦從來不贊一辭。因此這江南一省的學堂權柄，通統在這康太守一人手裡。後來制臺又為他特地上了一個摺子，拿他奏派了全省學務總辦一席，從此他的權柄更大，凡是外府州縣要請教習，都得寫信同他商量，他說這人可用，人家方敢聘請，他說不好，決沒人敢來請教的。所以鈕逢之雖然自以為西語精通，西文透澈，以為這學堂教習一事唾手可得，那知回家數月，到處求人，只因未曾走這康太守的門路，所以一直未就。至於官場上所用翻譯，什麼制臺衙門，洋務局各處，有各處熟手，輕易不換生人，自然比學堂教習更覺為難了。

當時康太守這條門路，既被鈕逢之尋到，便千方百計託人，先引見了康太守的一位親戚，是一位候補道臺，做了引線。那候補道臺應允了，就同他說：「你快寫一張官銜條子來，以便代為呈遞。」逢之回稱自己身上並沒有捐什麼功名。那道臺道：「功名雖沒有，監生總該有一個，就為寫個假監生亦不要緊。好在你謀的是西文教習，雖是監生，可以當得，不比中文教習，一定要進士舉人的。」逢之聽了，只得拿紅紙條子，寫了監生鈕某人五個小字，遞給了那位道臺。那道臺道：「這就算完了麼？我聽說你老兄從前在山東官場上也著實歷練過，怎樣連這點規矩還不曉得？你既然謀他事情，怎麼名字底下，連個『叩求憲恩，賞派學堂西文教習差使』幾個字，都懶得寫麼？快快添上。我倘若拿你的原條子遞給了他，包你一輩子不會成功的。」逢之聽了他這番教訓，不禁臉上一紅，心上著實生氣。無奈為餬口之計，只得權時忍耐，便依了那道臺的話，在名字底下，又填了一十六字。寫到「憲恩」二字，那道臺又指點他，叫他比名字抬高兩格，逢之一一遵辦。那道臺甚是歡喜，次日便把條子遞給了首府康太守。此時康太守正是氣燄薰天，尋常的候補道都不在他眼裡，這位因為是親戚，所以還時時見面。當下把名條收下。第二天，那道臺又叫人帶信給逢之，叫他去稟見首府。逢之遵命去了一趟，未曾見著。第三天只得又去，裡頭已傳出話來，叫他到高材學堂當差，過天到學堂裡再見罷，逢之見事已成，滿心歡喜，回家稟知母親，便搬了行李，到學堂裡去住。康太守所管學堂，大大小小不下十一二處，每個學堂一個月只能到得一兩次。逢之進堂之後，幸喜本堂監督，早奉了太守之命，派他暫充西文教習，遵照學章，逐日上課。直待過了七八天，康太守到堂查考，逢之方才同了別位教習，站班見了一面，並沒有什麼吩咐。後首歇了半個多月，又來過一次，以後卻有許久未來。

※　※　※

一日，正當學生上課的時候，逢之照例要到講堂同那學生講說，他所教的一班學生，原本有二十個，此時恰恰有一半未到，逢之忙問別的學生，問他們都到那裡去了？別位學生說：「先生，你還不知道嗎？江寧府康大人的少爺病了，這裡今天早上得的信，我們當學生的都得輪流去看病，我們這裡二十個人，分做兩班，等他們回來之後，我們再去。不但我們要去，就是監督，提調以及辦事情的大小委員，中文教習，東文教習，算學教習他們，亦一齊要去的。這個學堂是他創辦，沒有他，我們那裡有這安心適意的地方肄業呢？」鈕逢之聽了，楞了一回，心想果然如此，連我也是要去的。於是又問問別位教習，有的已去，有的將去，大家都約定了今天不上課，直至府署探病。逢之到堂未久，所以不知這個規矩，如今既然曉得了，少不得吩咐學生一律停課，自己亦只得換了衣裳，跟著大眾同到府署。又見大眾拿的都是手本，自己卻是一張小字名片，同事當中，就有人關照他說：「太尊最講究這些禮節的，還是換個手本的好。」逢之無奈，只得買了一個手本，寫好同去。到得府署，先找著執帖的，說大人有過吩咐，教習以上，都請到上房看病，所有學生，一概掛號。

眾教習把手本投了進去，又停了一會，裡頭吩咐叫「請」，眾教習魚貫而入。走進上房，康太尊已從裡面房裡迎出，大家先上去一躬，然後讓到房間裡坐。一看，床上正睡的是少爺，三四個老媽圍著。康太尊含著兩泡眼淚，對眾教習說道：「兄弟自罷官之後，一身拓落，萬里飄零，以前之事，一言難盡。及至中年，在成都敝老師幕中，方續娶得這位內人，接連生了兩個兒子，大的名喚盡忠，今年十一歲，這個小的，名喚報國，年方九歲。因他二人自幼喜歡耍槍弄棒，很有點尚武精神，所以兄弟一齊送他們到武備學堂肄業。滿望他二人將來技藝學成，能執干戈以衛社稷，上為朝廷之用，下為門第之光，所以才題了這『盡忠』，『報國』兩個名字。不料昨天下午，正在堂裡體操，這個小的，不知如何忽然把頭在石頭上碰了一下，當時就皮破血流，不省人事。抬回衙門，趕緊請了中國傷科，外國傷科看了，都不中用。據外國大夫還說，恐怕囟門碰破，傷及腦筋。我想我們一個人腦子是頂要緊的，一切思想都從腦筋中出來，如果碰壞，豈不終身成了個廢人？因此兄弟更為著急，趕緊到藥房裡買了些什麼補腦汁給他吃。誰知那補腦汁卻同清水一樣，吃下之後，一點效驗都沒有。如今是剛剛外國傷科上了藥去，所以略為睡得安穩些。可憐我這老頭子，已經是兩天一夜未曾合眼，但不知這條小性命可能救得回來不能？」眾教習有兩個長於詞令的，便道：「大人吉人天相，忠孝傳家，看來少大人所受的，乃是肌膚之傷，靜養兩天就會好的。」康太尊又謙遜了幾句，接著又有別的學堂裡教習來見，眾人只得辭了出來，各自回去，預備明日一早再來探視。

豈知到得次日，天未大亮，府衙門裡報喪的已經來過了，眾教習少不得又去送錠，送祭，探喪，送入殮，以及上手本慰唁康太尊，應有盡有，不在話下。且說康太尊一見小兒子過世，自然是哭泣盡哀，那個教體操的武備學堂教習，當天出事之後，康太尊已拿他掛牌痛斥，說他不善教導，先記大過三次。等到少爺歸天，康太尊恨極，直要抓他來跪在靈前，叫他披麻帶孝才好。後來好容易被別位大人勸下，只拿他撤去教習，驅逐出堂，並通飭各屬，以後不得將他聘請，方才了事。

這位康二少爺，死的年紀雖然只有九歲，康太尊因為他是由學練體操而死，無異於為國捐軀，況且他七歲那年，秦晉賑捐案內，已替他捐有花翎候選知府，知府是從四品，加五級請封，便是資政大夫。既受了朝廷的實官封典，自不得以未成丁之人相待。因此，康太尊特特為為到院上，請了二十一天的反服期假，以便早晚在靈前照料一切。他是制臺信用之人，自然有些官員都來巴結，就是司道大員，也都另眼相待。聽說他死了兒子，一齊前來親自慰唁；小的都到靈前磕頭，官大的卻也早被康太尊拉住了。人家知道他於這個小兒子鍾愛特甚，見了面都著實代為扼腕，康太尊便一把鼻涕，一包眼淚的朝著人說道：「不瞞諸公講，我這個小犬，原來是武曲星下凡，當初下世的時候，我賤內就得過一夢，只見雲端裡面一個金甲神，抱了一個小孩子，後來忽然一道金光一閃，忽喇喇一聲響，金光裡頭閃出武曲兩個大字，當時把賤內驚醒，就生的是他。所以兄弟自生此子之後，心上甚是愛他，以為將來一定可以為國宣勞，立威雪恥，那知一朝死於非命。這個非但是寒門福薄，並且是國家之不幸。」說著，又叫人把自己替兒子做的墓誌銘拿了出來，請眾位過目。眾人看了，上頭寫的，無非同他所說的一派妄言，都是一樣，少不得胡亂臭恭維了幾句，相率辭出。

等到開弔那天，到者上自官場，下至學堂，一齊都來弔奠，連著制臺，還送了一付輓聯，傳說是文案上老爺們代做的。次日出殯，一切儀仗，更是按照資政大夫二品儀制辦事，自然另有一番熱鬧。康太尊心上盤算，我現在執掌一省學務，總要把各處學生調來送殯，方足以壯觀瞻。預先透風給各學堂監督，傳諭他們教習率領學生，一齊穿著體操衣服，手執花圈，前來送殯。各監督尤其要好，一律素袡摘纓。康太尊看了，甚為合意。事畢之後，大讚各學堂教習學生懂得道理。又問他們自從七中上祭以及出殯，路奠等等，總共化了多少錢，一律要發還他們。眾人齊稱：「少大人之喪，情願報效，實實不敢領還。」康太尊見他們出於至誠，便也作罷。後來借著考察學堂，只說他們教習訓迪有力，學生技藝日進，教習一律優加薪水，學生都另外加給獎賞，以酬答他們從前一番雅意。自康太尊有此一番作為，所有學界中人，愈加曉得他的宗旨所在了。

要知後事如何，且聽下回分解。

# 第四十二回　阻新學警察鬧書坊　懲異服書生下牢獄

話說康太尊見自己在江南省城，於教育界上頗能令出唯行，人皆畏懼，他心上甚為歡喜。暗暗的自己估量著說道：一般維新黨，天天講平等，講自由，前兩年直鬧得各處學堂，東也散學，西也退學，目下這個風潮雖然好些，然而我看見上海報上，還刻著許多的新書名目，無非是勸人家自由平等的一派話頭，我想這種書，倘若是被少年人瞧見了，把他的性質引誘壞了還了得，而且我現在辦的這些學堂，全靠著壓制手段部勒他們，倘若他們一個個都講起平等來，不聽我的節制，這差使還能當嗎？現在正本清源之法，第一先要禁掉這些書，書店裡不准賣，學堂裡不准看，庶幾人心或者有個挽回，但是這些書一齊出在上海，總得請制憲下個公事給上海道，叫他幫著清理清理才好。至於省城裡這些書坊，只須由我發個諭單給他們，凡是此等書一概不准販來銷售，倘有不遵，店則封禁，人則重辦；一面傳齊各書鋪主人，先具一結，存案備查；一面再飭令警察局明查暗訪，等到拿到了，懲辦一二個，也好儆戒儆戒別人。

主意打定，第二天上院，就把這話稟明了制臺。白制軍本是個好好先生，他說怎麼辦便怎麼辦，立刻下一角公事給上海道，叫他查禁，其實有些大書店都在租界，有些書還是外洋來的，一時查禁亦查禁不了，不過一紙告示，諭禁他們，叫他們不要出賣而已。至於省城裡這些書店，從前專靠賣時文，賣試帖發財的，自從改了科舉，一齊做了呆貨，無人問信的了，少不得到上海販幾部新書，新報，運回本店帶著賣賣，以為撐持門面之計，這也非止一日。又有些專靠著賣新書過日子的，他店裡的書自然是花色全備，要那樣有那樣，並且在粉白牆上寫著大字招帖，寫明專備學堂之用，於是引得那些學堂裡的學生，你也去買，我也去買，真正是應接不暇，利市三倍。不料正在高興頭上，驀地跑進來多少包著頭穿著號子的人，把賣書的主顧一齊趕掉，在架子上儘著亂搜，看見有些不順眼的書，一齊拿了就走；單把書拿了去還不算，又把店裡的老闆或是管帳的，也一把拖了就走，而且把帳簿也拿了去。一拖拖到江寧府衙門，府衙門不收，吩咐發交上元縣看管。到了縣裡，查了查，一共是大小十三爿書坊，拿去的人共總有二三十個。

依康太尊的意思，原想就此懲治他們一番，制臺也答應了，倒是藩臺知大體，說新書誤人，誠然，本來極應該禁止他們出賣，但是我們並沒有預先出告示曉諭他們，他們怎麼曉得呢？且待示諭他們之後，如果不遵，再行重辦，也叫人家心上甘服，似此不教而誅，斷乎不可。康太尊還強著說：「這些書都是大逆不道的，他們膽敢出賣這些大逆不道的書，這等書店就該重辦。」藩臺聽他一定要辦，也不免生了氣，憤憤的說道：「志翁一定要辦，就請你辦，但是兄弟總覺不以為然。」康太尊雖然是制臺的紅人，究竟藩臺是嫡親上司，說的話也不好不聽，今見藩臺生了氣，少不得軟了下來，吩咐上元縣勒令眾書店主人，再具一張「永遠不敢販賣此等逆書，違甘重辦」的切結，然後准其取保回去。所有搜出來的各書，一律放在江寧府大堂底下，由康太尊親自看著，付之一炬，通統銷燬。然後又把各書名揭示通衢，永遠禁止販賣。康太尊還恐怕各學堂學生有些少年，或不免偷看此等書籍，於是又普下一紙諭單，叫各監督，各教習曉諭學生，如有誤買於前，准其自首，將書呈燬，免其置議，如不自首，將來倘被查出，不但革逐出堂，還要從重治罪。當時這些學生，都在他壓力之下，再加以監督教習從旁恫嚇，只得一一交出銷燬，就是本不願意，監督教習要洗清自己身子，也早替他們搬了出來銷燬的了。這件事雖算敷衍過去，但是康太尊因為未曾辦過各書坊，心上總是一件缺陷。

此時江寧省城正辦警察，齊巧是他一個同年，姓黃，也是府班，當這警察局的提調。康太尊便請了他來，託他幫忙，總想辦掉幾家書坊以光面子。黃知府這個提調，本是康太尊替他在制臺面前求得來的，如今老同年託他此事，豈有不出力之理？而且自己也好借著這個露臉，回去之後，便不時派了人到各書坊裡去搜尋。內地商人，不比租界，任你如何大腳力，也不敢同地方官抗的，況且這悖逆罪名，尤其擔當不起，於是有些書坊，竟嚇得連新書都不敢賣，有些雖賣新書，但是稍些礙眼的，也不敢公然出面。在人家瞧著，這康太尊也總算是令出唯行了。

※　　※　　※

從來說得好，叫做「無巧不成書」，偏偏康太尊辦得凶，偏偏就有人投在他羅網之中。且說這幾年，各省都派了學生到東洋遊學，分別什麼政治，法律，普通，專門，也有三年卒業的，也有六年卒業的，都說是學成功了，將來回來，國家一定重用的。於是各省都派了學生出去，由官派的，叫做官費生，還有些自備資斧出去的，叫做自費生；官費生出去的時候，都派了監督督率著，凡事自有照應，自費生全靠自己同志幾個人，組織一個團體，然後有起事來，彼此互相照應，前兩年風氣已開，到東洋遊學的已經著實不少。但是人數多了，自難免魚龍混雜，賢愚不分，儘有中文一竅不通，借著遊學到海外玩耍的，亦有借著遊學為名，哄騙父母，指望把家裡錢財運了出來，以供他揮霍的；這兩等人所在難免，因此很有些少年子弟，血氣未定，見樣學樣，不做革命軍的義勇隊，便做將來中國的主人翁，忽高忽低，忽升忽降，自己的品格，連他自己還拿不定，反說什麼這才是自由，這才是平等，真正可笑之極了。如今我要說的這個人，正害在坐了這個毛病，所以才會生出這一場是非來。閒話少敘。

且說這人姓劉名齊禮，亦是南京人氏。十七歲那年，他五經只讀過兩經，就有人說要帶他到東洋遊學，他父母望他成名心切，也就答應了。誰知這孩子到了東洋，英國話既未學過，日本話亦是茫然，少不得先請了人，一句句的先教起來。東洋用度雖省於西洋，然而一年總得好幾百塊錢交給他，偏偏湊巧，這劉齊禮的天分又不好，學了一年零六個月，連幾句面子上的東洋話亦沒有學全，一直等到第三年春天，方才進了一爿極小的學堂，家裡的父母卻早已一千多塊錢交給他了。後來他父親肉痛這錢，又倚閭望切，想寄信叫他回來，齊巧他自己在東洋住的也覺得膩煩了，正想回來走走，便於這年放暑假的時候附輪內渡，先到上海，又到南京，趕回家中，拜見父母。學問雖未學成，樣子卻早已改變了，穿了一身外國衣裳，頭上草帽，腳下皮靴，見了父母探去帽子拉手，卻行的是外國禮信。父母初見面也不及責備他這些，只是抬起頭來一看，只見他頭上的頭髮，只有半寸來往長短，從前出門的時候，原有一條又粗又大的辮子，如今已不知那裡去了。父母看了傷心，問他為什麼要鉸掉辮子？他回稱割掉辮子，將來革命容易些。後來有他的朋友從東洋回來說起，說他的這條辮子，還是有天睡著了覺，被旁人拿剪刀鉸了去的。當時他父母聽了他這副攀談，又見了他這個樣子，心上也懊悔，好好一個兒子壞在外洋，但是事已如此，說也無益，只得隱忍不言。

誰知這劉齊禮在外國住了兩足年，回得家來，竟其一樣看不上眼，不說房子太小，沒有空氣，就說吃的東西有礙衛生，不及外國大菜館裡做的大菜好。起先父母聽他如此說，還不在意，後來聽得多了，他父親便說道：「我家裡只有這個樣子，你住得不慣，你就回到外國去，我是中國人，本不敢要你這外國人做兒子。」誰知一句話倒把他說惱了，回到自己住的屋裡，把自己的隨身行李，連著個大皮包，略為收拾了收拾，背了就走。一頭走，一頭還自言自語的說道：「我才曉得家庭之間，卻有如此利害的壓力，可知我是不怕的，如今要革命，應該先從家庭革起。」一頭說，早已走出大門了。他父親問他到那裡去？也不答應。他父親忙派了一個做飯的跟著他，看他到那裡。後來見他出了大門，就坐了部東洋車，叫車夫一直替他拉到狀元境新學書店。做飯的回來說了，他父親曉得這家書店是他常常去的，內中很有他幾個朋友，然後把心放下。

且說劉齊禮到了新學書店，告訴他們說，家裡住的不爽快，借他們這裡住幾天，彼此都是熟人，自然無可無不可。一連住了三四天也不回家，他在店裡坐得氣悶了，便同了朋友到夫子廟前空場上走走，或是雇隻小船在秦淮河裡搖兩轉，看看女人，以為消遣。合當有事，齊巧這天那警察局的提調黃知府雇了一只大船，邀了幾個朋友，在船上打麻雀，卻又叫了三四個婊子陪著看打牌。書店裡朋友眼尖，一眼望過去，說這位就是黃太尊，是常常帶著兵到我們店裡搜查的，如今弄得甚麼書都不敢賣。還有個朋友亦常在釣魚巷走走的，認得黃太尊叫的那個婊子，名字叫小喜子，亦就說了出來。劉齊禮忽然意氣勃發，便朝著這些朋友說：「你們當他個人怕他，我只拿他當個民賊看待！」劉齊禮說這話時，齊巧小船正搖到大船窗戶旁邊，彼時正是七月天氣，船窗四啟，賽如對面一般。黃太尊一面打麻雀，耳朵裡卻早已聽得清清楚楚。盤查奸宄，本是他警察局的義務，況加以異言異服，更當留心。這邊小船剛才搖了過去，那邊大船上早已派了親兵，跟著搜尋他們的蹤跡。後來回報黃太尊說：「這一班人都是住在狀元境新學書店裡的。」黃太尊聽了，點點頭，不動聲色，仍舊打他的牌。打完了牌，開席吃酒。席散之後，原想就去行事的，正為時候還早，於是先到小喜子家打個轉身。

說也湊巧，不料劉齊禮一班人也闖了進來。原來劉齊禮一幫人回店之後，吃過晚飯，因為天熱，睡不著覺，忽然動了尋芳之興，重新穿好衣服出來。因為那朋友亦帶過小喜子的局，所以竟奔這小喜子家而來。當因房間內有客，於是讓他們在隔壁房間坐的。劉齊禮初入花叢，手舞足蹈，也不知如何是好，海闊天空，信口亂說。又朝小喜子說：「你是黃大人的相好，別人怕他，我卻不怕他，我偏要來翦他的邊。」這邊只管說得高興，那曉得黃太尊坐好在隔壁房間，早又聽了一字不遺。起身在門簾縫裡張了一張，正是日間在小船上看見的那幾個。不由怒從心上起，惡向膽邊生，一半兒為公，一半兒為私，立刻穿穿長褂，走了出來，坐上轎子，不回公館，直到局中，傳齊兵丁，各拿器械，齊往狀元境而發。到得那裡，找到了新學書店，其時已經半夜，劉齊禮等亦已回來。黃太尊不由分說，叫人把書店前後門守住，自己領人打門進去，見一個捉一個，見兩個捉一雙，又親自到店裡細細的搜了一遍，雖沒有甚麼違背書籍，唯在劉齊禮皮包之內，搜出兩本自由新報。黃太尊看了看，便道：「做這報的人是個大反叛，他的書是奉過旨不准看的，如今有了這個，便是他私通反叛的憑據了。」說著，便將店門封起，捉到的人一齊綑了，帶回局中。

次日上院，先會見康太尊，告訴了一番。康太尊已拿定主意要嚴辦，說：「這些反叛，非正法一兩個不可！」後來見了制臺，黃太尊無非是自己居功，稟訴了一番。康太尊幫著他說了許多好話，又拿話恫嚇制臺，要求制臺立刻請令。制臺不肯，只吩咐交發審局審問。發審局的人，又大半是康太守的私人，早已請過示的了。等到提上來問，劉齊禮先還站著不跪，問他為什麼不跪，他說，他是外國學堂的學生，進了外國學堂，就得依學堂裡的規矩，外國是不作興跪的。後來發審官說：「這是中國法堂，你又是中國人，怎麼好說不跪？不跪就要打！」劉齊禮怕打，也只得跪下了。又問為什麼改裝，他說：「學堂裡學生一律如此，我不能不依著他。」又問為什麼同那做自由新報的反叛勾通，他說：「我只看看報，不能說我同他私通。」發審官又把書店裡的人一齊叫上來問，無非東家夥計，遂命一律暫時看管。第二天又回了制臺，制臺又要顧全康太尊的面子，說：「劉某人以華人而改西裝，又私藏違禁書報，看來決非安分之徒，雖然從寬貸其一死，總得管押他幾年，收收他的野性才好。」康太守爭著要監禁十年，制臺只肯押他改過局六年，後首說來說去，才定了個監禁六年的罪。書店容留匪人，立即發封。至書店東家，亦定了一個看管一年的罪，其餘夥計，取保開釋。

等到劉齊禮解到江寧縣收監，江寧縣拿出上頭公事給他看，要拿他釘鐐銬，他到此才哭著求著要見他爹一面。江寧縣答應，叫人找了他爹來。可憐他爹自從兒子同他嘔了氣出去，一連好幾天沒有回家，老頭子急得什麼似的，就是他們鬧亂子，書店發封，兒子被拿，他一直未曾曉得。這天正想出門，到書店裡去看看兒子，忽見地保同了縣裡的差人，說你兒子在縣裡，等著見你一面，就要下監，快去快去。老頭子初聽了還不懂，問及所以，來差一五一十說了一遍，這才把老頭子嚇死了。一時又急又痛，連跌帶爬，跟到縣裡。父子相見，不禁大哭一場。老頭子看看兒子手上，腳上，傢伙都已上好了，好好的一個洋裝兒子，如今成囚犯一樣，看來怎不傷心？此時要埋怨也無可埋怨，要教訓也不及教訓，只說得一句：「這都是你自己天天鬧革命，鬧得如今幾乎把你自己的命先革掉，真正不該叫你到東洋去，如今倒害了你一輩子了！」說罷又哭。看守他兒子的人，早已等得不耐煩，忙喝開了老頭子，一直牽了他兒子，鐵索郎當的送到監裡去了。老頭子免不得又望著牢門哭了一陣，回來又湊了銀錢送去，替兒子打點一切，省得兒子在牢裡吃苦。然而無論如何多花錢，兒子在監牢裡，只能與別的囚犯平等，再不能聽他自由的了。

欲知後事如何，且聽下回分解。

# 第四十三回　誇華族中丞開學校　建酒館革牧創公司

卻說康太尊自從辦了劉齊禮之後，看看七月中旬已過，又到了學堂開學之期，當由總辦康太尊示期，省城大小學堂，一律定於七月二十一日開學。各學生重到學堂，少不得仍舊按照康總辦定的章程上課。江南學界，已歸他一人勢力圈所有，自然沒人敢違他毫分。如今按下江南之事慢表。

且說安徽省安慶省城，這兩年因為朝廷銳意維新，歷任巡撫想粉飾自己的門面，於是大大小小學堂，倒也開得不少。是年放過暑假之後，循例亦在七月下旬，檢了二十五這一天，重行開館。此時做安徽巡撫的姓黃名昇，既不是世家子弟，也不是進士翰林，從前跟著那兩位督撫跟了幾十年，居然由幕而官，一直做到封疆大吏，也總算得了破天荒了。又有人說，這黃昇黃撫臺，他的單名本是個升官的「升」字，後來做了官才改的，這也不用細考。但是他的為人，性氣極傲；自己做了一省的巡撫，這一省之內，自然是唯彼獨尊，他自己也因此狂妄的了不得，藩司以下的官，竟然沒有一個在他眼裡，再小的更不用說了。幸虧一樣，膽子還小；頭一樣最怕的外國人，說現在的外國人，連朝廷尚要讓他三分，不要說是我們了，第二樣是怕維新黨，只因時常聽見人家說起，說維新黨同哥老會是串通一氣的，長江之內，遍地都是哥老會，如果得罪了維新黨，設或他們串出點事情來，包管這巡撫就做不成功。所以外面上，少不得敷衍他們，做兩樁維新的事情給他們瞧瞧，顯見得我並不是那頑固守舊之輩，他們或者不來與我為難，能夠保得我的任上不出亂子，已是徼天之倖了。卻不料幾個月頭裡，山東出了一個刺客，幾乎刺死陸制軍，他聽見了已經嚇的了不得，足足有頭兩個月沒有出門。這事才過去，忽然南京省城又聽說捉住什麼維新黨了。安慶到南京輪船不過一天，也不瞧得那裡來的謠言，一回說，兩江制臺某天某天殺了十八個維新黨，在城門洞子裡石板底下又搜出許多炸藥，現在南京已經閉了城了。又有人說，江寧府康某人因為捉維新黨捉得太凶，已經被刺客刺死了。如此謠言，也不知出自官場，也不知出自民間，黃撫臺聽了，總覺信以為真，馬上吩咐各營統領，警察總辦，嚴密稽查，毋許稍懈。自己嚇的一直躲在衙門裡，連著七月十五，預先牌示要到城隍廟裡拈香，並且太太還要同去還願，上匾，上祭，到了這天一齊沒有敢去。撫臺委了首府代拈香，太太還願是叫老媽子替去的。好好一個安慶城，本來是沒事的，被他這一鬧，卻鬧得人心惶惶，民不安枕了。

如此一連又過了五六天，一天有南京人來，問了問，並沒有什麼事，什麼制臺殺維新黨，刺客刺死江寧府都是假的。黃撫臺道：「事雖沒有，但是防備總要防備的。」第二天司道上院，見面之下，彼此互相慶慰，商量著出示安民，叫他們千萬不可誤聽謠言，紛紛遷徙，兩司又商量著請中丞到二十五這一天，親臨各處學堂察視一周。安慶學務向來是推藩臺做督辦的，當由藩臺向黃撫臺把此意陳明，又說：「自從各處學堂開辦之後，大帥去得不多幾遭，如今特地親自去走一趟，一來叫學生瞧著大帥如此鄭重學務，定然格外感激，奮發要好，二來現在謠言雖定，人心不免狐疑，大帥去走一趟，也可以鎮定鎮定人心。」黃撫臺道：「是啊！前兩天外頭風聲不好的時候，我這衙門裡，我還添派了親兵小隊，晝夜巡查，雖然現今沒有事情，然而我們總是防備的好。自古道：『有備無患』，兄弟的膽子一向是小的，現在既然微天之幸，兄弟就准定二十五出門就是了。」臬臺又說：「等到二十五這一天，司裡預先叫警察局裡多派些人沿途伺候。」黃撫臺道：「如此，越發好了。」於是藩，臬方才下來。

且說到了二十五這一天，藩臺早已得信，曉得撫臺今天十點鐘，頭一處先到通省大學堂，便先趕到那裡伺候。誰知等到十點半還無消息。趕緊派人到院上打聽，原來撫臺膽小，生怕護衛的人少，路上被維新黨打劫了去，除自己親兵小隊之外，特地又調齊三大營，凡是經過之處，各街頭上都派了護勇站街。是日，撫臺坐了轎子出門，轎子前後左右，幾十匹馬，騎馬的都是武官，一個個手裡拿著六響的洋槍，或是雪亮的鋼刀，賽如馬上就同人家開仗似的。如此一番調度，所以一直鬧到十二點鐘，方才到得大學堂裡。凡在學堂裡執事的官員，一齊穿了衣帽恭迎，教習同學生統通在大門以外站班。撫臺下轎，一路進來，看了這副整齊樣子，甚是歡喜。到得裡面，稍些歇息了一回，藩臺要請他出去演說，口稱：「大帥今天難得到此，一班學生總想大帥交代他們一番話，好叫他們巴結向上。」黃撫臺聽了，呆了一呆，想了想，說道：「有你教導他們，也一樣的了，還要我演說什麼呢？況且這個，我也沒有預備。」

原來黃撫臺雖然是作幕出身，這學堂裡演說一事，他懂得一二。只因有年有位外國教士開的學堂，年終解館，那教士寫了信來，說明請大帥演說，他起初不懂得什麼叫做演說，問了翻譯，方才曉得的。當時就由文案上委員替他擬了一篇的底子，謄了真字，又教導他一番。到了那裡，人家因為他是撫臺，頭一個就請他，他就取出那張紙來看著，念了一遍，總算敷衍了事。雖然念錯了幾個白字，幸虧洋人不大懂得華文，倒未露出破綻來。此番撫臺請他演說，他實實在在隔夜沒有預備，所以決計回絕不去。偏偏碰著個不懂竅的藩臺，一定要求大帥賞個臉。後首說來說去，撫臺一定不答應，藩臺沒法，只得請他委員恭代。黃撫臺聽說可以委人替代的，便即欣然應允。又說：「兄弟今天會客會多了，多說了話就要氣喘的，還是等我派個人去的好。」於是便派了同來的一位總文案，是個翰林出身，新到省的道臺，姓胡號鸞叔的，由藩臺陪著一同出去。

但是這胡鸞叔的為人，八股文章做得甚是高明，什麼新政新學，肚子裡卻是一些兒沒有。今番跟了撫臺到此，也是頭一開眼界。撫臺派他演說，心上實在不懂，當面又不敢駁回，跟了藩臺出來，只得一路上細細請教。藩臺道：「這有什麼難的？到那裡，不過像做先生的教訓學生一樣，或是教他們幾句為人的道理，或是勉勵他們巴結向學，將來學成之後，可以報效朝廷，總不過是這幾句話，譬解給他們聽就是了。」胡鸞叔道：「原來如此，容易得很。」於是一走走到演說處，只見教習學生，已黑壓壓擠了一屋子。藩臺先說道：「今天大帥本來是要自己出來演說的，因為多說了話怕發喘病，所以特委了這胡道臺做代表。」眾人聽說他是撫臺的代表，一齊朝他打了三躬，分站兩旁，肅靜無譁，聽他演說。誰知胡道臺見了這許多人，早把他嚇呆了，楞了半天，一聲不響。藩臺又做眼色給他，又私下偷偷的拉了他一把袖子，直把他急得面紅耳赤，吱吱了半天，又咳嗽了兩聲，吐了一口濃痰，眾人俱各好笑，幸而未曾笑出。胡道臺迸了半天，知道迸不過，一時發急頭上，把藩臺教導他的話早已忘了，又吱吱了半天，才說得一聲道：「你瞧你們這些人，現在住的這房子又高又大，多舒服啊！」眾人至此，有幾個禁不住格格的一笑。藩臺恐怕拆散場子，大家難為情，忙喝一聲道：「不准笑！」胡道臺一見有藩臺助威，膽子亦登時大了，接著往下說道：「你們家裡那裡有這大房子？而且這裡還不要房錢。不要說你們，就像本道從前小時候，亦沒有這種好房子住。你們如今住了這好房子，再不好生用功，還對得住大帥嗎？第一樣，八股總要用功。」說到這裡，眾人又不禁噗嗤的一笑。藩臺連忙駁他道：「這是學堂，不考八股的。」胡道臺亦馬上改口道：「不考八股，就考古學。古學做好了，將來留館之後，倒用得著。」藩臺知他又說了外行話，不便再駁他，只得替他接下去說道：「胡道臺的意思，不過是望你們好生用功，你們不可誤會了他的用意。胡大人亦辛苦了，我們散罷！」說罷，眾人又打一躬退出，退到院子裡，止不住笑聲大作，齊說：「這是那裡來的瘟神？一些時務不懂，還出來充他媽的什麼！」他們這些話，胡道臺雖然聽見，只得裝作不知，就到撫臺跟前稟知銷差。

當下藩臺又陪了黃撫臺到處看了一遍，走到藏書樓上，一看四壁都是插架的書，撫臺忽然想起一樁事來，特地叫了藩臺一聲某翁，說：「兄弟有句話同你講。」藩臺不由肅然起敬，說：「請大帥吩咐。」黃撫臺道：「我看見這些書，我想起我的兩個小孫子來了。他倆自小就肯讀書，十三歲上開筆，第二年就完了篇，當時大家都說這兩個小孩子是神童。別的呢，我也沒有考過他們，不過他倆看的書卻實在不少，只怕這架子上的書，他倆一齊看過，都論不定。我的意思，很想叫他們再進來學學西文，將來外國話都會說了，外國信也會寫了，叫人家說起來，學貫中西，豈不更好。」藩臺道：「只怕孫少大人學問程度太高，他們教習夠不上。」黃撫臺道：「但教西文，不怕什麼夠不上。不過這地方人太多，人頭太雜，總有點不便。」藩臺道：「倘若孫少大人要到這裡來，司裡叫他們趕緊把後面二進樓上收拾出來，等孫少大人住在洋樓上，天天叫西文教習到洋樓上去教一兩點鐘，平時不准閒人上去，如此辦法，大帥看著可好？」黃撫臺仍舊搖了搖頭道：「好雖好，但是我們的子弟，還不至於要到這裡頭來，同他們在一塊兒。我今兒想起一件事來，還是那年我在湖北臬司任上，有兩個東洋人同我說起，說他們東洋那邊，另外有個華族學校，在裡頭肄業的，全是闊人家的子弟。我想我們很可以仿辦一個，將來辦成之後，我的小孫子，你老哥的世兄，還有本城裡幾位闊紳衿家的子弟，但凡可以考得官生，賞得蔭生的，有了這個分，才准進這個學堂，庶幾乎同他們那些學生，稍為有點分別。你說好不好？」藩臺只得答應說「好」。黃撫臺道：「你是明白人，自然亦以此舉為是。我們約定了，儘今年我們總要辦起來。」藩臺又答應一聲「是」。黃撫臺因為在這裡耽擱的時候久了，別的學堂不及親去，一齊委了胡道臺等幾個人，替他去的。他自己下樓，又同藩臺談了一回，然後坐了轎子，自回衙門。執事委員以及教習生，照例站班恭送，不必細述。

黃撫臺出了通省大學堂，在轎子裡一路留心觀看，看有什麼空房子可以創辦華族學堂，或是有什麼空地基可以蓋得房子的。不料一出門，學堂東面就有一座新起的大房子，有些裝修統通還是洋式，看上去油漆才完工，其中尚無人住。黃撫臺心裡盤算道：「拿這所房子來辦華族學堂，又冠冕，又整齊，離著學堂又近，教習可以天天跑過來，省得又去聘請教習，再添費用，但不知是誰家的房子，肯出租不肯出租？」意思想下轎進去望望，又怕路上埋伏了維新黨同他為難，只得回到衙門，等問明白了再打主意。按下慢表。

※　※　※

且說這個在學堂旁邊蓋造洋房的你道是誰？原來這人本在安徽候補，是個直隸州知州班子，姓張名寶瓚，從前這通省大學堂就是委他監工蓋造的。上頭發了五萬銀子的工費，他同匠人串通了，只化了一萬五千銀子蓋了這個學堂，其餘三萬五，一齊上了腰包。匠人曉得老爺如此，也樂得任意減工偷料，實實在在到房子上，不過八千多兩銀子。木料既細，所有的牆大半是泥土砌的，連著甎頭都不肯用，恰值那年春天大雨，一場兩場還好，等到下久了，山牆也坍了，屋梁也倒了，學生的行李書籍都潮了，還有兩個被屋梁壓下來打破了頭的。頓時一齊鼓噪起來，一直鬧到撫臺院上，撫臺委藩臺查辦，房子造的不堅固，自然要找到監工承辦委員，於是把張寶瓚傳了上去。藩臺拿他大罵一頓，詳了撫臺，一面拿他出參，一面勒限賠修。此時張寶瓚已經掛牌，委署泗州，登時藩臺拿牌撤去，另委別人。張寶瓚一場沒趣，除賠修之外，少不得又拿出錢來，上而各衙門，下而各工匠，一齊打點，要上頭不要挑眼，亦要下頭不至於替他揭穿，總共又化了萬把銀子，一半在房子上，一半在人頭上。自古道，錢可神通，他雖然又化了萬把銀子，到底還有二萬多沒有拿出來。依他的意思，還想撫臺替他開復，撫臺因此事是大干眾怒的，一直因循未肯。他到此雖然絕了指望，然而心還不死，隨合了幾個朋友，先在本地做點買賣。當時有的說要開洋貨店，有的說要開錢莊，他都不願意，他的意思，總想開一爿店，一來能夠常常同幾個闊人見面，二來這個行業又要安慶城裡從來沒人做過。不知怎樣，被他想到要學上海的樣子，開一爿大菜館。他說安慶從來沒有這個，等到開出之後，他們那些闊人，以及各當道請客，少不得總要常常到我這裡來的。我能夠同他們常常見面，將來總有個機會可圖，將來升官發財，都在裡面。這個大菜館，不過借他做個引子，失本賺錢，都不計較。主意打定，便同眾人說了，眾人因他是大股份，只得依他。於是就看定地基，在大學堂旁邊，蓋了這座番菜館，起個名字，叫做悅來公司，稱了公司，免得人家疑心是他獨開的。本定的是八月初一日開張，所以二十五這一天，撫臺在跟前走過，還是冷清清的，其實屋裡的器具早已鋪設齊備的了。

話分兩頭。再說黃撫臺回到院上，心上惦記著那房子，便差巡捕出來打聽。齊巧差出來的巡捕，又是同張寶瓚一黨的，偷偷的把撫臺的原意通知於他，把他急的了不得，再三託這巡捕替他遮瞞，只說這裡頭外國人也有股份，自然撫憲不追究了。巡捕回去，如法泡製，果然撫臺絕了念頭，只催藩臺另外找地，不來想這房子了。張寶瓚安排既定，然後向各衙門，各商家統通發了帖子，請他們初一來吃，等到初一這一天，凡是闊人，都是張寶瓚所請，次等沒有勢力的，方才收錢。張寶瓚又怕吃客不高興，特地把幾個土窰子的女人，一齊找了來，碰著歡喜玩的朋友，便叫他們陪酒作樂。開市不到五天，已經做了好幾千塊錢的生意，真正是車馬盈門，生涯茂盛，安慶城裡的酒館，再沒有蓋過他的了。

欲知後事如何，且聽下回分解。

# 第四十四回　辦官報聊籌抵制方　聘洋員隱寓羈縻意

卻說張寶瓚在安慶大學堂旁邊開了一座番菜館，鎮日價招得些上中下三等人物，前去飲酒作樂，真正是笙歌徹夜，燈火通宵，雖然不及上海四馬路，比那南京鎮江，卻也不復相讓。張寶瓚借此認識了幾位當道，又結交了幾家富賈豪商，自以為終南捷徑，即在此小小酒館之中，因此十分高興。那知隔壁就是大學堂，苦了一班學生，被他吵得夜裡不能安睡，日裡不能用功，更有些年紀小的學生，一聽彈唱之聲，便一齊鬨出學堂，在這番菜館面前探望。後來被那些學生的父兄曉得了，一齊寫了信來，請學堂裏設法禁止，如果聽其自然，置之不顧，各家只好把學生領回，不准再到學堂中肄業，免得學業不成，反致流蕩。堂裡監督得了信，不敢隱瞞，只得稟知藩臺，藩臺派人查訪明白，曉得是張革牧所為，馬上叫首府傳他前來，面加申飭，叫他即日停止交易，勒令遷移，倘若不遵，立行封禁。張寶瓚急了，向首府磕了無數的頭，情願回去交代帳房，禁止彈唱，驅逐流娼，只求免其遷移，感恩非淺。首府見他情景可憐，答應替他轉圜，但是以後非但不准彈唱，並且不准猜拳叫鬧，如果不聽，定不容情。張寶瓚只得諾諾連聲，又向首府磕了一個頭，方才出來。果然自此以後，安靜了許多，但是生意遠遜從前，張寶瓚少不得另作打算。按下不表。

※　　※　　※

且說此時省城風氣逐漸開通，蒙小學生除官辦不計外，就是民辦的亦復不少，並且還有人設立了一處藏書樓，幾處閱報會，以為交換智識，輸進文明起見，又有人從上海辦了許多鉛字機器，開了一爿印書局。又有人亦辦了些鉛字機器，在蕪湖出了一張小小日報，取名叫做蕪湖日報，總館在蕪湖，頭一個分館就設在安慶。這個開報館的，曾經在上海多年，曉得這開報館一事很非容易，一向是中國官場所忌的。況且內地更非上海租界可比，一定有許多掣肘地方，想來想去，沒得法子，只得又拚了一個洋人的股本，同做東家，一月另外給他若干錢，以為出面之費。諸事辦妥，方才開張起來。這館裡請的主筆，有兩個熱誠志士，開報的頭一個月，做了幾篇論說，很有些譏刺官場的話頭，這報傳到省裡，官場上甚覺不便。本來這安徽省城，上自巡撫，下至士庶，是不大曉得看報的，後來官場見報上有罵他的話頭，少不得大家鼓動起來，自從撫臺起，到府縣各官，沒有一個不看報，不但看蕪湖的報，並且連上海的報也看了。先是官場上看見蕪湖報上有指罵黃撫臺的話頭，黃撫臺生了氣，一定要查辦，一面行文給蕪湖道，叫他查明蕪湖日報館東家是誰，主筆是誰，限日稟覆；一面又叫首縣提這裡分館的人，問他東家是誰，訪事是誰？分館裡人說，我們只管賣報，別事一概不知，報館是洋人開的，你們問他就是了。首縣罵他依靠洋勢，目無官長，然而又不敢將他奈何，但是未奉撫臺之命，卻又不敢拿他開釋，只得一面將他看管，一面上院請示。等到見了黃撫臺，黃撫臺已經接到領事的電報，責他不應將蕪湖報分館的人擅行拘押，將來報紙滯銷，生意弄壞，都要官場賠他的。撫臺看了這個電報，早已嚇昏了，也不及同首縣談什麼，只吩咐他趕快把人放掉再講。首縣回去查訪，何以領事電報來得如此之快，原來這邊才去拿人，他館裡的訪事，早已到電報局打了個電報給東家，東家稟了領事，所以趕著來的。後來蕪湖道查明白了，唯恐電報洩漏消息，特特為為上了一個密稟給黃撫臺，把這爿報館的東家主筆姓甚名誰，一一查考得清清楚楚。黃撫臺看了，因為是洋人開的，歎了一口氣，把電報擱在一邊。

第二天司道上院，議及此事，黃撫臺除掉歎氣之外，一無別話。當下便有一位洋務局的總辦，也是一位道臺，先開口上條陳道：「職道倒有一個法子，不知大帥意下以為如何？」黃撫臺忙問什麼法子？洋務局總辦道：「外國人會開報館罵我們，我們縱然不犯著同他對罵，我們何妨也開一個報館，碰著不平的事，我們自己洗刷也好。況且省城裡現現成成有一家印書局，我們租了來印報亦可。就是化上幾萬銀子，到上海辦些機器鉛字，自己印刷亦可。橫豎候補州縣當中，科甲出身筆底下好的很不少，只要挑選幾位，叫他們做論，改新聞，印出報來，外府州縣一律札派下去，叫他們認銷，大缺二十分，中缺十五分，小缺十分，報費就在他們各人養廉銀子裡歸藩司扣除，如此報也銷了，經費也充足了，總比他們民辦的來得容易。」黃撫臺道：「好雖好，我們報上刻些什麼呢？」洋務局總辦道：「刻的東西儘多著哩。上諭叫電報局裡天天抄送，宮門抄、諭摺彙存，是由京報房裡寄來，大帥及各衙門出的告示，以及可以宣布的公文樣樣可刻，一切消息只有比他們民辦的還要靈些。大帥如果要辦，職道下去就擬個章程上來。」黃撫臺笑道：「照此看來，你老哥倒是個報館老手。前兩年有過上諭，罵報館的人都是斯文敗類，難為你那兒學來的這套本事？」洋務局總辦把臉一紅道：「職道所說的是官報，與商報決計不同。」黃撫臺見他發了急，連忙分辯道：「我們說說笑話，你不要多心。但是，你的辦法雖好，依我兄弟的意思，洋人開報館，我們也開報館，顯而易見，不是同他奪生意，就是同他鬥意見。現在好容易一波已平，不要因此又生什麼嫌隙？我們還是斟酌斟酌再辦的好。」洋務局總辦只好答應著退了下來。

豈知一連幾天，蕪湖報上把個黃撫臺罵得更凶，直把他罵急了，寫信給蕪湖道，託他想法子。虧得蕪湖道廣有才情，聲色不動，先把蕪湖日報館的洋東找了來，叫人同他說：「如今我蕪湖道要買他這爿報館，叫他不用開了。問他要多少錢。」洋人說：「我們有好幾個東家，須得問了眾人，方能奉復。」蕪湖道道：「我曉得的，東家雖有幾個，一切事情現在都歸你出面，只要你答應了就算了。你若是肯作主，答應拿報館轉賣給我，一切股本生財，通統由我照算之外，我另外再送你二萬，未知你意下如何？」洋人一想，報館初開化費大，我們的股本差不多也將完了。如今正議籌添股本，也是沒法之事，我何如就此答應了他。一來失去的股本，我都可以收回，二來我又有另外二萬的進項，三則他說股本生財一概由他承認，他既然要，我們樂得多開些，大家多沾光，他兩個也不無小益。想來想去，有利無害，便即一口應允。蕪湖道問他幾時交割，我這裡好派人來接收，洋東約他三天。蕪湖道喜之不盡，立刻要他簽字為憑，那洋人自然簽了。洋人回去，找到了主筆，經理，告訴他們說：「你們做了三天不用做了，這爿報館我已經賣了。」眾人聽了，大驚失色，忙問他賣給那個？他說蕪湖道。眾人道：「這爿報館，我們是拚股份開的，你要賣也得問問我們眾人願意不願意，你一個人豈可以硬作主的？」洋人發急：「我賣已賣了，你們既叫我出面，就得由我作主，不然，你們把失掉的本錢一齊還我，我東你西，彼此不管。」這兩天館裡正因股本儘著失下去，大家亦有點不高興做，聽了他說，回心一想，亦都活動了許多。忙問洋人是怎麼賣給蕪湖道的？拿他多少錢？洋人見他們有點肯的意思了，便將蕪湖道的說話全盤托出，不過把另外送他二萬的話瞞住不題。眾人聽說，非但失去的股本可以全數收回，而且還可沾光不少，也就一齊情願，無甚說得了。只有請來的主筆，聽見這番說話，很發了一回脾氣，說他們不能合群，辦事情也沒有定力，像這樣虎頭蛇尾，將來決計不能成功大事業的。後來幾個股東答應替他開花帳，他的薪水本來是四十塊錢一月，如今特地開為一百塊錢一月，橫豎蕪湖道肯認，也樂得叫這主筆多賺幾文。主筆至此，方才不說甚麼了。館裡幾位股東督率帳房，足足忙了三天三夜，把帳謄好，恰巧蕪湖道那邊派來接收的人也到了。

這爿報館，他們開了不到兩個月，總共化了不多幾千銀子，生財一切在內，蕪湖道買他的，恰足足化了五萬六千兩，化了這許多錢，還自以為得意，說道：「若不是我先同洋人說好了，那裡來得如此容易？所謂擒賊擒王，這就是辦事的訣竅。」蕪湖道接收之後，因為是日報，是一天不可以停的，因為一時請不著主筆，便在原先幾位主筆當中，檢了一位性情和順的，仍舊請他一面先做起主筆來，一百塊錢一月的薪水，那個主筆也樂得聯下去做。但是報上宗旨須得改變，非但一句犯上話不敢說，就是稍須刺眼的字也得斟酌斟酌了。在人簷下走，怎敢不低頭？到了此時，也說不得了。

蕪湖道見事辦妥，方才詳詳細細稟告了黃撫臺，黃撫臺著實誇獎他能辦事。又說本部院久存此想，今該道竟能先意承志，殊屬可嘉。一面拿這話批在稟帖後頭，一面又叫文案上替他擬了十二條章程，隨著批稟發了下去，批明該報主筆不得踰此十二條範圍。又把蕪湖日報名字，改為安徽官報，又叫把機器鉛字移在省城裡開辦。後來蕪湖道又稟，因為日報不可一日停派，所有移到省城辦理之舉，請俟至年終舉行。黃撫臺看了，只得罷休。凡是上海各報有說黃撫臺壞話的，黃撫臺一定叫文案上替他做了論說，或是做了新聞，無非說他如何勤政，如何愛民，稿子擬好，就送到安徽官報館裡去登，以為洗刷抵制地步。

齊巧這兩天，上海有一家報上，追敘他上回聽了南京謠言，嚇得不敢出門，以及後來勉強出門，弄了許多兵勇護著，才敢到得學堂裡，又說他每天總要睡到下午才起來，有俾晝作夜，公事廢弛各等語，被他瞧見了，氣的了不得，忙叫文案替他洗刷了一大篇，用官封遞到蕪湖，叫官報館替他即日登出，以示剖白之意。又過了些時，他見各國洋人，一齊請了護照，到安徽省來，不是遊歷傳教，便是察勘礦苗，又有些洋人借著兜攬生意為名，不是勸他安慶城裡裝自來水，便是勸他衙門裡裝電氣燈。他本是以巴結外國人為目的的，無論你什麼人，但是外國人來了，他總是一樣看待，一樣請吃飯，一樣叫洋務局裡替他招呼，起先洋人還同他客氣，後來摸著他的脾氣了，便同他用強硬手段，很有些要求之事，他答應又不好，不答應又不好，鬧了幾回，把他鬧急了，有天向司道說道：「人家都說這安徽是小地方，洋人不大起念頭的，為什麼到了我手裡，他們竟其約齊了來找我？這是什麼緣故呢？」司道一齊回稱：「這是大帥柔遠有方，所以遠人聞風而至。」黃撫臺皺著眉頭說道：「不見得罷。但是你們說是什麼柔遠，這個柔字兄弟著實有點見解。現在國家弱到這步田地，再不同人家柔軟些，請教你從那裡硬出來？總而言之一句話，外國人到底歡喜那樣，我們又不是他肚裡的蛔蟲，怎麼會曉得？既不曉得，自然磕來碰去，賽如同瞎子一樣，怎樣會討好呢？現在不做瞎子，除非有一個攙瞎子的人，這個攙瞎子的，請教我們中國人那一位有這種本事，能當得來？不瞞諸公說，兄弟昨兒已叫文案上，替兄弟擬好一個稿摺，奏明上頭，看那一國來的人多，我們就在那一國的人裡頭挑選一個同我們要好的，聘他做個顧問官，以後辦起交涉來，都一概同他商量。他摸熟外國人的脾氣，那樁好答應，那樁不好答應，等他出口，自然那些外國人沒得批評了。照我這個法子去辦，通天底下一十八省，個個撫臺能夠如此，一省請一位，大省分外國人來得多的請兩位，以後還怕什麼難辦的交涉嗎？」司道聽了，一齊說：「大帥議論極是，真是弭亂的良方，外交的上策，但不知這顧問官一年要給他多少薪水？恐怕亦不會少罷？」黃撫臺道：「這個自然。依我的意思，有了他，洋務局都可以裁的，省了洋務局的糜費，給他一個人做薪水，無論如何總夠的了。」內中有一個候補道插口道：「大帥的議論，誠然寓意深遠，但是各式事情，一齊惟顧問官之言是聽，恐怕大權旁落，大帥自己一點主權沒有，亦非國家之福。」這位候補道，一向沒有得過什麼大差使，本是滿肚皮的牢騷，今番聽了黃撫臺之言，忽然激發天良，急憤憤的說了這們兩句話，原是預備碰釘子的，豈知黃撫臺聽了，並沒有怪他，但是形色甚是張皇，拖長了喉嚨，低低的說道：「我們中國如今還有什麼主權好講？現在那個地方不是他們外國人的。我這個撫臺做得成做不成，只憑他們一句話，他要我走我就不敢不走，我就是賴著不走，他同裡頭說了，也總要趕我走的。所以我如今聘請他們做顧問官，他們肯做我的顧問官，還是他拿我當個人，給我面子，倘或你去請教他，他不理你，他也不通知你，竟自己做主幹了，你奈何他，你奈何他？千句話併一句話說，我們做一天和尚撞一天鐘，只要不像從前那位老中堂，擺在面上被人家罵什麼賣國賊，我就得了。」黃撫臺還待說下去，忽然洋務局總辦想起一樁事，回道：「昨兒西門外到了幾個外國遊歷的武官，請請大帥的示，怎麼招待他們？」黃撫臺道：「怎麼不早說？他既是個官，我先拿我的帖子去接他一接，約他進城來住，看他怎麼說？你們這些人太拿事看得輕了，昨兒的事昨兒不來說，到了今天才來說，知道他是個什麼官，不要得罪了人家，招人家的怪。」藩臺道：「想來出外遊歷的官，位分也不見什麼大的。如果是外國親王或是大臣，別省亦早已有信來知會了。大約官總不大。」黃撫臺道：「無論大不大，總是客氣的，我看還是我自己先去拜他一趟好。」撫臺道：「無論他的官有多麼大，也只有行客拜坐客，大帥不犯著自己褻尊先去拜他。」黃撫臺道：「我辦交涉辦了這許多年，難道這點還不曉得？為的是外國人啊！我們得罪了他，就不是玩的啊！」說著，氣的連鬍子都蹺了起來。藩臺不敢再往下說，撫臺也就端茶送客。

欲知後事如何，且聽下回分解。

# 第四十五回 柔色怡聲待遊歷客 卑禮厚幣聘顧問官

卻說黃撫臺聽見來了外國遊歷武官，要去拜他，被藩臺攔了一攔，把他氣得鬍子根根蹺起，一面端茶送客，一面便叫轎馬伺候。戈什哈❶上來回道：「今天恐怕時候晚了罷！」黃撫臺罵聲：「混帳！你當外國人是同咱們中國人一樣的麼？不要說現在還不過午牌時分，就是到了三更半夜，有人去找他們，他們無有不起來的。你不記十二姨太太前番得了喉痧急症，那天晚上已經是三點多鐘了，打發人去請外國大夫，聽說褲子還沒有穿好，他就跑了來了。」戈什哈又回道：「外國大夫要救人的性命，所以要早就早，要晚就晚。現在是外國官，外國官是有架子的人，有架子的人，總得舒服舒服睡睡中覺。大帥這時候去，儻然他正在那裡睡中覺，大帥還是進去好不進去好呢？」黃撫臺急連罵：「糊塗蛋！你也幫著人家來慪我嗎？」戈什哈不敢響，只得退在一旁。黃撫臺當下回進上房，用過午飯，便叫預備轎馬。轎馬齊了，剛剛要動身，黃撫臺又問：「你們知道這兩個武官住在城外什麼地方啊？」一句話提醒了眾人，大家都楞著，回說：「不知道。」黃撫臺跺著腳道：「你們這些東西，連外國武官的住處，都不打聽打聽明白，就來回我嗎？」一個家人伶俐，上前稟道：「大帥出去，正走洋務局過，待小的進去問一聲就

❶ 戈什哈：簡稱「戈什」，詳見第十二回注釋❷。

是了。」黃撫臺方才點點頭，上了轎，出了衙門，那個家人早趕到洋務局問明白了，說外國武官住在城外大街中和店。黃撫臺便吩咐打道中和店，及至到得中和店，洋務局總辦帶著翻譯，也趕了來了。

當下執帖的傳進帖去。那兩個外國武官，是俄羅斯人，正在那裡門牌消遣呢。看見帖子，便問通事什麼事，通事告訴他本城撫臺來拜，他便叫請。黃撫臺落了轎，自然頭一個走，洋務局總辦第二個走，後面還跟著個衣冠齊整的英法兩國翻譯。到了店門口，三個俄羅斯武官，都是戎裝佩刀，站在那裡迎接。黃撫臺緊了一步，一手便和有鬍子的一個俄羅斯武官拉手，轉身又和兩個年輕的俄羅斯武官拉手。洋務局總辦和翻譯也都見過了。俄羅斯武官便望店中，讓一大群人進了店。到了客堂裡，有鬍子的武官先開口說道：「煞基！」黃撫臺不懂，眼睜睜只把翻譯望著。誰知翻譯只懂英法兩國話，俄羅斯話是不懂的，急的滿頭是汗，一句都回答不出。黃撫臺十分詫異，洋務局總辦亦不得勁兒。後來還虧俄羅斯武官帶來的通事趕將出來，說他說的那句話，是請大人們坐下，黃撫臺這才明白。翻譯打著英國話問道：「豁特由乎乃姆」，是問他的名姓。俄羅斯武官也瞪著眼，通事卻懂得，指著那有鬍子的說道：「他叫奧斯哥。」又指著那兩個年輕的說道：「上首這個叫曼僑，下首這個叫斯堵西。」一邊說，黃撫臺早已謙謙虛虛的坐下了。洋務局總辦拖過一張椅子，遠遠的在下首坐下。翻譯也坐在背後。通事叫店裡的夥計送上茶來。奧斯哥又說了句「古斯」，通事搶著說：「請大人用茶。」黃撫臺把手搖了搖，心裡想：這麼剛剛道過名姓，他就是端茶送客了，意思想站起來了。通事連忙說：「他們俄羅斯人，是不懂中國規矩的，大人別當作送客。」黃撫臺這才把心捺下。當下通事又細細的說道：「他們三位，都是俄羅斯海軍少將職分，像中國千總這麼大小，於今到省裡來，是來遊歷的，順便要看省裡的製造局。」黃撫臺對通事說道：「原來如此。但是我兄弟款待不周，以後有什麼事情，須要他們見諒。」通事翻給奧斯哥等三人聽了，三人連連點首。黃撫臺見無可說得，便站起身來道：「回來請三位進城來，兄弟在衙門裡，備了一個下馬飯，務請三位賞光。」通事道：「大人賞飯，什麼時候？」黃撫臺屈指一算，嘴裡又咕咕唧唧的說：「來不及，來不及」，低頭一想道：「晚上八點鐘罷！」通事又翻給奧斯哥等三人聽了，三人齊聲說道：「黑基斯。」通事道：「他們說那個時候要睡了，好在他們還有幾天耽擱，大人不必急，竟是改日領情罷！」黃撫臺無奈，只得悵然退出。他們三人連通事，照例送出大門。黃撫臺先上轎，洋務局總辦帶著翻譯跟在後面。

黃撫臺在轎中傳話，請洋務局總辦張大人不必回去，就到衙門裡罷，大人有話商量。洋務局總辦張顯明，只得跟著他進了衙門，先落客廳，等候傳見。黃撫臺進去換了便服，便叫巡捕官請張大人到簽押房裡談天。張顯明到得簽押房，黃撫臺早坐在那裡了。張顯明見過了，黃撫臺先稱讚俄羅斯武官形容如何魁偉，氣象如何威猛，我們從前的年大將軍年羹堯，大約也不過如此。張顯明只得唯唯稱是，不敢駁回。落後提到翻譯身上，黃撫臺皺著眉頭道：「不行啊，他平時誇獎自己能耐如何了得，怎麼今日在那裡成了鋸了嘴的葫蘆了呢？老兄你想想，他坐在家裡，一個月整整三百兩銀子的薪水，這樣的養著他，是貪圖著什麼來？明兒通個信給他，叫他自己辭了去罷。」張顯明大驚失色，連忙回道：「沈翻譯只懂英法兩國話，俄羅斯話實在不懂。別說他了，就是現在外務部裡幾位翻譯，只怕懂俄羅斯話的也少呢！」黃撫臺駁他：「照你這樣說來，北京俄羅斯公使有什麼事找到外務部，難道做手式麼？」張顯明道：「回大帥的話，他們外國，無論放公使的人，放領事的人，總得懂咱們中國話，所以北京俄羅斯公使，是會說官話的。不但是他，就是英國法國德國美國日本國意大利國葡萄牙國挪威國瑞典國，以及那些小國，做到公使的，沒有一個不會說中國官話的。於今這三個俄羅斯武官，他們是新從旅順口來，所以不懂中國話，好得他們海軍裡頭的人也用不著懂中國話的。」黃撫臺才默然無語，一回又發狠道：「無論如何，這沈翻譯我是一定要打發他的了。」

張顯明站起來走近一步，低低的說道：「大人！難道忘了這沈某是方宮保薦過來的嗎？」黃撫臺這才恍然大悟，說道：「不錯，不錯，這沈翻譯是方宮保方親家薦來的，我如何忘了？真真老糊塗！幸而還好，這句話沒有說出口，要不然，方親家知道了，豈有不招怪的麼？於今仰仗方親家的地處正多哩！」一面說，一面又謝張顯明道：「幸虧你老兄提醒了我，否則糟了。」說罷哈哈大笑。黃撫臺又說：「到明兒如何請俄羅斯武官？還是在衙門裡，還是在洋務局？」張顯明道：「大帥且不必忙，等他們來回拜之後，預備兩桌滿漢酒席，送到他們店裡，也就過了場了。不必到衙門裡，也不必到洋務局裡，操大帥的心了。」黃撫臺沉吟半晌，方才說道：「就是這麼罷！」張顯明見話已說完，便站了起來，說：「大帥沒有什麼吩咐了罷！」黃撫臺道：「沒有什麼事了，沒有什麼事了。」家人便喊「送客」。張顯明退出，黃撫臺送了兩步，忽又停住說：「正是，我竟忘了，前兒說的聘請顧問這件事，雖然沒有頭緒，老兄可放在心上，隨時留神罷！」張顯明又答應了幾聲是，才下臺階。出了宅門，到得大堂底下，轎子早預備了。上轎回去，更無別話。

※　※　※

且說剛才黃撫臺親家長，親家短那位方宮保，現任兩江總督，是極有聲望的。黃撫臺仗著拉扯，才把自己第三位小姐許了他第二位少爺，雖未過門，卻已餽貽不絕。這沈翻譯從前是兩江陸師學堂裡學生出身，方宮保有天到學堂裡考驗功課，見他生得漂亮，應對詳明，心上便喜歡他。監督仰承意旨，常常把他考在高等，等到卒了業，便有人攛掇他何不去拜方宮保的門。後來費了無限心機，走上若干門路，方才拜在方宮保的門下。方宮保便留他在衙門，幫著翻譯處弄弄公事，每月開支三十兩薪水。不想這位沈翻譯忘其所以，在南京逛釣魚巷，遊秦淮河，鬧得不亦樂乎。方宮保有些風聞了，一想自己特拔之士，不可因此小節，便奪了他的館地，叫人家聽見了，說我喜惡無常。後來想定主意，寫了一封薦信，薦到黃撫臺這裡。黃撫臺看親家情面，把他委了洋務局翻譯優差，平日豐衣足食，無所事事，一個月難得上兩趟洋務局，總算舒服的了。今天跟著撫臺去拜俄羅斯武官，不懂話，當面坍了一個檯，大為掃興。第二天，見了總辦的面，還是赸赸的。張顯明把昨天那些話隱過，並不洩漏半字，只說現在中丞打算聘請個顧問官，你洋務裡朋友，有自揣材力能充此任的，不妨舉薦個把，等我開單呈上去，一則完了他這樁心事，二則顯顯你的朋友當中，有這麼一個人材。沈翻譯道：「等翻譯細細的去想，想著了再回覆大人罷！」張顯明道：「使得，使得。」

他回家想了半夜，忽然想起一個同窗來了。姓勞名字叫做航芥，原籍是湖南長沙府善化縣人，隨宦江南，就在南京落了籍。十二歲上，就到陸師學堂裡做學生，後來看看這學堂不對勁，便自備資斧，留學日本先進小學校，後來又進早稻田大學校，學的是法律科。過了兩年，嫌日本學堂的程度淺了，又特特到美國鈕約克，進了卜利技大學校，學的仍舊是法律。卒業之後，便到香港，現在充當律師。中國人在香港充當律師的，要算他是破天荒了。沈翻譯在陸師學堂裡的時候，兩人頂說得來，等到勞航芥到了日本，到了美國鈕約克，到了香港，還時時通信給他。這回想到此人，便道像他這樣，大約可充顧問官了，後來便中告訴了張顯明張總辦。張總辦又回了黃撫臺，黃撫臺大喜，說像他這們一個顧問官，才能夠和外國打交道，吩咐張顯明道：「既然如此，何不叫沈翻譯打個電報給他，問他肯來不肯來？他若是不肯來，只好作為罷論；他若肯來，我們再斟酌薪水的數目。」張顯明得了話，自去關照沈翻譯，沈翻譯擬了一個電報底稿，請張顯明看過，然後交到電報局裡去。

一枝筆難寫兩處，於今且把安慶事情擱下，單說勞航芥。原來勞航芥自到了香港，在港督那裡掛了號，管理訴訟等事，俗語就叫作律師，住在中環，掛了牌子，倒也有些生意。但是香港費用既大，律師又多，人家多請外國人律師的多，請教中國人律師的少，漸漸有些支持不住。本來想到上海來掛牌子做律師，驀地接了同窗沈某的一個電報，安徽撫臺請他去當顧問官，他有什麼不願意的？一面回電答應了。黃撫臺便和張顯明斟酌了好幾天，議定八百銀子一月的薪水，二百銀子的夫馬費。他先還扳價，禁不住沈翻譯從中磋商，覆電說是儘一個月內動身回華。黃撫臺盼望，不必細言。

再說勞航芥有個知己朋友，叫做安紹山，這安紹山是廣東南海縣人氏，中過一名舉人，又中過一名進士，欽用主事。會試的時節，剛剛中國和一個什麼國開釁，他上了一道萬言書，人家都佩服他的經濟學問，尊為安志士。後來在京城裡鬧得不像樣了，立了一個維新會，起先並不告訴人這會裡如何的宗旨，單單請人家到某某會館集議，人家到了，他有些不認識的，一一請教尊姓大名，人家同他講了，他拿了枝筆，講一個，記一個，人家並不在意，等到第二日，把那些人的名字，一個個寫將出來，送到宣南日報館裡，刻在報上，說是維新會會員題的名，人家同他爭也爭不過來。他的黨一日多一日，他的風聲也一日大一日，有兩位古方都老爺，聯名參了他一本，說他結黨營私，邪說惑世。上頭批出來了，安紹山革職，發交刑部審問，取有實在口供後，再行治以應得之罪。他有個同年，是軍機處漢章京❷達拉密，悄悄送了他一個信，這下子把他嚇呆了，他想三十六著，走為上著，連鋪蓋箱籠都不要了，帶了幾十兩碎銀子，連夜出京，搭火車到天津，到了天津，搭輪船到上海，到了上海，搭公司船到日本，正是急急若喪家之犬，忙忙如漏網之魚。北京步軍統領衙門奉了旨，火速趕到他的寓所，只撲了個空，覆旨之後，著各省一體查拿而已。安紹山既到日本，在東京住了些時，後來又到了香港住下，有些中國做買賣的，都讀過他的萬言書，提起來無有一個不知道他名字的，這回做了國事犯，出亡在外，更有些無知無識的人，恭維他是膽識俱優之人，他也落得借此標榜，以為斂錢愚人地步，這是後話。

這天勞航芥得了沈翻譯的電報，忽然想到了他，就去拜望他。剛才叩門，有一個廣東人圓睜著眼，趿著鞋走將出來，開了門，便問什麼人，其勢洶洶，管牢的印度巡捕，也不過像他這般嚴厲罷了。勞航芥便說出一個記號來。

欲知後事如何，且聽下回分解。

❷ 章京：滿州官名，帶兵官多稱為「章京」；軍機處及總理衙門辦文書的人員也稱「章京」。

# 第四十六回　謁志士如入黑獄　送行人齊展白巾

卻說勞航芥到了安紹山的門口，一個廣東人雄糾糾氣昂昂的出來，叉腰站著，勞航芥便說了三個字的暗號，是「難末土」。這「難末土」三字，文義是第二。安紹山排行第二，他常常把孔聖人比方自己的，他說孔聖人是老二，他也是老二。孔聖人的哥子叫做孟皮，是大家知道的，安紹山的哥子卻靠不住。有一個本家，提起來倒大大的有名，名字叫做小安子，同治初年是大大有點名氣的。安紹山先前聽見有人說過，洋洋得意，後來會試，到了京城裡，才知道這個典故，把他氣得要死。話休絮煩。再說那個守門的聽明白了勞航芥的暗號，引著他從一條衖堂走進去，伸手不見五指，約摸走了二三十步才見天光，原來是座大院子。進了院子，是座敞廳，廳上空無所有，正中擺了一張椅子，真如北京人的俗語，叫做「外屋裡的竈君爺，鬧了個獨座兒」，旁邊擺兩把眉公椅，像雁翅般排開著。守門的把勞航芥引進敞廳，伸手便把電氣鈴一按，裡面斷斷續續聲響不絕。一個披髮齊眉的童子，出來問什麼事，勞航芥便把外國字的名片遞給了他。

那童子去不多時，安紹山拄著杖，趿著鞋出來了。勞航芥上前握了一握他的手，原來安紹山是一手長指甲，蟠得彎彎曲曲，像鷹爪一般，把勞航芥的手觸的生痛，連忙放了。安紹山便請勞航芥坐了，打著廣東京話道：「航公忙得很啊！今天還是第一次上我這兒來哩！」勞航芥道：「我要來過好幾次了，偏偏禮拜六，禮拜都有事，脫不了身。又知道你這裡輕易不能進來，剛才我說了暗號，那人方肯領我，否則恐怕要閉門不納了。」安紹山道：「勞公你不知道這當中的緣故麼？我自上書觸怒權貴，他們一個個欲得而甘心焉。我雖遁跡此間，他們還放不過，時時遣了刺客來刺我。我死固不足惜，但是上繫朝廷，下關社會，我死了以後，那個能夠擔得起我這責任呢？這樣一想，我就不得不慎重其事，特特為為到順德縣去，聘了一個有名拳教師，替我守門，就是領你進來那人了。你不知道，那人真了得！」勞航芥道：「你這兩扇大門裡面漆黑的，叫人路都看不見走，是什麼道理呢？」安紹山道：「咳！你可知道，法國的祕密社會，那怕同進兩扇門，知道路徑的，便登堂入室，不知道路徑，就是摸一輩子，都摸不到。我所以學他的法子，便大門裡面，一條衖堂，用磚砌沒了，另開了五六扇門，預備警察搜查起來，不能知道真實所在。」勞航芥道：「原來如此。」

說著，隨把電報拿在手中道：「有椿事要請教紹山先生，千祈指示。」安紹山道：「什麼事？難道那腐敗政府，又有什麼特別舉動麼？」勞航芥道：「正是。」便把安徽黃撫臺要聘他去做顧問官的話，子午卯酉訴了一遍。安紹山低下頭沉吟道：「腐敗政府，提起了令人痛恨，然而那班小兒，近來受外界風潮之刺激，也漸漸有一兩個明白了。此舉雖然是句空話，差強人意！況且勞公抱經世之學，有用之材，到了那邊，因勢利導，將來或有一線之望，也未可知。倒是我這個海外孤臣，萍飄梗泛，祖宗邱墓，置諸度外，今番聽見航公這番說話，不禁感觸。真是曹子建說的：『君門萬里，聞鼓吹而傷心』了。」說到這句，便盈盈欲泣了。勞航芥素來聽見人說安紹山忠肝義膽，足與兩曜爭輝，今天看見他那付涕泗橫流的樣子，不勝佩服。當下又談了些別的話，勞航芥便告辭而去。臨出門時，安紹山還把手一拱，說道：

「前途努力，為國自愛！」說完這句，掩面而入。勞航芥又不勝太息。

回到中環寓所，伺候的人，捧進一個盤來，盤裡有許多外國名片，有折角的，有不折角的。這是外國規矩，折角的是本人親到的，不折角的彷彿飛帖一樣。勞航芥一一看過了，在這許多名片裡面，檢出一張，上寫著顏軼回，下面注著寓下環二百四十九號大同旅館，勞航芥伸手在衣襟內摸出日記簿子，用鉛筆把他記了出來，預備明日去答拜，其餘都付諸一炬。諸公可知這顏軼回是什麼人物？原來他是安紹山的高足弟子，說是福建人，從前取過一名拔貢，頗有才學，筆墨一道，橫厲無前。他既得了安紹山的衣缽真傳，自然做出來的事，和安紹山不謀而合。但是一種，安紹山雖然明白世務，有些地方還迂拙不過，這位顏軼回，卻是手段活潑，心地玲瓏，於弄錢一道，尤其得法。他從前在京城裡朝考的時候，見了人總說科舉無用，將來開了學堂，國家才可以收得人之效。有人駁他道：「你既道科舉無用，你為什麼來朝考呢？」他強辯道：「你當我是弋取功名來的麼？我實實在在要來調查北京的風土人情，回去好報告我們會長，將來可以預備預備。」人家問他預備什麼，他可不往下說了。有一天更是可笑，有個朋友上福州會館去，約他出來吃館子，到了他的房門口，看見門上橫著一把大銅鎖，明明是出去的了，帳然欲出。等到往那邊抄出去，有個後窗戶，下著窗簾，無意中望玻璃裡面一覷，見一個人端端正正坐在那裡，捏著筆寫白摺子上的小楷哩。定睛一看，不是顏軼回卻是甚人？當下便扣著窗戶，輕輕的叫道：「顏軼翁好用功呀！」他聽見了，連忙放下筆，望床上一鑽，把帳子下了，齁聲如雷的起來了，也不知真睡，也不知假睡。那個朋友氣極了，以後就不和他來往了。據以上兩樁事，這顏軼回的大概，也就可想而知了。勞航芥和他是在美國認識的。顏軼回到過美國，住在鈕約克，和中國在美國學堂裡面學的留學生，沒有一個不認識。他前回去，原想去運動他們的，送了他們許多書，有些都是顏軼回自己的著作，有些抄了別人家的著作，算是他的著作，合刻一部叢書，面子上寫的是新顏子。據說新顏子裡面，有一篇什麼東西，顏軼回一字不易，抄了人家，後來被那人知道了，要去登新聞紙，顏軼回異常著急，央了朋友再四求情，又送了五百兩銀子，這才罷手。顏軼回的著作，有些地方千篇一律，什麼「咄咄咄！咄咄咄！」還有人形容他，學他的筆墨說：「貓四足者也，狗四足者也，故貓即狗也；蓮子圓者也，而非扁者也，蓮子甜者也，而非鹹者也，蓮子人吃者也，而非吃人者也；香蕉萬歲，梨子萬歲，香蕉梨子皆萬歲！」笑話百出，做書的人，也寫不盡這許多。勞航芥和他的交情，也不過如此。但是勞航芥平日佩服他中學淹深，他也佩服勞航芥西文淵博，二人因此大家有些仰仗地方，所以見了面甚為投契。其實背後，勞航芥說顏軼回的歹話，顏軼回也說勞航芥的歹話，這是他們維新黨的普通派，並不稀奇。

這天飯後，勞航芥換了衣帽，拿了棒，雇了一部街車，逕到下環大同旅館。投刺進去，顏軼回剛剛在家。兩人見了面，暢談之下，勞航芥把中國安徽巡撫聘他做顧問官的話說了，他卻不像安紹山要發牢騷，登時滿面笑容，說：「真巧！真巧！我們有個同志，剛剛被兩江總督請了去當教習，於今勞兄又到安徽去充顧問官，這門一來，我在海外揚子江上下流的機關，可以不求而自得了。」一面說，一面叫人配自己的船車，說勞兄榮行在即，小弟今日無事，擬邀勞兄同往酒樓一酌，以壯行色，不知勞兄許可否？勞航芥也欣然道：「我們分袂在即，正要與軼公暢談，領教一切機宜，以免臨時竭蹶。」顏軼回道：「領教兩字，太言重了，如不以小弟為不肖，小弟倒有幾句話要告訴勞兄。」勞航芥道：「好極了！好極了！」兩人攜手而出。勞航芥摸出兩塊錢，開銷了雇的街車，坐上顏軼回船車，車聲隆隆，過了幾條大街，到得衣箱街，走進一爿番菜館，外國字寫著香港阿斯忒好乎斯的。二人進去了，揀了一個小小的房間，在三層樓上，推窗一望，九龍咫尺，隱隱約約有些風帆沙鳥，頗暢襟懷。二人坐下，侍者送上本日的菜單，各人揀喜吃的要了幾樣。顏軼回又叫侍者拿了許多酒，什麼威士格，勃藍地，三邊，萬滿，詼脫露斯，鷇忒推兒，擺了一檯。

兩人用過湯，顏軼回便開言道：「勞兄你曉得現在中國的大局是不可收拾了的麼？」勞航芥隨口答道：「我怎麼不知道？」顏軼回又歎了口氣道：「現在各國瓜分之意已決，不久就要舉行了。」勞航芥道：「我在西報上，看見這種議論，也不止一次了，耳朵裡鬧鬧吵吵，也有了兩三年了，光景是徒託空言罷？」顏軼回道：「勞兄那裡知道，他們現在舉行的，是無形的瓜分，不是有形的瓜分。從前英國水師提督貝斯弗做過一篇中國將裂，是說得實實在在的。他們現在卻不照這中國將裂的法子做去，專在經濟上著力。直要使中國四萬萬百姓，一個個都貧無立錐之地，然後服服貼貼的做他們的牛馬，做他們的奴隸，這就是無形瓜分了。」勞航芥道：「原來如此。」顏軼回又道：「現在中國，和外國的交涉日多一日，辦理異常辣手，何以？他們是橫著良心跟他們鬧的，這裡頭並沒有什麼公理，也沒有什麼公法，叫做得寸即寸，得尺即尺。你不信，到了中國，把條約找出來看，從道光二十二年起，到現在為止，一年一年去比較，起先是他們來俯就我，後來是我們去俯就他，只怕再過兩年，連我們去俯就他，他都不要了。勞兄你既受中國之聘，充當顧問官，這條約是一樁至要至緊之事，不可忽略，頂好把他一張一張的念熟了，然後參以公法公理，務使適得其平，將來回國，有什麼交涉，就可以據理而爭，雖然不中用，也落一個強項之名，不同那些隨人俯仰的。這是小弟屬望吾兄的愚見，吾兄必以為然。」勞航芥聽了，不覺改容致謝。顏軼回又道：「譬如那年北京義和拳鬧事，圍攻使館，中國如有懂事的人，預先去關照他們，限他們二十四點鐘內出京，如果過了二十四點鐘，中國不能保護，這他們就沒有話說了。至於他們擁兵自衛，那是公法上所沒有的，公法上既沒有，就可以敵人相待，不能再以公使相待。可憐偌大一個中國，那裡有人知道？當時勞兄若在中國，或是外務部，或是總理衙門，必不致於如此。」勞航芥道：「軼公太看高我了。其實我雖學了律法，也不過那些浮面，替人家打官司爭財產則有餘，替國家辦交涉爭權利則不足，像你軼公才是大才哩！」二人又談了一回，看看天色不早，方才各自東西。勞航芥第二日收拾收拾行李，又到平時親友處及主顧地方辭過了，也有人餽送程儀的，也有人餽送東西的，不必細述。

等到輪船要開的前半日，把行李發了上去，叫人鋪設好了，自己站在甲板上，和那些送行的朋友閒談，東一簇，西一簇，十分熱鬧。少時，看見有一黑矮而胖的外國裝朋友，襟上簪了鮮花，手中拿了鑲金的士的——這士的就是棍——，腳上穿著極漂亮的皮鞋，跑上船來，便問密司忒勞。船上的僕歐把他領到勞航芥的面前，眾人定睛一看，是顏軼回。只見顏軼回把勞航芥拉到一間房間裏去，密密切切的談了五十分鐘，汽筒放了兩遍了，他才別了勞航芥匆匆登岸。這裡送行的，也匆匆登岸。少時和羅一聲，船已離岸，顏軼回和那些送行的，都拿手絹子在岸上招展，勞航芥脫下帽子，露出禿鶖般一個頭，向他們行了一個禮，自回房去。勞航芥定的是上等艙，每飯總是和船主一塊兒吃的，他既會西語，又兼在香港做了幾年律師，有點名氣，船主頗為敬重，就是同座的外國士女也都和他說得來。

有一天，輪船正在海裡走著，忽然一個大風暴，天上烏雲如墨，海中白浪如山，船主急命抛錨，等風暴過了再走。勞航芥在房裡被風浪顛播的十分難過，想要出去散散，剛剛跨出房門，聽見隔壁一間艙裡，有男女兩人念佛的聲音，還聽見嘣嘣嘣的幾響。勞航芥望門縫裡仔細一覷，見一個中國人，年紀約有五十餘歲，一部濃鬚，好個相貌，那旁一個嬌滴滴女子，看上去想是他的家眷了，因為起了風浪，兩人都跪在艙裡，求天保佑，合掌朗誦高王觀世音經，這才恍然大悟，剛才嘣嘣嘣幾響，想是磕頭了。勞航芥不覺大笑。又仔細一看，恍惚記得這人，天天在大餐間裡一塊吃飯，曾請教過名姓，是位出洋遊歷回來的道臺。勞航芥仰天太息。少時風暴過了，天色漸漸晴明，跪在地下念高王觀世音經的道臺，想來也爬起來了。過了幾日，輪船已到上海，各人紛紛登岸，勞航芥久聽得人說，上海一個禮查客店是可以住的，便叫了部馬車，把行李一切裝在裡面，逕奔禮查客店而來。

欲知後事如何，且聽下回分解。

# 第四十七回　黃金易盡故主寒心　華髮重添美人回意

話說勞航芥因為接到安徽巡撫黃中丞的電聘，由香港坐了公司輪船到得上海，因他從前在香港時很有些上等外國人同他來往，故而自己也不得不高抬身價，一到上海，就搬到禮查客店，住了一間每天五塊錢的房間，為的是場面闊綽些，好叫人看不出他的底蘊。他自己又想，我是在香港住久的人了，香港乃是英國屬地，諸事文明，斷非中國腐敗可比，因此，又不得不自己看高自己，把中國那些舊同胞竟當做土芥一般。每逢見了人，倘是白種，你看他那副脅肩諂笑的樣子，真是描也描他不出，倘是黃種，除日本人同亞洲人一樣接待外，如是中國人，無論你是誰，只要是拖辮子的，你瞧他那副倨傲樣子，比誰還大。閒話休絮。

且說他此番在香港接到安徽電報，原是叮囑他一到上海，隨手過船，逕赴安慶。誰知他到得上海，定要盤桓幾天，不肯就去。他說，中國地方，只有上海經過外國人一番陶育，還有點文明氣象，過此以往，一入內地，便是野蠻所居，這種好世界是沒了。然而一個人住在客店裡頭，亦寂寞得很，滿肚皮思想，僑寓上海的親友雖多，無奈都是些做生意的，有點瞧他們不起，便懶怠去拜他們。心上崇拜的人，想來想去，只有住在虹口的一位黎惟忠黎觀察，一位盧慕韓盧京卿，這二人均以商業起家，從前在香港貿易的時候，勞航芥做律師，很蒙他二位照顧。後來他二人都發了財，香港的本店自然有人經理，黎觀察刻因本省紳商公舉他辦理本省鐵路，盧京卿想在上海替中國開創一片銀行，因此他二位都有事來在上海。勞航芥雖然瞧不起中國人，獨他二位，一來到過外洋，二來都是有錢的主兒，三則又正辦著有權有勢的事情，因此到上海的第二天，就坐了馬車，親自登門拜見。黎觀察門上人說，主人往北京去了，沒有見著，只會到盧京卿一位。見面之下，盧京卿已曉得他是安徽撫臺請的顧問官，連稱「恭喜」，又道：「吾兄可以大展抱負了！」其實這做顧問官一事，勞航芥心上是很高興的，但他見了人，面子上還要做出一副高尚樣子，以示非其所願。當下聽了盧京卿一派恭維，只見他似笑非笑，忽又把眉頭皺了一皺，說道：「不瞞慕韓先生說，現在中國的事情，還可以辦得嗎？兄弟到安徽，黃中丞若能把一切用人行政之權，都委之兄弟，他自己絕不過問，聽兄弟一人作主，那事還可做得。然而兄弟還嫌安徽省分太小，所謂地小不足以迴旋。倘其不然，兄弟寧可掉頭不顧而去。還是慕韓先生開辦銀行，到是一件實業，而且可以持久，兄弟是很情願效力的。」盧京卿心上想道：你這寶貨，那年在香港為了同人家買地皮打官司，送了你三千銀子，事情沒有弄好，後來又要詐我二千銀子的謝儀，我不給你，你又幾乎同我涉訟，始終送你一千銀子，方才了事。如今虧你還想與我同事，我是決計不敢請教的了。安徽撫臺瞎了眼，請你這種東西去做顧問官，算他晦氣。你還是去同他混罷。心上如此想，嘴裡卻連忙答道：「銀行算得什麼？還是老兄到安徽幫著撫臺，替國家做些事業，將來是名傳不朽的。」當下又說了些別的閒話，盧京卿一看他還是外國打扮，探掉帽子一頭的短頭髮，而且見了人只是拉手，是從不磕頭作揖的，便道：「吾兄現在被安徽撫臺聘請了去，以後就是中國官了。據兄弟看起來，似乎還是改中國裝的好。目下吾兄曾否捐官？倘若捐個知府，將來一保就是道員，乃是很容易的。」勞航芥道：「腐敗政府的官，還有什麼做頭？兄弟決計不來化這項的冤錢。況且兄弟就是不捐官，這顧問官的體制，兄弟早已打聽過了，是照司道一樣的。現在江南地方，就有兩個顧問官，除掉見督撫，其餘都可以隨隨便便的。況且是他來求教我，不是我求教他的。至於改裝，我自從得到了電報，卻也轉過這個念頭，但是改得太快了，反被人家瞧不起，且待到了安徽，事情順手，果然可以做點事業，彼時再改，也不為遲。」盧京卿道：「改裝不過改換衣服，是很容易的，只是頭髮太短了，要這條辮子，一時卻有點煩難。」勞航芥又把眉頭一皺道：「我們中國生生就壞在這條辮子上。如果沒有這條辮子。早已強盛起來，同人家一樣了。」盧京卿見他言大而誇，便也不肯多講，淡淡的敷衍了幾句。勞航芥自己亦有點坐不住了，然後起身告辭。盧京卿送出大門，彼此一點首而別。

※　　※　　※

勞航芥回到禮查客店，又住了一天，心上覺得煩悶。曉得盧京卿是做大事業的人，不肯前來同他親近，於是不得已而思其次。重復回來，去找那幾個做生意的朋友。這些人不比盧京卿了，眼眶子是淺的，聽說他是安徽巡撫聘請的人，一定來頭不小，也不問顧問官是個什麼東西，都尊之為勞大人。其中就有一個做得法洋行軍裝買辦的，姓白號趨賢，是廣東香山人氏，敘起來不但同鄉，而且還沾點親。白趨賢依草附木，更把他興頭的了不得，意思想託勞航芥到安徽之後，替他包攬一切買賣，軍裝之外，以及鐵路上用的鐵，銅圓局用的銅，他的洋行裡都可以包辦。除照例扣頭之外，一定還要同洋東說了，另外盡情。此時勞航芥受了他的恭維，樂得滿口答應。白趨賢更是歡喜，今天請番菜，明天請花酒。曉得勞航芥上海沒有相好，又把他小姨子薦給了他。這白趨賢的小姨子，怎麼會落在堂子的呢？只因他這小姨子原是姊妹二人，姊姊叫張寶寶，妹妹叫張媛媛，一齊住在東薈芳當寤姐的。白趨賢先同張寶寶要好，後來就娶他為妾，所以張媛媛見了白趨賢趕著叫姊夫，白趨賢亦就認他做小姨子。如今拿他小姨子薦給了勞航芥，無非是照應親戚的意思，也不為奇。且說這張媛媛年紀也不小了，據他自己說十八歲，其實也有二十開外了。勞航芥未到上海，就聽見有人講起，上海有些紅倌人，很願意同洋裝朋友來往，一來洋裝朋友衣服來得乾淨，又是天天洗澡的，身上沒有那般齷齪的氣味，二則這家堂子裡有個外國人出出進進，人家見了害怕，都不敢來欺負他，這都是洋裝朋友沾光之處。勞航芥聽在耳朵裡，記在肚皮裡，如今輪到自己身上來了，心想改了洋裝，就有如許便宜，樂得自己竭力擺弄。頭戴一頂外國草帽，是高高的，當中又是凹凹的領子，漿得硬繃繃的，扣子同表練，又是黃澄澄的，穿了一身白衫、白褲、白襪、白鞋，渾身上下，再要潔淨沒有，嘴裡蜜臘雪茄煙嘴，臉上金絲鏡，手上金鋼鑽，澄光爍亮，耀得人家眼睛發暈，自以為這副打扮，那女人一定是愛上我了。

先是白趨賢在久安里請他吃酒，替他薦了這個張媛媛的局，媛媛到檯面上一問，是假外國人叫的局，把臉一板，離著還有二尺多遠老遠的就坐下了，照例唱過一支曲子，擠擠眼，關照娘姨裝煙，借著轉局為由，說聲對不住，已經走了。其時勞航芥以為同他初次相交，或者他果真有轉局，所以不能多坐，因此並不在意。吃完了酒，白趨賢照應小姨子，想叫勞航芥擺酒請他，便約他同到東薈芳去打茶圍。進門上樓之後，張媛媛照例敬過瓜子，只坐在他姊夫身旁，一聲不響。勞航芥想搭訕著同他說話，無奈張媛媛連正眼亦不睬他。後來還是白趨賢看不過了，忙對張媛媛說道：「勞大人歡喜你，你還是到他身旁多坐一回，同他攀談兩句，他明天還要在這裡擺酒哩。」說話時，白勞二人正躺在煙榻上，一邊一個，張媛媛便一把拿白趨賢從煙榻上拉起，同他咬耳朵，說道：「那個外國人，我不要他到我這裡來，被人家看見，說我同外國人來往，說出去很難為情的。好姊夫，你明天不要叫他來了，我今天出的一個局，他算也好，不算也好。總而言之，他明天再來叫局，我是謝謝的了。」白趨賢聽說，呆了一呆，便亦渕渕的同他說道：「勞大人是有錢的，而且又是個官，簇嶄新的安徽撫臺打了電報來，請他去的，他若是歡喜了你，論不定還要娶你回去，你一出轎就做太太，有什麼不好？怎麼你好得罪他，不出他的局，不要他到這裡來？你自己去回他，這句話我是說不出口的。」張媛媛道：「無論他再有錢，再做多們大的官，但他是外國人，我總不肯嫁他，就是他拿十萬銀子，八抬轎來抬我，我只是不去，他能拿我怎麼樣？」白趨賢道：「他不同你講話，他同你娘講話，你娘答應了，不怕你不嫁給他。」張媛媛冷笑道：「那還有一死哩！況且姊夫你也不要來騙我，只有中國人做中國的官，那有外國人做中國官的道理，這話我不相信。」白趨賢道：「你這話可說錯了。你說外國人不做中國的官，我先給你個憑據。不要說別的，就是這黃浦灘新關上那個管關的，名字叫做捐務司，他就是外國人做的中國官，你們堂子裡懂得什麼？」張媛媛聽了，楞了一回，說道：「那個新關？」白趨賢道：「就是有大自鳴鐘的那個地方，就是新關。上海新關，有上海的稅務司，北京還有個總稅務司，還是那年同這裡斜橋盛公館的盛杏蓀同天賞的太子少保，亦是戴的紅頂子。你們曉得什麼，也在這裡亂說。」張媛媛不等他說完，依舊把頭搖了兩搖，說道：「無論他戴紅頂子也好，戴白頂子也好，我亦不管他什麼叫做十三太保，十四太保，但是外國人一定不嫁。」白趨賢先還有心慪他，如今見他斬釘截鐵，只得以實相告。便把嗓子提高，拿勞航芥一指道：「你看他是中國人是外國人。」張媛媛至此，方把勞航芥仔仔細細端詳了一回，心上要說他是外國人，覺得他比起弄口站街的紅頭似乎漂亮得許多，而且皮膚也白，身材也還俊俏。又想說他是假外國人，何以鼻子又是高的，眼睛又是摳的，心上總有點疑心，一時說不出口。

勞航芥見他二人咕咕唧唧，早已懷著鬼胎，後見白趨賢指著自己問張媛媛是中國人是外國人，他心上已經明白媛媛不歡喜外國人。中國女子智識未開，卻難怪有此拘迂之見。當下因見張媛媛楞住不語，便從榻上亦一骨碌爬起，拿手把自己的頭髮捕了兩捕，說道：「你要曉得我是中國人，外國人，你只看我頭髮便了。」張媛媛果然舉目抬頭，看了一看，見他頭髮果然是烏黑的，隨又端詳他的鼻子眼睛。白趨賢方才告訴他說：「勞大人本是我們中國人，因為在外國住久了，所以改的外國裝。如今安徽撫臺當真請他去做官，等到做了官，自然要改裝的。況且我常常見你們堂子裡都歡喜外國人，你何以不愛外國人？這真正不可解了。」張媛媛道：「我生性不歡喜外國人，被人家說出去很難聽的。勞大人果然肯照應，如果照著這個樣子打扮，明天請不必過來。」白趨賢道：「這真正笑話了。天底下那有做倌人的挑剔客人的道理？不要勞大人一生氣，明天倒不來了。」

張媛媛尚未開言，誰知勞航芥反一心看上了媛媛，一定要做他，忙說：「我本是中國人，中國衣服雖然沒有在這裡，叫個裁縫做起來很容易的，再不然買一兩套也不妨。至於鞋襪，更不消說得。現在頂煩難的，是這條辮子，只好同剃頭司務商量，叫他替我編條假的，又怕我自己的頭髮短了些，接不上，那卻如何是好？」張媛媛道：「若要假頭髮，我這裡多得很，你要用時，儘管到我這裡來拿，但是怎樣想個法子套上去，還得同剃頭的商量。」白趨賢見他二人說話逐漸投機，便道：「這事容易。我前天看見一張什麼報上，有一個告白，專替人家裝假辮子的，不過頭兩塊錢一條，等我今天回去查查看，查著了我們就去裝一條來。」大家說說笑笑，張媛媛聽見勞航芥肯改裝，又加姊夫說他有錢，又是個官，便也不像從前那樣的拒絕了。當晚並留他二人吃了一頓稀飯，約摸打過兩點鐘，白勞二人方才別去。

勞航芥仍回禮查客店。一心想要討張媛媛的歡喜，次日上街，先找到一個裁縫，叫他量好身材，做兩套時新衣服，裁縫說至少三天一身，勞航芥嫌太慢，沒法，只得又到估衣鋪內，檢對身的買了兩身。估衣鋪的人見他一個外國人，去買中國衣服，還要時派，都為詫異。但是買賣上門，斷無揮出大門之理，不過笑在肚裡罷了。等到衣履一概辦齊，白趨賢早回去查明申報上的告白，出了兩隻大洋，替他辦了一條辮子，底下是個網子，上面仍拿頭髮蓋好，一樣刷得光滑滑的，一點破綻看不出來了。勞航芥見了，甚是歡喜。一齊拿了回去，先在屋裡把房門關上，從頭至腳改扮起來，一個人踱來踱去，在穿衣鏡裡看自己的影子，著實俏俐。意思就想穿了這身衣服，到東薈芳給張媛媛瞧去，後來一想，怕禮查客店的外國人見了要詫異，無奈仍舊脫了下來。當夜躊躇了一夜，次日一早，算清房錢，辭別主人，另把行李搬出，搬到三洋涇橋一爿大客棧裡去住。以為自此以後，任穿什麼衣服出門，決無人來管我的了。

要知後事如何，且聽下回分解。

# 第四十八回　改華裝巧語飾行藏　論圜法救時抒抱負

卻說勞航芥搬到了三洋涇橋棧房裡，中國棧房出進的人，多是沒有人管他的，他便馬上改扮起來。先是自己瞧著很有點不好意思，又恐怕惹人家笑話，先在穿衣鏡裡照了一番，又踱來踱去看了兩遍，自己覺得甚是俏俐。急忙喚了馬車，意思想就到東薈芳張媛媛家去，又恐怕媛媛家裡的人見了詫異，於是喚住馬夫，不到東薈芳，先到一品香去吃大菜，等把媛媛叫了來，彼此說明白了，然後再吩咐他們預備一檯酒，翻過去吃。主意打定，於是逕往一品香而來。其時已在上燈時分，房間都被人家占了去了，好容易等了一會，才弄到一個小房間。勞航芥無奈，只得權時坐下，又寫請客票，去請白趨賢。幸虧白趨賢是有地方的，居然一請便到。當下白趨賢一見，連忙拿他上下仔細估量了一回，滿臉堆著笑容，讚他好品貌。又道：「照你這副打扮，人人見了都愛，不要說是一個張媛媛了。」勞航芥當下笑而不答，忙著開菜單，寫局票。又同白趨賢把要翻檯請酒的意思說明，白趨賢無非是一力贊成，又說倘若嫌客少，兄弟有的是朋友，儘可以代邀幾位。勞航芥道：「朋友沒有見面，怎好請他吃酒呢？」白趨賢道：「上海的朋友不比別處，只要會拉攏，一天就可以結交無數新朋友，十天八天下來，只要天天在外頭應酬，面子上的人，大約也可認得七八成了。」勞航芥聽此一番議論，方曉得上海面子上的朋友，原是專門在四馬路上應酬的。白趨賢又道：「你請朋友吃酒，是要你承朋友情的。」勞航芥更為茫然不解。白趨賢道：「譬如你今天在張媛媛家請酒，你應酬的是張媛媛，張媛媛是你自己的相好，反要朋友化了本錢叫了局來陪你，怎麼不要你承朋友的情呢？」勞航芥道：「據此說來，我請酒是我照應我自己的相好，他們叫局亦是他們各人自己照應各人的相好，我又沒有一定要他們叫局，怎麼我要承他們的情呢？」白趨賢道：「到底你們當律師的情理多，我說你不過，佩服你就是了。天不早了，我們還要翻檯，催細崽❶快上菜。」

等到菜剛上得一半，兩個人的局都已來了。大家見了勞航芥，都嘲笑他那根假辮子，勞航芥反覺洋洋得意，當下把吃酒的話告訴了張媛媛，叫他派人回去預備。白趨賢就借一品香的紙筆，寫了五張請客票，亦交代了張媛媛的跟局，叫他帶回去先去請客。一霎大菜上完，細崽送上咖啡，又送上菜單。勞航芥伸手取出皮夾子要付錢，白趨賢不肯，一定要他簽字。勞航芥拗他不過，只得等他簽了字去，然後拱手致謝，一同下樓。此時他倆的局都早已回去的了。勞航芥便約白趨賢到東薈芳去，進門登樓，不消細述。

原來張媛媛住的是樓上北面房間，是從樓梯上由後門進來，同客堂是隔斷的。南面下首房間，連著客堂，又是一個倌人，這倌人名字叫做花好好。這天花好好的生意甚好，客堂房間裡一檯才吃完，接著客人碰和，正房間裡兩檯酒，剛剛入席。勞航芥從這邊窗內望過去，正對這面窗戶坐著的，不是別人，正是盧慕韓盧京卿，其餘的人，雖不曉得是些什麼人，看來氣派很是不同。房間裡人，一齊某大人某大

❶ 細崽：即「西崽」，舊時為外國僑民服役的人。

人叫的震天價響，一面又叫某大人當差的，一回又問某大人馬車來了沒有，但是雙檯酒坐了十幾個人，主人縮在裡面不曾看得清楚。當下勞航芥一眼瞧見盧京卿在對面，不覺心上畢拍一跳，登時臉上呆了起來，生怕被盧慕韓看破他改裝，又怕盧慕韓笑他吃花酒。呆了一會，便叫娘姨把窗戶關上。無奈其時正是初秋天氣，忽然躁熱起來，他一個人無可說法，白趨賢雖有些受不住，因係主人吩咐的，不肯怎樣。等了一會，白趨賢代請的什麼律師翻譯賴生義，領事公館裡文案詹揚時，赫畢洋行裡買辦趙用全，湖南軍裝委員候補知州欒吐章，福建辦銅委員候選道魏撰榮，絡續都來，沒有一個不到。勞航芥白趨賢接著，自然歡喜。同勞航芥彼此通過名姓，各道了一句久仰的話。白趨賢又替勞航芥吹了一番，眾人愈覺欽敬。於是白趨賢傳令擺席，又替在坐的人一一叫局，自己格外湊興，叫了兩個。一時酒席擺好，眾人入坐，大家齊嚷：「天熱得很，怎麼不開窗戶？」勞航芥不便將自己心事言明，幸虧自己坐的地方，對面望不見，也就不說別的，跟著眾人叫把窗戶推開。這邊吃酒揸拳，局到唱曲子，不用細說。

※　※　※

且道對面房間請酒的主人，原是江南一位候補道臺姓金的，這金道臺精於理財，熟悉商務，此次奉差來在上海租界地方，本非中國法律所能管轄，所以有些官場，到了上海，吃花酒，叫局，亦就小德出入，公然行之而無忌了。閒話休講。目今單說這金道臺，因為盧慕韓要開銀行，所以來了，不時親近他，考訪他一切章程。盧慕韓亦因為金道臺精於理財，所以也甚願親近他，同他商量一切。這天是金道臺作主人，盧慕韓作客人。勞航芥在對面窗內瞧見了他，自己心虛，命把窗門掩上，其實盧慕韓眼睛裡並沒有見他。一來是燈光之下，人影模糊，究竟相隔一丈多地，盧慕韓年老眼花，自然看不清楚。再則勞航芥這種人物，盧慕韓還未必擺在心上，再加以現已改裝，與前天初見形狀大不相同，就是當面碰見，亦不留心，何況隔著如許之遠？所以一直等到將次吃完，張媛媛房內之事，南首房間裡一概未曾曉得。

後來還是花好好檯面上主人金道臺鬧著叫二排局，齊巧盧慕韓曾帶過張媛媛的，便叫了本堂張媛媛，直等到張媛媛過去，這邊席面方吃得一半。盧慕韓問起張媛媛，說他屋裡有酒，是個什麼人吃的？張媛媛便據實而陳，說是一個姓勞的，新從外國回來，就要到安徽去做官的。盧慕韓不聽則已，聽了之時，心上忽有所觸，因為前天勞航芥剛拜過他，還沒有回拜。據張媛媛說，又是從外洋回來，又是就要到安徽去，不是他更是那個？因說這人我認得，他可是外國打扮？張媛媛聽了，笑著說道：「初來的頭一天，原是外國打扮的，今兒是改了裝了。」盧慕韓聽說，先是外國裝，便認定確為勞航芥無疑。但他當面對我說很憎嫌中國人這條辮子，為什麼他自己又改了裝呢？因問張媛媛道：「你這位姓勞的客人，他是沒有辮子的，要改裝怎麼改得來呢？」張媛媛笑道：「辮子是在大馬路買的，兩塊洋錢一條，戴上去，不細看是看不出的。」盧慕韓聽了，著實詫異，便道：「等到檯面散了，我倒要會會他。」張媛媛道：「我先替你通知他一聲。」盧慕韓道：「不必，停刻我自來。」說話間，滿席的二排局都已到齊，唱的唱，吵的吵，鬧了一陣子，各自散了。眾客人便鬧著要飯，吃飯罷之後，眾人一鬨而散。

盧慕韓亦著好長衫，辭別主人，不隨眾人下樓，卻到這邊，由後門進來。朝著前面，停腳望了一回，正值勞航芥回頭，同娘姨說話。盧慕韓看清楚了，果然是他，便喊了一聲：「航芥兄！」又接說一句道：「為什麼請客不請我？」勞航芥聽見後面有人喚他，甚為詫異，仔細一瞧，原來就是盧慕韓，正是剛才關窗戶怕見的人，如今被他尋上門來，低頭一看自己身上，如此打扮，不由得心上一陣熱，登時臉上紅過耳朵。幸虧他學過律師的人，善於辯駁，隨機應變的本領，自然比人高得一層，想了一想，不等盧京卿說別的，他先走出席來讓坐。盧慕韓回稱已經吃飽，勞航芥如何肯依？盧慕韓只得寬衣坐下吃酒。謝過主人，又與眾人問過姓名，勞航芥先搶著說道：「兄弟因為你老先生再三勸兄弟改裝，兄弟雖不喜這個，只因難拂你老先生一片為好的意思，所以趕著換的。正想明天穿著這個過來請安，今日倒先不期而遇。只是已經殘肴，褻瀆得很，只好明天再補請罷！」說罷，舉杯讓酒，舉箸讓菜。盧慕韓因他自己先已說破，不便再說什麼，只得說道：「吾兄到了安徽，一路飛黃騰達，扶搖直上，自然改裝的便。」勞航芥道：「正是為此。」當下彼此一番酬酢，直至席散。盧慕韓因為明天要回請金道臺，順便邀了勞航芥一聲，勞航芥滿口應允，一定奉陪。盧慕韓先坐馬車回去，眾人亦都告辭，房中只留勞航芥白趨賢兩個。白趨賢有心趨奉，忙找了張媛媛的娘來，便是他的小丈母，兩個人鬼鬼祟祟，說了半天，無非說勞大人如何有錢有勢，叫他們媛媛另眼看待之意。當夜之事，作書人不暇細表。

且說到了次日，勞航芥一早起身，回到棧房，盧慕韓請吃酒的信已經來了。原來請在久安里花寶玉家，准六點鐘入座。一天無事，打過六點鐘，勞航芥趕到那裡，原來只有主人一位。彼此攀談了一回，絡續客來，隨後特客金道臺亦來了。主人數了數賓主，一共有了七人，便寫局票擺席。自然金道臺首坐，二坐三坐亦是兩位道臺，勞航芥坐了第四坐。主人奉過酒，眾人謝過。金道臺在席面上極其客氣，因為聽說勞航芥是在外洋做過律師回來的，又是安徽撫憲聘請的顧問官，一定是學問淵深，洞悉時務，便同他問長問短，著實殷勤。幸虧勞航芥機警過人，便檢自己曉得的事情一一對答，談了半日，尚不致露出馬腳。後來同盧慕韓講到開銀行一事，勞航芥先開口道：「銀行為理財之源，不善於理財，一樣事都不能做，不開銀行，這財更從那裡來呢？」金道臺道：「兄弟有幾句狂瞽之論，說了出來，航翁先生不要見怪，還要求航翁先生指教。」勞航芥道：「豈敢！」金道臺道：「航翁先生說，各式事情，沒有錢都不能做，這話固然不錯，因此也甚以慕翁京卿開銀行一事，為理財之要著。然以兄弟觀之，還是不揣其本，而齊其末的議論。」大家俱為愕然。金道臺又道：「書上說的：『百姓足，君孰與不足？』又道是：『民無信不立。』外國有事，何嘗不募債於民，百姓自然相信他，就肯拿出錢來供給他用，何以到了我們中國，一聽到勸捐二字，百姓就一個個疾首蹙額，避之唯恐不遑？此中緣故，就在有信無信兩個分別。中國那年辦理昭信股票，法子並非不好，集款亦甚容易，無奈經辦的人，一再失信於民，遂令全國民心渙散，以後再要籌款，人人有前車之鑑，不得不視為畏途。如今要把已去之人心慢慢收回，此事談何容易？所以現在中國，不患無籌款之方，而患無以堅民之信。大凡我們要辦一事，敗壞甚易，恢復甚難。如今要把失信於民的過失恢復回來，斷非倉猝所能辦到。」金道臺一面說著話，一面臉上很露著為難的情形。盧慕韓道：「據此說來，中國竟不可以補救麼？到底銀行還開得不可開得？」金道臺道：「法子是有，慢慢的來，現在的事，不可責之於下，先當責之於上。即以各省銀圓一項而論，北洋製的，江南不用，浙閩製的，廣東不用，其中只有江南湖北兩省製的，尚可通融。然而送到錢莊上兌換起錢來，依舊要比外國洋錢減去一二分成色，自己本國的國寶，反不及別國來的利用，真正叫人氣死。如今我的意思，凡是銀圓，勒令各省停鑄，統歸戶部一處製造，頒行天下，成色一律，自然各省可以通行。凡遇徵收錢糧，釐金關稅，以及捐官上兌，一律只收本國銀圓，別國銀圓不准收用，久而久之，自然外國洋錢，不絕自絕，奸商無從高下其手，百姓自然利用。推及金圓銅圓，都要照此辦法。更以鑄的越多越好，這是什麼緣故呢？譬如用銀子一兩，只抵一兩之用，改鑄銀圓，名為一兩，或是七錢二分，何嘗真有一兩及七錢二呢？每一塊銀圓，所賺雖只毫釐，積少成多，一年統計，卻也不在少處。中國民窮，能藏金子的人還少，且從緩議。至於當十銅圓，或是當二十銅圓，他的本錢，每個不過二三文上下，化二三文的本錢，便可抵作十個二十個錢的用頭，這筆沾光，更不能算了。至於鈔票，除掉製造鈔票成本，一張紙能值幾文，而可以抵作一圓五圓，十圓五十圓一百圓之用，這個利益更大了。諸公試想，外國銀行開在我們中國上海天津的，那一家不用鈔票？就以我們內地錢莊而論，一千文，五百文的錢票，亦到處皆有。原以票子出去，可以抵作錢用，他那筆正本錢又可拿來做別樣的生意，這不是一倍有兩倍利麼？只要人家相信你，票子出的越多，利錢賺的越厚，原是一定的道理。至於製造鈔票，只好買了機器來，歸我們自己造，要是託了人，像前年通商銀行假票的事，亦不可不防。現在挽回之法，須要步步腳踏實地，不作虛空之事。如果要用鈔票，我們中國現在有九千萬的進款，照外國的辦法，可出二萬萬多兩的鈔票。我們如今實事求是，只出九千萬的鈔票，百姓曉得我們有一個抵一個，不雜一點虛偽，還有什麼不相信呢？等到這幾樁事情辦好，總銀行的基礎已立，然後推之各省會，各口岸，各外國要埠，內地的錢票，不難一網打盡，遠近的匯兌，到處可以流通。而且還有一樣，各國銀行的鈔票，上海的只能用在上海，天津的只能用在天津，獨有我們總銀行自造的，可以流行十八行省，各國要埠，叫人人稱便。如此辦法，不但圈住我們自己的利源，還可以杜絕他們的來路！到這時候，國家還愁沒有錢辦事嗎？」盧慕韓道：「這番議論，一點不錯，欽佩之至！」金道臺道：「這不過皮毛上的議論，至於如何辦法，斷非我們檯面上數語所能了結。兄弟有一本富國末議，過天再送過來請教罷！」盧慕韓及在席眾人，俱稱極想拜讀。

勞航芥初同金道臺一干人見面，很覺自負，眼睛裡沒有他人。如今見盧慕韓如此欽服他，又見他議論的實在不錯，自己實在不及他，氣燄亦登時矮了半截。心上想道：原來中國尚有能夠辦事的人，只可惜不得權柄，不能施展。我到安徽之後，倒要處處留心才是。說話間，檯面已散。自此勞航芥又在上海盤桓了幾日，只有張媛媛割不斷的要好，意思還要住下去，只因安徽迭次電報來催，看看盤川又將完了，只得忍心割愛，灑淚而別。不過言明日後得意，再來娶他罷了。

欲知後事如何，且聽下回分解。

# 第四十九回　該晦氣無端賠貴物　顯才能乘醉讀西函

卻說勞航芥離別上海，搭了輪船，不到三日，到了安徽省裡。先打聽洋務局總辦的公館，打聽著了，暫且在城裡大街上一家客店住下。勞航芥是一向舒服慣的。到了那家客店，一進門便覺得湫隘不堪。打雜的都異常襤褸，上身穿件短衫，下身穿條褲子，頭上挽個鬏兒，就算是冠冕的了；比起上海禮查客店裡的僕歐來，身上穿著本色長衫，領頭上繡著紅字，鈕扣上掛著銅牌，那種漂亮乾淨的樣子，真是天上地下了。然而勞航芥到了這個地位也更無法想，只得將就著把行李安放，要了水洗過臉，便叫一個用人拿了名片，跟在後頭，直奔洋務局而來。

不說勞航芥出門，再說安徽省雖是個中等省分，然而風氣未開，諸事因陋就簡，還照著從前的那個老樣子。現在忽然看見這樣打扮的一個人，住在店裡，大家當作新聞。起先當他是外國人，還不甚詫異，後來聽說是中國人扮的外國人，大家都詫異起來，一傳十，十傳百，所以勞航芥出門的時候，有許多人圍著他，撐著眼睛，東一簇，西一簇的紛紛議論。等他出了店門之後，便有人闖進店裡來，走到他的房門口，看房門已是鎖了，便都巴著窗戶眼望裡面覷，看見皮鞄籐籃之類，鼓鼓囊囊的裝著許多東西，大家都猜論道：「這裡面不是紅綠寶石，一定是金鋼鑽。」後來還是店裡掌櫃的，生怕他們人多手雜，拿了點什麼東西去，這干係都在自己身上，便吆喝著把閒人轟散了。

這邊再說勞航芥到了洋務局，找著門口，投了名片進去，良久良久，方見有人傳出話來道：「總辦大人住在西門裡萬安橋下，可以到公館裡去找他，此地並不是常來的。」勞航芥只得依了他的話，找到西門內萬安橋，看見貼的公館條子，什麼「二品頂戴安徽即補道總辦洋務局」那些銜頭，心知是了。照舊投進片子去，管家問明來意，進去回了，不多半晌，管家把中門呀的一聲開了，說聲「請」，勞航芥急走了進去。遠遠看見那位洋務局老總，四十多歲年紀，三綹烏鬚，身上穿著湖色熟羅的夾衫，上面套著棗紅鐵線紗夾馬褂，底上登著緞靴，滿面春風的迎將出來，連說「久仰久仰！」勞航芥是不懂官場規矩的，新近才聽見有人說過，見了官場，是要請安作揖的，他一時不得勁，便把帽子除了，身子彎了一彎。二人進了客廳，讓坐已畢，送過了茶，攀談了幾句。勞航芥也打著廣東官話，勉強回答了幾句。這位洋老總，又問他住的所在，勞航芥隨手在袋拿出一本小簿子，就取鉛筆歪歪斜斜的寫了一個住址，便把那張紙撕了下來，遞在他手裡。洋老總略略的看了一看，伸手在靴統裡摸出一個繡花的靴頁子，夾在裡面，一面便說：「等兄弟明日上院回了中丞，再請到洋務局裡去住罷！」勞航芥稱謝了，一時無話可說，起身告辭。洋老總直送出大門才進去。這是以顧問官體制相待，所以格外殷勤，別人料想不能夠的。

勞航芥主僕出得洋老總公館，仍回店內。開門進去，剛剛坐定，聽見院子裡一個差官模樣的，問那間是勞老爺的屋子。店小二連忙接應，說：「這裡就是。」那差官一掀簾子，走了進來，見了勞航芥，請了一個安，說：「大人說，給老爺請安。這裡備有一個下馬飯，請老爺賞收。」說完，掏出一張片子，望茶几上一擱，一面朝著窗外說道：「你們招呼著抬進來呀！」勞航芥連說：「不敢當！怎麼好叫你們大人破費？」站起來道：「就放在中間屋裡罷！」又打開皮袋，拿出一塊洋錢給那差官，另外一張回片，說：「回去替我道謝。」那差官又請了一個安，謝過了，退了出去，招呼同來的挑夫，把空擔挑回去。這裡勞航芥到中間看了一看，見是一桌極豐盛的酒肴，滿滿的盛著海參魚翅，叫店小二拿到廚房裡蒸在蒸籠上，回來把他做飯菜。安排過了，重復坐下，摸出一枝雪茄煙吸著，心裡轉念頭道：「此番到得安徽省裡，是當顧問官的，顧問官在翻譯之上，總得有些顧問官的體制。」一面想：洋務局地方雖好，究竟不便，不如另外找一所公館，養活幾個轎班，跟著家人小子們，總得闊綽一闊綽，否則要叫人瞧不起的。一會兒胡思亂想，早已拿上燈來。店小二看見洋務局總辦大人送了酒席來，又兼差官吩咐過好好服侍，要是得罪了一點是要捉到衙門裡去打板子的，因此穿梭價伺候，不敢怠慢。等到菜好了送上去，勞航芥一看見滿滿的海參魚翅，上面都罩著一層油，還有些什麼恃強拒捕的肘子，壽終正寢的魚，臣心如水的湯，便皺著眉頭，把筷放下，叫帶來的家人小子，把上海買來的罐頭食物，什麼鹹牛肉，什麼冷鮑魚，什麼禾花雀之類，勉勉強強就著他飽餐一頓。又叫家人小子把咖啡壺取出來，沖上一壺咖啡，在燈下還看了幾頁全球總圖圖書集成，方才叫人服侍安寢。

一宿無話，次日清早七點多鐘，勞航芥就抽身起來了。盥漱已畢，伸手在衣袋中想把錶摸出來看看時辰，忽然摸了空，不覺大驚失色道：「我常聽見人家說，中國內地多賊，怎麼才住得一晚，就丟了個錶？」越想越氣，登時把店主人喊了來，店主人戰戰兢兢的不知為了什麼事。勞航芥睜著眼睛道：「好好好！你們這裡竟是賊窩！我才住得一夜，一個錶已丟了，照此下去，不要把我的鋪蓋行李都偷去麼？好好好！我知你們是通同一氣的，快把這人交給我，萬事全無，如若不然，哼哼，你可知我的厲害！」店主人跪在地下，磕頭如搗蒜道：「我的天王菩薩，可坑死人了！不要說是你洋老爺洋大人的物件，就是尋常客人的物件，都不敢擅動絲毫的。如今你洋老爺洋大人要我交出賊來，叫我到那裡去找這個賊？」勞航芥愈加發怒，說：「好好的向你說，你決不肯承認？」一面說，一面舉起手來，就是幾拳，提起腳來，就是幾腳，痛得店主人在地下亂滾。那些家人小子，還在一旁邊吶喊助威，有的說拿繩子來把他弔起來，有的說拿鎖來把他鎖起來，店主人愈加發急，只得苦苦哀求，說：「情願照賠，只求不要送官究辦。」勞航芥道：「我的錶是美國帶來的，要值到七百塊洋錢。」店家又嚇得吐出舌頭伸不進去。後來還是家人小子們做好做歹，叫他賠二百塊洋錢。可憐一個店主人，雖說開了一座大客棧，有些資本，每日房錢伙食，要墊出去的，只得向住店客人再四商量，每人先借幾塊錢，將來在房飯錢上扣算，有答應的，有不答應的，一共弄了七八十塊錢。店主人無法，又把自己的衣服，老婆的首飾，併在一處當了，湊滿了二百塊錢，送了上去，方才完事。這麼一鬧，已鬧到下午時候。

勞航芥正在和家人小子們說這種人是賊骨頭，不這個樣子，他那裡肯賠這二百塊錢，道言未了，店小二躡著腳在窗邊，低低的回了聲：「洋務局總辦大人來拜。」勞航芥隨即立起身來。那洋老總三腳二步跨進了房門，彼此見過了禮，勞航芥請他坐下，叫小子開荷蘭水，開香檳酒，拿雪茄煙，拿紙煙。洋老總雖然當了幾年洋務差使，常常有洋人見面，預備的煙酒，都是專人到上海去買的，今番見勞航芥的酒，勞航芥的煙，比自己的全然不同，又是稱讚，又是羨慕。寒暄了兩句，便開口道：「今天兄弟上院，回過中丞，中丞十分歡喜，打算要過來拜，所以叫兄弟來先容的。」勞航芥忙道：「這個不敢，他究竟是一省之主，理應兄弟先去見他。」洋老總點頭道：「先生謙抑得很，然而敝省中丞，禮賢下士，也是從來罕見的。先生如要先去，兄弟引道罷！」一面說，一面喊了一聲「來」！走進一個戴紅纓帽子的跟班，洋老總便吩咐道：「快到公館裡去，把我那座綠呢四轎抬來，請勞老爺坐，一同上院！」跟班答應了一聲「是」，自然退出去交代。不多一會，轎子來了，跟班上來回過，勞航芥催他道：「我們走罷，再遲他要來了。」洋老總連說：「是極，是極！」勞航芥理理頭髮，整整衣服，又把寫現成的一個紅紙名帖交給了一個懂得規矩的家人，這才同走出店。洋老總讓勞航芥先上轎，勞航芥起先還不肯，後來洋老總說之再三，勞航芥只得從命。誰知勞航芥坐馬車卻是個老手，坐轎子乃是外行，他不曉得坐轎子是要倒退進去的。轎子放平在地，他卻鞠躬如也的爬將進去。轎夫聲吆喝，抬上肩頭，他嚷起來了，說：「且慢且慢，這麼，我的臉衝著轎背後呢！」轎夫重新把轎子放平在地，等他縮了出來，再坐進去，然後抬起來飛跑。這個擋口，有些人都暗暗地好笑。

不多一會，到得院上，轎子抬到大堂底下，放平了，請他出來。這裡巡捕是洋老總預先關照好的，隨請他在花廳上少坐，拿了名帖進去回。黃撫臺一見是勞航芥來了，趕緊出來相見，這裡勞航芥見了撫臺的面，蹲不像蹲，跪不像跪的彎了半截腰，黃撫臺把手一伸，讓他上炕。勞航芥再三不肯，黃撫臺說：「老兄第一次到這裡，就拘這個形跡，將來我們有事，就難請教了。」勞航芥這才坐下。黃撫臺先開口：「老兄久居香港，於中外交涉一切，熟悉得很，兄弟佩服之至。前回聽見張道說起，兄弟所以過來奉請，果蒙不棄，到了敝省，將來各事都要仰仗。但是兄弟這邊局面小，恐怕棘枳之中，非鳳鸞所棲。」說罷，哈哈大笑。勞航芥也期期艾艾的回答了一遍。黃撫臺又問巡捕：「張大人呢？」巡捕回稱：「剛才來了，為著洋務局裡有洋人來拜會，所以又趕著回去了。」黃撫臺聽了無語。少停，又對勞航芥道：「兄弟這邊的意思，一起都對張道說了，張道少不得要和老兄講的。」說完端起茶碗，旁邊喊了一聲「送客」！

勞航芥不曾預備他有這們一著，吃了一驚，連茶碗也不曾端，便站了起來。他看撫臺在前頭走，他想既然送客，他就該在後頭送，為什麼在前頭送呢？心裡疑疑惑惑的出了花廳，到得宅門口，撫臺早已站定了，朝著他呵了一呵腰，就進去了。勞航芥仍舊坐上綠呢四轎，回到店中。不多一刻，外面傳呼撫臺來謝步，照例擋駕，這個過節，勞航芥卻還懂得。過了一會，洋老總來，本城的首縣來，知府來，道臺來，鬧得勞航芥喘氣不停，頭上的汗珠子，和黃豆這麼大小滾下來。直到傍晚，方才清靜。正在籐椅子上睡著，眼面前覺得有樣物件在床底下放光出來，白鑠鑠的，仔細一望，原來是他早晨鬧了一氣，要店主人賠的那個錶。大約是早晨起來心慌意亂的著衣服，掉在那裡的，心裡想可冤屈了這店主人了。轉念一想不好，此事設或被人知道，豈不是我訛他麼？便悄悄的走到床邊，把他拾起來，拿鑰匙開了皮鞄，藏在一個祕密的所在，方才定心。

過了兩天，找到離洋務局不多遠一條闊巷子裡一所大房屋，搬了進去，門口掛起兩扇虎頭牌，是「洋務重地，禁止喧嘩」八個字。勞航芥又喜歡架弄，一切都講究，不要說是飲食起居了。原來安徽一省，並不是通商口岸，洋人來的也少，交涉事件更是寥寥，勞航芥樂得逍遙自在。有天，洋老總忽然拿片子請他去，說有公事商量。勞航芥半瓶白蘭地剛剛下肚，喝得有些糊裡糊塗的到了洋務局，一直跑進去。洋老總在大廳上候著呢。他見了洋老總，乜斜著兩眼問道：「有什麼事？」洋老總子午卯酉告訴他一遍。勞航芥道：「何不去找翻譯？」洋老總道：「這事太大，所以來找先生。」說罷便在身上掏出一封信來。勞航芥接過來仔細一看，見上面寫的是：

To: H. E. The governor of Anhui,

Your Excellency

I have the honour to inform you that our Syndicate desires to obtain the sole right of working all kinds of mines in the whole province of Anhui, and we shall consider it a great favour if you will grant the said concession to us. Hoping to receive a favourable reply.

I beg to remain

Your obedient servant F. F. Falsename

勞航芥見了，一聲兒不言語。洋老總迎著問，勞航芥疊著指頭，說出一番話來。

欲知後事如何，且聽下回分解。

# 第五十回　用專門兩回碰釘子　打戲館千里整歸裝

話說勞航芥看完那封信，隨手一摞道：「原來是個英國人叫做福而斯的，想來包開安徽全省的礦務，這種小事也值得來驚動我？」洋老總是極有涵養的，只得陪著笑臉，說：「請先生就覆他一覆罷！」勞航芥道：「說不得，吃人一盌，聽他使喚。」叫人拿過墨水筆跟著一張紙來，颼颼的寫道：

Anching, 15th day 8th moon

Governor's Yamen

Sir,

In reply to your letter of the 1st day of the 6th moon, re Mines in this my Province of Anhui, I have the honour to inform you that, although I have done everything in my power in trying to obtain for your syndicate the privileges desired by you, an imperial rescript has been received refusing sanction thereafter. Under the circumstances, therefore nothing can be done for you in the matter.

I have the honour

to be, Sir

Your obedient servant

HUANG SHENG
Governor

To
Mr. FALSENAME
etc, etc.

寫完了，自己又咕哩咕嚕的念了一遍，然後送給洋老總過目。洋老總請他解說，勞航芥因點頭晃腦的道：「我說接到了你封信，信上的事情我全知道了。你說要包辦安徽全省的礦務，這事卻有許多為難，也曾打電報去問過我們政府，我們政府回說不行。我看現在也不是辦這種事的時候，請你斷了念頭罷！底下寫的日子，跟著撫臺名字。」洋老總聽完這番言語，連說：「高才，佩服得很。」勞航芥愈加得意，在花廳上繞著張外國大餐桌子畫圈兒。洋老總又請他寫信封，及寫好封好了，叫人給福而斯送去，又和勞航芥寒暄了幾句。勞航芥見事情已畢，意思想要走，洋老總忙說：「請便。」勞航芥一路走，一路洒興發了，嘴裡唱著：「來了，來了，逢的了！來了，來了，逢的了！」信著腳揚長去了。

又過了幾日，勞航芥上黃撫臺那裡去，正在外簽押房裡談天，巡捕傳進一個洋式片子來，上面寫著蟲書鳥篆，說有位洋老爺拜會大人。黃中丞瞧了瞧那片子，同著無字天書一樣，回頭叫勞航芥看。勞航芥仔細一看，說這是德文，我不認識。原來黃撫臺是媚外一路，生平尤喜德國人，說是從前在某省做藩臺，為了一樁事，幾乎參官，幸虧一個德國官助了他一臂之力，這才風平浪靜。至於德國官如何助他一臂之力，年深日久，做書的也記不起了。閒話不表。

且說黃撫臺看見是德國人的片子，連忙叫請。少時，履聲橐橐，進來一個洋人，見了黃撫臺，點了點頭。黃撫臺是和德國人處慣的，曉得他們規矩，便伸出手來，德國人湊上來和他拉了一拉。一面又和勞航芥點了點頭，口裡說了三個字，是「式米脫」。黃撫臺知道這德國人叫式米脫。勞航芥正想打著英國話問他的名字，見他已經說出名字來了，便把這句話在喉嚨裡咽住。原來德國規矩，生人見了面，總得自己道名姓，不待人請教，然後說出來，也不作興人家問他的名姓，可憐勞航芥如何懂得呢？黃撫臺一面讓他坐下，式米脫先開口說道：「我現在打山東來，有一個人短了我五千銀子，我問他要他不給，請你大人幫我一幫忙。」式米脫說的話，原沒有什麼深文奧義，但是勞航芥沒有學過德國話如何懂得呢？只得睜大了眼睛對他望著。式米脫又說了一遍，到底黃撫臺和德國打交道打得多了，德國話雖不懂，然而數目字卻是懂的，曉得是「五千兩」三個字。扭轉頭來對勞航芥道：「他說五千兩，莫不是賠款嗎？」勞航芥一句也回答不出，只好說「是是是」。黃撫臺滿心不願意，式米脫看見黃撫臺跟旁邊坐著的外國打扮的都不懂德國語，料想是弄不明白了，明兒找著了翻譯再來罷。隨和黃撫臺勞航芥點一點頭，嘴裡又說了一句什麼，揚長走了。到了第二天，果然同了一個翻譯來，說明了原委，黃撫臺少不得傳首縣上來，替他辦這樁事。這是後話。

再說黃撫臺為著勞航芥不能盡通各國語言文字，單單只會英文，心上就有些瞧他不起，一想要是單懂英文的，只要到上海去找一找，定然車載斗量，又何必化了重價，到香港請這麼一個顧問官來呢？因此勞航芥在安徽省裡憲眷就漸漸的衰了，洋老總也不是從前那樣恭維了，勞航芥心中便有些懊悔。自來福無雙至，禍不單行。過了些時，已是隆冬天氣了。忽然有一個法國副領事到安徽省裡來遊歷。黃撫臺要盡地主之誼，就請他在洋務局吃大餐，在坐者無非是藩臬兩司，跟著幾個主教的，勞航芥在坐，自不必說。法國副領事吃了一瓶香檳酒，有些醉意，便和勞航芥攀談起來。起先說的英國話，勞航芥自然對答如流，說到中間，法副領事打起法國話來，勞航芥不懂，法副領事便改作英國話問他，勞航芥才明白他的意思，是問他這裡有好頑的地方沒有？便據實回答了。他心裡恐怕黃撫臺聽見，又說他不行，冷眼一瞧，黃撫臺一手拿著刀，正在那裡割牛排割不動，全股勁兒都使在刀上，這才放心。偏偏法副領事不懂眼色，又打著法國話問了他幾句，勞航芥又睜大了兩眼看著他，黃撫臺嘴裡正嚼著牛排，側著耳朵聽他們倆說話，看見勞航芥又回答不出，心裏更是不高興，冷笑了一聲。後來還是法國副領事改了英國話，勞航芥知道是問他你幾時同我一塊兒去頑頑，勞航芥便告訴了黃撫臺。黃撫臺道：「我雖上了年紀，遊山玩水，倒還歡喜，不過這樣大冷天氣，在家裡躲著幾多暖和，跑出去簡直是受罪了。還有一說，陪他去不要緊，倒是沒有人跟他翻法國話。像我們安徽省裡這些翻譯，一聽法國話，全成了鋸了嘴的葫蘆，到那時候，我還是和他比手式，還是不理他呢？」這兩句話，說得勞航芥滿面通紅，坐又不是，不坐又不是。法國副領事看他像個碰釘子的樣子，知道他心裡難受，便不和他說什麼了。少時席散，黃撫臺送過法國副領事，跟著各處主教自回衙門去了，這裡藩臬兩司也打道回去。

勞航芥剛剛的到了公館裡，脫衣坐定，歎了口氣道：「我上了當了！我本打算不來的，都是他們攛掇，什麼顧問官，是有體面的，人家求之不得，你反推辭，心中動了念，所以把香港的現成行業丟了，來到這裡，偏偏又是什麼德國人法國人，把我鬧得摸不著頭路。現在上頭的意思也不是這樣了，將來恐怕還有變故，不如趁早辭了他，仍回香港幹我的老營生去罷。」又轉念道：「不可，不可！自古道，大丈夫能屈能伸，我雖碰了兩回釘子，這是從前沒有學過德法兩國話，叫我也無可如何，並不是我本事不濟。倘然辭了他，跑到香港，一定被人恥笑，不如將就將就罷！」胡思亂想，連晚飯都不曾去吃。

一宿無話。第二日，一早抽身起來，也不用轎子了，穿上衣帽，拿著棍子，一個人出了門，心想到那裡去散散悶呢。信步走過大街，看見一座牌樓，牌樓裡面掛著密密層層的紅紙招牌，一打聽說是戲館。勞航芥便在人叢內鑽將進去，有人領著進了大門，一領領他一間敞廳上，有二三百個坐頭。此時光景還沒有開鑼，坐頭上只坐了兩排人，其餘還空著。勞航芥等的心灰意懶，才看見坐頭上的人漸漸多起了，臺上打動鑼鼓，預備開場。霎時跳過加官，接著一齣俞伯牙操琴。勞航芥在香港廣東戲也看過幾次，京班徽班卻沒有看過，這番倒要細細的領略。只見臺上那老生連哭帶嚷了大半天，臺底下也有打瞌睡的，也有吃水煙的，也有閒談的，並沒一個人去理會臺上這齣戲。勞航芥心裡想，為著什麼來呢？這個樣子何不在家裡坐著，還自在些兒呢？霎時臺上換了一齣法場換子，那個小生唱不多幾句，底下便鬨然叫起好來。勞航芥雖是不懂，卻要隨聲附和，把巴掌拍得一片聲響。他旁邊有兩個人，看戲看出了神，被他一拍巴掌，不覺嚇了一跳。扭轉頭來一看，見是一個洋人，後來又上上下下瞧了幾遍，見他眼睛不紅，頭髮不黃，明明是個中國人改扮的了，嘴裡便打著他們安徽的土語，說：「這個雜種，不知是那裡來的？好好一個中國人，倒要去學外國狗。」勞航芥在安徽混了大半年了，有些土語他都懂得，一聽此話，不覺怒從心上起，惡向膽邊生，站起身來，伸手過去，就在那罵他的人身上打了一拳，底下一伸腿又是一腳。那人不知道他的來歷，見他動手，如何答應？嘴裡嚷道：「反了，反了！天下有無緣無故就打人的麼？」一面說，一面便把勞航芥當胸一把扭住。勞航芥是學過體操的，手腳靈動，把身子望後一讓，那人撲了空，勞航芥趁勢把他一把辮子揪住，按在地下，拳頭只望他背心上落如擂鼓一般。一時間人聲如沸，有些無賴，遠遠看見外國人打中國人，都趕上前來打抱不平。這一著，勞航芥卻不曾防備，一鬆手，地下按的那個人爬起來了，對著勞航芥一頭撞過來，勞航芥剛剛閃過，背後有個打拳的，看準了勞航芥的腰眼裡噹的一拳。勞航芥登時頭昏耳響，一些氣力都沒有了。餘外那些人看見有人動了手，眾人都躍躍欲試。勞航芥一想，好漢不吃眼前虧，趁勢一個翻身，望外一溜，其時棍子也丟了，帽子也被人踏扁了，衣裳也撕破了，勞航芥一概顧不得了，急急如喪家之犬，忙忙如漏網之魚，一口氣回到公館。

剛剛跨進門檻，走到大廳上，看見兩個家人，正坐在那裡高談闊論，一見勞航芥，齊齊站起。勞航芥正在憤無可洩，便罵道：「好混帳！這廳上也配你們坐麼？」兩個家人見不是什麼好兆頭，都遠遠的躲開了。勞航芥再把鏡子照照自己，額上起了一個塊，原來是走得慌了，在牆上撞出來的。勞航芥氣憤頭上，也不顧前顧後，換了衣帽，急匆匆跑到洋老總公館裡，一問說在花廳上，勞航芥沖了進去，洋老總卻與三個候補道在那裡打二百塊錢一底二四架的麻雀。見了勞航芥，少不得招呼請坐，洋老總一瞧他神氣不對，知道必有事情，忙喚「來啊！」外頭一個家人進來答應。洋老總道：「你去請帳房王師爺來代打幾付，我和勞老爺有幾句話說。」家人去了，不多一會，王師爺狗顛著屁股似的跑進來，站在洋老總旁邊。洋老總便站起身來，讓他替打，一面和勞航芥到炕上坐下。勞航芥便把剛才到戲館裡看戲，被人打了一頓的話，全個兒告訴了。洋老總一面聽勞航芥的話，一面心還在牌上。王師爺的上家，一位候補道和了一副三翻牌，只聽他嚷道：「二百八十八和，我是莊，你們每人要輸九十六塊，再加四塊洋錢，一道泡子三四一十二，共是一百零八塊一家。」洋老總不覺大聲道：「糟了！糟了！」勞航芥只當洋老總說他糟了，如何想得到他記罣那副三翻牌呢？當下骨都著嘴，說：「這事總得請你替我出出氣。」洋老總沉吟了半晌，方才勉強答應道：「可以，可以！」一面又喚「來啊！」說你拿我的片子到縣裡，告訴他們說：「勞老爺給人家揍了一頓，地方上百姓這樣強悍，連撫臺大人那邊的顧問官都要淩辱起來，這還了得！叫他們快派幾個差到那裡去，把為首的人給我抓來，重重的辦他一辦！」家人答應著去了。洋老總又對勞航芥道：「先生請回去養息養息罷。如果受了傷，還得好好的吃傷藥呢！那滋事人，兄弟已經叫縣裡派差去抓了，抓了來先生要怎麼辦就怎麼辦。那時再聽先生的信罷！」說完站起身來送客。勞航芥只得別了他回去不提。

第二天，洋老總把這話回了撫臺，請撫臺的示如何辦理。黃撫臺道：「這是他自取其辱，好好的在戲館裡看戲，怎麼會和人打起架來呢？看來也不是個安分之徒！現在既是我請得來的顧問官，要不把滋事的人辦一辦，連我面子也不好看。」洋老總連連稱是。後來縣裡仰承憲意，把滋事的人打了八百板，枷了三個月，總算完事。勞航芥，撫臺嫌他不懂德法兩國話，心裡本有些不自在，又因他在戲館裡打架不顧體統，透了一個信給洋老總，叫他自己辭了罷！勞航芥也只得拿了他千把銀子的程儀，跟幾個月薪水，回香港幹他的老營生去了。這才是乘興而來，敗興而返呢！

要知後事如何，且聽下回分解。

# 第五十一回　公司船菜單冒行家　跳舞會花翎驚貴女

做書的老例，叫做話分兩頭，事歸一面。於今縮回來，再提到勞航芥從香港到上海的時候公司船上碰著一位出洋遊歷的道臺。這道臺姓饒名遇順，號鴻生，他家裡很有幾文，不到二十歲上，就報捐了個候選道，引見之後，分發兩江，兩江是個大地方，群道如毛，有些資格深的，都不能得差使，何況他是個新到省的？饒鴻生想盡方法，走了藩臺的門路，知道藩臺和制臺是把兄弟，託他在制臺面前竭力吹噓，制臺卻不過情，委了他個保甲差使，每月一百銀子薪水。饒鴻生原是有錢的，百把銀子薪水那裡在他心上？不過要占個面子罷了。今番得了差使，十分興頭，上轅謝委之後，又趕著到藩臺那裡謝了一聲。到差之後，清閒無事，無非打麻雀，吸鴉片而已。差滿交卸，貼了若干銀子，都是饒鴻生應酬掉的。後來制臺知道饒鴻生是個富家子，又兼年紀輕，肯貼錢，又肯做事。此時南京立了個工藝局，開辦之後，製出來的貨物，總還是土樣，不能改良，因此制臺想派一個人到外國去調查調查有什麼新法子，回來教給這些工匠等，他們好棄短用長，順便定幾副緊要機器，以代人力。這個風聲傳了出去，便有許多人來鑽謀這個差使。制臺明知這趟差使，要賠本的，道班裡窮鬼居多，想來想去，還是饒某人罷，就下札子委了他，饒鴻生自是歡喜。後來一打聽，制臺只肯在善後局撥三千銀子以為盤費及定機器的定錢，在他人必然大失所望，饒鴻生卻毫不介意，趕著寫信到家裡匯出二萬銀子，以備路上不時之需。上轅謝委的那日，制臺和他談起，叫他到東洋調查調查就罷了，他回道：「東洋的工藝，全是效法英美，職道這趟，打算先到東洋，到了東洋，渡太平洋到美國，到了美國，再到英國一轉，然後回國。一來可以擴擴眼界，長長見識。二來也可以把這工藝一項，探本窮源。」制臺見他自告奮勇，也不十分攔阻，就說：「既如此，好極了。」

饒鴻生退了下去，揀定了日子，帶了一個翻譯，兩個廚子，四五個家人，十幾個打雜的，一大群人，趁了長江輪船，先到上海，到了上海，在堂子裡看上一個大姐，用五百塊洋錢娶了過來，作為姨太太，把他帶著上外國。過了兩日，打聽得日本郵船會社開船的日子，定了一間房艙，家人，廚子，打雜們全是下艙。不多幾天，到了長崎，換火車到大阪，又從大阪到東京。那時正值暮春天氣，各人身上穿著單袷，好不鬆快。在東京找了一家帝國大客店，搬進去住了，每天一人是五塊洋錢的房飯錢，連著馬車上上下下，一天總是百十塊。樓上自來火，電氣燈，什麼都有，每頓吃大餐，不像那些旅人宿，兩條貓魚，一碟生菜的口味了。可惜帶到日本的那位翻譯，只懂英國話，日本話雖會幾句，卻是耳食之學，殘缺不全，到了街上，連雇部車子都雇不了。饒鴻生大受其累，只得託人千方百計，弄了一位同鄉留學生，來替他傳話。那留學生要定十塊錢一天的薪水，饒鴻生只得答應著。於是一連逛了好幾天，什麼淺草公園上野公園，饒鴻生也都領略一二。最妙的是東京城外的櫻花，櫻花的樹頂，高有十幾丈，大至十多圍，和中國鄧尉的梅花差不多。到了開的時候，半天都紅了，到得近處，真如錦山繡海一般。士女遊觀，絡繹於途，也有提壺的，也有挈榼的，十分熱鬧。饒鴻生那裡經見過這種境界？直喜得他抓耳搔腮。又到各處工匠廠遊覽了一番，問明白了各種機器的形式，什麼價錢，一一都記在手摺上。又在紅葉館吃過一頓飯，卻作了個大冤，三四碟荳芽茶葉，五六瓶麥酒，招了幾個歌妓，跳舞了半點鐘，卻花到百十塊洋錢。饒鴻生有的是錢，也不甚措意。

在日本耽擱了十來日，心裡有點厭倦了，打聽得雪梨公司船是開到美國去的，便定了一間二十號的房間，買了一張二等艙票請翻譯去住，買了幾張亞洲艙的散票讓底下人等去住。那日清晨時分，就上了公司船，船上歷亂異常，摸不著頭路。後來幸虧翻譯和管事的說明白了，給了他個鑰匙，把二十號房間開了，所有鋪程行李，一件件搬進去。一看都用不著，原來公司船上的房艙，窗上掛著絲絨的簾子，地下鋪著織花的毯子，鐵床上絕好的鋪墊，溫軟無比，以外面湯檯，盥漱的器具，無一不精，就是痰盂也都是細磁的。饒鴻生心裡暗想：怪不得他要收千把塊錢的水腳，原來這樣講究，也算值得的了。翻譯見他布置妥當了，更無別事，便叫僕歐領著到自己二等艙裡，去拾奪去了。這裡上等艙每房都有一個伺候的僕歐，茶水飲食都是他來關照，又叮囑饒鴻生，船上的通例，是不准吸鴉片煙的，要是看見了吸煙的器具，要望海裡丟的。又說到了大餐間裡吃飯，千萬不可搔頭皮，剔指甲，及種種犯人厭惡之事。饒鴻生一一領會。到了中上，饒鴻生聽見噹的一響，接著噹噹兩響，饒鴻生受過翻譯的教，便站起身來，和他姨太太走到飯廳門口，看見許多外國人履聲橐橐的一連串來了。直等到噹噹噹的三響，大家魚貫而入，各人認明白各人的坐位。饒鴻生幸虧僕歐指引他坐在橫頭第四位，和他姨太太一並排，另外也有男的也有女的，船主坐了主席。少時端上湯來，大家吃過，第二道照例是魚，只見僕歐捧上一個大銀盆，盆裡盛了一條大魚，船主用刀叉將他分開了，一份份的送與在檯諸客。再下去，那些外國人都拿起菜單子來看，揀喜歡吃的要了幾樣，餘下也就罷了。這菜單後來到了饒鴻生手裡，那鴻生雖不識外國字，外國號碼卻是認識的，看見檯上連湯吃過了兩道菜了，便用手指著「三」字。值席的僕歐搖搖頭，去了不多一會，捧上個果盤來，原來那個三樣是果盤裡的青橄欖。饒鴻生漲得滿面通紅，僕歐因低低的對他說道：「你不用充內行了，我揀可吃的給你拿來就是了。」饒鴻生聽了甚為感激，卻不曉得是僕歐奚落他。少時，什麼羊肉、雞鵝肉飯點心，通通上齊了，僕歐照例獻上咖啡。饒鴻生用羹匙調著喝完了，把羹匙仍舊放在杯內，許多外國人多對他好笑。後來僕歐告訴他，羹匙是要放在杯子外面碟子裡的。咖啡上過，跟著水果。饒鴻生的姨太太，看見盤子裡無花果紅潤可愛，便伸手抓了一把，塞在口袋裡，許多外國人看著，又是哈哈大笑，饒鴻生只得把眼瞪著他。

出席之後，別人都到甲板上去運動，饒鴻生把他姨太太送回房間之後，便趿了雙拖鞋，拿著枝水煙筒，來到甲板上，站在鐵欄杆內憑眺一切。他的翻譯也拿著個板煙筒來了，和他站在一處，彼此閒談。忽然一個外國人走到饒鴻生面前，脫了帽子，恭恭敬敬行了一個禮。饒鴻生摸不著頭腦，又聽他問了一聲，翻譯說：「諾，諾，卻哀尼斯！」那外國人便啞然失色的走到前面，和一個光著腦袋的外國人嘰哩咕嚕了半天，同下艙去。饒鴻生卻不理會，翻譯側著耳朵聽了半日，方才明白。原來那問信的外國人，朝著饒鴻生說：「尊駕可是歸日本統屬的人？」翻譯說：「不是，是中國人。」原來他倆賭東道，一個說是蝦夷，一個說不是蝦夷。列公可曉得這蝦夷麼？是在日本海中群島的土人，披著頭髮，樣子汙糟極了。饒鴻生這一天在船上受了點風浪，嘔吐狼藉，身上衣服沒有更換，著實骯髒。船上什麼人都有，單是沒有中國剃頭的，饒鴻生每天扭著姨太太替他梳個辮子。他姨太太出身雖是大姐，梳辮子卻不在行，連自己的頭都是叫老媽子梳的，所以替老爺梳出來的辮子，七曲八曲，兩邊的短頭髮都披了下來，看上去真正有點像蝦夷，無怪外國人看見了他要賭東道，翻譯心裡雖然明白，卻不敢和饒鴻生說，怕他著惱。談了一回，各自散去。自此無話。

每到一埠，公司船必停泊幾點鐘，以便上下貨物，饒鴻生有時帶了翻譯上岸去望望，順便買些零碎東西。這公司船直走了二十多天，到了紐約海口，船上的人紛紛上岸。饒鴻生帶了家眷人口等，雇了馬車，上華得夫客店。這華得夫客店，是紐約第一個著名客店，一排都是五層樓，比起日本的帝國大客店來，有天淵之別了。饒鴻生把房間收拾妥當，行李布置齊整，把馬車雇好了，帶了翻譯，到街上遊歷了一回。翻譯說起此地有個美國故總統克蘭德的墳墓，十分幽雅。饒鴻生便叫翻譯和馬夫說了，馬夫加上一鞭，彎彎曲曲，行了一二十里，到了克蘭德的墳墓。當中一條甬道，四面林木蒼然，樹著一塊碑，除掉外國字之外，還有兩行中國字，是「美故總統克蘭德之墓，大清國李鴻章題」。饒鴻生看了，甚為詫異。後來問了翻譯，才知道李鴻章和克蘭德甚是要好，所以克蘭德死了，李鴻章替他題墓碑。二人徘徊了半天，天色漸漸陰暗，饒鴻生便和翻譯跳上了車，吩咐馬夫逕回華得夫客店。

馬夫答應了，不多一會，早到了華得夫客店，給了馬車錢上樓。剛到自己房間門口，只見一個僕歐模樣的在那裡指手劃腳的吵，旁邊站著許多家人小子，彼此言語不通，如泥塑木雕一般，呆呆望著。翻譯上前問明原故，原來饒鴻生的姨太太本是大腳，因為要做太太，只得把他纏小了，好穿紅裙。這回上了岸，落了店，老爺出去遊玩了，他閒著無事，便叫老媽，就著自來水，洗換下的腳帶，洗好了沒處曬，又特特為為叫一個家人到樓底下找著了一根自來水管子當竹竿用，把腳帶一條一條的搭在上面，把自來水管子伸出窗外去，好讓他乾。偏偏被僕歐跑來看見了，說他拿這種汙穢物件，曬在當街，實實在在不成規矩。當下翻譯勸了那僕歐幾句，叫老媽把腳帶收了進去，僕歐這才無言退出。自此饒鴻生戒謹恐懼的到處留心，連路都不敢多走一步，話都不敢多說一句。

※　※　※

看看住了十幾天，也曾去拜過中國駐美公使，並公使館裡參贊，隨員，翻譯學生那些人，人家少不得要請請他，他也還過幾回東，一回就是金圓一二百塊。原來美國金圓，每一圓要合到中國二圓二角九分，把錢花得和水淌一般，饒鴻生也不可惜。有天起身之後，接到一封華字信，是三個著名大商人在家裡開茶會，請他去赴會。饒鴻生要借此開開眼界，便答應了。到了時候，衣冠齊整，坐上馬車，到了那個商人家裡。一進門，便是十幾架一間的敞廳，廳上陳設的如珠宮貝闕一般，處處都奪睛耀目。廳上下電氣燈點的雪亮，望到地下去，纖悉無遺。那批霞諾的聲韻，斷續不絕。此時來赴會的人，中國外國，男的女的，老的少的，已經來了不少了。饒鴻生搶上前，和主人握手相見過了。主人讓他坐下，開上香檳酒，拿上雪茄煙來。饒鴻生身上穿的博帶寬衣，十分不便，一隻手擎了滿滿的一杯香檳酒，一隻手拿了一枝雪茄煙，旁邊僕歐劃著了自來火望前湊。饒鴻生見許多人在此，恐怕失儀，越怕失儀，越是慌得手足無措，幾乎把香檳酒打翻了，雪茄煙擲掉了。主人見他如此，笑了笑走開去了。少時，一人昂然而入，也穿著中國衣冠，原來是駐美公使館裡的黃參贊。饒鴻生和黃參贊會過多次，彼此熟識，今番見他到來，真如神童詩上所說的「他鄉遇故知」了，滿面堆笑，站起身來。黃參贊看見了他，也走過來和他見禮，二人並排坐下，饒鴻生這才有了話了，不似剛才鋸嘴葫蘆的模樣了。二人正談得高興，背後有個貴家女子，坐在那裡小憩，忽然覺得頭頸裡有樣東西，毛茸茸的拂了他一下，嚇了一大跳，仔細一想，這東西是很軟的，觸到皮膚上癢不可耐，正在思索，那東西又來了，定睛一看，卻是饒鴻生頭上戴的那支大批肩翎子，方始恍然大悟，連忙走開了。這裡饒鴻生坐了半天，看了一回跳舞，喝了一瓶酒，吸了兩支煙，看鐘上已指到十點鐘了，然後謝過主人，別了黃參贊，坐馬車回店。一宿無話。

到了第二日，黃參贊來約他去逛唐人街。唐人就是中國人，那條街上開張店鋪的，通通是中國人，也有茶坊，也有酒館，還有京徽各式的零拆碗菜。據說酒館裡，有什麼李鴻章麵，李鴻章雜碎那些名目，饒鴻生聽了，暗暗讚歎道：「此之謂遺愛在人。」逛過唐人街，隨便吃了一頓飯，黃參贊道：「饒兄，我帶你到一個妙處去。」饒鴻生欣然舉步，穿了幾條小巷，到了一個所在。兩扇黑漆大門，門上一塊牌子，寫著金字，全是英文。饒鴻生問這是什麼所在？牌上寫的什麼字？黃參贊道：「這就叫妙處。那牌子上寫的是此係華人住宅，外國人不准入內。」饒鴻生十分驚訝，黃參贊拖了他便去敲門。

欲知後事如何，且聽下回分解。

# 第五十二回 聞禁約半途破膽 出捐款五字驚心

卻說黃參贊把饒鴻生帶到一家人家的門口，卻是一座的小小樓房，石階上擺著幾盆花卉，開得芬芳爛漫。門上釘著一塊黑漆金字的英文小橫額。饒鴻生便問這幾個是什麼字？黃參贊道：「這幾個字，照中國解釋，是此係華人住宅，一概西人不准入內。」饒鴻生聽了，更是狐疑。黃參贊一面說話，一面去按那叫人鐘。裡面琅琅的一陣響，兩扇門早呀然而闢。一個廣東梳傭似的人問明他倆的來意，讓他倆進去。黃參贊在前走，饒鴻生跟在後頭，上了石階，推進門去。裡面的房間如蜂窩一樣，卻都掩上了門，門上有小牌子。饒鴻生這回卻認識了原來是一二三四的英文碼子。黃參贊揀一間第七號的，在門上輕輕叩了一下，門開了，他倆走進去。見正中陳設著一張鐵床，地當中放了一張大餐檯，兩旁幾把大餐椅子，收拾得十分乾淨。饒鴻生低低的問黃參贊道：「這是什麼地方？」黃參贊瞅了他一眼道：「頑笑地方，你還看不出形狀麼？」饒鴻生方才恍然大悟。二人坐下，又是一個廣東梳傭模樣的，捧了煙茶二事出來。不多一會，一掀簾子，進來一個廣東妓女，真真像袁隨園所說：「青脣吹火拖鞋出，難近都如鬼手馨」似的。饒鴻生早已打了兩個寒噤，半句話都說不出。黃參贊卻是嘻皮笑臉的和那廣東妓女窮形盡相的戲耍了一回。廣東梳傭又拿上酒來，一個年輕侍者，拿了過山龍進來開酒。那廣東妓女，先斟一滿杯給饒鴻生，饒鴻生嘗了一嘗，知道是香檳，不過氣味苦些，大約是受了霉了。侍者開完了酒，又進去拿出一盤糕餅之類，另外一碟牛油土斯。

黃參贊一面飲啖，一面說笑，十分高興。饒鴻生到了這個地步，就和木偶一般。那廣東妓女看他是個怯場的樣子，索性走過去，拿起香檳杯子，用手揪住饒鴻生的耳朵，把一杯酒直灌下去。饒鴻生被他這一把，耳朵痛澈骨髓，香檳酒骨都都灌下去，又是嗆，又是咳，噴得滿衣襟上都是香檳酒。黃參贊在一旁鼓掌大笑。饒鴻生心裡想，這不是來尋樂了，是來尋苦了。當下便催黃參贊回去。黃參贊置諸不理，禁不得饒鴻生催了幾遍，黃參贊只得起身，身上摸出一把金圓，給那廣東妓女。饒鴻生一眼覷上去，像是十個美國金圓的模樣。黃參贊整理衣服，那廣東妓女還替他扣扣子，又伸手把盤內碟內的糕餅，牛油土斯之類，拿了望饒鴻生衣襟裡塞。饒鴻生再推辭，黃參贊說，這是要領情的，饒鴻生無奈，只得讓他塞得鼓鼓囊囊的。那廣東妓女又狂笑了一陣，然後放他倆出門，出門之後，饒鴻生問，剛剛給他多少銀子？黃參贊說，不過十個美國金圓罷了。饒鴻生一算，十個金圓，差不多要二十二圓八角，便伸伸舌頭道：「好貴的茶圍！」黃參贊鼻孔裡嗤的冷笑了一聲，似乎有嫌他鄙吝的意思。饒鴻生覺得，隨口揑造了一句，說是要去拜某人某人，辭了黃參贊逕回華得夫客店。回到店裡，他姨太太迎著問他，衣裳上那裡來的這塊油漬？饒鴻生低頭一看，一件白春紗大褂，被牛油土斯的油映出來，油了一大塊，嘴裡說「糟了糟了」，趕忙脫下來收拾，把懷裡藏的糕餅掉了滿地。大家見了，不禁大笑。

又過了一日，饒鴻生算清了店帳，帶了全眷，上溫哥華海口去搭火車，買了兩張頭等票，買了一張中等票，又買了幾張下等票，把行李一一發齊了，直到黃昏時候，那火車波的一響，電掣風馳而去。那一天便走了四千四百里。火車上，頭等客位，多是些體面外國人，有在那裡斯斯文文談天的，有在那裡吸雪茄煙的，多是精神抖擻，沒有一個有倦容的。饒鴻生卻支持不住，只是伏在椅子上打盹，有些外國人多在那裡指指點點的說笑他，饒鴻生也顧不得這許多。到得後來，忽然喉嚨裡作響，要吐痰了，滿到四處，找不到痰盂。暗想日本火車上都是有痰盂的，為什麼這裡火車上就沒有了呢？虧得他聽見翻譯預先說過，說美國的禁例，凡是在馬路上吐一口痰的，到了警察署裁判所，要罰五百塊美國金圓，為著怕這人身上有疫氣，疫氣包在痰裡，吐在馬路上，乾在沙泥裡，被車輪一碾，再被風一吹，散播四方，這疫氣就傳染開了。話休煩絮。饒鴻生到此地位，只得在袖子內掏出一塊手巾，把這痰吐在手巾上，方才完事。

火車到得晚上，裡面都是電氣燈，照得通明雪亮，除掉沿路打尖之外，晚上一樣有床帳被褥，十分舒服。第二日，走了四千一百多里，第三日走了四千八百多里，第四日走了一千多里，更無話說。到了下午三點多鐘光景，火車到了溫哥華了，找了一個客店，暫時安歇。那溫哥華雖不及紐約克那樣繁華富麗，也覺得人煙稠密，車馬喧闐。客店裡服侍的人，都是黃色面皮，黑色頭髮，說起話來，總帶摃衣烏河的口音。問了問翻譯，說這些人都是日本人，饒鴻生方才明白。饒鴻生因為路上勞乏了，匆匆用過晚膳，倒頭就睡。到了第二日，忽然翻譯對他說道：「現在美國新立了華工禁約，凡是中國人，一概不准入口。就是留學生，遊歷官長，不在禁約之內，然而搜查甚嚴。翻譯既然打聽到了這個消息，不得不來通知大人，請大人如何斟酌一下子罷。」原來饒鴻生在兩江制臺面前告奮勇的時候，不過是個一鼓作氣，他說要遊歷英法日美四國，不免言大而誇，奉札之後，不禁懊悔，如今看看家鄉匯出來的二萬銀子，只賸三四千了，火車上既受了跼蹐的苦，輪船上又受了搖播的苦，他的姨太太天天同他聒噪，說他不應該充這樣的沒頭軍，心裡正自十五個吊桶打水，七上八下。這天又聽了翻譯告訴他的美國華工禁約的話，不覺涼了大半截。正在搔頭摸耳，肚裡尋思的時候，管家又來說：「晚兒姨太太吃晚飯的時候，多要一客鐵排雞，今天客店裡開帳，要多收十塊美國金圓，姨太太不依，和他鬧著，他現在請出管事，要和大人理論。」道言未了，一個美國人穿著一身白，耳朵旁邊夾著一支鉛筆，把眼睛睜得大大的，鬍子蹺得高高的，一見了饒鴻生面，手也不拉，氣憤憤說了一大套話。饒鴻生茫然不解。翻譯在旁邊告訴饒鴻生道：「他說他店裡的酒菜，都是有一定價錢的，不像你們中國人七折八扣，可以隨便算帳。你是個中國有體面的人物，如此小器，真真玷辱你自己了。況且你既然要省儉，為什麼不住在叫化客店裡去。我看你，我們這裡你也不配住。」翻譯說完了，饒鴻生氣得昏天黑地，一面叫人照著他的帳給，一面叫人搬行李上別處客店裡去，不犯著在這裡受他的排揎。管家答應著，退出去收拾行李。

饒鴻生尋思了半晌，打定主意，轉過頭來問翻譯道：「今天有什麼船開沒有？」翻譯說：「今天早上看過報，有一條英公司的皇后輪船，是回日本的，要到法國，明天才有船開。」饒鴻生道：「我正是要搭日本船，這皇后船很好，請你快替我去寫票子，定房間。」翻譯驚道：「大人為何不上法國，要回日本？」饒鴻生道：「不瞞你說，這回制臺原派我到日本查察工藝的，是我自己告奮勇要到英法美三國，現在辛苦也受夠了，氣也灌滿了，錢也用完了，不回去怎麼樣？」翻譯道：「大人回去，怎樣銷差呢？」饒鴻生道：「你剛才不說是美國定了華工禁約麼？我就可借此推頭了。」翻譯默然無語，退出照辦。饒鴻生又到裡邊安慰姨太太，說管事的被我訓斥了一頓，如何如何，他姨太太聽了，把氣才平下去。到了下午，翻譯回來了，說定了第二號房間，以及客艙下艙等等，今晚就要開船的。饒鴻生聽了點點頭。到得中飯後，饒鴻生和他姨太太，同坐了一部馬車，另外翻譯同著管家等跟在後面，管家為著行李太多了，叫了部為格乃，這為格乃是外國裝貨的車子，把行李堆放好了，一個個都爬上去，翻譯也只得跟著爬了上去，那管家特特為為讓出中間一塊地方，請師爺坐。兩部車，轔轔蕭蕭的望英國公司皇后輪船而去。

這皇后輪船，在太平洋裡走了十一日，起初還平穩，後來起了風浪，便搖播不定了。有一晚，天氣稍些熱了，饒鴻生在房間裡悶得慌，想把百葉窗開了，透透空氣。當下自己動手拔去銷子，把兩扇百葉窗望兩邊牆裡推過去。說時遲，那時快，一個浪頭，直打進房間裡來，就如造了一條水橋似的。饒鴻生著了急，窗來不及關了，那浪頭一個一個打進來，接連不斷。饒鴻生大喊救命，僕歐聽見，從門外鑽將進來，狠命一關，才把窗關住。再看地下，水已有四五寸了。饒鴻生身上跟他姨太太身上，不必說自然是淋漓盡致。那僕歐也濺了一頭一臉的水，撩起長衫，細細的揩抹，嘴裡說：「先生！你為何這樣鹵莽？船上的窗，豈可輕易去開的？虧的窗外面有鐵絲網，要不然，連你的人都捲了去了！」饒鴻生自知不合，只得漲紅了臉，聽他埋怨，一面又央著他，把房間裡地下的水收拾乾淨，許另外謝他錢，僕歐答應。又叫起管家們，七手八腳的，拿房間裡水用器具舀完，僕歐自去。管家們來看被褥，見是精潮的了，先把他捲出去，然後請大人和姨太太換衣裳，鬧了一宵，次日闔船傳為笑話。

又有一夜，饒鴻生正睡得熟，忽然天崩地塌的一聲響亮，把饒鴻生嚇得直跳跳起來，說：「不好了！怕是船觸了暗礁了！」他姨太太也從夢裡驚醒，聽見說船觸了暗礁，這是大家性命都不保了，不覺啼哭起來。後來側耳一聽，外面無甚動靜，方才把心放下。一會兒乒乒乓乓的聲響，一時並起，估量大約是些玻璃的碗盞器具碎了。饒鴻生便不敢睡，和他姨太太坐起來，把值錢的珠寶之類捆在身上。饒鴻生暗想，日裡船旁邊掛的那些救生圈，可惜不曾拿他一個進來，以備不虞。好容易熬到天明，船上人都起來了，饒鴻生差人到外邊去打聽，原來昨夜風浪太大，一個浪頭衝過船面，把張鐵梯子打斷了，這力量也就可想而知了。饒鴻生自經兩次驚嚇，這「乘長風破萬里浪」的思想，早丟入爪哇國裡去了，一心只盼幾時回國。

直到十二這天，船到了日本橫濱，饒鴻生興致復豪，住店，拜客，遊園，那些事都不必細說。有天到大街上，找著一個象牙雕刻鋪，雕刻的十分精巧，裡面也有圖章之類，饒鴻生見景生情，便走上去買了一塊圖章，要他鐫「曾經滄海」四個字，日本象牙鋪裡的人，中國話雖不會說，中國字卻是個個人認得的，當下看他寫了這四個字，便將他上上下下估量了一回，笑著，和自己的夥計咕嚕了一會，夥計也笑笑。饒鴻生還不知道為什麼，又在紙上寫明白了明天要，象牙鋪掌櫃的點了點頭。饒鴻生走出了象牙店的門，又去買了許多另碎東西，什麼蟬翼綯，蟬翼葛之類，方才回寓。自古道：「福無雙至，禍不單行」，有一天黃昏時候，有兩三個都是學生打扮的中國人，辮子早剪去了，為頭一個，拿了本簿子，見了饒鴻生的面，便問你姓饒麼？饒鴻生怔了一怔。學生說：「大約是了，很好很好。」又說：「我是淬志會的會長。」又指著那兩個學生道：「他們是淬志會的會員。現在我們會裡缺了經費，所以來找你，要你捐個一千八百。」饒鴻生道：「足下，這個會在什麼區，什麼町，還是官立的，還是民立？我兄弟一時尚摸不著頭腦，叫人家如何肯捐錢呢？」那學生不禁動火，罵道：「你們這班牛馬奴隸，真真不識好歹，難道我們還來謊騙你不成？我們的會，也不是官立的，也不是民立的，是幾個同志的贊成的，你連這個不曉得，還出來遊歷嗎？」饒鴻生被他罵得無言可對，只是摩肚子。那些學生有做紅面的，有做白面的，無非要饒鴻生捐錢。饒鴻生說：「他罵了我了，我還捐錢給他們用，我不是拿錢買他們罵嗎？」執意不肯。翻譯知道了，趕進來，拿饒鴻生拉到一間祕密房間裡說：「大人不如破費幾個罷，他們不好惹的。」饒鴻生道：「我怕他怎的？」翻譯說：「大人要是不肯破費，到了夜裡，他們差人來把大人的辮子剪了，看大人怎樣回國？所以有些遊歷官長，碰著他們來捐錢，總得應酬他，這個名堂，叫做辮子保險費。」饒鴻生無法，只得拿出一百塊錢來，那學生還是不依，翻譯橫勸豎勸，算把學生勸走了。饒鴻生到此，更覺意興闌珊。

欲知後事如何，且聽下回分解。

# 第五十三回　風光在眼著書記遊　利慾薰心當筵受騙

話說饒鴻生在日本東京，被滓志會學生捐掉一百塊洋錢，又受了許多氣惱，心中悶悶不樂。翻譯勸了他幾句，也就走開了。饒鴻生前回在日本，為著急於要赴美洲，耽擱得五六天就動身的，不過到了淺草公園上野公園等處，略略遊覽而已。今番閒著無事，鎮日坐著馬車，一處一處的細逛。有天到了不忍池，這不忍池旁邊，列著許多矮屋，據說就是妓館。從前妓館是在新橋柳橋等處的，現在改了地方了。緊靠著不忍池有座著名酒樓，叫做精養軒，這精養軒就和中國上海的禮查外國飯店差不多。饒鴻生初次開眼，到了精養軒，揀了一間房間坐下，侍者送上菜單。饒鴻生便說：「近日大餐吃膩了，還是吃日本菜罷。」侍者答應，自去預備。不多時，用盤子托了上來，是五六個乾鮮果品碟子和點心之類，另外一副鍋鑪。侍者把鑪子架好了，安上鍋子，生起火來，燒得水滾，在鍋子裡倒下一個生雞蛋，又進去搬出一大盆生雞片。翻譯便和饒鴻生用木筷夾著生雞片，在鍋子裡燙著吃，倒也別有風味。侍者打量饒鴻生是有錢的主顧，能夠化幾文的，暗地裡叫了串座的幾個歌妓，趷進那間房來。饒鴻生正喝了幾玻璃杯麥酒，有些醉醺醺，看這些歌妓，都是紅顏綠鬢，不知不覺的把興致鼓舞起來，叫他們彈唱。一個歌妓，抱了一個絃子似的樂器，據翻譯說，叫做三味線，彈得瑽瑽琤琤的。還有一個歌妓，拿著兩塊板在那裡，一上一下的拍，以應音節。那兩個歌妓唱將起來，饒鴻生聽了聽，雖不懂他們唱的是什麼，倒也渢渢移人。彈唱完了，一個歌妓拿出盤子討賞，饒鴻生低低的問翻譯，要給他們多少錢，翻譯說：「至少要三十圓日幣。」饒鴻生也不介意，伸手在衣袋裡摸出三張鈔票，每張十圓日幣，歌妓得了賞，攜了樂器，咭咭咯咯的又到別個房間裡去了。饒鴻生吃了一會，侍者拿上飯來，是個小木盒子，打開一看，上面一塊鰻魚，底下盛著雪白的飯。饒鴻生和翻譯略略吃了些。撤去殘肴，泡上一小壺茶。茶壺是扁圓式的，茶杯和中國廣東人吃烏龍茶用的差不多，茶的顏色卻是碧綠的。飲過了，侍者送上帳單。饒鴻生給過了錢，出得精養軒，逕奔後樂園。

園裡頭松檜參天，濃陰如蓋，有許多假山石，堆的玲瓏剔透。翻譯告訴他道：「這園是水部藩源光造的，替他打圖樣的，是中國明朝人，叫做朱舜水。朱舜水是浙江餘姚人，明末清初到得日本，就住在這園裡，足不出戶，造了座得上堂，牆上刻著伯夷叔齊的像，日本都很敬重他。」饒鴻生聽了，點頭歎息，二人就揀一塊太湖石上坐下歇腳，看那男男女女的遊人。坐了好些時，方才回去。饒鴻生在精養軒雖化了幾十塊冤錢，在後樂園倒明白了一樁古典，不能說得不償失了。回到寓裡，看錶上還不過四點多鐘，天已經黑了。饒鴻生心上詫異說：「這種時候，我們中國總要七點多鐘才天黑，怎樣他這裡四點多鐘就天黑了呢？」實在想不出緣故來。等到夜裡，睡了不多時就天亮，再看錶，只得兩點多鐘。後來問起翻譯，方知道是日輪旋轉的緣故。翻譯並說：「要是到俄羅斯聖彼得堡去過冬天，每天兩點鐘後就天黑了，夜裡一點鐘前就天亮了。為著俄羅斯在北極底下，冬天日輪在黃道出來，是一直的，所以天黑得早，天亮得快，不比夏天日輪要從赤道慢慢地繞過來。」饒鴻生聽了，十分佩服。心裡想，我回了國，總要做一部出洋筆記，就是自己不能動筆，也得請人幫忙，把翻譯這些話載在上面，人家看了，一定當是我見解出來的，不怕那些文人學士不恭維我？心裡想完了，面有得色。

過了一日，帶了翻譯去逛日光山，在上野搭了早班火車，不到三個時辰，到了日光山。日光山下，就是德川將軍家廟。廟裡金碧輝煌，耀人耳目，廟後就是德川將軍的墳墓，走上去有三百多層。二人鼓勇前進，到得下來，已經筋疲力盡了。當夜就住在金谷客寓裡。這金谷客寓，純是外洋式子，背後一條港，清澈見底，面前就是那座日光山，憑欄瞻眺，心神俱爽。等到睡在枕上，山上泉水的聲響，猶如千軍萬馬一般，良久良久方才入夢。第二日一清早，出得金谷客寓，要想雇車子，卻只有小車，是用人拉的，就是目下上海的東洋車子，一人坐了一輛，沿著日光山的山澗緩緩而行。山澗裡的水飛花滾雪，十分好看。走了約有半里，接著一條大橋，橋對過有石頭刻成的十幾尊佛像，笑容可掬，像活的一樣，二人又細細的賞鑑了一回。又走了一里多路，是一個鄉鎮了，田裡種著菜，籬笆裡栽著花，大有「雞犬桑麻」光景。又走了兩三里，到了山裡了。抬頭一看，千巖萬壑，上矗雲霄，兩旁邊古木叢生，濃陰夾道，老遠就聽見瀑布聲響。再進去，路就滑澾了。路旁還有塊名勝地方，叫做馬返，有亭臺，有樓閣，一個小池子，池子裡的水清得什麼似的，蘋蘩蘊藻，交相映掩，兩旁碗口大的黃菊，開得芬芳燦爛。過了馬返，路更來得曲折了。車夫低著頭，拱著背，和螞蟻一樣的在地下爬，爬了多時，方才到得頂上。有叫做劍峰的，有叫做華巖的，華巖上更有一樁奇景，就是瀑布，有二十多丈寬，七十多丈長，望上去煙雲繚繞，底下潽騰澎湃，有若雷鳴。另外有塊大石碑，碑上刻了是華巖瀑布歌，是一個日本人做的，字有拳頭大小。看過了瀑布，轉到中禪寺，莊嚴潔淨，迥異尋常。又上望湖樓，四面多是鐵欄杆，十分精巧。看官，你們想，山上怎麼會有湖呢？不是大漏洞麼？原來這湖本來是個山凹，瀑布流下去，經年不斷，久而久之，就成了一條大湖，前後有十八里路長，有些人都撐了小划子在湖裡釣魚，也是天然圖畫。二人隨便買了點吃食，聊以充飢。饒鴻生想著了儒林外史馬二先生，見了西湖，說出「載華嶽而不重，振河海而不洩，萬物載焉」三句四書來，不禁歎古人措詞之妙。徘徊半晌，竟有流連不忍去的光景。翻譯催了幾次，方才尋著原路下山，回來做成了一首七絕詩，珍重藏好，說將來可以刻在出洋筆記的後面，人家看見了，少不得稱讚他雅人深致。

於今閒話休提。再說饒鴻生在日本約摸有半月光景，有些倦遊了，揀定日子啟程回國。搭的那隻船，住的艙，與安徽巡撫請去做顧問官的勞航芥緊靠著隔壁，一路無語，到得登州左近，陡起風浪。饒鴻生是嚇怕的了，慌得一團糟，他姨太太更是膽小，無可奈何，拉著他跪在艙裡，求神佛保佑，偏偏被勞航芥看見了，這叫做敗露無形。等勞航芥到上海起岸，他已換了江船，逕往南京，第二天就上制臺衙門稟明半路折回之故。制臺也接著外洋的電報，曉得有禁制華工一事，事關大局，自然不能說什麼，少不得要慰勞幾句，這是官場通套，無庸細談。

※　※　※

於今再說南京城裡有個鄉紳，姓秦單名一個詩字，別號鳳梧，他老子由科甲出身，是翰林院侍讀學士，放過一任浙江主考，後來就不在了。他自己身上，本來是個花翎同知，那年捐例大開，化上數千金，捐了個候選道，居然是一位觀察公了。這秦鳳梧雖是觀察公，捐官的時候未曾指省，沒處可以候補，不過頂戴榮身罷了。他卻興頭的了不得，出來拜客，一定是綠呢四人轎，一頂紅傘，一匹頂馬，一匹跟馬，回來還要兜過釣魚巷，好嚇那些釣魚巷裡的烏龜，自有那班無恥下流去趨奉他，秦大人長，秦大人短，秦鳳梧居然受之無愧。南京城裡，正經官場都不同他來往，有些有腿無褲子的窮候補，知道他拿得出幾文錢，常常和他親近親近，預備節下年下，借個十兩二十兩。這鳳梧的功名如此，志向如此，交遊如此，其餘亦可想而知的了。一天到晚，吃喝嫖賭，一打麻雀，總是二百塊錢一底，有常和他通問的幾個朋友，一個是江寧候補知縣，名字叫做沙得龍，是位公子哥兒，大家替他起了個號，叫做傻瓜。一個銅圓局的幕友，名字叫做王祿，大家都叫他做王八老爺。還有兩個候補佐雜，都姓邊，人家叫他倆做大邊、小邊。這四個人是天天在一塊兒的。秦鳳梧生來是闊脾氣，高了興大捧銀子拿出來給人家用，人家得了他的甜頭，自然把他捧鳳凰一般捧到東，捧到西，不上兩年，秦鳳梧的家私，漸漸的有些銷磨了。

有一個江浦縣的鄉董，叫做王明耀的，為人刁詐，地方上百姓怕得他如狼似虎，王明耀卻最工心計，什麼錢都會弄，然而卻是湯裡來，水裡去，白忙了半世，一些不能積蓄。這卻是什麼緣故呢？原來他於別的事上，無一件不明白，無一件不精明，只要一入嫖賭兩門，便有些拿不定主意。他每月總要南京來幾趟，大概在秦淮河釣魚巷時候居多，無意中認識了秦鳳梧，彼此十分投契。有天在一個妓女玉仙家裡大排筵宴，自然少不了秦鳳梧，席間談起時事，什麼造鐵路，開礦，辦學堂，遊歷東西洋那些事，王明耀心中一動，便拉秦鳳梧在一間套房裡和他附耳密談，說現在有樁事是可以發大財的，借重你出個面，將來有了好處，咱們平分秋色何如？秦鳳梧忙問什麼事？王明耀道：「我們縣裡，有一座聚寶山，山上的產業，一大半是我的。前兩個月有個人挽了我們親戚同我來說，說上海什麼洋行裡有個買辦，場面也闊，手頭也寬裕，他認識一個洋人，是個著名的礦師。這礦師，不多幾時，到內地來遊歷過一次，帶便到各處察看察看礦苗。路過聚寶山，他失驚打怪的說：『可惜！可惜！』通事問他什麼事情可惜？他說：

『這聚寶山上的礦苗浮現，開出來是絕好一個大煤礦，不輸於開平漠河兩處。』他回去之後，便打主意，要想叫那買辦出面，到南京來稟請開採。那買辦為著南京地方情形不熟，怕有什麼窒礙地方，說必得和地方紳董合辦，方能有就。所以東託人，西託人，竟託到我這裡來了。你想江浦縣是我的家鄉，我又是那裡的鄉董，除掉我，他還能夠找什麼人蓋過我去？自然要儘我一聲。我想與其叫他們辦，不如咱們自己辦，咱們只要找個闊綽的人出面，以地方上的紳士，辦地方上的煤礦，上頭還有什麼不准的麼？我的朋友雖多，然而都靠不住，左思右想，就想起你老兄來了。你老兄是書香世族，自己又是個道臺，官場也熟悉，四面的聲氣也通，如今只要你老兄到制臺那裡遞個稟帖，說明原委，制臺答應了，以下一切事情都現成。」秦鳳梧沉吟道：「制臺答應這樁事，託了人諒沒有做不到的，底下一切事情現成，這句話靠得住靠不住呢？」王明耀把臉一板道：「你又來了。咱們弟兄相好，也非一日，我要是安心把木梢給你掮❶，我還成個人麼？我說底下一切事情現成，是制臺答應了再到縣裏請張告示，有這兩樁實在的憑據，人家有不相信的麼？人家一相信，又聽見煤礦裏有絕大的利益可霑，叫他們入些股，他們自然願意。況且這山上又大半是我的產業，你是知道的，也不用給什麼地價，只要到外洋辦一副機器，就可以開辦起來。如果怕沒有把握，何妨到上海去先會會那位礦師，和他訂張合同，請他到山照料，將來見了煤，賺了錢，怎樣拆給他花紅，怎麼謝給他酬勞，他答應了，連機器也可以託他辦，豈不更簡捷麼？」秦鳳梧聽了王明耀這番花言巧語，不覺笑將起來，說：「你老哥主意真好，兄弟佩服得很！於今一言為定，

❶ 掮木梢：做上當的事。

咱們就是這樣辦。」王明耀道：「這也不是一天半天的事，咱們還得訂張合同，然後擬章程，擬稟稿，也得好幾天工夫呢！如今且去吃酒。」說罷，便把秦鳳梧拉了出來，等請的那班朋友到了，依次入座。秦鳳梧今天分外高興，叫了無數的局，把他圍繞在中間，豁拳行令，鬧得不亦樂乎。一直頂到二更天，方才散席，謝過王明耀，自坐轎子回去。

王明耀第二天就下鄉去了。秦鳳梧一等等了好幾日，王明耀那裡竟是音信全無，心裡不覺焦躁起來。過了十來天，王明耀方才上省，到他家裡。王明耀一見面，就說這事情苦了我了，然而還算妥當。秦鳳梧忙問怎麼樣了？王明耀道：「鄉下已經弄停當了，專等你省裡的事了。」秦鳳梧道：「這裡容易，你去的第二天，我就把稟稿弄出來了。」說罷，叫管家到太太房裡，把一卷白紙外面套著紅封套的東西拿出來，管家答應一聲是，不多時取到了，秦鳳梧一面叫人泡茶裝煙，一面把稟稿遞到王明耀手中，王明耀接過稟稿，在身上掏出一副老花眼鏡來戴上，才把稟稿打開，息容屏氣的往下瞧。

欲知後事如何，且聽下回分解。

# 第五十四回 改稟帖佐雜虛心 購機器觀察快意

話說王明耀接過了秦鳳梧請開江浦縣煤礦的稟稿，出神細看，看完了一遍，不住搖頭晃腦的道「好」，說：「到底是你老兄的大才，要是兄弟，一句都弄不出來。」秦鳳梧道：「別罵人罷！」王明耀道：「你這稟稿，請教別人斟酌過沒有？」秦鳳梧道：「沒有。」王明耀道：「前兒同席的那位邊老大，他官場已多年了，情形熟悉得很，筆下也來得，你何不找他來斟酌斟酌呢？」一句話提醒了秦鳳梧，忙叫管家到石壩街邊大老爺公館裡去，請邊大老爺就過來，說：「江浦的王老爺在這兒等他說話。」管家答應去了。秦鳳梧又把管家叫回來，說是邊大老爺不是邊二老爺，你別弄錯了。管家說：「小的知道。」去了不多時刻，大邊來了，穿著天青對襟方馬褂，足下套著靴子，不過沒有戴大帽子罷了。見了面，請了一個安，又和王明耀作了一個揖。秦鳳梧請他坐了，送過了茶，大邊就說道：「聽得老憲臺傳喚卑職，不知有什麼吩咐？」秦鳳梧指著王明耀道：「我們這位王大哥，要和兄弟合辦一樁事情，現在胡亂擬了個稟稿，想請人斟酌斟酌，王大哥提起你老兄一切都熟，所以奉屈過舍，替兄弟刪潤刪潤。將來事成之後，還要借重大才。」大邊道：「不敢，不敢，卑職實在荒疏極了，那裡配改憲臺的鴻著？既承憲臺不棄，將稟稿賞給卑職瞻仰瞻仰，藉此開開茅塞。」王明耀見他們如此客氣，在旁插嘴道：「算了吧，老邊不用囉嗦了，咱們現在都是自家人了。」於是隨手把稟稿遞給他，他站起身來，恭恭敬敬的捧過一旁，攤在下面桌子上，一字一板的念了一遍，連連稱讚，說：「憲臺見識究竟不同。」秦鳳梧忙問：「有什麼可以刪改的地方沒有？」大邊說：「實在沒有。」秦鳳梧知道他客氣，叫管家送過筆硯說：「還是不要客氣的好。」大邊那裡肯動筆。秦鳳梧說之至再，王明耀也在旁邊幫著說，大邊這才把筆提在手裡，仔仔細細的望下看。剛巧有一個「蹈」字，秦鳳梧寫錯了，寫了個「跌」字，大邊在旁邊恭楷註上一個「蹈」字，把秦鳳梧寫的那個「跌」字四周圍點了一圈點子，就把筆放下，送了過來。秦鳳梧當是真個無可更改，心中十分得意。王明耀說：「邊老大的楷書寫得好，你何不就請他謄正呢？」秦鳳梧說：「是極。」拿過白摺套好格紙，又讓大邊脫馬褂。大邊到此，知道文案一席，賽如下了定錢了，便把馬褂脫去，研得墨濃，蘸的筆飽，息心靜氣的寫起來。秦鳳梧叫管家好好的伺候邊大老爺，要茶要水，不可怠慢，一面同王明耀說道：「我們到裡間去說話罷，不要在這裡攪他。」王明耀道：「是極，是極。」

一面二人同到裡間，原來是個套房，收拾得很清雅。還有一張煙炕，陳設著一副精緻煙盤。王明耀道：「你也弄上了這個了嗎？」秦鳳梧道：「不，我原是給朋友預備的。」王明耀點點頭，就在炕上坐將下來。管家點上煙燈，王明耀歪下去燒著頑。秦鳳梧在一旁和他說話，外間大邊足足寫了兩點多鐘，方才寫好，卻累得他渾身是汗。管家打上手巾把子，大邊擦過臉，方才拿著謄清稟帖進來，卑躬屈節的站在地當中，說請憲臺過目。秦鳳梧又讓他坐下，接過稟帖來，看了一看，說：「老兄的書法勻整得很，的是翰苑之才，為什麼就了外官？可惜了！」大邊說：「憲臺休得見笑。」秦鳳梧看過收好，吩咐廚房裡端整晚飯，留王明耀大邊小酌。三人談談說說，到了掌燈時候，廚房裡送出菜來，雖是小酌，卻也十分豐盛。王明耀是老奸巨猾，一路談談說說，席上生風，大邊卻一遞一聲的「老憲臺」，叫得個個人肉麻。

秦鳳梧讓了他好幾遍說：「我兄弟現在一不在官，二不在缺，候補尚無省分，與老兄無關統屬，這樣客氣，太見外了，以後咱們還要在一塊兒辦事，總不能用這樣的稱呼。」王明耀在旁邊道：「是呀！咱們這個礦，要是辦成了，得立個公司，公司裡最要緊的，是和洋人打交道的翻譯，翻譯下來就要算到文案了。現在雖無眉目，說聲公事批准，就要把局面撐起來的。邊老大才情很好，一切又都在行，咱們將來公司裡的文案一席，何不就請了他呢？」秦鳳梧道：「好是好，只怕這位老兄不肯小就罷？」大邊聽了，連忙站起說道：「這是卑職求之不得的，憲臺如肯見委，將來無論什麼事，無有不竭力的。」秦鳳梧道：「剛剛我們說不興叫憲臺，你又犯了規了。」大邊湊趣道：「既如此說，就稱觀察罷，剛才的確是晚生犯了規，就罰晚生。」說罷，端起一大杯酒，咕都都一飲而盡。王明耀拍手道：「爽快，我也來陪一杯。」王明耀陪了一杯，秦鳳梧做主人的少不得也要喝一杯，一時酒罷，王邊二人叫賞飯。大家用畢，盥洗過了，王明耀要走。秦鳳梧道：「何不住在這裡呢？」王明耀道：「不，我還要到一個地方去。」秦鳳梧道：「我知道了，一定是到釣魚巷找你老相好去？」王明耀道：「也論不定，說走就走。」秦鳳梧道：「慢著慢著，叫人點燈籠送你去。」王明耀道：「南京城裡大街小巷，我那條不認得，還要你們送？你們送我倒不便了。」說著嘻嘻哈哈，已經出了門檻了。秦鳳梧趕忙相送。送過了王明耀，大邊也要回去，秦鳳梧叫管家點燈籠，管家道：「邊大老爺的管家，早拿了燈籠，在門房裡候了半天了。」秦鳳梧又把大邊送出，回到裡邊安寢。

到了明日，秦鳳梧尋著了一個制臺衙門裡的當權幕友，託他從中為力，稟帖進去之後，如蒙批准，將來一定重酬，打點好了，方才上稟帖。稟帖進去之後，約有半個多月，杳無音信。秦鳳梧又去拜張良，求韓信，抄出批來，是仰江浦縣查勘屬實，再將限本呈驗，然後給示開辦各等語。秦鳳梧不勝之喜。這個時候，南京城裡已經傳遍了。秦鳳梧一面招股，一面請王明耀打電報到上海洋行裡去，聘請那位礦師到來。礦師叫做倍立，據說在外國學堂裡得過頭等卒業文憑的，自接著了王明耀和秦鳳梧的電報，就覆了一個電報，問他還是獨辦，還是合辦，王明耀又覆了個電報，說是俟到寧再議。倍立就有些不耐煩，說：「中國人辦事，向來虎頭蛇尾，我儻然到了那裡，他們要是不成功，我豈不白費盤纏？」就叫通事切切實實寫了一封信說：「這趟到了南京，要是礦事不成功，非但來往盤纏要他們認，而且要照上海洋行裡大班的薪水，有一天算一天。如能應允，就搭某日長江輪船上水，如不能應允，請給一回音。」這封信去後，不到一禮拜，回信來了，說「准其如此。」

倍立當時帶了通事張露竹，逕赴南京。到了下關，輪船下了錠，早有秦鳳梧派來的人跳上輪船，問帳房可有個上海來的洋人叫倍立的。帳房回說：「那倒不知道。」剛剛被張露竹走過聽見了，便迎上去，說明一切。那人連忙陪笑說道：「原來是翻譯老夫子。」張露竹最乖覺，就問足下和秦觀察是什麼稱呼？那人說：「在下姓邊，家兄是秦觀察那裡的文案，兄弟不過在那裡幫幫忙就是了。如今奉秦觀察的吩咐，特特為為來接二位的。」張露竹道：「好說，好說。」小邊就叫「來啊」，一聲「是」，來了兩個管家。小邊說：「挑子來了沒有？」管家說：「來了。」小邊說：「張老夫子，請先引兄弟去見見貴洋東。」張露竹在前，小邊在後，見了倍立的面。張露竹翻著外國話，說明來歷，倍立和他拉了一拉手，小邊問一共有幾件行李，交給兄弟就是了，張露竹於是一件一件點給小邊看。小邊在身上掏出鉛筆，記明在袖珍日記簿子上，又說敝東備有轎子，請二位上轎罷！倍立和張露竹謝了一句，出了輪船，坐上轎子，進城去了。這裡小邊把行李發齊了，自己押著，隨著一路進城。

倍立和張露竹到了秦鳳梧家裡，秦鳳梧早已收拾出三間潔淨屋子，略略置備了些大餐桌椅，又在金陵春番菜館裡借了一個廚子來做大菜，供給倍立。此刻秦鳳梧家裡，什麼大邊小邊王八老爺，都在那裡，熱鬧非常。秦鳳梧、王明耀和倍立見面，都是由張露竹一人傳話。秦鳳梧取出批稟給倍立看，倍立久居中國，曉得官場上的情形，看過批稟上印著制臺的關防，知道不錯。因和秦王二人商量辦法。商量了許久，商量出個合辦的道理來。股份由倍立認去一半，其餘一半，歸秦王二人，將來見了煤，利益平分，誰也不能欺瞞誰。現在用項，由秦王二人暫墊，等倍立銀子到了，再行攤派。當下五、六個人磋磨了一兩日，才把合同底稿打好，大邊寫中文，張露竹寫西文，彼此蓋過圖書，簽過字，倍立收了自己一份，又到駐寧本國領事那裡去說明了。大家見秦鳳梧上頭的公事又批准了，洋人又來了，入股的漸漸的多起來了。原定是二十萬銀子下本，倍立認去十萬，秦王二人只要弄十萬就是了。不到半月，居然也弄到四萬銀子。秦鳳梧把自己的積蓄湊了兩萬，又把些產業押掉了押了兩萬，約摸也差不多了。王明耀把山作抵，抵了兩萬銀子。其餘的，說是幾時要，幾時有。秦鳳梧看這事有些眉目了，方才放心。一面就在自己門口，掛上一塊寶興煤礦公司的牌子，刻了幾千份章程股票簽字簿之類，也化了若干錢。倍立和秦王張這些人，又定出了大家的薪水，倍立是總礦師，每月五百兩，張露竹一百兩，秦鳳梧正總辦，王明耀副總辦，每人三百兩，大邊文案，六十兩，小邊王八老爺當雜差，每人三十兩，從下月一號起薪水，大家都歡欣鼓舞起來。

倍立接連拜了幾天客，又上了幾天山，不但是江浦縣，連南京一省都看過了。回來寫出一篇外國字，張露竹替他翻出中文，說是：

江寧上元縣城東三十里棲霞山。　煤礦。　苗不旺，礦床在粘板巖中，厚不過六尺，質不佳。　運道近，離水口約三里。　下等。

上元縣東南三十里銅夾山。　銅礦。　礦苗旺，床露頭甚大，質係粘土，察似佳礦。開掘試驗，方有把握。　運道，附近寧滬鐵路。　上等。

上元縣城東附郭鍾山。　全山皆石灰巖，可資建築之料，玉石亦多，並無礦產。

上元縣西北二十五里十二洞硃砂礦。　粘板巖，中含紫褐質，似硃砂。礦須開掘化驗，方知確實。　下等。

上元縣興安山，寶華山，排頭山，湖山，墓頭，把輝山。　煤礦。　苗均不旺，質亦不佳。　下等。

上元縣城東二十五里青龍山。　煤礦。　脈旺，前署江寧藩司開掘，舊坑約深五百尺，現有積水，戽乾方知煤質良否。　中等。

六合縣城東二十里靈巖山寶石。　係美石屬，被溪流磨刷光滑，又受酸化鐵之染色，誤為寶石。　下等。

六合縣城東二十五里西陽山。　煤礦。　係尋常巖石，中夾有植物之炭，非煤也，石質頗佳，堪供製造。　下等。

六合縣城北四十五里冶山。　銀礦。　苗旺質佳，內含金銀，並雜銅鐵，質多少，須化分方明。　運道離水約三里。　上等。

江浦縣城北五十餘里楊家村。鐵礦。苗旺，脈長十二里許，質佳。唯須開挖化驗，方有把握。運道便。上等。

江浦縣城北五十里嶄龍橋。煤礦。係黑色粘土，非煤。下等。

臨了，提起他們想開掘的那座山上的煤礦，說是苗旺質佳，山道便，上等。秦王二人看了，喜之不盡。倍立考察過了，便要回上海，和洋行裡定機器。又說：「現在南京無事，二位何不一同到上海，大家彼此在一塊看圖樣，定機器，豈不更有個商量麼？」二人聽了，連說是極，各各收拾。張露竹和大邊是一定要跟了去的。小邊和王八老爺斟酌說：「現在我們無事，何不同他們一起去？聽說上海好頑得很，我們借此也開開眼界。」於是二人異口同聲，對秦王二人說了。秦王二人自然答應。到了動身那日，秦王先託南京一個有名的錢莊上，把銀子先匯一半到上海預備零用及付機器的定錢。安排妥了，一個外國人，六個中國人，外國人帶的侍者廚子，中國人帶的管家打雜的，一起共有二三十人，輪船下水，是極快當的，過了一夜，就到了上海。倍立自和張露竹回行去，秦王二人及大邊小邊王八老爺都上岸，住的是泰安棧，連管家打雜的，足足占了六個大房間，每天房飯錢就要八九塊，大家也不計較這個。便瞧親戚的瞧親戚，看朋友的看朋友，你來我往，異常熱鬧。起先秦王二人為著機器沒有定妥，住在棧房裡守信，及至合倍立到什麼洋行裡定妥了機器，打好了合同，秦王二人都說公事完了，我們應該樂一樂了，於是天翻地覆，胡鬧起來。

欲知後事如何，且聽下回分解。

# 第五十五回　險世界聯黨覓錙銖　惡社會無心落圈套

話說秦鳳梧王明耀二人，帶了大小邊王八老爺那些人到上海來定機器，住在泰安棧。等到把機器定妥，付了若干定銀，彼此各執合同為憑。倍立除了禮拜六禮拜兩日，常常到棧裡來問問一切情形，平常也輕易不能出來。只賸了張露竹，每天打過四點鐘之後，逍遙無事了，便約幾位洋行裡的同事，什麼杜華寶蕭楚濤，一天天到棧房裡，合著秦王二人出去，卻不約大小邊王八老爺那些人。那些人看得眼熱，起先還要等秦王二人出去了，方敢溜出棧房，後來竟是明目張膽了，吃了一頓中飯之後，各人穿各人的長衫，和秦王二人分道揚鑣。有什麼親戚朋友去瞧他們，總是鎖著房門，問問茶房，也不曉得他們蹤跡，只索罷了。再說秦鳳梧本來是個大冤桶，化錢擺闊，什麼人都不如他。這會有銀子在手裡，更是心麤膽壯，大菜館吃大菜，戲館裡聽戲，坐馬車，逛張愚兩園，每天要化好幾十塊。王明耀是一毛不拔的，也混在裡面，白吃白喝。眾人雖不喜歡他，也不討嫌他。這是什麼緣故呢？原來王明耀人極圓通，又會湊趣，人家沒得說的，他偏有說，人家沒得笑的，他偏有笑，因此合了秦鳳梧的脾胃，所以言聽計從。

話休絮煩。且說秦鳳梧跟了張露竹洋行裡那班人，天天鬧在一起，吃喝頑笑，大家知道他是個有錢的財主，恭維他觀察長，觀察短，秦鳳梧也居之不疑。秦鳳梧有天在席面上看見人家手上都戴著鑽石戒指，胸前佩著金打簧錶，不覺羨慕起來，露了一露口風。那蕭楚濤是何等腳色，就把這話記在心裡了。

第二天，行裡剛完事，坐了包車到四馬路昇平樓門口歇下，上了樓，進了煙堂，堂倌阿虎迎著說：「蕭先生，許久時候不來了。」楚濤問：「莊先生可在此地？」阿虎用手指著道：「哪，哪，哪！」楚濤踅過去，莊雲紳正吸得煙騰騰地。見了楚濤，丟下煙槍，招呼讓坐。楚濤附著他耳朵，低低的說道：「有椿買賣作成你。」雲紳聽了這句，更湊近一步。楚濤道：「有個壽頭模子，要買一隻鑽石戒指，一隻金打簧錶，你可有些路道？」雲紳皺了一皺眉頭道：「他一起肯出多少價錢呢？」楚濤道：「戒指要大、要光頭好，一兩千不算什麼事，金打簧錶只要八成頭的就是了。」雲紳道：「有有有，今天晚上在迎春坊花如意家等我。」楚濤拱手道：「費心，費心。」站起身來想走。雲紳打著洋涇話說了三個字，是「康密興」，楚濤不等他說完，接著說了「也斯」兩字，頭也不回的去了。到了晚上，楚濤如期而往，雲紳已經在那裡了。在身上掏出一個小小盒子，打開一看，原來是一隻光華燦爛的鑽石戒指。楚濤接過來問道：「什麼價錢？」雲紳道：「足足九個克利，二百塊錢一個克利，是上海的通行價錢，既然是你的朋友，就讓掉些罷，算是一千五百塊錢，不能再減絲毫的了。」楚濤又問打簧錶，雲紳在鈕扣上解下一個來說，是：「八開頭金子，不過一百上下，隨你斟酌罷！」楚濤當下把二物藏好，別了雲紳，走出花如意家，肚裡尋思，必須如此如此，方能沾些油水。主意打定，一徑出西安坊，到了平安里，找著高湘蘭的牌子，登登登直上樓頭，問秦大人可曾來？娘姨答應不曾來。又問湘蘭可在家？娘姨答應出局去了，約摸要回來了，請等一等。楚濤進得大餐間裡，娘姨把電氣燈旋亮，照例敬茶敬煙。不多時，湘蘭回來了，楚濤把剛才的主意一五一十告訴了他。湘蘭何等乖覺，滿口答應，楚濤自然歡喜。把話說完了，就回去了。

第二天，是秦鳳梧在湘蘭家大排筵席，在座的自然是王明耀張露竹杜華賓蕭楚濤那一班人，楚濤更是全副精神，幫著秦鳳梧招呼一切。及至入了席，上了幾道菜，湘蘭方才從外面從從容容的回來了。斟過了酒，在秦鳳梧背後坐下，唱了一齣京調，大家喝采。少時，別人叫的局也陸續來了。吃過稀飯，已是酒闌燈灺的時候，眾人都稱謝走了。猶有楚濤躺在炕上抽煙，秦鳳梧在房裡打圈兒。湘蘭卸過妝，走了進來，坐在炕旁邊一張櫈子上。忽然問楚濤道：「蕭老耐隻戒指出色嗆，幾時買格介。」楚濤慢洋洋的答道：「是一個朋友押勒我處，押三千塊洋錢，耐看阿值？」說著，把戒指除了下來。湘蘭接在手中，做出愛不忍釋的樣子，說：「實實出色，只怕上海尋勿出第二隻格哉。」二人問答的時候，秦鳳梧眼光已注在戒指上了。及聽得這番說話，不由得不走過來。湘蘭遞在秦鳳梧手中，說：「秦大人，耐阿要看看？」秦鳳梧接過，套在自己指頭上，剛剛合式，便說：「我正要買這個，不知道楚兄可肯讓給兄弟？」楚濤一聽，上了鉤了，故意的說道：「鳳翁要呢，兄弟原無不可。但是，這個戒指，並非兄弟自己的，是一個朋友押在兄弟那裡的，那朋友不過因一筆款子籌畫不過來，所以才在兄弟那邊暫時押了三千塊洋錢，不久就要來贖的。鳳翁如果賞識，等兄弟問過那位朋友，方敢作主，現在卻不能答應。」秦鳳梧沉吟道：「三千塊錢似乎貴了些。」楚翁笑道：「兄弟那朋友買來的時候，足足三千五百塊錢。鳳翁說是不值，請問湘蘭就知道了。還有一說，現在那朋友並不要賣，鳳翁可以無須議論價錢。」秦鳳梧面上一紅，湘蘭早接科道：「勿是倪海外金鋼鑽戒指勒，倪手裡出進嘸不一百隻，也有八十隻哉。秦大人耐要說該隻戒指勿值實梗星銅錢，秦大人，耐還勿懂勒海勒。」秦鳳梧被他二人一番奚落，不覺大難為情，心裡想轉過面子來，勉強說道：「兄弟生平酷好珠寶玉器，家裡什麼都有，有什麼不懂嗎？剛才說的，乃是笑話。豈有這樣大，這樣光頭足的戒指，連三千塊錢都不值嗎？如今簡直請楚兄去和令友說，兄弟願出原價，叫他無論如何讓給兄弟就是了。」楚濤點頭道：「可以可以，明日再來回覆罷！」湘蘭在旁邊嚷道：「蕭老，耐好格，耐倒答應仔秦大人哉，耐阿曉得倪心裡實實中意勿過，要想買哩呀！」楚濤道：「秦大人是要好朋友，不得不先儘他，如果秦大人明天不要，我對那朋友說，讓給你可好？」湘蘭無語，仍把戒指送還楚濤。楚濤又抽了一兩筒煙，說：「天不早了，我要回去了。」一邊說，一邊在身上摸出一個金打簧錶來，只一撳，聽見噹的一下。秦鳳梧又要借看，看了一會說：「可好？再費楚兄的心，照這樣子，明天也替兄弟找一個。」楚濤道：「鳳翁如果歡喜這個，兄弟明天就奉送。」秦鳳梧道：「那是不敢當的。」楚濤：「自家朋友，何消客氣？」說完，又道了謝，才別過秦高二人回去。

明日午後，秦鳳梧起身過遲，匆匆忙忙吃完了飯，就坐馬車到後馬路錢莊上，劃了三千五百塊錢的即期票子，收好在靴頁裡。到了晚上，在湘蘭家裡便飯，等蕭楚濤等到十點多鐘，楚濤來了，吞吞吐吐的說道：「起先那朋友一定不肯，說我現在尚不至於賣東西過日子，等我窮到那步田地，你再和我想法子罷！無緣無故碰了這個大釘子，冤枉不冤枉？」秦鳳梧忙接著問道：「後來怎麼樣？」楚濤道：「他既然將釘子給我碰，我少不得要頂他，說既然如此，你把這東西贖了去罷，我這一筆款子，現在有要用，費你的心罷。他說：『期還沒有滿，你怎麼好逼我？』我說：『我為著期不曾滿，所以和你來商量，要是滿了期，你的東西變了我的了，我還來請問你麼？』後來說來說去，他總算應允了。鳳翁見委這樁事，幸不辱命。」說罷，仍舊把盒子取了出來，送在秦鳳梧手中。秦鳳梧連連稱謝，摸出靴頁子，拿出票子，交給楚濤。楚濤又摸出打簧錶說：「昨天晚上說過奉送，務請鳳翁賞收。」秦鳳梧推之至再，終究有些不好意思收他的。還是湘蘭說：「隻把打簧錶，也有限得勢格，既然蕭老送撥耐末，耐老老實實罷。耐將來有倹物事，也可以送還哩格。」楚濤道：「到底湘蘭先生說得是，鳳翁，你不必客氣了。」秦鳳梧道：「既如此，只得權領了。」這事交割清爽之後，二人又談了些別的天，直到打過十二點鐘，用過稀飯方散。楚濤無意中得了二千塊錢大利息，喜歡得一夜不曾睡覺，明天掉了現的，找著了莊雲紳，付了一千五百塊洋錢，餘多二千塊洋錢，不知與高湘蘭如何拆法，那也不曉得了。

再說秦鳳梧自得了這兩件東西之後，洋洋得意，到了棧房裡拿給眾人看，眾人都異口同聲的稱讚，秦鳳梧更是興頭。又過了兩天，秦鳳梧到高湘蘭家去，其時已是九月初了。秦鳳梧尚穿著銀鼠袍子，湘蘭說：「秦大人格件袍子，勿時路格哉！」秦鳳梧皺著眉頭道：「我的衣裳，都是從家裡帶了來的，我打算一半個月就要回去的，於今一等等了三個多月了，已經叫家人回去取衣裳，家人還不曾來。要是在上海買，恐怕買不出好的來，這真正為難呢！」湘蘭說：「勿要緊，倪格裁縫蠻好格。」秦鳳梧道：「那就託你罷！」不到三日，又到湘蘭那裡去，湘蘭笑嘻嘻的，叫娘姨把秦大人的衣裳拿出來。秦鳳梧一看，是件簇嶄全新的湖色外國緞子的灰鼠袍子，元色外國緞的灰鼠馬褂，棗紅外國緞的灰鼠一字襟坎肩兒，又清爽，又俏麗。秦鳳梧連忙換上，走到著衣鏡前一照，覺得自己丰度翩翩，竟是個羊車中人物了。忙問湘蘭一共是多少料錢，多少工錢。湘蘭說：「倪格裁縫帳是到節浪算格，現在要約是約勿出格。」秦鳳梧無奈，只好讓他去。

事有湊巧，當天晚上同了湘蘭到戲館裡去看戲，在包廂裡驀然碰見了幾個熟人。一個是南京候補道現在當下關釐局的余養和余觀察，一個是制臺幕友候選道陳小全陳觀察，二人和秦鳳梧的老子都有年誼，秦鳳梧只站起來招呼老年伯。余觀察揩了揩眼鏡，重復戴上，朝他細細的瞧了一遍，口裡說：「鳳梧世兄好樂呀！」又嘖嘖的道：「好漂亮，好漂亮！」陳觀察也跟在裡頭附和了一陣。秦鳳梧覺得有些坐不住，看到一半，悄悄的溜了。這余陳兩觀察是制臺委他們來密查一樁事的，不過一兩天就查明白了，趕緊要回省銷差的。到了南京，少不得逢人遍告說：「秦某人如何荒唐法子，帶了窰姐兒，彰明昭著的在戲館裡看戲，身上打扮的和戲子一樣。」那些話頭，一傳十，十傳百，傳到寶興公司股東耳朵裡去了，大家都有些不願意。有兩個大股東，會了那些小股東，寫了封公信，問他事情如何樣了？一面止住南京莊上不要匯銀子下去。秦鳳梧接到了這封信還不著息，後來為著存在上海錢莊上的頭兩萬銀子，除了付機器定銀去了六七千之外，以及同事薪水，棧房，伙食，零用開銷，差不多一萬了；秦鳳梧自己買這樣，買那樣，應酬朋友，吃酒碰和，毛毛的也有一萬了。因為南京莊上還有頭兩萬銀子，便有恃無恐，打個電報下去，催他們匯銀子。一連兩三個電報，毫無影響，這才慌了。再去問倍立，倍立說，只要機器一到，他的銀子現成。秦鳳梧無法，又和張露竹暫挪了千把兩銀子。夠得什麼？不到幾天，早已光了。南京那些股東的信，更是雪片一樣的下來。看看制臺衙門裡驗費的限期快到了，機器尚無消息，倍立那面的股份，是要跟著機器一起來的，心裡十二分不自在。高湘蘭已經開口和他借三千塊錢，這一下子，把他弄得走頭無路了，只好不去。湘蘭屢次打發人到泰安棧裡去看，總看不見，湘蘭也發了急了。天天打發人在各馬路上等候，候了兩天半候著了，秦鳳梧吩咐馬夫加鞭快走，馬夫不敢不依，一轉眼間，又風馳電掣的去了。

湘蘭恨極，打聽得秦鳳梧那天在一家人家裡吃飯，湘蘭坐了自己的馬車，候在那家人家的門口，秦鳳梧下午方才出來，見了湘蘭，疾忙跳上馬車，湘蘭緊緊跟著，跟了他在大馬路一帶繞了一個圈子，秦鳳梧這時最好有個地洞鑽了下去。一直跟到後馬路一爿錢莊上，秦鳳梧進去了，央告錢莊上的掌櫃，勸湘蘭回去，明天必有下文。湘蘭發話道：「哩耐今朝盤攏，明朝盤攏，倪也尋得苦格哉。請耐進去搭哩說一聲，要是明朝嘸不下文，勠怪倪馬路浪碰著子倪，要撥勿好看撥哩格。」說完，叫馬夫阿桂驅車徑去。錢莊上掌櫃進去，回覆了秦鳳梧，秦鳳梧正驚得呆了，聽了錢莊上掌櫃的話，心上躊躇了半晌，一想只好去尋蕭楚濤了。於是派人把蕭楚濤尋著了，子午卯酉告訴了他一遍。楚濤笑道：「鳳翁，不是我兄弟來埋怨你，這卻是你鳳翁不是。你想，他要是不想敲你鳳翁的竹槓，他那裡肯化那些本錢？」秦鳳梧這才恍然，又央告楚濤去說。楚濤去了，拿了一篇帳來，說連酒局帳、裁縫帳一共是一千多塊錢。秦鳳梧嚇得吐出了舌頭，央告楚濤去說，求他減掉些，後首講來講去，總算是八百塊錢，限三天過付。秦鳳梧東拼西湊，把這事了結了。看看在上海站不住了，趁了船一溜煙直回南京。

欲知後事如何，且聽下回分解。

# 第五十六回　閱大操耀武天津衛　讀絕句訂交莫愁湖

話說秦鳳梧自從溜回南京之後，到各股東處再三說法，各股東搖頭不答應，大家逼著他退銀子，要是不退銀子，大家要打了公稟，告他借礦騙銀。秦鳳梧人雖荒唐，究竟是書香出身，有些親戚故舊，出來替他打圓場，一概七折還銀，掣回股票，各股東答應了。少不得折賣田產，了結此事。誰想上海倍立得了消息，叫張露竹寫信催他趕速另招新股，機器一到，就要開工的。如果不遵合同，私自作罷，要赴本國領事衙門控告，由本國領事電達兩江總督提訊議罰。秦鳳梧得了這個消息，猶如打了一個悶雷，只得收拾收拾，逃到北京去了，倍立這面也只得罷休。只苦了在寶興公司裡辦事的那些人，什麼大小邊王八老爺，住在上海棧裡，吃盡當光，還寫信叫家裡寄錢來贖身子。其中只便宜了王明耀，一個錢沒有化，跟著吃喝了一陣子，秦鳳梧動身的第二日，他也悄悄的溜了。一樁天大的事，弄的瓦解冰銷。中國人做事，大概都是如此的。如今且把這事擱起，再說余觀察。

余觀察是武備學堂裡的總辦，從前跟著出使日本大臣崔欽使到過日本，崔欽使是個糊塗蛋，什麼都不懂。余觀察其時還是雙月選的知府，在崔欽使那邊當參贊，什麼事都得問他，因此他很攬權。崔欽使任滿回國，便把他保過了班，成了個分省補用的道臺了。後來又指了省分，分發兩江候補。制臺本來和他有些世誼，又知道出過洋，心裡很器重他。候補不到半年，就委了武備學堂總辦。他為人極圓轉，又會巴結學生，所以學生都歡喜他，沒有一個和他反對的。他於外交一道，尤為得法。在日本的時候，天天在讌會場中同那些貴族華族常常見面，回國之後，凡是到南京來遊歷的上等日本人，沒有一個不去找他的，他也竭誠優待。因此人家同他起了一個外號，叫做余日本，後來叫慣了，當面都有人叫他余日本，他也沒奈何。這年秋天，北洋舉行大操，請各省督撫派人去看操，余日本是武備學堂總辦，又是制臺跟前頂紅的，這差使自然派他了。預先兩月，委札下來，余日本辭過行之後，帶了幾個教習，幾個學生，搭輪船到天津，到了天津，暫時住在客棧裡，第二日上直隸總督行轅稟安稟見。隨班見了直隸總督方制臺，照例寒暄了幾句，舉茶送客。順便又拜了各當道，有見的，有不見的，不必細表。

再說這回行軍大操，是特別大操，與尋常不同。方制臺高興得很，請各國公使，領事，以及各國兵船上的將弁，另外派了接待員，就是中西各報館訪事的，也都一律接待，也算很文明的了。預先三日，發下手諭，派第幾營駐紮何處，第幾營駐紮何處，衣服旗幟，分出記號。大操那日，天剛剛亮，方制臺騎著馬，帶著衛隊，到了主營。各營隊官，隊長，按禮參了堂，外面軍樂部，奏起軍樂，掌著喇叭，打著鼓，應絃合節。方制臺換過衣服，穿了馬褂，袖子上一條一條的金線，共有十三條，腰裡佩著指揮刀，騎著馬，出得主營，揀了一塊高原望得見四面的，立起三軍司命的大旗子，底下什麼營，什麼營，分為兩排，都有嚴陣以待的光景。兩面奏起軍樂，洋教習一馬當先，喊著德國操的口令。但聽見那洋教習控著馬，高聲喊道：「安特利特！」這「安特利特」是站隊，兩邊一齊排了開來，洋教習又喊「阿格令斯」，「阿格令斯」是望左看，兩邊隊伍，一齊轉身向左。洋教習又喊「阿格來斯」，「阿格來斯」是望右看，兩邊隊伍又一邊轉身向右。洋教習又喊「阿格克道斯」，「阿格克道斯」是望前看，兩邊隊伍又一齊向前。

行列十分整肅，步伐十分齊整。方制臺看了，只是拈鬚微笑。洋教習又喊「勿六阿夫」，「勿六阿夫」是把槍掮在肩上，兩邊隊伍一齊把槍掮在肩上。洋教習又喊「勿六阿潑」，「勿六阿潑」是把槍立在地下，兩邊隊伍一齊把槍立在地下。洋教習又喊「勿六挨赫篤白蘭山西有」，「勿六挨赫篤白蘭山西有」是用兩手抱槍，兩邊軍隊，一齊兩手抱著槍。洋教習演習過口令，便退至陣後。這時閱操的各國公使署代表人，各國領事館代表人，跟著參贊書記，以及中國各省督撫派來的道府，余日本也在內，身上都釘著紅十字的記號，東面一簇，西面一圍。

說時遲，那時快，兩邊行軍隊伍，已分為甲乙二壘，大家占著一塊地面，作遙遙相對之勢。忽然甲營裡有一騎偵探來報，說是乙營已遣馬兵來襲，甲營預備迎敵，分道埋伏，個個都蹲在樹林裡，草堆裡，寂靜無聲。等到乙營馬兵撲過來，甲營埋伏盡起，槍聲如連珠一般，當中夾著大礮轟天振響。乙營看看不敵，傳令退出，甲營趁勢追趕，追趕不到兩三節路，誰知被乙營的接應包抄上來，困在垓心。甲營左衝右突，竟無出路，兩面槍礮聲，上震雲霄，四面都是火藥氣。有兩位年紀大點的道府，一個個都打惡心。甲營正在支持不住，忽然天崩地塌一響，黑煙成團結塊，迷得人眼睛睜不開。大家以為甲營一定全軍覆沒了，雖是假的，看的人也覺得寒心。誰知這一響，是甲營地雷的暗號，一響過了，黑煙漸完，乙營已不曉得什麼時候被甲營占了去了。乙營見自己主營有失，把圍登時解了，分作兩隊，作前後應敵之勢，一隊向外邊打，自行斷後，一隊向裡邊打，回救主營。甲營剛剛據了乙營，正打算遣馬兵守住路口，及至看見乙營已經回來了，一時措手不及，只得把兵分為兩隊，守住路口。乙營主將看見甲營沒有什麼預備，就搖旗吶喊，撲將過來。甲營兩隊兵，覺得自己太弱了，各向自己軍隊奔去，合做一大股，竭力抵禦。乙營再三猛撲，甲營毫不動搖。甲營又在一大股裡分出兩小股，作為接應，將要得手，忽被乙營馬兵衝散，頃刻之間，化為兩截，首尾各不相顧。甲營主將指揮自己軍隊，退守高原，乙營仰攻不及，反為甲營所擊，大敗而回。方制臺傳令收兵，一片鑼聲，甲乙兩營，俱各撤隊。這時也有下午四點多鐘了。方制臺依舊騎著馬，下了高原，前呼後擁的回轉衙門。這裡各省道府，有兩位帶乾糧的，尚勉強得過，有兩位沒有帶乾糧，以及發了煙癮的，都一個個面無人色，由家人們架上轎子，飛也似的抬了回去。許多外國人，都提著照相器具，排著腳步談笑而歸。余日本剛剛看昏了，什麼都忘記了，少時方覺得有點腰酸腿軟，便也跟著他們回棧房。一連看了十來天，不過陣法變動而已，並沒有什麼出奇制勝的道理。等到操畢了，各督撫派來的閱操道府紛紛回去，余日本仍舊趁輪船回到南京，上院銷差。種種細情，不必再表。

※　　※　　※

光陰似箭，日月如梭，不覺又是一年。余日本在官場上獲制臺之寵，下得學生之歡，倒也風平浪靜。到了第二年六月裡，余日本有個兒子，叫做余小琴，是在外國留學的，自然是日本東京了。到了六月裡，學堂裡照例要放暑假，余小琴已是兩年不曾回國了，這回告了暑假，先打電報給余日本，說他要回中國一趟。余日本自是歡喜，便打電覆，催他快來。余小琴就搭了長崎公司船，不多幾天，已到上海，再由上海搭長江輪船到南京。棧房裡替他寫了招商局的票子，余小琴一定要換別家的，人說道：「招商局的船又寬大，又舒服，船上都是熟識的，為什麼要換別家呢？」余小琴道：「我所以不搭招商局輪船之故，為著並無愛國之心。」棧房裡拗不過他，只換了別家的票子，方才罷了。到了南京之後，見過他的父親，余日本不覺吃了一驚。你道為何？原來余小琴已經改了洋裝，鉸了辮子，留了八字鬍鬚。余日本一想剪辮子一事，是官場中最痛惡的，於今我的兒子剛剛犯了著椿忌諱，叫制臺曉得了，豈不是要多心麼？就力勸小琴暫時不必出去，等養了辮子，改了服飾，再去拜客。余小琴是何等脾氣，聽了這番話，如何忍耐得？他便指著老子臉，啐了一口道：「你近來如何越弄越頑固，越學越野蠻了？這是文明氣象，你都不知道麼？」余日本氣得手腳冰冷，連說：「反了！反了！你拿這種樣子對付我，不是你做我的兒子，是我做你的兒子了。」余小琴冷笑道：「論起名分來，我和你是父子，論起權限來，我和你是平等。你知道英國的風俗嗎？人家兒子，只要過了二十一歲，父母就得聽他自己作主了。我現在已經二十四歲了，你還能夠把強硬手段壓制我嗎？」余日本更是生氣，太太們上來，把余小琴勸了出去。余小琴臨走的時候，還跺著腳，咬牙切齒的說道：「家庭之間，總要實行革命主義才好。」自此以後，余日本把他兒子氣出肚皮外，諸事都不管他了。余小琴樂得自由。

其時制臺有個兒子，也打日本留學回來，性質和余小琴差不多，同校的朋友把他起了個外號，叫做沖天礮。回國的時候，有人問他回國有什麼事？他卻侃侃而談的道：「我打算運動老頭子。」人家又問：「運動你們老頭子到什麼地位，你才達其目的呢？」他答道：「我想叫他做唐高祖，等我去做唐太宗。」人家聽了，都吐舌頭。他到了南京，在制臺衙門裡住了幾天，心上實實在在不耐煩，對人長歎道：「虛此行矣！」人問他這話怎講？他說：「老頭子事情實在多的了不得，沒有一點兒空，如有一點兒空，我就要和他講民族主義了。那裡知道他一天到晚不是忙這樣，就是忙那樣，我總插不下嘴去，奈何奈何！」

他有一天帶了兩三個家人小子，在莫愁湖上閒逛，這莫愁湖是個南京名勝所在，到了夏天，滿湖都是荷花，紅衣翠蓋，十分絢爛。湖上有高樓一座，名曰勝棋樓，樓上供著明朝中山王徐達的影像。太平之亂，官兵克服南京，都是曾文正一人之力，百姓思念他的勳績，又在中山王小像的半邊，供了曾文正一座神主，上面有塊橫額，寫的是「曾徐千古」。這日，沖天礮輕騎簡從，人家也看他不出是現在制臺的少爺，在湖邊上流覽了一回，熱得他汗流滿面，家人們忙叫看樓的，在樓底下沿湖欄杆裡面搬了兩張椅子，一個茶几，請他坐下乘涼。沖天礮把頭上草帽除下，拿在手裡，當扇子搧著，口中朗誦梁啟超溽暑入溫帶火車中口占絕句：

> 黃沙莽莽赤烏虐，炎風炙腦腦為涸。乃知長住水精盤，三百萬年無此樂。

亂了一會，只見柳蔭中遠遠有一騎馬慢慢的走過來。定睛細看，那馬上的人，也是西裝，手裡拿著根棍子，在那裡狠狠打他那馬，他越打，那馬走得越慢，又走了幾十步，把他氣急了，一跳跳下馬來，揀棵大樹繫好了馬，履聲橐橐的過了九曲橋，走進勝棋樓，和沖天礮打了個照面。沖天礮十分面熟，想不起在那裡會過的？正在出神，他也瞧了沖天礮一眼，繞著勝棋樓轉了幾個圈子，像是吟詩的光景。一會兒在身上掏出一支短鉛筆，揀一塊乾淨牆頭上，颼颼颼颼的寫下幾行。沖天礮還當寫的是西文，仔細一看，卻不是的，原來是一首中國字的七絕詩。沖天礮暗暗驚異，定睛細看，只見上面寫的是：

> 靜對湖天有所思，荷花簇簇柳絲絲。休言與國同休戚，如此江山恐未知！

沖天礮不覺跳了起來，說：「好詩好詩！非具有民族思想者，不能道其隻字。」那人謙遜道：「見笑見笑。」沖天磡不由分說，把他拉過來，叫家人端把椅子，和他對面坐下，動問名姓，原來就是余小琴。

當下沖天磡掏了一張西文片子給他，他也掏張西文片子給沖天磡，二人高談闊論，講了些時務，又細細一問，才知道在東京紅葉館會過面的。二人越談越對勁，卻不外乎自由平等話頭。沖天磡的家人過來說：「天快晚了，請回去罷。」沖天磡一看錶，已是五點多鐘了，就約余小琴上金陵春吃大餐去，余小琴一口氣答應了。二人上了馬，沿隄緩緩而行，進了城，穿過幾條街巷，到了金陵春門口。二人進去，馬匹自有家人照管。二人到得一間房間裡，侍者泡上茶來，送上菜單紙。二人各揀平日喜歡吃的寫了幾樣，侍者拿了菜單下去。少時又跑上來，對著二人笑嘻嘻的道：「有樣菜沒有，請換了罷。」二人問是什麼菜，侍者指著「牛排」二字，二人同聲道：「奇了，別的沒有，我還相信，怎麼牛排會沒有起來？」侍者道：「本來是有的，因為這兩天上海沒有得到。」沖天磡不禁大怒，伸手一個巴掌，說：「放你娘的屁！」侍者不知他們二人來歷，便爭嚷起來。沖天磡的家人聽見了，趕了上樓，吆喝了侍者幾句，侍者方才曉得他的根底，嚇的磕頭如搗蒜。沖天磡說：「你不用裝出這個奴隸樣子來，饒了你罷。」侍者方才屁滾尿流的下樓。二人又要了兩種酒對喝著，喝到黃昏時候，執手告別，各自歸家。

欲知後事如何，且聽下回分解。

# 第五十七回　聲東擊西傻哥甘上當　樹援結黨賤僕巧謀差

卻說沖天礮雖是維新到極處，卻也守舊到極處。這是什麼緣故呢？沖天礮維新的是表面，守舊的是內容。他老人家是一位現任制臺，一人之下，萬人之上。他又是一位的的真真的少大人，平日自然居移氣，養移體。雖說他在外洋留學，人家留學的有官費的，有自費的，官費的還好，自費的卻是苦不勝言。沖天礮到外洋留學，不在二者之例，又當別論。先是他老人家寫了信，重託駐紮該國公使時常照拂，等到出門的時候，少不得帶了幾萬銀子，就是在半路花完了，也只消打個電報，那邊便源源接濟。所以沖天礮在外洋，無所不為，上館子，逛窰子，猶其小焉者也。古人說的好，人類不齊，留學生裡面既有好的，便有歹的，那些同門的人，見他是個闊老官，便撮哄他什麼會裡捐他若干銀子，什麼黨裡捐他若干銀子，沖天礮年紀又小，氣量又大，只要人家奉承他幾句，什麼「學界鉅子」，「中國少年」，他便歡喜得什麼似的。有些同門的摸著了這條路道，先意承旨，做了篇什麼文，寫上他的名字，刊刻起來，或是譯了部什麼書，寫上他的名字，印刷起來，便有串通好的人拿給他瞧。他起先還存了個不敢掠美之心，久而久之，便居之不疑了。那些同門的，今天借五十，明天借一百，沖天礮好不應酬他們嗎？所以他在外洋雖趕不上辭尊居卑的大彼得，卻可以算樂善好施的小孟嘗。這番回國，有些同門的戀戀不捨，無奈沖天礮和他們混得有些厭煩了，就借省親為名，搭了輪船，廢然而返。

及至到了南京之後，見著老人家的食前方丈侍妾數百人的行徑，不禁羨慕，暗想我當初錯了主意，為什麼放著福不享，倒去做社會的奴隸，為國家的犧牲呢？住的日久了，一班老奸巨猾的幕府，陰險狠毒的家丁，看出了他的本心，漸漸把聲色貨利去引誘他。沖天礮本是可與為善，可與為惡之人，那有不落他們圈套之理？這時他的密切朋友，就是在莫愁湖上遇見的余小琴，自從在金陵春一談之後，成了知己，每天不是余小琴來找沖天礮，就是沖天礮去找余小琴。一對孩子，正是半斤八兩，文明的事做夠了，自然要想到野蠻的事了，維新的事做夠了，自然要想到守舊的事了。若論心地，沖天礮是傻子，余小琴是乖子，余小琴一想他是制臺的少爺，有財有勢，我的老人家雖說也是個監司職分，然而比起來，已天差地遠了。於今我和他混，我就是不沾他什麼光，想他什麼好處，人家也得疑心我，何如索性走這條路，等他花幾個，我樂得夾在裡頭快樂逍遙？主意打定，便做起篾片❶來。沖天礮本來拿他當知己的，今番見他如此卑躬折節，更加滿意，遊山玩水，是不必說了，就是秦淮河釣魚巷，也有他們的蹤跡。沖天礮維新到極處，獨於女人的小腳，卻考究到至精至微的地步。那時秦淮河有兩個名妓，一個叫做銀芍藥，一個叫做金牡丹，二人裙下蓮鉤，都是纖不盈握的。這一樁先對了沖天礮的胃口，余小琴是無可無不可的，也自然隨聲附和。今天八大八，明天六大六，花的錢和水淌的一般，他也不知愛惜；余小琴吃了殘盤賸碗，已十分得意了。那家老鴇打聽得沖天礮是現任制臺心頭之肉，掌上之珠，那種恭維，真是形容不出。又曉得余小琴是沖天礮的知己，悄悄叫金牡丹銀芍藥暗地裡和他要好，要等他在沖天礮面上敲敲

❶ 篾片：俗稱專事趨奉湊趣，藉圖沾取餘潤的門客，叫做「篾片」。

邊鼓。余小琴既得了這宗利益，那有不盡心竭力的？

偏偏這些時制臺病了，是痰喘症候，沖天礮嚷著要請外國大夫瞧，有些人勸道：「從前俞曲園輓曾惠敏公的對子上說是：『始知西藥不宜中』，少大人還須留意。」沖天礮道：「好個頑固的東西！」馬上打電報到上海，請來一個外國大夫，叫做特楞瓦。三天到了南京，翻譯陪著進了衙門，沖天礮接著，寒暄了幾句，陪到上房瞧病。特楞瓦告訴沖天礮道：「這病利害，要用藥針。」沖天礮也糊裡糊塗的答應了。幸虧旁邊姨太太上來攔阻，說：「大人上了年紀，這幾天喘得上氣不接下氣，那裡還禁得起藥針呢？」特楞瓦聽了，便用一副小機器，裡面同煤鑪一樣，燒著火酒，上面有隻玻璃杯子，杯裡倒了滿滿的一杯藥水，下面燒著了藥，水在杯子裡翻翻滾滾；另外有條小皮管子，一頭叫制臺含著受他的蒸出來的汽水，不多片刻，果然痰平了許多。沖天礮十分佩服，因請特楞瓦住在外書房裡，每天進來瞧病。看看過了一個禮拜，制臺也能見客了，沖天礮才能夠脫身出外。

這個檔口，余小琴和金牡丹銀芍藥正打得火一般熱，老鴇烏龜通同一氣，單把沖天礮瞞在其鼓當中，可憐沖天礮那裡會知道？這天閒了，踱到釣魚巷，進了門，烏龜一齊站起，說：「少大人來了。」沖天礮大模大樣，一直到金牡丹的房裡，卻是空空的。沖天礮甚為詫異，側著耳朵一聽，銀芍藥房裡好像有好幾個人說笑的聲音，沖天礮躡手躡腳的一步步掩進去，卻被一個娘姨看見，說道：「啊呀！少大人！你要嚇誰呀？」銀芍藥房裡說笑之聲頓時寂靜，揭開門簾一看，兩人都坐在床沿上，並無第三個人。沖天礮疑心頓釋。二人看見沖天礮，連忙迎著說：「少大人多天不見了，想壞了我們兩人了。」沖天礮便把在衙門裡服伺老大人病體的話說了一遍。正在熱鬧之際，門簾一揭，余小琴鑽進來了，說：「好呀！

我正到你那裡去找你，誰知你已經鴉雀無聲的跑了來了。」沖天礮連忙讓坐。這時已是九月天氣，余小琴雖是西裝，卻把頭髮留到四寸多長了，披在背後，就同夜叉一般。金牡丹銀芍藥看看好笑。余小琴忽然在身上掏出一塊洋錢，五個角子，對他們道：「叫夥計去買點水果，挑點鴉片煙來。」沖天礮一手搶過去說：「算了罷！」一面說，一面去摸褲子袋。余小琴道：「你這又何苦呢？難道不是一樣的錢？」原來南京釣魚巷的規矩，無論買水果，買點心，都是要客人挖腰包的。即如到什麼大餐間，酒館裡去應條子，臨去的時節，還要問客人討兩角洋錢的船錢哩。

話休絮煩。再說余小琴見沖天礮執意不肯要他挖腰包買水果，挑煙，只索罷了。不多時刻，裝上一盤梨子來，又是一盒清膏。余小琴移過一盞煙燈，燒起煙來。沖天礮道：「怎麼你也會這個了？」余小琴道：「不過頑頑罷了，誰有什麼癮頭呢？」沖天礮道：「不然。我們那裡有位書啟師爺，姓黃叫黃貴敏，他的煙最講究，是京城裡帶出來的，叫做『陸作圖』，前兩天我因為服伺老頭子鬧了個人仰馬翻，身子有些支持不住了，黃貴敏就勸我吸兩筒煙，我起初正言厲色的對他說道：『這是亡國的材料，弱種的器械，足下不可以自誤者誤人！』黃貴敏只是嘻嘻的笑，說：『少大人不妨事的。這樣物件，在外國原是藥品，把他醫傷風咳嗽的，不過到了中國，人家把他來代水旱兩煙，久而久之，遂成了一樣害人物件。現在看你疲乏了，所以勸你吸兩筒煙。你既然執定了這個渴不飲盜泉，飢不食漏脯的宗旨，我也不敢進辭了。』我聽了他這兩句說話，心裡忐忑了半晌，又想敷衍他的面子，說：『老夫子別動氣，我是說著頑兒的。既如此，我就試試看。』黃貴敏這才歡喜，連忙裝好了一口，遞將過來。我躺下去抽得一兩口，覺得異香蓬勃，到後來竟是精神百倍，毫無倦容，你想這件東西奇怪不奇怪？」余小琴道：「可是你於今也相信。」說著，沖天礮在他對面躺下，金牡丹銀芍藥分坐兩邊。沖天礮對余小琴道：「我有一兩禮拜不出來了。天天在衙門裡悶不過，今天好了，賽過皇恩大赦了。看看天也不早了，我們不必上館子了，就叫他備個便飯罷。」余小琴道：「好。」金牡丹銀芍藥聽了，便喊夥計，叫他吩咐廚房裡預備一桌飯，說是戴帽子的，外加兩塊錢鴨子。原來南京釣魚巷的規矩，除了滿漢席沒有一定的價錢，一百二百隨人賞，其餘八大八的是二十八塊錢，六大六的是二十四塊錢，常酒是十一塊錢，便飯五塊錢，加兩塊錢就是魚翅，叫做「例菜戴帽子」，再加兩塊就有鴨子。於今沖天礮喊下去的那桌便飯，加魚翅，加鴨子，共是九塊錢。等到掌燈，夥計上來調排杯箸，沖天礮也不請客，就和余小琴對面坐下，金牡丹銀芍藥二人打橫。飲酒中間，沖天礮談起老人家病後精神不振，不能辦公事，儘著他們幕府胡弄局，實在不成事體。余小琴低頭不語，像有心事的一般。沖天礮是個粗人，並不理會。吃過了，夥計把殘肴撤去，送上茶來。二人談談說說，更有金牡丹銀芍藥姊妹陪著，頗不寂寞，就在煙榻上鬼混一夜。

到了次日，二人睡醒，已是午牌時分了。盥漱過，吃過飯，金牡丹銀芍藥把頭梳好，便要二人請他坐馬車去逛下關，二人卻不過情，只得答應了。當下收拾收拾，沖天礮早已叫家人把馬車配好，便兩人一部，風馳電掣，徑往下關而來。原來南京的下關無甚可逛，不過有幾家洋貨鋪子，跟著一家茶酒鋪子，叫做第一樓。當下馬車到了第一樓門口，沖天礮攙著金牡丹，余小琴攙著銀芍藥，在馬路上徘徊瞻眺。金銀兩姊妹看見一座洋貨鋪，陳設得光怪陸離，便跨步進去。余小琴極壞，嘴裡說：「你們在這裡等我，我到前面去小解就來的。」說完揚長而去。沖天礮不知底細，領著金銀兩姊妹進了洋貨鋪子，金銀兩姊妹你要買這個，他要買那個，鬧了個烏煙瘴氣。掌櫃的知道沖天礮是制臺衙門裡貴公子，有心搬出許多目不經見的貨物，金銀兩姊妹越發要買，揀選了許久，揀選定了，掌櫃的叫夥計一樣一樣的包紮起來，開了細帳，遞在沖天礮手中。沖天礮一看，是二百九十六元三角，沖天礮更無別說，要了紙筆，寫個條子，簽上花押，叫店裡明天到制臺衙門裡小帳房去收貨價。這裡金銀兩姊妹嘻嘻哈哈的叫跟去的夥計，把東西拿到馬車上，坐在上邊看好了。

沖天礮又領著到第一樓來，剛上樓梯，覺得背後格嗒格嗒的皮鞋聲響，回頭一看，卻是余小琴。沖天礮說：「你這半天到那裡去了？」余小琴道：「我在前面小解完了，想要回到洋貨鋪子裡來找你們，不料碰著了一個熟人，站在馬路上談了半天，等我回去找你們，你們已不知去向。我心裡一算計，你們必到此地來，一進門就看見你的背影。本來想嚇你一下的，於今可給你看見了。」說罷哈哈大笑。沖天礮點頭不語。上得樓去，揀了一個座頭，跑堂的泡上參片湯來，四人喝著，又要了點心吃過。馬夫來催了幾遍，沖天礮惠過了鈔，相率下樓，上了馬車，一路滔滔滾滾，不多時刻已進了城。馬車停了，夥計們駝著金銀兩姊妹自回釣魚巷。這裡沖天礮因為一夜沒回去，心上有點不好意思，匆匆的和余小琴作別了，自回衙門。余小琴知道沖天礮今夜不會再到釣魚巷了，在街上教門館子裡吃過一頓晚飯，然後幹他的營生去了。不必細表。

※　　　※　　　※

再說沖天礮這人，極其贏鹵，外面的利害，一些兒不懂。他雖在衙門裡，卻是不管別事的，便有些幕府串通了他的底下人，拿了他的牌子，到外頭去混錢，這也是大小衙門普通的弊病，不過南京制臺衙門尤甚罷了。余小琴雖說是學界中的志士，然而鑽營奔競，無所不能，他合沖天礮處久了，知道他的脾氣，沖天礮又把他當自己兄弟看待，余小琴有了這個路子，自然招搖撞騙起來。此時南京的候補道，差不多有二三百個，有些窮的，苦不勝言，至於那幾個差缺，是有專門主顧的。其中有個姓施的，叫做施鳳光，本是有家，家裡開著好幾個當鋪，捐道臺的時候，手中還有十餘萬，不想連遭顛沛，幾個當鋪不是蝕了本，便是被了災，年不如年，直弄得一貧如洗，幸虧當初捐得個官在，便向那些有錢的親戚，湊了一注銀子，辦了個分發，到省之後，屈指已是三年了。這位制臺素講黃老之學，是以清淨無為為宗旨的，平時沒有緊要公事，不輕容易見人，而況病了這一場，更是深居簡出。施鳳光既無當道的札，又無心腹吹噓，如何能夠得意呢？這施鳳光本是紈袴，自從家道中落之後，經過磨折，知道世界上尚有這等的境界，一心一意，想把已去的恢復過來。到了南京就住在一條僻巷裡，起初也還和同寅來往來往，後來看見那些同寅都瞧他不起，他也不犯著賠飯貼工夫了。弄到後來，聲氣不通，除掉在官廳上數椽子之外，唯有閉門靜坐而已。他有個老家人，名叫李貴，和余小琴的父親余日本一個家人叫做周升的，卻是拜把子好友。李貴因為主人每日愁歎，他心裡也不興頭，只為聽見周升說，他們大少爺和制臺的少爺是個一人之交，李貴聽了，心中一動，又套問了周升幾句，忙忙跑到家中，對施鳳光說出一番話來。

欲知後事如何，且聽下回分解。

# 第五十八回　善鑽營深信老奴言　假按摩巧獻美人計

卻說李貴回到家中，對施道臺道：「小的看老爺這個樣子，小的心裡也憂愁不過。知道老爺家累重，又候補了這許多年，差不多老本都貼光了。」施道臺皺著眉頭道：「何嘗不是？」李貴又湊前一步，低低說道：「現在小的打聽得一條道路，要和老爺商量。」施道臺忙道：「是什麼道路？」李貴道：「現在這位制臺大人，是諸事不管的，所有委差委缺，都是那班師老爺從中作主。老爺同寅余大人，就是一把大鬍子，人家叫他做余日本的，他的少爺，和制臺的大少爺非常要好，竟其說一是一，說二是二。小的想制臺那邊師爺尚且作得主，何況少爺，老爺何不借此同余大人的少爺聯絡聯絡，託他在制臺少爺面前吹噓一兩句，或者有個指望，也未可知。」施道臺道：「你說余大人的少爺，莫非就是那個鉸了辮子的麼？聽說他是在日本留學回來的，人很開通，這鑽營的事，他未必肯同人家出力罷！」李貴道：「老爺是明白不過的，現在的人，無論他維新也罷，守舊也罷，這錢的一個字總逃不過去的。小的打聽得余少爺天天和制臺的少爺在一起混，也混掉了許多錢，現在手裡光景是很乾的了，老爺如果許他一千八百，怕他不和老爺通同一氣麼？」施道臺聽了，沉吟半晌道：「也罷，等我明天先去拜他一拜。」李貴退下。這裡施道臺躊躇了半夜，次日一大早，便坐了轎子，問明了余日本的公館，到得門首，把帖子投進去，余家看門的出來回道：「大人出差到徐州去了，擋駕。」施道臺在轎子裡吩咐道：「大人既然出差去了，說我有要事面談，就會一會少爺罷！」看門的道：「少爺一早上制臺衙門去了，總得天黑才回，大人有什麼事商量，明天再說罷！」施道臺無奈，只得悶悶的回到家裡，叫人明天到金陵春去叫兩客的大餐，連煙酒之類，一面又寫了帖子，是「明日午刻番酌候光，席設本寓」幾個字，差人連夜去發了。

等到余小琴回到家裡，看門的一五一十告訴了他。余小琴沉吟道：「這人素昧生平，今天來拜，必有所事。」停回帖子也下來了，余小琴更是詫異，心裡想不去，轉念道：「明兒沖天礮在家陪客，總得傍晚出來，我橫豎閒著無事，擾了他也不打緊。」一宵無語，到了明日辰牌時分，余小琴起來盥漱過了，看門的回：「施大人已經來催請過兩遍了。」余小琴慢慢的穿好衣服，也不坐轎，徑奔中正街施道臺寓所而來。施道臺一見片子，連忙叫「請」。二人見面，寒暄了幾句，余小琴先開口道：「昨承枉顧，家嚴出差去了，失於迎接，實在抱歉得很。今日又承招飲，不知有何見教？」施道臺道：「且慢，我們席間再談。」當時便喊：「來啊！」一個家人上來答應著。施道臺問：「金陵春的廚子來了沒有？」家人道：「來了多時了。」施道臺道：「就叫他擺席罷！」余小琴問：「還有別位沒有？」施道臺道：「並無別人。」余小琴心中暗道：「看他必有所求，我到得那裡再說那裡的話。」管家搭開一張方桌，弄了一張被單不似被單的，蒙在檯子上，又是兩付刀叉，兩個空盤，一個五星架。余小琴見是大菜，便道：「怎麼這樣費心？」施道臺道：「見笑見笑，不過借此談談罷了。」二人分賓主坐下，一個侍者穿件稀爛的竹布大褂，托了麵包出來，剛要伸手去拈麵包，余小琴看他雙手髒不過，連忙自己用叉叉了兩塊，放在自己面前那隻空盤子裡，第一道照例是湯，卻舀了兩杯牛茶。余小琴暗道：「他把早餐當了中餐了。」牛茶之後，侍者便開啤酒，拿上一個玻璃杯子。余小琴還怕不乾淨，在袖子裡掏出手絹，擦了一擦，然後讓他倒啤酒。牛茶吃過了良久，還不見魚來。施道臺連催道：「以下的菜，怎麼像風箏斷了線了？」一個管家上來，低低的回道：「剛才兩塊魚已經炸好了，誰想廚子出去解小手，被隔壁陳老爺家的貓從半牆上跳過來啣著跑了。」施道臺十分動氣，便罵道：「你們都是死人麼？」管家回道：「他是四條腿，小的們是兩條腿，如何追趕得上？」施道臺更是生氣。當著余小琴的面，又不便十二分發作，便道：「既如此，拿別的上來罷！」管家答應下去，才端了牛肉上來。施道臺卻是不吃，換了一樣豬肉。菜換兩道，酒過三巡，施道臺開口道：「不瞞小翁說，兄弟本來祖上還有幾文錢，並不是為貧而仕，只因連年顛沛，弄得家產盡絕，所以才走了這做官一途。誰想到省幾年，連紅點子都沒見過，家累又如此之重，真是雪上加霜。要想走條把門路，遞張把條子，人家都拒之於千里之外，一則為兄弟平日和他們沒有來往，二則平日和他們沒有應酬。看看吃盡當光，要沿門求乞快了。於今曉得你小翁先生是個大豪傑，所以不揣冒昧，請小翁在制軍的公子面上吹噓一二，兄弟就受惠於無窮了。」說罷，連連作揖。余小琴還禮不迭，裝出沉吟的樣子道：「我雖和制軍的公子有舊，然而我們無論談什麼從不及於私，如今驟然把差缺這兩樁事去干求他，他雖不致當面駁回，然而他背後總不無議論。還有一說，這位制軍公子，平素於用人行政，是從不與聞的，就是求他，也恐怕無益。」施道臺蹙著眉頭道：「兄弟現在已經是山窮水盡了，苟有一線生路，怎敢冒瀆小翁，於今無論如何，總求小翁鼎力一說。所有一切，兄弟已和貴管家周二爺說過了，小翁回到公館，貴管家自然上來稟知一切。這事無論如何，總是仰仗小翁的了。」說罷，又作了一個揖。余小琴當下默然無語。少時菜陸續上完了，侍者開過香檳酒，又送上咖啡，又用盤子托上兩支硬似鐵黑似漆的雪茄煙來。小琴吸著，道過「奉擾」，回家去了。這裡侍者收拾盤碟不提。

再說余小琴回到家中，坐在書房裡，叫人去喊那周升的上來。周升上來了，站在一旁，余小琴道：「施大人和你說過什麼來？」周升低低的回道：「想請少爺遞張條子的話。施大人說過，無論委了點什麼，——又把指頭一伸道——孝敬這個數目。」余小琴正在窘迫的時候，聽見許他一千銀子，有什麼不願意的？嘴裡卻說：「我那裡要他的錢，分明你這奴才借了我的聲名在外招搖撞騙，這還了得！」周升嚇慌了，請了一個安道：「小的該死，小的糊塗，小的有個把兄弟，就是施大人家人李貴，朝著小的說起，施大人窮的有腿沒褲了，差不多要蓋鍋快了。也是小的一時不忍，和他出了這條主意，來求少爺，如今只求少爺可憐他罷！」余小琴道：「這還是句話。你下去叫他碰運氣罷，事不成可別怨我。」周升又連連請安道：「少爺一抬手，施大人全家就活了命了。」余小琴方才進去。周升又去通知施道臺，叫他打一張銀票，寫遠一點限期，如若不成，退回銀票，各無翻悔。施道臺自是答應。果然過不多幾日，制臺衙門裡發出一道札子，是施鳳光才識幹練，熟悉外情，洋務局會辦一差，堪以酌委各等語。札子到了施道臺公館裡，施道臺自然歡喜，又親自衣冠上轅叩謝。余小琴的一千兩固然到手，就是周升也得了個五百兩。這樣一看，余小琴真不愧為大運動家了。

※　　※　　※

話分兩頭，言歸正傳。再說制臺為著年老多病，常常要發痰疾，而且常常骨頭痛，碰到衙期，總是止轅。這其間有位候補知府叫做黃世昌的，為人極其狡獪，打聽得制臺有這個毛病，又打聽得制臺還有一個下賤脾氣，有天上院，制臺說起：「我兄弟年老了，不中用了，碰著一點操心事，就覺著擺脫不開。而且骨頭痛有了三十多年，時時要發。」旁邊一位候補道插嘴道：「老師上繫社稷，下繫民生，總應該調養調養身子，好替國家辦事。」制臺道：「說是調養，我兄弟也不知請過若干醫生了，爭奈這骨頭痛非藥石可療，這便如何是好？」黃世昌搶著說道：「藥石是不相干的，最好用古人按摩的法子，或者見效，亦未可知。」制臺連連點頭道：「你這話說得是，但是一時那裡去找這個按摩的人呢？」黃世昌又回道：「卑府的妻子就會，大人不信，可叫他來試試。」制臺愕然道：「老兄不過三十上下，令正的年紀也不會大到那裡去，耳目眾多，聲名攸礙，這是如何使得呢？」黃世昌又忙回道：「老帥德高望重，又兼總理封圻，卑府在老帥跟前當差，猶如老帥子姪一樣，老帥猶如卑府的父母一樣，難道說父母有了病，媳婦就不能上去伺奉麼？」制臺道：「話雖如此，究竟有些不便。」黃世昌道：「老帥這樣的年紀，得了這樣的毛病，又是剛才某道說的：上繫社稷，下繫民生。況且卑府受老帥的厚恩，就是碎骨粉身，也不能報答老帥的恩典，卑府的妻子進來和老帥按摩按摩，老帥儻然好了，這就是如天之福了，老帥還有什麼顧忌呢？」制臺點頭道：「好。」黃世昌當下又站起來道：「卑府下去，就傳諭卑府的妻子，叫他進來就是了。」制臺道：「不拘什麼時候都可以，不必限定一日半日。」黃世昌答應了幾聲「是」。一面制臺端茶送客。黃世昌和那位候補道下了院，各回公館。

黃世昌吩咐轎班，加緊跑路，有要緊事要回公館去，轎夫答應，健步如飛，不多一刻，到了。黃世昌下了轎，他的太太接著，黃世昌便一五一十告訴了他的太太，他的太太今年年紀不大，不過二十七八，倒也是個老慣家，就居之不疑，一口答應了。黃世昌大喜，又出來到院上，找著了內巡捕，說明原委，託他照應照應，又許他銀子。內巡捕樂得做個順水人情，便說：「黃大人請放心，一切都有我呢！」黃世昌回去，忙忙碌碌吃了頓飯，一面催太太妝扮起來，把箱子裡的衣裳揀一套上好的穿好，外面仍舊要用紅裙披風，朝珠補褂，太太依了他的話，果然打開鏡子，細勻鉛黃。差不多天快黑了，雇了一乘小轎，抬著太太，自己坐著轎子在前頭走。到得院上，轎子歇下。黃世昌叮囑太太耐心等著，自己又去找著內巡捕，說：「賤內已經來了，請上去回一聲。」內巡捕道：「既然和我們大人說好了，可不必回了，待卑職領了太太上去罷！」黃世昌道：「更好，更好。」旋轉身來，走到太太的轎子旁邊，說了無數若干的話，太太一一點頭應允。少時內巡捕過來，黃世昌忙叫太太出轎相見，太太大方的很，福了一福，內巡捕還了禮，便道：「太太隨我上去就是了。」黃世昌又把剛才託他照應的話重述了一遍。內巡捕道：「這個自然。」黃世昌的太太，便隨著內巡捕，嬝嬝婷婷的走進去了。

黃世昌站在宅門外面，呆呆的等候，一直等了三四個鐘頭，已是黃昏時候了，轅門上放砲封門，黃世昌只得無精打采的回去，孤孤悽悽的睡了。一宵易過，又到天明，趕到院上去，不特毫無消息，而且連內巡捕也不照面了。黃世昌心裡十分著急，如熱鍋上螞蟻一般。看看一日過了，又是一日，黃世昌茶不思，飯不想，就和失落了什麼東西一樣，一個人獨坐在家裡淌眼淚。心裡想道：「早知如此，何必如此，真是俗語說的啞子吃黃蓮，說不出來的苦。」這日有些頭痛發熱，躺在床上，不能起身。家人們看見老爺病了，太太又不曾回來過，更是六神無主。一個貼身管家叫做王榮的，忙著替老爺上院請感冒假，又忙著替老爺請醫生，打了藥來煎好了，送給老爺服下，又勸老爺靜心保養。黃世昌昏昏沉沉的也不知病了一日是兩日，忽然覺得有人揭開帳子，問他怎麼樣了，黃世昌一驚而醒，睜開眼睛一看，他的太太如花似玉的正坐在床沿上哩。黃世昌一見太太的面，不覺啞著喉嚨把眼淚直淌出來。太太笑道：「何必如此？我不過貪頑多住了兩天，就把你急病了，你也太不中用了。」說罷，在袖子裡掏出一方絹子，在黃世昌臉上來回擦那眼淚，一隻手望懷裡摸了半日，摸出一件東西來，遞在黃世昌手中。黃世昌一見，是紫花印的馬封，心裡不住的突突亂跳，連忙拆開來一看，原來是制臺委他辦銅圓局提調的札子，硃筆標的年月日還沒有乾。黃世昌在床上一骨碌爬將起來，也不及說什麼，就和太太磕了一個頭，太太連忙拉他起來，說：「仔細，給老媽子看了笑話！」黃世昌自從看見了這個札子，他的病立刻痊癒，一面披長衣服，一面叫老媽子打洗臉水。正在盥漱的時候，只聽見隔著門簾王榮的聲音道：「高媽回一聲罷，江寧上元兩縣王朱兩位大老爺，跟著江寧府鄒大人都來了，說是要面見老爺道喜呢！」黃世昌連忙道：「不敢當，擋駕。」王榮又回道：「都進來在廳上呢！」黃世昌忙喊拿衣帽，橫七豎八的穿上，三腳兩步跨出去了。少時，把江寧上元兩縣和江寧府送去了，又喊轎班伺候上院謝委。正是：人逢喜事精神爽，悶到頭來瞌睡多。

欲知後事如何，且聽下回分解。

# 第五十九回　論革命幕府縱清談　救月蝕官衙循舊例

卻說黃世昌穿了衣帽，坐了轎子，到得制臺衙門下轎，剛下轎就看見替他太太引路的那個巡捕，巡捕對他說了一聲「恭喜！」黃世昌道：「一切都仰仗大力，兄弟感激萬分，改天還要到公館裡來叩謝。」巡捕道：「豈敢，豈敢。」一面說，一面問黃世昌道：「手本呢？等我替你上去回罷！」黃世昌道：「如此，益發費老哥的心了。」巡捕早伸手在他跟班的手裡要過手本，登登登的一直上去了。黃世昌仍舊到官廳上去老等。有些同寅見了他，一個個掇臀捧屁的道喜，黃世昌一一回禮；有些素日和黃世昌不對的，卻在一旁咕噥道：「靠著老婆的本事，求到了差事，也算不得什麼能耐！」黃世昌只得付諸不理。一回兒，巡捕匆匆走出來，說：「請黃大人。老帥傳話給眾位大人道乏。」這是官場一句門面話，骨子裡叫做不見。大家沒有指望，便一鬨而散了。黃世昌跟著巡捕直到裡面，見過制臺，磕了頭起來，照例說了幾句感激涕零的話，制臺也照例勉勵他幾句，叫他以後勤慎辦公。說完了，制臺心上還想有別的說話，一看底下站著五六個人，又有巡捕，又有跟班，忽然一個不好意思，亦就不說下去了。只點了兩點頭，以示彼此心照，然後端茶送客。黃世昌下來了。至於到差視事那些門面話，也無庸細說了。

再說沖天礮自從和余小琴鬼混在一起，沖天礮是直爽的人，余小琴是陰險的人，他們的口頭禪是「維新」兩個字，因此引為同志，誰想性情卻大不相同的。余小琴借著沖天礮和他密切，常常有關說的事件，沖天磯原無不可，那知那班幕府，卻看得透亮。暗想：我們裡面打得鐵桶似的，上下相連，於今橫裡鑽進一個余小琴來，壞我們的道路，很不自在。先以為沖天磯是制臺的愛子，他在裡面，要是搬動幾句，大家都有些站不住，後來看見制臺為著沖天磯在外胡鬧，略略有些風聞，加以沖天磯在外面倡言革命，又有人把他說的什麼唐太宗唐高祖的話告訴了制臺，制臺不免生氣，著實把兒子訓斥了幾頓，沖天磯不服，反和老子頂撞，因此制臺也有些厭惡他了。幕府裡得著了這個消息，凡是沖天磯有什麼事，或是應承了余小琴的請託，叫幕府裡擬批擬稿，幕府裡面子上雖含糊答應，暗地裡卻給他個按兵不動，沖天磯也無可如何。余小琴起初還怪沖天磯，後來知道他有不能專擅之苦，便大失所望。沖天磯因怕余小琴絮聒，也和他疏遠了。這時候倒同著一個新進來的幕府，叫做鄒紹衍，很說得來。

這鄒紹衍是浙江人，是個主事，新學舊學，都有心得，沖天磯十分敬服他。鄒紹衍卻是個熱心人，見沖天磯維新習氣過深，時時想要勸化他，常於閒談的時候乘機規勸。無奈沖天磯窒而不化，鄒紹衍用盡方法。沖天磯才有些醒悟過來。有天吃過了午飯，鄒紹衍正在那裡看庚子紀略，沖天磯闖了進去，瞧見這部書，便追溯庚子年的事，說到激烈之處，不覺髮指眥裂。鄒紹衍又趁這個機會暢論革命，痛詆革命的不是。只聽房外頭有人說話的聲，問：「鄒老爺在裡頭麼？」管家回道：「在裡頭和少大人說著話呢！」耳中又聽見忽刺一聲，把簾子一掀，走進兩個人來，原來是幕府裡的施輝山汪若虛。招呼過了沖天磯，一齊對鄒紹衍道：「昨兒打麻雀贏了我們兩底碼子去，今兒就想賴著不來麼？快去快去，三缺一，等著你呢！」鄒紹衍站起來，伸了伸懶腰，說道：「不怕輸，只管來。但是我卻之不恭，受之有愧。」施汪二人齊說：「你少嘴頭刻薄，這回輸斷你的脊梁筋。」說罷，便拉鄒紹衍腳不點地的走了。

沖天礮也只得走出文案處。到外邊去鬼混鬼混了半日，沒精打采的回來，卻看見衙門裡大堂上有許多和尚道士，還有礮手，還有禮生，心中不禁詫異。後來看見了黑紙白字的牌子，才知道今天護月。沖天礮是讀過天文教科書的，懂得此中道理，又是好氣，又是好笑。再踅到文案處，鄒紹衍打牌還沒有回來，問管家說：「鄒老爺在那裡打牌？」管家說：「在摺奏朱大人那裡。」沖天礮暗暗想道：「今天橫豎沒有事，倒不如去看他們打牌罷！」剛剛繞過二堂暖閣，聽見笛聲響亮，原來有兩三個小子，閒著無事，在那裡唱崑曲調，唱的是樓會，正在嗚嗚咽咽的唱那：「藍橋何處問元霜，輕輕試叩銅環響。」沖天礮心裡道：「他們倒會作樂。」因此不去驚動他們，悄悄的走過了。穿過左廊，繞到摺奏朱錫康的院子，聽見一陣牌聲，和著喧笑之聲。原來鄒紹衍被對家敲了一付莊去，和的是二百四十和。沖天礮剛上臺階，伺候的小子早打開簾子，向裡面道：「少大人過來。」朱錫康慢慢地站起身來，三人也跟著站起來招呼過了。朱錫康先問：「世兄今兒為什麼不到外頭樂去，倒找到這裡來？」沖天礮道：「外頭逛的厭煩了，所以來看看老世叔。」原來朱錫康和制臺，是從前拜把子兄弟，現在制臺請他在幕府裡辦摺奏，所以要稱呼老世叔。朱錫康接著說道：「原來如此，但是牌已賸了兩付了，等我們打完了再談天罷！世兄請坐。我今天贏了底把碼子，他們三人要敲我竹槓，我已叫廚房裡端整了幾樣菜請他們，回來就在此地便飯罷！」沖天礮說：「很好，很好。」於是四人重復坐下，不到片刻，果然打完了。鄒紹衍伸了一個懶腰，說道：「怪累得慌的！」施朱二人齊說：「我們輸了錢，又受了累，這才冤枉哩！」鄒紹衍道：「誰叫你們的牌打得這樣劊頭？」施朱二人道：「你也沒有贏，別說嘴了。」鄒紹衍道：「我雖沒有贏，我卻沒有輸，還值得。」一面說，一面大家站起來。伺候的小子送上手巾，各人擦了臉，一個小子便來收拾桌上的牌。朱錫康道：「桌子別搭好了，回來就在這裡吃飯罷！」伺候的小子答應著。少時掌上燈來，朱錫康問：「菜好了麼？」伺候的小子說：「廚房裡去催過了，說鴨子沒有爛，還得等一等。」朱錫康說：「既如此，先拿碟子來喝酒罷！」伺候的小子答應一聲「是」，便登登登的跑了去了。霎時端上碟子，一個老管家又來安放杯筷。五人坐下，喝了兩杯酒，大家閒談著。沖天礮便提起護月那件事來。

朱錫康搶著說道：「這也不過照例罷了。庚子那年日蝕，天津制臺還給沒有撤退的聯軍一個照會，說是赤日行天，光照萬古，今查得有一物，形如蛤蚧，欲將赤日吞下，使世界變為黑暗，是以本督不忍坐視，飭令各營鳴砲放槍救護。誠恐貴總統不知底細，因此致訝，合亟照會，仗乞查照……那些話頭。」話沒有說完，在座一齊笑起來，鄒紹衍和沖天礮更是笑得前仰後合。沖天礮等眾人笑過了，因問鄒紹衍道：「紹翁以為何如？」鄒紹衍道：「這有什麼不明白呢？月蝕是月為太陽光所掩，日蝕是日為月光所掩，世兄熟讀天文等書的，想早早了然胸中了。」施朱二人不解，齊聲問道：「怎麼月亮會為太陽所掩，太陽又為月亮所掩呢？」鄒紹衍道：「試問日球在天，是動的呢，是不動的呢？月球繞地，是人人曉得的了。既知他繞地，即不能不動，即不能不轉，是很明顯的道理了。月球既轉，何以有太陽的時候顯不出他來呢？原來這個月不及太陽的光，所以日裡不能見月，繞來繞去，轉來轉去，就和太陽相遇了。一相遇，太陽的光，為月光所掩，就是日蝕。月蝕也是一樣的道理。」施朱二人聽了，俱各點頭。正說著，鴨子上來了，大家嘗著，都說很好。朱錫康說：「好雖好，還嫌口沉了點兒。」沖天礮說：「老世叔自己請客，斷無誇獎自己菜的道理，所以要故意挑剔這一下。」朱錫康說：「世兄真是個玻璃心肝，水晶肚皮的人。」說完，又復大笑。一時飯罷，施朱兩位是抽煙的，便先告辭去了。鄒紹衍也說：「我要歇歇了。」沖天礮見他們都散，也只得跟著一起走。朱錫康照例相送。自有管家掌著明角燈，送他們各自回房。沖天礮也回上房安歇。正是：得君一夕話，勝讀十年書。

欲知後事如何，且聽下回分解。

# 第六十回　一份禮聳動骨董名家　半席談結束文明小史

話說北京政府，近日百度維新，差不多的事都舉辦了。有些心地明白的督撫，一個個都上條陳，目下有椿至要至緊之事，是什麼呢？就是「立憲」。「立憲」這兩個字，要在十年前把他說出來，人家還當他是外國人的名字呢！於今卻好了，士大夫也肯瀏覽新書，新書裡面講政治的，開宗明義，必說是某國是專制政體，某國是共和政體，某國是立憲政體。自從這「立憲」二字發見了，就有人從西書上譯出一部憲法新論，講的源源本本，有條有理，有些士大夫看了，尚還明白「立憲」二字的解說。這時兩湖總督紹翁上了個籲請立憲的摺子，上頭看了很為動容，就發下來叫軍機處各大臣議奏。可憐軍機處各大臣，都是耳聾目花的了，要想看看新書，明白點時事，也來不及了，仍舊收買骨董，跟著紅綠貨吸鼻煙。此番上頭發下這個摺子來，叫他們議奏，正如青天霹靂，平地風波，這卻怎麼好呢？少不得請教那些明白時事的維新黨。於是乎就有外洋留學回國考中翰林進士的那班朋友，做了手摺，請他們酌奪，以副殷殷下問之意。這些手摺上的話，太半用的日本名詞，那些軍機大臣連報都不看的，見了「目的」「方針」那種通用字眼，比三代以上的文字都還難解，只得含含糊糊奏覆了，無非說立憲是椿好事就是了。外邊得了信息，便天天有人嚷著「立憲，立憲！」其實叫軍機處議奏的，也只曉得「立憲，立憲！」軍機處各大臣，雖經洋翰林進士一番陶鎔鼓鑄，也只曉得「立憲，立憲！」評論朝事的士大夫，也只曉得「立憲，立憲！」「立憲，立憲！」之下，就沒有文章了。又過了差不多一年了，軍機處幾個老朽告退的告退了，撤換的撤換了，另換一班新腳色，一回立了外務部，一回立了警察衙門，一回立了財政處，一回立了學部，這立憲的事也就不可須臾緩了。上頭究竟聖明不過，曉得立憲這樁事不能憑著紙上空談的，必須要有人曾經考察過的，知道其中利弊，將來實行之際，才不致礙手絆腳。所以下了一道諭旨，派某某出洋考察政治，是為將來立憲伏下一條根。這欽派出洋考察政治大臣裡面，都是些精明強幹之人，所有見識不同凡近。

單說裡面有一位是個滿州人，姓平名正出身部曹，心地明白，志趣高遠，兼之酷嗜風雅，金石書畫，尤所擅長，在漢人當中已是難得了，在滿人當中，更是難得。後來由部曹內轉，熬來熬去，居然禹門三級浪，平地一聲雷，外放了，放了陝西按察使，由按察使升了藩臺，由藩臺護理撫臺，不久真除了。這一下子，可出了頭了。陝西地方瘠苦，卻也安靜無事，這位平中丞，正中下懷。他的幕府裡，有一位姓馮的，叫做馮存善，還有一位叫做周之杰，都是極講究書畫金石的。平中丞本是閥閱之家，祖父很留下幾文錢，雖算不得敵國之富，在京城裏也數得著了。當初當這個清閒寂寞部曹的時節，除了上衙門之外，便是上琉璃廠搜尋冷攤，什麼三本半的西嶽華山碑，他也有一本，唐經幢石楊，他也有三四百通，還不住的旁搜博采。十年之後，差不多要汗牛充棟了。及至放了外任，這些東西，滿滿裝裝的裝了三隻大船，好容易弄到陝西。升了撫臺之後，特特為為在衙門裡蓋了九間大樓，自己算是清祕閣。自公退食，便和馮周二人摩挲把玩。

有天，平中丞生日，預先告訴巡捕，就是送壽屏壽幛的，都一概不收，別樣更不用說了。各州縣都知道這位大中丞一清如水，而況預先有話，誰敢上去碰這個釘子呢？卻說那時的長安縣姓蘇名又簡，是個榜下即用，為人卻甚狡猾，專門承風希旨。既知這平中丞愛骨董的脾氣，趁他生日，特特為為打發家人送一份禮。這禮卻只有兩包，看官，你道是什麼呢？原來一個唐六如的地獄變相圖的手卷，的確真蹟，裝璜的也十分華美，是宋五彩蜀錦的手卷面子，上面貼著舊宣州玉版的襯紙，澄心堂粉畫冷金箋的簽條，題簽的人是太倉王揆。一件是原榻董美人碑，連著張叔未的題跋，據說那碑出土未久，是從前出過土又入土，入了土又出土的，甚為難得。又做了兩隻楠木小匣，把兩件東西盛好了，請巡捕送上去。巡捕別的不敢拿上去，書畫碑版是中丞大人心愛之物，似不至於碰釘子，因此就拿了進去。這時平中丞正和馮周二位在那裡審辨一本宋板書，是蘇長公全集。平中丞戴著玳瑁邊近光眼鏡，含著小煙袋，坐在簽押房裡一張斑竹榻上，正翻著一葉和馮存善道：「你來看這兩個小印，一個是『蕘圃過眼』，一個是『留藏汪閬源家』，既然是蕘翁的藏本，為什麼又有汪氏圖印呢？」馮存善道：「聽說蕘翁遺物，身後全歸汪氏，汪氏中落，又流落出來，於是經史歸了常熟瞿氏，子集及雜書歸了聊城楊氏，這書或者又從楊氏流落出來的，也未可知。」平中丞聽了，點頭無語。巡捕在簽押房外，影影綽綽的不敢進去，平中丞回轉頭來，卻看見了，便問是誰？巡捕走了進去，捧了兩個楠木匣回道：「這是長安縣蘇令孝敬上來的。」平中丞道：「哼，哼，他倒敢以身試法麼？」周之杰望了一望說：「這裡頭是什麼？且打開來看看再說。」巡捕連忙把匣蓋開了。周之杰先去打開手卷，見這個手卷畫著許多乞丐，也有弄蛇的，也有牽猴子的，約略數去，約有二十幾個，用筆真是出神入化，平中丞連連讚好。又打開那部帖，看了後面的圖印，馮存善頭一個說道：「這件東西倒難得，和中丞舊藏的張黑女誌可稱雙璧了。」平中丞此時喜得心花怒放，連說：「難為他了，難為他了。」巡捕尚呆呆的站著一旁請示，平中丞說：「這樣壽禮，清而不俗，就收了他也是不傷廉的。」巡捕得了平中丞吩咐，退了出去，告訴蘇又簡的家人，說：「壽禮大人收了，並且喜歡的很呢。」蘇又簡的家人，自然揚揚得意而去。

這裡平中丞和馮周兩人細細品評，說：「看不出這蘇令倒很風雅，看來也是咱們同道。」馮存善道：「中丞的畫箱裡宋元畫最多，明畫就少，得此足備一格。」平中丞道：「何嘗不是？前我在琉璃廠文翰齋看見一本唐六如的『竹深留客處，荷淨納涼時』的橫幅，索價六百兩，後來給張蓮叔搶去了，我至今還懊悔。如今有了這個，幾時回到京裡，可以把他來傲張蓮叔了。」馮存善道：「那張蓮叔莫非就是國子監祭酒張秉彝麼？他的收藏甚富，卻沒有四王吳惲，他說四王吳惲是人人皆有之物，他所以別開蹊徑，專收宋元，和中丞的見解差不多。可惜那年在京裡時候還不曾相識，沒有看過他的東西，想是眼福淺的緣故。」平中丞道：「他最著名是徐熙百鳥圖，趙昌明月梨花圖，管夫人的寫竹，柳如是的畫蘭。而且管夫人的寫竹，有趙松雪的題詠，柳如是的畫蘭，有錢蒙叟的題詠，多是夫婦合璧，這就很不容易呢！」周之杰道：「中丞的黃鶴山樵長夏江村圖，趙松雪的江山春曉圖，董思翁的九龍聽瀑圖，都不輸於他處。」平中丞道：「他還有幾部好碑版呢！劉猛龍碑，鄭文恭碑，茅山碑，種種都是精華。這些尚不算稀罕，並有董香光的手書史記，趙松雪的手書妙法蓮花經，可算是件寶貝。現在這種世界，人人維新，大家涉獵新書還來不及，那有工夫向故紙堆中討生活，我看講究這門的漸漸要變作絕學快了。」說罷，欷歔不置。三人賞鑑了半日，平中丞有些倦了，馮周二人方各退出。

明日，蘇又簡上院，就蒙傳見，很誇獎了幾句，說：「現在抱殘守闕的寥寥無人，老兄具這樣的法眼，欽佩得很，將來倒要時常請教請教。」蘇又簡聽了平中丞這幾句，如被九錫，下來的時候，面孔上另有一番氣色了。再說陝西自從被蘇又簡開了這個風氣，以及各府各州縣，紛紛餽送書畫碑版，把一座撫臺衙門變做舊貨店了。然而平中丞卻不以此為輕重，委差委缺，仍舊是一秉至公。大家到後來看看沒有甚麼想頭，便也廢然而返了。

※　　※　　※

平中丞在陝西撫臺上過了三四個年頭，又值朝廷變法之際，知道平中丞明白曉暢，便在陝西撫臺任上調他回京。平中丞等後任接過印，交代清楚，便由旱路渡黃河進京。請安時候，上頭很拿他鼓勵一番，不久就補上了戶部侍郎。事情雖煩了點，然而他還是陶情詩酒，專搜羅書畫碑版，以此自娛。在陝西撫臺任上，又得了許多東西，除掉幾件銅器之外，還有些原石，有一塊大唐貴妃楊氏之墓的墓碣，已經打斷了，平中丞花了四百金買的，做了個紅木架子把他安上。那塊墓碑是麻石的，又粗又笨，又打斷了半截，只賸得「大唐貴妃楊氏」六個字，「之墓」兩個字已經沒有了。平中丞視為至寶，特特為為放在自己蓋的百宋千元齋裡，有什麼知己朋友，和懂得此道的，才引他進去看一看，其餘那些人，輕易不得一見。所以有些人叫這百宋千元齋叫墳堂屋，說既然不是墳堂屋，為什麼樹著墓碣呢？這番立憲，派了他做考察政治大臣，請訓之後，便有許多人替他餞行的，不是在陶然亭，就是在龍爪槐那些名勝地方，還有人薦隨員的，想謀出洋的機會，這是官場故態，也不必絮聒了。等到將要動身的前幾日，一班同派出洋考察政治的，天天過來商量起程的事情，以及調隨員等等，直忙得不可開交。看看同派出洋考察政治的那幾位，諸事業已就緒了，自已除掉常在身邊的，如馮存善周之杰那些人之外，就是幾個翻譯，幾個學生，寥寥無幾。

那天下半天，剛剛閒了點，走到書房裡，打開抽屜，把人家薦給當隨員的名條理了一理，竟有一百多個，看那些名字時，平中丞也有知道，也有不知道的，便吩咐門上，知照他們所有由各處薦來願當出洋隨員的，儘兩日內來見。第一日，便來了五十多個，也有寬衣博帶的，也有草帽皮靴的，也有年輕的，也有龍鍾的，無奇不有。平中丞人最精細，逐個問他們幾句。這一天把他累慌了，心裡想明日還有一日，索性拚著精神細細的甄別，其中或有奇材異能，亦未可知。到了第二日，又來了五六十個，客廳上都坐滿了，平中丞照昨日一樣，逐一問了幾句話，不覺哈哈大笑，說：「你們諸位，各有專門，或是當過教習，或是當過翻譯，或是遊歷過的，或是保送的，或是辦過學務的，或是辦過礦務的，或是充過幕友的，或是做過親民之官的，人材濟濟，美不勝收。諸公具此聰明，具此才力，現在都想趁這個出洋機會，圖個進身之階，這也是諸君的苦心孤詣，兄弟何敢辜負。但是兄弟有個愚論，書上說的好，立德立功立言，這三項都可以並垂不朽，倒不是以富貴窮達論的。諸君的平日行事，一個個都被文明小史上搜羅了進去，做了六十回的資料，比泰西的照相還要照得清楚些，比油畫還要畫得透露些，諸君得此，也可以少慰抑塞磊落了。將來讀文明小史的，或者有取法諸公之處，薪火不絕，衣缽相傳，怕不供諸君的長生祿位麼？至於兄弟，才識淺陋，學問平常，此番蒙上頭的恩典，派出洋去考察政治，順便閱歷閱歷，學習學習，預備將來回國，有所條陳，興利的地方興利，除弊的地方除弊，上補朝廷之失，下救社會之偏，兄弟擔著這個責任，時時捏著一把汗，諸君流芳遺臭，各有千秋，何必在這裡頭混呢？況且兄弟這裡，已經人浮於事了，實在無法位置諸君，諸君須諒兄弟的苦衷。回去平心靜氣，把兄弟的話想一想，自然恍然大悟了。」平中丞說完這番話，那些人絕了妄想，一個個垂頭喪氣而歸。做書人左鉛右槧，舌敝脣焦，已經把文明小史做到六十回了，也可藉此暫停筆墨。正是：

九州禹鼎無遺相，三疊陽關有尾聲。

# 中國古典名著

專家校注考訂　古典小說戲曲大觀

## 世俗人情類

紅樓夢
金瓶梅
老殘遊記
平山冷燕
品花寶鑑
野叟曝言
綠野仙踪
海上花列傳
九尾龜
醒世姻緣傳
三門街
花月痕
孽海花
魯男子
遊仙窟　玉梨魂（合刊）
筆生花
浮生六記

## 公案俠義類

水滸傳
兒女英雄傳
三俠五義
七俠五義
小五義
楊家將演義
萬花樓演義
粉妝樓全傳
七劍十三俠
包公案
海公大紅袍全傳
施公案

## 歷史演義類

三國演義
東周列國志
東西漢演義
隋唐演義
說岳全傳
大明英烈傳

## 神魔志怪類

西遊記
封神演義
濟公傳
南海觀音全傳　達磨出身傳燈傳（合刊）

## 諷刺譴責類

儒林外史
官場現形記
文明小史
鏡花緣
何典　斬鬼傳　唐鍾馗平鬼傳（合刊）

## 擬話本類

拍案驚奇
二刻拍案驚奇
喻世明言
警世通言
醒世恒言
今古奇觀
豆棚閒話　照世盃（合刊）
石點頭
十二樓
西湖佳話
西湖二集

## 著名戲曲選

琵琶記
第六才子書西廂記
牡丹亭
長生殿
桃花扇

## 儒林外史

吳敬梓／撰　繆天華／校注

《儒林外史》堪稱是清代小說中一部不朽的諷刺傑作，作者吳敬梓對於當時醜惡的社會、炎涼的環境、八股文考試的弊病等，深有所感，因發而為諷世的寫實小說。筆法生動逼真，諷刺諧謔，使炎涼世態一一呈現眼前。本書以嘉慶藝古堂本為底本，市井俗語並有注釋，便於讀者賞閱。

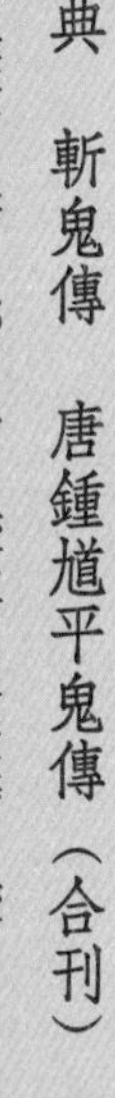

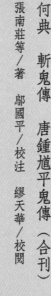

## 何典　斬鬼傳　唐鍾馗平鬼傳（合刊）

張南莊等／著　鄔國平／校注　繆天華／校閱

本書合刊清代三部通俗小說：《何典》以幻想的鬼界來折射人世實相，嘻怒笑罵，皆有所指；《斬鬼傳》、《唐鍾馗平鬼傳》則依據民間廣為流傳的鍾馗斬鬼故事，加以演繹或編造情節，藉「鬼」以暴露人間的黑暗和醜惡。內容引人入勝，讓讀者於欣賞連篇鬼話之餘，能得會心一笑。